JENNIFER WEINER

Ein Kleid für alle Fälle

Buch

Die Schriftstellerin Cannie Shapiro liebt ihren Beruf und ist glücklich verheiratet. Sie hat eine etwas geschönte, erotisierte Version ihres Lebens als Roman veröffentlicht, und dieser wurde über Nacht ein richtiger Bestseller. Nun führt sie ein bequemes und herrlich abwechslungsfreies Leben: Sie strickt, während ihre Tochter Joy Texte für die Theatergruppe aufsagt, arbeitet ehrenamtlich in der Bücherei und besucht mit ihrer besten Freundin Samantha Yoga-Kurse für über 40-Jährige. Das Einzige, was ihr Sorgen bereitet, sind die Launen der zwölfjährigen Joy, die gerade mitten in der Pubertät steckt – mit allem, was dazugehört: Sie ist zickig, vernachlässigt die Schule und reagiert pampig auf Cannies Vermittlungsversuche. Jetzt hat sie sich auch noch in den Kopf gesetzt, ihren Großvater kennenzulernen, Cannies Vater, zu dem diese schon vor Jahren den Kontakt abgebrochen hatte – und stellt damit Cannies ruhige Welt vollkommen auf den Kopf …

Autorin

Jennifer Weiner, 1970 in Louisiana geboren, ist in Connecticut aufgewachsen. Nach dem Studium arbeitete sie als freischaffende Journalistin und Reporterin. Jeder ihrer Romane stand auf den Spitzenplätzen der amerikanischen Bestsellerlisten. Ein Erfolg, den sie mit der Verfilmung von »Zwei Schwestern und ein Hochzeitskleid« (»In den Schuhen meiner Schwester«) noch steigern konnte.
Mehr Informationen zur Autorin unter: www.jenniferweiner.com.

Von Jennifer Weiner außerdem bei Goldmann lieferbar:

Zwei Schwestern und ein Hochzeitskleid. Roman (46497)
In den Schuhen meiner Schwester. Roman zum Film (46123)
Die Tagebücher einer Mami. Roman (46287)
Der Mann im Hochzeitsbett. Kurzgeschichten (46454)

Jennifer Weiner

Ein Kleid für alle Fälle

Roman

Aus dem Amerikanischen
von Manuela Thurner

GOLDMANN

Die Originalausgabe erschien unter dem Titel
»Certain Girls« bei Atria Books,
A Division of Simon & Schuster, New York.

FSC
Mix
Produktgruppe aus vorbildlich
bewirtschafteten Wäldern und
anderen kontrollierten Herkünften

Zert.-Nr. SGS-COC-1940
www.fsc.org
© 1996 Forest Stewardship Council

Verlagsgruppe Random House FSC-DEU-0100
Das FSC-zertifizierte Papier *München Super* für dieses Buch
liefert Arctic Paper Mochenwangen GmbH.

1. Auflage
Taschenbuchausgabe Februar 2010

Umschlaggestaltung: UNO Werbeagentur, München
Umschlagfoto: Fine pic, München
Redaktion: Ilse Wagner
KA· Herstellung: Str.
Satz: Jouve Germany GmbH & Co KG, Kriftel
Druck und Bindung: GGP Media GmbH, Pößneck
Printed in Germany
ISBN: 978-3-442-47129-4

www.goldmann-verlag.de

Für meine Familie

Manche sagen, man soll
seinem Kind das Schwimmen beibringen.

Talmud

Erster Teil

Alle wissen es

I

Als ich ein Kind war, veröffentlichte unser Lokalblatt Hochzeitsmeldungen, mit Beschreibungen der Feierlichkeiten und der Brautkleider und mit Fotos von den Bräuten. Jeden Montag machten sich dann morgens zwei Radiomoderatoren eines Lokalsenders einen Spaß daraus, anhand der Fotos die Wauwau-Braut zu küren, wobei sie eine der Frauen, die am Wochenende im Großraum Philadelphia ihr Jawort gegeben hatten, zur hässlichsten aller Bräute erklärten. Der Hauptgewinn war ein Karton mit Hundefutter.

Eines Morgens, auf der Fahrt zur Schule, hörte ich die beiden wieder einmal im Autoradio – »Heiliger Strohsack, unten auf Seite J-6, ja … ja, ich glaube, wir haben eine Kandidatin!«, sagte DJ Nummer eins, woraufhin sein Kompagnon bösartig kicherte und antwortete: »Für die ist wirklich kein Schleier groß genug.« »Fettkloß! Fettkloß!«, skandierte DJ Nummer eins, bevor meine Mutter mit einer wütenden Drehung des Handgelenks auf den Nachrichtensender umschaltete. Ab da war ich wie besessen von dem Wettbewerb. Jeden Sonntagvormittag studierte ich die Schwarz-Weiß-Fotos der Bräute so gründlich, als müsste ich darüber eine Klassenarbeit schreiben. War die in der Mitte hässlich? Hässlicher als die rechts oben in der Ecke? Waren Blondinen immer attraktiver als Brünette? War man, wenn man dick war, automatisch hässlich? Ich machte eine Rangliste der Bilder und regte mich darüber auf, wie ungerecht es war, dass sich jemand das Maul über einen zerriss, nur weil man mit einem bestimmten Gesicht oder einer bestimmten Figur auf die Welt gekommen war. Dann machte ich mir Sorgen um die Gewinnerin. Würde man den Frischvermählten tatsächlich Hundefutter zustellen? Würden sie von den Flitterwochen nach Hause kommen und es vor der Haustür vorfinden, oder würden wohlmeinende Eltern oder Freunde es noch rechtzeitig verstecken? Wie fühlte sich eine Braut, wenn sie erfuhr, dass sie diesen Wettbewerb gewonnen hatte? Oder ihr Mann, dem gesagt wurde, dass er die an jenem Wochenende zur hässlichsten Braut erkorene Frau geehelicht und gelobt hatte, sie zu lieben und zu ehren, bis dass der Tod sie scheidet?

Ich war mir damals noch nicht vieler Dinge sicher, aber eines wusste ich ganz bestimmt: Wenn – falls – ich heiratete, würde ich mein Foto auf keinen Fall in die Zeitung setzen lassen. Als Dreizehnjährige war ich mir ziemlich sicher, dass ich mehr mit den Wauwau- als mit den Wow-Bräuten gemein hatte, und ich war überzeugt, dass es für eine Frau nichts Schlimmeres geben konnte, als diesen Wettbewerb zu gewinnen.

Heute bin ich natürlich klüger. Das Schlimmste wäre nicht, wenn ein paar abgehalfterte Witzbolde von einem popeligen Radiosender über dein Foto herziehen und dir Hundefutter schicken. Das Schlimmste wäre, wenn deiner Tochter so etwas passieren würde.

Natürlich übertreibe ich. Und ich mache mir auch nicht wirklich ernsthafte Sorgen deswegen. Ich blickte zur Tanzfläche, die sich allmählich füllte, während die Gäste der Bar-Mizwa-Party ihre Mäntel an der Garderobe abgaben. Beim Anblick meiner wunderschönen Tochter, die gerade mit ihren Freundinnen im Kreis die Hora tanzte, wurde mir warm ums Herz. Joy wird im Mai dreizehn und ist meiner bescheidenen und absolut unvoreingenommenen Meinung nach das hübscheste Mädchen der Welt. Von mir hatte sie das Beste geerbt, das ich zu bieten hatte: meine olivfarbene, fast ganzjährig gebräunte Haut und meine grünen Augen. Von meinem Exfreund hat sie das gute Aussehen: seine gerade Nase und vollen Lippen sowie sein dunkelblondes Haar, das bei Joy zu honigblonden Ringellöckchen mutiert war. Und aus der Kombination aus meiner Oberweite und Bruces schmalen Hüften war eine Figur entstanden, die ich bislang nur dank göttlicher oder chirurgischer Intervention für möglich gehalten hätte.

Ich ging zu einer der drei Bars, die an den Wänden aufgebaut waren, und bestellte einen Wodka Cranberry. Der Barkeeper, ein attraktiver junger Mann, fühlte sich in seinem blassblauen Rüschenhemd aus Polyester und seiner Schlaghose sichtlich unwohl. Wenn auch nicht ganz so unwohl wie die Bedienung neben ihm, die ein Meerjungfraukostüm trug und Muscheln und künstlichen Seetang in ihr Haar geflochten hatte. Todd hatte sich als Motto für die Party, mit der seine religiöse Volljährigkeit gefeiert wurde, »Siebziger-Jahre-Retro« gewünscht. Seine Zwillingsschwester Tamsin, die Meeresbiologin werden wollte, hatte sich überhaupt kein Motto gewünscht und erst auf die x-te Nachfrage ihrer Mutter widerwillig das Wort »Meer« gemurmelt. Folglich hatte Shari Marmer, die Mutter der Zwillinge, wenn sie sich nicht gerade bei Dr. Hammermesh die Brüste vergrößern, das Oberschenkelfett absaugen oder die überflüssige Haut unter den Augen entfernen ließ, einen Kompromiss ausgearbeitet. Die Party, die sie und ihr Ehemann Scott an diesem eiskalten Januarabend für dreihundert der engsten Freunde und Verwandten im National Constitution Center in Philadelphia veranstalteten, stand unter dem Motto »Studio 54 unter dem Meer«.

Ich ging durch einen mit künstlichem Seegras und dunkelblauen Perlenschnüren geschmückten Türbogen zu dem Tisch am Eingang. Auf meiner Tischkarte war mein Namenszug kunstvoll auf die Innenseite einer Jakobsmuschel schabloniert. In besagter Muschel befand sich ein Medaillon mit dem Aufdruck T&T – für Tamsin und Todd. Ein Blick auf das Kärtchen verriet mir, dass mein Mann Peter und ich am Tisch »Donna Summer« sitzen würden. Joy hatte ihre Tischkarte noch nicht abgeholt. Ich blickte wieder hinüber zu den ausgelassen tanzenden Mädchen, die gerade einen komplizierten Line Dance aufführten. Während ich Joy dabei zusah, wie sie in ihrem knielangen, dunkelblauen Kleid in die Hände klatschte und mit den Hüften wackelte, löste sich ein Junge aus einer Gruppe Freunde, ging, die Hände in den Hosentaschen, zu meiner Tochter und sprach sie an. Joy nickte und ließ sich von ihm unter die bläulich blitzende Discolampe führen.

Meine Joy!, dachte ich, während der Junge von einem Fuß auf den anderen trat, so als müsste er dringend aufs Klo. Auch wenn es nicht politisch korrekt ist, so etwas zu sagen, aber es ist nun mal eine Tatsache, dass man mit gutem Aussehen überall weiterkommt. Schönheit ebnet dir den Weg, öffnet dir Türen, man verzeiht dir, wenn du die Hausaufgaben zu spät abgibst oder das Auto mit leerem Tank zu Hause ablieferst. Joy würde es in ihrer Jugend viel einfacher haben als ich. Außer dass … außer dass sie in ihrem letzten Zeugnis eine Eins, zwei Zweier und zwei Dreier hatte – anstatt wie üblich nur Einser und Zweier (und weit entfernt von dem Einserzeugnis, das ich in ihrem Alter hatte, als mein Verstand größer gewesen war als mein Freundeskreis). »Sie macht momentan einen etwas unkonzentrierten Eindruck«, hatte ihre Lehrerin auf dem letzten Elternsprechtag zu Peter und mir gesagt. »Ist zu Hause irgendetwas nicht in Ordnung?«

Peter und ich hatten den Kopf geschüttelt. Uns fiel nichts ein – keine Scheidung, kein Umzug, kein Todesfall, keine ungewöhnlichen Vorkommnisse. Als die Lehrerin ihre Brille auf dem Schreibtisch zusammenklappte und fragte, ob Joy schon einen Freund hätte, antwortete ich: »Aber sie ist doch erst zwölf!« Die Lehrerin lächelte mich mitleidig an: »Sie würden sich wundern.«

Aber da irrte sie sich. Andere Mütter vielleicht, aber ich nicht. Ich hatte ein wachsames Auge auf meine Tochter (zu wachsam, würde Joy wahrscheinlich sagen). Ich kannte ihre Lehrer und die Namen ihrer Freunde, ich wusste, wie dieser fürchterliche Teenie-Sänger mit der winselnden Stimme hieß, für den sie schwärmte, und für welches Shampoo sie fast ihr gesamtes Taschengeld ausgab, weil die Flasche zwanzig Dollar kostete. Ich weiß, dass sie Schwierigkeiten beim Lesen hat, dafür aber ein Mathegenie ist, und dass sie nichts lieber tut, als im Meer zu schwimmen. Ich weiß, dass Aprikosen ihr Lieblingsobst sind, dass Tamsin und Todd ihre besten Freunde sind, dass sie meine kleine Schwester heiß und innig liebt und dass sie schreckliche Angst vor Spritzen und Bienen hat. Ich wüsste Bescheid, wenn sich etwas geändert hätte, und so erklärte ich der Lehrerin, dass in Joys Leben alles genauso war wie immer. Die Lehrerin lächelte und tätschelte mein Knie. »Bei Mädchen in Joys Alter erleben wir das öfter.« Sie setzte ihre Brille wieder auf und sah auf die Uhr. »Ihre Horizonte erweitern sich einfach. Es wird bestimmt alles wieder in Ordnung kommen. Sie hat engagierte Eltern, und sie ist ein vernünftiges Mädchen. Wir behalten die Sache einfach im Auge.«

Als ob ich das nicht ohnehin tun würde, dachte ich. Stattdessen lächelte ich, bedankte mich bei Mrs McMillan und versprach mich zu melden, falls es irgendwelche Probleme gab. Als ich meine Tochter eine halbe Stunde später direkt darauf ansprach und fragte, ob irgendetwas nicht stimmte, erntete ich natürlich das für Teenager auf der ganzen Welt charakteristische Schulterzucken und Augenrollen. Auf meine Bemerkung: »Das ist keine Antwort« entgegnete sie: »Die siebte Klasse ist nun mal schwieriger als die sechste« und klappte ihr Mathebuch auf, um mir zu signalisieren, dass die Unterhaltung damit definitiv beendet war.

Ich überlegte, wen ich anrufen könnte: ihren Kinderarzt, einen Psychologen, ihre frühere Logopädin oder wenigstens den Rektor der Schule und ihren Vertrauenslehrer. Ich machte eine Liste von möglichen Anlaufstellen: Nachhilfezentren und Hausaufgaben-Websites, Selbsthilfegruppen für Eltern von Frühchen oder schwerhörigen Kindern. Peter hatte es mir ausgeredet: »Das Schuljahr hat gerade erst angefangen. Sie braucht einfach nur Zeit.«

Zeit, dachte ich jetzt. Ich nippte an meinem Drink und verdrängte meine Sorgen. Darin bin ich mittlerweile ganz gut. Mit zweiundvierzig Jahren gestehe ich mir endlich einen leichten Hang zur Melancholie ein. Ich traue dem Glück nicht. Ich drehe und wende es wie ein Glas auf dem Flohmarkt oder wie einen Teppich auf dem Basar, auf der Suche nach angeschlagenen Rändern oder gezogenen Fäden.

Aber Joy ist da anders, dachte ich und sah wieder zu meiner Tochter. Der Junge hatte sie an den Hüften gefasst und schob sie auf der Tanzfläche herum, und sie lachte über etwas, was er gesagt hatte. Mit Joy ist alles in Ordnung. Joy ist hübsch, und es geht ihr gut. Und wie alle Fastdreizehnjährigen hat meine Tochter keine Ahnung, wie hübsch sie ist und wie gut es ihr geht.

»Cannie!« Shari Marmers Stimme schallte durch den überfüllten Lichthof des Constitution Center, wo die Gäste grüppchenweise darauf warteten, ihre Plätze zum Abendessen einzunehmen. Ich umklammerte meine Muschel und meinen Drink und winkte Shari halbherzig zu, als sie mit knallroten Lippen und kosmetisch korrigierten Augenlidern auf mich zueilte, einen neuen Diamantsolitär in der Grand-Canyon-Schlucht zwischen ihren Brüsten. »Ju-hu! Cannie!«, trällerte sie erneut. Ich stöhnte insgeheim auf, als sie mir ihre weiß lackierten Fingernägel in den Arm krallte. Als ich mich wegdrehen wollte, klemmte sich ihre Hand unter meiner rechten Brust ein. Ich wäre am liebsten vor Scham im Boden versunken. Shari schien es nicht zu merken.

»Du und Peter, ihr sitzt bei uns.« Sie zog mich in den Speisesaal, in dem dreißig, mit je zehn Gedecken versehene Tafeln aufgebaut waren, geschmückt mit aquamarinblauen Tischdecken und Muschelgestecken, das Ganze gekrönt von glitzernden Discokugeln.

»Toll!«, sagte ich, während ich mich insgeheim fragte: Warum? An Shari und Scotts Tisch sollten doch schließlich Verwandte, Großeltern, echte Freunde sitzen. Und es war ja auch nicht so, als hätten Shari und ich uns schon ewig nicht mehr gesehen. Ihre Kinder waren die besten Freunde meiner Tochter, und auch wenn wir selbst nie dicke Freunde geworden waren, so kannten wir uns seit Jahren und sahen uns oft genug. Gerade erst vor einem Monat hatten wir einen ganzen Tag zusammen verbracht, fünfzehn Kilo Kartoffeln für das jährlich stattfindende Vorschul-Latke-Fest in unserer Synagoge gerieben und dabei über unsere derzeitigen Lieblings-Reality-TV-Shows geplaudert. Peter und ich könnten drüben bei den Callahans am »Gloria Gaynor«-Tisch sitzen, oder am »Barry Gibb«-Tisch bei Marisol Chang, die ich sehr mochte, seit wir uns vor zehn Jahren in der Kindermusikgruppe kennengelernt hatten.

»Wie findest du es?«, frage Shari mit einer weitausholenden Bewegung ihres muskulösen, gestrafften und vermutlich fettabgesaugten Arms, während wir auf den Haupttisch zugingen.

»Fantastisch«, sagte ich loyal. »Und Tamsin und Todd haben ihre Sache wirklich ganz wunderbar gemacht.«

Sie packte meinen Arm noch fester. »Findest du wirklich?«

»Sie waren großartig. Und du siehst toll aus.« Das zumindest war die unbestrittene Wahrheit. Shari, die um acht Jahre älter war als ich, hatte in New York in der Werbebranche gearbeitet, bevor sie geheiratet und Kinder bekommen hatte. Heute bestand ihr Job darin, sich selbst in Schuss zu halten, und sie widmete sich dieser Aufgabe mit größerer Hingabe, als ich jemals für eine bezahlte Anstellung aufgebracht hatte. Während wir in der Küche der Synagoge die Kartoffelpfannkuchen zubereitet hatten, lauschte ich Sharis Schilderung ihres Alltags beeindruckt und erschöpft zugleich: Personal Trainer, Yoga- und Pilateskurse, Gesichts-, Wachs- und Laserbehandlungen, Augenbrauentönungen, kalorien- und kohlenhydratarme Mahlzeiten, die ihr jeden Vormittag angeliefert wurden. Das war vielleicht das einzig Gute daran, wenn man nie schön gewesen war – man musste nicht verzweifelt an etwas festhalten, was man nie gehabt hatte.

»Und die Party?«, drängte Shari. »Ist sie nicht ein bisschen übertrieben?«

»Kein bisschen!«, log ich.

Shari seufzte, als ein goldbehängter DJ mit glänzenden schwarzen Locken, der dem jungen Rick James vor seiner Zeit im Gefängnis verblüffend ähnlich sah, ihre Eltern zur Segnung des Brotes nach vorn führte. »Tamsin ist stinkwütend. Meeresbiologie sei eine ernsthafte Wissenschaft, und ich würde mit den Muscheldekorationen und Meerjungfraukostümen« – sie zeichnete mit ihren beringten Fingern Anführungszeichen in die Luft – »›ihre Ambitionen trivialisieren‹.« Sie blinzelte mich mit ihren frisch gelifteten Augen an. »Ich für meinen Teil finde die Bedienungen reizend!«

»Zauberhaft«, sagte ich.

»Das ist auch gut so«, murmelte Shari. »Ich musste noch etwas drauflegen, damit sie Bikinis tragen. Es gibt da irgendwelche Hygienevorschriften.« Sie zerrte mich durch die Menge an den »Donna Summer«-Tisch. Außer Peter und mir und sechs Familienangehörigen saßen noch der Programmdirektor des öffentlichen Radiosenders der Stadt und seine Frau bei uns am Tisch.

Ich winkte meinem Mann zu, der in einer Ecke in ein Gespräch mit einem befreundeten Gastroenterologen vertieft war. Mit ihm möchte ich jetzt auch nicht tauschen, dachte ich und setzte mich.

Die ältere Dame zu meiner Linken blickte auf mein Tischkärtchen und sah mich an. Mir wurde flau im Magen. Ich wusste, was jetzt kam. »Candace Shapiro? Doch nicht Candace Shapiro, die Schriftstellerin?«

»Exschriftstellerin«, sagte ich mit einem bemühten Lächeln, während ich die Serviette über meinen Schoß breitete. Auf einmal erschien mir ein Gespräch mit einem Gastroenterologen durchaus verlockend. Aber was soll's? Ich sollte vermutlich geschmeichelt sein, dass Shari noch immer glaubte, mit meinem Namen Eindruck machen zu können. Ich hatte vor fast zehn Jahren unter meinem richtigen Namen einen Roman geschrieben, verfasste seitdem aber nur noch Science-Fiction-Romane unter einem Pseudonym. Zwar waren die Honorare im Sci-Fi-Bereich viel schlechter, aber die Anonymität bekam mir sehr viel besser als damals meine fünfzehn Minuten Ruhm.

Meine Sitznachbarin legte ihre altersfleckige, zittrige Hand auf meinen Unterarm. »Wissen Sie, Liebes, ich habe schon so lange ein Buch in mir.«

»Mein Mann ist Arzt«, sagte ich mit ernster Miene. »Er kann Ihnen bestimmt dabei helfen, es rauszuholen.«

Die ältere Dame sah mich verwirrt an.

»Entschuldigen Sie«, sagte ich. »Worüber wollen Sie denn schreiben?«

»Also, es geht um eine Frau, die sich nach langjähriger Ehe scheiden lässt ...«

Ich lächelte, nippte an meinem Glas und lauschte ihrer Inhaltsangabe mit halbem Ohr. Kurz darauf tauchte Peter neben mir auf. Ich lächelte ihn dankbar an, als er meine Hand nahm.

»Entschuldigen Sie uns«, sagte er zu der Frau. »Sie spielen unser Lied. Cannie?«

Er führte mich zur Tanzfläche, wo sich in der Zwischenzeit auch einige Erwachsenenpaare unter die Kinder gemischt hatten. Ich winkte Joy zu, dann reckte ich mich, um Peter einen Kuss auf sein Kinngrübchen zu geben, und lehnte mich an seine smokingbekleidete Brust. Es dauerte eine Weile, bis ich das Lied erkannte. »Seit wann ist ›Do It Till You're Raw‹ unser Lied?«

»Ich musste dich doch von der Dame loseisen, also ist es das jetzt.«

Ich seufzte. »Und ich hatte mich schon auf etwas Romantisches gefreut. Du weißt schon, etwas in der Art von ›I Had His Baby, But You Have My Heart‹.« Ich lehnte mich an ihn und winkte Shari und Scott Marmer zu, die im Foxtrottschritt an uns vorbeirauschten. Scott sah aus, als würde er vor Stolz auf seine Kinder gleich platzen. Seine großen braunen Augen und seine kahle Stelle glänzten in der Diskobeleuchtung, ebenso sein Kummerbund, der aus demselben roten Satinstoff gemacht war wie Sharis Kleid. »Kannst du dir vorstellen, dass wir diesen Herbst auch dran sind?« Ich musterte Shari genauer. »Außer dass ich mir davor wahrscheinlich nicht die Brüste vergrößern lasse.«

»Das brauchst du auch nicht«, sagte Peter und bog mich nach hinten. Als das Lied zu Ende war, überprüfte ich zuerst den Sitz meiner Frisur und strich dann über meine von schwarzem Samt umschlossenen Hüften. Ich fand, dass ich ganz passabel aussah. Keine Geringere als meine Tochter hatte mein Outfit gebilligt. Zugegeben, sie hatte es mit einem nicht gerade enthusiastischen *Ist schon okay* getan und mir am Eingang gesagt, dass sie uns die elterliche Fürsorge entziehen lassen würde – was Kindern heutzutage rechtlich möglich sei –, falls ich im Laufe des Abends meine Schuhe auszog und wie eine Obdachlose herumlief.

Wie immer bei solchen Anlässen fragte ich mich, was die anderen wohl über Peter und mich dachten und ob sie sich ungläubig fragten: *Das ist seine Frau?* Im Gegensatz zu dem armen Scott mit seinem Bauch und seiner angehenden Glatze war Peter groß und schlank und wurde mit zunehmendem Alter nur noch attraktiver. Leider konnte man das von mir, im Vergleich zu der chirurgisch aufgepeppten Shari Marmer, nicht behaupten. Egal, dachte ich, ich sollte es positiv sehen. Vielleicht glaubten alle, dass ich die Gelenkigkeit einer neunzehnjährigen rumänischen Turnerin, die Fantasie eines Pornostars und im Bett allerlei ausgefallene Tricks auf Lager hatte.

Ich straffte meinen Oberkörper und reckte den Kopf, als der DJ »Lady in Red« spielte und Peter wieder seine Arme um mich legte. Ich war entschlossen, meiner Tochter ein gutes Vorbild zu sein und ihr vorzuleben, dass es bei einem Menschen nicht auf den Umfang seiner Oberschenkel, sondern auf den Charakter ankam. Und falls dennoch Ersteres der Fall war, so sollte die Welt ruhig wissen, dass ich dank einer höllischen sechswöchigen Atkins-Diät um beeindruckende sieben Pfund leichter war als zum Zeitpunkt meiner Hochzeit. Darüber hinaus war ich, abgesehen von einem Anflug von Arthritis und gelegentlichen Rückenschmerzen, unverschämt gesund, wohingegen ausgerechnet Peter ein Cholesterinproblem geerbt hatte, das mit drei verschiedenen Medikamenten behandelt werden musste.

Als ich zu ihm aufsah, blickte er mich mit leicht gerunzelter Stirn und durchdringendem Blick an.

»Was ist?«, fragte ich hoffnungsvoll. »Willst du es draußen im Treppenhaus treiben?«

»Lass uns einen Spaziergang machen.« Er schnappte sich ein paar Rindfleisch-Satay-Spieße und einen Teller von einem vorbeigehenden Kellner, dazu noch etwas rohes Gemüse und ein paar Cracker, und führte mich die Treppe hinauf zur Signers' Hall, in der die Unterzeichner der amerikanischen Verfassung in lebensgroßen Statuen verewigt waren.

Ich lehnte mich an Benjamin Franklin und sah mich um. »Weißt du was? Unser Land wurde von einem Haufen sehr, sehr kleinwüchsiger Männer gegründet.«

»Heutzutage ernähren wir uns besser.« Peter stellte seinen Teller auf einen Cocktailtisch und gab John Witherspoon einen freundschaftlichen Klaps auf den Rücken. »Das ist der Schlüssel zu allem. Und außerdem trägst du hohe Absätze.«

Ich zeigte auf George Washington. »Er auch. Hey, war das Ben Franklin mit der Geschlechtskrankheit oder jemand anders?«

»Cannie«, sagte Peter ernst, »wir befinden uns in Gegenwart großer Männer. Bronzeskulpturen großer Männer. Und da denkst du an STDs?«

Ich las Bens Kurzbiographie auf dem kleinen rechteckigen Schild an seiner Stuhllehne. Sie erwähnte keine fiesen Souvenirs, die er sich unter Umständen während seiner Zeit in Paris eingefangen hatte. Geschichtsschreibung ist Schönfärberei, dachte ich. Ich beugte mich über das Geländer und blickte hinab auf die angeheuerten Tänzer, die wild mit den Hüften kreisten, während ein speziell angefertigtes Studio-54-Emblem von der Decke herabgelassen wurde (anstatt Kokain zu sniffen, schien der Mann auf dem Mond die Thora zu lesen). »Diese Party ist gaga«, sagte ich.

Peter sah mich über George Washingtons Perücke hinweg ruhig an. »Ich habe über etwas nachgedacht.«

Ich hievte mich auf einen Hocker vor dem Cocktailtisch. »Joys Party?« Bis zur Bat-Mizwa unserer Tochter waren es noch einige Monate, aber zu Hause wurde bereits heftig darüber diskutiert.

»Nein.« Er setzte sich mir gegenüber und sah mich mit seinen braunen, von langen Wimpern beschatteten Augen liebevoll, fast schüchtern an.

»Hast du eine tödliche Krankheit?«, fragte ich. »Kann ich deinen Rinderspieß haben?«

Peter schnaubte und konnte sich nur mühsam ein Lächeln verkneifen.

»Die eine Frage hatte mit der anderen nichts zu tun. Du hast mein ganzes Mitgefühl«, versicherte ich ihm. »Ich habe nur einen Riesenhunger. Aber keine Angst, ich werde ganz die fürsorgliche Ehefrau sein. Ich werde dir das Händchen halten, neben deinem Bett schlafen, deinen Leichnam ausstopfen und präparieren lassen, was immer du willst.«

»Ein Wikingerbegräbnis«, sagte Peter. »Du weißt, dass ich mir ein Wikingerbegräbnis wünsche. Mit brennenden Pfeilen, und Wyclef Jean soll ›Many Rivers to Cross‹ dazu singen.«

»Ach ja, richtig.« Auf meinem Laptop war eine ganze Datei namens »Peters Ableben«. »Falls Wyclef keine Zeit hat, soll ich es dann bei Pras Michel versuchen?«

Peter zuckte die Schultern. »Er könnte den Gig vermutlich gebrauchen.«

»Denk besser noch mal drüber nach. Ich will wirklich nicht, dass du nach deinem Tod als Geist herumspukst und mir das Leben schwer machst, nur weil ich das falsche Bandmitglied der Fugees angeheuert habe. Und willst du die Musik, bevor oder nachdem man deinen Leichnam in Brand steckt?«

»Davor«, sagte er und forderte seinen Teller zurück. »Wenn man erst mal brennt, geht es rapide bergab.« Er kaute nachdenklich an einem Karottenstift. »Vielleicht könnte man mich auch im Apollo feierlich aufbahren. So wie James Brown.«

»Kann sein, dass du dafür erst eine CD rausbringen musst, aber ich werde sehen, was sich machen lässt. Ich habe Kontakte. Also, was gibt's?« Ich zog wissend eine Augenbraue hoch. »Willst du einen flotten Dreier?«

»Nein, ich will keinen flotten Dreier!«, rief er. Peter hat eine sehr tiefe, tragende Stimme. Die drei Frauen in trägerlosen Abendkleidern, die in die Halle gekommen waren, vermutlich um etwas Frischluft zu schnappen, starrten uns an. Ich zuckte entschuldigend die Schultern und formte mit den Lippen die Worte: *Tut mir leid.*

»Ich will …« Er senkte seine Stimme und sah mich forschend an. Sogar nach zehn Jahren Ehe, trotz der Alltagsroutine und der Diskussionen, wann wir das Dach reparieren lassen und in welches Ferienlager wir Joy schicken sollten, brachte mich sein Blick noch immer zum Dahinschmelzen, und ich wünschte mir, dass wir irgendwo allein wären – und dass ich tatsächlich so gelenkig wäre wie eine rumänische Turnerin.

»Ich wünsche mir ein Baby«, sagte Peter.

»Du wünschst dir …« Mein Herz begann heftig zu klopfen, und mein Samtkleid fühlte sich plötzlich zu eng an. »Da sieh an. Damit hatte ich nicht gerechnet. Wirklich?«

Er nickte. »Ich möchte ein Kind mit dir haben.«

»O-kay«, sagte ich langsam. Es war nicht das erste Mal, dass wir im Laufe unserer Ehe über diese Möglichkeit gesprochen hatten. Manchmal stand in der Zeitung etwas über eine Talkshow-Moderatorin oder eine Countrysängerin, stolze Mütter von Zwillingen oder Drillingen, die »mit Hilfe einer Leihmutter auf die Welt gekommen waren«. Bei diesem Ausdruck verdrehte ich immer die Augen. Das war ungefähr so, als würde ich sagen, dass ich den Ölwechsel »mit Hilfe eines Automechanikers« durchgeführt habe, wenn ich in Wirklichkeit nur die Rechnung bezahlt hatte. Sollten wir aber ein Baby bekommen, das biologisch gesehen unseres wäre, müsste jemand Drittes daran beteiligt sein. Joy war zwei Monate zu früh auf die Welt gekommen, mittels eines Notfallkaiserschnitts, dem eine Notfallhysterektomie folgte. Ich selbst würde keine Kinder mehr gebären können. Peter wusste das natürlich, und obwohl er mich immer auf die Artikel über die Leihmütter aufmerksam machte, hatte er mich noch nie gedrängt.

Aber jetzt schien er so weit zu sein. »Ich bin vierundfünfzig.«

Ich wandte mich ab und las die Inschrift auf James McHenrys Gedenktafel: »›Arzt, Militärberater und Politiker.‹ Und schick gekleidet war er auch.«

Peter ließ sich nicht beirren. »Ich werde älter. Joy wird älter. Und es gibt da Möglichkeiten. Du hast vielleicht befruchtungsfähige Eier.«

Ich klimperte mit den Wimpern. »Das ist mit Abstand das Romantischste, was du je zu mir gesagt hast.«

Peter nahm meine Hand, und sein Gesicht war so offen, so voller Hoffnung, so vertraut und geliebt, dass ich zutiefst bedauerte, dass ich mein einziges leibliches Kind mit diesem bekifften Arschloch von Exfreund statt mit meinem Mann gezeugt hatte. »Denkst du denn nie darüber nach?«, fragte er.

Meine Augenlider kribbelten. »Na ja …« Ich schüttelte den Kopf und schluckte. »Manchmal schon.« Natürlich hatte ich mich gefragt, wie es wäre, ein gemeinsames Baby zu haben, einen ernsten kleinen Jungen, der aussah wie Peter und seinen trockenen Humor hatte, wie es wäre, zusätzlich zu meinem perfekten Mädchen noch einen perfekten kleinen Jungen zu haben. Aber das war, als würde man davon träumen, bei den Supremes mitzusingen oder einen Marathon zu gewinnen beziehungsweise in meinem Fall überhaupt erst einmal einen Marathon zu laufen. Es war ein Tagtraum an einem faulen Nachmittag in der Hängematte, eine Fantasie, der man nachhängen konnte, während man im Stau stand oder auf der Autobahn unterwegs war, aber nichts, das tatsächlich geschehen würde.

»Aber wir sind doch glücklich«, sagte ich. »Wir haben uns. Wir haben Joy. Und Joy braucht uns.«

»Sie wird erwachsen«, sagte er sanft. »Unsere Aufgabe ist es jetzt, sie gehen zu lassen.«

Ich entzog ihm meine Hand und wandte mich ab. Er hatte ja recht – theoretisch. Bei jedem anderen Kind, das auf die dreizehn zuging, würde ich uneingeschränkt zustimmen. Aber bei Joy lag der Fall anders. Sie brauchte besondere Aufmerksamkeit – auf Grund der Tatsache, dass sie ein Frühchen war und dass ihr gewisse Dinge, wie zum Beispiel das Hören und Lesen, schwerfielen, aber auch aufgrund meiner Vergangenheit.

»Wir haben ein wunderbares Leben, aber es ist immer der gleiche Trott«, fuhr er fort. »Wir wohnen seit Jahren in demselben Haus, wir treffen uns mit denselben Leuten, wir fahren jedes Jahr im Sommer nach New Jersey ans Meer –«

»Dir gefällt es dort!«

»Es ist ein gutes Leben«, sagte er. »Aber vielleicht könnte es sogar noch besser sein. Es würde uns nicht umbringen, etwas Neues auszuprobieren.«

»Womit wir wieder beim flotten Dreier wären«, sagte ich, halb zu mir selbst.

»Ich finde, wir sollten es uns wenigstens mal ansehen. Damit wir Bescheid wissen.« Er zog eine Visitenkarte aus seiner Geldbörse und reichte sie mir. Dr. Stanley Neville, Reproduktions-Endokrinologe, mit einer Praxis in der Spruce Street – interessanterweise in demselben Gebäude wie der Arzt, bei dem ich wegen meiner kürzlich diagnostizierten Arthritis in Behandlung war. »Er kann einen Ultraschall deiner Eierstöcke machen.«

»Hurra«, sagte ich und gab ihm die Karte zurück. Ich dachte an unser perfekt geordnetes Leben, unser kleines, sicheres Nest, das uns von der Welt abschirmte. Mein Garten stand nach zehnjähriger Hege und Pflege in vollster Blüte, die Kletterrosen rankten sich am Spalier die Ziegelwände hinauf, die blauen und fliederfarbenen Hortensienblüten waren so groß wie Babyköpfe. Unser Haus war genau so, wie ich es mir immer gewünscht hatte. Erst vor einem Monat hatte ich nach siebenjähriger Suche endlich die perfekte, grüngoldene antike Pendelstanduhr gefunden, die nun oben auf der Treppe stand und mit melodischem Glockenschlag die Stunden einläutete. Alles war perfekt – bis auf die winzige und zweifelsohne reparable Kleinigkeit mit Joys Noten.

Peter berührte meine Schulter. »Egal, was geschieht, ob es funktioniert oder nicht, unser Leben ist gut, so wie es ist. Ich bin glücklich. Das weißt du, oder?«

Unter uns defilierten bodysuit- und bikinigekleidete Kellner und Kellnerinnen mit Salatplatten aus der Küche. Ich nickte. Meine Augenlider brannten, und ich hatte einen Kloß im Hals, aber ich würde bestimmt nicht mitten im Constitution Center zu heulen anfangen. Nicht auszudenken, wie darüber getratscht werden würde, wenn Shari davon Wind bekäme. »Okay«, sagte ich.

»Candace«, sagte Peter liebevoll, »mach bitte kein so besorgtes Gesicht.«

»Ich bin nicht besorgt«, log ich. Er reichte mir seinen Teller, aber zum ersten Mal seit ewigen Zeiten war ich kein bisschen hungrig. Also stellte ich den Teller zurück auf den Tisch und folgte Peter die Treppe hinab, vorbei an den Fenstern, vor denen der Mond hoch am Himmel stand und den Rasen in silbernes Licht tauchte.

2

Todd ließ sich neben mir aufs Bett fallen und sah mich erwartungsvoll an. »Also – was habt ihr beiden da drinnen gemacht?«, fragte er.

Ich entfernte meine Haarklammern, sodass meine Locken offen über die Schultern fielen, und lächelte nur.

»Wir sind deine besten Freunde«, flehte Todd. »James ist unser Cousin. Wir können dir Insider-Informationen geben. Ich finde ihn voll geil.«

Tamsin, die in ihrem Schlafsack auf dem Boden lag, schürzte die Lippen und blätterte geräuschvoll um. Todd trug noch immer seinen Anzug, aber seine Schwester war aus ihrem Kleid geschlüpft, kaum dass wir die Zimmertür hinter uns zugemacht hatten. Sie wirkte viel glücklicher in ihrem *Herr der Ringe*-Nachthemd und ihrer Jogginghose und ohne das Make-up, zu dem sie ihre Mutter genötigt hatte und das die Sommersprossen auf ihrer Nase überdeckt hatte.

»Wir haben gar nichts gemacht«, log ich, während Frenchelle, mein Hund, aufs Bett hüpfte und sich wie eine Nussschnecke zusammenrollte. Die Wahrheit war, dass ich dreimal mit Todd und Tamsins fünfzehnjährigem Cousin James getanzt hatte. Dann hatte mich James von seinem Drink probieren lassen, einem Whiskey Sour, den ihm sein älterer Bruder gegeben hatte. Dann war er mit mir in das dunkle Auditorium gegangen, wo normalerweise die »Freedom Rising«-Multimedia-Präsentationen gezeigt wurden, und hatte mich an die teppichverkleidete Wand gedrückt, und dann standen wir im Dunkeln, er in Hemd und Krawatte und ich mit seiner Jacke um meine Schultern, und küssten uns, als wären wir in einem Film oder zumindest in einem Musikvideo. Mir wurde ein bisschen mulmig, als er anfing, sich an mir zu reiben, aber als er seine Hand auf meine Brust legte, schob ich sie einfach weg, und als er es nicht noch einmal probierte, entspannte ich mich. Es war so dunkel in dem Auditorium, dass ich mir vorstellen konnte, er wäre jemand anders. Zuerst stellte ich mir vor, er wäre Dustin Tull, mein Lieblingssänger, und das war schön, und dann stellte ich mir vor, er wäre Duncan Brodkey, mein Schwarm in der Schule, und das war sogar noch besser, und so stand ich also da im Dunkeln, während James seine dünnen Lippen so fest auf meine presste, dass ich seine Zähne spüren konnte.

Du bist so geil, murmelte er in mein Ohr, und das war das Beste überhaupt, weil ich das Gefühl hatte, dass er es wirklich ernst meinte, dass es an diesem Abend, in diesem Kleid, vielleicht sogar stimmte. Dann war seine Hand zurück auf meine Brust gerutscht, und er hatte mich gekniffen. Ich drückte ihn weg und sagte: *Vergiss es!*, in einem verächtlichen, fast schon gemeinen Ton, sodass ich klang wie Taryn Tupping, die Hauptdarstellerin in der Fernsehserie *The Girls' Room*, die tatsächlich geil ist. Sie würde genau diese Worte und diesen Ton benutzen, wenn ein Typ zu weit ging. James ließ sofort von mir ab, und ich dachte, dass er wütend sein würde, aber er sah einfach nur aus, als hätte er das erwartet – als würden geile Mädchen nun mal so reagieren.

»Jetzt sag schon! Raus mit der Sprache!«, drängte Todd. Allein bei dem Gedanken daran, wie sich James' Lippen und Hände angefühlt hatten und wie er mich anerkennend angesehen hatte, errötete ich. Aber ich wollte nichts sagen, weil Tamsin noch nie jemanden geküsst hatte, und weil Todd es allen möglichen Leuten erzählen würde, wahrscheinlich angefangen bei seiner Mutter.

Frenchelle drehte sich ein paar Mal um die eigene Achse, dann rollte sie sich erneut zusammen und begann zu schnarchen, gerade als meine Mutter langsam die Treppe hochkam. Ich drehte mich um und vergrub mein Gesicht im Kissen, während sie, wie jedes Mal, stehen blieb, um die Uhr auf dem Treppenabsatz zu bewundern. »Pscht«, sagte ich. »Sie kommt.«

Wir drei lagen ruhig da, es war nur das Knacken der Zahnspange zu hören, die Tamsin ständig rein- und rausnahm, dann hörte ich, wie meine Mutter in ihr Schlafzimmer ging. Ich drehte mich auf den Rücken, starrte zur Decke hinauf und begann meine Litanei. »Zehn Gründe, warum ich meine Mutter nicht ausstehen kann.«

»Nicht schon wieder«, murmelte Tamsin.

»Ihr entschuldigt mich«, sagte Todd und ging, seinen Pyjama unterm Arm, ins Bad.

Ich ließ mich nicht beirren. »Nummer eins: ihre Brüste.«

»So schlimm sind sie auch wieder nicht«, sagte Tamsin, ohne von ihrer Ausgabe von *Ghost World* aufzusehen, die ich ihr zu Chanukka geschenkt hatte, weil sie ihr altes Exemplar so oft gelesen hatte, dass es auseinanderfiel. Todd kam barfuß und in einem gestreiften Seersucker-Pyjama wieder ins Zimmer. Er roch nach Aknegel und Pfefferminzzahnpasta; sein dunkelbraunes Haar war nach hinten gekämmt, und er hatte die gleiche Nase und die gleichen Lippen und Augenbrauen wie seine Schwester. Obwohl Todd nicht auf Mädchen stand, durfte er heute wahrscheinlich das letzte Mal bei mir übernachten – *Heute bin ich ein Mann*, hatte er gesagt und dabei das Gesicht verzogen –, aber am nächsten Vormittag veranstalteten die Marmers bei sich zu Hause einen Brunch. Die Caterer kamen um sechs Uhr, und Mrs Marmer hatte beschlossen, dass die Vorteile von ausgeschlafenen Zwillingen die Nachteile einer gemischtgeschlechtlichen Pyjamaparty wettmachten. »Sie sind einfach nur … du weißt schon.« Tamsin drehte sich auf die Seite. »Groß.«

Ich seufzte. Todd und Tamsin waren seit dem Kindergarten meine besten Freunde. Wir hatten uns kennengelernt, als mich Matthew Swatner wegen meiner Hörgeräte aufzog und Roboterkopf nannte. Die beiden setzten sich am Sandtisch neben mich – Tamsin mit roten Schleifchen an den Zöpfen, Todd mit einer roten Baseballkappe – und befahlen Matthew, mich in Ruhe zu lassen. Dann gab mir Todd seine Baseballkappe, und Tamsin wickelte mir eines ihrer Schleifchen ums Handgelenk, und in der Pause setzten sie sich neben mich und funkelten Matthew und jeden, der mich schief ansah, böse an. Deine persönlichen Prätorianer, hatte meine Mutter gesagt, als sie die beiden gesehen hatte. Ich weiß noch immer nicht, was sie damit gemeint hat, aber ich weiß, dass Tamsin und Todd sogar nach all den Jahren noch immer nicht checken, wie schrecklich meine Mutter ist.

»Ihre Brüste sind riesig«, sagte ich. »Kennt ihr ihre BH-Größe? 36G.«

»G?«, sagte Todd. »Gibt es diese Größe überhaupt?«

»Im Laden nicht. Sie muss sie online bestellen.«

»Wow«, sagte Tamsin, aber es klang beeindruckt, nicht entsetzt, so wie ich es gewesen war, als ich das Etikett am BH meiner Mutter gesehen hatte.

»Und sie trägt immer Sachen, in denen man ihre Brüste sehen kann!« Ich schüttelte den Kopf. »Aber dafür kann sie wahrscheinlich nichts. Ich meine, was soll sie schon tragen, damit man sie nicht sieht?« Ich starrte zur Decke hinauf und erzählte meinen Freunden, was das Schlimmste war. »Und jetzt bekomme ich auch so Dinger.«

»Du Glückliche«, sagte Tamsin und blickte unglücklich auf ihren eigenen Busen. »Typen stehen auf große Brüste.«

»Deshalb hat sich unsere Mutter ja auch die ihren vergrößern lassen«, sagte Todd.

»Sie meint, ich könne das auch machen lassen, wenn ich sechzehn bin«, sagte Tamsin. »Als ob ich so etwas tun würde!«

Ich errötete wieder, als ich an James dachte, den meine Oberweite offensichtlich nicht gestört hatte. »Amber Gross hat keine großen Brüste«, sagte ich. »Amber Gross hat so gut wie gar keine Brüste.«

»Ja, aber sie ist Amber Gross.« Ausgesprochen klang es dumm, aber ich wusste genau, was Tamsin meinte. Amber Gross war das beliebteste Mädchen in unserem Jahrgang. Sie hatte kastanienbraune Haare, glatt und glänzend wie ein Seidenvorhang, und ein blitzendes Lächeln, so als hätte sie sich ihre Spange extra als Schmuckstück anfertigen lassen. Kein Pickel würde es jemals wagen, ihre Haut zu entstellen. Sie war zierlich und perfekt, und ihre Klamotten sind zierlich und perfekt, und sie geht mit Martin Baker, der schon im Reserveteam der Fußballschulmannschaft mitspielt, obwohl er erst in der siebten Klasse ist. Aber das Beste, das Wichtigste, war, dass Amber mit jedem reden kann, egal, ob Eltern, Lehrer oder Jungs, und alles, was sie sagt und wie sie es sagt, ist immer genau richtig.

Ich bin das glatte Gegenteil von Amber. Ich bin das Mädchen, dessen Gesicht man sofort wieder vergisst, das auf Klassenfotos immer in der letzten Reihe steht, mit hängenden Schultern und abgewandtem Blick, das immer lächelt und nickt, auch wenn sie nicht immer alles hört. Ich sage nie das Richtige, nicht einmal in meinem Kopf, und wenn ich etwas sage, bitten mich die Leute meistens, lauter zu sprechen oder es zu wiederholen, weil meine Stimme so tief und heiser und seltsam klingt, dass sie mich nicht hören oder verstehen können.

Ich hatte mich mal für etwas Besonderes gehalten – auf positive Art besonders, so wie es mir meine Mutter immer sagt. Ich weiß noch – ich war damals vielleicht drei oder vier Jahre alt –, wie mich meine Mutter beim Logopäden am Kinn fasste und mein Gesicht so drehte, dass ich ihre Lippen im Spiegel sehen konnte. *Schau mir zu, Joy.* Ich war zu früh auf die Welt gekommen und hörte auf dem einen Ohr schlecht und auf dem anderen auch nicht so gut, sodass ich später sprechen lernte als die meisten anderen Kinder. Im Kindergarten hatte es mich schrecklich frustriert, wenn mich die anderen nicht verstanden. Ich schrie, schleuderte Gegenstände durch den Raum, warf mich auf den ABC-Teppich und trommelte mit Füßen und Fäusten darauf ein. Meine Mutter kam jeden Tag mit mir in den Kindergarten. Sie wurde nie wütend oder ungeduldig. Sie wartete, bis ich zu weinen aufhörte, dann wischte sie mir das Gesicht ab, gab mir etwas Apfelsaft in meiner Schnabeltasse und ging mit mir zu den Staffeleien oder der Geschichtenecke, wo sie mich auf den Schoß nahm und mir aus einem Buch vorlas. Zu Hause übten wir vor dem Spiegel, wobei sie mir in die Augen sah und ihre Finger an mein Kinn legt. *Du machst das klasse! Du machst das ganz toll! Sag »mmm«.* Sie nahm mich auf ihren Schoß und legte meine eine Hand an meinen Hals, damit ich das Vibrieren meiner Stimmbänder spürte, und meine andere Hand auf meine Lippen, damit ich den Atem spürte, der aus meinen Nasenlöchern kam. *Sag »mmm«. »Mmm«. »Mama«.*

Mittags gingen wir nach Hause, und wenn es ein schwieriger Tag gewesen war, bekam ich eine kleine Belohnung. Sie kaufte mir Wasserfarben oder neue Knöpfe im Bastelladen oder ein Wassereis bei Rita's, wenn es warm war, und sie umarmte mich und sagte mir, dass sie so stolz auf mich sei, dass ich etwas Besonderes sei. Erst jetzt habe ich herausgefunden, dass das nicht stimmt. Der einzige Grund, warum mich jemand für etwas Besonderes hält, sind meine Hörgeräte und meine eigenartige Stimme und weil meine Mutter einmal, vor langer Zeit, ein Buch geschrieben hat.

»Bin ich jetzt dran?«, fragte Tamsin. Sie hatte ihren Finger zwischen die Buchseiten geklemmt.

»Ich bin erst bei Punkt zwei. Zweitens«, sagte ich. »Sie und mein Vater sind furchtbar. Sie lachen dauernd. Sie küssen sich, wenn sie glauben, dass ich es nicht sehe. Sie sprechen eine Privatsprache, bestehend aus all den Filmen und Fernsehserien, die sie gesehen, und den Zeitschriften, die sie gelesen haben. Wenn ich wissen will, worüber sie lachen, versuchen sie, es mir zu erklären, aber es ist genau wie damals, als ich noch klein war: Ich kann die Wörter hören, aber sie ergeben für mich keinen Sinn.«

»Jetzt bin ich dran.« Tamsin setzte sich auf und drehte ihre Haare zu einem Knoten. »Äh …«

Ich wandte mich ab. Falls Tamsin an ihrer Mutter auch nur eine Sache auszusetzen hätte, wäre ich geschockt. Mrs Marmers Brüste waren normal groß – zumindest waren sie das vor der OP gewesen. Der Vater von Tamsin und Todd ist ihr Ehemann, nicht ein Ex, der sie geschwängert, aber dann sitzengelassen hat.

Aber das Beste an Mrs Marmer ist, dass sie ihre Kinder in Ruhe lässt. Letzten Monat kam sie zwanzig Minuten zu spät zum Schulmusical. Tamsin, die neben mir saß und alle halbe Minute auf ihr Handy schaute, funkelte ihre Mutter wütend an, als sie mitten in Todds erstem Soloauftritt auf Zehenspitzen, die Hand vorm Mund und mit klappernden

Flipflops, ins Auditorium schlich. »Der Verkehr«, flüsterte sie, als sie sich neben Tamsin setzte. »Es tut mir so leid, mein Schatz. Habe ich schon viel verpasst?« Meine Mutter saß auf meiner anderen Seite, und ich sah, wie sie beim Anblick von Mrs Marmers Flipflops und korallenrot lackierten Zehennägeln den Mund verzog. Ihre Gesichtszüge entspannten sich, als sie meinen Blick bemerkte, und sie zuckte die Schultern. »Kann vorkommen«, flüsterte sie, während Tamsin den Mund zusammenpresste und ihr Handy zuklappte.

Ich war noch nie so neidisch auf meine Freunde gewesen. Meine Mutter würde mich nie vergessen. Niemals. Nicht einmal für zwanzig Minuten. Wahrscheinlich nicht einmal für zwanzig Sekunden. Ich war der Mittelpunkt ihres Lebens. Sie bringt mich jeden Morgen zur Schule (alle meine Mitschüler gehen zu Fuß oder fahren mit dem Bus), und sie holt mich jeden Nachmittag, pünktlich mit dem letzten Gong, in ihrem Minivan ab (den sie gekauft hat, weil er laut Verbrauchermagazin das sicherste Auto auf dem Markt war). Beim Schwimmtraining oder der Chorprobe sitzt sie auf der Tribüne oder im Auditorium und strickt oder tippt auf ihrem Laptop. Sie ist die Vorsitzende des Elternbeirats und die Elternsprecherin meiner Klasse, und sie meldet sich immer als Erste, wenn es darum geht, Obst oder Getränke zu den Elternabenden mitzubringen oder nach den Schulaufführungen die Partys für die Mitwirkenden zu veranstalten. Ständig drückt sie mir ein Buch in die Hand, über Terabithia oder Narnia, etwas von Philip Pullman oder Roald Dahl. *Joy, das hier wird dir gefallen! Es war mein Lieblingsbuch, als ich so alt war wie du!*

Wenn ich nicht in der Schule bin, ist sie fast jede Minute des Tages bei mir und beobachtet mich, als würde sie darauf warten, dass ich meinen Trinkbecher wieder durchs Zimmer schleudere und auf den Teppich einschlage, dass ich sie wieder so brauche wie damals mit drei Jahren. Und wenn sie nicht bei mir ist, dann denkt sie an mich, plant irgendeine Mutter-Tochter-Aktivität oder strickt mir etwas, was ich nicht brauche (den x-ten Schal, den x-ten Pullover, das x-te Paar Handschuhe), oder sie kauft mir noch ein Buch, das ich ungelesen ins Regal stelle, oder sie lässt spezielle Sicherheitsschlösser an meinen Fenstern anbringen, weil einmal, lange vor meiner Geburt, das Kind eines Rockstars aus dem Fenster gefallen war. (Ich hatte im Internet recherchiert und herausgefunden, dass das Kind vier Jahre alt gewesen war und aus dem dreiundfünfzigsten Stockwerk eines New Yorker Wolkenkratzers gestürzt war, aber diese Erklärung hatte meine Mutter nicht umstimmen können.)

»Die Pausenbrote unserer Mutter sind furchtbar«, sagte Tamsin schließlich.

»Widerlich.« Todd nickte. Ich versuchte, mitfühlend zu klingen, aber insgeheim dachte ich, dass ich ein aufgeweichtes Sandwich oder einen Diätburrito vom Vortag gern in Kauf nehmen würde, wenn ich dafür Mrs Marmer zur Mutter hätte anstatt meine, die mich nie allein ließ. Sie fasst mich zwar nicht mehr am Kinn, aber manchmal kommt es mir vor, als könnte ich dort noch immer ihre Finger spüren. Kaum steige ich nach der Schule zu ihr ins Auto, geht es auch schon los: *Wie war dein Tag? Wie war's in der Schule? Hast du Hunger? Willst du mir beim Kochen helfen? Brauchst du etwas aus dem Supermarkt? Soll ich dir bei den Hausaufgaben helfen?*, bis ich am liebsten laut schreien würde: *Lass mich in Ruhe, lass mich in Ruhe, ich kann nicht atmen, wenn du mir so auf die Pelle rückst!* Aber das kann ich nicht, denn wenn ich das tue, sieht sie mich an, als hätte ich ihr eine Ohrfeige verpasst oder die Reifen aufgeschlitzt oder irgendetwas getan, nur um ihr wehzutun.

Ich richtete mein Kissen, hörte nur mit halbem Ohr zu, während Todd und Tamsin das Horrorbrot beschrieben, das sie erst neulich aus ihren Lunchtüten gefischt hatten (»Sie kam sich ganz toll vor, weil sie diese Bio-Erdnussbutter gekauft hat, die oben ganz ölig ist, aber dabei mag ich Erdnussbutter gar nicht, und sie hat nicht mal umgerührt, also war es, als würde man ein Fettsandwich essen«), und starrte auf die im Dunkeln leuchtenden Sterne, die meine Mutter und ich vor langer, langer Zeit, als ich noch klein war, an die Decke geklebt hatten.

»Pscht«, sagte ich, als ich wieder die Schritte meiner Mutter hörte. Ich schaltete das Licht aus, und wir drei lagen im Dunkeln. Tamsin spielte wieder mit ihrer Spange und versuchte, im Schein des Digitalweckers zu lesen. Ich flüsterte ihr zu, leise zu sein und das Buch wegzulegen. Frenchie knurrte im Schlaf. Der Wecker schaltete von 12:45 auf 12:46.

»Warum macht sie das?«, fragte Todd.

»Weil sie mich so sehr liebt«, sagte ich. Es sollte sarkastisch klingen, aber stattdessen klang es einfach nur jämmerlich und schwach und – was am schlimmsten war – wahr.

Um 12:57 ging die Tür mit einem leisen Knarren auf. Ich zupfte mir die Haare über die Ohren, damit meine Mutter die Hörgeräte nicht sah, die ihr verraten würden, dass wir uns noch unterhalten hatten, und betete mit angehaltenem Atem, dass Tamsin uns nicht mit ihrer Spange verraten würde. Meine Mutter kam ins Zimmer und blieb einen Augenblick neben meinem Bett stehen. Sie berührte mich nicht, sondern stand einfach nur da und sah im Dunkeln auf mich herab und lauschte meinen Atemzügen, so wie sie es jede Nacht tat. Als sie sich zum Fenster umdrehte, öffnete ich meine Augen einen Spalt und sah ihr Gesicht im Schein der Straßenlampe, ihr geheimes Gesicht, das sie nur mir zeigt.

3

»Er will … ein Kind … von mir.«

»Dieses Schwein«, sagte Samantha von der Yogamatte neben mir. »Langsam. Wer ist ›er‹?«

Ich lächelte. Meine beste Freundin hatte beziehungsmäßig gerade ein paar schwierige Monate hinter sich, die in einer schmerzhaften Trennung von ihrem letzten Lover gipfelten. Er hatte während eines »intimen Augenblicks«, wie Sam es taktvoll nannte, eine Antifaltencreme im Wert von fünfhundert Dollar die Unze vom Nachttisch genommen und damit ihre Brüste sowie sein Gemächt eingerieben. Sam war stocksauer gewesen, und ihr Romeo war sauer über ihr Stocksauersein gewesen. (»Was? Soll das etwa heißen, dass ich das nicht wert bin?«, schrie er, woraufhin sie ihn informierte, dass kein Mann fünfhundert Dollar pro Nummer wert war, ganz abgesehen von der Zeit, die sie jetzt auf der Cellex-C-Warteliste verbringen musste, um Nachschub zu bekommen.)

»Peter. Mein Mann«, sagte ich. »Der Kerl, den ich geheiratet habe! Groß, dunkelhaarig! Der mir mal einen Staubsaugerroboter zum Geburtstag geschenkt hat!« Ich senkte meine Stimme. Zwei Reihen vor uns war Linda Larson, die den Körper eines neunzehnjährigen Starlets und die Ohren eines CIA-Spions hatte. »Mein Mann Peter will, dass wir ein Kind bekommen.«

»Ach herrje.« Samantha schüttelte ihr dichtes, glänzendes Haar und justierte zuerst ihr Stirnband, dann ihre Taubenstellung.

Ich ließ meine eigene Taube sein und rollte mich über Hände und Knie auf den gnädigen Boden ab. Sam war in der Zwischenzeit in die Hundestellung gesunken und hatte sich dann, in einer erstaunlich fließenden Bewegung, zu einem Schulterstand gerollt. Es war Dienstagabend, sechs Uhr, und wir nahmen an einem Yogakurs ab 40 teil, im Yoga Child in der South Street. Ich hatte uns im September dafür angemeldet und mir optimistischerweise vorgestellt, dass in dem Kurs lauter gebeugte Omas mit Gehwägelchen und Osteoporose sein würden, die zwischen den Mantras über ihre Hitzewallungen jammerten. Irrtum! Unsere Gruppe bestand aus acht fitten schicken Frauen in schwarzen Stretchhosen, von denen keine – Sam und Linda eingeschlossen – älter als fünfunddreißig aussah, plus meiner Wenigkeit, die ich in meiner ausgeleierten blauen Jogginghose und meinem Philadelphia-Academy-Sweatshirt so alt aussah, wie ich war und, meist erfolglos, mitzuhalten versuchte.

»Was wirst du tun?«, fragte Sam.

»Eine … Sekunde«, schnaufte ich und hievte mich unglaublich ungeschickt in die Hundestellung. Der Raum roch nach Orangen und Bienenwachskerzen und einer Melange verschiedenster, miteinander konkurrierender Parfums. Sam rollte sich in Bauchlage, drückte sich zur Babykobra hoch und drehte ihren Kopf zu mir.

»Peter hat mir einen Termin besorgt. Ich soll herausfinden, ob ich befruchtungsfähige Eier habe«, flüsterte ich. »Und dann eine Leihmutter suchen.«

Sam sah mich entsetzt an. »Cannie, ich liebe dich wie eine Schwester, aber du wirst mich jetzt hoffentlich nicht fragen, was ich denke, das du mich fragen wirst. Finger weg von meiner Vagina!«

»Es wäre, genau gesagt, deine Gebärmutter«, flüsterte ich zurück.

»Egal, vergiss es.«

Ashleigh, die Yogalehrerin, sah uns streng an. »Und jetzt alle das glückliche Baby«, sagte sie mit ihrer tiefen, beruhigenden Stimme.

»Ich hasse es, wenn Yoga ironisch wird«, murmelte ich, während wir uns auf den Rücken drehten, unsere Füße fassten und die Knie zur Brust anzogen.

»Willst du überhaupt noch ein Baby?«, fragte Sam.

»Ich weiß es nicht.« Babys. Wie konnte ich an Babys denken, wenn Joy schon ihre Bat-Mizwa-Party plante und ich meine Kopfschmerztabletten in den Packungen kaufte, die sich leicht öffnen ließen und Beipackzettel in gut lesbarer Großschrift enthielten. »Ich bin alt.«

»Bist du nicht«, sagte Sam loyal – und eine Spur defensiv (sie war sechs Monate älter als ich).

»Zweiundvierzig ist zu alt, um nachts um drei Uhr aufzustehen und ein Baby zu füttern.«

»Madonna hat es gemacht«, sagte Sam.

»Madonna ist kein Mensch.«

Auf Ashleighs Anweisung hin senkten wir unsere Beine auf den Boden, legten die Arme an den Seiten ab, lagen fünf Minuten in Shavasana und nahmen dann zur Schlussmeditation den Yogasitz ein.

»Du könntest jemanden anheuern«, sagte Sam. »Eine Säugamme.« Ashleigh sah uns erneut stirnrunzelnd an. »Säugamme« klang nicht einmal annähernd wie *Om shanti shanti shanti.* Sam presste ihre Hände vor dem Brustkorb aneinander. »Sie kommen bestimmt wieder in Mode. Wie alles andere auch. Egal, es geht hier nicht um Ammen. Sondern darum, ob du wirklich noch ein Kind willst.«

Ich richtete mich auf, drückte meine gefalteten Hände ans Herz und verbeugte mich zum *Namaste*-Gruß in Ashleighs Richtung. »Ich könnte es unter Umständen durchaus in Betracht ziehen«, sagte ich schließlich.

»Du verbringst zu viel Zeit mit Juristen«, sagte Sam.

Ich schüttelte den Kopf. »Nur mit dir. Außerdem spielt es vermutlich eh keine Rolle. Meine Eier sind wahrscheinlich schon abgelaufen.«

Wir rollten unsere Matten zusammen, während Ashleigh neben der Tür stand und jeden von uns zenmäßig verabschiedete. Wir ließen unsere Blöcke und Gurte in den Korb neben der Tür fallen und setzten uns dann auf den Futon im Foyer, um unsere Stiefel und Jacken anzuziehen. Ich trug eine selbst gestrickte Wollmütze mit Ohrenklappen, einen dazu passenden Schal und einen dicken fuchsienfarbigen Daunenmantel, in dem ich, meiner eigenen wohlwollenden Einschätzung nach, so groß war wie ein mittlerer Kleinwagen. Sam trug einen wunderschönen roten Kaschmirponcho, dessen Saum mit roten und orangefarbenen Angoratroddeln verziert war. Ich hätte darin wie ein explodierender Vulkan ausgesehen.

Wir gingen in das Café auf der gegenüberliegenden Seite der schneegesäumten South Street, um die Yogastunde wie üblich mit doppelten Latte macchiatos zu beenden. Ich hängte meinen Mantel über die Stuhllehne, während Sam Zimt und Muskat auf ihren Kaffee streute. Ein Geschwisterchen für Joy, dachte ich. Ein Baby, das Peters braune Haare und dunkle Augen, seine ruhige, überlegte Art haben würde und rein gar nichts von meinem Exfreund, Bruce Guberman, der Joys Geburt mit einem zweijährigen Aufenthalt in Amsterdam feierte, wo er sich vermutlich dem edlen Ziel hingab, sein Körpergewicht in Marihuana zu rauchen.

Ich werde alt, ich werde alt, dachte ich, als sich Sam mit einem Schoko-Biscotti in der Hand neben mich setzte.

»Joy … Joy hat Probleme«, stieß ich hervor.

Sam sah mich überrascht an. »Was?«

»Sie hat in Englisch eine Drei.«

Sams Gesichtsausdruck wandelte sich zu Amüsiertheit.

»Ich weiß, ich weiß, das ist kein Drama, aber jedes Mal, wenn ich sie daraufhin anspreche, weicht sie mir aus. Ich muss ihr jedes Wort aus der Nase ziehen, und sie sieht mich an, als würde ich schlecht riechen.«

»Pubertät«, verkündete Sam und tauchte ihr Biscotti in den Latte.

»Jetzt schon?« Mir fiel ein, wie Joys Lehrerin gefragt hatte, ob Joy schon einen Freund hätte, und wie schnell ich abgewinkt hatte.

»Es sind die Hormone in der Milch«, sagte Sam. »Im Fernsehen lief letztens ein Bericht darüber. Über Achtjährige in Texas, die Tampons in ihren Lunchboxes haben.«

Ich schüttelte mich. »Joy hat noch keine Periode.« Das hätte sie mir gesagt, dachte ich – aber gleichzeitig beschlich mich ein unbehagliches Gefühl, und ich fragte mich, ob sie das getan hätte. »Und was ist mit ihren Noten?«

»Ich würde mir keine allzu großen Sorgen machen«, sagte Sam. »Schließlich fällt sie nicht durch, und sie ist erst in der siebten Klasse. Wahrscheinlich schwärmt sie nur für jemanden oder so.«

»Es ist nur eine Phase, richtig?«, jammerte ich. »Ich habe meine Mutter gehasst. Du hast deine Mutter gehasst.«

»Das tue ich immer noch«, sagte Sam fröhlich. »Was uns zu den Abenteuern der Woche bringt.« Sie nahm einen Ordner aus ihrer krokodilledernen Bowling Bag. »Okay«, sagte sie und schob die erste Seite über den Tisch. Es war ein Foto von einem Mann mittleren Alters mit dicker Brille und schütterem Haar. Er hatte wässerige blaue Augen, und sein Lächeln glich eher einer angespannten Grimasse. Seinen biografischen Angaben nach war er siebenundvierzig, ein geschiedener Reformjude, der nur an den höchsten Feiertagen in die Synagoge ging, Vater eines fünfzehnjährigen Sohnes, für den seine Frau das Sorgerecht hatte, mit einem Magister in Stadtplanung und einer Vorliebe für Sushi und Sonnenuntergänge. Sein Online-Name war »Mark, der Gutmensch«.

»Mark, der Gutmensch?« Ich versuchte, neutral zu klingen, aber man musste mir mein Entsetzen angemerkt haben. »Er sieht aus wie …« Ich studierte sein Bild, seinen Lebenslauf, seine Angaben, wie er sich seine ideale Partnerin vorstellte. »Keine Ahnung. Wie jemand, der nicht so gut zu dir passt?«

»Ich bin nicht auf der Suche nach Mr Perfect«, sagte Sam und schob mir noch ein Blatt über den Tisch. »Ich suche jemand Akzeptablen.« Sie seufzte. »Momentan würde ich jeden nehmen, der jüdisch ist und noch einen Pulsschlag hat.«

»Die Hochzeit?«, fragte ich.

»Was sonst?«

Sams Bruder, der seinen Namen von Alan zu Avram geändert hatte, heiratete im August Hannah, geborene Heather, in einer orthodoxen Zeremonie in Pittsburgh. (»August in Pittsburgh«, sagte Sam. »Genau wie April in Paris. Nur das glatte Gegenteil.«) Als sie die Einladung bekam, war Samantha – die so viele katastrophale Dates, Gruppen-Dates, Blind Dates und Speed Dates hinter sich hatte, dass sie sich zu guter Letzt einen Superdupervibrator zugelegt und Männern komplett abgeschworen hatte – sofort ins Internet gegangen, hatte sich für fünfhundert Dollar eine Premiummitgliedschaft bei AJew4U.com erkauft und stundenlang Profile von noch unerwählten Auserwählten heruntergeladen. Ungeachtet der von mir angeführten Tatsache, dass bei einer orthodoxen Hochzeit Männer und Frauen nicht einmal miteinander tanzen und wahrscheinlich den Gottesdienst und den Großteil des Empfangs in getrennten Räumen verbringen würden. »Ich bin nicht auf der Suche nach der großen Liebe«, sagte Sam. »Oder nach einer Beziehung. Ich brauche nur einen Mann für einen Abend, damit meine Mutter mich in Ruhe lässt. Ist das so schwierig?«

Wie sich herausstellte, war es das. Zumindest hatte AJew4U.com bisher noch keinen Kandidaten ausgespuckt. Aber Sam gab nicht auf.

Ich blätterte zum Nächsten. »Was ist mit dem hier?«

Sam würdigte ihn kaum eines Blickes. »Vergiss es. Er ist Kanadier.«

Ich studierte sein Profil. »Er lebt in Collingswood, New Jersey.«

»Geboren in Manitoba«, sagte Sam und zeigte auf den Lebenslauf. »Einmal Kanadier, immer Kanadier.«

»Hör zu, Samantha. Wie du weißt, war ich während meiner Lesereise auch in Kanada. Es ist ein sehr schönes Land, und die Leute waren sehr nett. Es gibt an Kanada nichts –«

»Ein falsches Land«, unterbrach sie mich. »Mit falschen Feiertagen. Soll ich wirklich Thanksgiving drei Wochen später feiern als alle anderen?«

»Es ist, glaube ich, sechs Wochen früher.«

»Kanadische Thanksgiving«, sagte sie abfällig. »Dabei gab es dort nicht mal Pilger und Indianer. Egal. Hier.« Sie beugte sich über den Tisch, sodass eine ihrer Troddeln gefährlich dicht über meinem Kaffee baumelte. »Schau dir mal den hier an.«

Ich schaute. Der Mann, der auf dem Foto übers ganze Gesicht strahlte, war kahl und … »Siebzig?« Überzeugt, dass ich mich verlesen hatte, blickte ich noch einmal mit zusammengekniffenen Augen auf die kleine Schrift, dann sah ich Sam an.

Sie zuckte die Schultern. »Siebzig sind die neuen sechzig. Sechzig sind die neuen fünfundvierzig. In der *Times* stand neulich ein Artikel darüber.«

»Igitt!«

»Sei nicht altersdiskriminierend«, fauchte sie.

»Er könnte dein Vater sein!« Als ich das Blatt zerknüllte, sah ich zufällig, dass der Nickname des Opas »Sexy 70« war.

»Igitt«, sagte ich erneut.

« Weißt du, was verrückt wäre?«, sagte Sam. »Wenn dein Vater auf einer dieser Websites auftauchen würde!«

»Igitt!«, sagte ich zum dritten Mal – nur dass mein Entsetzen dieses Mal nicht gespielt war. »Er ist verheiratet.«

»Ach so«, sagte Sam. »Und diese Typen hier nicht?«

Ich schüttelte den Kopf. Ich hatte meinen Vater in den letzten vierzehn Jahren nur zweimal gesehen, und soweit ich wusste, wohnte er noch immer in Los Angeles, zusammen mit seiner jetzigen Frau, einer um vieles jüngeren Dentalhygienikerin, mit der er zwei Kinder hatte. (Ich hatte sie nur ein einziges Mal getroffen, als sie zu meiner Collegeabschlussfeier gekommen waren, aber nicht weil er mich sehen wollte, sondern weil es von Princeton nicht weit zum Sesame Place war.) Ich versuchte, nicht an ihn zu denken. Die meiste Zeit gelang es mir auch. »Das wäre verrückter, als mit einem Siebzigjährigen auszugehen?«

»Sei still! Du bist verheiratet!«, sagte sie. »Außerdem hat er mir sowieso einen Korb gegeben.«

»Sachte, sachte.« Das ging zu weit. »Du hast dich einem Siebzigjährigen angedient?«

»Walter«, sagte Sam.

»Und Walter hat dich abblitzen lassen?«

Sie seufzte und ließ betrübt den Kopf hängen. Als sie aufsah, funkelten ihre Augen vor Wut. »Meinst du, wir können herausfinden, wie man einen Herzschrittmacher von der Ferne außer Gefecht setzt?«

»Was hat er gesagt?«

»Dass er nur mit Achtern aufwärts ausgeht, und auf meinem Foto sähe ich nach einer Sieben aus.«

»Du großer Gott! Ist das dein Ernst? Welches Bild verwendest du denn?«

»Brooke«, sagte Sam.

Ich stöhnte. Sam war wunderschön, aber seit sie in die Welt des Online-Dating eingetaucht war, war sie zu meinem Leidwesen immer unsicherer geworden. Nach ihrer ersten erfolglosen Woche auf AJew4U hatte sie auf der Website eines Klatschmagazins ein Foto von Brooke Shields gefunden, auf dem diese ungeschminkt die Babyparty einer Freundin verließ. Sie hatte das Bild heruntergeladen, es mit Hilfe von Photoshop mit ihren eigenen Augenbrauen versehen – »damit es nicht eine totale Lüge ist« – und es ohne Reue oder Angst vor irgendwelchen Konsequenzen unter ihrem Nicknamen, SassySam, eingestellt.

»Autsch.« Ich schüttelte den Kopf. »Die arme Brooke.«

»Von wegen arme Brooke. Sie ist verheiratet. Zum zweiten Mal. Scheiß-Doppelabsahner.« Sie starrte auf den Tisch. »Die hasse ich noch mehr als die Kanadier.«

»Kann ich dich etwas fragen?« Ich wartete ihr Nicken ab. »Was willst du machen, wenn du dich mit einem dieser Typen triffst, und er merkt, dass du, äh« – die Sache ließ sich nicht schönreden – »nicht Brooke Shields bist.«

»Ich sage ihnen, dass es ein altes Foto von mir ist.«

»Aber …« Sam hatte dunklere Haare als Brooke. Sie hatte braune, nicht blaue Augen. Ihr Gesicht hatte eine ganz andere Form, und Brooke Shields war wahrscheinlich zehn Zentimeter größer, fünfzehn Pfund schlanker und hatte nicht einmal annähernd semitische Gesichtszüge. Egal, es ist ihre Sache, dachte ich. »Warum nimmst du nicht Peter mit auf die Hochzeit?«

Sam brach ein Stück von ihrem Biscotti ab und klopfte mit ihrer Wasserflasche an ihren Oberschenkel. »Das ist lieb von dir, aber meine Mutter hat ihn kennengelernt, falls du dich erinnerst?«

»Ach ja, richtig.« Sams Mutter hatte vor ein paar Jahren Thanksgiving mit uns verbracht. Sie war in einem bodenlangen Nerz in unser Haus gerauscht, hatte stirnrunzelnd den Truthahn gemustert, genau einen Löffel Preiselbeerrelish gegessen und Joy mit teuren American-Girl-Puppen und Accessoires überhäuft, nachdem sie lauthals kundgetan hatte, dass sie kleine Mädchen bei jeder Gelegenheit verziehen musste, da ihr Sam garantiert keine Enkelkinder mehr schenken würde. »Könntest du nicht einen deiner Arbeitskollegen mitnehmen?«

»Die Mitarbeiter der Kanzlei sind alle auf unserer Website«, sagte Sam. »Meine Mutter würde im Internet recherchieren und sofort herausfinden, dass er mir nur einen Gefallen tut.«

»Das würde deine Mutter tun? Sie würde dein Date googeln?«

Sam zuckte die Schultern. »Von wem habe ich wohl meine obsessive Persönlichkeit?«

»Und jemand von einer anderen Kanzlei? Lernst du nicht dauernd irgendwelche Leute bei diesen juristischen Fortbildungen kennen?«

Sie schüttelte den Kopf. »Verheiratet. Schwul. Manchmal beides.«

»Hm, du könntest einen Schauspieler mieten.«

»Wenn mir nichts anderes übrig bleibt«, sagte sie. »Ich habe schon Erkundigungen eingeholt.«

»Wirklich?«

»Ich habe gesagt, dass ich einen Low-Budget-Werbefilm drehe. Weißt du, was der offizielle Tagessatz der Schauspielergewerkschaft ist?«

»Will ich es wissen?«

»Nein. Und am Wochenende kostet es das Doppelte, und die Reisekosten muss man auch noch übernehmen, also vergiss es.« Sam verspeiste ihr Biscotti. »Du kannst dich wirklich glücklich schätzen. Du weißt gar nicht, wie glücklich.«

Warum will Peter dann alles ändern?, fragte ich mich. Und was war bloß mit Joy los? Aber ich sagte nur: »Geh mit Gott« und umarmte Samantha zum Abschied. Ich nahm meinen Mantel und überlegte mit einem Blick auf die Uhr, ob ich noch einen Schaufensterbummel in der Walnut Street machen sollte. Aber es war fast acht Uhr, und Joy brauchte vielleicht Hilfe bei den Englischhausaufgaben. Ich zog mir den Schal um den Hals, die Mütze über die Ohren und lief die zehn Straßenzüge nach Hause.

Ich wohnte schon so lange in dem Viertel, dass ich meine Freunde und Bekannten mit meiner Das-war-einmal-Tour langweilte: der Starbucks, der früher eine Pizzeria war, wo man drei Knoblauchbrote für einen Dollar bekam, das Burrito-Restaurant, das mal eine Videothek gewesen war, das Schuhgeschäft, das einen Buchladen verdrängt hatte.

Über dem Eingang des Cheesesteak-Restaurants blinkten noch immer winzige Weihnachtslichter, während die hell erleuchteten Fenster des Bio-Supermarkts bereits mit roten und pinkfarbenen Valentinsherzen dekoriert waren, aber es ließ sich nicht verleugnen, dass es die Zeit zwischen den Feiertagen war. Jetzt, mitten im Winter, war das Wetter scheußlich. Auf der South Street trieb ein kalter Wind Streusand und Zeitungsblätter und eine Perücke vor sich her, und die kahlen Äste zitterten im Dunkeln. Vor mir lief eine Gruppe Mädchen mit aufgerollten schwarzen Jeans und Stöckelschuhen, die sich mit ihren Handys gegenseitig fotografierten. Die Kälte drang durch die Gummisohlen meiner Stiefel. Wie alt sind diese Mädchen überhaupt?, fragte ich mich, als eine von ihnen die Zunge zwischen die Finger steckte und sich von ihrer Freundin fotografieren ließ. Wussten ihre Mütter, dass sie so spät noch unterwegs waren?

Du kannst dich wirklich glücklich schätzen, hatte Sam gesagt. Aber wenn unser Leben so gut war, warum wollte Peter es dann unbedingt durcheinanderwirbeln? Ein Baby würde alles verändern. Aber vielleicht war Veränderung gut. Vielleicht ging es mir gar nicht darum, endlich in dem sicheren Hafen angekommen zu sein, von dem ich als Kind immer geträumt hatte. Vielleicht war es nur Trägheit – oder schlimmer noch, Angst –, warum ich noch immer an demselben Ort wohnte, jedes Jahr am selben Ort Urlaub machte, mir nie mehr wünschte, als ich hatte.

Natürlich hatte es mal eine Zeit gegeben – in meinen furchtlosen Zwanzigern, als ich ein Drehbuch verkauft und einen Roman veröffentlicht hatte und für kurze Zeit auf seltsame Weise berühmt gewesen war –, als ich mir mehr zu erhoffen gewagt hatte. Es war nicht gut ausgegangen. Ich verdrängte die Erinnerung daran, zog mir die Mütze noch fester über den Kopf, überquerte, weiße Atemwölkchen ausstoßend, die Straße und lief so schnell nach Hause, dass ein Außenstehender hätte denken können, ich würde verfolgt werden.

4

Am Valentinstag schenken wir uns in der Schule gegenseitig rosa oder rot glasierte Zuckerherzen, an denen kleine Grußkarten befestigt sind. Die Herzen kosten einen Dollar, und das Geld fließt in den Bauetat der Schule.

Ich bin seit dem Kindergarten an der Philadelphia Academy, und ich weiß jedes Jahr ganz genau, was am 14. Februar auf meinem Platz liegen wird: jeweils ein Herz von Tamsin und Todd sowie ein Herz von Jeremy Albin, dessen Mutter ihm aufträgt, für jedes Kind in der Klasse ein Herz zu kaufen, genauso wie meine es von mir verlangt.

Ich weiß auch, dass meine Mutter und ich jedes Jahr Anfang Februar einen Streit wegen der Herzen haben (sie nennt es eine »Diskussion«, aber es ist wirklich ein Streit). Ich sage ihr, dass ich sie von meinem Taschengeld kaufen und nur meinen tatsächlichen Freunden geben will. Sie antwortet, dass ich noch den Rest meines Lebens Gelegenheit haben werde, Leute auszuschließen, und dass die siebte Klasse (oder sechste oder fünfte, je nachdem in welche ich gerade gehe) zu früh dafür ist.

Ich sage, dass die Herzen keine Bedeutung haben, wenn ich jedem eines gebe. Sie seufzt, wobei sich ihre Brust auf eine mir unerträgliche Art hebt und senkt, und sagt: *Doch, das tun sie, sie bedeuten: Alles Gute zum Valentinstag von Joy. Und stell dir vor, einer deiner Mitschüler bekommt überhaupt keine Herzen? Wie würde sich der- oder diejenige fühlen? Und wie würdest du dich fühlen, wenn du weißt, dass du so eine Tragödie hättest verhindern können, indem du mein Geld ausgibst – nicht einmal dein Geld, sondern meines?*

Irgendwo hat sie ja auch recht. Es stimmt, dass ein paar Kinder in meiner Klasse vielleicht gar keine Herzen bekommen würden, wenn es mich und Jeremy Albin nicht gäbe: zum Beispiel Jack Corsey, der so viele Schuppen hat, dass es immer aussieht, als ob er vollgeschneit ist, wenn er einen dunklen Pullover trägt. Und vielleicht sogar Tamsin, die ziemlich anstrengend sein kann, wenn sie anfängt, über fantastische Literatur zu reden.

Ich habe eher ein Problem mit denen, die ihre zusätzlichen Herzen nicht verdient haben, wie zum Beispiel Amber Gross. Amber Gross hat, wenn ich mich recht erinnere, noch nie ein Wort mit mir gesprochen. Dabei waren wir von Anfang an nicht nur in derselben Klasse, sondern auch im Religionsunterricht zusammen. Mit zwei Jahren waren wir sogar schon im gleichen Musikkurs. Meine Mutter hat Fotos, und obwohl Amber und ich darauf im selben Raum zu sehen sind, sind wir nie im selben Bereich des Raums. Wahrscheinlich war Amber schon damals viel zu cool für mich. Amber bekommt haufenweise Herzen. Im Ernst, sie braucht meines wirklich nicht.

Aber als ich meiner Mutter das wieder mal am Freitag vor dem Valentinstag sagte, sah sie mich nur mürrisch an. »Joy«, sagte sie und ließ einen ihrer vielen nutzlosen Sätze vom Stapel: »Das Leben ist zu kurz.«

Zu kurz wofür?, wollte ich fragen, aber der Schulgong ertönte so laut, dass wir es sogar durch die geschlossenen Autofenster hörten. Meine Mutter drückte mir einen Zwanzigdollarschein in die Hand. »Mach es, weil es mich glücklich macht.« Sie wollte mich umarmen, aber ich rutschte zur Seite. »Und dir einen schönen Tag!«, hatte sie mir nachgerufen, als ich das Geld in meine Jeans steckte und mit gesenktem Kopf über den Pausenhof ging.

Wie an jedem Schultag klingelte auch am 14. Februar mein Wecker um Viertel vor sechs. In der Dusche schrubbte ich Beine und Ellbogen mit dem Orange-Sugar-Energy-Peeling, das mir Tante Elle geschenkt hatte, und rasierte meine Beine und Achselhöhlen. Ich wusch mir die Haare mit einem Spezialshampoo und einer Spezialspülung gegen krauses Haar, dann drehte ich das kalte Wasser auf und zählte bibbernd bis dreißig, bis das kalte Wasser die Poren verschlossen hatte.

Um Viertel nach sechs wickelte ich mich in mein Handtuch, nachdem ich mir die Zähne geflosst und geputzt und Schritt drei (Spray) und vier (Glättungscreme) des Anti-Kraushaar-Programms absolviert hatte. Es dauerte fünfundvierzig Minuten, um mit einer flachen Haarbürste und einem Haarglätt-Fönaufsatz meine Haare richtig hinzubekommen. Es würde vielleicht schneller gehen, wenn ich nicht dauernd nachsehen müsste, ob die Tür auch wirklich abgeschlossen ist. Meine Mutter will nicht, dass ich mir die Haare glätte. Sie ist der Meinung, dass ich zu meiner natürlichen Schönheit stehen soll. Also bin ich das einzige Mädchen auf der Welt, das ihr Glätteisen unter dem Bett verstecken muss, als wäre es ein Pornoheft oder eine Pistole.

Um sieben Uhr war mein Haar fertig. Ich hängte mein nasses Handtuch auf, gurgelte noch einmal und klebte eine Slipeinlage in meine Unterhose. Ich bekomme meine Tage erst in ein paar Wochen, aber ich gehe lieber auf Nummer sicher. Ich wollte es nicht riskieren, mit einem geliehenen Pullover um die Hüften ins Krankenzimmer rennen zu müssen und mich von allen anstarren zu lassen, weil sie genau wissen, was passiert ist.

Ich wischte das Waschbecken und die Ablagen mit Toilettenpapier ab, zog mein Nachthemd an und schlüpfte wieder unter die Bettdecke. Fünf Minuten später klopfte meine Mutter an die Tür.

»Zeit zum Aufstehen!« Sie hatte die Haare schlampig nach hinten gesteckt, halb Knoten, halb Pferdeschwanz, und trug den Bademantel meines Vaters. Ihre Brille steckte im Ausschnitt. »Willst du Eier oder Haferbrei?«

Ich hatte das ganze Jahr noch keine Eier oder Haferbrei gegessen. Zum Frühstück esse ich einhundertfünfzig Gramm Kleieflocken angereichert mit Kohlehydraten und Proteinen, eine halbe Tasse fettarme Biomilch und sechs Mandeln. Das hält meine Mutter aber nicht davon ab, mich jeden Morgen zu fragen, ob ich Eier oder Haferbrei will. »Nein, danke. Nur Müsli.« Ich warf die Bettdecke zurück und ging ins Bad, so als hätte ich dort nicht gerade eine Stunde verbracht. Ich putzte mir noch einmal die Zähne, zog Jeans, Stiefel und einen pinkfarbenen Pullover an, steckte Mascara und Lipgloss ein und ging nach unten in die Küche, wo meine Mutter den roten Teekessel in der Hand hielt, als wäre er eine Art Zauberding, das sie noch nie zuvor gesehen hatte. Ich zählte meine Mandeln ab. Sie bewegte sich noch immer nicht. »Mama?«, fragte ich endlich.

Sie stellte den Kessel auf den Herd und drehte das Gas auf. »Entschuldige, Liebes.« Sie setzte sich mir gegenüber an den Tisch und seufzte, bevor sie sich über ihre zerzausten Haare strich (als ob das etwas helfen würde!). »Ich habe nur nachgedacht.«

»Worüber?«

Sie fummelte wieder an ihren Haaren und lächelte traurig. »Ach, du weißt schon, was Erwachsene eben so denken.« Was Mütter eben so zu ihren Töchtern sagen, dachte ich. Wenn die Tochter vier Jahre alt ist.

Sie setzte mich, wie üblich, vor dem Zaun am Pausenhof ab. Ich ging als Erstes in die leere Mädchentoilette im Erdgeschoss, um Lipgloss aufzulegen. Dann nahm ich meinen Pausensnack aus dem pinkfarbenen Isolierbeutel mit Reißverschluss und Namensmonogramm und steckte ihn in eine stinknormale Plastiktüte vom Supermarkt.

Als Letztes nahm ich noch meine Hörgeräte aus den Ohren und steckte sie in die Tasche. Nicht, dass ich jemandem etwas vormachen könnte. Fast alle meine Mitschüler erinnern sich daran, wie ich mit den furchtbaren, großen rechteckigen Hörhilfen in die erste Klasse gekommen war. Meine Lehrer hatten damals schnurlose Mikrofone, und ich hatte Kopfhörer wie die eines iPods, damit ich sie hören konnte. Ich hatte versucht, die Hörgeräte unter meinem bescheuerten Kraushaar zu verstecken, aber jeder wusste Bescheid. Nur ein Mal fanden mich alle toll, und zwar, als Mrs Mears ihr Mikro nicht abgeschaltet hatte, als sie ins Lehrerzimmer ging. Die ganze Klasse hatte sich um meine Kopfhörer geschart, um mitzuhören. (Und anstatt am nächsten Tag die Photosynthese durchzunehmen, hielt Mrs Mears ein Referat zum Thema: »Reizdarmsyndrom – das gibt es wirklich«.)

In der sechsten Klasse bekam ich dann endlich Hörgeräte, die man unsichtbar im Gehörgang trägt. Theoretisch soll ich sie immer tragen und mich in die erste Reihe setzen. Aber im letzten Sommer kam Tante Elle eine Woche lang mit uns an den Strand, mit dem winzigsten schwarzen Bikini, den ich je gesehen hatte, und einer Stofftasche, die jede Menge Zeitschriften enthielt: *Elle* und *Vogue* und *In Touch* und *InStyle*. Meine Mutter schüttelte nur den Kopf, als Tante Elle die Modemagazine neben ihrem Liegestuhl stapelte und sich die Schultern einölte. Wir haben solche Zeitschriften nicht im Haus. Meine Mutter befürchtet, dass sie einen schlechten Einfluss auf mich haben könnten. »Das sind alles manipulierte Bilder«, sagte sie mit einem stirnrunzelnden Blick auf die schönen, schlanken Models auf den Titelseiten und erklärte, dass diese Aufnahmen speziell ausgeleuchtet, retuschiert und bearbeitet werden. Sie lud sogar Bilder auf dem Computer herunter, um mir zu zeigen, wie man Falten retuschiert oder Rückenpartien, Arme und Oberschenkel schlanker macht; in einem Fall hatte man einem Model sogar die Hand abgeschnitten, um ihren Arm optisch zu verlängern.

»Um Himmels willen, Cannister, es sind nur Zeitschriften«, hatte Elle gesagt und mir hinter dem Rücken meiner Mutter einige Ausgaben zugesteckt. Nachdem ich sieben Tage lang nichts anderes getan hatte, als *Vogue* zu lesen und meine Tante zu beobachten, hatte ich beschlossen, dieses Jahr, in der siebten Klasse, alles anders zu machen. Ich würde die Hörgeräte und den Sonderplatz sausen lassen. Ich würde meine Haare glätten und mich schminken und meine T-Shirts nicht mehr über Jeans und Röcken tragen. Dann würde man mich anders sehen, nicht mehr als die Langweilerin, die nur zwei Freunde hatte und komische Haare und von ihrer Mutter wie ein Baby behandelt wurde.

Bis jetzt hatte es nicht funktioniert, aber als ich an diesem Morgen in die Klasse kam, hatte ich zum ersten Mal einen Anflug von Hoffnung, dass sich etwas ändern könnte. Tamsin und Todd hatten in der Ecke die Köpfe zusammengesteckt und tuschelten. Gleich darauf wusste ich auch, warum: Auf meinem Pult lagen zwölf Herzen mit Zuckerglasur. Es war unglaublich. Nicht einmal Amber Gross hatte mehr Herzen bekommen.

Ich vergewisserte mich, dass ich im richtigen Klassenzimmer war. Dann zählte ich die Reihen, um sicherzugehen, dass es auch mein Pult war, in der dritten Reihe. Ich nahm eines der Herzen und erwartete insgeheim, dass mir jemand auf die Schulter tippte und sagte: »Äh, sorry, das sind meine.«

An: Joy. *Von:* Martin. *Nachricht:* Alles Gute zum Valentinstag!

Der einzige Martin in unserer Schule ist Martin Baker, Ambers Freund, der immer in Spikes herumläuft, damit man ja nicht vergisst, dass er in der Fußballmannschaft ist. Ich hielt das Herz vorsichtig in der Hand. »Schön vorsichtig!«, hatte die Kindergärtnerin immer gesagt, wenn Spielzeug herumgereicht wurde. »Schön vorsichtig« hieß, dass man es halten konnte, aber dass es einem nicht wirklich gehörte.

Ich nahm das nächste Herz. *An:* Joy. *Von:* Einem geheimen Verehrer. *Nachricht:* Ich finde dich süß.

Ich errötete. Ein geheimer Verehrer. Ich hatte einen geheimen Verehrer! Ich blickte auf das Herz und dann, ganz schnell, zu Duncan Brodkey. Und genauso schnell wieder weg.

Ich ging langsam die restlichen Herzen durch, bis mir bei einem schier das Herz stehen blieb. *An:* Joy. *Von:* Amber Gross. *Nachricht:* Alles Gute zum V-Tag!

Amber Gross! Amber Gross schenkte mir ein Herz! Amber Gross wünschte mir einen schönen V-Tag! Gleich würde die Erde aus der Umlaufbahn hüpfen, die Hölle einfrieren, und aus meinen Ohren würden Affen springen.

Als ich gerade dachte, dass der Tag nicht noch verrückter werden könnte, als ich mir sicher war, dass ich alles nur träumte und in meinem Zimmer unter meiner geblümten Bettdecke und dem Sternenhimmel an der Decke aufwachen würde, meine Mutter in der Tür stehen und mich fragen würde, ob ich Haferbrei wolle, schlenderte Amber Gross höchstpersönlich auf mich zu, die Daumen in die Gürtelschlaufen ihrer bauchfreien Hüftjeans gehakt. (»Nein, so eine Jeans bekommst du nicht«, hatte meine Mutter gesagt, als ich sie ihr im Einkaufszentrum gezeigt hatte. »Warum?«, hatte ich dämlicherweise gefragt. »Weil sie obszön aussieht«, sagte meine Mutter. »Und außerdem bräuchtest du dann auch noch neue Unterwäsche.«)

»Hallo, Joy«, sagte sie. *Hallo, Joy.* So als wären wir Freundinnen. So als würden wir jeden Abend miteinander chatten und am Morgen im Schulbus nebeneinandersitzen.

»Danke für das Herz!«, quäkte ich und hoffte, dass sich meine Stimme wie eine normale Mädchenstimme anhörte. Ich konnte es kaum glauben, dass sie meinen Namen ausgesprochen hatte. Dass sie ihn überhaupt kannte.

»Kein Problem.« Ihre Zahnspange blitzte, als sie lächelte. »Hey, willst du dich heute Mittag zu uns setzen?«

»Oh, äh, klar, warum nicht?« Selbst wenn meine Stimme seltsam klingen sollte, so waren es die richtigen Wörter, dachte ich. Sehr lässig, sehr cool.

»Cool!«, sagte sie und ging an ihren Platz zurück.

Tamsin wirbelte herum und sah mich groß an. »Was war denn das?«, flüsterte sie, wobei sie jede Silbe überbetonte und die Schultern zuckte, damit ich sie auch ganz gewiss verstehen würde.

Ich wollte gerade irgendetwas sagen – keine Ahnung, was –, als Mr Shoup seine Aktentasche auf das Lehrerpult stellte. »Setzt euch«, sagte er. Wenigstens glaubte ich, dass er das sagte. Mr Shoup hatte einen Schnauzbart, der immer länger wurde und es mir schwierig machte, ihn zu verstehen.

Er drehte sich zur Tafel. Ich senkte den Kopf und betete, dass niemand mein Herzklopfen hörte.

»Du willst dich doch nicht wirklich zu ihnen setzen, oder?«, sagte Tamsin vier endlose Schulstunden später direkt in mein rechtes Ohr, als ich mein Pausenbrot aus dem Spind holte.

Ich zog den Kopf ein und murmelte: »Weiß nicht.«

»Sie nutzt dich nur aus«, sagte Tamsin. Um sicherzugehen, dass ich sie gehört hatte, schob sie die Ärmel ihres grauen Sweatshirts zurück, stellte sich vor mich und wiederholte in Gebärdensprache: »Nutzt dich aus!« (Neben Spanisch, Französisch und Latein wird an der Philadelphia Academy auch Zeichensprache angeboten. Tamsin belegt alle vier Kurse.)

Todd holte uns im Flur ein. »Aber was will sie von dir?« Er trug, wie immer in der Schule, eine Khakihose und ein Hemd, das er selbst gebügelt hatte. Er sah besser aus als die anderen Jungs in unserem Jahrgang, und er war auch größer. Aber statt im Fußballteam spielte er lieber in Musicals mit, sodass ihm sein gutes Aussehen auch nicht weiterhalf. Letztes Jahr im Oktober hatten die Jungs vom Lacrosse-Team SCHWUCHTEL auf seinen Spind geschmiert, woraufhin die gesamte Schule ein ganztägiges psychologisches Seminar über Toleranz und gegenseitiges Verständnis über sich ergehen lassen musste. *Es hätte schlimmer sein können*, sagte Todd. *Dafür hatten wir an dem Tag kein Mathe*.

»Vielleicht will sie meine Hausaufgaben abschreiben?« Das war geraten, aber nachdem ich mir vier Stunden lang über nichts anderes den Kopf zerbrochen hatte, war mir nichts Besseres eingefallen – obwohl Amber bei meinen derzeitigen Noten blöd sein müsste, um bei mir abschreiben zu wollen.

Todd überlegte. »Vielleicht«, sagte er nach einer, wie ich fand, viel zu langen Pause. »Aber ich bin der Klassenbeste in Englisch, und Tamsin ist die Beste in Mathe.«

»Genauer gesagt, bin ich in allem die Beste«, sagte Tamsin.

»Vielleicht will sie bei jemandem abschreiben, der ab und zu Fehler macht«, gab ich zurück.

»Du wirst nicht zurückkommen«, sagte Tamsin. »Erinnerst du dich an Amanda Reilly?«

Natürlich erinnerte ich mich. Alle Mädchen in unserem Jahrgang erinnerten sich an Amanda Reilly. Sie war nur ein durchschnittliches Mädchen gewesen – durchschnittlich intelligent, durchschnittlich süß, durchschnittlich in vielen Dingen. Dann – kabumm! – fragte Gregory Bowen sie, ob sie ihn zur Homecoming-Feier seiner Highschool begleiten würde. Plötzlich hatte Amanda Reilly, beziehungsweise Manda, wie sie sich von da an nannte, einen Stammplatz an Amber Gross' Tisch. Abgesehen von dem Namen, hatte sie sich kein bisschen verändert. Keine neue Frisur, keine neuen Klamotten. Gregory Bowens Aufmerksamkeit war der Feenstaub, der aus dem durchschnittlichen Mädchen ein beliebtes Mädchen gezaubert hatte. Ich versuchte, mich zu erinnern, ob Manda mir ein Herz geschenkt hatte.

»Ich bin nicht Amanda Reilly.« Ich straffte meine Schultern und zog an den Trägern meines Rucksacks, als wir die Cafeteria betraten. »Ich komme wieder.«

An dem ersten Tisch saßen die Kids, die nirgendwo so richtig dazupassten, so wie ich, wenn ich nicht Tamsin und Todd gehabt hätte. Jack Corsey mit den schuppigen Haaren sitzt dort, ebenso die fette Sally Cullin und Alice Blankenship, die letztes Jahr eine Woche lang vom Unterricht befreit war, weil sich ihr Englisch-Projekt als ein Haufen Gedichte über Selbstmord entpuppt hatte.

Neben den Außenseitern sitzen die Sportler – die Fußball- und Lacrosse-Spieler beiderlei Geschlechts, die Schnürsenkel mit farbigem Gummimundschutz wie Ketten um den Hals tragen. Als Nächstes kommt der Tisch mit den Theater- und Musicaltypen in Stulpen und Gymnastikanzügen, die so tun, als wären sie in *High School Musical VI,* und in der Warteschlange plötzlich zu tanzen anfangen. Todd, Tamsin und ich sitzen normalerweise am Ende dieses Tischs: Todd ist ja tatsächlich einer von ihnen, und Tamsin und ich gehören nicht wirklich woanders dazu.

Ich hielt den Atem an, als ich am Theatertisch vorbeiging, dann an den Hippie-Kids, die nach Weihrauch riechen und Footbag spielen und Dreadlocks haben, egal, ob sie schwarz oder weiß sind. Als Nächstes kamen die Streber, die nach der neunten Klasse an die Julia R. Masterman School, eine der besten Highschools der Stadt, wechselten, um später an einer Eliteuni zu studieren.

In der Mitte des Raums sitzen die coolen Mädchen. Sie sind sportlich oder künstlerisch begabt oder Hippies oder besonders intelligent, aber vor allem sind sie … locker. Nicht »locker« im Sinn von »leicht zu haben«, sondern weil ihnen alles leicht und locker von der Hand geht und sie immer alles richtig machen, das Richtige anziehen, das Richtige sagen und das Richtige tun. Amber Gross ist die unbestrittene Königin der Gruppe. Sie darf sich sogar über Mr Shoup lustig machen. »Tolle Krawatte«, sagte sie einmal zu ihm. »Ist die selbst gestrickt?« Es klang richtig gemein, aber Mr Shoup hatte nur gelacht. Als ich danach auch einmal »Tolle Krawatte« zu ihm sagte, als er dieselbe Krawatte trug, hat er mich nur verdutzt angeguckt.

Ich ging mit meinem Essen an ihren Tisch, zu den Mädchen in Hüfthosen und pastellfarbenen Blusen und T-Shirts und den Jungs in Jeans und Rugbyhemden, und machte mich halb darauf gefasst, dass Amber lachen und sagen würde: »Du glaubst doch nicht wirklich, dass ich das ernst gemeint habe!«

Aber stattdessen lächelte sie mich an und rutschte zur Seite. »Wir haben dir einen Platz aufgehoben!«

Ich legte meine Plastiktüte auf den Tisch, stellte meinen Rucksack auf den Boden und ließ mich auf die Bank gleiten, zwischen Amber zu meiner Linken und Duncan Brodkey zu meiner Rechten. Ich errötete, als sich unsere Schultern berührten. Ich hätte nie zu hoffen gewagt, ihm jemals so nah zu sein, so nah, dass ich sein Shampoo riechen und die goldenen Härchen auf seinen Unterarmen unter den aufgerollten Hemdsärmeln sehen konnte.

Ich nahm mein Sandwich aus der Tüte und warf ihm immer wieder einen verstohlenen Blick zu: Er hatte zerzauste braune Haare, hellgraue Augen, und seine Ohren waren irgendwie hübscher als andere. Einmal wollte er im Sportunterricht keine Shorts anziehen. »Ich bin Gewissensverweigerer«, sagte er zu Mr Huff, und ich hielt es für das Lustigste, was ich jemals gehört habe, obwohl ich mir nie erklären konnte, was daran eigentlich so komisch war.

»Also, was gibt's?«, sagte Amber. Sie trug ein schmales Silberkettchen am linken Handgelenk, ein Silberherzchen um den Hals, ein pinkfarbenes T-Shirt und Jeans. Ihre dunkelbraunen Haare waren von helleren Strähnchen durchzogen. Highlights, dachte ich und überlegte, ob mir das auch stehen würde, wusste aber sofort, dass meine Mutter mir so etwas nicht erlauben würde. »Hast du schon einen Termin?«, fragte sie.

Ich wusste sofort, dass sie mein Bat-Mizwa meinte. »Im Oktober. Und du?«

»Im Juni. Und was ist dein Motto?«

Ich wand mich unbehaglich. »Ich glaube nicht, dass ich eines haben werde.« Ich war mir sogar ziemlich sicher. Als ich meine Mutter darauf angesprochen hatte, hatte sie nur die Augenbrauen hochgezogen und in einem sehr patzigen und nicht gerade hilfreichen Ton geantwortet: *Wie wär's mit Gott?*

Amber wirkte geschockt. »Kein Motto?«

Ich schüttelte den Kopf.

»Hm. Komisch. Meines ist Hollywood. Hey, willst du kommen?«

Ob ich zu Amber Gross' Hollywood-Bat-Mizwa kommen wollte? Waren Bohnen grün? »Klar«, stieß ich hervor.

»Cool«, sagte sie. Ich sah, wie Manda Reilly sich die Hände mit antibakteriellem Handgel einrieb. Meine Mutter legte es mir auch immer zu meinem Pausenbrot, und normalerweise beachtete ich es nicht. Aber heute holte ich es hervor und spritzte es mir auf die Hände. Beim Essen beobachtete ich die Hände und Gesichter um mich herum, während sich die anderen angeregt unterhielten. Die Mädchen sprachen mit hohen, zwitschernden Stimmen über Hausaufgaben, Fußballturniere, Babysitting-Jobs, einen Pullover bei Banana Republic, der bald im Angebot sein würde. Die Jungs brummten Antworten, in tieferen Tonarten. Ich wischte einen Apfel an meinem Ärmel ab und bekam jedes Mal, wenn Duncan sich bewegte oder in seine Pizza biss, eine Gänsehaut. Meine eigene Stimme klang so ganz anders als diese Mädchenstimmen. Vielleicht war das mein eigentliches Problem: Ich konnte anziehen, was ich wollte, ich konnte meine Haare noch so glatt machen, ich würde mich nie anhören wie sie, und sobald ich den Mund aufmachte, würde ich mich als Schwindlerin entlarven.

Amber tippte mir auf die Schulter. »Hey«, sagte sie. Ich fragte mich, ob sie schon länger gesprochen hatte, bevor sie kapierte, dass sie mir beim Sprechen ins Gesicht sehen musste. Ich beobachtete, wie sie mit ihren glitzernden pink geschminkten Lippen die Worte formte: »Kommt Maxi Ryder auch zu deiner Bat-Mizwa?«

Ich hatte unbewusst die Luft angehalten und atmete jetzt hörbar aus. Das war es also. Des Rätsels Lösung.

»Keine Ahnung«, sagte ich zögernd. »Sie hat viel zu tun. Sie dreht im Sommer eine Fernsehserie, also muss sie vielleicht zu den Dreharbeiten.«

»Natürlich«, sagte Amber und nahm eine von meinen mit Blauschimmelkäse gefüllten Oliven. (Sie hatte weiß lackierte Fingernagelspitzen. Ich nahm mir vor herauszufinden, wie ich mir die Nägel auch so machen könnte.) »Aber sie ist doch eine Freundin deiner Familie, oder?« Ich musste sie verwirrt angesehen haben, denn sie sagte: »Ihr Name steht in dem Buch, das deine Mutter geschrieben hat. In der Danksagung.« Sie schürzte die Lippen und sah mich an. »Du hast es doch gelesen?«

Noch bevor ich antworten konnte, legte Duncan Brodkey seine Pizza auf den Teller und fragte: »Deine Mutter hat ein Buch geschrieben?« Er saß so dicht neben mir, und sein Mund war so nah an meinem Ohr, dass ich die Worte mehr spürte als hörte.

Ich nickte und konzentrierte mich auf meinen Apfel. Das Gespräch am Tisch war verstummt, und alle sahen mich an. Im Grunde hatte meine Mutter jede Menge Bücher geschrieben – sie schrieb Science-Fiction-Abenteuer in der StarGirl-Reihe –, aber immer unter einem Pseudonym. Sie meinten bestimmt das Buch, das sie vor langer Zeit unter ihrem eigenen Namen geschrieben hatte. Zum Zeitpunkt der Veröffentlichung war ich drei Jahre alt gewesen. »Das ist lange her.«

Alle blickten zu Sasha Swerdlow, als sie sagte: »Es heißt *Große Mädchen weinen nicht*. Ihr habt es bestimmt schon alle gesehen. Auf dem Titelbild sind diese riesigen Brüste.« Sie hielt die Hände ein Stück weit vor ihren eigenen Busen, der auch nicht gerade klein war. »Und ein Eisbecher mit Schokosoße, und die Kirsche von dem Eisbecher rutscht in den Ausschnitt. Es geht um eine Frau, die in einen Typen verknallt ist, und sie haben jede Menge Sex, aber dann lässt er sie sitzen, und sie hat diesen furchtbaren Vater, der schrecklich gemein zu ihr ist, und dann findet sie heraus, dass ihre Mutter lesbisch ist ...«

Duncan wirkte beeindruckt. »Endgeil.« Ich verzog das Gesicht und wandte mich ab. Frau mit gigantischer Oberweite und einer lesbischen Mutter. Das kam mir sehr bekannt vor.

Sasha sprach so laut, dass ich jedes Wort verstand. »Und dann fliegt sie nach Los Angeles, weil sie sich auf die Suche macht nach irgendwas, und dort lernt sie im Spielkasino eine Herzogin kennen und erfährt, dass sie schwanger ist –«

»Die Herzogin?«, fragte Duncan.

Herzogin? Meine Panik ließ ein bisschen nach. Meine Mutter kannte keine Herzoginnen, und soweit ich wusste, war sie vor meiner Geburt auch noch nie in Los Angeles gewesen, also musste ich mir wegen des Buches vielleicht doch keine Sorgen machen.

Sasha kicherte. »Nein, du Dummkopf. Allie, die Heldin. Und sie ist total unsicher, was ihr Gewicht und ihr Aussehen angeht und überhaupt, weil der Vater des Kindes sie sitzenlässt, als sie schwanger ist, aber dann verliebt sie sich in Philadelphia in diesen Typen ...«

Ich stopfte mein restliches Pausenbrot wieder in den Plastikbeutel und zwang mich zu lächeln. *Der sie sitzenlässt, als sie schwanger ist.* Auch das klang vertraut. Ich hatte noch nie ein Buch von meiner Mutter gelesen – nicht die

StarGirl-Romane, die sie unter dem Namen J. N. Locksley veröffentlichte, und ganz sicher nicht *Große Mädchen weinen nicht*. Natürlich hatte ich das Buch schon gesehen. Im Arbeitszimmer meiner Mutter standen ganz oben im Regal verschiedene Ausgaben – Hardcover- und Taschenbuch- und fremdsprachige Ausgaben. Es ist ein Buch für Erwachsene, hatte meine Mutter vor langer Zeit mal zu mir gesagt, aber ich war nie neugierig gewesen. Vielleicht weil mir Bruce, mein biologischer Vater, ein Exemplar seines Buchs gegeben hatte, das in einem wissenschaftlichen Verlag erschienen war und von der postapokalyptischen Bildersprache in *Doctor Who* handelte. Darin standen lauter schwierige Wörter wie »Semiotik« und »Synekdoche«, und manche Seiten bestanden zu einem Drittel aus Fußnoten. Ich hatte mir das Buch meiner Mutter immer genauso schrecklich vorgestellt.

»Seht ihr Maxi oft?«, fragte Amber.

Ein Teil von mir wollte den Rucksack nehmen, aufstehen und gehen. Tamsin hatte recht gehabt. Sie nutzten mich aus und machten kein Hehl daraus.

Andererseits gefiel es mir aber, dort zu sitzen, an diesem Tisch, der genauso gut der Mittelpunkt der Welt hätte sein können, neben Duncan Brodkey, der mich mit hochgezogenen Augenbrauen ansah, so als wolle er sagen: *Erzähl weiter*.

Ich zupfte an meinen Haaren und wandte mich an Amber. »Meine Mutter und ich waren im Dezember in L. A.«

Amber grinste mich an. In ihrer Zahnspange steckte ein Olivenrest. »Ich habe in *InStyle* Fotos von ihrem Haus gesehen. Hat sie wirklich achthundert Paar Schuhe?«

Ich nickte und konzentrierte mich darauf, mit genauso hoher und lässiger Stimme zu sprechen wie sie. »Mindestens. Aber die meisten davon hat sie eingelagert.«

Tara Carnahan beugte sich neugierig vor. »Hatte sie wirklich mal was mit Brad Pitt? Und was ist mit diesem Stuntman?«

Cadence Tallafiero stand auf und quetschte sich auf den Platz neben Tara. »Ich habe gehört, dass sie seinen Namen auf ihrem Arm eintätowiert hat.«

»Auf ihrem Hintern.« Amber kicherte in mein Ohr.

»Sie hat ein Tattoo, aber sie hat es sich wieder halb wegmachen lassen. An ihrem Fußknöchel. Früher stand da *Scott*, aber jetzt ist es ein Herz mit Flügeln.« Ich lehnte mich zurück, zufrieden, aber auch irgendwo angeekelt, als Tara und Sasha und Amber noch mehr hören wollten.

Als es läutete, wurde mir bewusst, dass ich keine Zeit mehr hatte, um zu Todd und Tamsin zurückzugehen, so wie ich es ihnen versprochen hatte. Ich schwang ein Bein über die Bank, wünschte mir, dass ich auch eine glitzernde Zahnspange hätte, und rang mir ein Lächeln ab. »Ich muss los!« Dann lief ich durch die Cafeteria, um noch vor dem nächsten Gong meine Freunde einzuholen.

5

Es war zwei Uhr nachmittags an einem matschig grauen Februartag, und das Wartezimmer von Dr. Stanley Neville war randvoll mit schwangeren Frauen. Schwangere, deren Bäuche sich unter weiten Umstandsblusen oder hautengen Lycratops wölbten, Schwangere mit ihren Männern, die schützend eine Hand auf den Bauch ihrer Frauen legten, oder Schwangere, die allein hier waren und auf ihren BlackBerries arbeiteten. Ich warf ihnen immer nur kurze Blicke zu – wenn ich sie zu lange anstarrte, musste es unheimlich wirken.

»Denkst du, das sind Lockvögel?«, flüsterte ich Peter zu, nachdem wir unter einer Reproduktion von Mary Cassatts Porträt einer Mutter mit Kind Platz genommen hatten. Wenn ich ein Reproduktions-Endokrinologe wäre, der Frauen jenseits der vierzig neugierig machen und um ein paar Dollar erleichtern wollte, würde ich mein Wartezimmer auch mit schwangeren Damen bevölkern. Oder Schauspielerinnen anheuern, ihnen Schwangerschaftskissen umbinden und sie anweisen, sich ab und zu über den Rücken zu streichen und überzeugend zu stöhnen.

Ich wandte meinen Blick von dem Schwangerenaufgebot ab und konzentrierte mich auf die Formulare in meinem Schoß. Alter. Adresse. Größe. Gewicht. *Äh*. Frühere Schwangerschaften. Ich schrieb: *Eine*. Frühere Operationen. Ich schrieb: *Kaiserschnitt* und *Hysterektomie*, und das Datum: Joys Geburtstag.

»Mrs Krushelevansky?«

Ich folgte der Sprechstundenhilfe ins Untersuchungszimmer, machte mich unten herum frei, zog drei verschiedene Baumwollkittel an (einen, um meine Vorderseite zu bedecken, einen für meine Hinterseite und einen darüber, für den Fall, dass noch irgendwo ein Stückchen Haut hervorlugte), kletterte auf den Untersuchungsstuhl und legte die Beine in die Steigbügel. Dann lehnte ich mich zurück, schloss die Augen und übte meine Pranayama-Atmung. Beim Einatmen sah ich Joy vor mir, wie sie über den Schulhof lief, mit gesenktem Kopf, hochgezogenen Schultern, so als wolle sie sich gegen einen Schlag wappnen, und die Hände in den Taschen vergraben. Beim Ausatmen stellte ich mir vor, wie ich meine Hand nach ihr ausstreckte und ihren weichen Wollpullover berührte. *Liebes, was hast du? Sag's mir. Ich helfe dir. Ich werde es wieder richten.* Einatmen, und das Bild löste sich in Luft auf. Ausatmen. Ich sollte den Kinderpsychologen anrufen, der letzten Monat in der Synagoge einen Vortrag zum Thema »Das überverplante Kind – Stress in der Präadoleszenz« gehalten hatte. Einatmen. Wenn sie nur mit mir sprechen würde! Ausatmen. Wo war bloß meine Ausgabe von *Pubertätskrisen junger Mädchen und wie Eltern helfen können*? Einatmen. Vielleicht gab es noch eine andere Erklärung für ihr Verhalten als die »Qualen der Pubertät«. Vielleicht schwärmte sie für jemanden, der nichts von ihr wissen wollte. Ausatmen. Dabei konnte ich ihr helfen. Ich würde mit ihr ausgehen, an einen besonderen Ort: vielleicht zum Pralinenbüfett im Ritz-Carlton. Ich würde ihr sagen, dass es Teil des Erwachsenwerdens war, wenn einem das Herz gebrochen wurde. Ich würde ihr ein paar der weniger grässlichen Beispiele aus meinem eigenen Leben nennen, und dann würde ich Peter erwähnen und ihr sagen, dass alles seinen Grund hat, dass jeder Herzschmerz einem Zweck dient und dass am Ende alles gut wird.

Ein forsches Klopfen, und die Tür ging auf. »Einen schönen guten Tag!« Dr. Neville entpuppte sich als Afroamerikaner Mitte sechzig, mit kurz geschorenen eisengrauen Haaren. Peter holte einen Hocker und setzte sich neben mich, während Dr. Neville mit dem Rücken zu mir an der Ablage stand und Gel aus einer Tube auf … du großer Gott!

»Ist das … sind Sie …« Ich deutete vage auf den Stab in seiner Hand, der dem Gegenstand, den ich von Sam zum Junggesellinnenabschied geschenkt bekommen hatte, bestürzend ähnlich sah. »Sollten Sie mich vorher nicht wenigstens zum Essen ausführen?«

Peter und Dr. Neville lächelten sich in kollegialem Einverständnis an. Während sie noch feixten, schloss ich die Augen und versuchte, mich zu entspannen. Die Praxisschwester dimmte das Licht und kippte den Monitor so, dass ich ihn sehen konnte. Ich hielt die Luft an, als der Arzt die Sonde einführte.

»Und … sehen Sie! Da sind wir.«

Ich blickte auf den Bildschirm und sah nur eine flimmernde graue Masse – und dann winzige Punkte, wie funkelnde Fünf-Cent-Stücke, wie kleine Monde.

»Und hier haben wir Ihre Eier«, sagte Dr. Neville in einem so herzlichen Tonfall, als wäre ich höchstpersönlich für ihre Anwesenheit verantwortlich. Er nickte zufrieden, zog die Sonde heraus und reichte sie der Schwester. Peter drückte meine Schulter, während der Arzt die Hand zum Highfive hob und sagte: »Gratuliere. Es kann losgehen!«

Ich zog mich an und ging dann zu Peter in das holzvertäfelte, mit Babybildern tapezierte Sprechzimmer des Arztes, wo vom Visitenkartenhalter bis zum Mousepad alles mit den Namen von Pharmakonzernen versehen war. Dr. Neville schilderte uns das weitere Prozedere: Ich müsste ein halbes Dutzend Medikamente einnehmen, um meine Periode auszuschalten, die größtmögliche Anzahl von Eiern zur Reife zu bringen und die optimalen Bedingungen für die Ernte zu erzeugen – »ein ganz einfacher Eingriff«, versicherte Dr. Neville, der unter Sedierung, nicht einmal Vollnarkose, im Krankenhaus stattfinden würde.

»Und wie sicher ist das alles? Die Operation? All diese Hormone?« Wieder ergingen sich die beiden Dres. med. in kollegialem Schmunzeln, bevor man mir eine Antwort gab, die in etwa auf Folgendes hinauslief: *Ja, unseres Erachtens schon, aber die Technologie ist noch relativ neu. Andererseits lässt sich laut diverser Langzeitstudien …*

Ich blendete das Fachgesimpel aus und ließ meinen Blick über die Bilder an den Wänden schweifen. All diese glücklichen Familien. Eltern, Geschwister, Großeltern und natürlich die frischgebackenen Babys – die entweder rosig und gelassen wirkten wie kleine Buddhas oder unter ihren rosa und blau gemusterten Mützchen die Augen zusammenkniffen und sich aus zahnlosen, weit aufgerissenen Mündern die Seele aus dem Leib brüllten.

6

Wenn ich nach dem Schwimmtraining in der Umkleidekabine meine Hörgeräte wieder in die Ohren stecke, fühle ich mich, als würde ich noch einmal aus dem Wasser auftauchen. Wenn ich im tiefen Bereich des Schwimmbeckens bin oder mich im Sommer am Strand von Avalon auf den Wellen treiben lasse, sind alle Geräusche leise und gedämpft. Es kostet mich mehr Anstrengung als sonst, sie einzuordnen, und vor allem spüre ich das Wasser selbst, wie es schwer auf mein Gesicht drückt. Wenn ich durch die Wasseroberfläche auftauche, bin ich erleichtert und enttäuscht zugleich. Es ist, als würde ich eine geheime Welt verlassen, in der alle gleich sind, in der keiner besser hört als ich und in der ich alles genauso schnell verstehe wie die anderen, weil unsere Trainerin die Anweisungen brüllt und mit Handbewegungen begleitet.

Ich steckte die kleinen rosafarbenen Knöpfe in die Ohren und atmete tief durch. Ich hörte, wie ich ausatmete, wie das Wasser von den Duschen auf den Fliesenboden tropfte, wie die Stimmen meiner Mannschaftskolleginnen durch die Umkleide hallten. Dann zog ich meinen Mantel und meine Fleecemütze an und ging nach draußen, wo meine Mutter, wie immer, im Auto auf mich wartete. »Wie war's heute in der Schule?«, fragte sie, und ich sagte, wie immer: »Gut.« Es ist schon komisch, aber sie hatte keine Ahnung, wie sehr sich alles geändert hat. Sie wusste nicht, dass ich jetzt mittags am Tisch von Amber Gross und den beliebten Schülern saß und dass ich vielleicht auch zu ihnen gehören konnte.

Zu Hause richtete mir meine Mutter eine Kleinigkeit zu essen und setzte sich zu mir an den Tisch, erwartungsvoll nach vorn gebeugt, so als würden wir uns gegenseitig das Herz ausschütten. »Ich gehe zum Hausaufgabenmachen zu Tamsin und Todd«, sagte ich.

Enttäuschung huschte über ihr Gesicht, aber ihre Stimme klang munter und vergnügt wie immer. »Zum Abendessen bist du aber wieder zu Hause, oder?«

»Klar«, sagte ich. Zwanzig Minuten später liefen Tamsin, Todd und ich die Bainbridge Street hinunter zu dem Antiquariat an der Ecke.

»Ich weiß nicht, ob das eine so gute Idee ist«, sagte Todd. Ich ging weiter. Es war, als hätte sich meine Wahrnehmung geschärft, seit ich das Haus verlassen hatte. Ich sah jedes Fleckchen Schmutz am Randstein, jedes Stück Abfall, das über den Gehsteig wehte, die Worte FUCK YOU auf dem gelben Metallständer mit den Gratiszeitungen; ich fühlte die feuchte Brise an meiner Wange und roch die gerösteten Zwiebeln von dem Cheesesteak-Restaurant an der nächsten Straßenecke.

»Warum?«, fragte ich. »Ihr habt es doch auch gelesen, oder?«

»Äh«, sagte Todd. Tamsin sah ihn streng an. Schweigend betraten sie mit mir den Buchladen. Todd blieb bei mir, während Tamsin auf die Comics zusteuerte.

Es dauerte nicht lange, bis ich in den verstaubten Regalen *Große Mädchen weinen nicht* fand. Es war in fünf Ausgaben vorhanden: drei großformatige und zwei kleinere, dickere Taschenbücher, auf denen ein goldener Aufkleber mit den Worten INTERNATIONALER BESTSELLER klebte. Ich nahm eins der kleineren Taschenbücher, weil es das billigste war.

»Ah, ein Dauerbrenner«, sagte die Verkäuferin und steckte das Buch in eine braune Papiertüte. »Die Autorin hat mal in Philadelphia gewohnt.«

Ich schwieg. Es war seltsam, dass jemand von meiner Mutter in der Vergangenheitsform sprach, so als sei sie weggezogen oder gestorben.

Ich steckte die Tüte in meine Manteltasche, und wir gingen zum Three Bears Park, wo wir schon als Kinder zusammen gespielt hatten. Die Sonne blinzelte durch die Wolken, und es war so warm geworden, dass man die Jacken ausziehen konnte. Auf einer Bank stapelten sich knallgelbe und blassrosa Kindermäntel, und die Kinder spielten um das große kreisrunde Beet mit dem halb geschmolzenen Schneehaufen Fangen.

Ich setzte mich auf eine Bank, schlug das Buch an einer beliebigen Stelle auf und begann laut zu lesen: *Drew stöhnte und ließ seine feuchte Hand in meinen Slip gleiten.*

Todd sah den Kindern auf der Rutsche zu. Tamsin holte ein Buch aus ihrer Einkaufstüte. Ich schluckte und las leise weiter. *Ich zog meinen BH aus und setzte mich auf ihn, wobei ich mein Gewicht behutsam austarierte, damit er keine blauen Flecken bekam. Es schien ihm nichts auszumachen, dass ich dicker war als alle seine Exfreundinnen. Er stöhnte meinen Namen und leckte …* »Wisst ihr was? Das ist nicht fair. Es ist eine Sexszene. Ich meine ….« Ich blätterte zu einer anderen Stelle und las: *»Er ist winzig«, sagte ich zu Sarah. »Klitzeklein! Wie diese Bleistiftstummel, die man beim Mi-*

nigolf bekommt. Ich wusste nicht, ob er mich ficken oder ausradieren wollte!« Ich schlug das Buch zu. »Geht es in dem ganzen Buch nur um Sex?«

Todd zuckte die Schultern.

»Nein, nicht nur«, sagte Tamsin und steckte ihr Buch wieder in die Tüte. »Es geht auch um deine Familie.« Sie fügte hastig hinzu: »Das heißt, die Familie der Hauptfigur.«

Ich drehte das Buch um. Auf der Rückseite war ein zehn Jahre altes Foto meiner Mutter. Darauf trug sie die Haare länger und lockiger und lächelte in die Kamera, so als würde sie sich um die Stelle einer Nachrichtensprecherin bewerben, und ihr Lippenstift hatte genau dieselbe Farbe wie der, den ich mir vor ein paar Stunden auf dem Schulklo abgewischt hatte. »Haben alle in unserer Klasse das Buch gelesen?«, fragte ich.

»Keine Ahnung«, sagte Todd eine Spur zu schnell. Ich blätterte langsam in dem Buch und ließ die Seiten an meinen Fingern entlanggleiten. Einzelne Worte und Halbsätze sprangen mir ins Auge. »Fett ... er streichelte meine schwabbeligen Oberschenkel ... die Lavendelmafia eilt zu Hilfe ... Rabenvater ...«

Ich machte das Buch behutsam zu und drückte die Haare an die Wangen, so wie ich es immer tat, wenn ich nervös war, damit niemand meine Hörgeräte sehen konnte. Dann schlang ich die Arme um meinen Oberkörper. »Das ist schrecklich.«

Todd schwieg. Tamsin kniff den Mund zusammen, ohne mich anzusehen. Kleine Kinder rannten kreischend um unsere Bank herum und wedelten mit Plastikstäben, aus denen schillernde Seifenblasen in die Luft aufstiegen.

»So schlimm ist es auch wieder nicht«, sagte Todd schließlich. »Es geht ja nicht um dich.«

Außer dass es das irgendwie doch tat, wie ich herausfand, als ich alle 372 Seiten von *Große Mädchen weinen nicht* las.

Ich hörte einmal eine Geschichte von einem Mann in Dallas, der eine 747 aufgegessen hatte. *Wie*, fragte der Interviewer, *konnten Sie ein ganzes Flugzeug aufessen?* Der Mann – er klang ganz normal – antwortete: *Ein Bissen nach dem anderen.* Genauso las ich auch das Buch meiner Mutter: einen Bissen nach dem anderen, stets spätabends. Ich brauchte über drei Wochen. Drei Wochen, in denen ich mittags bei Amber am Tisch saß und immer »gut« sagte, wenn mich meine Mutter am Nachmittag fragte, wie es in der Schule gewesen war. Mein Tagesablauf war wie immer – ich ging zum Schwimmtraining und machte meine Hausaufgaben und stand früh auf, um mir die Haare zu stylen –, aber es fühlte sich an, als würde ich gleichzeitig noch ein anderes, geheimes Leben leben. Es war fast so, als wäre mein wirkliches Leben nur gespielt – die Schule, die Hausaufgaben, das Schwimmtraining und die Diskussionen meiner Eltern, ob wir im Sommer wieder für zwei Wochen ans Meer fahren sollten, in dasselbe Ferienhaus wie immer. Die Welt in dem Buch wirkte irgendwie realer und wahrer.

Bis Mitte März hatte ich jedes Wort hinuntergewürgt, von der Widmung auf der ersten Seite (»Für meine Joy«) bis zum Autoreninterview am Ende des Buches. »Was gab den Anstoß zu *Große Mädchen weinen nicht*?«, lautete die erste Frage. »Zum Teil wollte ich Elemente aus meiner eigenen Biographie verarbeiten, sie auseinandernehmen und wieder neu zusammensetzen, um ihnen einen Sinn zu geben«, antwortete meine Mutter. Was sollte das heißen? Dass das Buch die Wahrheit war? Dass es erfunden war? Dass es wahre Elemente enthielt, die aber irgendwie verdreht und anders angeordnet waren? Und falls es sich bei dem Buch um eine verbesserte Version ihrer Lebensgeschichte handelte, wie schlimm war dann ihr wirkliches Leben gewesen?

Es kam mir vor, als hätte sich jede Seite des Buches für immer in mein Gehirn eingebrannt: die Passagen, wo meine Mutter (»Allie«) jedes Mal, wenn sie in den Ferien vom Internat nach Hause kommt, von ihrem Vater gezwungen wird, sich vor versammelter Familie auf die Waage zu stellen; der Abschnitt, wo sie ihrem Freund (»Drew«) sagt, dass sein Penis wie eine verschrumpelte Essiggurke aussieht. *So klein oder so grün?*, fragte ich mich und legte das Buch zur Seite, obwohl ich an dem Abend nur sieben Seiten gelesen hatte.

Als ich fertig war, wusste ich, dass meine Mutter beziehungsweise »Allie«, die Hauptfigur des Romans, schon in der Highschool mehr gewogen hatte als ein Quarterback und dass sie dort mehr Sex gehabt hatte als alle Mädchen, die ich kannte, zusammen. Vielleicht ist sie eine Nymphomanin – und falls der Schluss wahr ist, beziehungsweise auf der Wahrheit basiert oder auch nur annähernd wahr ist, dann war ich eindeutig ein Versehen gewesen.

Natürlich hatte sie mir etwas anderes erzählt. Sie hatte mir immer und immer wieder gesagt, dass sie sich ein Baby gewünscht hatte, und mich dabei auf den Schoß genommen oder mir mit Tränen in den Augen über die Haare gestrichen. *Ich habe mich so gefreut, als ich herausfand, dass ich schwanger war ... und Bruce auch, obwohl wir nicht damit gerechnet hatten. Wir waren beide so glücklich, dich zu haben. Ich bin so glücklich, dass es dich gibt.*

Als ich klein war, klang das nicht anders als bei allen anderen Kindern. *Wir haben uns so sehr ein Kind gewünscht* – das sagten Eltern immer, egal, ob sie das Kind adoptiert oder mit Hilfe einer Samenspende oder auf andere Weise bekommen hatten. *Du bist alles, was wir uns jemals gewünscht haben. Wir waren so glücklich.* Ich kannte Kinder mit einer Mutter und einem Vater, mit zwei Müttern, mit zwei Vätern, ich kannte alleinerziehende geschiedene Mütter und alleinerziehende Mütter, die mit Hilfe von schwulen Freunden oder Samenbanken schwanger geworden waren oder Kinder aus China oder Guatemala adoptiert hatten, und jede Geschichte war im Grunde dieselbe: *Ich habe mir so sehr ein Kind gewünscht, und dann kamst du.*

Aber wenn es stimmte, was meine Mutter in dem Buch geschrieben hatte, dann hatte sie mich überhaupt nicht gewollt, dann hatte sie gar kein Kind gewollt. Ich schlug Seite 178 auf und las die Passage, die ich bereits auswendig kannte, noch einmal:

> *Mit spitzen Fingern hielt ich den Teststreifen, von dem noch mein Urin tropfte. Kopf, ich gewinne; Zahl, ich verliere. Ein Strich, bitte lieber Gott, mach, dass es nur ein Strich wird, und sollte ich jemals wieder Sex haben, dann besorge ich mir zwei Spiralen und die Pille, und er muss ein Kondom tragen und ihn rechtzeitig rausziehen. »Ein Strich, ein Strich, ein Strich«, skandierte ich. »Ein Strich, und ich bin gerettet, zwei Striche, und mein Leben ist vorbei.«*

»Scheiße«, flüsterte ich, während ich im Schneidersitz auf meiner pinkfarbenen Bettdecke unter den falschen Sternen saß. Ich schluckte. Mir war übel vor Scham. Man hatte mir etwas vorgemacht. Man hatte mich angelogen. Egal, wie oft sie sagte, dass sie mich liebte, egal, wie sehr sie sich in Acht nahm, die Wahrheit war, Schwarz auf Weiß, dass meine Großmutter eine Lesbe war, mein Großvater ein Arschloch und meine Eltern mich überhaupt nicht gewollt hatten. Was noch schlimmer war: alle, die das Buch gelesen hatten, wussten es – die ganze Schule, alle, die mich kannten, vielleicht die ganze Welt. Alle wissen es.

Ich ballte die Hände zu Fäusten. Ich stapfte nach unten ins Arbeitszimmer meiner Mutter und nahm einen dicken schwarzen Edding aus der Tasse auf ihrem Schreibtisch. Wieder auf dem Bett, fuhr ich mit dem Stift über die Seite 178 und löschte den urintropfenden Schwangerschaftstest und alle Kraftausdrücke von Allie; ich fuhr mit dem schwarzen Stift hin und her, bis die Tinte auf die nächste Seite durchdrückte und ich jeden einzelnen Buchstaben von jedem schmachvollen Wort ausgelöscht hatte.

Als meine Mutter und ich an dem Tag, nachdem ich das Buch zu Ende gelesen hatte, von der Schule nach Hause kamen, ging meine Mutter in die Küche und fing an, den Geschirrspüler auszuräumen. »Du hast Post bekommen«, sagte sie beiläufig.

»Was, ich?« Die Post stapelte sich auf der Küchentheke, und obenauf lag ein riesiger schwarzglänzender Umschlag, auf dem in schnörkeliger silberner Schrift mein Name stand: Miss Joy Shapiro Krushelevansky.

Ich starrte ihn an. »Was ist das?«

Meine Mutter stupste den Umschlag mit einem Spachtel in meine Richtung. »Keine Ahnung.«

Der Umschlag von der Größe eines Schulhefters fühlte sich an, als wäre er aus dünnem Glas oder Plastik, nicht aus Papier. Der Absender – der in derselben Schrift wie mein Name und meine Adresse auf der Rückseite geschrieben stand – war die Familie Pokitilow in Cedar Hill, New Jersey. Tylers Bar-Mizwa, dachte ich und riss den Umschlag auf.

Eine cremefarbene Karte mit Silberrand, die aussah wie eine Mischung aus einem Diplom und einer Speisekarte, fiel mir entgegen. Im oberen Rand der Einladung waren schwarze und silberfarbene Bänder eingewoben, die wie Ringellöckchen über den gedruckten Text fielen.

WIR, BONNIE UND BOB POKITILOW,
LADEN DICH GANZ HERZLICH EIN
ZUR FEIER DER BAR-MIZWA
UNSERES SOHNES TYLER BENJAMIN
AM SAMSTAG, DEM 21. APRIL, UM ZEHN UHR VORMITTAGS
IN DER BETH-ISRAEL-SYNAGOGE, SHORT HILLS, NEW JERSEY
ANSCHLIESSEND EMPFANG UND PARTY
IM SHORT HILLS COUNTRY CLUB

»Schick, schick«, sagte meine Mutter, die sich von hinten angeschlichen hatte und über meine Schulter blickte. Ich drehte mich zur Seite und schüttelte den restlichen Inhalt des Umschlags auf die Ablage: ein kleiner Umschlag mit einer Karte (BITTE TEILEN SIE UNS IHR KOMMEN BIS ZUM 5. APRIL MIT), eine Wegbeschreibung zur Synagoge und zum Country Club und noch eine kleine Karte, auf der ich ankreuzen konnte, ob ich zum Mittagessen Rind oder Lachs haben wollte. Auf allen Karten stand jeweils am unteren Rand auch die Web-Adresse von Tylers Bar-Mizwa. Während ich die Bänder glatt strich, las meine Mutter laut: »Www.TylersMegaparty.com. Tja. Hm.« Sie zog den Kopf ein, und ich merkte ihr an, dass sie sich einen Kommentar beziehungsweise das Lachen verkneifen musste. Sie nahm den Wasserkessel vom Herd und füllte ihn am Ausguss. »Willst du auch Tee?«

Ich schüttelte den Kopf, ging zum Kühlschrank und schenkte mir ein Glas Saft ein. Sie drehte das Gas auf und stellte den Kessel auf die Herdplatte. Es zischte, als die Gasflamme das Wasser am Kesselboden wegbrannte. »Im April ist dein Terminkalender noch relativ leer«, sagte sie.

Ich nahm einen Schluck von meinem Saft und überlegte. Bonnie Pokitilow war die Cousine von Bruce. Sie hatte blasse, sommersprossige Haut und so Locken wie ich, nur dass ihre fast schwarz waren. Ich kannte sie, ihren Mann und meinen Großcousin Tyler von den Pessachfesten bei meiner Oma Audrey und den Geburtstagspartys, die Oma Audrey für mich ausgerichtet hatte, als ich noch klein war. Tyler und ich haben eigentlich nicht viel gemeinsam. Beim letzten Pessachfest saß er den ganzen Abend in Oma Audreys Wohnzimmer, las Harry Potter und schaute alte Wrestling-Kämpfe auf seinem MP4-Player an.

Ich fragte mich, wen ich dort kennen würde. Als hätte sie meine Gedanken gelesen, sagte meine Mutter: »Bruce wäre dort mit, äh, Emily und deinen Stiefbrüdern, und deine Oma Audrey. Wenn du willst, fahre ich dich hin.«

Ich hievte mich auf einen Hocker an der Frühstücksbar. Ich wollte nicht, dass sie mir einen Gefallen tat. Sie hatte mir schon genug angetan.

Meine Mutter ließ Honig in ihren Tee tropfen und kippte ein paar Cracker auf einen gelben Teller. »Du würdest wahrscheinlich bei den anderen Kindern am Tisch sitzen, bei Tyler und seinen Freunden und seiner Schwester, äh …«

»Ruth.« Mein Tonfall gab ihr zu verstehen, dass meine Familie – meine biologische Familie, Bruces' Seite der Familie – sie nichts anging. Aber entweder sah sie meinen giftigen Blick nicht, oder sie beachtete ihn nicht.

»Ruth. Richtig. Vielleicht ist die Feier ja ganz nett.« Ihre Stimme klang total neutral.

Ich zuckte die Schultern und stapelte die einzelnen Bestandteile der Einladung ordentlich aufeinander.

Meine Mutter sah mich an. »Du weißt aber, dass deine Einladung nicht ganz so« – sie zögerte, und mir war klar, dass sie nach dem richtigen Wort suchte – »extravagant ausfallen wird wie Tylers.«

Ich zuckte die Schultern. »Tyler will immer alles perfekt machen.«

»Es ist jedenfalls deine Entscheidung, ob du hinfahren willst. Sag mir einfach Bescheid.«

Ihre Stimme war neutral, aber ich sah ihr an, dass sie zufrieden war, so als hätte ich eine Art Test bestanden. Ich wünschte mir, ich hätte ihr gesagt, dass ich hingehen wollte, dass ich nichts lieber wollte als ein Teil von Bruces normaler Familie zu sein.

Ich rechnete damit, dass sie noch etwas sagen würde oder mich fragen würde, was ich denke. Aber zu meiner Überraschung verschwand sie einfach mit ihrem Tee im Arbeitszimmer. Kurz darauf hörte ich das vertraute Klappern der Computertastatur.

Ich blickte auf die Einladung hinab, steckte bis auf die Antwortkarte alles zurück in den übergroßen Umschlag und legte ihn auf den Altpapierstapel, wo ihn meine Mutter garantiert sehen würde. Die Antwortkarte schob ich in meine Gesäßtasche. Nach dem Abendessen, als sich meine Mutter eine ihrer geliebten Reality-TV-Shows ansah und mein Vater einen Artikel für eine medizinische Fachzeitschrift redigierte, nahm ich sie und schrieb fein säuberlich: *Miss Joy Shapiro Krushelevansky nimmt gerne teil.* Dann schob ich die Karte unter einen Stapel Unterwäsche in der obersten Schublade meiner Kommode und dachte: Vielleicht, vielleicht aber auch nicht.

7

»Also dann!«, sagte ich, als wir aus dem Minivan kletterten. Ich tat mein Bestes, fröhlich und beschwingt zu klingen, obwohl ich der Verzweiflung nahe war. »Wer fängt an?« Es war ein sonniger Märzvormittag, die Temperaturen kletterten langsam nach oben, der Himmel war strahlend blau, und die samtig weiche Luft roch nach Geißblatt. Die Bäume schlugen aus, und der Wanderweg entlang des Forbidden Drive war nur leicht schlammig. Mein Plan war, eine Familienwanderung zu machen – zwei Meilen hin, zwei Meilen zurück, mit einem Zwischenstopp, um die Enten zu füttern. Danach würden wir zum Brunchen nach Manayunk fahren und dabei Joys Bat-Mizwa planen.

Meine Tochter knallte die Autotür zu und nahm ihre übliche Haltung ein: das Kinn an die Brust gedrückt, die Schultern hochgezogen. Ihre langen Beine steckten in engen Jeans, und darüber trug sie eine hellblaue Fleecejacke, in der gleichen Farbe wie ihr Fleecestirnband. Sie hatte Frenchelles Leine um ihr rechtes Handgelenk gewickelt und die linke Hand in die Jackentasche gesteckt, wo vermutlich auch die Fleecemütze war, auf der ich bestanden hatte. (Ich hatte sie auch gebeten, einen Schal mitzunehmen, aber sie hatte mich nur angesehen, als hätte ich ihr zu einem Petticoat geraten, also hatte ich mir einfach einen zusätzlichen Schal um den Hals gewickelt.)

Während Peter im Handschuhfach den Energieriegel suchte, den er seiner festen Überzeugung nach dorthin gelegt hatte, lief Joy los, mit gesenktem Kopf, geballten Fäusten und einem Blick, als wäre am Ende des Wanderwegs ein Tor mit der Aufschrift ARBEIT MACHT FREI anstatt eines

Kiosks, der in den Sommermonaten Getränke und Eis verkaufte. Ich widerstand dem Drang, ihr nachzulaufen und ihr nicht von der Seite zu weichen, bis sie mir endlich erzählte, was los war.

»Joy!«, rief ich. Sie drehte sich nicht um. »Joy!«

Sie blieb zehn Meter vor mir stehen. Ihr ganzer Körper schien zu seufzen, während sie auf mich wartete.

»Joy.« Ich holte sie keuchend ein. »Nicht so schnell. Bat-Mizwa. Ideen.«

Sie zuckte mit den Schultern. »Ich werde wohl kaum um eine Bat-Mizwa herumkommen, oder?«

Ich verkniff mir die Antworten, die mir auf der Zunge lagen. »Nein«, sagte ich freundlich zum Rücken meiner Tochter. »Das wirst du nicht. Ich weiß, es ist schlimmer als der Tod, aber du wirst es überleben. Dein Vater und ich haben an einen Gottesdienst am Samstagvormittag mit anschließendem Mittagessen gedacht.«

Ich erntete noch ein Schulterzucken, gepaart mit einem verächtlichen Blick auf mein Wanderoutfit: Jogginghose, Turnschuhe und ein langärmeliges T-Shirt unter einem kurzärmeligen T-Shirt mit V-Ausschnitt. War das so schlimm? Ihrem Gesichtsausdruck nach zu urteilen schon. Wahrscheinlich die beiden Schals, dachte ich.

»Wenn ihr euch eh schon entschieden habt, wofür braucht ihr mich dann noch?«, fragte Joy.

Ich blieb wie angewurzelt stehen, starrte meine Tochter an und stellte mir vor, wie ich meine Hände auf ihre Schultern legte, meine Fingernägel in das Fleece und ihr Fleisch bohrte und sie kräftig durchschüttelte, so wie sie es verdient hatte. Noch vor einem Jahr, bevor ihre Jeans immer enger und ihre Noten und ihr Betragen immer schlechter wurden, hätte sie sich gefreut, einen Nachmittag mit Peter und mir zu verbringen: mit uns wandern zu gehen, eine Fahrradtour zu machen oder die Antiquitätenläden in Lancaster abzuklappern. Wir waren genau diesen Weg bereits ein Dutzend Mal mit meiner Schwester oder Samantha oder meiner Mutter gelaufen, und Joy hatte sich nie dagegen gesträubt, sich noch nie so verhalten. Ich warf Peter einen verzweifelten Blick zu, den ich mittlerweile auch schon perfekt beherrschte und der besagte: *Ich kann nicht mit ihr reden, versuch's du.* Er hatte mehr Geduld als ich – vielleicht weil er älter war oder weil er ein Mann war. Vielleicht aber auch – und ich hatte immer sofort ein schlechtes Gewissen, wenn ich das dachte –, weil sie nicht wirklich seine Tochter war. Er war emotional nicht so sehr verstrickt wie ich; er konnte es sich leisten, cool zu bleiben.

Peter schloss mühelos zu uns auf. »Welche Farben hättest du denn gern? Ist Pink noch immer deine Lieblingsfarbe?«

»Pink«, sagte Joy in eisigem Tonfall, »war noch nie meine Lieblingsfarbe.«

Peter drehte sich zu mir um. Ich zuckte die Schultern. Mit acht Jahren war Pink definitiv ihre Lieblingsfarbe gewesen. Wir hatten damals einen ganzen Nachmittag im Farbengeschäft verbracht, ihre Kinderzimmerwand mit den drei verschiedenen Pinktönen, die sie sich ausgesucht hatte, bepinselt und die Stellen im Vormittags-, Nachmittags- und Abendlicht begutachtet, um das perfekte Pink zu finden.

»Willst du deinen Gästen etwas schenken?«, fuhr Peter fort. »Wir könnten einen Fotoautomaten besorgen, so wie Tamsin und Todd einen hatten.«

Schulterzucken. »Mir egal.«

»Muscheln mit Monogramm?« Ich konnte meine Frustration nicht verbergen. »Bling-Bling aus Goldimitat? Soll ich mir vorher noch die Brüste vergrößern lassen? Wenn dir das wichtig ist, Liebes –«

»Als ob dir jemand die Brüste vergrößern würde«, gab Joy in demselben Tonfall zurück.

»Joy, habe ich dir eigentlich schon mal die Fotos von meiner Bar-Mizwa gezeigt?« Peter war so ruhig, als würden wir freundlich miteinander plaudern.

Joy zuckte wieder die Schultern, allerdings eine Spur weniger feindselig als zuvor.

»Die Feier fand im Pound Ridge Country Club statt«, sagte Peter. »Ich hatte mir als Motto *Krieg der Sterne* gewünscht. Beim Cocktailempfang gab es einen Todesstern aus gehackter Leber.«

Auf Joys Gesicht war ansatzweise ein Lächeln zu erkennen. »Das glaub ich dir nicht.«

»Und ob. Hast du schon mal Fotos von meinem Opa gesehen? Mit neunzig sah er genauso aus wie Yoda. Er war ein weiser alter Mann.« Peter schüttelte traurig den Kopf.

Ich sah ihn dankbar an, obwohl ich wusste, dass er log: *Krieg der Sterne* war erst nach Peters Bar-Mizwa in die Kinos gekommen, seine Eltern hatten nicht gerade einen Sinn für Skurriles besessen, und sein Großvater Irv hatte nicht die geringste Ähnlichkeit mit Yoda gehabt.

»Jeder bekam ein aufblasbares Lichtschwert«, fuhr Peter fort.

»Sogar die Mädchen?«, fragte Joy.

»Hm«, brummte Peter. »Kann sein, dass sie etwas anderes bekamen.« Er wirkte absolut entspannt und locker in seiner Khakihose und seinem Sweatshirt. »Eine Prinzessin-Leia-Perücke?«

»Ha ha ha«, sagte Joy.

»Ich weiß noch, wie mein Onkel Herman den Kiddusch sprach und nach dem Segensspruch alle meine Freunde bat, aufzustehen und unter ihre Sitze zu fassen. Er hatte unter jeden Stuhl am Kindertisch einen Eindollarschein geklebt –«

»Ein Dollar war damals viel Geld«, warf ich ein, was mir unweigerlich ein Augenrollen von Joy einbrachte.

»Und er sagte uns«, fuhr Peter fort, »was er uns als wichtigste Lektion auf unseren weiteren Lebensweg mitgeben könne: ›Hebt euern Hintern, und ihr werdet reich werden.‹«

Ich lachte. Joy zog ihre Mundwinkel leicht nach oben. »Kenne ich Onkel Herman?«, fragte sie.

»Er ist bereits in die ewigen Borschtgründe eingegangen«, sagte Peter.

»Aber er war auf der Bar-Mizwa deines Vaters, und das ist, was zählt«, sagte ich. »Eine Feier im Kreis der Familie … gemeinsame Erinnerungen zu schaffen …«

Joy murmelte etwas, das wie »Ich bitte dich« klang.

»Hast du dir überlegt, was du willst?«, fragte Peter.

»Wie wär's mit *Grease*?«, fragte Joy.

»Auf keinen Fall!«, entgegnete ich. Beide starrten mich an. Ich zuckte die Schultern. »Na hört mal, worum geht's in *Grease*? Randale in der Highschool. Ungewollte Schwangerschaft. Cliquen. Rauchen!«

»Rauchen«, sagte Peter wehmütig. Ich warf ihm einen Blick zu, der besagte, dass er mich nicht im Stich lassen solle. Er nickte ernst. Nur jemand, der ihn so gut kannte wie ich, wusste, wie schwer es ihm fiel, ernst zu bleiben.

»Was war dein Motto? *The Sound of Music*?« Joy verzog verächtlich den Mund. (*The Sound of Music* war mein absolutes Lieblingsmusical. Selbstverständlich hasste sie es, weigerte sich, es mit mir anzusehen und hatte es bereits des Öfteren als »dieses Teil über die Nazis« tituliert.) »Habt ihr gejodelt?«

»Ich hatte keine Feier«, sagte ich kurz angebunden. Ich hatte keine Feier, weil mein Vater verrückt war, dachte ich. Verrückt und geizig und verlogen. Als einziger Sohn aus einer gutsituierten Familie hatte er selbst eine große Bar-Mizwa-Feier gehabt – ein Galadinner in der Synagoge mit einigen Hundert Gästen, das auf Super-8-Filmen festgehalten worden war. Aber als seine eigenen Kinder das jüdische Erwachsenenalter erreichten, in den 1980er Jahren, begannen die Bar- und Bat-Mizwa-Feiern ernsthaft auszuarten. Vor meinem dreizehnten Geburtstag waren wir bei vier Feiern von Cousins in Ohio eingeladen gewesen, eine extravaganter als die andere. (Eine hatte ein Zirkusmotto, und zwischen den Menügängen gab es Stelzenläufer und Feuerschlucker.) Auf der langen Heimfahrt nach Pennsylvania, bei der meine Mutter schweigend auf dem Beifahrersitz saß, hatte sich mein Vater tierisch aufgeregt – über die Angeberei, die Ausgaben, die Oberflächlichkeit, das Geprotze, darüber, dass die Schwester meiner Mutter und ihr Ehemann Phil, ein glückloser Buchhalter, einen religiösen Anlass dazu benutzt hatten, Tausende von Dollar auszugeben, nur um vor ihren Freunden und Verwandten damit anzugeben, dass sie Tausende von Dollar ausgeben konnten, und dass das alles nicht mehr das Geringste mit Gott zu tun hatte.

Also bekam ich, im Gegensatz zu meinen Cousinen in Cleveland und meinen Mitschülern im Religionsunterricht, weder ein Mittagessen im Country Club noch ein Samstagabend-Dinner mit Tanz. Keinen Discjockey, keine Unterhaltungskünstler, keine schicken Geschenke wie zum Beispiel T-Shirts oder Baseballkappen mit meinem Namenszug. Meine Bat-Mizwa fand an einem Freitagabend statt, und ich trug ein gerüschtes, mit Volants besetztes Kleid von Gunne Sax, das meine Mutter als Restposten bei Marshall's gekauft hatte.

Zwei Monate vor dem großen Tag überreichte mir mein Vater eine Schachtel Briefpapier und seinen Montblanc-Füller. Er hielt mir eine lange Rede, dass die Einladungen mehr bedeuten würden, wenn sie von mir persönlich kämen. Also setzte ich mich jeden Abend nach den Hausaufgaben hin und schrieb Einladungen: an meine Groß- und Urgroßeltern, Tanten, Onkel und Cousins und an die drei Freunde, die ich damals hatte.

Die Mutter meiner Mutter, die das Verhalten meines Vaters mit permanentem Kopfschütteln und missbilligenden Blicken kommentierte, aber von seinen Wutanfällen viel zu sehr eingeschüchtert war, um ihm zu widersprechen, kam eine Woche früher und buk sieben Tage lang Rugelach und Mandelbrot sowie weiche Butterkekse mit gewelltem Rand, damit wir zumindest beim Empfang nach dem Gottesdienst etwas ausgefalleneres Gebäck hatten. Während sie Nüsse und Süßwein in den Teig knetete, schilderte sie Elle, Josh und mir die Megafeiern meiner Cousins in allen Einzelheiten, so als wären wir nicht bei jeder einzelnen selbst dabei gewesen: die Musikbands, das Essen und die Geschenke sowie die Petit Fours, auf die der Konditormeister die Namen unserer Cousins und Cousinen mit Glasurmasse geschrieben hatte.

Also feierte ich an einem Freitagabend mit einem personell leicht aufgestockten Sabbatempfang im Gemeinderaum der Synagoge. Es gab weder Musik noch Tanz und auch keinen professionellen Fotografen, was aber wahrscheinlich nicht das Schlechteste war, wenn man bedenkt, wie schrecklich ich in meinem gerüschten, bebänderten Kleid aussah, das den Models in *Seventeen* oder meinen hübschen Cousinen viel besser stand als mir – bloß dass mir diese Erkenntnis zu spät gekommen war. Meine auffallendsten Merkmale waren damals mein Busen und meine Zahnspange, eine zu große

Nase und zu kurze Haare. Es kamen fünfzig Leute: die üblichen Freitagabendgäste, meine Freunde, ein Dutzend Verwandte. Meine Mutter sagte mir, dass sie mich liebte. Mein Vater küsste mich auf die Wange und sagte, dass er stolz auf mich sei. Meine Großmutter fotografierte mit ihrer kleinen Sofortbildkamera und weinte.

Aber es war keine Katastrophe gewesen. Letztendlich hatte ich meine kostengünstige Do-it-yourself-Feier sogar genossen und geglaubt – so wie mein Vater es mir eingebläut hatte –, dass die Zeremonie tatsächlich etwas bedeutete, anstatt nur ein Vorwand für eine verschwenderische Party zu sein. Nachdem ich meinen Thora-Abschnitt so gut wie fehlerfrei vorgetragen hatte, berührte ich mit dem Rücken meines Gebetbuchs die Schriftrolle und führte es dann an meine Lippen. Die Hand meines Vaters lag schwer und warm auf meiner Schulter. *Ich bin stolz auf dich*, sagte er mit seiner tiefen Stimme und einem liebevollen Blick aus seinen bebrillten braunen Augen – und in diesem Augenblick war ich auch stolz auf mich. Ich war glücklich und fühlte mich klug und sogar ein kleines bisschen hübsch – trotz meines schrecklichen Kleides. Ich fühlte mich meinen Cousins in Ohio haushoch überlegen, meinen Cousinen mit ihren schicken Partys und mit immer demselben Fotografen, der die Jungs in einer Reihe aufstellte und sie anwies, so zu tun, als würden sie die doppelseitigen Aktfotos im *Playboy* ansehen.

Mir ging es darum, dass auch Joy dieses Gefühl erlebte: stolz darauf zu sein, etwas erreicht zu haben, etwas getan zu haben, das mehr bedeutete, als ein paar Zeilen auf Hebräisch herunterzuleiern und zur Belohnung eine Riesenparty zu bekommen. Es gab so vieles, das ich ihr nicht geben konnte: meine Liebe zu Büchern, zum Beispiel, oder eine normale Zuerst-kommt-die-Liebe-dann-die-Hochzeit-Geschichte ihrer eigenen Geburt. Ich wünschte mir nur, dass auch sie fühlte, was ich damals in dem Moment vor der versammelten Gemeinde gefühlt hatte: Zu wissen, wer man ist, und damit zufrieden zu sein. Ich atmete tief durch und beschleunigte meine Schritte, bis ich so nahe war, dass ich Frenchelles Hecheln hörte. Ich griff nach der Leine, und Joy gab sie mir, ohne mich anzusehen.

»Warum hattest du keine richtige Feier?«, fragte Joy.

Ich wollte die Sache nicht unnötig verkomplizieren. »Meine Eltern wollten, dass bei meiner Bat-Mizwa der Glaube im Vordergrund steht, nicht eine große Party mit irgendeinem Motto. Für sie zählte die religiöse Bedeutung und das Erwachsensein. Das Erwachsenwerden.«

»Pah.«

Ich blieb stehen, während Frenchie an einem Farnstrauch ihr Geschäft verrichtete.

»Wir möchten, dass dir deine Bat-Mizwa auch etwas bedeutet«, sagte ich. »Hast du dir schon über dein Bat-Mizwa-Projekt Gedanken gemacht?«

Joy zuckte die Schultern. Selbst wenn sie schlecht gelaunt oder unglücklich war, sah sie mit ihrem honigfarbenen Haar und der fohlenhaften Figur noch immer hinreißend aus. »Vielleicht etwas mit Kindern«, sagte sie. »Oder mit Haustieren.«

Okay, Miss America. »Was denn zum Beispiel?«, fragte ich. Erneutes Schulterzucken. »Welche Kinder?« Dieses Mal ließ sie sich nicht einmal mehr zu einem Schulterzucken herab. Sie nahm mir einfach Frenchelles Leine aus der Hand und marschierte wieder drauflos. »

Keine Sorge«, sagte Peter und drückte meine Hand. »Wir haben noch den ganzen Vormittag Zeit.« Kopfschüttelnd blickte ich meiner Tochter nach, die mit erhobenem Kopf und langen Schritten den Abstand zwischen uns vergrößerte.

Wir saßen in einem sonnigen Café an der Hauptstraße von Manayunk. Joy trank schwarzen Kaffee und stocherte in ihren Huevos Rancheros herum, wobei sie die Bohnen, Eier und Tortillas auf dem Teller herumschob und kaum anrührte. Immerhin hatte sie eingewilligt, sich ein Mizwa-Projekt zu suchen, das ihr etwas bedeutete.

Im Gegenzug einigten wir uns darauf, dass sie eine Party mit Musik und Tanz bekommen würde und dass ich sie nicht zwingen würde, sechzig Einladungen mit der Hand zu schreiben. (Allerdings würde ich auch keine Berge von Süßigkeiten backen.) Joy fand sich widerwillig mit den eleganten, aber relativ günstigen Einladungskarten ab, die ich online gefunden hatte, und gab zu, dass ein Fotoautomat eine gute Idee sei.

»Und ich will alle meine Mitschüler aus dem Religionsunterricht einladen«, sagte sie. »Es soll sich niemand ausgeschlossen vorkommen.«

»Das ist wirklich nett von dir«, sagte ich mit einem Kloß im Hals. Da war sie wieder – mein gutes Mädchen, meine liebe, ernsthafte, rücksichtsvolle Joy, die früher auf dem Nachhauseweg vom Kindergarten ihre übrig gebliebenen Goldfischli den Obdachlosen im Park geben wollte. Zwar erwiderte sie mein Lächeln nicht, aber sie wandte sich auch nicht ab. Wir machen Fortschritte, dachte ich und beugte mich eifrig vor. Ich würde sie schon noch dazu bringen, mit mir zu reden, sich auf ihre Bat-Mizwa zu freuen und mich nicht mehr so abweisend anzusehen.

Ich blickte mich in dem Restaurant um – die Gemälde an den gelb gestrichenen Wänden, die dunklen Holztische –

und atmete den Duft von Kaffee und Speck und Maisbrot ein. »Als du noch klein warst, bin ich oft mit dir hierhergekommen«, sagte ich. »Zuerst waren wir dort drüben auf der anderen Straßenseite im Mutter-und-Kind-Yoga, zusammen mit –«

»Emmett und Zack und Jack«, sagte Joy gelangweilt. »Und danach sind wir in den Bio-Supermarkt, und du hast mir an der Salatbar Kichererbsen mit Tofu gekauft, weil Kichererbsen mit Tofu mein Lieblingsessen war.«

»Genau«, sagte ich. Sie hatte die Geschichte wohl schon ein-, zweimal gehört. Als sie klein war, liebte sie es, wenn ich ihr erzählte, was sie als Baby gemacht hatte, wie sie zum ersten Mal das Wort »Nifkin« gesagt hatte, wie ich sie in einen Tragerucksack gesteckt und mit ihr im Schnee spazieren gegangen war. »Das war immer dein Lieblingsessen. Du hast gefuttert –«

»– wie ein Scheunendrescher«, sagte Joy genauso gelangweilt wie vorher. Sie hob den Kopf und sah mich dermaßen wütend an, dass ich fast erschrocken aufgestöhnt hätte. Aber im nächsten Augenblick war sie einfach wieder Joy, mit ihrem hübschen Gesicht und ihrer gelangweilten, herablassenden Miene. »Vielleicht habe ich das von meinem Vater geerbt.«

Mir war, als würde Peter neben mir zusammenzucken. Joy erwähnte Bruce nicht oft, und schon gar nicht in Peters Gegenwart. »Ich glaube nicht, dass du viel von ihm geerbt hast«, sagte ich. Es war gleichermaßen eine Aussage und ein Stoßgebet. Bitte, lieber Gott, dachte ich, mach, dass sie nur sein gutes Aussehen von ihm geerbt hat und nicht seine Vorliebe, seinen Eltern auf der Tasche zu liegen und Pot zu rauchen.

»Ist er auch eingeladen?«, fragte Joy.

Ich nahm einen Stapel Zuckerpäckchen, um meine Hände zu beschäftigen. »Bruce? Natürlich ist er eingeladen.«

»Gut.« Sie stand auf, hakte die Daumen in ihre Jeanstaschen und schlenderte mit schwingenden Hüften und wippendem Pferdeschwanz auf die Toilette, gefolgt von den anerkennenden Blicken der jungen Hilfskellner.

Ich sah Peter hilflos an. »Was habe ich bloß getan?«, fragte ich und reckte die Hände in den Himmel. »Habe ich ihren Hund überfahren? Ihr den Freund ausgespannt? Großer Gott! Hast du gesehen, wie sie mich angeschaut hat? So als …« Ich schluckte. »So als würde sie mich hassen.«

Peter nahm meine Hand und entwand mir die Zuckerpäckchen. »Sie benimmt sich einfach nur wie eine Dreizehnjährige.«

»Sie ist noch nicht mal dreizehn.« Ich riss ein Päckchen Kaffeeweißer auf. »Ich war mit dreizehn nicht so.« Das Pulver spritzte in meinen Kaffee. »Vielleicht mit sechzehn.« Ich suchte meinen Löffel. »Vielleicht nie.«

»Dann ist sie eben frühreif«, sagte er. »Nimm's nicht so schwer. Lass ihr Zeit.« Ich stocherte in meinen Eiern herum. *Sei mit dem zufrieden, was du hast* war ein gängiger Spruch in Joys Kindergarten gewesen. Wenn ein Kind zu weinen anfing, weil es keine Kekse, sondern Laugengebäck gab oder weil in der Lesestunde aus *George und Martha* anstatt aus *Charlie und Lola* vorgelesen wurde, sagte die Erzieherin: »Sei mit dem zufrieden, was du hast, und reg dich nicht auf!« Was für Dreijährige galt, traf wohl auch auf Mütter von Dreizehnjährigen zu. Sei mit dem zufrieden, was du hast, dachte ich. Ich hatte das gelernt, und Joy würde es auch noch lernen. Ich lehnte mich an Peter und schloss, nur ganz kurz, die Augen.

8

Mittwoch ist der einzige Tag, an dem mich meine Mutter nachmittags nicht von der Schule abholt. Ich darf mit dem Bus die Pine Street entlangfahren, vorbei an den Boutiquen und Galerien und großen Brownstones; von dort laufe ich dann, zusammen mit Tamsin und Todd und Amber Gross und Sasha Swerdlow und den anderen jüdischen Mitschülern in meiner Jahrgangsstufe, zu Fuß zur Center-City-Synagoge in der Spruce Street, wo unser Religionsunterricht stattfindet.

Von vier Uhr bis Viertel vor fünf singen wir Gebete und Segenssprüche, zum Beispiel dass wir an nur einen Gott glauben, dass wir geloben, Gott »mit ganzem Herzen, mit ganzer Seele, mit unserem ganzen Sein« zu lieben, oder das Gebet für Trauernde, in dem wir den Namen Gottes lobpreisen. Danach beschäftigen wir uns eine halbe Stunde lang mit den Thora- und Haftara-Abschnitten, die wir bei unserer Bar- oder Bat-Mizwa vortragen werden. Die Thora ist das Alte Testament auf Hebräisch, und die Haftara-Lesung ist aus den Prophetenbüchern. Der dir zugeteilte Abschnitt hängt vom Datum deiner Bar- oder Bat-Mizwa ab. Die meisten Kinder lassen sich die Passagen vom Kantor auf ihre iPods aufsingen und lernen sie rein phonetisch, aber weil meine Mutter daran glaubt, dass alles eine tiefere Bedeutung hat, und weil sie nur deshalb auf der Welt ist, um mir das Leben schwer zu machen, will sie, dass ich meinen Text auch tatsächlich lerne. Sie glaubt, dass es dann einfacher für mich sein wird, mein Dwar Thora zu schreiben – die Rede, in der ich erklären muss, worum es in meinem Text geht. In meinem Thora-Abschnitt geht es um Jakob und Esau und darum, wie Jakob seinem älteren Bruder Esau dessen Erstgeburtsrecht stiehlt, indem er sich als dieser verkleidet und ihren blinden, im Sterben liegenden Vater täuscht. Diese Geschichte lernt man schon in der ersten Klasse. In meiner Haftara geht es darum, wie viele Weizengarben die alten Israeliten für Verbrechen wie beispielsweise Viehdiebstahl zahlen mussten. Ich habe keine Ahnung, welchen Bezug ich zwischen diesen Geschichten und der Jetztzeit herstellen soll, außer es gäbe heutzutage Leute hier in Philadelphia, die anderen ihr Erstgeburtsrecht klauen. Oder ihre Ziegen.

Aber an diesem Mittwoch fiel der normale Unterricht wegen eines Sondervortrags zum Thema »Mizwa-Feiern und die Patchworkfamilie« aus. Da auch Eltern eingeladen waren, war meine Mutter natürlich auch da. Sie trug Jeans und einen langen lila Pullover, den sie selbst gestrickt hatte. Meine Mutter hat viele schöne Sachen aus der Zeit, wo sie noch auf Lesereisen unterwegs war, aber sie hängen alle ganz hinten in ihrem Schrank, in den Plastikhüllen von der Reinigung. Die Sachen sind alt, aber noch hübsch. Wenn sie diese Sachen anziehen, sich eine ordentliche Frisur zulegen, endlich die Laser-OP machen und sich vielleicht auch noch die Brüste verkleinern ließe, dann wäre sie in Ordnung. Normal. So wie alle anderen Mütter. Zumindest äußerlich.

Als ich den Gebetsraum betrat, unterhielt sich meine Mutter gerade mit der Rabbinerin Grussgott. Ihr Gesicht war der Tür zugewandt, weil sie, wie immer, nach mir Ausschau hielt. Als sie mich sah, winkte sie mich mit flatternden Volantärmeln aufgeregt zu sich. Ich ging langsam zu ihnen. »Schalom«, sagte die Rabbinerin. Ich grüßte zurück und fragte mich, ob sie *Große Mädchen weinen nicht* gelesen hatte und was sie aus religiöser Sicht darüber dachte.

»Wo ist Tamsin?« Meine Mutter ließ sich auf ihren Stuhl fallen und tätschelte das Kissen neben sich, so als würde man einen Welpen dazu bringen wollen, aufs Sofa zu hüpfen. Ihre Oberweite wippte auf und ab, und ich stellte mir vor, wie die anderen Eltern meine Mutter anstarrten – ihre Clogs und ihre Umhängetasche mit dem Strickzeug und dem Erste-Hilfe-Set, einer kleineren Ausgabe von dem Koffer in unserem Minivan – und flüsterten: *Das ist sie. Die dieses Buch geschrieben hat.* Mir fielen wieder Worte und Sätze aus *Große Mädchen weinen nicht* ein: *Blow-Job-Königin* und *Sandstrandsex* und *ich heulte, bis ich das Gefühl hatte, mein Innerstes würde sich nach außen kehren.*

»In der Bibliothek.« Dorthin hatte man die Kinder geschickt, die ihre Mizwa-Feiern bereits hinter sich hatten oder deren biologische Eltern miteinander verheiratet waren.

»Ach so«, sagte meine Mutter. In Wahrheit lief es zwischen mir und Tamsin nicht mehr so gut, seit ich mich mittags an Ambers Tisch setzte. Ich wechselte ab: einen Tag setzte ich mich zu Amber, am nächsten Tag zu den Theatertypen und Tamsin und Todd. Ich hielt es für eine beinahe salomonische, zumindest gerechte Lösung, außer dass es Amber und ihren Freunden kaum aufzufallen schien, wenn ich weg war, und Tamsin keinen glücklichen Eindruck machte, wenn ich bei ihr war. Einen Augenblick lang überlegte ich, ob ich meiner Mutter davon erzählen und sie um Rat fragen sollte. Dann hörte ich, wie jemand meinen Namen rief.

»Hallo, Joy.«

Ich sah auf und lächelte. Der Mann, der durch den Mittelgang auf uns zukam, in Anzug und Krawatte, das sandfarbene Haar in der Stirn und eine Aktentasche in der Hand, war Bruce Guberman.

»Hallo, Bruce!« Ich rutschte zur Seite, um ihm Platz zu machen. Der Blick, mit dem mich meine Mutter ansah, besagte eindeutig: *Was macht er denn hier?* Ich tat so, als würde ich ihn nicht bemerken. Ich hatte Bruce die Einladung zu dem Vortrag gemailt und in die Betreffzeile *Ich hoffe, du kannst kommen* geschrieben, und er hatte zurückgeschrieben, dass er versuchen würde, seine Seminare zu verlegen.

Meine Mutter setzte sich steif auf, ihre Umhängetasche auf dem Schoß. Bruce nahm breitbeinig Platz, ließ die Fingerknöchel knacken, legte dann die Füße übereinander und lehnte sich nach vorn, während ich mir Mühe gab, fröhlich dreinzublicken und nicht an die vielen ekligen Sexszenen zu denken, in denen er – beziehungsweise »Drew« – eine Rolle spielte.

Bruce ist Professor für Populärkultur an der Rutgers-Universität und, laut Klappentext seines Buchs, einer der weltweit führenden Experten für Mythen und Allegorien in *Kampfstern Galactica* und *Doctor Who*. Das bedeutet, dass er oft Vorträge vor Leuten hält, von denen wenigstens die Hälfte spitze Plastikohren trägt oder mit blauer Körperfarbe bemalt ist. Als ich sechs Jahre alt war, hatte er mich zu einer Tagung in Philadelphia mitgenommen, wo ich ihn nach seinem Vortrag aus den Augen verlor und in Panik geriet, als mir ein groß gewachsener Mann mit einem Plastikschwert den Weg zum zentralen Infotisch in Klingon zeigen wollte. Auf alten Fotos hatte Bruce einen Pferdeschwanz und ein Ziegenbärtchen, aber die sind jetzt beide weg. Er hat dieselbe Haarfarbe wie ich, und seine Augen haben die gleiche Form wie meine.

»Candace«, sagte er kühl zu meiner Mutter.

Sie ließ die Trageriemen ihrer Tasche lange genug los, um am Saum ihres Pullovers zu zupfen. »Bruce.« Die beiden sind immer superhöflich zueinander. Sie sagen *bitte* und *danke* und *ja, natürlich, kein Problem*. Es könnte schlimmer sein. Letztes Jahr nannte Tara Carnahans Mutter ihren Vater auf dem Elternabend ein Schwein und warf ihm ihr Handy an den Kopf, womit sie gleich doppelt gegen die Schulvorschriften verstieß, da wir zum einen immer respektvoll miteinander reden sollen und zum anderen Handys in der Philadelphia Academy verboten sind.

»Danke, dass du gekommen bist«, sagte ich zu Bruce, so laut, dass es auch meine Mutter hören konnte.

»Aber klar doch«, sagte er und blinzelte mich an. Das war das Problem mit Bruce – er blinzelte zu oft und zu heftig. Vor allem, wenn meine Mutter dabei war.

Die Rabbinerin stand vorn und stellte Deirdre Weiss vor, eine landesweite Expertin zum Thema Scheidung und Mizwa-Feiern.

»Was«, begann Deirdre Weiss, »bedeutet Bar-Mizwa?«

Jemand – es klang wie Amber Gross – stöhnte. Deirdres Hintern wackelte in ihrem engen lilafarbenen Rock, als sie das Wort an die Tafel schrieb. »Es heißt wörtlich, ein Sohn oder eine Tochter der Gebote zu werden. Aus jüdischer Sicht volljährig zu werden. Das erste Mal aus der Thora, dem Wort Gottes, zu lesen … und als Teil des Minjan zu gelten, der für die Durchführung eines Gottesdienstes erforderlichen Mindestanzahl erwachsener Juden. Ein Bar- oder eine Bat-Mizwa zu werden bedeutet, sich sein Leben lang von jüdischen Werten leiten zu lassen: die Thora zu studieren, sich gütig und großzügig zu verhalten, sich um *Tikkun Olam*, die Heilung der Welt, zu bemühen.« Sie ließ ihren Blick über die Anwesenden schweifen, um jeden Bar- und jede Bat-Mizwa einzeln anzusprechen. »Nicht zuletzt heißt es, dass ab jetzt nicht mehr eure Eltern für euch verantwortlich sind, sondern dass ihr ab jetzt für euch selbst verantwortlich seid.« Sie sah uns wieder der Reihe nach an. Wir starrten zurück. Glaubte sie wirklich, wir wüssten das nicht schon längst?

Sie schrieb Worte wie »Einbeziehung« und »respektvolles Zuhören« an die Tafel, wobei ihr Bettelarmband bei jedem Buchstaben klimperte. Ich sah aus den Augenwinkeln, dass meine Mutter »Einbeziehung« in ein Notizbuch schrieb, auf dessen Umschlag *Joys Bat-Mizwa* stand.

»Bei der Planung des Gottesdienstes und der Feier muss sichergestellt sein, dass alle Standpunkte gehört werden«, sagte Deirdre.

Ich warf meiner Mutter einen vielsagenden Blick zu, den sie ignorierte.

»Das Schöne an der heutigen Zeremonie ist, dass es für jeden einen Part gibt«, sagte Deirdre fröhlich. »Man kann eine Alija sprechen, beim Anzünden der Kerzen oder beim Be- und Entkleiden der Thora mitwirken ...«

Während sich meine Mutter Notizen machte, schaute Bruce starr nach vorne zu Deirdre. Ich ließ meinen Blick durch den Gebetsraum schweifen, über die Holzbänke mit den hohen Rückenlehnen und die hebräische Inschrift über dem Thoraschrein: WISSE, VOR WEM DU STEHST. Amber Gross winkte mir zu. Mir war gar nicht bewusst gewesen, dass ihre Eltern geschieden sind. Ich blickte weiter durch die Reihen: ein Junge, den ich nicht kannte, noch ein Junge, den ich nicht kannte, ein Mädchen, das ich nicht kannte ... und, ganz außen, Duncan Brodkey, neben einer Frau in einer roten Hose und mit silbernen Ohrreifen. Wahrscheinlich seine Mutter. Ich wandte mich mit heißem Kopf ab. Vielleicht hatte er sich auch das Buch meiner Mutter besorgt. Ich rutschte nervös auf meinem Stuhl hin und her und wünschte mir, dass Bruce nicht gekommen wäre. Was, wenn Duncan ihn sah und in als »Drew« identifizierte?

»Was bei der Feier oft zum Streit führt, ist die Kerzenzeremonie«, sagte Deirdre Weiss. »Oft meinen die erziehungsberechtigten Eltern, dass ihre Angehörigen mehr Kerzen anzünden sollen als der nicht erziehungsberechtigte Elternteil, und dann wird es heikel.«

Meine Mutter versteifte sich. Bruce blinzelte viermal. Deirdre schrieb noch mehr Wörter an die Tafel: *Party* versus *Gottesdienst*, *Gleichheit* versus *Gerechtigkeit*, *Tikkun Olam*, die Welt heilen, versus *Schalom ha'beit*, Frieden im Haus. »Jetzt würde ich gern eine Übung machen«, sagte sie und verteilte Bleistifte und Papier. »Ich möchte, dass jeder aufschreibt, was er oder sie sich unter einer perfekten Bar- oder Bat-Mizwa vorstellt.«

Ich starrte auf mein Blatt und überlegte. *Alle sollen glücklich sein*, schrieb ich. *Ein Broadway-Motto. CDs mit dem Soundtrack von* Grease *als Geschenke für die anderen.* Ich blickte auf den Zettel meiner Mutter und sah, dass sie *Judentum* und *Tradition* und *Gott* geschrieben hatte. Bruce hatte gar nichts aufgeschrieben. Stattdessen hatte er einen Mann in einem Raumanzug gezeichnet, der auf eine Gruppe einäugiger Außerirdischer schoss. Blut spritzte aus den Köpfen der Außerirdischen und bildete Blutlachen zu ihren Füßen.

Meine Mutter starrte auf Bruces Zettel. Bruce sah sie an und zuckte die Schultern. Der nächste Außerirdische, den er zeichnete, sah meiner Mutter ein bisschen ähnlich. Ich prustete. Bruce grinste mich an. Meine Mutter richtete sich auf und drückte ihre Tasche an die Brust.

»Dann wollen wir die Notizen jetzt mal miteinander vergleichen!« trällerte Deirdre. »Ich glaube, Sie werden alle angenehm überrascht sein, wie viel Sie gemeinsam haben!«

Bruce zog den Kopf ein und faltete sein Blatt. Zu spät.

»Ach, komm schon«, sagte meine Mutter. »Wer würde sich keine Bat-Mizwa wünschen, bei der außerirdische Eindringlinge blutig niedergemetzelt werden?«

Bruce blinzelte und blinzelte und blinzelte. »Ich bin mir sicher, dass alles, was Joy sich wünscht, in Ordnung ist«, sagte er.

»Ich wünsche mir *Grease*«, sagte ich schnell.

»Das bekommst du aber nicht«, sagte meine Mutter.

»Warum denn nicht?«, fragte Bruce.

»Ihrer Meinung nach fördert es Jugendkriminalität und das Rauchen«, sagte ich, ohne Bruce anzusehen, weil ich genau in dem Augenblick daran denken musste, wie er es mit meiner Mutter auf dem Rücksitz des Autos seiner Eltern getrieben hatte.

Bruce grinste. »Seit wann bist du so spießig geworden?«, fragte er meine Mutter.

Meine Mutter wurde krebsrot im Gesicht, erwiderte aber nichts, sondern holte nur tief Luft. »Ich verstehe ja, dass du dir ein Motto wünschst. Ich bin ja auch ein Fan von Geschichten.«

Ich verdrehte die Augen. Blablabla.

»Wie wär's mit *Hairspray*?«, fragte sie.

Ich presste die Lippen zusammen. Klar, es war ein Riesenschritt von ihrer Seite, mir überhaupt ein Motto zuzugestehen, aber natürlich wünschte sie sich ein Musical, in dem das fette Mädchen den coolen Typen bekommt. Als ob das im wirklichen Leben jemals der Fall wäre.

»Oder *Wicked – Die Hexen von Oz*. Das hat uns allen gefallen, erinnerst du dich?«

Ich verdrehte erneut die Augen. Natürlich liebte sie *Wicked*. Darin bekommt das Mädchen mit der grünen Hautfarbe den

Typen. Sollte es jemals ein Musical geben, in dem ein fettes grünes Mädchen den Typen bekommt, würde meine Mutter wahrscheinlich vor Glück auf der Stelle tot umfallen.

»Irgendwelche Fragen?«, rief Deirdre.

Eine Frau mit kurzen pink lackierten Nägeln hob die Hand. »Die neue Frau meines Exmannes ist keine Jüdin, und sie erziehen ihre Kinder auch nicht im jüdischen Glauben, aber sie sind trotzdem die Halbgeschwister von Zoe. Welche Rolle sollen sie im Gottesdienst spielen?«

Deirdre schlug einen Segensspruch für Kinder vor. Meine Mutter hing förmlich an ihren Lippen. Bruce zeichnete noch mehr Kugeln, die aus der Waffe des Astronauten geflogen kamen. Ich sah mich wieder um. Amber rutschte unruhig auf ihrem Stuhl hin und her und schlug immer wieder die Beine übereinander; wie immer sah sie in ihren Stiefeln, ihrem V-Ausschnitt-Pullover und ihrer Jeans – nicht zu dunkel, nicht zu hell, nicht zu weit und nicht zu eng – perfekt aus.

Ein kleiner, dunkelhaariger Mann in der ersten Reihe zog Deirdres Aufmerksamkeit auf sich. »Ich weiß nicht, ob Sie mir helfen können«, begann er.

Deirdre lächelte breit. »Nur raus damit«, sagte sie. »Es gibt nichts, was ich nicht schon gehört hätte.«

Der kleine Mann hielt seine Kippa fest, die ihm fast von seiner kahlen Stelle gerutscht wäre. »Mein Ältester ist neunzehn. Er unterzieht sich gerade einer geschlechtsangleichenden Maßnahme. Sie wissen schon, eine Geschlechtsumwandlung.«

Deirdres Lächeln wurde etwas unstet. Wahrscheinlich war das doch etwas, was sie noch nie gehört hatte.

»Er nimmt Hormone und hat die Laserbehandlungen schon hinter sich, aber er ist noch nicht, äh …« Er hob zwei Finger und machte eine Bewegung, als würde er etwas schneiden. Bruce zuckte zusammen und schlug die Beine übereinander. »Er kleidet sich als Frau. Er sieht sich als Frau. Er – das heißt, sie – sie wird bei der Bat-Mizwa meiner Tochter eine Alija haben, aber sie will bei ihrem neuen Namen genannt werden. Naomi *bat* Penina.« Er nestelte wieder an seiner Kippa herum. »Naomi, Tochter von Penina. Aber unser Rabbi will da nicht mitmachen, da sie genau genommen noch ein Er ist.«

Deirdres Armreif klimperte, als sie sich mit der Hand durch die Haare fuhr. »Hm«, sagte sie. »Haben Sie eventuell schon an etwas gedacht, wo der Name Ihres, äh, Kindes keine Rolle spielt? Vielleicht beim Bekleiden der Thora?«

Genau, dachte ich. *Weil sie sich jetzt als Frau so gut mit Mode auskennt.*

»Aber auch wenn man damit den hebräischen Namen umgeht, was soll der Rabbi sagen? Dass mein anderes Kind dabei helfen wird, die Thora anzukleiden? Er wird nicht ›Maddys Schwester‹ sagen …«

»Vielleicht kann Ihre Tochter es sagen, wenn der Rabbi es nicht machen will.«

Der Mann überlegte. »Vielleicht.«

Deirdre seufzte zufrieden, vielleicht auch erleichtert. »Noch Fragen?«

Meine Mutter hob die Hand. Ich duckte mich und rückte von ihr ab. »Mir leuchtet ja alles ein, was Sie über Einbeziehung und Respekt gesagt haben«, fing meine Mutter an. »Aber wer trifft die Entscheidung, wenn man sich nicht einigen kann?«

»Meinen Sie eine Meinungsverschiedenheit zwischen den Eltern? Oder zwischen einem Elternteil und einem Kind?«

»Beides«, sagte meine Mutter. Ich stöhnte leise. »Nur rein theoretisch«, fügte sie hinzu.

»Nun«, sagte Deirdre. »Ich halte es für wichtig, dass jedes Familienmitglied seine Meinung und seine Wünsche äußert, aber letztendlich ist es am besten, einen Kompromiss auszuarbeiten, bei dem sich jeder respektiert fühlt.«

Meine Mutter hob wieder die Hand. »Und wenn das nicht gelingt?«

Deirdres Lächeln schwand.

Meine Mutter redete weiter. »Was ist, wenn die Eltern beispielsweise eine einfache, religiöse Feier wollen, bei der die von Ihnen erwähnten jüdischen Werte im Mittelpunkt stehen, aber das Kind will Tänzerinnen in hautengen Trikots, die zu einem Remix von ›Promiscuous Girl‹ tanzen?«

Bruce sah mich an. »›Promiscuous Girl‹?«

»Ich hab keine Ahnung, wovon sie spricht«, murmelte ich.

»Haben Sie die Tänzerinnen schon gebucht?«, fragte eine andere Mutter. »Wann ist Ihre Feier?«

»Im Oktober«, antwortete meine Mutter.

»Wenn Sie Tänzerinnen haben wollen, dann beeilen Sie sich besser«, sagte die andere Frau und beugte sich mit einem knallpinken Zeitplaner in der Hand vor.

»Wir wollen keine Tänzerinnen!«, sagte meine Mutter. »Sie will Tänzerinnen.« Sie zeigte auf mich. Ich machte mich noch kleiner und hätte mich am liebsten in Luft aufgelöst.

»Ach so«, sagte die Frau und lehnte sich zurück. »Das ist gut, denn Sie würden ohnehin keine mehr bekommen. Sie sind alle ausgebucht. Glauben Sie mir, ich habe es versucht. Ich weiß es.«

»Haben Sie es auch in New York probiert?«, fragte eine andere Mutter. »Oder im Norden von New Jersey? Eventuell müssen Sie sie importieren, aber dort gibt es noch welche.«

Deirdre Weiss klatschte in die Hände. »Kompromiss!« Ihr breites Lächeln wirkte etwas angeschlagen. »Haben Sie vielleicht darüber nachgedacht, für die Kinder eine separate Feier zu veranstalten? Mit altersgerechten Aktivitäten, Musik, Tänzerinnen und so weiter.«

»Meiner Meinung nach steht so eine Party aber nicht in Einklang mit der Bedeutung einer Bat-Mizwa«, sagte meine Mutter.

»Wir machen eine separate Party für die Kinder«, sagte ein Vater. »Am Vormittag der Gottesdienst und danach ein Mittagessen für die Erwachsenen und für die Kinder am Samstagabend eine Party in einem Club.«

»Das können Sie vergessen«, sagte die Frau, die sich vorher als Erste zu Wort gemeldet hatte. »Alle anständigen Veranstaltungsorte sind schon ausgebucht.«

»Und die unanständigen auch«, sagte eine andere Mutter. »Haben Sie von dem Jungen gehört, der seine Bar-Mizwa im Delilas Höhle gefeiert hat?«

»Das glaube ich nicht«, sagte meine Mutter. »Man würde doch als verantwortungsbewusste Eltern nie und nimmer eine Party in einem Stripclub schmeißen.«

»Aber es stimmt«, sagte die andere Mutter. »Meine Akupunkteurin war damals mit dem Diskjockey befreundet. Ich habe Fotos gesehen.«

Bruce beugte sich über seinen Zettel. Er gab keinen Ton von sich, aber seine Schultern bebten.

Es dauerte nicht lange, da unterhielten sich zwei Reihen voller Mütter sowie der Geschlechtsumwandlungsvater lautstark über koschere Caterer und eine Frau aus Malvern, die bereits vor zwei Jahren einen Junitermin im Four Seasons für ihre Hochzeit reserviert hatte, obwohl sie weder einen Verlobten noch einen Verlobungsring, geschweige denn einen

Freund hatte, und sich nach wie vor weigerte, die Reservierung zu stornieren. »Missgünstiges Biest!«, sagte eine Mutter. »Die Hoffnung stirbt zuletzt«, sagte jemand anders.

Deirdre Weiss klatschte in die Hände. »Meine Damen und Herren!«, sagte sie. »Kinder!« Ihr Armreif klimperte. Keiner hörte auf sie. »Alle zusammen!«, rief sie lauter. »Wir … wir machen eine kleine Pause, in Ordnung? Eine Viertelstunde? Und dann treffen wir uns wieder, vielleicht nur die Eltern?«

Ich rutschte von meinem Stuhl und eilte mit gesenktem Kopf und den Händen in den Hosentaschen aus dem Gebetsraum. Tamsin stand im Eingang zur Bibliothek und winkte mir zu. »Hey, was macht Bruce denn hier?«, fragte sie. Ich wollte gerade antworten, als Amber Gross meine Hand packte.

»Lass uns abhauen«, sagte sie.

»Hä?«

»Komm schon.« Sie zog mich zur Tür. Ich blickte über die Schulter zu Tamsin und zuckte entschuldigend mit den Schultern. Tamsin sah mich mit halb zusammengekniffenen Augen an, dann machte sie auf dem Absatz kehrt und stapfte zurück in die Bibliothek. Amber zerrte mich nach draußen. Sasha Swerdlow saß mit übereinandergeschlagenen Beinen vor dem weißen Marmorgebäude auf einer Bank und wippte mit den Füßen. »Seid ihr so weit?«, fragte sie und sprang auf.

»Auf ins Gefecht«, sagte Amber.

»Wir können gehen?«, stotterte ich.

»Wer will uns daran hindern?« Amber hob die Hand, und sofort hielt ein Taxi mit quietschenden Reifen vor uns am Straßenrand. So etwas ist wahrscheinlich normal, wenn man Amber Gross ist.

»Wo fahren wir hin?«, fragte ich, während wir auf die durchgesessene Rückbank rutschten.

»Überraschung!«, sagte Amber. Ich blickte durch die verkratzte Windschutzscheibe, als wir die Spruce Street entlangrasten, Schlaglöcher, Busse und Fahrräder umkurvten, das Pennsylvania Hospital passierten und über die Thirteenth Street fuhren, wo Restauranttische auf dem Gehsteig standen und die Boutiquen alles Mögliche, von ausgefallenen Hundebetten über Designerklamotten bis hin zu Babysachen, verkauften.

Das Taxi hielt an der Ecke Eighteenth und Walnut Street. Amber schälte einen lappigen Zehndollarschein aus ihrem goldbraunen Lederportemonnaie und steuerte auf den Kiehl's-Laden an der Ecke zu.

»Was –«

»Komm einfach!«, zischte Sasha.

Amber packte meinen Arm. »Hey, wer war denn der heiße Typ neben dir?« Sie kicherte, und mir war leicht übel, als ich wieder an einige Szenen im Buch meiner Mutter denken musste. »Das ist mein Vater«, sagte ich. »Mein echter.«

In dem kleinen, engen Laden mit den hohen Fenstern auf der einen und den Regalen voller Cremetuben, Döschen und Fläschchen auf der anderen Seite befanden sich drei Verkäuferinnen, alle mit glänzenden Haaren und weißen Kitteln mit Namensschildern. Eine stand hinter der Kasse, die zweite bediente gerade eine ältere Dame im Pelzmantel. Amber ging selbstsicher auf die dritte Frau zu. »Hallo«, sagte sie. »Ich suche etwas gegen trockene, juckende Kopfhaut.«

Sasha, die beim Lipgloss stand, grinste. Obwohl ich meine Hörgeräte trug, glaubte ich, mich verhört zu haben. Amber Gross und trockene, juckende Kopfhaut? Während Amber mit der Verkäuferin sprach, sah ich, wie Sasha ein Fläschchen Sonnenmilch vom Tresen nahm und in ihre Manteltasche gleiten ließ. Als sie meinen Blick bemerkte, zwinkerte sie mir zu und tupfte sich mit übertriebener Geste etwas Lipgloss auf den Handrücken. »Versuch's auch mal«, flüsterte sie mir im Vorbeigehen zu. Ich wusste, dass sie nicht das Lipgloss meinte.

Ich ging langsam und mit klopfendem Herzen am Tresen entlang, nahm ab und zu ein Fläschchen Sonnenmilch oder Haarstyling-Gel in die Hand und stellte es wieder ab. Es gab eine glättende Spülung, die bestimmt gut für meine krausen Haare wäre, und eine Nagelhautcreme in einer schwarz-weiß gemusterten Tube. Ich blickte zur Tür, um zu sehen, ob dort Sensoren installiert waren, und dann zu den Verkäuferinnen. Zwei von ihnen unterhielten sich ernst mit Amber, eine nahm eine Locke von Ambers Haaren zwischen die Finger. »Das Glätteisen bringt mich noch um!«, sagte Amber, und die Verkäuferinnen lächelten. Sasha sah sich immer noch um. *Nein*, sagte ich mir, während ich sie dabei beobachtete, wie sie wieder etwas in ihrer Tasche verschwinden ließ. *Sasha klaut.* Sie drehte sich um und zog die Augenbrauen hoch, so als wollte sie sagen: *Jetzt mach schon*. Ich nahm ein bernsteinfarbenes Glasgefäß und ließ es in meine Jackentasche fallen, wo es sich anfühlte wie eine Handgranate. *Ich habe nichts Falsches getan*, sagte ich mir. *Noch nicht.* Solange ich noch im Laden war, könnte ich immer noch sagen, dass ich dafür bezahlen wollte und es nur eingesteckt hatte, um die Hände frei zu haben.

Die Verkäuferin füllte eine braune Papiertüte mit Proben für Amber: Make-up-Entferner, Abdeckcreme, Handcreme. Wahrscheinlich würde es ihnen nie in den Sinn kommen, dass jemand wie Amber klauen würde: so ein hübsches Mädchen, mit glänzenden Haaren und einer glitzernden Zahnspange und den perfekten Klamotten.

»Ihr seid die Besten!«, sagte Amber zu den Verkäuferinnen. Ich rang mir ein schwaches Lächeln ab und gelobte, die Creme, sobald wir wieder in der Synagoge waren, Tamsin zu geben und mich bei ihr zu entschuldigen. Dann nahmen mich Sasha und Amber in die Mitte, und wir stolperten, begleitet von dem Schellen der Türglocke, aus dem Laden.

»Was hast du genommen?«, fragte Sasha mit glänzenden Lippen.

Ich zeigte ihnen das Glas. »Eine Anti-Faltencreme?«, fragte Sasha mit gerunzelter Stirn.

Ich hätte sagen können: *Wenn du weiterhin so ein Gesicht machst, kannst du die bald brauchen*. Stattdessen zitierte ich einen von Tante Elles Lieblingssprüchen: »Man kann nie früh genug mit einer guten Faltenprophylaxe beginnen.«

»Hm«, sagte Sasha. Sie schraubte den Deckel ab und verstrich etwas Creme auf ihren Wangen.

Amber klappte ihr Handy auf, um zu sehen, wie spät es war. »Los, wenn wir uns beeilen, schaffen wir es noch ins Urban Outfitters.«

»Da müsst ihr ohne mich gehen«, murmelte ich. »Meine Mutter flippt aus, wenn ich zu spät komme.«

Die beiden sahen mich eigenartig an. Dann gingen sie Arm in Arm lachend über die Straße, mit wippenden Kapuzen und klickenden Absätzen, zwei hübsche junge Mädchen, die an einem Frühlingstag shoppen gingen und die natürlich für alles bezahlten, was sie nahmen. Ich blieb noch eine Weile stehen. Trotz des kalten Windes brannten meine Wangen. Was war die Strafe für einen Dieb? Wie viele Ziegen oder Ochsen hätte ich als Opfer bringen müssen, wenn ich damals gelebt hätte?

Ich drehte das kleine Cremeglas in der Hand. Dann stopfte ich es in die Tasche, hielt auf der Walnut Street ein Taxi an und fuhr zurück zur Synagoge, wo meine Mutter, wie immer, auf mich wartete.

9

Auf dem Nachhauseweg von der Synagoge versuchte ich, mir nicht anmerken zu lassen, wie aufgewühlt und wütend ich war, während Joy neben mir dahinschlenderte, als hätte sie weder Kummer noch Sorgen. Bruce Guberman! In unserer Synagoge! Im Gebetsraum! Auf Einladung meiner Tochter!

Ich fragte Joy mit ruhiger Stimme, was Bruce dort zu suchen hatte. Mit ebenso vernünftiger Stimme erklärte sie mir, dass sich die Veranstaltung an Patchworkfamilien gerichtet hätte und dass Bruce nun mal Teil ihrer Patchworkfamilie sei.

»Warum hast du mir nicht gesagt, dass du ihn eingeladen hast?«, fragte ich.

Sie zuckte die Schultern. »Ich dachte, du würdest es dir denken können, weil er zu meiner Familie gehört.« Es hatte keinen Zweck, mit ihr zu streiten. Gegen ihre Logik kam ich nicht an. Also schäumte ich innerlich, und als wir in die Third Street einbogen, überlegte ich, was ich mir zu Hause als Trostpflaster gönnen könnte. Ich hatte für genau so einen Fall einen Becher Mint-Chocolate-Cookie-Eiskrem in der hintersten Ecke des Tiefkühlfachs verstaut. Ich würde das Eis aus dem Kühlfach nehmen, es weich werden lassen, den Tisch decken, mir ein Glas Wein einschenken …

Doch ich hatte kaum meine Handtasche auf den Halbmondtisch neben der Haustür gelegt, als mir Peter entgegenkam, zur Begrüßung einen Kuss gab und in mein Ohr murmelte: »Zück schon mal dein Scheckbuch.« Ich zog meinen Mantel aus und schnupperte. Der Geruch des Schmorbratens, den ich Stunden zuvor mit Knoblauch und Zwiebeln im Crock-Pot angesetzt hatte, vermischte sich mit dem unverwechselbaren Duft von Fracas-Parfüm und Alkohol.

»Cannie!« Meine kleine Schwester trug rote Cowboylederstiefel, eine Lederhose, die so tief geschnitten war, dass ein paar Zentimeter Bauch und ein Stück ihres Hüftknochens zu sehen waren, und sie hatte ihre glänzenden Haare zu einer Hochfrisur aufgetürmt. In der Hand hielt sie ein Weinglas. Ihren geröteten Wangen und glasigen Augen nach zu schließen, war es wahrscheinlich nicht der erste Drink des Abends.

»Tante Elle!«, rief meine Tochter.

»Joy!«, krähte Elle. Sie gab Joy einen Kuss auf die Wange und verschüttete dabei etwas Wein. Neben der Tür standen ihre Handtasche und ihre Louis-Vuitton-Reisetasche. Sie hatte ihren Handyakku in die Steckdose gesteckt und das Handy neben die blauweiße Keramikschüssel gelegt, in der ich meine Schlüssel, Busfahrkarten und Münzen aufbewahrte. Während ich meine Schwester umarmte, schminkte ich mir in Gedanken das Glas Wein ab, das ich mir gönnen wollte, und verdoppelte die Portion Eis.

Meine Schwester war als Lucy Beth Shapiro auf die Welt gekommen, hatte den Namen aber schon vor Jahren abgelegt. Obwohl sie von sich behauptet, nach wie vor zweiunddreißig zu sein und keinen Tag älter als fünfundzwanzig auszusehen, ist sie in Wirklichkeit nur achtzehn Monate jünger als ich. Seit acht Jahren lebt sie in New York City, wo sie sich mit diversen Jobs durchschlägt: Barkellnerin, Bedienung, Statistin, wenn in ihrem Viertel gerade wieder eine Seifenoper oder Fernsehserie gedreht wird, und, alle Jahre wieder, zwei Wochen lang im Dezember, Kosmetikberaterin bei Bergdorf's (wodurch sie das ganze Jahr über in den Genuss eines Angestelltenrabatts kommt).

»Ich wusste gar nicht, dass du in der Stadt bist«, sagte ich und schob ihre Sonnenbrille zur Seite, um mein eigenes Handy aufzuladen.

»Die Sache ist die«, begann Elle. Ich folgte ihr in die Küche, wo sie ihr bewundernswertes Hinterteil auf einem Barhocker platzierte und eine altbekannte Leidensgeschichte herunterspulte, die mit einer ausstehenden Mietzahlung und einem wütenden Vermieter zu tun hatte und mit der Bitte endete: »Ob ich ein paar Tage bei euch chillen könnte, natürlich nur, wenn es euch recht ist.«

Peter, der sich gerade ein Bier aus dem Kühlschrank nahm, zog ein Gesicht. Ich sah ihn stirnrunzelnd an. »Natürlich ist es uns recht!«

»Du bist immer willkommen.« Peters Stimme war deutlich kühler als meine. Entweder fiel es Elle nicht auf, oder sie tat so, als würde sie es nicht merken.

Joy setzte sich auf den Hocker neben Elle, während ich mit dem Rührbesen eine Vinaigrette schlug. Die beiden steckten kichernd die Köpfe zusammen, während Frenchie selig schnarchend zu ihren Füßen lag. Ich nahm ein Geschirrtuch und wischte damit den Wein vom Parkettboden in der Diele auf. Dann deckte ich mein Lieblingsgeschirr mit der kürbisgoldgelben Glasur und den dazu passenden Servietten auf. Ich stellte Brot und Butter auf den Tisch, den Salat und das Dressing, einen Krug Wasser und die halb leere Flasche Wein und bat dann alle zum Essen.

»Hurra, Schmorbraten!«, rief Elle und tänzelte auf ihren Platz. »Wie heimelig!« Sie saß erwartungsvoll da, während ich den Schmorbraten und die Kartoffeln servierte. Peter kam aus dem Arbeitszimmer, schenkte uns Wasser ein und bot Elle und mir Wein an. »Wie lieb von dir!«, kicherte meine Schwester, während Joy sie hingebungsvoll anhimmelte. Selbst Frenchelle verschmähte ihr Körbchen und rollte sich stattdessen zu Elles Füßen ein.

Nach dem Essen räumten Peter und ich den Tisch ab. Ich wischte alle Oberflächen ab und stellte die Vase mit den Lilien und Gerbera wieder auf den Esstisch, während er den Geschirrspüler einräumte. Als er mit seinem Kreuzworträtsel hinauf ins Schlafzimmer ging, kamen Joy und Elle in die Küche gerauscht und forderten Nachtisch. »Hast du Eiskrem?«, fragte meine Schwester mit Unschuldsmiene. Ich entnahm dem Gefrierfach meinen brandneuen Becher Mint-Chocolate-Cookie-Eiskrem, nur um beim Öffnen festzustellen, dass jemand akribisch alle Schokostückchen herausgepickt hatte und eine pockennarbige Minzmasse übrig gelassen hatte. Ich versuchte, mir nichts anmerken zu lassen, und reichte den beiden stattdessen einen Becher Vanilleeis, zusammen mit einigen Scheiben von dem puderzuckerbestreuten Sandkuchen, den ich am Abend zuvor gebacken hatte.

Elle nahm ihre Schüssel und zog einen Stapel Zeitschriften aus ihrer Handtasche. »Wir sehen uns Bat-Mizwa-Kleider an!«, sagte sie.

»Toll!« Nicht auszudenken, was sich Elle unter einem angemessenen Kleid für eine Dreizehnjährige vorstellte. Wenn meine Schwester sie erst mal bearbeitet hätte, würde Joy wahrscheinlich eine Party mit Zuhältern und Nutten und Geschenktüten mit monogrammierten Kondomen wollen.

Joy und Elle gingen zurück ins Wohnzimmer. Ich stocherte mit dem Löffel in dem entschokoladisierten Minzeis und rüstete mich für den altbekannten Streit, den Peter und ich im

Bett haben würden und der einmal so schlimm geendet hatte, dass ich den Fernseher auf den LUV-Kanal eingestellt hatte (wo nur kitschige Schnulzenfilme liefen), die Fernbedienung versteckt und die Nacht bei Samantha verbracht hatte.

»Du kannst ihr nicht immer aus der Klemme helfen«, würde Peter sagen. Das war sein unweigerlicher Auftaktzug. »Dadurch bestärkst du sie nur in ihrem Verhalten.«

Ich würde mich schuldbewusst drehen und winden und meinen Text aufsagen: Zwischen dem, wozu Elle fähig ist, und dem, was die Welt im Allgemeinen und ihr Vermieter im Besonderen von ihr erwartet, wird immer eine Kluft bestehen, und als ihre Schwester ist es meine Aufgabe, diese Kluft zu überbrücken. Er wird das Wort »Bestärkung« wiederholen. Ich werde hochtrabend entgegnen, dass es in meinen Augen eher »Großzügigkeit« – oder, wenn ich gerade besonders religiös oder biestig drauf bin, *Zedaka* – war. Er wird sich zur Bettkante rollen und dort liegen bleiben, bis ich mich an ihn schmiege, ihn auf den Nacken küsse und ihm sage, dass ich ein Ausbund an Großzügigkeit und Mitgefühl wäre, wenn er einen missratenen Bruder oder ein uneheliches Kind hätte.

Dann wird er sich die restliche Zeit, die meine Schwester bei uns ist, rarmachen, und ich werde mir Mühe geben, meine Kontoauszüge und Bankautomatenquittungen zu verstecken, damit er nicht dahinterkommt, wie viel mich ihre Aufenthalte tatsächlich kosten, und Gott dafür danken, dass wir von Anfang an getrennte Konten hatten. Es gibt bestimmt Eheberater, die angesichts solcher Täuschungsmanöver in Entsetzen ausbrechen würden, aber da ich womöglich die einzige Frau bin, die Erica Jongs Autobiographie nicht nur als warnendes Beispiel, sondern auch als Leitfaden zur Finanzplanung gelesen hat, glaube ich fest daran, dass der Weg zur lebenslangen Liebe mit getrennten Konten gepflastert ist und dass eine Frau, die ihr Geld nicht unter ihrem eigenen Namen anlegt, eine Närrin ist.

Ich ging mit meinem Strickzeug ins Wohnzimmer und ließ mich auf das Sofa plumpsen. Elle und Joy hatten den Modesender eingeschaltet und ihre Materialien auf dem Boden ausgebreitet: *Vogue* und *Elle* und *Prom!* und, Gott bewahre, sogar eine Brautzeitschrift. Elle sah mich unschuldig an. »Alles in Ordnung?«

»Alles bestens«, sagte ich mit einem gequälten Lächeln. Peter kam wieder nach unten, wahrscheinlich für seine allabendliche Tasse Tee. Als er aus der Küche trat, legte er mir eine Decke über die Schulter, nahm meinen leeren Eiskrembecher vom Tisch und küsste mich auf die Stirn. Joy verzog das Gesicht, und Elle lächelte uns selig an. »Ah, trautes Heim, Glück allein«, flötete sie.

Ich breitete die grüngoldene Decke, die ich gestrickt hatte, als Joy noch ein Baby war, über meine Beine und fragte mich, ob meine Schwester überhaupt wusste, dass aus Peter und mir beinahe kein Ehepaar geworden wäre.

Die Sache spitzte sich an einem heißen Augustabend zu. Peter und ich saßen im Auto vor meiner Wohnung, und Joy, die damals im April gerade ein Jahr alt geworden war, döste auf dem Rücksitz. Das Licht von der Straßenlaterne beschien Peters Gesicht, und er krampfte die Hände um das Lenkrad.

»Warum ist das so wichtig?«, fragte ich. »Wir sind zusammen. Warum müssen wir uns vor einen Rabbi stellen und für eine Feier unser ganzes Geld ausgeben? Was würde das ändern?«

»Mir ist es wichtig«, sagte er mit seiner tiefen Stimme. »Ich möchte eine richtige Hochzeit.«

Ich seufzte. Wir hatten den Tag im Fairmount-Park verbracht, bei einem Picknick des Zentrums für Gewichts- und Essstörungen, in dem er arbeitete. Die Diätärzte, Krankenschwestern und Angestellten spielten Hufeisenwerfen und Volleyball, und bei den Burgern hatte man die Wahl zwischen Soja- und Putenfleisch. Peter trug Khakishorts und ein dunkelblaues Poloshirt mit einem Stethoskoplogo, wo normalerweise das Krokodillogo gewesen wäre. Ich trug ein dünnes Baumwollkleid und den neuen Wunderslip, der angeblich Hüften schlanker machte, die Pobacken anhob und das leidige Oberschenkelreiben verhinderte. Es funktionierte tatsächlich, aber durch mein Kleid hindurch konnte ich die Druckstellen in meinen Oberschenkeln sehen, wo das Spandex aufhörte und ich anfing – und wenn ich es sehen konnte, dann sahen es die anderen vermutlich auch.

Nach dem Essen machten wir uns, sonnenverbrannt und pappsatt, auf den Nachhauseweg. Joy döste in ihrem Kindersitz, und alles war bestens, bis wir am Rittenhouse Square vorbeikamen, wo gerade eine Hochzeit im Gange war.

Da wir hinter einem Wagen der Müllabfuhr stehen bleiben mussten, hatten wir ausgiebig Zeit, die Braut und ihre Brautjungfern zu mustern, die in der Dämmerung vor dem Brunnen für den Fotografen posierten. Ihre Haut schimmerte in ihrem schulterfreien Seidenkleid. Sie trug Haarperlen, und eine der Brautjungfern fächerte ihr mit einer Menükarte Luft zu.

»Hübsch«, sagte Peter.

»Schööön«, murmelte Joy schläfrig auf dem Rücksitz, bevor ihr wieder die Augen zufielen.

Ich seufzte, weil ich wusste, was jetzt kam, und auch, dass es sich nicht vermeiden ließ. Peter hatte mir vor acht Monaten an Silvester einen Heiratsantrag gemacht, und ich hatte unter Tränen, voller Freude und Dankbarkeit Ja gesagt. Seitdem trug ich seinen Verlobungsring, wich aber geschickt der Frage aus, wann der große Tag denn nun tatsächlich stattfinden sollte. Als Peter an jenem Abend vor meinem Haus parkte und fragte: »Und wann sind wir so weit?«, schwieg ich einfach nur.

Ich biss mir auf die Lippen und zuckte die Schultern. Diese Braut war schön, elegant und schlank gewesen. Beide Elternteile waren bei der Hochzeit dabei gewesen: Die Mutter strahlte förmlich in ihrem blauen Kleid, und der Vater hatte mit stolzgeschwellter Smokingbrust dem Fotografen Anweisungen erteilt.

»Nenn mir einen Grund«, sagte Peter. »Einen guten Grund, der dagegen spricht.«

Weil ich Angst habe, dachte ich. Aber das konnte ich nicht sagen. Peter hatte mir nie einen Grund dazu gegeben. Ich konnte mir nur nicht vorstellen, es tatsächlich durchzuziehen: den Mittelgang hinabzuschreiten und das Ehegelübde abzulegen. Vor Jahren, noch vor Joys Geburt, hatte ich davon geträumt, Bruce Guberman zu heiraten, in derselben Synagoge, in der er seine Bar-Mizwa gehabt hatte. Ich stellte mir vor, unter der Chuppa zu stehen, mit seiner Familie auf der einen und meiner Familie auf der anderen Seite. Bruce hatte sich den Pferdeschwanz abgeschnitten, ich trug ein figurbetontes weißes Brautkleid, das aufgrund eines wundersamen Gewichtsverlusts wie angegossen saß, und mein Vater war gerade noch rechtzeitig wieder aufgetaucht und hatte sich ausreichend entschuldigt, sodass ich ihm gestattete, mich zum Traubaldachin zu führen. Unsere Hochzeitsankündigung stand in der *Times* (natürlich ohne Foto). Bruce und ich kauften uns am Stadtrand ein Häuschen mit viel Grün, das für uns beide günstig auf dem Weg zur Arbeit lag, und wir bekamen zwei Kinder, die Bruces Stoffwechsel und meine Arbeitsmoral hatten, und waren glücklich bis ans Ende unserer Tage.

Und was hatten mir solche Träume eingebracht? Ein uneheliches Kind, das als Frühgeburt zur Welt gekommen war – woran, davon war ich überzeugt, Bruces neue Freundin schuld war, die mich gegen ein Waschbecken geschubst hatte, als wir uns zufällig in der Damentoilette am Newarker Flughafen begegnet waren. Ich nannte sie seitdem die Schubserin, obwohl mir die Ärzte im Krankenhaus und später auch meine Therapeutin gesagt hatten, dass es aufgrund meiner tief sitzenden Plazenta so oder so Komplikationen gegeben hätte. Also: Eine Frühgeburt. Eine Hysterektomie. Ein Exfreund, der das Land verlassen hatte und mit seiner Tochter nichts zu tun haben wollte. Seine Mutter hatte mir jeden Monat einen Scheck über fünfhundert Dollar geschickt – der wohlgemerkt auf ihr Konto, nicht auf Bruces ausgestellt war.

Die ganze Sache hatte mich wütend gemacht. Es hatte mich, genauer gesagt, so stockwütend gemacht, dass ich ständig kurz vorm Ausrasten war, und ich wusste, dass man sich als Braut normalerweise nicht so fühlen sollte. Sachen, die einen normalen Menschen genervt hätten, über die man sich vielleicht höchstens ein, zwei Minuten geärgert hätte, brachten mich buchstäblich zur Weißglut. Ich bebte vor Wut und stellte mir bildlich vor, wie ich mich zuerst an dem jeweiligen Auslöser meiner Wut und danach an Bruce Guberman rächen würde, an jedem Zentimeter seiner müden, bekifften, treulosen, nach Amsterdam entfleuchten Gestalt. Der Fahrer des Sportwagens, der mich auf der I-76 zu dicht überholte; der Polizist, der mir einen Strafzettel verpasste, als ich in zweiter Reihe parkte, um Joys Kinderwagen aus dem Kofferraum zu zerren; die Schwester beim Allergiearzt, die Joy zum Weinen brachte, weil sie erst im dritten Anlauf eine gute Vene fand: Ich stellte mir vor, wie ich Gas gab und das Auto von der Straße in den Schuylkill River abdrängte, wie ich meine Windeltasche nahm und dem Polizisten damit eins überbriet, wie ich die Spritze packte und sie der Krankenschwester in ihren blassen, sommersprossigen Arm rammte. Ich wusste, dass das nicht normal war, und ich konnte Peter nicht davon erzählen. Mit meinem Gewicht fiel ich ohnehin aus dem Rahmen, vor allem im Vergleich zu den durchtrainierten Assistenzärzten und -ärztinnen, die den ganzen Nachmittag Volleyball gespielt hatten, während ich an einem schattigen Picknicktisch Limonade schlürfte, Joy dabei zusah, wie sie Sand in einen Eimer schaufelte, und immer wieder heimlich an meinem Spandexslip zerrte. Peter brauchte nicht zu wissen, dass ich nicht nur fett, sondern womöglich auch verrückt war.

Zum Glück hatte ich genug Ausreden parat. »Erstens musst du wissen, dass ich mich nach der Hochzeit total gehen lasse«, sagte ich.

Peter verschränkte die Beine unter dem Lenkrad und sah mich gespannt an.

»Ich weiß, was du jetzt denkst«, sagte ich. »Aber die Wahrheit ist, dass ich selbst mein momentanes Gewicht nur unter enormer Kraftanstrengung halten kann, die ich aber nach der Hochzeit unverzüglich unterlassen würde. Mein Plan ist, die nächsten dreißig Jahre vor dem Fernseher abzuhängen und mit bloßen Händen gezuckertes Müsli in mich reinzuschaufeln.«

»Keinen Löffel?«

Ich schüttelte den Kopf. »Zu viel Aufwand. Mit vierzig sehe ich aus wie Jabba, der Hutte. Du wirst mich mit einem

Spezialschubkarren von einem Zimmer ins andere fahren müssen. Und wenn ich mich sportlich betätigen will, werde ich mich hin und wieder in die Richtung lehnen, wo ich dich vermute, und ›Trottel‹ rufen.«

Peter nahm meine Hand und drückte mir einen Kuss auf die Handfläche. Sein Unterarm war sandig – wahrscheinlich vom Volleyballplatz. »Denkst du wirklich, dass ich dich nicht mehr lieben werde, wenn du zunimmst?«

Ich schüttelte den Kopf und hatte einen Kloß im Hals. Ich dachte an meine Eltern. Meine Mutter war extra immer nach New York gefahren, um sich etwas zum Anziehen zu kaufen: bunte, hochwertige Sachen, Kasacks, Kaftane und weite Hosen. *Du siehst wunderschön aus*, sagte ich zu ihr, wenn sie zu Hause die Treppe herabkam, aber ich sah meinem Vater an – an der Art, wie er sich abwandte, wie er den dünneren Frauen seiner Kollegen nachschaute –, dass er anderer Meinung war. Noch ein Nagel im Ehesarg meiner Eltern.

»Und dann ist da außerdem noch der Fluch einer *InStyle*-Hochzeit«, sagte ich.

»Was«, fragte Peter mit seiner tiefen Stimme, »ist der Fluch einer *InStyle*-Hochzeit?«

»Komm schon. Ich weiß, dass ich dir davon erzählt habe. Jedes Paar, das jemals in *InStyle* erschienen ist, hat sich keine zehn Minuten später scheiden lassen. Manchmal sogar noch bevor die Ausgabe ausgeliefert wurde.«

»Dann darf *InStyle* eben nicht über unsere Hochzeit berichten«, sagte er.

»Zu spät.« Ich seufzte. »Ich habe ihnen bereits den Artikel über die neuen Lippenstifte der Frühjahrssaison geliefert. Der Fluch betrifft mich also indirekt. Und was ist mit meinen Eltern?«

Peter ließ meine Hand los und blickte durch die staubige Windschutzscheibe auf den leeren Gehsteig. »Darüber haben wir schon x-Mal gesprochen. Ich bin nicht dein Vater.«

»Und vergiss nicht die Schwulen und Lesben«, fuhr ich fort. »Solange sie nicht heiraten dürfen, halte ich es für ungerecht, wenn Heterosexuelle dieses Privileg ausüben. Ich meine, denk an meine Mutter und Tanya!«

Peter sah mich wütend an. »Deine Mutter und Tanya hatten letztes Jahr eine private Verlobungsfeier. Wir waren dabei. Du hast einen Ausschnitt aus *Die Möwe Jonathan* vorgelesen.«

Ich biss mir auf die Lippe. Das stimmte nicht ganz. Auf Tanyas Bitte hin hatte ich versucht, aus *Die Möwe Jonathan* vorzulesen, aber vor lauter Lachen brachte ich kein Wort heraus, woraufhin meine Schwester einsprang und mit theatralischer Gestik eine Passage vorlas, in der es darum ging, wie wichtig es war, sich vom Schwarm abzusetzen.

»Viertens«, fuhr ich fort. »Ich mag Sex, und ich habe in vielen glaubwürdigen Publikationen gelesen, dass Ehepaare keinen Sex mehr haben.«

Ich beugte mich hinüber, um ihn zu küssen. Er drehte den Kopf zur Seite, sodass meine Lippen auf seinem Ohr landeten. »Damit kriegst du mich nicht rum«, sagte er. »Ich möchte heiraten. Ich will nicht den Rest meines Lebens verlobt sein. Und wenn du das nicht kannst – oder willst ...«

»Ich wäre dir keine gute Ehefrau«, stieß ich hervor. Die Worte schienen länger als nötig zwischen uns in der Luft zu hängen, und ich sah meine Gedanken förmlich daneben hängen. *Bevor das alles passiert ist, wäre ich Bruce eine gute Ehefrau gewesen. Jetzt kann ich niemandem mehr eine gute Ehefrau sein.*

Aber vielleicht stimmte das nicht. Vielleicht konnte ich eine gute Ehefrau sein. Vielleicht konnte ich Peter so lieben, wie er es verdiente. Vielleicht konnte ich glauben, so wie ich es an guten Tagen tat, dass Peter mich liebte. Was ich nicht konnte, war, mir die eigentliche Hochzeit vorzustellen: das weiße Kleid, der Gang zur Chuppa. Mein Exfreund hatte mich nicht genug geliebt, um mir beizustehen, als ich schwanger war. Mein eigener Vater hatte mich nicht genug geliebt, um sich zu mir zu bekennen, als ich ihn in Los Angeles ausfindig gemacht hatte. Peter hatte etwas Besseres verdient. Jemanden, der Liebe anzog, anstatt sie abzustoßen. Jemanden, der nicht verbittert oder angeknackst war, vorbelastet durch eine grandios gescheiterte Beziehung. *Eine wunderschöne Braut.*

Peter hob den Kopf, ohne mich anzusehen, fast so, als würde er die geisterhafte Gegenwart der anderen Männer im Auto spüren. »Wenn du nicht kannst, oder nicht willst, dann sollten wir, glaube ich …« Er schluckte ein paar Mal. Ich sah ihm dabei zu, wie er den Schlüssel aus dem Zündschloss zog, die Tür öffnete, sich aus dem Auto schälte und die Tür hinter sich zufallen ließ. Joy schrak aus dem Schlaf und begann zu schreien.

»Peter«, sagte ich. »Peter, warte!« Ich zuckte zusammen, als er mit der Faust immer wieder aufs Autodach schlug. Schließlich bückte er sich und riss die Tür auf.

»Das ist nicht fair«, sagte er.

Ich blickte auf meinen Schoß. »Ich weiß.«

»Es ist nicht fair«, sagte er wütend. Seine Wangen waren sonnenverbrannt, und seine Nase würde sich in ein paar Tagen schälen.

Ich hob hilflos die Hände und ließ sie wieder in den Schoß sinken. »Ich bin ein emotionales Wrack.« Ich drehte mich um, um die schreiende Joy aus dem Kindersitz zu nehmen.

»Candace –«

»Du hast etwas Besseres verdient«, sagte ich. Eine winzige Faust traf mich an der rechten Wange. Mir traten Tränen in die Augen. Ich blinzelte heftig. »Du hast recht. Das tust du.«

»Ich will, dass du glücklich bist«, sagte er hartnäckig. »Aber ich habe alles mir Mögliche getan, alles, was mir nur irgendwie einfällt, um dir zu zeigen, dass ich dich liebe, dass ich immer für dich und Joy da sein werde.«

Tränen liefen mir übers Gesicht und tropften auf meine Oberschenkel. Er machte Schluss mit mir. Hier und jetzt. »Warte«, krächzte ich und griff nach seiner Hand. »Warte.«

Er sah mich einen langen, langen Augenblick an, dann schüttelte er den Kopf. »Es tut mir leid, aber ich kann nicht länger warten.« Dann drehte er sich um und ging.

Ich hievte mich aus dem Auto in die schwüle Luft. Ich warf mir Handtasche und Windeltasche über die Schulter, steckte den Schlüsselbund zwischen die Zähne, nahm die widerspenstige Joy auf den Arm, drückte die Autotür mit der Hüfte zu, nahm die Schlüssel aus dem Mund, schloss die Haustür auf und trug meine schon wieder eingeschlafene Tochter drei Treppenabsätze hinauf in meine Wohnung. Meine Beine fühlten sich taub an, und als ich die Tür aufschloss, war mir, als gehörten meine Hände jemand anderem. Ich zwang mich, in Bewegung zu bleiben. Ich wusch Joy mit einem warmen Waschlappen das Gesicht, wechselte ihre Windeln, zog ihr ihren Pyjama an und legte sie in ihr Kinderbett. Ich sang so lange ihr Lieblingsschlaflied, bis ihr gähnend die Augenlider zufielen. Dann schaltete ich das Babyfon ein, steckte den Empfänger in meinen BH, nahm meinen kleinen Terrier Nifkin an die Leine, rannte nach unten, zerrte den Kinderwagen vom Rücksitz und ließ Nifkin am Hydranten das Bein heben, immer mit einem Ohr auf das Babyfon horchend, in der Hoffnung, dass Joy nicht aufwachen würde, bevor ich Hund und Kinderwagen wieder die Treppe hinaufgezerrt hatte. Die Stille in der Wohnung war unheimlich. *Allein*, flüsterten die Dielenbretter und der Warmwasserbereiter und die Wände. *Allein, allein, allein.* Ich hätte weinen sollen, aber ich fühlte mich einfach nur wie betäubt, als ich Peters Verlobungsring vom Finger zog und in die Schmuckschatulle legte – zu meinen guten Ohrringen, einem herzförmigen Medaillon, das mir Bruce einmal zum Geburtstag geschenkt hatte, und einem Ersatzschlüssel für mein Fahrradschloss.

Ich bin so dankbar, sagte eine der Mütter in meiner Frühchengruppe Woche für Woche. Sie war ein schmächtiges Ding, mit blonden Haaren wie Alice im Wunderland und einer hohen, sanften Stimme. *Ich bin so dankbar, dass sie am Leben ist*, flötete sie mit großen Augen. *Ich bin so dankbar, dass es mir gut geht.* Nachdem ich sechs Monate lang ihren Dankbarkeitsbekundungen gelauscht hatte, nahm ich eines Tages allen Mut zusammen und fragte sie in der Kaffeepause nach ihrem Geheimnis, halb in der Hoffnung, sie würde mir den Namen eines Wunderantidepressivums nennen oder einfach zugeben, dass sie sich Crack reinzog, während ihr Kind bei der Hydrotherapie war. *Ach*, sagte sie und rührte in ihrem Kaffee. *Mein Mann ist mir eine große Hilfe. Ebenso wie meine Gemeinde. Und ich schreibe ein Tagebuch. Das hilft auch.*

Ich hatte weder einen Mann noch eine Gemeinde noch ein Tagebuch. Ich hatte auch keine Arbeit. Ich lebte von dem Geld, das ich für den Verkauf meines Drehbuchs bekommen hatte, und wie bei den meisten Scripts, die Hollywood ankaufte, sah es nicht so aus, als würde daraus jemals ein Film entstehen. Die beiden Produzenten, die das Projekt erworben hatten, arbeiteten mittlerweile für andere Filmgesellschaften, und die berühmte Regisseurin, die Teil des Deals gewesen war, hatte sich eine Auszeit von unbestimmter Länge genommen und war zu einer Trekkingreise um die Hochgebirgsgruppe Annapurna Himal aufgebrochen. (Auf meine zunehmend gezielteren E-Mail-Anfragen, wann und ob es jemals vorwärtsgehen würde, pflegte sie mit einem flotten »Inschallah« zu antworten, was mir mein Computer als »So Gott will« übersetzte und was ich weder als ermutigend noch als hilfreich empfand.) Also besaß ich nur, was von dem Geld für das Vorkaufsrecht übrig war, außerdem die Honorareinnahmen für meine monatlichen freiberuflichen Artikel über alleinerziehende Mütter in *Moxie* und für die gelegentlichen Trendstorys oder Porträts für meinen früheren Vollzeitarbeitgeber, *The Philadelphia Examiner*. Wie lange würden wir uns damit über Wasser halten können? Ich verscheuchte die Gedanken, ging in die Küche und wühlte in der Schublade, in der ich allen möglichen Krempel aufbewahrte.

Mit zirka zwölf Jahren hatte ich schon einmal versucht, ein Tagebuch zu führen. Aber meine Schwester hatte es gefunden und beim Abendessen laut daraus vorgelesen, und mein Vater hatte mich wegen meiner Schwärmerei für Scott Spender, den Captain der Footballmannschaft, ausgelacht und verächtlich »Wie abgedroschen!« gemurmelt. Aber ich hatte einen Reporterblock in meiner Schublade – nach den Notizen über die Miss-America-Wahl 1996 zu urteilen, war er nicht mehr der neueste. Ich riss die Seiten heraus, auf denen ich die tiefschürfenden Gedanken von Miss Tennessee über den Weltfrieden notiert hatte, und starrte auf das leere

Blatt Papier. Dann nahm ich einen Kugelschreiber, schlich auf Zehenspitzen in Joys Zimmer, setzte mich in den Schaukelstuhl und schrieb: *Von all den Männern, die Scheiße gebaut und mich im Stich gelassen haben, war mein Vater der Erste und Schlimmste.* Ich lehnte mich in dem rosafarbenen Schein des Aschenputtel-Nachtlichts meiner Tochter zurück und dachte über den Satz nach, während Nifkin sich in dem alten Babykörbchen meiner Tochter zusammenrollte. Joy liebte das Nachtlicht, ein Geschenk von meiner Schwester. Obwohl ich Joy von der phallozentrischen Disneywelt fernzuhalten versuchte, in der Prinzessinnen nur als Ware gehandelt wurden und auf ihren Traumprinzen warteten, war meine Tochter von dem Nachtlicht so hingerissen, dass ich schließlich nachgegeben hatte. Und so tanzte seit sechs Monaten die Königin des »Glücklich-bis-an-ihr-Lebensende« über Joys Wand – mit leicht gelüpftem Rock, die winzigen Füße in gläsernen Sandalen und mit verträumtem Blick unter ihrer goldenen Haarpracht – sodass sich meine Tochter mittlerweile weigerte, ohne sie zu schlafen.

Ich las das Geschriebene noch einmal, schniefte und putzte mir die Nase mit einem Spucktuch. *Schreib über etwas, worüber du Bescheid weißt*, hatte mir mein Englischlehrer in der zehnten Klasse mal gesagt. Folglich könnte ich eine Geschichte schreiben über eine junge Frau, die mir sehr ähnlich war, ihren Exfreund, der eher dem Teufel glich, mit einem zuckenden Augenlid und einem Penis von der Größe eines Radiergummistummels, und dem Ganzen ein Happy End verpassen, das ich mir nicht zu erhoffen wagte. Ich beugte mich über das Notizbuch und begann zu schreiben.

An diesem Abend ließ ich Joy und Elle um zehn Uhr mit ihren Zeitschriften allein. Ich leerte den Geschirrspüler, vergewisserte mich, dass alle Türen abgeschlossen waren, und ging dann nach oben ins Schlafzimmer. Peter drehte sich um, als ich zu ihm ins Bett kroch, und schlug die Augen auf. »Wie lange?«, brummte er.

»Ein paar Tage«, sagte ich. »Vielleicht hat es ja auch sein Gutes. Joy redet mit Elle, und Elle redet mit mir, also ist es fast so, als würde Joy wieder mit mir reden.« Ich cremte meine Hände ein, verrieb Anti-Aging-Creme auf meinen Wangen und schmiegte mich von hinten an ihn. »Du bist sehr geduldig«, sagte ich.

»Deshalb hast du mich ja auch geheiratet«, murmelte er ins Kissen. »Zu guter Letzt.«

»Deswegen«, sagte ich und fuhr mit den Händen an seinem Pyjamabund entlang. »Und wegen dem hier.« Ich griff nach seiner Geldbörse, die auf dem Nachttisch lag. »Seien wir ehrlich, letztendlich hat deine Krankenversicherung mein Herz erobert.« In dem schwachen Licht, das vom Flur hereindrang, sah ich sein Lächeln, als er sich umdrehte und mich küsste.

10

Am Montagmorgen klopfte ich, meinen Rucksack über der Schulter und mit einer Tasse dampfenden Kaffee in der Hand, an die Gästezimmertür. Keine Antwort. Ich holte tief Luft, klopfte noch mal fester und hörte endlich ein leises Stöhnen.

»Tante Elle?«, flüsterte ich und drückte leise die Tür auf. Sie hatte den Amish-Quilt unters Kinn gezogen, trug Ohrstöpsel und eine mit Strasssteinen verzierte Satinschlafmaske mit der Aufschrift ROCKSTAR. Unter der Decke lugte der

Kragen ihres gelben Seidenpyjamas hervor, und ihre zerzausten blonden Haare lagen ausgebreitet auf dem Satinkopfkissen, das sie sich selbst mitgebracht hatte. »Tante Elle?«, flüsterte ich noch einmal. »Bist du wach?«

Frenchelle sprang aufs Bett und drückte meiner Tante ihre Schnauze ins Gesicht. »Schätzchen«, murmelte meine Tante und schubste den Hund vom Bett. »Kaffee.«

»Tante Elle.« Ich schwenkte die Tasse, damit sie den Kaffee roch.

Sie schob sich die Schlafmaske auf die Stirn und blinzelte. Ihr Eyeliner und ihre Mascara hatten verschmierte Ringe um ihre Augen hinterlassen. »Wiespätisses?«

»Früh«, flüsterte ich. »Früh« war keine gute Zeit für meine Tante, aber es war die einzige Zeit, in der wir ungestört miteinander reden konnten, ohne dass meine Mutter ihren Kopf zur Tür hereinsteckte und fragte, ob wir Eier oder Haferbrei haben wollten. »Ich möchte mit dir über etwas reden.«

Sie gähnte erneut. »Schieß los.«

Ich setzte mich im Schneidersitz aufs Bett, den Rucksack im Schoß. Tante Elle setzte sich auf und lächelte. Ich liebe Tante Elle. Von ihr habe ich die Haarglättungsprodukte und das Glätteisen. Zu meinem zwölften Geburtstag hat sie mir einen schwarzen Spitzen-BH geschenkt, und als meine Mutter ein Gesicht zog, hat sie sie angefahren: »Sei nicht so spießig!« Sie erzählt mir alle Einzelheiten von ihren Dates. Sie geht viermal die Woche für jeweils eineinhalb Stunden ins Fitnessstudio und an den restlichen Tagen ins Solarium. Meine Mutter trägt breite Baumwollunterhosen, die sie im Dreierpack beim Discounter kauft. Tante Elle trägt orange- und türkisfarbene Spitzentangas, die sie online bei Frederick's of Hollywood bestellt. Das sagt doch alles.

»Hör mal«, sagte ich. »Du kennst doch das Buch, das Mama geschrieben hat.« Sie sah mich mit halb zusammengekniffenen Augen an. Ich holte meine stark zerfledderte Ausgabe von *Große Mädchen weinen nicht* aus dem Rucksack, um Tante Elles Gedächtnis auf die Sprünge zu helfen.

»Du hast es gelesen?« Sie hielt sich die Hand vor den Mund und gähnte erneut. Ich nickte zögerlich. Vor langer Zeit hatte Elle mir davon abgeraten, das Buch zu lesen. »Du bist noch nicht reif dafür«, sagte sie, und als ich sie fragte, was sie damit meinte, erwiderte sie: »Es ist was für alte Leute.«

»Es ist schrecklich!«, stieß ich hervor. »Eklig! All dieser Sexkram!«

»Hey, red nicht schlecht darüber«, sagte Tante Elle. »All dieser Sexkram hat deine Sommerferien finanziert.« Sie richtete sich auf. »Und meine letzten Sauerstoffgesichtsbehandlungen.« Sie tätschelte sich zärtlich die Wangen. »Wenn du mich fragst, ist die kleine Schwester die interessanteste Figur in der ganzen Geschichte. Ich habe deiner Mutter gesagt, dass das ganze Buch von ihr hätte handeln sollen.«

Ich lächelte. Dorrie, die kleine Schwester in *Große Mädchen weinen nicht*, war Elle in vielem ähnlich. Sie war schön und etwas verrückt und arbeitete heimlich als Begleitdame, die für ihre Kunden in eine katholische Schulmädchenuniform schlüpfte. Als Dorries Mutter sie fragt, woher sie ihr ganzes Geld hat, antwortet Dorrie: »Babysitten.«

»Also schieß los. Was willst du wissen?«, fragte Elle.

»Stimmt das? Mit Allie und Drew?« Ich schluckte. »Ich meine, wie Mama schwanger wurde.«

»Hm.« Sie zog sich die Maske über den Kopf. »Das ist schon so lange her, und ich war damals die meiste Zeit weg.«

Ich nickte. Ich wusste, dass Tante Elle mit Mitte zwanzig für ein Jahr nach Alaska gezogen war und mit ihrem damaligen Freund in einer Hütte lebte, die er selbst gebaut hatte. Was, wie sie sagte, viel romantischer klang, als es in Wirklichkeit gewesen war. Außerdem seien Parkas und fellgefütterte Schnürstiefel als ganzjähriger Look für niemanden das Wahre.

»Hm, lass mich mal überlegen.« Sie schlürfte ihren Kaffee. Ihr Gesicht war weich vom Schlaf und dem Versuch, sich zu erinnern. »Bruce Guberman und Candace Shapiro waren knapp drei Jahre zusammen, und wenn ich mich recht erinnere, war es deine Mutter, die eine Auszeit wollte. Dann schrieb dein Vater diesen Artikel für *Moxie*, und deine Mutter war stinksauer, aber dann starb Bruces Vater –«

»Warte! Was für einen Artikel?« Elle sah mich stirnrunzelnd an. »Ach so, ja«, sagte ich schnell und tat so, als würde ich wissen, wovon sie sprach. »*Der* Artikel.«

Sie drehte langsam die Tasse zwischen den Händen. »Weißt du was? Vielleicht solltest du einfach deine Mutter fragen.«

»Du weißt genau, dass sie mir nichts erzählen wird.«

Tante Elle grinste. Als ob es komisch wäre, dass meine Mutter mich wie ein Kleinkind behandelte! »Gutes Argument. Nun, ich kann dir jedenfalls sagen, dass es nicht so schlimm war.« Sie schwang ihre Beine aus dem Bett, stand auf und machte eine komplizierte Streckübung. »Dein Vater ist ja schließlich wieder zurückgekommen …«

Zurück von wo? Ich presste die Lippen zusammen, um sie nicht zu unterbrechen.

»Und deine Mama hat es ihm ja heimgezahlt.« Sie nickte zufrieden.

»Was heimgezahlt?« Aber ich glaubte die Antwort zu kennen.

»Sie hat das Buch geschrieben und eine Menge Geld damit verdient. Und du hast das Buch gelesen, richtig? Er hätte es besser wissen müssen. Leg dich *niemals* mit den Frauen in unserer Familie an.« Sie kratzte sich nachdenklich am Kopf. »Das heißt, mit deiner Großmutter könntest du dich wahrscheinlich anlegen. Sie würde es vermutlich nicht einmal merken. Wenn ich's dir sage, die Frau ist gehirnamputiert.«

»Danke«, sagte ich. Die Wahrheit aus meiner Familie rauszubekommen, das war, als würde man versuchen, einen Magic-8-Ball zu befragen. *Ja. Nein. Frag später noch mal.*

Tante Elle ging ins Bad. »Vergiss nicht, deiner Mutter zu sagen, dass wir nach New York fahren müssen, um dir ein Kleid zu kaufen!«, rief sie über die Schulter. »Hier in Philly findest du garantiert nichts Anständiges!«

In der Schulbücherei gibt es dreißig Computer, und man kann jeweils eine Stunde vor und nach dem Unterricht im Internet surfen, vorausgesetzt, man hat die Erlaubnis der Eltern und ein Passwort. Ich habe natürlich weder noch. Ich darf nur ins Internet, wenn meine Mutter oder mein Vater dabei sind, und ich darf pro Tag maximal zwanzig Instant Messages verschicken.

Aber diese Vorschriften lassen sich umgehen. Tante Elle meint, dass sich alle Vorschriften umgehen lassen. (Das sagte sie am Sonntagnachmittag, kurz nachdem meine Eltern mit Frenchelle zum Hundesalon gefahren waren und bevor sie die MasterCard aus dem Portemonnaie meiner Mutter zog, um mit mir zur Cocktailstunde ins Buddakan zu gehen.) Als ich am Montagmorgen die Bücherei betrat, war sie leer bis auf Mr Perrin, den Bibliothekar, zwei Sechstklässler, die ich nicht kannte – und Duncan Brodkey.

»Hallo, Joy.« Er trug Jeans und ein grünes Hemd, locker geschnürte Turnschuhe, und sein Haar fiel ihm ins Gesicht.

»Hallo.« Ich saß zwar seit über einem Monat jeden zweiten Tag beim Mittagessen neben ihm, traute mich aber nach wie vor kaum, ihn direkt anzusehen. Jetzt zwang ich mich dazu. »Hast du ein Passwort?«

»Es ist …« Er murmelte etwas, was ich nicht hören konnte.

»'tschuldige, was hast du gesagt?«

»Haferbrei!« Er schrie es förmlich, dann buchstabierte er es mit leiser Stimme.

»Oh!« Ich tippte das Wort ein, und auf dem Bildschirm wurde die Startseite eingeblendet. »Magst du Haferbrei?«

»Ach was. Meine Mutter hat es für mich ausgesucht. Als ich klein war, hatte ich einen Teddybär namens Haferbrei-Bär.« Er zuckte die Schultern. Ich war mir ziemlich sicher, dass er errötete.

»Mütter spinnen«, sagte ich. Es klang wie etwas, was Amber sagen würde.

Er schnippte seine Haare aus der Stirn. »Ja.« Dann rückte er seinen Stuhl näher an meinen heran. »Woran arbeitest du?«

Ich spielte mit meinen Haaren. Ich hatte nicht mit Duncan Brodkey gerechnet, geschweige denn mit einem neugierigen Duncan Brodkey. »Ein Forschungsprojekt.« Da hatte ich plötzlich eine Eingebung. »Ein Familienstammbaum. Und du?«

»Englischhausaufgaben.« Er seufzte und wandte sich wieder seinem Bildschirm zu. Ich beugte mich vor und gab bei Google *Moxie* und *Zeitschrift* und *Bruce Guberman* ein. Die Worte *Verliebt in eine füllige Frau* erschienen auf dem Bildschirm. Ich setzte mich so, dass Duncan nichts sehen konnte, öffnete den Link und las: *Ich werde nie den Tag vergessen, an dem ich herausfand, dass meine Freundin mehr wog als ich.*

Iiih! Ich kniff die Augen zusammen und öffnete sie dann einen Spaltbreit, sodass ich nur hier und da einen Satz oder ein Wort lesen konnte. *Ich wusste, dass C. ein molliges Mädchen war. ... Ich hatte mich nie als jemanden gesehen, der hinter pummeligen Frauen her war. ... ihre sukkulente, dralle Gestalt.*

Großer Gott! Was war bloß mit den beiden los? Warum stammte ich von zwei Sexverrückten ab? Ich hatte anscheinend laut aufgestöhnt, weil Duncan besorgt zu mir herüberblickte. »Alles in Ordnung? Hast du herausgefunden, dass du mit Jeffrey Dahmer verwandt bist oder was?«

Schön wär's. »Alles in Ordnung«, sagte ich mit einem schwachen Lächeln. Ich schlug meine zerfledderte, mit Eselsohren versehene Ausgabe von *Große Mädchen weinen nicht* auf und schrieb in winziger Schrift auf die Innenseite des Rückumschlags *Verliebt in eine füllige Frau* und das Erscheinungsdatum des Artikels. Dann zählte ich an den Fingern rückwärts. Meine Mutter war schwanger geworden, nachdem dieser Artikel erschienen war. Nachdem sie ihn gelesen hatte. Nachdem nicht nur sie, sondern die ganze Welt wusste, dass er ihr Unterwäsche kaufen wollte und dabei herausfand, dass es ihre Größe gar nicht gab. Es machte keinen Sinn, aber da stand es, schwarz auf weiß.

Ich hatte eine Idee und googelte *Moxie* und *Zeitschrift* und den Namen meiner Mutter. Da es für *Cannie* keinen Eintrag gab, versuchte ich es mit *Candace* und entdeckte, dass sie zwölf Artikel für die Zeitschrift geschrieben hatte. Ich ging die Titel durch und öffnete den mit der Überschrift *Daddy ist weg.*

In der Frühchengruppe stellen wir uns der Reihe nach vor, nennen unseren Namen, den Namen unseres Kindes, die Diagnose unseres Kindes, den Namen unseres Mannes. Manche Frauen sind so kaputt oder übermüdet, dass sie kaum ein Wort herausbringen. Andere sind so traurig, dass sie mit erstickter Stimme kaum den Namen ihres Kindes über die Lippen bringen. Aber alle Kinder haben einen Namen und eine Diagnose, und alle Frauen haben einen Mann. Alle bis auf mich. Ich habe einen Samenspender. Mein Samenspender ist momentan, soweit ich weiß, in Amsterdam. Mein Samenspender hat seine Tochter bisher genau ein Mal gesehen und absolut nichts zu ihrem Unterhalt beigetragen. Mindestens ein Mal am Tag – ein Mal die Stunde, wenn ich ehrlich bin – stelle ich mir kurz, aber bildlich vor, wie ich ihm so lange Pannenkoeken *in den Mund stopfe, bis er blau im Gesicht wird.*

Ich blinzelte und sah den Bildschirm nur noch verschwommen. Ich wischte mir über die Augen und tippte dann, weil mir nichts Besseres einfiel, bei Wikipedia *Pannenkoeken* ein. *Holländische Pfannkuchen, aber im Unterschied zu amerikanischen Pancakes, sind Pannenkoeken meist größer und dünner und enthalten manchmal Räucherspeck oder Apfelstückchen oder Rosinen.* Toll. Vielleicht würde ich im September zum Weltkulturtag der Schule welche machen.

Ich zählte erneut die Monate. Als meine Mutter den Artikel geschrieben hatte, war ich ein Jahr alt gewesen, und Bruce war weg gewesen.

Dein, äh, Bruce. So nannte meine Mutter ihn immer. Ich konnte mich eigentlich an keine Zeit erinnern, in der er mich nicht jeden zweiten Sonntag abgeholt hatte, um mit mir ins

Technikmuseum, ins Kindermuseum, ins Aquarium in Camden oder in den Zoo zu gehen. Als ich klein war, dachte ich, dass jedes Kind einen »äh, Bruce« hat, eine Art Reservevater, so wie man im Fall eines Stromausfalls eine Taschenlampe und Batterien in der Küchenschublade hat – ein zusätzlicher Vater, der dir zum Geburtstag zu große Klamotten schenkt, mit dir zum Pizzaessen geht und dich mit dummen Fragen über die Schule und die Hausaufgaben nervt. Als ich alt genug war, um zu merken, dass das vielleicht doch nicht normal war, erzählte mir meine Mutter, dass sie und Bruce mal ein Paar gewesen waren. Sie sagte, dass sie zwar nie geheiratet hatten, mich aber beide gewollt hatten und mich beide über alles liebten.

Aber hier stand die Wahrheit schwarz auf weiß im Internet, wo es die ganze Welt lesen konnte. Sie war fett gewesen – na ja, das war nichts Neues. Er war weggerannt – das hatte mir keiner erzählt. Sie hatte mich nicht gewollt – das stand in ihrem Buch. Und er war nach Amsterdam abgehauen – was hieß, dass keiner von beiden mich jemals überhaupt gewollt hatte.

»Hey, Joy?«

Ich sah auf. Duncan stand direkt hinter mir und schaute mir über die Schulter. Ich loggte mich schnell aus.

»Hast du den Gong nicht gehört?«, fragte er.

Ich schüttelte den Kopf. Ich traute meiner Stimme noch nicht.

»Komm schon.« Duncan nahm meinen Rucksack, den ich unter den Schreibtisch geschoben hatte. »Wenn wir bei Mr Shoup zu spät kommen, gibt's Ärger.« Draußen auf dem Flur sah er mich wieder an. Meine Beine fühlten sich an, als wären sie nicht meine eigenen. »Hast du schon irgendwelche Pläne für die Frühjahrsferien?«

»Nicht wirklich.« Ich setzte ein Amber-Gross-Lächeln auf, und während ich den Flur hinunterging, wünschte ich mir, es gäbe ein Amsterdam für dreizehnjährige Mädchen, einen Ort, an den ich flüchten konnte, wo es Pfannkuchen mit Äpfeln und Rosinen gab und ich meinen Namen zu Annika ändern konnte und von wo ich nie mehr nach Hause zurückkommen würde.

11

Peter setzte uns am Donnerstagvormittag auf dem Weg zur Arbeit am Bahnhof in der Thirtieth Street ab und gab mir einen Abschiedskuss. Nachdem ich in der riesigen, lauten Bahnhofshalle drei Tickets aus dem Automaten gezogen hatte, kaufte ich einen großen Iced Coffee, zwei Muffins (einen Blaubeer- und einen Maismehlmuffin) und die neuesten Ausgaben von *Us* und *InStyle* und *People*. Um Viertel nach zehn bestiegen Joy, Elle und ich den Schnellzug nach New York, wo ich um ein Uhr mit meiner Agentin und meiner Verlegerin zum Mittagessen verabredet war und wo Joy (die Frühjahrsferien hatte) und Elle (die sich auf unbestimmte Zeit eine Auszeit gönnte) den Nachmittag mit Shoppen verbringen würden.

Die beiden nahmen nebeneinander Platz, lehnten dankend die Muffins ab und beugten sich die ganze eineinviertelstündige Fahrt flüsternd über *Women's Wear Daily* und *Vogue*, klebten hier und da eine Haftnotiz in die Zeitschriften und blickten mich gelegentlich kichernd von der Seite an. Aber ich war mit meinen Gedanken woanders.

Wenn ich sonst einen Termin im Verlag hatte, ließ meine Lektorin, Peyson Horowitz, Sandwiches kommen, und wir holten uns dazu Colas aus dem Getränkeautomaten im Flur.

Aber heute würde ich mit meiner Agentin im Michael's speisen, der inoffiziellen Cafeteria der Verlags- und Medienbranche. Wir zwei, hatte sie mir gesagt, plus Patsy Philippi, die Verlegerin von Valor Press, dem Verlag, der seit zehn Jahren alle meine Science-Fiction-Romane veröffentlichte und bei dem auch *Große Mädchen weinen nicht* erschienen war.

Ich verabschiedete mich vor der Penn Station von meiner Schwester und meiner Tochter und schlenderte langsam in Richtung des Restaurants. Ich war viel zu früh dran. Ich blätterte an einem Kiosk in den Zeitschriften und setzte mich in ein Café, wo ich noch einen Iced Coffee trank und all die fitnessstudiogestählten und perfekt frisierten Passantinnen bewunderte. Als ich mir auf der Toilette des Cafés die Hände wusch und mich im Spiegel betrachtete, wünschte ich mir, ich hätte mir Joys Glätteisen geborgt, von dem ich eigentlich nichts wissen sollte, oder wenigstens ihren Lippenstift (dito). Außerdem hätte ich Elles Angebot annehmen sollen, mir beim Make-up und der Wahl meiner Garderobe zu helfen, da die Sachen, die heute Morgen in Philadelphia absolut passabel ausgesehen hatten – ein gerader schwarzer Rock und flache schwarze Absatzschuhe, ein graues Baumwoll-T-Shirt und eine schwarze Perlenkette –, jetzt altbacken und langweilig wirkten.

Meine Agentin, Larissa, winkte mir vom Pult des Oberkellners aus zu und küsste mich auf beide Wangen – eine Manieriertheit, die sie sich wohl erst kürzlich angeeignet hatte. Ich gab Luftküsschen zurück und bemühte mich, nicht die ältere Nachrichtensprecherin an dem Vierertisch am Fenster anzustarren, die so oft geliftet war, dass ihre Augenbrauen und ihr Haaransatz mehr oder weniger auf gleicher Höhe waren. »Du erinnerst dich selbstverständlich an Patsy«, sagte Larissa.

Ich nickte und ließ auch Patsys Doppelkuss über mich ergehen. Ich hatte Patsy erst einmal getroffen, und zwar, als der Verlag einen Sektempfang veranstaltet hatte, nachdem sich *Große Mädchen* bereits sechs Monate auf der Bestsellerliste gehalten hatte. Patsy war klein und rundlich und sah mit ihren weißen Löckchen und ihrer glänzenden goldgefassten Brille ein bisschen wie Mrs Claus aus. Rein äußerlich würde man ihr nie ansehen, dass sie bereits mit dreiundzwanzig ihren Doktor in Komparatistik gemacht hatte und beängstigend intelligent – und manchmal, das hatte ich gelesen, auch einfach nur beängstigend – war.

Als Larissa ihren Mantel auszog, kam darunter einer von ihren, wie ich einmal scherzhaft gesagt hatte, zweihundert identischen schwarzen Hosenanzügen zum Vorschein. Am Arm trug sie eine Art Bowlingtasche aus grünem Leder, die mit allerlei Fransen und Troddeln und einer schweren Messingschnalle verziert war; meine Schwester hätte bestimmt auf den ersten Blick Namen, Designer und Preis gewusst.

Larissa gefunden zu haben war ein Glücksfall gewesen. Als ich damals mein Buch fertiggestellt hatte, rief ich Violet an, die Agentin, die mein Drehbuch verkauft hatte.

»Einen Roman?«, wiederholte sie skeptisch.

»Ja, du weißt schon. Das, worauf Drehbücher oft basieren.«

»Da kann ich dir nicht helfen, Schätzchen. Ich – hey, weg da, du Arschleuchte!«

Ich grinste. Violet sah aus wie eine Pfadfinderin, fluchte aber wie ein Bierkutscher. »Alles in Ordnung?«

»Ja, ja. So ein Warmduscher hat mir gerade den Parkplatz weggeschnappt. Hör zu, ich fax dir die Namen von einigen Literaturagenten. Was gibt's Neues in New York?«

»Philadelphia«, sagte ich. Sie hatte sich entschuldigt und mir keine Stunde später zehn Namen geschickt. Larissa war die Erste, die das komplette Manuskript anforderte, und sie rief mich an einem Samstag an, um mir in ihrer leisen, piepsigen Stimme zu sagen, wie sehr ihr das Buch gefallen hatte und wie sehr es sie angesprochen hatte. (Damals dachte ich: *Wie angesprochen?*)

Die Restaurantchefin lotste uns zwischen den vielen, eng gestellten Tischen hindurch, an denen Lektoren und Agenten Salat und gegrillten Fisch aßen, an einen der besseren Vierertische in dem sonnigen, mit moderner Kunst geschmückten Raum. Ein Ober reichte uns überdimensionierte Speisekarten und fragte, ob wir Sprudel-, stilles oder Leitungswasser wünschten. Wir plauderten über meine Zugfahrt, die Umbauarbeiten in Patsys Londoner Wohnung und Larissas neue Assistentin, die sich ihr Studium finanziert hatte, indem sie an den Wochenenden im Fingernagelsalon ihrer Familie arbeitete, und jetzt jede Woche darauf bestand, ihrer Chefin eine Pediküre zu verpassen. Patsy trug ein marineblaues Kleid, und bei genauerem Hinsehen bemerkte ich, dass auch Larissas schwarzer Anzug in Wirklichkeit ein tiefes Dunkelblau war. Marineblau, dachte ich wehmütig. Marineblau war das neue Schwarz. Wie konnte ich diesen Trend bloß verpasst haben? Warum beschäftigte ich mich nicht auch nur annähernd so obsessiv mit hohen Absätzen und Haute Couture, wie die Rezensenten von *Große Mädchen weinen nicht* damals geschrieben hatten? Nun ja. Auf den Charakter kommt es an, dachte ich, und außerdem hatte ich sieben Pfund abgenommen.

Nach einigen weiteren Minuten Small Talk kam der Ober wieder an unseren Tisch. »Sind Sie so weit?«

Ich bestellte einen Cobb Salad. »Das Dressing separat?«, fragte er.

»Ach so, ja, natürlich.« Wie dumm von mir! Ich hatte ganz vergessen, dass es Ziel des Spiels war, einen Cobb Salad zu bestellen, dem so viele Zutaten fehlten, dass man letztendlich vierundzwanzig Dollar für einen Berg Salatblätter mit Tomaten hinblätterte. Larissa bestellte ihren Salat ohne Speck und mit separatem Dressing, Patsy den ihren ohne Speck, ohne Avocado und ohne Dressing.

Lecker, dachte ich. Ich schlüpfte aus den Schuhen und spürte unter mir buchstäblich den Teppich vibrieren. Die elektrisierende Energie von New York, dachte ich in einem Anflug von Romantik. Dann merkte ich, dass die Schwingungen von den Dutzenden Handys, Handhelds und BlackBerries herrührten, die in den teuren, auf dem Boden abgestellten Handtaschen vor sich hin vibrierten.

Patsy lehnte sich zurück. »Also!«

Ich lächelte, griff in meine stammbaumlose Handtasche und schob ihr das neueste Lyla-Dare-Manuskript über den Tisch, das ich erst am Abend zuvor abgeschlossen hatte.

Patsy schüttelte den Kopf. »Wir haben Sie nicht hierhergebeten, um mit Ihnen über Lyla zu reden. Obwohl Sie in der Hinsicht hervorragende Arbeit leisten«, fügte sie hinzu.

Ich ließ das Manuskript in die Tasche zurückgleiten. »Okay.« Langsam dämmerte mir, mit einiger Verspätung, warum sie mich gebeten hatten, nach New York zu kommen, anstatt mir, wie üblich, die Lektoratsanweisungen zu mailen, warum ich in einem Nobelrestaurant an Salatblättern knabberte, anstatt in Peysons winzigem, fensterlosem Büro Corned Beef direkt vom Wachspapier zu essen, warum ich in einem Bugholzstuhl an einem leinengedeckten Tisch saß, in Hörweite einer leitenden Redakteurin von *Allure*, der es wie allen anderen hier darum ging, zu sehen und gesehen zu werden.

Patsy stützte ihr Kinn auf ihre gefalteten Hände und beugte sich, mit großen blauen Augen, vor. »Wie Sie wissen, steht im Herbst der zehnte Jahrestag von *Große Mädchen weinen nicht* ins Haus.«

Ich nickte. Meine Knie begannen zu zittern, und ich wischte meine feuchten Hände an der Serviette ab.

»Wir möchten eine Sonderausgabe herausbringen«, sagte Patsy. »Neues Cover, neue Aufmachung, ein wunderschönes aktuelles Autorinnenfoto, eine komplett neue Werbekampagne.«

»Das klingt toll«, sagte Larissa. Ich nickte stumm. Der Verlag besaß die Rechte. Ich konnte sie schlecht daran hindern.

»Wir hatten gehofft«, fuhr Patsy fort, »dass Sie uns dabei helfen würden. Wir dachten da an eine Lesereise durch sechzehn Städte.«

»Das geht nicht.« Ich versuchte, zerknirscht zu klingen, nicht verrückt. Nach den Blicken der beiden zu urteilen, schien mir das nicht ganz gelungen zu sein. »Es tut mir leid«, sagte ich. »Aber ich kann in nächster Zeit einfach nicht von zu Hause weg. Joy hat diesen Herbst ihre Bat-Mizwa, und dafür gibt es viel vorzubereiten.«

»Natürlich«, sagte Patsy. Sie spürte wohl mein Unbehagen und tätschelte über den Tisch hinweg meine eiskalte Hand. »Vielleicht nur ein paar Radiointerviews, ein paar Fernsehauftritte. Und natürlich eine Lesung hier in New York. Das wäre fantastisch.«

Ich nickte und spekulierte insgeheim darauf, mich rechtzeitig aus der Affäre ziehen zu können. Ich konnte mir irgendwelche Ausreden einfallen lassen oder Krankheiten vortäuschen. Wobei ich sie wahrscheinlich nicht einmal vortäuschen müsste. Allein bei dem Gedanken, bei einer Talkshow auf dem Sofa zu sitzen und diesen Teil meiner Vergangenheit noch einmal zu durchleben, wurde mir schon schlecht.

Patsy zupfte an einer ihrer weißen Korkenzieherlocken und legte sich die Serviette auf den Schoß. Am Nebentisch setzte sich eine junge, natürlich in Marineblau gekleidete Dame auf den Stuhl, den der Ober für sie zurechtgerückt hatte. »Ich warte noch auf meine Agentin«, sagte sie stolz. Ich wandte mich ab.

»Und«, fuhr Patsy fort, »angesichts des zehnten Jahrestages haben wir uns alle, wir hier an diesem Tisch, wir im Verlag« – sie bedachte mich mit ihrem herzlichsten Lächeln – »und natürlich auch die Millionen von Fans …«

Ich lächelte schwach und wappnete mich für das, was jetzt kam.

»… wir alle haben uns gefragt, ob Sie sich vielleicht über einen weiteren Roman Gedanken gemacht haben.« Sie strahlte mich an, als hätte sie gerade ein wunderschön verpacktes Präsent auf den Tisch gestellt.

»Das ist sehr schmeichelhaft. Ich, äh, ich werde darüber nachdenken«, stotterte ich.

»Wir brauchen nicht sofort das fertige Buch«, sagte Patsy in ihrem sanftesten und beruhigendsten Tonfall. »Es muss auch keine Fortsetzung von *Große Mädchen weinen nicht* sein. Aber wenn Sie vielleicht schon eine Idee haben …«

»Würden Sie mich bitte entschuldigen?« Ich stand abrupt auf. Mein Wasserglas zitterte, und als ich mich umdrehte, wäre ich fast mit unserem Ober zusammengestoßen, der die abgespeckten Salate an unseren Tisch brachte. »Entschuldigen Sie mich«, sagte ich noch einmal und eilte zur Damentoilette, wo ich mich in das winzige Marmorabteil setzte und den Kopf auf die Hände stützte.

Ein Traum wird Wirklichkeit. Klingt nach einem fürchterlichen Klischee, stimmt's? Nicht weniger als zwanzig Zeitungsartikel, die über den Überraschungserfolg von *Große Mädchen weinen nicht* berichtet hatten, hatten mich mit genau diesen Worten zitiert. Ein Traum wird Wirklichkeit. So sah es ja auch tatsächlich aus: Eine unglücklich verliebte Frau aus zerrüttetem Elternhaus, die sich in ihrer Haut und in ihrem Job unwohl fühlt, findet die Liebe, einen Mann, bekommt ein wunderschönes Baby und schreibt einen Bestseller. Nicht unbedingt in dieser Reihenfolge, aber es war unbestreitbar ein Happy End.

Ich hatte *Große Mädchen weinen nicht* vor zwölf Jahren in meinem Gästezimmer geschrieben, innerhalb von sechs Monaten, getrieben von einer unbändigen Wut. Das Manuskript war ein ausufernder, teilweise recht expliziter und derber Schelmenroman über eine witzige, wütende, wohlgenährte junge Frau, deren Vater sie verlassen und deren Freund ihr das Herz gebrochen hatte. Er handelte davon, wie diese junge Frau über viele Umwege und nach zahlreichen (gänzlich fiktiven) Zwischenstopps in zahlreichen (ebenso fiktiven) Betten am Ende doch noch die Liebe und das Glück findet. In einem Anfall literarischer Hybris nannte ich das Buch *Null.* Ob ich eventuell mit einem anderen Titel einverstanden wäre?, hatte Larissa gefragt. Ich hatte ihr gesagt, dass ich mit einer Geschlechtsumwandlung einverstanden wäre, wenn sie glaubte, das Buch verkaufen zu können und mir damit ein Polster zu verschaffen, das für meine Krankenversicherung und vielleicht für eine Anzahlung auf eine Eigentumswohnung reichte.

Drei Wochen später war das Buch überarbeitet, von ursprünglich 500 Seiten auf handlichere 370 Seiten gekürzt und in *Große Mädchen weinen nicht* umbenannt. Wiederum eine Woche später verkaufte Larissa das Buch an Valor Press für einen Betrag, der mich je nach Stimmungslage in Euphorie oder Panik versetzte.

Mit der ersten Vorschussrate tätigte ich eine Anzahlung auf ein Reihenhaus um die Ecke von meiner Wohnung, ein Backsteingebäude mit vier großzügigen Schlafzimmern in den oberen beiden Etagen. Das Haus hatte hinten hinaus, nach Südosten, einen briefmarkengroßen Garten mit einer schulterhohen Hängekirsche in einer Ecke und einigen Holzfasshälften, in denen ich Kräuter und Tomaten anpflanzen konnte. Nachdem ich mit Nifkin, Joy und all meinen irdischen Gütern in unsere neue Bleibe umgezogen war, mietete ich uns für zwei Wochen in ein Strandhaus in Avalon ein.

Ich fuhr mit Joy an einem Freitagnachmittag im August ans Meer. Ich spendierte uns zum Abendessen frittierte Muscheln und Crabcakes, und als wir im Ferienhaus ankamen, ging die Sonne bereits unter. Ich badete Joy in der tiefen, auf Klauenfüßen stehenden Badewanne, brachte sie ins Bett und steckte ihr Aschenputtel-Nachtlicht in die Steckdose. Dann las ich ihr aus ihrem Lieblingsbilderbuch vor, bis Joy gähnte und den Daumen in den Mund schob.

»Ich hab dich lieb«, sagte ich und öffnete ihr Fenster einen Spaltbreit. Es roch noch immer leicht moderig im Haus, aber das kam vor allem von der salzigen Meeresbrise. Man konnte von allen Zimmern aus das Meeresrauschen hören.

»Du bist meine Mama«, sagte Joy schläfrig. Wenn sie unter der Bettdecke lag, sah sie immer noch so winzig aus wie ein Baby, obwohl sie zwei Jahre alt war. *Sie wird noch wachsen*, hatte mir der Kinderarzt versichert und erklärt, dass sie für ihr Gestationsalter genau die richtige Größe hatte. *Irgend-*

wann wird sie zu den anderen Kindern aufschließen. Dann werden Sie den Unterschied gar nicht mehr sehen. Aber ich wusste, dass ich es immer sehen würde.

»Richtig«, versicherte ich ihr. Nifkin kam ins Zimmer getappelt, hüpfte in Joys Koffer und scharrte sich ein Nest aus ihren Shorts und T-Shirts.

Joy setzte sich auf und sah mich an. »Und wer ist mein Papa?«

»Äh …« Ich lehnte mich an den Türrahmen. Ich hatte gewusst, dass diese Frage einmal kommen würde, aber ich hatte gehofft, mehr Zeit zu haben, um mir eine Antwort einfallen zu lassen. »Ja, äh, was das angeht …«

»Pe-ta.« Sie nickte zufrieden.

Mir verschlug es den Atem. Seit jenem Augustabend im Auto, jenem Abend, an dem er mir gesagt hatte, dass er nicht länger warten würde, war ein Jahr vergangen. Ich hatte jeden Tag und jede Nacht an ihn gedacht, aber ich war mir nicht sicher gewesen, ob Joy sich überhaupt an ihn erinnerte. »Weißt du, mein Schatz, die Sache ist die –«

Sie fuchtelte mit der Faust in meine Richtung – was in Joys Sprache *Ruhe, ich denke nach* hieß – und schürzte ihre Lippen. »Oma Annie ist deine Mama.«

Puh! Wieder auf festem Boden. »Das stimmt.«

»Und wer ist dein Papa?«

Meine Hand krampfte sich über dem Lichtschalter, sodass es im Zimmer plötzlich dunkel wurde – bis auf Aschenputtel in ihrem Ballkleid, die, den Kopf in Erwartung des prinzlichen Kusses nach oben gereckt, über Joys Kissen tanzte. »Ich …« Ich holte tief Luft und schluckte. »Er heißt Larry …«

»Arry«, wiederholte Joy schläfrig. Ich lehnte mich an die Wand. Auf Fragen nach meinem Vater war ich erst recht nicht vorbereitet. Mein Vater hatte uns verlassen, als ich ein

Teenager gewesen war, eine viel jüngere Frau geheiratet und mit ihr noch zwei Kinder bekommen. Er hatte nie wieder von sich hören lassen, und ich hatte ihn nur noch einmal gesehen, als ich ihn mit achtundzwanzig in seiner Praxis in Los Angeles besucht hatte – hochschwanger und mit einem Goldring, den ich mir selbst gekauft hatte. Ich hatte ihn damals aufgesucht, in der Hoffnung auf etwas, das ich schwer benennen konnte: dass ich wieder sein kleines Mädchen sein würde, seine Prinzessin, dass er mich wieder für schön halten würde.

Aber so war es nicht gekommen. Er hatte sich abgewandt, mit einem Gesichtsausdruck irgendwo zwischen Desinteresse und Abscheu, und ich musste mit einem Schmerz, der sich wie ein Krampf anfühlte, so als würde etwas in mir zerreißen, an einen Satz denken, den ich einmal auf einer Damentoilette gelesen hatte: *Ich habe meinen Vater nie gekannt / es spielt eigentlich keine Rolle / es ist nun mal so.*

Es ist nun mal so, dachte ich. Ich hatte seine Praxis verlassen und ihn seitdem nie wiedergesehen. Ich hatte damit gerechnet, dass es Joy erst einmal jahrelang gar nicht auffallen würde, keinen Opa zu haben. Ich hatte geglaubt, ich hätte Zeit, um mich vorzubereiten: die richtigen Bücher zu lesen und mir zu überlegen, was ich sagen sollte.

Ich blickte im Dunkeln auf Joy hinab und fragte mich, ob sie denken würde, dass Menschen – nein, nicht Menschen, Eltern – irgendwann einfach nicht mehr da waren, so wie wackelige Zähne, die einem ausfielen. Peter. Bruce. Mein Vater. Wahrscheinlich wird sie denken, dass jeder so einfach gehen kann. Vielleicht wird sie sogar denken, dass auch ich eines Tages gehen würde.

Es gab nur ein Telefon in dem Ferienhaus, ein altes Wählscheibentelefon aus schwarzem Kunststoff, das in der Küche neben dem Spülbecken stand. Peter hob nach dem ersten Klingeln ab, als hätte er das Telefon in der Tasche getragen, so wie ich es tat, oder neben dem Telefon gesessen und auf meinen Anruf gewartet. Nicht, dass ich das wirklich glaubte. Wahrscheinlich hatte er schon wieder jemanden kennengelernt. Sie lag wahrscheinlich neben ihm im Bett, und wenn sie überhaupt von mir wusste, dann hielt sie mich wahrscheinlich für den größten Trottel aller Zeiten. Womit sie wahrscheinlich recht hatte.

»Peter? Hier ist Cannie. Ich habe ein Buch geschrieben«, stieß ich hervor.

Seine Stimme klang neutral. »Oh.«

»Es ... wenn du es lesen würdest ... es erklärt ...« Ich ließ mich auf einen Stuhl sinken und dachte, wie lächerlich ich mich anhören musste. »Über Bruce und meinen Vater und was mir passiert ist. Warum ich keine gute Ehefrau sein kann.« Ich schluckte. »Peter, es tut mir leid. Es tut mir wirklich leid.« Mir liefen Tränen übers Gesicht, und ich konnte gar nicht mehr aufhören zu reden. »Joy vermisst dich. Heute Abend hat sie gesagt, dass du ihr Vater bist, und ich glaube ...« Ich schluckte erneut und wischte mir über die Augen. »Ich wünschte mir ... ich meine, sie hat schon genug Leute verloren, und ich dachte, wenn du vielleicht das Buch lesen würdest ... ich könnte dir ein Exemplar geben. Es wird erst nächstes Jahr im Frühjahr veröffentlicht, und sie haben den Titel geändert, aber ich könnte es ausdrucken und dir geben ...«

Seine Stimme klang geringfügig wärmer. Es war seine Krankenbettstimme, in der er immer mit mir gesprochen hatte, wenn es mir richtig schlecht ging, die Stimme, mit der man einer Patientin schlechte Nachrichten überbringt und sie gleichzeitig beruhigen will. Vielleicht war er doch allein.

Oder vielleicht war seine neue Freundin gerade ins Bad gegangen, um ihr Strapsbustier auszuziehen und in einen Leopardentanga zu schlüpfen. »Wo bist du?«, fragte er.

»In New Jersey. Ich mache mit Joy Urlaub. Entschuldige, dass ich dich störe. Es geht mir gut. Ich hätte ...« Ich zwang mich aufzuhören. »Egal. Es tut mir leid, dass ich dich gestört habe.«

Jetzt klang er amüsiert. »Wo in New Jersey?«

»In Avalon. Am Strand. Ich habe einen Vorschuss bekommen, und ich dachte, es wäre eine gute Idee, ans Meer zu fahren. Sonne zu tanken. Am Strand spazieren zu gehen. Joys Therapeutin meinte, es würde Joy guttun, auf dem Sand zu laufen.«

»Wie lautet die Adresse?«

Hoffnung stieg in mir auf, aber ich unterdrückte sie sofort. »Bleib dran.« Ich nannte ihm die Adresse, und wir verabschiedeten uns. Dann kletterte ich von meinem Schlafzimmer hinauf auf den Witwenausguck, ließ die Tür auf und lauschte dem sanften Wellenrauschen, dem Lachen von der Bar ein paar Häuser weiter und den Stimmen der Leute, die nebenan auf der Veranda Karten spielten. Ich ließ mich von den Sommergerüchen betören, von dem Salzwasser und dem Rauch eines Grillfeuers, bis das Haus von Scheinwerferlicht angestrahlt wurde, und Peter zielsicher die Treppe heraufkam, zu mir auf die Balustrade trat und mich in die Arme schloss.

Später, als wir auf der durchhängenden Matratze lagen und der Mondschein die Zimmerwände in glasiges Licht tauchte, kam mir in den Sinn, dass es eine Art Exorzismus gewesen war, das Buch zu schreiben. Ich hatte mir alles von der Seele geschrieben, all meine Wut und meinen Hass, mein Leid und meine Unsicherheit, meine gescheiterten Beziehungen, meine kaputte Familie und mein mieses Selbstbewusstsein. Ich hatte die Wahrheit mit bunten Sexfäden ausgeschmückt – einem ganzen Knäuel davon – und meine Heldin ihre Wut in diversen, weit hergeholten und akrobatischen Bettgeschichten ausleben lassen und ihr alles gegeben, was ich mir jemals gewünscht hatte. Und jetzt war ich frei – zumindest so frei, wie ich es überhaupt sein konnte. Ich schmiegte mich an Peter und stellte mir vor, das Bett wäre ein Boot, in dem wir auf ruhiger See trieben, weit, weit weg von allem, von meiner unglücklichen Vergangenheit und von jedem, der mir jemals wehgetan hatte.

»Ich werde dich heiraten«, sagte ich. »Wenn du mich noch willst.«

Er lachte leise. »Ist das nicht offensichtlich?«

Ich schlang meine Beine um seine. »Die einzige Bedingung ist: keine große Feier. Ich will kein Spektakel.«

»Kein Spektakel«, wiederholte er.

Ich küsste ihn schläfrig. »Und ich will auch kein Hochzeitskleid. Das ist nur rausgeworfenes Geld. Ich meine, zweitausend Dollar für etwas, das ich nur einmal tragen werde!«

»Kein Kleid«, stimmte Peter zu.

»Joy soll das Blumenmädchen sein.« Ich stellte es mir mit geschlossenen Augen vor. »Kann Nifkin den Ring überreichen?«

»Was immer du willst.« Ich spürte sein Lächeln an meiner Wange. »Keine Party. Kein Kleid. Hervorragend.«

»Ach ja, und mein Bild darf nicht in der Zeitung erscheinen.«

Peter seufzte. »Will ich überhaupt wissen, warum?«

Ich schüttelte den Kopf. Ich hatte die aus meinem Leben gegriffene Szene in meinem Buch verwendet. Mein Vater kam einmal herein, als ich am Esstisch über den Hochzeitsmeldungen saß und die Fotos der Bräute studierte. Er sah sie mit halb zusammengekniffenen Augen an, so als hätte er sie noch nie zuvor gesehen. Vielleicht hatte er das auch nicht. »Käseblatt« war noch eine seiner netteren Bezeichnungen für die Lokalzeitung. Er las nur die *Times*. »Warum interessiert dich das?«, fragte er. Ich erzählte ihm von dem Preis für die Wauwau-Braut. »Unglaublich, oder?«, sagte ich entrüstet. »Kaum zu fassen, dass Menschen so gemein sein können.«

Er sah mich feindselig an. Sein Gesicht war gerötet, und er hatte ein Glas Scotch in der Hand. »Machst du dir Sorgen um die Braut?« Er sprach langsam und leicht verwaschen. »Oder machst du dir in Wirklichkeit Sorgen um dich?«

»Larry«, sagte meine Mutter, die gerade das Geschirr am Ausguss wusch, aber ihre Stimme war schwach und kaum zu verstehen. »Larry, bitte.«

Ich holte tief Luft und verdrängte die Erinnerung. »Es ist eine lange Geschichte.« Ich gähnte und kuschelte mich noch fester an Peter, rundum glücklich und zufrieden. »Du kannst sie in meinem Buch nachlesen.« Das tat er schließlich auch. Er und der Rest der Welt. Die Folgen waren, wenn man mich fragte, katastrophal gewesen. Und da wollte meine Verlegerin, dass ich mich noch einmal ins Getümmel begab und noch ein Buch schrieb!

»Cannie?«

Ich sah die Spitzen von Larissas glänzenden, marineblauen Lacklederschuhen unter der Toilettentür.

»Alles in Ordnung?«, fragte sie.

»Ja.«

Die Schuhe rührten sich nicht vom Fleck. »Es tut mir leid«, sagte Larissa. »Ich hätte es wissen müssen, aber als ich

Patsy am Telefon fragte, warum sie sich mit uns zum Essen treffen wolle, sagte sie nur, sie wolle dich überraschen.«

»Das ist ihr gelungen«, sagte ich munter und stand auf. »Es ist nur, dass ich sehr glücklich bin mit dem, was ich jetzt tue. Ich mag Lyla Dare. Ich schreibe gern unter einem Pseudonym. Ich bin glücklich.«

»Wirst du trotzdem darüber nachdenken?« Larissas Stimme klang erwartungsvoll. Ich öffnete die Tür und ging zum Waschbecken.

»Klar.« Es war gelogen, aber ich sagte mir, dass es eine harmlose Lüge war. Ich würde Larissa sagen, was sie hören wollte; sie würde Patsy sagen, was Patsy hören wollte; und ich würde zurück nach Philadelphia fahren, die Bat-Mizwa meiner Tochter planen, meinen nächsten Pullover stricken und nicht ans Telefon gehen, bis sich die ganze Aufregung gelegt hatte.

Larissa strahlte mich an. »Meinst du das ernst? Ich kann dir gar nicht sagen, wie begeistert der Verlag sein wird. Falls du schon irgendwelche Ideen hast – falls du mir ein Exposé oder vielleicht nur einen Absatz schicken könntest …«

Für einen Moment wich mein Widerstand Staunen. »Du könntest einen Absatz verkaufen?«

»Von dir könnte ich einen Satz verkaufen. Ein Rülpsen.«

Ich presste die Lippen zusammen und trocknete mir die Hände. Auf keinen Fall würde ich sie noch bestärken.

»Komm schon.« Sie hakte sich bei mir unter und sprach einen Satz, der in dieser Damentoilette wahrscheinlich noch nie laut gesagt worden war: »Wir lassen die Salate zurückgehen und bestellen uns einen Nachtisch.«

12

»Die wichtigste Regel in Modefragen«, dozierte Tante Elle, als wir das Bergdorf Goodman betraten, »ist: ›Kenne dich selbst‹.«

»Kenne dich selbst«, wiederholte ich. Ich fühlte mich, als sollte ich mitschreiben.

»Hast du eine Birnenfigur oder eine Eieruhrfigur? Hast du eine kurze Taille? Breite Schultern? Schöne Beine? Schmale Füße? Du musst zu dem stehen, was dich unverwechselbar macht, und das Beste daraus machen.«

»Ich, äh …« Ich war mir, ehrlich gesagt, nicht sicher, ob mich irgendetwas unverwechselbar machte, abgesehen von meiner peinlichen Mutter und der Wahrheit über meine Geburt. »Ich mag meine Haare«, sagte ich schließlich, obwohl das nur stimmte, wenn ich über eine Stunde daran herumgemacht hatte. Tante Elle nickte. Sie trug einen glitzernden Seidensarong – pinkfarben, mit Silber durchwirkt –, den sie um die Hüften ihrer Jeans geschlungen hatte, silberfarbene Ballerinas und ein tief ausgeschnittenes, hautenges schwarzes Top. Ihre Haare hatte sie unter eine graue Tweedmütze gestopft, die mit sechs unterschiedlich großen Strasssteinpins verziert war. Sie klingelte und bimmelte bei jedem Schritt, und neben ihr kam ich mir in meinen Khakis und den Turnschuhen, die mir meine Mutter aufgezwungen hatte (»Du wirst den ganzen Tag auf den Beinen sein, Joy. Du wirst mir dafür noch dankbar sein«), so unscheinbar vor wie eine Kirchenmaus.

»Noch bevor du dir auch nur einen Slip kaufst, musst du wissen, was dir steht und was nicht.« Elle hüpfte von der Rolltreppe und legte mir die Hände auf die Schultern. Ich zupfte meine Haare über die Hörgeräte, zog den Bauch ein und reckte die Schultern nach hinten, während scharenweise gut gekleidete Frauen an uns vorbeigingen. Elle berührte kurz meinen Kopf, strich mir über die Haare und ging einmal um mich herum, dann lächelte sie zufrieden und führte mich zur nächsten Rolltreppe.

»Ich würde sagen, du brauchst eine Erwachsenengröße. Gute Proportionen. Toller Teint. Ich denke da an Pink. Kein Gelb. Auf keinen Fall Rot oder Blau. Ein Paar Sandaletten, eine flotte Frisur …« Sie drehte meine Haare zu einem Knoten. »Ich habe da diese Proenza-Schouler-Frisur mit Haarperlen gesehen. Der absolute Wahnsinn.«

»Äh … aber ich …« Ich wusste nicht, wie ich es sagen sollte, aber ich war mir sicher, dass sich »Proenza-Schouler-Frisur mit Haarperlen« nicht mit der letzten Anweisung vertrug, die uns meine Mutter mit auf den Weg gegeben hatte, als sie mir im Bahnhof ihre Kreditkarte überreichte, nämlich: *Gebt nicht mehr als dreihundert Dollar aus!* Dem war *Sprich nicht mit Fremden!* und *Verlier die Kreditkarte nicht!* und *Hast du auch das Brot eingepackt, das ich dir gemacht habe?* vorangegangen, woraufhin ich mich gezwungen sah, sie daran zu erinnern, dass ich nur shoppen ging und nicht nach Amsterdam fuhr. Ihr Gesicht hatte sich kurzzeitig verfinstert, als ich *Amsterdam* sagte, aber dann hatte sie mir einen Kuss gegeben und mir alles Gute gewünscht. »Du weißt, dass ich nur eine bestimmte Summe ausgeben darf, oder?«

»Dieses Gerücht ist mir in der Tat zu Ohren gekommen«, sagte Tante Elle. »Wie hoch ist unser Budget?«

»Dreihundert Dollar«, sagte ich. Tante Elle blickte so geschockt drein, als hätte ich ihr eine Ohrfeige verpasst. »Für zwei Kleider«, sagte ich noch leiser.

Tante Elle schüttelte empört den Kopf. »Und wo sollen wir ein Kleid für einhundertfünfzig Dollar auftreiben? Bei H&M?«

Ich biss mir auf die Lippe. Mein T-Shirt war von H&M.

»Nimm meine Hände«, sagte Tante Elle und streckte mir die Arme entgegen. *Tante Elles New-Age-Schwachsinn*, sagte meine Mutter manchmal, aber ich ließ es zu, dass sie ihre Handflächen an meine drückte. »Augen zu.« Ich tat wie geheißen. »Stell dir das Kleid vor.« Ich versuchte es, aber ich sah nur Dunkelheit. »Sieh das Kleid«, skandierte Tante Elle. »Sei das Kleid.« Ich konzentrierte mich, und dieses Mal sah ich ein wunderschönes Kleid mit einem engen Satinkorsett und einem weiten Tüllrock. Leider handelte es sich bei dem Mädchen in dem Kleid nicht um mich, sondern um Amber Gross. Aber es war ein Anfang.

Tante Elle atmete langsam und hörbar aus und ließ meine Hände los. Dann nahm sie ihr silbernes Handy aus ihrer perlenbestickten Lederhandtasche und tippte eine Nummer ein. »Cannie? Ja. Ja, sie ist hier. Es geht ihr gut.« Sie hielt inne und legte den Kopf schief. »Nein, wir haben noch kein Kleid gefunden. Wie stellst du dir das vor? Wir sind erst eine halbe Stunde unterwegs!« Sie verdrehte die Augen und formte mit den Lippen das Wort *spinnt*. Ich lächelte sie an. »Wir müssen über das Budget reden«, sagte Elle. »Ja. Ja, sie hat es mir gesagt – aber Cannie, ich bitte dich! Dreihundert Dollar! Ist das dein Ernst?« Sie hielt inne. »Okay, aber weißt du überhaupt, was ein Ballkleid heutzutage kostet?«

Wieder eine Pause.

»Ja, ich sagte Ballkleid. Sie braucht ein Ballkleid.« Eine kurze Pause. Elle fasste mich am Ellbogen und zerrte mich in die Abteilung, wo die Namen der Modedesigner in silbernen Lettern an den Wänden standen. *Narciso Rodriguez. Zac Po-*

sen. Armani. Valentino. Marchesa. Ich flüsterte die Worte und ließ sie mir förmlich auf der Zunge zergehen. »Candelabra, ich habe momentan keine Zeit, dir den Unterschied zwischen einem Kleid und einem Ballkleid zu erklären«, sagte Tante Elle, während sie ein einschultriges weißes Kleid von der Stange nahm, es vor mich hielt und kopfschüttelnd wieder aufhängte. »Vertrau mir einfach. Es ist nicht das Gleiche. Für dreihundert Dollar bekommst du vielleicht irgendwo in Philadelphia ein anständiges Kleid, aber für ein Ballkleid reicht das nicht annähernd, und für die Bat-Mizwa deiner einzigen Tochter muss nun mal ein Ballkleid her.« Sie nahm ein blassgoldenes Kleid mit einem kurzen Rüschenrock, hielt es vor sich, lächelte, dann schüttelte sie heftig den Kopf, so als müsse sie sich an unsere Mission erinnern. Als ihr das Telefon vom Ohr rutschte, hörte ich die Stimme meiner Mutter, ein schwaches, entrüstetes Quäken.

Elle grinste und nahm das nächste Kleid von der Stange. Ein schimmerndes lavendelfarbenes Satinkleid mit einem gerafften Oberteil. Ich hatte in einer von Tante Elles Zeitschriften ein Bild von der Schauspielerin Taryn Tupping gesehen, auf dem sie etwas Ähnliches getragen hatte – vielleicht sogar genau dieses Kleid. Mein Herz schlug schneller. Das Kleid von Taryn Tupping! Aber Tante Elle schüttelte den Kopf. »Nicht deine Farbe«, flüsterte sie mir zu.

»Was?«, sagte sie ungläubig ins Telefon. »Nein, nein und noch mal nein. Ich kaufe deiner bezaubernden Tochter nicht, ich zitiere, etwas mit einem langen Rock und Krausen. Herrgott noch mal, was ist bloß los mit dir? Wie bist du so geworden?« Sie presste das Telefon an ihr Ohr, aber ich konnte dennoch das Keifen meiner Mutter hören. »Hör zu!« Sie winkte eine Verkäuferin herbei. »Nur weil du kein Geld für Klamotten ausgibst, heißt das nicht, dass Joy das auch nicht tun soll. Im Gegenteil. Gerade weil du kein Geld für Klamotten ausgibst, kann Joy sich etwas wirklich Hübsches leisten.« Ich fuhr andächtig mit dem Finger über das Korsett von einem der Kleider. Es war aus grünen Satinbändern gemacht, von der Farbe junger Grashalme. Ich nahm das Preisschild in die Hand, ließ es schnell wieder fallen und inspizierte es dann noch einmal, in dem Glauben, eine Null zu viel gelesen zu haben. Als ich mich überzeugt hatte, dass das nicht der Fall war, drückte ich mich an der Verkäuferin vorbei, die neben Tante Elle förmlich strammstand, und ging in Richtung des Ständers, auf dem ein diskretes SALE-Schild angebracht war.

Elle lauschte stirnrunzelnd meiner Mutter. »Schlechte Wertvorstellungen!«, sagte sie mit eisiger Stimme. Ich blieb wie angewurzelt stehen und hielt die Luft an. »Weil mir Klamotten nicht egal sind? Weil ich der Meinung bin, dass Joy an ihrem großen Tag schön aussehen soll?«

Sie blinzelte mir zu und reckte den Daumen in die Luft. Ich entspannte mich. »Gut. Gut. Nein, verstehe. Ich hab's kapiert. Ich tue mein Bestes. Ich sag's ihr. Gut. Okay. Was?« Sie legte das Telefon an die Schulter. »Deine Mutter will wissen, ob du schon auf der Toilette warst.«

Wir verdrehten beide die Augen.

»Ich bin überzeugt, dass sie sich selbst um sich kümmern kann. Ja. Hm. Bis später. Ciao.« Sie klappte das Handy zu und steckte es mit zufriedener Miene wieder in ihre Handtasche. »Ich konnte sie auf fünfhundert raufhandeln.«

Ich schnappte nach Luft. »Tante Elle, du bist toll!«

»Ich weiß, aber du musst hundert Dollar davon selbst beisteuern.«

»Kein Problem«, sagte ich. »Ich werde Besorgungen machen oder babysitten oder irgendetwas. Meine Freundin

Tamsin bekommt fürs Babysitten fünfzehn Dollar die Stunde.«

»Fünfzehn Dollar?« Elle schüttelte den Kopf und nahm ein dunkelblaues Kleid vom Ständer. »Große Güte! Ich konnte von Glück reden, wenn ich drei Dollar bekam. Andererseits war ich nicht die Alleraufmerksamste. Hey, weg da!« Sie packte mich am Arm und zerrte mich mit gesenktem Kopf von den reduzierten Sachen weg. Ich grinste. Ich hatte vergessen, dass Tante Elle an das Gesetz der gegenseitigen Anziehung glaubte, das besagte, dass man, wenn man schöne Dinge haben wollte, sich sooft wie möglich in ihrer Nähe aufhalten musste. Tante Elle würde reduzierte Klamotten nicht nur niemals kaufen, sie würde sie nicht einmal anfassen.

»Wir sollten wahrscheinlich zu Macy's gehen.« Sie verzog das Gesicht, als sie das Wort sagte, so als hätte sie in etwas Saures gebissen. »Ich glaube, ich weiß noch, wo das ist. Dort haben sie hübsche Angebote und vielleicht …«

Ich folgte ihr, als sie sich klimpernd zwischen den Kleiderständern hindurchschlängelte, und da sah ich es: pinkfarben, mit glitzernden Perlen, die dünnen Träger über einen gepolsterten Seidenbügel drapiert. »Tante Elle.«

»Was?«

Ich zeigte stumm auf das Kleid.

»Ah!« Sie nahm es und schüttelte es leicht, wodurch die Perlen schimmerten und der Rock sanft hin und her schwang. »Sehr hübsch.«

Ich fand meine Stimme wieder. »Das ist es. Genau das Kleid möchte ich.«

Sie hielt das Kleid von sich und drehte und wendete es. Als ich sah, wie die Pailletten das Licht auffingen und die Perlen am Saum klickend gegeneinanderschlugen, stellte ich mir vor, wie ich darin über die Tanzfläche glitt. Ja, ich konnte mir sogar schon vorstellen, wie mich Duncan Brodkey anerkennend ansah, einen lautlosen Pfiff auf den Lippen. Elle legte die Stirn in Falten, als sie das Preisschild inspizierte.

»Ist es schlimm?«, stöhnte ich.

»Nun, wir wollen nichts überstürzen. Wir probieren es erst einmal an.« Sie tippte mit einem pink lackierten Fingernagel an ihre Zähne. »Ich glaube, ich habe noch einen Geschenkgutschein, den wir verwenden können. Und vielleicht …« Sie legte sich das Kleid über den Arm, und ich hüpfte förmlich hinter ihr her in Richtung Umkleidekabine.

»Kann ich dich etwas fragen?«

»Nur zu, Bienchen«, sagte Tante Elle. Sie streute Salz auf das Ketchup auf ihrem Teller, tunkte eine Fritte ein und knabberte geziert daran. Wir saßen im Brooklyn Diner in einer Sitznische neben der sich drehenden Cheesecake-Auslage, Tante Elle auf der einen Seite des Tisches, ich auf der anderen, neben mir das pinkfarbene Kleid. Obwohl wir den Preis auf die Kreditkarte meiner Mutter sowie auf die Geldkarte und den Gutschein von Tante Elle verteilt hatten, hatten wir unser Budget weit überzogen, und ich hatte noch immer kein Kleid für Ambers Bat-Mizwa, falls sie mich wirklich einlud, aber das war mir egal. Ich hatte mich noch nie hübscher gefühlt als in dem Augenblick, als ich das pinkfarbene Kleid über den Kopf zog und Tante Elle den Reißverschluss zumachte. Ich stellte mir vor, wie jemand sagte: *Du siehst toll aus*, und dieser Jemand klang wie Duncan Brodkey, und er sagte diese Worte nicht zu Amber, sondern zu mir.

»Ich …« Ich entfernte das Salatblatt und die Essiggurkenscheiben von meinem Putenburger. »Bruce scheint ja nicht oft da gewesen zu sein, als ich klein war.«

Tante Elle grinste. »Hast du etwa recherchiert?«

Ich biss von meinem Burger ab. »Wie lange war er in Amsterdam?«

Sie zuckte die Schultern. »Keine Ahnung. Du warst damals noch so klein … und als du drei warst oder so, kam er ja wieder zu sich.« Sie spießte ein Salatblatt auf ihre Gabel. »Deine Mutter wollte dich wahrscheinlich nur beschützen.«

»Indem sie mir nicht gesagt hat, dass ich schon drei war, als mein biologischer Vater mich das erste Mal zu Gesicht bekommen hat?«

Tante Elle blickte besorgt drein. Vielleicht hatte sie Angst, dass meine Mutter wütend auf sie sein würde, wenn sie zu viel verriet. »Ist das wirklich so wichtig? Kannst du dich denn überhaupt noch an etwas erinnern, als du ein oder zwei Jahre alt warst? Ich meine, du hast wahrscheinlich die ganze Zeit im Laufstall gesteckt.«

Ich war für einen Moment durcheinander. »Was ist ein Laufstall?«

Sie machte ein finsteres Gesicht. »Ein kleiner Babykäfig. Deine Großmutter hat uns in so etwas gehalten.«

Egal, danach muss ich sie ein anderes Mal fragen, dachte ich. »Und ob es wichtig ist! Ich meine, hallo? Er ist mein Vater!«

»Ich hatte einen Vater«, sagte Tante Elle. »Es war nicht gerade ein Zuckerschlecken.«

»Was meinst du damit?« Ich kannte die Familiengeschichte meiner Mutter nur in groben Zügen: dass ihr Vater die Familie verließ, als sie ein Teenager war, dass er eine Jüngere heiratete und mit ihr noch zwei Kinder bekam und dass meine Mutter und ihre Geschwister keinen Kontakt mehr zu ihm hatten.

Elle presste die Lippen zusammen und legte die Gabel hin. »Es war nicht schön«, sagte sie. »Er war kein netter Mensch.«

»Was meinst du damit, kein netter Mensch? Hat er euch geschlagen?« Der Vater in *Große Mädchen weinen nicht* hatte seine Kinder nicht geschlagen, aber er hatte Dinge nach ihnen geworfen: Bücher, Flaschen, schnurlose Telefone. »Allie« hatte eine Narbe auf der Stirn, von einem Schlittschuh, den ihr Vater nach ihr geworfen hatte, als sie neun Jahre alt gewesen war.

Elle streute noch mehr Salz auf ihr Ketchup. »Nein, geschlagen hat er uns nie.« Sie schwieg so lange, dass ich schon dachte, sie würde nichts mehr sagen, und ich müsste wieder am Computer recherchieren oder vielleicht Oma Ann fragen, aber dann sagte sie: »Er hat mich beschimpft.«

»Wie beschimpft?«

Ihr Gesicht war gerötet, und als sie sich mit der Hand durch die Haare fuhr, standen ihr die Haare vom Kopf ab, wodurch sie eine beunruhigende Ähnlichkeit mit meiner Mutter hatte. »Dumme Kuh. Dumme Gans. Blöde Ziege. Schwachkopf. Sachen in der Art, du weißt schon.«

»Wow.« Ich wusste nicht, was ich sagen sollte.

»Und dann war er einfach …« Sie schnippte mit den Fingern und schnaubte wütend. »Weg. Verschwunden. Auf Nimmerwiedersehen. Er kam nicht zu Joshs Schulabschlussball. Und er hat meine Abschlussfeier am College verpasst.«

»Du hast einen Collegeabschluss?« Das war mir neu.

»Na ja, ich würde vielleicht einen haben, wenn er die Studiengebühren bezahlt hätte!« Ihre Stimme wurde lauter. Die beiden weißhaarigen Damen, die sich am Nebentisch einen Cheesecake teilten, blickten zu uns herüber. Tante Elle schlug so heftig auf den Boden der Ketchupflasche, dass ich überrascht war, dass sie mich nicht von oben bis unten mit Ketchup bekleckerte. »Aber egal«, sagte sie und stellte die Flasche ab. »Du hast eine Mutter und einen Vater und, äh, Bruce. Du hast eine ganze Menge Leute, die dich lieben. Du bist praktisch selbstverwirklicht! Und das in deinem Alter!«

Während Tante Elle von einem Selbstverwirklichungsseminar erzählte, an dem sie vor kurzem teilgenommen hatte, driftete ich in Gedanken ab. Fakt: Der Vater von Elle und meiner Mutter war ein schlechter Mensch gewesen – wenn auch auf andere Art schlecht als der Vater in dem Buch. Ich hatte bereits die Wahrheit über meine Mutter und Bruce herausgefunden. Also könnte ich auch darüber die Wahrheit herausfinden. Ich könnte weiter Detektivin spielen und mein Leben und das Leben meiner Familie erforschen, Bücher und Artikel lesen, Zeugen vernehmen, die wahren von den erfundenen Ereignissen trennen und all das herausfinden, was mir keiner erzählen wollte. Vielleicht deckte sich die Wahrheit nicht mit dem, was meine Mutter geschrieben hatte. Vielleicht war ihr Verhalten die Wahrheit und ihr Buch eine Lüge, vielleicht war ich ja tatsächlich ein Wunschkind und hatte ihr Leben nicht ruiniert.

Bei dem Gedanken wurde mir leichter ums Herz. Ich lächelte Tante Elle an, die fast dankbar zurücklächelte und wieder ganz die Alte war: funkelnd, lebhaft und fröhlich. Ich tastete nach der grau glänzenden Einkaufstasche neben mir und legte meine Hand auf das Seidenpapier, mit dem das Kleid eingeschlagen war, so als würde mir diese Geste Kraft oder Glück bringen.

»Nein«, sagte meine Mutter, vier Stunden später. Wir waren mit dem Zug nach Hause gefahren, meine Mutter mit einem Roman, Tante Elle mit ihrem Handy und ich mit meiner Tasche auf dem Schoß. Ich hatte ihr nicht gestattet, einen

Blick in die Tüte zu werfen, sondern gesagt, dass sie auf »die Enthüllung«, wie Tante Elle es nannte, warten müsse.

Jetzt stand ich also in dem pinkfarbenen Kleid vor dem großen Spiegel in ihrem Schlafzimmer, und meine Mutter ging langsam um mich herum. »Es tut mir leid, Joy. Das Kleid ist wirklich wunderschön. Aber es ist nicht das Richtige für deine Bat-Mizwa.«

»Aber warum denn nicht?« Ich stöhnte. Ich hatte mir die Haare hochgesteckt und trug mein einziges Paar hochhackige Schuhe, das ich noch vom letztjährigen Besuchstag an unserer Schule hatte. Das Kleid saß perfekt – an der Brust nicht zu eng, um die Hüften nicht zu weit. Der Saum des knielangen Rocks umschmeichelte meine Haut, und die Silberpailletten schimmerten, als wäre das Kleid aus Licht gemacht.

Meine Mutter setzte sich im Schneidersitz aufs Bett, wobei ihre Brüste praktisch in ihrem Schoß zu liegen kamen. »Die Synagoge hat Richtlinien ausgegeben. Nichts Trägerloses und keine Spaghettiträger.«

»Aber es ist ein Schultertuch dabei!« Ich rannte hinaus, um es zu holen. Als ich zurückkam, den silberglänzenden Stoff um die Schultern geschlungen, runzelte meine Mutter noch immer die Stirn.

»Es ist wirklich sehr hübsch, Joy, aber ich finde, es ist einfach zu erwachsen für eine Dreizehnjährige.«

Zu erwachsen! Ha! Und das aus dem Mund einer Frau, die darüber geschrieben hatte, wie sie mit fünfzehn auf dem Ausziehsofa ihrer Eltern ihre Unschuld verloren hatte – außer das war auch gelogen. »Aber ich bin erwachsen! Darum geht's doch bei der Bat-Mizwa! Ich werde eine Frau, und deshalb kann ich keine Kindersachen tragen!« Ich wünschte, Tante Elle wäre hier, um mich zu verteidigen, aber sobald wir zu Hause angekommen waren, hatte sie sich mit einem Winken über die Schulter verabschiedet und meinen Eltern gesagt, dass sie abends nicht auf sie warten sollten.

»Nein«, sagte meine Mutter.

Ich sah sie an. Sie hielt meinem Blick stand. Ich konnte ihren angespannten Gesichtsausdruck nicht deuten. »Worüber machst du dir eigentlich Sorgen? Was soll mir deiner Meinung nach denn passieren, wenn ich es trage? Hast du Angst …« Ich schwieg. Fast hätte ich gesagt: Hast du Angst, dass ich es mit irgendeinem Typen auf dem Ausziehsofa treibe? Dass ich aus Versehen schwanger werde, so wie du?

»Es tut mir leid«, sagte sie. »Aber das Kleid passt nicht zu der Vorstellung, die dein Vater und ich von diesem Tag haben.«

Beinahe hätte ich gesagt: *Welcher Vater?* Aber ich sah ihr an, dass es mir nicht helfen würde. Ich kannte diesen Gesichtsausdruck. Es war derselbe Gesichtsausdruck, mit dem sie mir verbot, einen nicht jugendfreien Kinofilm anzusehen, auf eine Party zu gehen, wenn sie nicht vorher mit den Eltern gesprochen hatte, und mit dem sie mir sagte, dass es ihr egal war, wie lange alle anderen abends aufbleiben durften, aber dass ich an Schultagen um zehn Uhr im Bett sein musste.

Ich zog das Kleid aus und schleuderte es auf das Bett meiner Mutter, wo es wie ein pinkfarbenes Häufchen Elend in sich zusammenfiel. »Liebes, es tut mir leid, aber …« Heuchlerin, dachte ich und stapfte den Flur hinunter, vorbei an den Familienfotos an den Wänden – ich als Baby, ich als Kleinkind, mein erster Tag in der Spielgruppe, im Kindergarten und in der siebten Klasse –, vorbei an der Uhr, auf die meine Mutter so stolz war, und an den Tischen, auf denen Vasen mit roten und pinkfarbenen Rosen standen. Heuch-le-rin. Sie war kaum älter gewesen als ich, da hatte sie schon Sex gehabt, richtigen Sex, und jetzt machte sie sich Sorgen, weil ich ein schulterfreies Kleid tragen wollte?

In meinem Zimmer schlüpfte ich wütend in Jeans und Sweatshirt und holte die Antwortkarte für Tylers Bar-Mizwa aus der Kommode. Dann ging ich nach unten, nahm Frenchie an die Leine und ging mit ihr hinaus in die sternenklare Nacht zum Briefkasten an der Ecke, wo ich die Karte einwarf und lauschte, bis ich sie am Boden aufschlagen hörte.

13

An jenem Abend kam Peter um zehn Uhr von seinem Quizzo-Abend nach Hause, zu dem er sich einmal im Monat mit anderen Diätdoktoren traf. (*Adipositasärzte* korrigierte er mich jedes Mal, wenn ich ihn und seine Kollegen »Diätdoktoren« nannte. *Bitte!*) Er war kaum zur Tür hereinkommen, als ich ihn am Arm packte und, den Finger an die Lippen gelegt, nach oben zerrte. Wir schlichen auf Zehenspitzen an Joys geschlossener Tür vorbei, dann riss ich die Tür zu unserem Schlafzimmer auf und zeigte mit theatralischer Geste auf das silber- und pinkfarbene Kleid, das ich auf dem Bett ausgebreitet hatte.

»Siehst du das?«, fragte ich.

Er sah das Kleid an, dann mich, dann wieder das Kleid. »Sehr hübsch«, sagte er schließlich. »Für dich?«

Großer Gott! Als ob ich das Ding jemals über meine Hüften bekommen würde. Über meine Hüfte, Einzahl. »Das ist ein Kleid von Badgley Mischka. Leute wie ich gehören nicht zu ihrer Zielgruppe. Das«, sagte ich, »ist das Kleid, das unsere Tochter zu ihrer Bat-Mizwa tragen will.«

Peter warf einen zaghaften Blick auf das Kleidungsstück, so als könnte es jeden Moment aufspringen und ihn strangulieren. »Es ist hübsch«, sagte er. Dann sah er mein Gesicht. »Nicht hübsch?«

Ich holte tief Luft, so wie ich es beim Yoga gelernt hatte. »Es ist unpassend. Absolut unpassend.«

Peter fasste das Kleid an den dünnen Trägern und drapierte es über die Bank am Fußende des Bettes. Dann legte er sich aufs Bett, schob eine Hand unter seinen Kopf und tätschelte mit der anderen den freien Platz neben sich. Widerwillig legte ich mich zu ihm. Peter knabberte an meinem Ohrläppchen. »Du riechst gut«, sagte er.

»Wechsel nicht das Thema.« Ich legte meinen Kopf auf seine Brust. »Wir müssen darüber sprechen. Wir müssen wie zwei Erwachsene … ernsthaft … darüber … lass das, das kitzelt!« Ich kicherte. Es schien ihn nicht zu stören, dass meine Brüste an seiner Seite bebten. »Was meinst du? Gehen wir die ganze Sache falsch an? Ich meine, mir ist vor allem wichtig, dass der Tag etwas bedeutet, aber vielleicht stehen wir ja wie Geizhälse da, wenn wir nur einen DJ haben. Vielleicht sollten wir doch noch Tänzer organisieren. Oder einen Film über Joys Leben zeigen. Denkst du, dass es zu spät ist, um einen Videofilmer zu engagieren? Und einen Produzenten? Und um die Rechte an ein paar Songs zu kaufen?«

»Wir sollten alles so machen, wie wir es geplant haben«, sagte Peter, während er meinen BH einhändig öffnete, eine Fertigkeit, die er im Laufe der Jahre perfektioniert hatte und die mich immer wieder beeindruckte. »Ein Discjockey, ein nettes Mittagessen, den Fotoautomaten, damit die Kinder ein Andenken mit nach Hause nehmen können. Das reicht.« Er legte mir die Finger unters Kinn und sah mir in die Augen. »Was ist wirklich los?«

Ich öffnete den Mund, aber ich konnte nichts sagen. Ich konnte nicht sagen: Liebling, die Wahrheit ist, dass unsere Tochter in dem Kleid wie eine Dreißigjährige aussieht. Ich konnte nicht sagen, dass Joy, sobald sie erwachsen war, vom Leben verletzt werden würde, so wie wir alle vom Leben verletzt wurden. Und ich konnte erst recht nicht sagen, was das Schlimmste war, nämlich: Wenn sie erwachsen ist, wo bleibe dann ich? Natürlich, ich hatte einen Beruf, auch wenn ich ihn etwas halbherzig und heimlich ausübte, aber meine wahre Aufgabe hatte in den letzten zehn Jahren darin bestanden, für das Wohlergehen und die Sicherheit meiner Tochter zu sorgen. Sie in diesem Kleid zu sehen, das war, als würde man mir kündigen und mich mit einer Abfindung abspeisen. *Ihre Arbeit ist getan*, sagte das Kleid. *Es tut uns leid, wir bedauern es wirklich sehr, aber wir brauchen Sie nicht mehr.* Ich konnte Peter nicht sagen, welche Abmachung ich insgeheim mit mir getroffen hatte: Wenn ich für Joy eine Party gab, wie sie es sich wünschte und wie sie ihre Freunde und Verwandten feierten, dann würde sie aus Dankbarkeit noch ein bisschen länger mein kleines Mädchen bleiben.

Ich öffnete die Nachttischschublade und entnahm ihr die Einladung zu Tylers Bar-Mizwa, die ich aus dem Altpapier gefischt hatte. »Sieh dir das an.«

Er nahm sie. »Ein Riesending.«

»Ein Riesending«, wiederholte ich. »Sie hält das für normal. In ihrer Welt ist das normal. Also vielleicht haben wir …« Peter küsste mich. Ich schloss die Augen, als er mir T-Shirt und BH über den Kopf zog. Dann fiel mir plötzlich etwas ein, und ich riss die Augen weit auf. »Die Tischdeko. Wir müssen noch mal über die Tischdekoration sprechen.«

»Schsch«, sagte Peter und küsste mich erneut. Dann drehte er mich auf den Rücken und drückte sich an mich. »Zehn Minuten Redeverbot.«

»Zehn Minuten?« Ich musste wieder kichern. »Machen wir es zweimal?«

»Klappe!«, flüsterte er. Sein Atem strich heiß über meine Wange, dann meinen Hals, und ich schloss die Augen und erlaubte meinem Herzen, dieser permanent geballten Faust, sich zu entspannen und die Finger zum Himmel zu strecken.

Es vergingen eher so an die vierzig Minuten, bis einer von uns wieder am Reden interessiert war. Ich brachte meine Argumente vor, während wir im Dunkeln unter der Daunendecke lagen und dem Geräusch vorbeifahrender Autos lauschten.

»Also nur damit ich es auch wirklich verstehe«, sagte Peter in seinem sachlichsten und vernünftigsten Tonfall. Er war noch immer nackt, und die Kerze auf dem Nachttisch warf flackernde Schatten auf seinen schlanken Oberkörper. Ich hatte mir danach eine Pyjamahose und ein University-of-Philadelphia-T-Shirt angezogen, jetzt schmiegte ich mich an seine Schulter und stellte mich darauf ein, alles noch mal durchzukauen.

»Deiner Meinung nach sind also Bar-Mizwas wie die von Tyler der Grund, warum die ganze Welt Amerika im Allgemeinen und die Juden im Besonderen hasst, und wenn wir für Joys Feier einhunderttausend Dollar ausgeben und Tänzer, Videoeinladungen und eine Kostümschau organisieren, dann heißt das, dass die Terroristen gewonnen haben.«

»Mehr oder weniger«, bestätigte ich.

»Auf der anderen Seite«, fuhr er fort, »plagt dich die Sorge …«

»Und das schlechte Gewissen!«

»… die Sorge und das schlechte Gewissen, dass wir nicht genug Aufwand für die Feier unserer Tochter betreiben, und du hättest nichts dagegen, wenn ich umgehend unser warmes, gemütliches Bett verlasse und den Computer einschalte, um herauszufinden, ob Aretha Franklin verfügbar wäre, um auf der Party vier Songs zum Besten zu geben.«

»Aretha hat Flugangst«, erinnerte ich ihn. »Keine Ahnung, ob sie in einen Bus oder Zug steigen würde, aber du musst ihren Leuten sagen, dass wir die Reisekosten übernehmen würden.« Ich rollte mich zur Seite, atmete tief durch und streckte mich.

Peter stützte sich auf einen Ellbogen und sah mich liebevoll an. »Du bist verrückt.«

Ich seufzte. »Stimmt. Joy hat wahrscheinlich noch nie von Aretha Franklin gehört. Wir sollten diesen – wie heißt noch mal dieser Typ, der aussieht wie der kleine Bruder von Leonardo DiCaprio, nur mit einem Hirnschaden? Dustin Tull? Joy liebt ihn.«

»Cannie«, sagte Peter geduldig, »wir werden nicht Dustin Tull als Entertainer für Joys Bat-Mizwa anheuern.«

»Aber wir müssen etwas tun.« Ich stand auf und ging im Zimmer auf und ab.

»Wie wär's, wenn wir einfach nur wir selbst sind?«

Ich ließ mich wieder aufs Bett fallen und vergrub das Gesicht im Kissen. »Ich weiß nicht, ob das gut genug ist.« Ich setzte mich auf. »Wie wär's mit Prince?«

»Candace.« Peter legte seine warme Hand zwischen meine Schulterblätter.

»Nein, besser nicht. Er würde sagen, er kommt um zwei, und dann kommt er erst um acht Uhr abends, und er trägt diese Hose, in der man seine Arschbacken sieht …«

»Cannie«, sagte Peter mit seiner tiefen Stimme. »Was ist los?«

Ich stand auf und ließ ihn die Spitze des Eisbergs sehen, ein kleines Stück der Wahrheit. »Ich habe ihr gesagt, dass sie das Kleid nicht tragen kann. Dass sie etwas mit Ärmeln braucht. Sie war darüber nicht sehr glücklich.« Und der Oscar für das Understatement des Abends geht an …

»Warum lassen wir sie nicht das Kleid tragen, das ihr gefällt?« Peter blies die Kerze aus. »Sie kann doch etwas darüber anziehen. Eine Schulterdecke zum Beispiel.«

»Eine Schulterdecke?«, wiederholte ich. »Ist sie neunzig? Wohnen wir in Anatevka?«

»Du weißt schon, was ich meine.«

»Ein Schultertuch«, murmelte ich.

»Ein Schultertuch«, sagte er gefügig. »Da ist doch nichts dabei.«

»Wenn unsere Tochter in der Synagoge wie eine Prostituierte aussieht, ist nichts dabei?«

»Sie wird nicht« – er hielt sich die Hand vor den Mund und gähnte – »wie eine Prostituierte aussehen.«

»Vielleicht nicht wie eine Prostituierte«, räumte ich ein. »Eher wie ein Callgirl. Du weißt schon, bei denen man für den Sex extra bezahlen muss.«

»Vielleicht wird sie einfach nur wie ein Teenager aussehen.«

Ich schloss die Augen, weil ich wusste, dass wir langsam zum Kern der Sache kamen.

»Wir müssen ihr auch zugestehen, was sie will.«

Ich nickte. Das klang fair.

»Sie wird erwachsen«, sagte er.

Ich schüttelte den Kopf. *Jüngling und Jungfrau, goldgehaart / Zu Essenkehrers Staub geschart.* Es ließ sich nicht vermeiden, aber das hieß noch lange nicht, dass es mir gefallen musste. Nur weil Peter es eilig hatte, Joy aus dem Nest zu stoßen und noch ein Kind zu bekommen, und meine Verlegerin einen neuen Roman von mir wollte, hieß das noch lange nicht, dass ich bei all dem mitmachen musste.

»Es ist nun mal so«, sagte er und küsste mich sanft auf die Wange, den Hals, die Stirn. »Es ist alles gut.«

Eine Träne stahl sich aus meinem Auge und kullerte über meine Wange auf das Kissen. Mein kleines Mädchen, dachte ich und wischte mir mit dem Ärmel übers Gesicht. Meine Einzige.

14

Die letzten vier Jahre habe ich meinen Geburtstag immer auf die gleiche Weise gefeiert. Das Wochenende zuvor gehen meine Mutter und ich ins Toppers Spa, wo wir uns eine Maniküre und Pediküre machen lassen. Am eigentlichen Geburtstagswochenende sehen wir uns im Kimmel Center ein Musical an und gehen danach ins Ritz-Carlton, um beim High Tea Gurkensandwiches und winzige Eclairs zu essen. Das Wochenende nach meinem Geburtstag darf ich zwei Freundinnen zum Übernachten einladen, und meine Mutter kocht mir alles, was ich mir wünsche. Bisher habe ich immer Tamsin und Todd eingeladen, aber weil Todd dieses Jahr ein Mann geworden ist und dadurch nicht mehr in Frage kommt, lud ich Tamsin und Amber Gross ein.

Tamsin und ich saßen am Nachmittag der Pyjamaparty im Wohnzimmer, als es an der Tür klingelte. »Komm mit«, sagte ich und stand auf.

Tamsin blieb mit ihrem Buch (*Persepolis 2*) trotzig sitzen. »Geh du.« Sie war über Ambers Kommen offensichtlich nicht erfreut, aber als ich sie darauf angesprochen hatte, meinte sie nur, es sei alles in Ordnung. In der vergangenen Woche hatten Tamsin und Todd mit mir an Ambers Tisch gesessen. Ich dachte, Tamsin würde sich freuen, als Audrey und Sasha zur Seite rutschten, um ihr Platz zu machen, aber Tamsin saß einfach nur da, aß die alten Diätburritos ihrer Mutter, las ihr Buch und machte keinerlei Anstalten, sich am Gespräch zu beteiligen – obwohl sie wahrscheinlich in Wirklichkeit ganz genau zuhörte, so wie sie es immer tat. Wahrscheinlich hatte sie das Gehörte nicht sonderlich beeindruckt, aber sie hatte auch noch nicht mit mir darüber gesprochen.

Ich öffnete die Tür, und da stand Amber Gross. Ich konnte es noch immer nicht recht glauben. Es war, als würde der Präsident höchstpersönlich zum Essen kommen. Hoffentlich blickten die Nachbarn aus dem Fenster, damit sie es sahen: das beliebteste Mädchen der Philadelphia Academy kam zu mir nach Hause!

»Hallo!« Sie hatte einen pinkfarbenen Rucksack über die Schulter geworfen und trug gelbe Gummibänder in ihrer Zahnspange. Ich hätte sie stundenlang ansehen und studieren können, um dahinterzukommen, wie sie es machte: dass ihre Hosen immer die perfekte Länge hatten, wie sie ihre Blusenärmel zweimal umkrempelte, sodass sie weder zu schlampig noch zu brav wirkten.

»Hallo. Komm rein«, sagte ich und ging voran.

»Wow«, sagte sie beeindruckt, als sie einen Blick in das Arbeitszimmer meiner Mutter warf. Sie beäugte die vielen fremdsprachigen Ausgaben von *Große Mädchen weinen nicht* und nahm das Bild in die Hand, das meine Mutter und Maxi Ryder aufgetakelt auf dem roten Teppich zeigte und das ich absichtlich so platziert hatte, dass man es gleich sehen würde. »Wow«, sagte sie erneut, und ich entspannte mich, bis Amber mit dem Finger über die schwarzgrünen Buchrücken der StarGirl-Romane fuhr, die zwei ganze Regalbretter füllten.

»Deine Mutter liest die?«

Mein Herz begann zu klopfen. StarGirl war ein Geheimnis – eines der vielen Geheimnisse meiner Mutter, wenn ich es mir recht überlegte –, aber warum sollte ich ihre Geheimnisse hüten? Was hatte sie in letzter Zeit für mich getan, außer mir alles zu verbieten?

»Ja«, sagte ich, »und sie schreibt sie auch.«

Amber machte große Augen. »Im Ernst?«

»Ja, damit verdient sie ihr Geld, aber das darf eigentlich niemand wissen, also –«

Tamsin steckte den Kopf zur Tür herein.

»Hallo, Tamsin!«, sagte Amber.

»Hallo, Amber!«, sagte Tamsin in exakt dem gleichen Tonfall.

Ich warf Tamsin einen warnenden Blick zu. Sie tat so, als hätte sie es nicht gesehen, und die beiden folgten mir ins Wohnzimmer, wo Frenchelle kopfüber bis zur Taille in der Schüssel Popcorn steckte.

»Also, was machen wir?«, fragte Amber, nachdem ich den Hund vom Sofa gescheucht und das Popcorn in den Abfall gekippt hatte.

»Äh …« Ich hatte geplant, nach dem Abendessen noch Eis essen zu gehen, aber vielleicht war das nicht aufregend genug. »Wir haben gerade was im Fernsehen angeschaut«, sagte ich. »Ich kann uns noch mehr Popcorn machen.«

Amber zog einen pinkfarbenen Umschlag aus ihrem Rucksack. »Wollt ihr meine Bat-Mizwa-Einladungen sehen? Ich habe sie gerade erst heute Vormittag bekommen.«

Wir nickten. Das heißt, ich nickte. Tamsin zuckte nur die Schultern. Amber nahm eine DVD aus dem Umschlag und legte sie in den DVD-Player. Kurz darauf schallte der Song »Isn't She Lovely« durch unser Wohnzimmer, und Ambers Profil füllte, in Schwarzweiß, den Bildschirm aus. »Isn't she lovely«, sang Stevie Wonder. »Isn't she wonderful ...«

»Wow«, hauchte ich.

»Wow«, sagte Tamsin sarkastisch. Ich sah sie streng an. Sie zuckte die Schultern und griff wieder nach ihrem Buch, aber ich war mir sicher, dass sie weiter zuschaute. Der Film zeigte Amber in verschiedenen Filmstarrollen: wie sie als Vivien Leigh in *Vom Winde verweht* im Reifrock die Treppe hinabschreitet; im kleinen Schwarzen und mit einer Perlenkette als Audrey Hepburn in *Frühstück bei Tiffany*; in der Schiffbugpose von Kate Winslet in *Titanic* – ich erkannte das Schiff von unseren Klassenausflügen ins Seefahrtsmuseum von Philadelphia. (»Wer ist der Typ da?«, flüsterte ich und zeigte auf den Mann, der seinen Arm um Ambers Taille gelegt hatte; sie antwortete, es sei ihr Stiefbruder und fügte augenzwinkernd hinzu, dass ich ihn auf ihrer Bat-Mizwa kennenlernen würde.) Ein Sprecher, der genauso klang wie der Typ von den Filmvorschauen, sagte mit tiefer Stimme: »Am achtzehnten Juni wird Philadelphia, Pennsylvania, zu ... Amberwood.«

»Wie hast du das gemacht?«, fragte Tamsin.

»Was gemacht?«, fragte Amber.

»Sie dazu gebracht, für dich den Namen der Stadt zu ändern?«

»Schsch«, sagte Amber und wippte auf den Fersen. »Jetzt kommt das Beste.« Es folgte eine Montage von mit Körperfarbe bemalten Männern und Frauen, die mit brennenden Schwertern auf einer Bühne herumwirbelten, damit Saltos und Purzelbäume schlugen oder sich Gefechte lieferten. »Cirque du Soleil!«, sagte Amber. »Das wird das Unterhaltungsprogramm sein!« Das Video endete mit einer Einstellung von Amber – gekleidet wie Anne Hathaway in *Plötzlich Prinzessin*, nach ihrer Verwandlung –, auf der sie mit ihren Eltern und, so vermutete ich, ihrem kleinen Bruder zu sehen war, die lächelnd hinter ihr standen. »Wir laden euch herzlich dazu ein«, sagte Ambers Mutter, »zusammen mit unserer Prinzessin einen der stolzesten Tage unseres Lebens zu feiern«, sagte ihr Vater. Dann wurde die URL der Website eingeblendet, auf der man der »Königinmutter« sein Kommen oder Nichtkommen mitteilen konnte und zuletzt in großen geschwungenen goldenen Buchstaben das Wort »ENDE«.

»Meine Eltern hätten fast noch alles ruiniert«, sagte Amber. »Sie können es nicht ausstehen, miteinander im gleichen Raum zu sein, also hat es ewig gedauert, bis sie ihren Text richtig aufgesagt haben, und mein dummer Bruder ist so ein Spasti.«

»Es ist toll«, sagte ich. Sogar Tamsin machte hinter ihrem Buch einen ehrfürchtigen Eindruck.

Meine Mutter kam mit einer neuen Schüssel Popcorn ins Zimmer und blickte auf den Fernseher. »Was seht ihr euch an?«

»Meine Bat-Mizwa-Einladung«, sagte Amber. Sie drückte auf die Fernbedienung, und das Ganze fing von vorn an.

Meine Mutter setzte sich aufs Sofa und sah zu. Ausnahmsweise schien sie sprachlos zu sein. »Da sieh an«, sagte sie, und »Wow« und »Das ist …« und »Ach du große Güte!« und »Cirque du Soleil!« Nach dem Abspann sagte sie: »Ich sollte nachsehen, dass nichts anbrennt« und eilte mit geröteten Wangen und blitzenden Augen zurück in die Küche, so als müsste sie sich anstrengen, nicht zu lachen.

Ich nahm die Fernbedienung von der Sofalehne, wo Amber sie abgelegt hatte. »Du Glückliche«, sagte ich zu Amber. »Meine Eltern werden mir bestimmt keine Videoeinladung erlauben. Und auch kein Unterhaltungsprogramm.«

»Wirklich? Nicht einmal Tänzer?« Sie schüttelte den Kopf. »Ich dachte, es steht sogar irgendwo in der Thora, dass man Tänzer haben müsste.«

»Ich hatte auch keine Tänzer«, sagte Tamsin, das Buch vorm Gesicht.

»Natürlich hattest du Tänzer«, sagte ich.

»Todd hatte Tänzer. Ich habe mich nur angeschlossen.«

Amber beachtete sie nicht. »Vielleicht, äh, überlegen es sich deine Eltern ja noch anders, wenn du in nächster Zeit wirklich gute Noten schreibst.«

»Vielleicht.« Ich zuckte die Schultern. Ich konnte nur bessere Noten schreiben, wenn ich meine Hörgeräte ständig trug, aber das wollte ich nicht tun, obwohl meine Mutter mir bereits drohte, einen Nachhilfelehrer anzuheuern oder ein Treffen mit all meinen Lehrern einzuberufen, falls meine Noten noch schlechter wurden, und dann würde sie die Sache mit den Hörgeräten herausfinden, und ich würde bis an mein Lebensende Hausarrest bekommen.

Amber rückte ihren Haarreif zurecht. »Keine Videoeinladungen, kein Motto …« Mir kam es vor, als würde sie abschätzen, ob ich cool genug war für sie oder ob ich trotz meiner Kontakte zu Maxi Ryder ein hoffnungsloser Fall war.

»Aber ich werde ein richtig tolles Kleid haben«, sagte ich. »Aus New York.«

Amber merkte auf. »Wirklich? Von welchem Laden?«

»Ich habe mich mit meiner persönlichen Einkäuferin im Bergdorf Goodman umgesehen«, sagte ich beiläufig. »Aber ich darf das Kleid, das mir gefällt, nicht behalten. Meine Mutter meint, es sei zu erwachsen oder so ähnlich.«

»Das ist aber blöd!«, sagte Amber.

»Du hast eine persönliche Einkäuferin?«, fragte Tamsin.

»Ja«, sagte ich und sah sie wieder streng an. Sie zuckte die Schultern und vertiefte sich erneut in ihr Buch.

»Du Glückliche«, sagte Amber. »Ich muss alles in dem blöden King-of-Prussia-Einkaufszentrum besorgen.« Sie schüttelte sich mit gespielter Abscheu. Genau in dem Moment steckte meine Mutter den Kopf zur Tür herein und verkündete, dass das Essen fertig sei.

Wie an allen anderen Geburtstagen, an die ich mich erinnern konnte, hatte meine Mutter mein Lieblingsessen gekocht: Backhuhn und Butterbrötchen mit schwarzen Pfefferkörnern und Käse, eingelegte Pfirsiche, die wir im Sommer gemeinsam gepflückt hatten, und mit Muskatnuss bestäubter Rahmspinat. Als Nachtisch gab es Schokoladentörtchen mit einer Glasur aus Erdnussbutter und Silberstreusel, serviert auf dem antiken Kuchenständer, den Tante Samantha meiner Mutter und Peter zur Hochzeit geschenkt hatte. Meine Mutter hatte eine Kerze in mein Törtchen gesteckt, obwohl ich sie angefleht hatte, das nicht zu tun, aber wenigstens fing sie nicht zu singen an. Amber leckte sich ein bisschen Glasur von ihren pink lackierten Fingernägeln, nahm zwei kleine Bissen und legte das Törtchen dann beiseite. Ich tat es ihr gleich. »Isst du das nicht mehr?«, fragte Tamsin, und als ich den Kopf schüttelte, aß sie auch noch mein Törtchen.

Nach dem Essen gingen Amber, Tamsin und ich zur Videothek und holten uns *Titanic* (Ambers Wahl) und *Ghost World* (Tamsins Wunsch). (»Du hast noch nie einen nicht jugendfreien Film gesehen?«, fragte Amber ungläubig. »Noch nie? Du liebe Güte! Ich habe schon zu meinem zehnten Geburtstag die DVD-Sonderausgabe von *Hochzeits-Crasher* geschenkt bekommen.«) Wir gingen auf der South Street zurück, Amber, die über Kleider sprach, auf der einen Seite von mir, und Tamsin, die kein Wort sagte, aber immer wieder ein paar Takte von »Isn't She Lovely« summte, auf der anderen. Wir holten uns bei Rita's Zitronenwassereis, das wir auf dem Heimweg aßen. Zu Hause schlüpften wir in Jogginghosen und T-Shirts, und eine Zeit lang schien alles ganz gut zu gehen. Meine Eltern waren in der Küche, wo der Geschirrspüler lief, und machten Kaffee. Amber und Tamsin behandelten einander wie Luft, aber als der Film erst einmal angefangen hatte, störte mich das nicht weiter. Um elf Uhr schickte uns meine Mutter ins Bett. Wir gingen nach oben und putzten uns die Zähne. Ich blickte stur geradeaus, als Tamsin in ihrem Herr-der-Ringe-Nachthemd aus dem Bad kam. »Hübsches Nachthemd«, sagte Amber in genau dem gleichen Tonfall, in dem sie zu Mr Shoup »Hübsche Krawatte« gesagt hatte. Amber trug ein ärmelloses weißes Nachthemd mit einer pinkfarbenen Spitzenborte. Tamsin ignorierte Amber, legte sich, wie üblich, in ihren Schlafsack neben mein Bett und zog den Reißverschluss bis ans Kinn. Frenchie hüpfte auf mein Bett und rollte sich am Fußende zusammen.

Amber breitete ihren Schlafsack aus. »Aber nein«, sagte ich. »Du kannst hier schlafen.« Ich zeigte auf mein Bett. »Bist du sicher?«, fragte Amber. Ich nickte, während Tamsin mir mit den Augen folgte. Amber machte es sich in meinem

Bett gemütlich, und ich breitete meine Decke neben Tamsin auf dem Boden aus. Kaum hatte ich das Licht ausgeschaltet, holte Amber ihr Handy aus ihrem Rucksack und klappte es auf. Bläuliches Licht erfüllte das Zimmer. Frenchie hob den Kopf.

»Wir sollten ein paar Jungs anrufen«, sagte Amber. Ihre Spange reflektierte das Licht von dem Telefon, als sie sich zu mir herabbeugte.

»Äh …« Ich telefonierte so wenig wie möglich mit Leuten, die ich nicht kannte. Ich war mir nie sicher, wie meine Stimme klang. »Ich weiß nicht.«

Tamsin nahm ihr Buch und drehte sich auf die Seite. Amber flüsterte etwas, das ich nicht hören konnte. Ich schaltete die Nachttischlampe ein, damit ich ihre Lippen sehen konnte.

»Komm schon«, sagte Amber. »Ich rufe Martin an. Wen willst du anrufen?«

Duncan Brodkey. Sein Name lag mir auf der Zunge, aber was würde ich zu ihm sagen? Was, wenn er schon schlief? Was, wenn ich mich wirklich komisch anhörte? Was, wenn er mich für einen Typen hielt? Ich errötete.

»Du sagst nichts«, sagte Amber. »Du legst einfach auf.«

»Wozu dann das Ganze?«, fragte Tamsin und blätterte um.

»Damit sie wissen, dass man an sie denkt«, sagte Amber ungeduldig. »Und wenn man vorher Stern-sechs-sieben drückt, dann wird die Nummer unterdrückt, und sie sehen nicht, wer anruft.«

»Woher sollen sie dann wissen, wer an sie denkt?«, fragte Tamsin. »Es könnten alle möglichen Leute sein. Oder jemand könnte sich verwählt haben.«

»Wolltest du nicht lesen?«, fragte Amber. Sie sah mich an und verdrehte die Augen. Ich biss mir auf die Lippe und schwieg. »Alte Langweilerin«, flüsterte Amber. Ich zog den Kopf ein und tat so, als hätte ich nichts gehört, obwohl Amber wahrscheinlich wusste, dass das nicht stimmte. Aber was schlimmer war, Tamsin hatte es auch gehört.

Am nächsten Morgen wachte ich um halb acht Uhr auf, zog mich leise an, steckte mir die Hörgeräte in die Ohren und schüttelte Amber so sanft wie möglich an der Schulter.

»Hm?«, murmelte sie, ohne die Augen aufzumachen.

»Kann ich mir kurz dein Handy ausleihen?«

»Klar«, sagte sie und drehte sich auf die Seite.

»Kann ich damit auch ein Ferngespräch führen?«

Sie gähnte. »Unbegrenzte Minuten.«

Darauf hatte ich gehofft. Ich holte mein Exemplar von *Große Mädchen weinen nicht* unter der Matratze hervor, steckte es in den Rucksack, nahm Frenchie an die Leine und vergewisserte mich noch einmal, dass Ambers Handy fest in meiner Hosentasche steckte. Ich war mir nicht sicher, ob meine Mutter kontrollierte, wen ich anrief, aber ich wusste, dass sie darauf achtete, wie lange ich telefonierte und wie viele SMS-Nachrichten ich verschickte. Aber von diesem speziellen Telefonat durfte sie nichts erfahren. Ich legte einen Zettel – *Bin zum Bagelshop* – auf den Küchentisch und verließ das Haus.

Der Himmel war tiefblau, und eine süßlich duftende Brise wehte Blüten von den Bäumen und zeichnete tanzende Schatten auf den Gehsteig. Ich zog meine Jacke aus und band sie mir um die Taille. »Hübsches Mädchen«, rief der Obdachlose im Rollstuhl an der Ecke, und der Mann im Bagelshop lächelte mich an und steckte mir noch einen Bagel gratis in die Tüte. Ich klemmte die Tüte unter den Arm und ging weiter zum Mario-Lanza-Park, wo ich mich unter einen riesigen Hornstrauch setzte. Frenchie trottete am Rand der Hundewiese entlang, ignorierte die anderen Hunde und reckte hochnäsig die Schnauze in die Luft, sobald sie an ihr schnüffeln wollten. Ich nahm *Große Mädchen weinen nicht* aus meiner Handtasche und schlug die Seite auf, die ich mit einer Haftnotiz gekennzeichnet hatte.

Offiziell studierte ich an der renommierten Larchmont-Universität im Hauptfach Anglistik, aber spätestens nach drei Wochen wurde mir klar, dass ich mich schwerpunktmäßig auf die Macker reicher Tussis konzentrieren würde. So verbrachte ich die Unterrichtsstunden zwischen diversen Bettlaken voller Brot- und Pizzakrümel (eimmal fand ich sogar eine steif gewordene Salamischeibe) und huschte danach immer mit einem Lächeln im Gesicht und meinem XXL-Slip in der Tasche über den Campus. Ich gehörte nicht zu der Sorte, die bei den Typen übernachtete. Ich gehörte nicht zu denen, die man ins Zimmer mitnahm, wenn ein Mitbewohner in der Nähe war. Für die Typen war ich ein heimliches Vergnügen, eine Schwäche, das Mädchen, das zu allem bereit war. Das sprach sich herum. Und ich kam herum. Mir ging es nicht um den Sex, der meist mittelmäßig oder bestenfalls okay war. Was ich wollte, waren die wertvollen Minuten danach, wenn das Sonnenlicht durch die staubigen grünen Jalousien fiel und ich im Arm eines dieser Schnösel lag und mir vorstellte, wie er die Worte »Ich liebe dich« sagte. Nicht dass Chas oder Trip oder Trey oder Talbot sie jemals sagten. Sie grüßten mich ja nicht einmal, wenn wir uns auf dem Campus begegneten oder im Hörsaal nebeneinander saßen. Mit einer der magersüchtigen, pferdegesichtigen Blondinen zu schlafen, die die Hälfte meines Jahrgangs zu stellen schienen – das konnte man in die Welt hinausposaunen, aber mit einem Mädchen wie mir Sex zu haben – das musste ein Geheimnis bleiben. Ich für meinen Teil zog mir diese Jungs rein wie früher die Pralinen, die mein Vater immer mit nach Hause brachte, bevor er beschloss, dass Süßigkeiten – und danach seine Ehe und seine Familie – nicht gut für ihn waren.

Ich konnte mir nicht vorstellen, dass meine Mutter so etwas getan hatte: meine Mutter mit ihrem Strickzeug und ihren Wohltätigkeitsprojekten, ihrem Minivan und den drei Sorten Fleckentferner in der Waschküche. Aber bisher hatte das meiste in *Große Mädchen weinen nicht* mehr oder weniger der Wahrheit entsprochen. Einer leicht abgeänderten Wahrheit. Falls meine Mutter im College wirklich so eine Schlampe gewesen war, dann gab es einen Menschen, der mir davon erzählen konnte.

Im Buch hieß die Mitbewohnerin meiner Mutter an der Larchmont-Universität »Baldwin«. Im wirklichen Leben hatte sie sich mit Alden Langley aus Richmond, Virginia, ein Zimmer geteilt. Ich hatte Aldens neuen Nachnamen – sie hieß jetzt Chernowitz, was mir absolut kein Fortschritt zu sein schien – über die Alumni-Website der Universität Princeton ausfindig gemacht. Dort hatte ich mich mit Hilfe des Codes eingeloggt, den ich auf einer der Alumni-Zeitschriften meiner Mutter im Altpapier gefunden hatte. Alden hatte nur ihre Telefonnummer und keine E-Mail-Adresse angegeben. Ich ließ Frenchie an einem Abfalleimer schnüffeln und knabberte an einem Bagel. Um Punkt neun Uhr wählte ich Aldens Nummer, während ich mir flüsternd meinen Text vorsagte und betete, dass ich normal klingen würde. Nach dem dritten Klingelton antwortete eine Männerstimme. »Hallo?« Fast hätte ich den Mut verloren und aufgelegt. »Hallo?«

»Kann ich bitte mit Alden Langley Chernowitz sprechen?«, fragte ich.

»Wer ist dran?«, fragte der Mann in nasalem Ton. Ich hörte Kinderstimmen im Hintergrund. Wenigstens hatte ich niemanden aufgeweckt.

»Ich heiße Joy Shapiro. Alden ist mit meiner Mutter aufs College gegangen.«

Der Mann schwieg einen Augenblick. »Bleiben Sie dran.« Ein Klicken, dann Stille, dann war eine Frau am Apparat.

»Hallo?« Die Stimme klang neugierig, aber nicht unfreundlich.

»Hallo, ich heiße Joy Shapiro. Ich bin die Tochter von –«

»Cannie«, sagte sie sofort. »Wie geht es ihr? Ich hatte gehofft, sie beim Klassentreffen zu sehen.«

»Oh, äh, das … davon weiß ich nichts.« Ich hatte die orange und schwarz gemusterten Karten und Briefe gesehen, die letztes Jahr bei uns eingetroffen waren. Meine Mutter hatte sie umgehend zum Altpapier getan. *Ich bin noch nicht so weit,* hatte sie gesagt. »Es geht ihr gut.«

Alden klang nicht wie die arrogante reiche Schnepfe, die ich erwartet hatte. Stattdessen hatte sie eine warmherzige Stimme und einen leichten Südstaatenakzent.

»Was kann ich für dich tun?«, fragte sie.

»Äh.« Raus damit, Joy. »Ich habe das Buch meiner Mutter gelesen.«

Alden schwieg, aber ich hörte, wie sie die Luft einsog.

»Und da wollte ich fragen …« Wie das mit dem Sex war.

»Die Ohrringe«, sagte Alden traurig. Im ersten Moment wusste ich nicht, wovon sie sprach. Dann fiel mir die Passage ein, und ich blätterte hastig zur Seite 73:

Meine Mutter brachte mich zur Uni. Ich hatte von allem nur zwei Stück im Gepäck: zwei Paar Jeans, zwei langärmelige T-Shirts, zwei Paar Schuhe. Zum Glück – denn die Klamotten meiner Mitbewohnerin Baldwin Carruther nahmen nicht nur unseren Wandschrank komplett in Beschlag, sondern auch die antike Kommode, die sie neben ihrer Stereoanlage in unserem Gemeinschaftszimmer aufgestellt hatte, auf dem Perser, den sie aus Atlanta mitgebracht hatte. Baldwins Familie studierte schon seit vier Generationen an der Larchmont-Universität. Sie hatte feine blonde Haare, die sie meist zu einem bleistiftdünnen Pferdeschwanz zurückband, und kräftige Unterarme, weil sie an ihrer Privatschule im Ruderteam gewesen war. Während ich mein Bett bezog, stellte sie ein gerahmtes Bild von sich und ihrer Schwester neben unserem Etagenbett auf; darauf trug sie ein bodenlanges Kleid und ellbogenlange Handschuhe mit Ansteckblumen am Handgelenk. »War das bei deinem Schulabschlussball?«, fragte ich. »Nein«, antwortete sie. »Beim Debütantinnenball.« Baldwin besaß ein Schmuckkästchen mit Perlenketten, goldenen Armreifen, silbernen Ohrgehängen, Anhängern und Charms. »Du kannst dir ruhig alles ausleihen«, sagte sie mit einem lässigen Winken in Richtung ihrer Piratenschatztruhe.

Ich rührte die Sachen nie an, bis zum zweiten Semester. Ich war zu einer Kostümparty eingeladen worden – genauer gesagt war unser gesamtes Wohnheim eingeladen worden – und verkleidete mich als Madonna. Baldwins große goldene Ohrgehänge wären perfekt, dachte ich. Also nahm ich sie und hinterließ ihr eine Nachricht. Als ich zurückkam, lag ein Zettel auf meinem Kissen: Leg die Ohrringe zurück. Sie sind ein Familienerbstück.

Mir war übel, als ich die Ohrringe abnahm und auf ihren Berg Schmuck legte: die Perlen, die Armreifen, das Medaillon, in das ihr Name eingraviert war. »Die Reichen sind anders«, sagte ich laut. »Ein Familienerbstück.« Die nächsten beiden Wochen sprach Baldwin außer »Guten Morgen« und »Gute Nacht« kein Wort mit mir. Eines Samstagabends stolperte sie kichernd mit Jasper Jenkins in unser Zimmer. Jasper, mein Schwarm, der Sportreporter der Unizeitung, bei der ich als Redakteurin arbeitete und seine Texte korrigierte! Ich lag da wie versteinert, als sie ihn zu sich hinauf ins Bett zerrte und ihm, den Geräuschen nach zu schließen, einen extrem ungeschickten Blowjob verpasste. (»Autsch!«, zischte er des Öfteren. »Deine Zähne!«) Die Hände zu Fäusten geballt, lag ich gleichermaßen entsetzt und erregt da und dachte: Merk dir: Leih dir nie den Schmuck einer reichen Schnepfe, selbst wenn sie es dir anbietet.

»Es waren keine Ohrringe«, sagte Alden Langley. »Es war eine Jacke. Eine Lederjacke. Deine Mutter hatte sie sich ausgeliehen. Ich habe mich darüber ziemlich aufgeregt.«

»Oh.«

»Aber nicht, weil sie teuer war! Sondern weil sie von meinem Großvater war. Er hatte sie mir in seinem Testament vererbt. Sie hat mir viel bedeutet. Deine Mutter konnte das nicht wissen. Wir hatten deswegen einen Streit, aber später haben wir uns wieder vertragen. Und ich konnte sie ja verstehen. Ich meine, es gab genügend solche Mädchen an der Princeton. Du weißt schon, Mädchen aus reichen Familien, die dir das Gefühl geben, dass du das Letzte bist, weil du die gleiche Luft atmest wie sie.« Sie lachte leise. »Deine Mutter soll dir mal von dem Mädchen erzählen, das mit ihren eigenen Pferden in die Uni kam.«

»Wow.« *Keine große Sache*, schrieb ich auf meine Haftnotiz, während Alden weitersprach. *Pferde*. Aus irgendeinem Grund, den ich mir nicht erklären konnte, schrieb ich: *Mama*. »Hat sie … hat sie …« Ich brachte es nicht über die Lippen. *Hat sie wirklich mit all diesen Jungs geschlafen? Ist sie wirklich mit ihrer Unterwäsche in der Manteltasche herumgelaufen? War sie wirklich so eine Art Mädchen?*

Alden lachte leise. »Es ist ein Roman, Liebes.«

Roman, schrieb ich. Aber nur weil es ein Roman war, hieß das nicht, dass er nicht auch einige Fünkchen Wahrheit enthielt, die wie Münzen am Grunde eines Brunnens schimmerten. *Wer war sie?*, fragte ich mich, während ich die Kappe auf meinen Kugelschreiber steckte. *Wer war meine Mutter wirklich? Und wer bin ich?* »Sag mal, ist sie da?«, fragte Alden in ihrem gedehnten Südstaatenakzent. »Kann ich kurz Hallo sagen?«

»Sie schläft noch«, sagte ich.

Alden lachte. »Die Glückliche. Dann grüß sie bitte von mir! Sag ihr, dass ich an sie denke.« Im Hintergrund hörte ich ein Kind »Ma-ma« winseln. Alden lachte fröhlich. »Ich muss Schluss machen«, sagte sie und legte auf.

15

»Name«, sagte Peter. Ich saß an eine Armlehne des Sofas gelehnt, er saß mit aufgeklapptem Laptop am anderen Ende des Sofas und hatte seine nackten Füße auf meinen Schoß gelegt.

»Ich! Ich!«, sagte ich und wedelte aufgeregt mit der Hand in der Luft. »Das weiß ich!«

Er sah mich streng an und tippte unsere Namen ein. »Geburtsdaten.« Wieder Tippen. »Adresse, Privatnummer, Geschäftsnummer, Handynummer …« Er hielt inne. »Beruf.«

»Nun, du bist Diätdoktor.«

Er schnitt eine Grimasse. »Adipositasarzt.«

»Ja, ja, rede dir das nur immer wieder ein.«

»Und du?«

Ich zuckte zusammen. Es war Mittwochabend. Der Geschirrspüler brummte in der Küche vor sich hin, Frenchie döste in ihrem Körbchen in der Ecke, Joy war in ihrem Zimmer, und Peter und ich füllten die Bewerbung für die Leihmutteragentur Open Hearts aus. (Er hatte sich Open Hearts ausgesucht. Ich hatte für eine Agentur namens Game Ova votiert, die ich im Internet gefunden hatte und deren Namen ich klasse fand.) »Kannst du nicht einfach ›Hausfrau‹ schreiben?«

Er trommelte mit den Fingern gegen die Kante des Laptops. »Sie wollen die Steuerbescheide der letzten zehn Jahre sehen. ›Hausfrau‹ erklärt dein Einkommen nicht.«

Das leuchtete mir ein. »Wie wär's mit ›gut entlohnte Hausfrau‹? Oder ›Hausfrau, die im Lotto gewonnen hat‹?«

»Candace, das Feld ist sehr klein.« Er wackelte mit den Zehen. Ich vergewisserte mich, dass Joy noch oben war, und drückte sie. Erst neulich hatten wir uns alle zusammen einen Film angesehen, aber als Joy sah, wie ich Peter die Füße massierte, hatte sie mir einen angewiderten Blick zugeworfen und war aus dem Zimmer gestampft.

»Kannst du eine Fußnote einfügen?«

»Bin ich David Foster Wallace oder was?«

»Kannst du schreiben, ›Exschriftstellerin‹? Oder ›Schriftstellerin im Ruhestand‹?«

»Schriftstellerin«, sagte er, tippte das Wort ein und sah mich dann herausfordernd an, so als solle ich ja nicht wagen, ihm zu widersprechen.

Als die ersten Exemplare von *Große Mädchen weinen nicht* bei mir zu Hause eintrafen – das pinkfarbene Cover lugte kess aus den braunen Manilaumschlägen –, glaubte ich, dass sich mein Leben von Grund auf verändern würde. In all den Jahren als Leserin und als Reporterin, in all den Jahren, in denen ich davon geträumt hatte, eine richtige Schriftstellerin zu sein, war in mir der Glaube gereift, dass der Augenblick, in dem mein Buch das Licht der Welt erblickte, der Wendepunkt meines Lebens sein würde, der Punkt, ab dem sich mein Leben radikal und für immer verändern würde.

Am Montagabend vor dem offiziellen Erscheinungsdatum lud mich Peter ins Le Bec Fin ein, wo ich Unmengen von Wein konsumierte und jedem, vom Garderobenfräulein bis zum Maître Fromager, die guten Neuigkeiten mitteilte. Nach dem Nachtisch verließ ich unsicheren Schrittes das Restaurant und torkelte, Peters Arm um die Taille, den Gehsteig zum Barnes & Noble hinunter. Pappsatt schwankte ich vor dem Schaufenster hin und her und tat den desinteressierten Passanten kund: »Mein Buch ist da drin!« (Leider hatte ich weder damit gerechnet, dass der Buchladen noch geöffnet hatte, noch dass mir der Sicherheitsdienst damit drohen würde, die Polizei zu rufen, wenn ich nicht aufhörte, das Glas zu verschmieren.)

Am nächsten Morgen schleppten meine Schwester und ich, leicht verkatert und extrem nervös, meinen riesigen grauen Koffer und meine winzige Tochter (mitsamt Kindersitz, Windeltasche und allerlei Essens- und Spielsachen) zum Flughafen, von wo ich meine Lesereise antrat. Der erste Stopp war Cleveland, wo ich geschniegelt und gebügelt hinter einem hohen Stapel Bücher saß. Nach zwei Stunden hatte ich sage und schreibe ein einziges Buch verkauft. Von dort ging's weiter nach Chicago, wo genau eine Frau zu meiner Lesung kam, und ich bin mir ziemlich sicher, dass sie obdachlos war und einfach nur ein warmes Plätzchen gesucht hatte.

In Kansas City sprach mich in der schicken unabhängigen Buchhandlung, die auf die Beschwerde eines Stammgastes hin das Werbeplakat für *Große Mädchen weinen nicht* aus dem Schaufenster entfernt hatte, eine zitternde Frau mit blutleeren Lippen an. »Ihre Mutter meinte, sie würde mich umbringen, wenn ich nicht komme. Könnten Sie sie bitte anrufen und ihr sagen, dass ich hier war?«, flehte sie. In Miami tauchte meine Großmutter mit ihrem gesamten Bridgeclub auf und verkündete lauthals, um die lärmenden Kinder in der Kinderbuchabteilung zu übertönen: »Das ist meine Enkelin, die Schriftstellerin.« Leider ging ihr Stolz nicht so weit, ihre Freundinnen dazu zu animieren, vierundzwanzig Dollar fünfundneunzig für das Buch auszugeben. »Sie können es in der Bücherei ausleihen«, versicherte sie mir, bevor sie meine Wange mit einem korallenroten Kussmund verzierte, anmerkte, dass mein schwarzer Rock »wirklich sehr schlank mache«, und meine Schwester fragte, ob sie endlich einen richtigen Job gefunden hätte.

In Atlanta schilderte mir die Verlagsbegleiterin auf der einstündigen Fahrt vom Flughafen in die Innenstadt in allen Einzelheiten den Tod ihres im Vormonat verstorbenen Mannes und lotste den Fahrer dann so falsch, dass ich zu meiner eigenen Lesung eine Stunde zu spät kam. In Milwaukee schimpfte mich eine orthodoxe Jüdin mit einer schiefsitzenden Perücke, dass meine Hauptfigur nicht koscheres Essen aß. Ich wartete darauf, dass sie sich auch über die Szene beschwerte, in der Allie es an Jom Kippur auf dem Parkplatz der Synagoge mit dem nichtjüdischen Hausmeister trieb, was den Allmächtigen doch bestimmt mehr empören müsste als das Schinkensandwich auf Seite 217, aber die Entrüstung darüber blieb aus. Schweinefleisch war offenbar problematisch, schweinische Aktivitäten waren okay.

Jeden Tag fand ich mich in einer anderen Stadt wieder, wo ich Joys Kindersitz im Wagen der jeweiligen Verlagsbegleiterin festschnallte und von Buchladen zu Buchladen chauffiert wurde, um nachmittags mein Buch zu signieren und abends daraus zu lesen. Nach den Lesungen ließ ich mir einen Salat aufs Hotelzimmer kommen, legte mich auf das weiche Hotelbett und hing meinen Gedanken nach, während Joy neben mir schlief und meine Schwester die Minibar plünderte. Die Lesereise kostete bestimmt ein Vermögen. Mit Ausnahme des Bridgeclubs meiner Großmutter waren die Zuhörerzahlen nie über den einstelligen Bereich hinausgekommen, was hieß, dass sich *Große Mädchen weinen nicht* wahrscheinlich nicht sonderlich gut verkaufte. Würde der Verlag mich dafür verantwortlich machen? Würde man den Vorschuss zurückverlangen? Kam so etwas vor?

Nicht dass mich das geringe Interesse sonderlich überrascht hätte. In meinem Kopf verglich ich *Große Mädchen weinen nicht* mit einem Radiosender am äußersten Ende der Skala, den man nur in sternenklaren Nächten empfangen konnte. Ich hatte gehofft, dass das Buch unter Freundinnen, unter Schwestern oder zwischen Müttern und Töchtern weitergereicht werden würde; dass es meinen Leidensgenossinnen – den fülligen Frauen, die unglücklich verliebt waren und sich in ihrer Haut unwohl fühlten – in der Bücherei, auf dem Flohmarkt oder im Regal eines gemieteten Ferienhauses in die Hände fallen würde; dass es ihnen Trost spenden würde. Das würde mir reichen. Ich konnte nur hoffen, dass es dem Verlag auch reichte.

Es war ein Mittwochnachmittag, und ich war gerade in Seattle, wo ich am Infoschalter eines Buchladens mein Buch signierte und von Kunden gefragt wurde, wo die Toilette sei und ob ich einen Liebesroman mit einem roten oder eventuell auch dunkelblauen Einband empfehlen könne, als mein Handy klingelte und die Nummer meiner Agentin auf dem Display aufleuchtete.

»Hey, stell dir vor!«, sagte ich zu Larissa und nahm Joy auf den Arm, bevor sie einen Aufbau von Curious-George-Büchern umwerfen konnte. »Gestern Abend kamen fünf Leute zu meiner Lesung! Und sie sahen alle aus, als ob sie ein Dach über dem Kopf hätten!«

»Schon gut, schon gut. Ich habe den *New York Times Book Review* von nächster Woche. Frag mich nicht, was mich das an Nerven und Geld gekostet hat. Ich fax ihn dir ins Hotel«, verkündete Larissa.

»Warum denn das?« Die *New York Times* rezensierte selten flott geschriebene Frauenromane, außer es handelte sich um einen Schlüsselroman, in dem der weibliche Bösewicht ein leicht zu identifizierendes großes Tier aus Manhattan war. (In solchen Fällen heuerte die *Times* dann normalerweise jemanden aus dem Fußvolk der betreffenden Dame an, um das Buch in der Luft zu zerreißen).

»Wart's ab! Du wirst es schon sehen!«

Nachdem ich Joy ein Aufkleberbuch und meiner Schwester einen fettfreien Frappuccino gekauft hatte, kletterten wir in den Geländewagen der Verlagsbegleiterin – er lag so hoch über der Straße, dass für ältere Autoren ein Fußschemel auf dem Rücksitz bereitstand –, und fuhren zurück in mein Fünfsternehotel. An der Rezeption wartete die gesamte Literaturbeilage als Fax auf mich. Ich blätterte sie langsam durch. Der Aufmacher war eine Besprechung einer 160-seitigen Kurzgeschichtensammlung mit dem Titel *Budapester Nächte* von Daniel Furstmann Friedlander. Der *New Yorker* hatte dem Autor in der Vorwoche ein zehnseitiges Porträt gewidmet, in dem immer wieder sein jungenhaftes gutes Aussehen und sein charmanter russischer Akzent zur Sprache kamen. Eigenartig. Als ich mit Dan im College gewesen war, hatte er noch keinen Mittelnamen und nicht die Spur eines Akzents gehabt.

Auf der dritten Seite nannte ein Kritiker von einem der schlanken linksgerichteten Hochglanzmagazine einen Kolumnisten einer Konkurrenzzeitschrift einen minderbemittelten Vollidioten. Auf Seite sechsundzwanzig ignorierte die Bestsellerkolumne die tatsächliche Bestsellerliste und lobte stattdessen ein Buch, das momentan nur in Deutschland, im deutschsprachigen Original, erhältlich war. Ich war drauf und dran, Larissa anzurufen, um sie zu fragen, was ich übersehen hatte, als mein Blick auf die Bestsellerliste fiel. Und da war es: Platz 11. *Die Geschichte einer jungen alleinstehenden Frau aus Philadelphia, die ein Familientrauma verarbeitet und nach zahllosen Sexabenteuern ihr Glück als Mutter findet* lautete die Zusammenfassung. Ich lehnte mich geschockt an die Rezeption. »Wow.« Meine Schwester, die damals noch Lucy hieß, riss mir die Seiten aus der Hand und quiekte triumphierend. »Glückwunsch«, sagte die Verlagsbegleiterin und schüttelte mir feierlich die Hand.

Peter schickte Blumen. Mein Verlag schickte Champagner, der umgehend von meiner Schwester beschlagnahmt wurde. Larissa schickte Pralinen und eine Quietschente für Joy. *People* schickte mir eine Reporterin, einen Fotografen und, Gott sei's gelobt, eine Visagistin. Das Interview erschien mit einem Bild von Joy und mir, auf dem wir uns auf Wunsch der Redaktion rückwärts auf ein Hotelbett fallen ließen und das natürlich mit den Worten »Happy End« untertitelt war. Die New Yorker Zeitschrift *24/7* entsandte ihre Starreporterin, eine erschreckend dünne Frau mittleren Alters, deren Haut so straff über den Wangenknochen spannte, dass die Venen durchschimmerten. Sie sollte während meines dreitägigen Aufenthalts in Los Angeles ein Porträt von mir schreiben. Die Frau begann das Interview, indem sie ihren Notizblock aufklappte und mich anknurrte: »Haben Sie das Buch geschrieben, weil Sie *gemocht* werden wollen?«

»Nein«, sagte ich, als ich mich wieder halbwegs gefangen hatte. »Nein, das ist der Grund, warum ich mit jedem ins Bett steige.«

Der Verlag verlängerte meine Lesereise um vier Stationen: Denver, Albuquerque, San Francisco und dann noch einmal L.A. Am Abend meiner letzten Lesung in Pasadena hatte ich keine frische Unterwäsche mehr, ich hatte sämtliche Polly-Pocket-Puppen von Joy verloren, und ich wünschte mir nichts sehnlicher, als nach Hause zu fliegen, eine Woche zu schlafen und meine Hochzeit zu planen.

»Sie haben heute einen ganz besonderen Gast!«, trällerte die Buchhändlerin, als wir von ihrem Büro zum Podium gingen und meine Schwester mit Joy in Richtung Kinderbuchabteilung abdampfte.

»Ach ja?« Das kann nur Maxi sein, dachte ich. Sie hatte mir eigentlich gesagt, dass sie bei Dreharbeiten in Vancouver wäre (was man, so beteuerte sie, so herrichten konnte, dass es New York verdammt ähnlich sah), aber vielleicht war sie ja extra zurückgekommen. Ich ließ meinen Blick erwartungsvoll über das anwesende Publikum schweifen. Zwanzig Leute. Nicht schlecht. »Hallo«, sagte ich fröhlich und setzte trotz meiner Müdigkeit mein breites Willkommen-alle-zusammen-Lächeln auf. »Vielen Dank, dass Sie heute Abend hierhergekommen sind. Ich werde Ihnen den Anfang von *Große Mädchen weinen nicht* vorlesen.« Auf Larissas Anweisung hin hielt ich das Buch hoch, damit alle einen guten Blick auf das Cover werfen konnten. Nicht, dass man die großen, halbnackten Brüste, die einen mit Schlagsahne gekrönten Eisbecher in die Zange nahmen, von dem eine Maraschinokirsche anzüglich ins Dekolleté rutschte, hätte übersehen können! Nicht unbedingt der intellektuell anspruchsvolle Look! Auf Daniel Furstmann Friedlanders Buch war eine körnige Schwarzweißfotografie eines ungarischen Schlosses zu sehen. Tja, dachte ich. Vielleicht beim nächsten Mal. »Falls Sie im Anschluss daran Fragen haben …« Ich verstummte, als mein Blick auf einen Mann fiel, der hinter der letzten Stuhlreihe stand. Er trug einen dunkelblauen Anzug und hatte graumeliertes gelocktes Haar. Alles an ihm schien zu glänzen: seine goldene Uhr und sein Ehering, seine Brille und seine Zähne. Mir blieb das Herz stehen, als mein Vater die Hand hob.

»Cannie«, sagte er, so leise und intim, als wären wir allein in der Buchhandlung.

Ich schluckte und sagte mit schwerer Zunge: »Hallo, Dad.«

Ein Raunen ging durch das Publikum. Wahrscheinlich hatten einige der Gäste das Buch bereits gelesen und erinnerten sich an die Schilderung des furchtbaren Vaters. Ich zwang mich, das Buch aufzuschlagen und zu lesen. Mittlerweile kannte ich die Worte, mit denen ich vor langer Zeit angefangen hatte, auswendig:

Von all den Männern, die Scheiße gebaut und mich im Stich gelassen haben, war mein Vater der Erste und Schlimmste. Drew Blankenship kam gleich an zweiter Stelle. Als ich die neueste Ausgabe der Cosmo *aufschlug, wie immer angelockt von den Versprechungen, im Handumdrehen zehn Pfund zu verlieren, den Hollywoodstars ihre Schminktricks abzuschauen oder eine ausgefallene neue Stellung zu lernen, von der er nie genug bekommen würde, erblickte ich überrascht Drews Namen als Verfasser eines Artikels mit dem Titel »Große, große Liebe.« Drew hatte einen Artikel geschrieben? Ich war doch diejenige, die sich als freiberufliche Autorin durchschlug! Ich war diejenige, die alles dafür tun würde, um in einer überregionalen Zeitschrift veröffentlicht zu werden. Bis eben war ich der Meinung gewesen, dass Drews größter Traum darin bestand, eines Tages eine Marihuanapflanze anzubauen, über die in der* High Times *berichtet würde. Anscheinend – das wurde mir schnell klar, als ich den Artikel, mit heftig klopfendem Herzen und eiskalten Händen, überflog – hatte ich mich geirrt.*

Das Publikum lachte an all den richtigen Stellen und nickte verständnisvoll, als ich verriet, dass »Große, große Liebe« eine Anspielung auf Allies füllige Figur war. (*Es konnte sich weiß Gott nicht auf Drews Gemächt beziehen,* hatte ich geschrieben. *Auch dichterische Freiheit hat ihre Grenzen.)* Während ich las, blickte ich ab und zu verstohlen zu meinem Vater, der noch immer, mit undurchdringlicher Miene, die

Hände in den Hosentaschen vergraben, hinter der letzten Reihe stand. Falls ihn der Satz über den Scheiße bauenden Vater gestört hatte, ließ er es sich nicht anmerken. Ich konzentrierte mich wieder auf mein Buch und betete mit aller Kraft, dass er meine kleine Schwester und Joy, die mit dem Rücken zu mir in einem riesigen Ohrensessel saßen, nicht bemerken würde. Halt sie von ihm fern, halt sie von ihm fern, halt sie von ihm fern, ging mir mantraartig durch den Kopf. Das Blut rauschte mir in den Ohren, und meine Hände waren ganz glitschig vor Schweiß. »Irgendwelche Fragen?«, brachte ich heraus.

Eine Frau in der ersten Reihe hob die Hand. »Ich schreibe auch an einem Roman«, begann sie. Automatisch, ohne nachzudenken, beantwortete ich ihre Fragen, wie man ein Buch schreibt und einen Agenten findet und die Fakten so weit verdreht, bis es Fiktion war. Mir stockte der Atem, als Joy mit einem Buch in den Händen durch den Mittelgang auf mich zutapste. »Entschuldigen Sie bitte«, murmelte ich. »Lucy?«, sagte ich ins Mikro. Meine Schwester kam aus der Kinderbuchabteilung gelaufen. Schnell, aber nicht schnell genug. Ein Raunen ging durch die Reihen, als sich mein Vater bückte und Joy auf den Arm nahm, und Joy, die normalerweise beim Anblick eines jeden Fremden kreischte – weil sich der Fremde oft als Arzt entpuppte, der ihr eine Spritze geben wollte –, schmiegte sich an ihn und schlang ihre Arme um seinen Hals. Mir blieb schier das Herz stehen.

»Hallo, mein Kätzchen«, sagte mein Vater.

»Kätzchen!«, wiederholte Joy und klatschte entzückt in die Hände. Ich stand da wie betäubt, zu keiner Bewegung fähig, und glaubte, meinen Augen nicht zu trauen, als mein Vater eine kleine silberne Kamera aus der Jackentasche zog und sie lächelnd einem anderen Gast reichte, der bereitwillig ein Foto schoss. Endlich konnte ich mich wieder bewegen. »Joy«, sagte ich und streckte die Arme nach ihr aus.

»Kätzchen!«, kicherte Joy.

»Glückwunsch«, sagte mein Vater und setzte Joy sanft ab. Bis ich die Tränen weggeblinzelt und meine Tochter auf den Arm genommen hatte, war er weg, und ich stand da, mit heftig klopfendem Herzen und tauben Beinen, wütend und verwirrt zugleich. Warum tauchte mein Vater nach all den Jahren ausgerechnet jetzt auf? Ich setzte mich in einen Sessel und schloss die Augen. Egal. Morgen früh reisten wir ab. Ich konnte zu Hause darüber nachdenken.

Am nächsten Tag flogen wir zurück nach Philadelphia, zurück zu meinem gemütlichen Reihenhaus und zu Peter, den ich so sehr vermisst hatte, dass sich die Sehnsucht in der letzten Woche wie permanentes Seitenstechen angefühlt hatte. Meinem Koffer fehlten zwei Rollen. Meine Schwester humpelte; sie hatte sich bei dem Versuch, in Joys Reiselaufstall zu klettern, verletzt. (»Ich wollte nur sehen, ob ich reinpasse«, erklärte sie mit einer gewissen beschwipsten Würde.) Der Garten, den ich vor meiner Abreise angepflanzt hatte, war von Unkraut überwuchert, die Stiefmütterchen und Petunien waren fast verdurstet. Wegen des Buches hatte ich eine ganze Jahreszeit verpasst.

Aber da ich nicht nur die Literatursensation der Woche, sondern auch das De-facto-Aushängeschild für Frauen mit Kleidergröße 42 aufwärts war, erwartete mich zu Hause als Trostpreis ein ganzer Berg Anfragen und Angebote, eines verrückter als das andere. Ob ich daran interessiert sei, das nächste Gesicht von Weight Watchers zu werden? »Aber ich bin fett!«, sagte ich zu meiner Agentin, woraufhin Larissa antwortete: »Danach vermutlich nicht mehr.« Ob ich Interesse hätte, Werbung für kalorienarme Kekse, fettfreie

Eiskrem, übergroße Umstandskleidung zu machen? (Nein, nein, und – ein verlockendes Angebot, aber nein, danke.)

Meine Kreditkartenfirma stufte mich zur White Card hoch, diesem seltenen und sagenumwobenen Instrument, das kein Limit hatte und alle möglichen Upgrades und Bonusangebote beinhaltete. Ein Arzt in Illinois bot an, mir kostenlos einen Magenbypass einzusetzen. Ein Schönheitschirurg in Pittsburgh wollte mir umsonst die Nase richten. Ein Cousin dritten Grades, den ich in meinem Leben erst zweimal gesehen hatte, bat mich um einen Kredit zur Eröffnung einer Smoothie-Bar mit Personal-Trainer-Service. (Ich lehnte sein Ansinnen ab, sagte ihm aber, dass ich ihn gerne mit den richtigen Leuten zusammenbringen könne, falls er an einer Nasen- oder Magenverkleinerung interessiert sei.)

Die verrückteste Anfrage kam von einem Tamponhersteller, der mich zu seiner Studentenbeauftragten machen wollte.

»Würde ich dafür Colleges abklappern und mich als Tampon verkleiden müssen?«, fragte ich Larissa.

Ich sah sie bildhaft vor mir, wie sie hinter ihrem antiken Ahornschreibtisch in ihrem pinkfarbenen Polstersessel saß und in dem Angebot blätterte. »Ich glaube nicht«, sagte sie knapp.

Ich ließ nicht locker. »Könnte ich mich als Tampon verkleiden, wenn ich es wollte?«

»Äh …«

»Hat dieses Angebot eine undichte Stelle?«

Larissa seufzte. »Noch mehr menstruationsbezogene Witze?«

»Nun«, sagte ich lammfromm. »Ich muss das alles erst einmal absorbieren.«

Aber dazu blieb nicht viel Zeit. Mein Verlag drückte mir, kaum dass ich wieder zu Hause war, ein halbes Dutzend Interviewtermine aufs Auge. Bevor ich mein Manuskript verkauft hatte, bevor ich schwanger geworden war, hatte ich jahrelang für den *Philadelphia Examiner* über die Unterhaltungsindustrie berichtet. Ich hatte geglaubt, bestens auf alles vorbereitet zu sein. Aber da hatte ich mich leider getäuscht. Ich ließ meine ehemaligen Kollegen ins Haus – frische, unverbrauchte oder aknegeplagte Jungreporterinnen; gestresste berufstätige Mütter mit permanent vibrierenden Handys; langatmige, nicht mehr ganz so frische ältere Herren, die von einem Redakteursjob zum nächsten zogen. Ich zeigte ihnen mein Haus, erzählte ihnen Geschichten von meiner Lesereise, stellte ihnen Joy vor. Die meiste Zeit ging alles gut, auch wenn einem Buchbranchenblatt der Inhalt meines Kühlschranks nicht gefiel (für den Geschmack der Reporterin enthielt er zu viel Butter und zu wenig Obst), und die Schlagzeile einer Chicagoer Wochenzeitung lautete: MOPPEL AUS PHILADELPHIA IST NEUE KÖNIGIN DES UNTERHALTUNGSROMANS. (»Ein Hund ist moppelig«, hatte ich zu Peter gesagt und mit dem Ausschnitt in der Luft gewedelt. »Nur damit du's weißt: Ich bin ein dralles Vollweib.«)

Dann öffnete ich eines Sonntagmorgens die Haustür und stellte fest, dass der *Examiner* nicht da war. »Hast du die Zeitung schon reingeholt?«, rief ich.

Peter schüttelte den Kopf, ohne mich anzusehen. »Keine Zeitung heute.« Mir wurde mulmig. Die Zeitung kam immer, also musste er früher aufgestanden sein, um sie zu beseitigen. Und ich wusste auch, warum. In der Vorwoche hatte mich die Reporterin interviewt, die beim *Examiner* meine alte Stelle hatte. Die piepsige junge Frau kam mit einem Nelkenstrauß aus dem Supermarkt. »Ich liebe Kinder«, verkündete sie, als sie meine Tochter sah. »Wenn Sie mal eine Babysitterin brauchen …« Ich dankte ihr und kam insgeheim zu dem Schluss, dass der *Examiner* ihr wohl weniger zahlte, als ich bekommen hatte. Das Interview dauerte nicht mal eine halbe Stunde, und ihre Fragen drehten sich vor allem darum, woher ich als Reporterin die Zeit nahm, ein Buch zu schreiben, wie ich meine Agentin gefunden hatte und ob meine Agentin eventuell auch ihr zukünftiges Buch lesen würde, da sie ja jetzt wisse, wie sie die Zeit finden würde, es zu schreiben.

Peter trat hinter mich und legte mir seine warmen Hände auf die Schultern. Ich holte tief Luft. »So schlimm?«, fragte ich.

»Du solltest es besser nicht lesen.«

»Komm schon. Mein Exfreund nannte mich in *Moxie* fett. Was könnte noch schlimmer sein?«

Eine qualvolle Pause. »Ich glaube nicht …«

Das Telefon klingelte, und ich schnappte mir den Hörer. »Hallo.«

»Warum hast du dem *Examiner* gesagt, dass ich in der Entzugsklinik war?«, kreischte meine Schwester.

Meine Kinnlade klappte herunter. »Warum habe ich was?«

»Warum … hast … du … dem … *Examiner* … gesagt … dass … ich in der Entzugsklinik war?« So wütend hatte ich sie noch nie erlebt. »Und warum hast du nicht gleich gesagt, dass ich das nur getan habe, um Typen kennenzulernen.«

»Ich weiß nicht, wovon du sprichst. Ich habe der Reporterin überhaupt nichts von dir erzählt!«

Die Stimme meiner Schwester wurde noch lauter. »Warum nicht? Du weißt genau, dass ich die PR brauchen kann.«

»Bleib dran.« Ich fuhr meinen Laptop hoch und ignorierte Peters heftiges Kopfschütteln. »Ich habe den Artikel noch nicht gelesen.« Ich lud die Seite, während meine Schwester unablässig in mein Ohr kreischte. Dann schluckte ich. FAMILIENGEHEIMNISSE, stand da. WIE CANDACE SHAPIRO, EXREPORTERIN DES EXAMINER, DIE SCHMUTZIGE WÄSCHE IHRER FAMILIE ZU GOLD MACHTE.

»Familiengeheimnisse? Schmutzige Wäsche?« Ich hörte das Anklopfzeichen in der Leitung. »Bleib dran«, sagte ich. »Hallo?«

»Candace«, bellte mein Bruder.

»Josh«, sagte ich, während der Artikel noch immer geladen wurde. »Willst du auch wissen, warum ich der Zeitung erzählt habe, dass Lucy in der Entzugsklinik war?«

»Nein, ich will nur wissen, warum du ihnen erzählt hast, dass ich mit fünfzehn gegen das öffentliche Trinkverbot verstoßen habe.«

»Ich habe gar nichts erzählt.« Ich überflog den Artikel. *Candace Shapiro sitzt auf dem Sofa ihres schicken Reihenhauses in Center City, die dicken Beine nur ansatzweise übereinandergeschlagen, ein Grinsen auf dem feisten Gesicht, als könne sie ihr Glück noch immer nicht fassen.* »Großer Gott.« Ich las weiter, und da stand es: Joshs Festnahme (er war vor dem Haus eines Freundes mit einem Weinmixgetränk erwischt worden) und das Entzugsklinik-Intermezzo meiner Schwester. Der Artikel erwähnte nicht nur die Höhe meines Vorschusses, sondern auch unsere Adresse und den Kaufpreis unseres Hauses. So etwas hatte ich in meinem Reporterleben nur einem meiner Interviewpartner angetan, und zwar einem Quarterback der Eagles, der in eine extrem schmutzige Scheidung verwickelt gewesen war. »›Auf ihrem ungemachten Bett liegt ein zerknittertes Sommerkleid von Lane Bryant, Größe 46. Das Preisschild hängt noch dran:

399,99 Dollar‹«, las ich laut vor. »Also erst einmal hat das Kleid nur 39,99 Dollar gekostet.«

Es klingelte an der Tür. »Ich geh ran«, sagte Peter, während in der Leitung erneut das Anklopfzeichen zu hören war.

»Lucy?«

»Hier spricht deine Mutter«, sagte meine Mutter mit ihrer sanften, ruhigen Stimme. »Cannie, du weißt, dass ich dich immer gern mit Material für deine Bücher versorge, aber war es wirklich nötig, deiner Leserschaft zu erzählen, dass ich Tanya im Whirlpool des jüdischen Gemeindezentrums kennengelernt habe?«

»O Gott«, stöhnte ich. »Mama, ich habe …«

Die Tür zu Joys Zimmer ging auf, und meine Tochter kam, nackt bis auf einen Dreispitz und einen Kleine-Meerjungfrau-Slip mit einer Zahnbürste im Hosenbund, die Treppe herab. »Ich bin ein Pirat!«

»Ich ruf dich gleich zurück.« Ich legte auf und gab Joy einen Kuss. »Zieh dich bitte an, mein Schatz. Hose und T-Shirt.«

»Treulose Räuberbande«, sagte sie traurig und tapste zurück in ihr Zimmer.

Peter kam mit einem kleinen Paket in die Küche. »Jemand hat dir Plätzchen gebacken.« Er warf das Paket in den Abfalleimer und wusch sich die Hände. »Ich glaube nicht, dass wir sie essen sollten.«

»Was du nicht sagst.« Ich las den Artikel häppchenweise, wobei sich jedes Wort wie ein Schlag in den Magen anfühlte. »›Neurotisch und verbittert‹? ›Zwanghafter Beichttrieb‹? Sie war gar nicht lange genug hier, um zu wissen, wie durchgeknallt ich wirklich bin. Und sie hat Joys Namen falsch geschrieben! Sie heißt nicht Joyce!«

Die Kinderzimmertür ging erneut auf. Statt der Piratenmütze trug Joy jetzt einen Cowboyhut und einen Gurt mit zwei Plastikrevolvern um den nackten Bauch. »Ich bin ein Cowgirl!«

»Hose«, sagte ich streng. »Und T-Shirt.« Normalerweise gingen wir sonntagvormittags zur Old City, um in der Metropolitan Bakery Kaffee und Croissants zu holen. Heute hielt ich das für äußerst unwahrscheinlich. Ich würde mein feistes, womöglich verrücktes Gesicht bestimmt nicht in der Öffentlichkeit zeigen.

»Verflixt«, sagte Joy und stapfte wieder nach oben. Ich starrte auf den Bildschirm, dann las ich weiter:

In Candace Shapiros Haus ist die Präsenz einer Dreijährigen nicht zu übersehen, von den Kekskrümeln auf dem Teppich bis zu dem nur halb zusammengebauten Plastikeinkaufswagen im Wohnzimmer. An unserem gemeinsamen Nachmittag verteilt ihr Hund Nifkin seine Haare überall auf dem Sofa, aber von ihrer Tochter Joyce ist nichts zu sehen. Solange der Trubel anhält, würde ihre Mutter immer wieder als Babysitterin einspringen, sagt Shapiro. »Meine Schwester, die Lebensgefährtin meiner Mutter, die Barista im Starbucks – ich nehme jeden, den ich kriegen kann.« Sie lacht und erzählt, wie ihre frisch aus der Entzugsklinik entlassene Schwester während der Lesereise Joyce einmal versehentlich im Hotelzimmer einsperrte.

Ich knallte den Laptop zu. Es gab also tatsächlich etwas, was mehr wehtat, als in einem Artikel fett genannt zu werden. »Ich soll eine schlechte Mutter sein?« Ich vergrub das Gesicht in den Händen. »Ich kapier's einfach nicht. Sie machte einen so netten Eindruck! Und woher weiß sie eigentlich die Sache mit meiner Mutter und dem Whirlpool?«

»Cannie«, sagte Peter sanft, »hast du die Geschichte damals nicht in der ganzen Redaktion herumerzählt?«

Ich ließ den Kopf hängen. Er hatte recht. Ich hatte die Geschichte in der ganzen Redaktion herumerzählt. In der Regel hatte ich sie mit Sound Effects ausgeschmückt, die ich mit Hilfe eines Strohhalms und einer Coladose erzeugte. »Es war nicht für die Öffentlichkeit gedacht.« Ich sank auf den Küchenstuhl und zuckte zusammen, als ich mich auf etwas Weiches setzte. Wenn ich Glück hatte: Bastelknete. Wenn ich Pech hatte: Weintrauben. »Und all dieser Kram über meine Familie!« Ich ließ beschämt den Kopf hängen. »Sie hat nicht ein einziges Mal nach ihr gefragt! Sie wollte nur wissen, ob ich per Hand oder auf dem Computer schreibe.« Ich blinzelte, um nicht weinen zu müssen. »Warum hat sie das getan? Ich hätte so etwas nie getan.«

Peter zog eine Augenbraue hoch.

»Hätte ich nicht«, insistierte ich. »Wenn ich eine Reporterin interviewt hätte, die ein Buch veröffentlicht hat, dann wäre ich nach Hause gegangen, hätte meinen Artikel geschrieben und meinen Kummer heimlich, still und leise in Alkohol ertränkt.«

Peter zog beide Augenbrauen hoch.

»Okay, okay, vielleicht hätte ich es Bruce angetan«, grummelte ich. »Aber er hat mich verlassen! Er hat mich sitzenlassen! Schwanger und mutterseelenallein! Der Mann hat mein Leben in einen schlechten Country- und Westernsong verwandelt, und es steht mir zu … « Mich an ihm zu rächen, flüsterte mir mein Gehirn ein. »Die Geschichte aus meiner Sicht zu erzählen«, sagte ich stattdessen.

»In Ordnung«, sagte er. »Aber dann darfst du dich auch nicht aufregen, wenn andere über dich Geschichten erzählen.«

»Doch, das tue ich! Was habe ich denn jemals Schlimmes getan? Wen habe ich geschwängert und sitzengelassen? Wann habe ich ...« Ich presste die Fäuste gegen die Augen. Es klingelte wieder an der Tür. Nifkin bellte. »Geh du ran«, sagte ich. »Wahrscheinlich ist es das Jugendamt.« Es war nicht ernst gemeint, aber ich sah sie schon bildlich vor mir: ein paar strenge Sozialarbeiterinnen mit Klemmbrettern und einem Haufen Fragen, und dahinter in diskretem Abstand womöglich eine Polizistin: Ob ich mein krankheitsanfälliges Kind wirklich meiner Schwester anvertraut hätte, die sich nächtens gerne über die Minibar hermachte? Ob ich Joy tatsächlich bei einer Barista gelassen hätte? Bei einer Fremden? Und wenn ich schon so ein rachsüchtiges, hässliches Monster war, wie konnte Peter mich dann lieben? Ich stöhnte, klappte den Laptop wieder auf und blickte auf das Foto, das sie anstelle meines offiziellen Autorinnenfotos verwendet hatten: Es war ein äußerst unvorteilhafter Schnappschuss von der Abschiedsparty eines ehemaligen Redaktionsmitglieds; der Ripp-Pullover betonte meine ausladende Oberweite nur noch stärker, und ich führte gerade eine Gabel mit Kuchenglasur zum offenen Mund, wodurch ich ein höchst unattraktives Doppelkinn zur Schau stellte. *Unersättlich*, lautete die Bildunterschrift.

Peter drückte mich an sich. »Mach dir keine Sorgen. Morgen ist es schon wieder vergessen.«

Ich nickte stumm und wusste, dass mir die Hände gebunden waren. Sicher, ich könnte die Reporterin anrufen oder den verantwortlichen Redakteur – einen von diesen kleingewachsenen, käsigen Männern mittleren Alters, die aussahen, als hätte man ihnen jahrzehntelang Sand ins Gesicht geschleudert, bevor sie auf der Karriereleiter hoch genug geklettert waren, um ihr mangelndes Selbstvertrauen an der nächsten Reportergeneration auszulassen. Ich könnte ihn am Telefon anschreien. Ich könnte an seine Gutherzigkeit appellieren. Ich könnte sogar heulen. Aber es würde nichts nützen. Ich wusste, was er sagen würde. *Natürlich haben wir diese Informationen reingenommen. Das peppt die Geschichte doch erst richtig auf. Es ist eine gute Geschichte.* Das war ich also jetzt geworden. Eine gute Geschichte. Ich hatte mir nichts sehnlicher gewünscht, als Geschichten zu schreiben. Jetzt schien es, als wäre ich, ohne dass ich es gewollt hätte, selbst zu einer geworden.

»Ignorier es einfach«, sagte Maxi, die meine Beraterin in Ruhmesfragen geworden war.

»Wie denn?«, fragte ich. »Mein Bruder redet nicht mehr mit mir. Meine Schwester will mir erst verzeihen, wenn ich ihr zehntausend Dollar für Brustimplantate gebe. Und als ich mich heute Vormittag googelte, stieß ich auf einen Artikel in einer alternativen Wochenzeitschrift, in dem Joy als mein ›unehelicher Balg‹ bezeichnet wurde.«

»Kümmere dich nicht darum«, sagte Maxi mit ihrem eleganten Akzent. »Halte dich vom Computer fern. Er ist das Werkzeug des Teufels. Erstens lesen die Leute ohnehin nur die Schlagzeilen; zweitens erinnern sich diejenigen, die weiterlesen, meist nicht an das Gelesene; und drittens spielen Zeitungen heutzutage sowieso keine Rolle mehr.«

Ich ließ mich aufs Sofa plumpsen und schloss die Augen. Für jemanden, der mal für eine Zeitung gearbeitet hatte, war das kein großer Trost.

»Hast du zufällig die Zeitung von Akron gesehen?«, fragte ich.

»Da ich nun mal nicht in Akron wohne«, begann Maxi.

»Der Rezensent nannte mich frivol! Und albern! Und das von einem Typen, der eine Sozialgeschichte über geschabtes Eis geschrieben hat!«

»Mal im Ernst, was hast du denn erwartet?«, fragte Maxi. »Guten Menschen passiert nur Gutes? Ein tolles Buch, das sich wunderbar lesen lässt? Damit lassen sich doch keine Zeitungen verkaufen. Du solltest froh sein, dass man es überhaupt für wert befindet, über dich zu schreiben.«

Sie hatte recht. Es klang zynisch, aber es stimmte.

»Schnee von gestern«, fuhr Maxi fort. »Du musst nach vorn schauen, nicht zurück.«

»Aber es ist so verrückt!«, sagte ich. »Auf der einen Website steht, ich sei … warte, ich hab's gleich.« Ich scrollte in dem eng gedruckten, satzzeichenlosen Text. (Wahrscheinlich galten Satzzeichen als Instrument des Patriarchats.) »›Die Verfasserin dieses gefährlichen sexistischen Schwachsinns ist eine lippenstifttragende Anhängerin rechtskonservativer Familienwerte.‹ Was soll das heißen? Warum bin ich rechtskonservativ?«

»Das ist wirklich seltsam«, stimmte Maxi zu. »Du trägst fast nie Lippenstift. Hast du mein Päckchen bekommen?«

»Ja, ja, danke, hab ich.« Nachdem in einem Wochenblatt in Los Angeles ein Foto von mir bei einer Lesung erschienen war, hatte mir Maxi ein Carepaket geschickt, das peinlich viel Abdeckcreme enthielt. »Ich kapier's einfach nicht. Mein Buch ›schadet Amerika‹? Warum schade ich Amerika? Ich fahre einen Minivan!«

Maxi überlegte. »Na ja, du könntest jemanden überfahren.«

Ich musste lachen. »Denk ja nicht, dass ich daran nicht schon gedacht habe.«

»Hör einfach auf, die Kritiken zu lesen«, sagte Maxi. »Geh schwimmen, unternimm was. Du hast ein interessantes Leben, ein wunderschönes kleines Mädchen und einen Mann, der dich liebt. Es wird alles gut.«

Ich ging nicht schwimmen. Ich widmete mich der Hausarbeit mit einer Hingabe, die Martha Stewart beschämt hätte. Ich putzte und schrubbte und sortierte, ich buk Muffins und machte sogar meinen eigenen Käse. Ich pflanzte Klematis und Rosen, bei deren Auswahl ich ebenso sehr auf den Namen achtete wie auf Geruch und Blütenform: Märchenkönigin und Zwergenfee, Morning Star und Sommerabend, Gelber Engel und Roter Stern, Harlekin und Dame de Cœur. Ich schrieb nicht, weil ich Joy nicht eine Sekunde aus den Augen ließ. Ich packte jeden Vormittag Sandwiches und Schnabeltassen in die Windeltasche, und dann gingen wir in den Zoo, in den Park, auf den Spielplatz, zu einem Kinderkonzert, ins Aquarium oder ins Kindermuseum. Maxis Vorhersage bewahrheitete sich: Keiner, den ich traf, erwähnte den Artikel. Allerdings waren meine Freunde alle viel zu rücksichtsvoll, um es zu erwähnen, und die meisten Mütter, die ich kannte, waren viel zu beschäftigt, um überhaupt eine Zeitung in die Hand zu nehmen, und wenn sie es doch taten, überflogen sie nur schnell die Schlagzeilen.

Eines Sonntagmorgens im August – Peter schlief noch – waren Joy und ich im Wohnzimmer. Joy spielte mit ihrem Puppenhaus, und Nifkin lag im Körbchen, als das Telefon klingelte. RUF VON EXTERN stand auf der Anzeige. Ich verzog das Gesicht. In letzter Zeit hatte ich immer Peter ans Telefon oder an die Tür gehen lassen, und er musste auch meine Mails vorab sortieren, aber ich wollte ihn nicht aufwecken. Alter Feigling, schalt ich mich und hob ab. »Hallo?«

»Cannie.« Ich erkannte die Stimme sofort. Tief, schmeichelnd und klangvoll. Es war mein Vater.

Meine eigene Stimme hingegen klang hoch und zittrig – wie die eines Mädchens, das im Matheunterricht aufgerufen wird und die Antwort nicht weiß. »Ja?«

»Ich wollte dir gratulieren.« Er hielt inne. »Der Bestsellerautorin.«

Ich versuchte einen geschäftsmäßigen Ton anzuschlagen. »Was kann ich für dich tun?«

»Schön, dass du fragst. Wir hatten bei der Lesung ja nicht wirklich Gelegenheit, uns zu unterhalten.« Wohl wahr, angesichts der Schnelligkeit, mit der er verschwunden war, und außerdem hatte ich die Buchhändlerin gebeten, mich durch den Hinterausgang nach draußen zu bringen.

Ich stand auf und ging im Zimmer auf und auf, während Nifkin wie ein kleiner eifriger, schwarz-weiß gefleckter Stenograf hinter mir hertapste. Es hätte sich da eine Gelegenheit aufgetan, zusammen mit ein paar Chirurgen eine Praxis aufzumachen, die Sache wäre langfristig sehr lukrativ …

»Wie viel?«

Sein Lachen klang überrascht. »Das habe ich immer an dir bewundert.« Sein Lachen ging in Husten über. »Du redest nicht um den heißen Brei herum. Du sagst immer, was du denkst.«

Nein, das warst du, dachte ich. »Wie viel?«, wiederholte ich.

»Aber Cannie«, säuselte er. »Redet man so mit seinem Vater?«

Ich schwieg.

»Einhunderttausend sollten reichen«, sagte er in lockerem Plauderton, so als würde er mich um Wechselgeld für den Parkautomaten bitten.

Ich schüttelte ungläubig den Kopf. »Ich habe keine einhunderttausend Dollar!«

Sein Tonfall wurde gehässig. »Da habe ich aber etwas anderes gehört. Steht im *Examiner* nicht etwas von einem sechsstelligen Vorschuss? Und dein Haus hat doch –«

Ich fiel ihm ins Wort. »Mein Vorschuss wurde mir in fünf Raten ausbezahlt. Meine Agentin bekommt eine Provision, ich zahle Steuern, und ich habe ein Kind.« Ich schüttelte den Kopf. Den Steuerberater nicht zu vergessen. Aber ich schuldete meinem Vater gar nichts, am wenigsten eine Erklärung.

Als hätte er meine Gedanken gelesen, sagte er: »Du solltest nicht vergessen, wem du deine Story zu verdanken hast. Das Leben deiner Heldin … ihre Erfahrungen …«

»Dad.« Das Wort lag mir wie ein totes Insekt im Mund. »Du willst mir doch nicht etwa erzählen, dass du eine Belohnung dafür verdient hast, dass du deine Frau und deine Kinder verlassen hast.«

»So weit hergeholt ist das nicht«, sagte er so hochtrabend wie ein Professor. »Ich habe dir eine Stimme gegeben. Ich habe dir eine Geschichte gegeben.«

»Du – du denkst wirklich …« Ich holte tief Luft. Joy starrte mich an. Ich rang mir ein Lächeln ab und ging mit dem Telefon in die Küche, weg von dem Sofa und dem Couchtisch, der Sonntagszeitung, dem Toast, den ich für Joy in Dreiecke geschnitten hatte, so wie sie es am liebsten mochte, und ihrer Puppe, die sie zärtlich in die Puppenwiege gelegt und zugedeckt hatte. »Du hast mir gar nichts gegeben. Als ich dich in Los Angeles besucht habe, als ich schwanger war, war ich dir völlig egal. Und jetzt willst du mein Geld, weil du glaubst, dass du für das, was ich geschrieben habe, eine Belohnung verdient hast?«

Eine kurze, unbehagliche Pause. »Vielleicht komme ich dich ja mal besuchen«, sagte er in einem Tonfall, aus dem nur ich die Drohung heraushörte. »Vielleicht komme ich dein kleines Mädchen besuchen.«

Ich atmete aus. Mit meinem Atem schwand auch mein Mut. »Bitte«, sagte ich. »Bitte lass uns in Ruhe.«

Ich legte auf, setzte mich aufs Sofa und stützte den Kopf in die Hände. »Mama?«, sagte Joy und tätschelte mein Knie. »Jetzt spielen?«

»Jetzt spielen.« Ich rutschte auf den Boden und zwang mich meiner Tochter zuliebe, zu spielen und zu lächeln.

Zehn Minuten später kam Peter nach unten; er duftete nach Seife und dem Rasierwasser, das Joy und ich ihm zum Vatertag geschenkt hatten.

»Guten Morgen«, sagte er und suchte in dem Zeitungsstapel auf dem Tisch nach dem Kreuzworträtsel. »Wer hat angerufen?«

Ich ging zu ihm, schlang meine Arme um seine Taille und schmiegte mich an ihn. Dann zitierte ich die berühmten Worte des Boxers Roberto Duran, nachdem sein Gegner Hackfleisch aus ihm gemacht hatte: »*No más.*«

»Was?«

»*No más*. Schluss. Aus. Genug.« Es ging nicht darum, dass Bruce der ganzen Welt erzählt hatte, dass ich fett war. Es ging nicht um den Artikel im *Examiner*, der mich als verbitterte, neurotische Frau mit einem Kindheitstrauma und als schlechte Mutter hinstellte (und die Leser sicherheitshalber daran erinnerte, dass ich noch immer fett war). Öffentliche Demütigungen konnte ich überleben. Das hatte ich bewiesen. Nach ein paar Wochen kohlenhydratreicher Ernährung, harten Getränken und langen Spaziergängen mit meinen Freundinnen oder meiner Mutter legte sich das Gefühl, die ganze Welt würde über mich lachen. In Wirklichkeit – das hatte ich nach dem *Moxie*-Artikel, nach Bruce, gelernt – waren die meisten Leute viel zu sehr mit ihren eigenen Problemen beschäftigt, als dass sie sich über die Probleme anderer Leute Gedanken machen würden. Es ging um Joy – um Joy und um Peter und um die Vorstellung, sie in Gefahr gebracht zu haben. Ich war wütend gewesen. Ich hatte ein Buch geschrieben, weil ich wütend gewesen war und mich rächen wollte – aber ich hatte es übertrieben. Es war, als hätte Bruce meine Fensterscheibe eingeschlagen, und ich hatte daraufhin eine Bombe über seinem Viertel abgeworfen. Dabei wollte ich ihm nur so wehtun, wie er mir wehgetan hatte. Ich hatte mich schlecht benommen – *wie mein Vater*, flüsterte mir eine innere Stimme zu –, und das hatte ich jetzt davon. Mit der öffentlichen Demütigung wusste ich fertig zu werden, aber was machte eine Tochter, deren lang verschollener Vater plötzlich wieder auftaucht, sie wie einen Bankautomaten behandelt und ihr droht, seinem Enkelkind einen Besuch abzustatten?

Es klingelte an der Tür. Ich erstarrte. Vielleicht die Sozialarbeiter vom Jugendamt, vielleicht irgendeine Verrückte, die meine Adresse aus der Zeitung hatte, oder aber mein Vater, der sich im schwarzen Anzug zu Joy hinabbeugen würde. Was sollte ihn daran hindern, in Joys Sommerlager aufzukreuzen oder im Kindergarten, mit dem Foto von sich und Joy und seinem Führerschein? Er würde sich als Dr. Shapiro vorstellen und sie »Kätzchen« nennen, und sie würde sich lachend von ihm auf den Arm nehmen lassen und dann … Ich vergrub mein Gesicht an Peters Hals und kniff die Augen zusammen. Genug. *No más.* Ich hatte genug riskiert. Jetzt war Schluss.

Nachdem ich sechs Wochen lang weder die Anrufe noch die E-Mails meiner Agentin beantwortet hatte, setzte ich mich im Schlafzimmer im Schneidersitz auf meine Lieblingssteppdecke, griff zum Telefon und sagte Larissa, während Nifkin sich neben mir zusammenrollte, dass ich ab jetzt Exschriftstellerin sei.

Sie wollte mir nicht glauben. »Cannie«, sagte sie, »eine Schriftstellerin schreibt. Das ist dein Job. Was willst du denn tun? Nur noch Hausfrau und Mutter sein?«

Ich biss mir auf die Lippe. Ich hatte tatsächlich gerade viel Zeit in Joys Sommerlager verbracht. Erst letzte Woche hatte mich ein Lieferant gebeten, die Lohnabrechnung zu unterschreiben. »Ich habe da eine Idee«, sagte ich. Und tatsächlich – so als hätte ich in die Tasche eines seit Monaten nicht getragenen Wintermantels gegriffen und einen Fünfzigdollarschein gefunden – fiel mir in dem Moment etwas ein.

»Bitte sag mir, dass es ein Buch ist«, flehte meine Agentin.

»So was Ähnliches.« Ich schilderte ihr meinen Plan. Mein Verlag veröffentlichte neben zeitgenössischer Literatur, anspruchsvollen Sachbüchern und Diätratgebern, welche in der Regel die ersten beiden Kategorien finanzierten, auch die StarGirl-Reihe.

Vor langer Zeit – 1978, um genau zu sein – war *StarGirl* ein Riesenkinohit gewesen. Seitdem hatte der Film ein ganzes Imperium hervorgebracht: Fortsetzungen, Prequels, Comics, Actionfiguren, Spielsachen, Bettwäsche, Geschenkartikel aller Art und erotische Fan Fiction im Internet. Und mein Verlag gab eine Taschenbuchreihe heraus, welche die im Film eingeführten Figuren auf ihren weiteren Abenteuern begleitete.

StarGirl, die in Wirklichkeit Lyla Dare hieß, war während eines interplanetaren Langstreckenflugs in einem

Raumschiff zur Welt gekommen. Ihre Mutter, eine Wissenschaftlerin, war beim letzten Aufenthalt auf einem Planeten schwanger geworden – Lyla hatte nie erfahren, von wem oder was oder wie. Ihr Weltraumcruiser wurde von Piraten gekapert und legte eine Bruchlandung auf einem unwirtlichen Planeten hin (Eis an der einen Polkappe, Wüste an der anderen, dazwischen scharenweise dinosaurierähnliche Raubtiere). Ihre Mutter war sofort tot. Baby Lyla wurde von einem Rudel Lykanthropen aufgezogen. (Die sprechenden Wölfe waren 1978 wahrhaftig eine kostümbildnerische und visagistische Meisterleistung gewesen.) Als Lyla zwölf Jahre alt war, landete eine Forschergruppe auf dem Planeten und entdeckte die kleine Lyla, die bis auf einen Lendenschurz aus Löwenfell, einer Halskette aus Reißzähnen und einem Rattenskelett als Haarschmuck nackt war. Nachdem sie zwei der Eindringlinge verprügelt und einem dritten den kleinen Finger abgebissen hatte, verpasste man ihr eine Beruhigungsspritze. Man wusch sie, kleidete sie an und brachte sie zu der sogenannten Akademie auf einem namenlosen Planeten, wo man schon bald ihrer telepathischen Fähigkeiten und ihrer unglaublichen Kraft gewahr wurde. Sie wurde zur Attentäterin ausgebildet und patrouillierte fortan als Wächterin durch die Galaxie.

Lyla Dare war ein Meter achtzig groß und hatte blondes Haar, das wie fein gesponnenes Gold zu ihrem knackigen Hintern hinabreichte. Sie hatte veilchenblaue Augen, einen sinnlichen Mund, markante Wangenknochen und eine Figur, die Kriege auslösen konnte (was in wenigstens drei ihrer Abenteuer auch tatsächlich der Fall war). Sie konnte Gedanken lesen, indem sie einen berührte, und heilen, indem sie einen küsste. Aber das Beste war, dass sie sich nichts gefallen ließ. Sie flog ein eigens für sie gebautes Raumschiff namens

Angel (benannt nach ihrer verstorbenen Mutter) und war seit Jahren hoffnungslos in einen Mann verliebt, der Lyla ebenso verzweifelt liebte, sie aber nicht einmal küssen konnte, da er ein Zölibatsgelübde abgelegt hatte, um das Leben seines Bruders zu retten.

Das Ganze hatte gewisse Ähnlichkeiten mit Heathcliff und Cathy im englischen Hochmoor oder Meggie und Pater Ralph auf Drogheda. Die Jugendlichen verschlangen die Romane, und auch viele erwachsene Frauen, die eigentlich aus dem Alter heraus sein und den Kritikern zufolge anspruchsvollere Literatur lesen sollten, labten sich heimlich an Lyla Dares Abenteuern. Als Kind waren diese Bücher mein Ein und Alles gewesen. Ich radelte am Erscheinungstag immer sofort zu dem Buchladen im Einkaufszentrum, zog mich mit dem Buch in mein Zimmer zurück und verbrachte ein paar glückliche Nachmittage in Lylas Welt, deren Probleme so gar nichts mit meinen Problemen zu tun hatten.

»Ich möchte StarGirl-Romane schreiben«, sagte ich.

Am anderen Ende der Leitung hörte ich ein Summen. Dann sagte Larissa mit schwacher Stimme: »Das ist nicht dein Ernst.«

»Doch. Denkst du, sie werden mich lassen?«

»Candace.« Ich hörte förmlich, wie sie sich anstrengen musste, mich nicht anzuschreien oder in den nächsten Flieger nach Philadelphia zu steigen und zwei Muskelprotze anzuheuern, die mich an den Füßen packten und schüttelten, bis das nächste Buch aus mir herausfiel. »Es geht nicht darum, ob man dich lässt. Die StarGirl-Romane werden alle unter Pseudonym verfasst.«

»Ich weiß.« Nicht zuletzt deshalb gefiel mir die Idee ja so gut.

»Und weißt du, was der Verlag pro Buch zahlt? Peanuts!«, quiekte Larissa. »Soll dein Hund wieder dieses Allerweltsfutter fressen?«

»Ich mach's«, sagte ich. »Falls man mich lässt.«

Schweigen. Schließlich sagte sie: »Ich schaue, ob ich sie dazu bringen kann, sie unter deinem Namen zu veröffentlichen.«

»Nein! Ich will J. N. Locksley sein.« Ich stieß den Quilt vom Bett und stand auf. Zum ersten Mal seit Wochen konnte ich mir eine Zukunft vorstellen, die mich nicht in Angst und Schrecken versetzte oder mir ein schlechtes Gewissen bereitete. Ich könnte StarGirl-Romane schreiben. Ich würde arbeiten, Geld verdienen, eine Beschäftigung haben, und niemand würde davon erfahren oder mir Aufmerksamkeit schenken. Ich sammelte drei halb leere Tassen ein und trug sie in die Küche, während Larissa in mein Ohr seufzte.

»Ich muss erst ein paar Telefonate führen«, sagte sie.

Am nächsten Vormittag unterbreitete man mir das Angebot. Larissa hatte den Verlag sogar dazu gebracht, mir pro Buch die fürstliche Summe von fünfzehntausend Dollar zu zahlen und statt der üblichen sechs Wochen drei Monate Zeit zu geben. »Versprich mir nur, dass es nicht für immer ist.«

»Natürlich nicht!«, sagte ich. »Nur, bis sich die ganze Sache etwas beruhigt hat.«

»Versprochen?«, wiederholte sie.

Ich versprach es. Was tat es schon zur Sache, dass ich die Finger hinter dem Rücken über Kreuz hielt? Larissa brauchte ja nicht zu wissen, dass ich mir – ganz zu schweigen von meinem Mann und meiner Tochter – gelobt hatte, nie wieder einen Roman unter dem Namen Cannie Shapiro zu veröffentlichen. In ein paar Jahren, oder gar Monaten, würde Larissa neue Klienten haben und lukrative Verträge für sie abschließen. Andere Bücher würden auf der Bestsellerliste stehen. Mein Vater würde uns nicht mehr belästigen. Die Welt würde mich vergessen. Wir würden in Sicherheit sein.

Schon eine Woche später erhielt ich per FedEx eine sechshundert Seiten dicke Konkordanz mit allen Hintergrundinformationen zur StarGirl-Reihe, zusammen mit einer schwarzen Mappe mit einer zweiseitigen, getippten Grobskizze des Buchs, das ich schreiben sollte. Anfang, Mitte, Ende. Wie ich die einzelnen Teile miteinander verband, war mir völlig freigestellt.

Und genau so war es die letzten zehn Jahre gewesen. Ich schrieb vier StarGirl-Romane pro Jahr – Bücher, die nie rezensiert wurden und nur einen Bruchteil der Verkaufszahlen von *Große Mädchen weinen nicht* erreichten, aber, nach den Briefen und den E-Mails zu urteilen, die meine Lektorin an mich weiterleitete, die Fans glücklich machten. Und mich machten sie auch glücklich.

Sechs Monate nach der Veröffentlichung von *Große Mädchen* kehrte Bruce Guberman nach Amerika zurück und schockte die Welt (oder zumindest mich), indem er seine Doktorarbeit abschloss und die Schubserin heiratete, die ich irgendwann bei ihrem richtigen Namen zu nennen lernte. Emily. Emily Guberman. Geht flott von der Zunge, sage ich immer.

Mein Vater ließ nie wieder von sich hören, und ich versuchte auch nie, ihn ausfindig zu machen – weder online noch in Real Time. Lasst die Toten ihre Toten begraben, dachte ich, was angesichts der Tatsache, dass weder ich noch mein Vater tot waren, aus meinem Mund genau so wenig Sinn ergab wie damals aus dem Mund von Jesus. Aber ich fand den Gedanken dennoch irgendwie tröstlich.

Nifkin, der über zehn Jahre lang mein ständiger Begleiter gewesen war, starb, als Joy vier Jahre alt war. Eines kalten Novemberabends, als der Wind so kräftig blies, dass die Jalousien im Schlafzimmer klapperten, ließ er sich von mir nach oben tragen, wo ich ihm seine allabendlichen Tabletten mit einem Löffel Hüttenkäse verabreichte. Dann rollte er sich in seinem Körbchen neben dem Kamin zusammen, schloss die Augen, seufzte, und ein Zittern ging durch seinen kleinen, gefleckten Körper. Dann versteifte er sich, und seine Krallen kratzten kurz über die Dielen. Ich saß mit tränenüberströmtem Gesicht neben ihm und tätschelte seinen Kopf: *Guter Hund, guter Hund, so ein guter Hund.*

Als Bruce bereits wieder einige Monate im Land war, bat ich Audrey um seine Nummer, nahm all meinen Mut zusammen und rief ihn an.

»Ich denke, du solltest deine Tochter kennenlernen«, sagte ich.

»Das ist sehr großzügig von dir«, sagte Bruce kalt.

»Ich glaube, es würde ihr gefallen.« Ich holte tief Luft und blickte sehnsüchtig zur Weinflasche. »Ich möchte mich entschuldigen«, stieß ich hervor. »Für mein Buch.« Er schwieg. »Es tut mir leid. Ich … ich wollte nicht … Ich meine, es wäre gelogen, wenn ich sagen würde, dass ich dir damals nicht wehtun wollte, aber ich hätte nie gedacht, du weißt schon, welche Ausmaße die Sache annehmen würde.«

»Mein Anwalt«, sagte Bruce, »wird sich mit dir in Verbindung setzen.«

Zwei Monate später trafen wir uns in einem Diner in Cherry Hill und einigten uns während des ungemütlichsten Pancake-Essens, das ich je über mich ergehen ließ, auf folgendes Arrangement: Bruce würde Joy jeden zweiten Sonntag bei mir zu Hause abholen und sie zwei Stunden später wieder bei mir abliefern. Im Laufe der Jahre hatten sich die Bestimmungen etwas gelockert. Bei Joys Abschlussfeier in der sechsten Klasse waren wir beide dabei gewesen, wenn auch auf entgegengesetzten Seiten der großen Aula. Aber es war ein Fortschritt.

Und was mich angeht, die Candace Shapiro, die Interviews und Lesungen gab und die auf ihrer Website humorvolle Geschichten aus dem Leben ihrer Tochter erzählte – diese Candace Shapiro gibt es nicht mehr. Ich pflege meine Website nicht mehr. Ich beantworte keine Fanpost. Ich schreibe keine lobenden Zitate für andere Autoren, und ich besuche keine Literaturclubs. Letztes Jahr war ich eine Antwort bei *Jeopardy!* (»Diese Autorin landete mit *Große Mädchen weinen nicht* einen fetten Hit.« Die Kandidaten hatten die Antwort nicht gewusst.) Ich pflanze nach wie vor meine eigenen Kräuter an und backe Muffins. Ich wasche die Wäsche und entspanne mich bei alltäglichen Erledigungen wie dem Bügeln. Vormittags, wenn Joy in der Schule ist, schreibe ich über Lyla, da draußen in den Weiten des Weltraums. Und nachmittags habe ich immer Zeit, um Joy und ihre Freunde irgendwo hinzufahren oder ein Paket entgegenzunehmen, unsere Sachen aus der Reinigung abzuholen oder zehn Kilo Kartoffeln für die Chanukka-Feier in der Synagoge zu schälen. Ich gehe nur ans Telefon, wenn ich sehe, wer anruft. Die Haustür öffne ich nur, wenn ich Besuch erwarte. Und ich versuche, so gut es irgendwie geht, meine Tochter vor dem zu schützen, was ich vor all diesen Jahren geschrieben und getan habe.

Zweiter Teil

Amsterdam

16

Am Samstag hielt meine Oma Ann um zehn Uhr vormittags in ihrem kleinen Hybridauto, dessen Stoßstange ein einziges rot-weiß-blaues Sammelsurium von Antikriegs- und Rettet-die-Umwelt-Aufklebern war, vor unserem Haus. Sie hupte, winkte meiner Mutter durch das Fenster zu und küsste mich, nachdem ich eingestiegen war, auf die Wange.

»Was verschafft mir die Ehre?«, fragte sie, während ich mich anschnallte.

Meine Detektivarbeit, dachte ich, aber ich sagte: »Du hast mir gefehlt ... und ich bin gern bei dir zu Hause.« Meine Großmutter lächelte, stellte den Kultursender im Radio ein und fuhr los.

Früher wohnte Oma Ann in Avondale, etwa zwanzig Minuten außerhalb der Stadt, in einem großen Haus im Kolonialstil mit vier Schlafzimmern und einem smaragdgrünen Rasen zur Straße hin. Dann ließen sie und ihr Mann sich scheiden, und die Kinder zogen von zu Hause aus. Sie lebte eine Zeitlang allein, bis sie Tanya kennenlernte. Sie waren sieben Jahre lang zusammen gewesen und hatten sich sogar verpartnert, doch dann ließ Tanya sie wegen eines Klempners sitzen, den sie bei einem Wochenendseminar für Achtsame Ernährung kennengelernt hatte. (»Ist Tanya noch immer auf dem Vegetariertrip?«, hörte ich meine Mutter Tante Elle fragen, als diese uns die Nachricht persönlich überbrachte. »Na ja, scheint so, als wollte sie wieder mal ein Stück Fleisch in den Mund nehmen«, antwortete Tante Elle trocken. Meine Mutter warf ein Geschirrtuch nach meiner Schwester. »Kleine Kinder, große Ohren!«, zischte sie und zeigte mit dem Kopf in meine Richtung.)

Vor zwei Jahren hatte meine Oma dann Mona kennengelernt, bei einer lesbischen Friedensdemo an der Freiheitsglocke. Mona ist Juraprofessorin an der Temple-Universität. Oma Ann war mal Sportlehrerin. (»Und jetzt ist sie lesbisch«, hatte Onkel Josh bei einem Familienseder gesagt. »Das sollte uns eigentlich nicht überraschen.«) Letztes Jahr hatten Oma und Mona ihre jeweiligen Häuser verkauft und sich zusammen ein nagelneues Haus für altersgerechtes Wohnen in einem Neubaugebiet in Bryn Mawr gekauft. In dem neuen Haus ist alles auf einer Ebene, die Türöffnungen sind breit, die Ablageflächen niedrig, und in allen Bädern sind Haltegriffe neben den Toiletten. (»Deine Großmutter trifft schon Vorbereitungen für ihre alten Tage«, sagte meine Mutter. »Wir sollten sie einfach auf einer Eisscholle aussetzen, dann wäre das Thema erledigt«, sagte Tante Elle.) Oma und Mona laden oft Freunde zum Essen ein, sind Mitglieder in einem Lesekreis, und sie nehmen fast jede Woche irgendwo in der näheren Umgebung an einer Demo oder einem Protestmarsch teil. Mona ist politisch sehr engagiert, und meine Großmutter leistet ihr gerne Gesellschaft, auch wenn sie sich normalerweise ab einem bestimmten Punkt langweilt und mich und meine Mutter anruft, obwohl im Hintergrund noch die Reden im Gange sind. (»Worum geht's bei der Demo?«, hatte ich das letzte Mal gefragt. »Bleib dran«, schrie meine Großmutter ins Telefon. »Ich schau mal, was auf den Transparenten steht!«)

Die gute Nachricht ist, dass ich bei Oma machen kann, was ich will. Oma Ann ist das, was meine Mutter als

»laissez-faire« bezeichnet und was Tante Elle einfach nur »faul« nennt. Wenn ich bei ihr bin, hält sie sich normalerweise im Garten oder in der Küche auf, oder sie erledigt ihre Bankgeschäfte am Computer oder telefoniert mit Mona, die viel Zeit zum Telefonieren hat, obwohl sie einem dauernd erzählt, wie beschäftigt sie ist. Ich kann essen, was ich will, beim Hausaufgabenmachen Musik hören, und einmal bin ich sogar ohne Helm mit dem alten Fahrrad meiner Mutter gefahren, ohne dass meine Oma etwas dagegen gesagt hat.

An diesem Samstag stieg ich aus dem kleinen Auto und folgte meiner Oma in die Küche, wo sie für das Pessachfest einen koscheren Auflauf mit Matzemehl, Rosinen und Ziegenkäse zubereitete. »Eine Handvoll Chilischoten anbraten, häuten und klein hacken«, las sie aus dem Kochbuch vor. Ihre Bifokalbrille rutschte die Nase hinab, und sie warf den Kopf nach hinten, um sie wieder zurechtzurücken. Oma Ann hat kurze graue Haare, die sie nicht färbt und die normalerweise wild vom Kopf abstehen. Sie hat rote Wangen und die gleichen grünen Augen wie meine Mutter. Sie ist pummelig, hat aber dünne Beine und Arme, sodass sie aussieht wie ein Apfel, aus dem vier Zahnstocher herausragen. »Denkst du, ich kann stattdessen auch eine rote Paprika nehmen?«, fragte sie.

»Wahrscheinlich schon.« Insgeheim dachte ich, dass sich der ganze Auflauf schrecklich anhörte und dass die Chili-oder-Paprika-Frage noch das geringste Problem war.

»Habe ich eine rote Paprika?«

Ich sah in den Kühlschrank. »Nein.«

»Grüne Paprika?«, fragte sie noch skeptischer. Ich schüttelte den Kopf. »Hm, dann gib mir eine Zwiebel.«

Ich gab ihr die Zwiebel und sah ihr zu, während sie hackte und einen Song von Holly Near mitsummte.

»Sag mal«, begann ich. Ich überlegte seit Wochen, wen ich was fragen sollte. Es war gut gewesen, Alden Langley Chernowitz gefunden zu haben. Auch das Gespräch mit Tante Elle hatte geholfen, aber Tante Elle war wohl das, was meine Englischlehrerin eine »unzuverlässige Erzählerin« nennen würde.

»Hatte meine Mutter in der Schule einen Freund?«

»Ja, klar. Viele.« Sie gab die gehackte Zwiebel zu dem gekochten braunen Reis in der Backform. »Footballspieler, Fußballer …« Sie studierte mit halb zusammengekniffenen Augen das Kochbuch, dann sah sie mich an. »Nein, warte, das war Lucy.«

Typisch. »Und was war mit meiner Mutter?«

»In der Highschool? Ich erinnere mich nur an einen.« Sie sah mich scharf an. »Hast du einen Freund?«

Für einen kurzen Moment dachte ich an Duncan Brodkey – wie seine Augen in dem grünen Hemd, das er damals im Computerraum getragen hatte, grüngold aussahen, wie er immer kurz zögerte, bevor er im Unterricht eine Frage beantwortete, so als hätte er etwas Besseres zu tun, als an Algebra oder französische Verben zu denken. »Nein«, sagte ich. »Ich wollte nur wissen, wie es bei Mama war.«

»Ich weiß, dass sie einen Freund hatte, der älter war als sie.« Sie wandte mir den Rücken zu, öffnete das Gewürzschränkchen und murmelte »Oregano«. »Sie hat ihn kennengelernt, als sie als Gasthörerin einen Kurs am Community College belegt hat. Wie hieß er gleich noch mal? Brian? Ryan? So ähnlich jedenfalls. Brian oder Ryan.«

»Ach so.« Ich konnte mich nicht erinnern, dass »Allie« in *Große Mädchen weinen nicht* in der Highschool mit einem älteren Jungen zusammen war. Sie hatte an der Uni mit einem älteren Professor geschlafen und auch ein »Intermezzo« mit einem Polizisten gehabt, der sie wegen eines kaputten Rücklichts angehalten hatte, und sie hatte viele Freunde gehabt, obwohl »Freund« wahrscheinlich nicht das richtige Wort war für Typen, mit denen sie nur geschlafen hatte.

»Sie sind lange zusammen gewesen. Ihr letztes Jahr in der Highschool und das ganze Studium hindurch.« Sie warf wieder den Kopf in den Nacken. »Oder hieß er vielleicht Colin? Hm, irgendwie sagt mir der Name was.«

»Sie waren während ihres ganzen Studiums zusammen?« Das stimmte überhaupt nicht mit dem Buch überein, in dem Allie vier Jahre lang die Macker reicher Tussis studiert hatte. An der Stelle hatte mir meine Mutter so leidgetan, dass ich die ganze Passage mit Filzstift durchgestrichen hatte. Ich wollte nicht, dass sie mir leidtat. Es war leichter, einfach nur wütend auf sie zu sein.

»Soweit ich weiß«, sagte meine Großmutter und hielt mir ein offenes Glas unter die Nase, »war er ihr erster Freund. Vor Bruce. Wenn ich mich doch bloß an seinen Namen erinnern könnte!« Oma Ann strich sich mit einer Hand über ihre Igelfrisur, dann nahm sie ein anderes Glas aus der Speisekammer und hielt es, den Arm ausgestreckt, vor sich. »Ist das Oregano?«

Ich blickte auf das Etikett. »Koriander.«

»Fast das Gleiche«, sagte sie fröhlich und streute ihn über die gehackten Zwiebeln. Ich hätte ihr am liebsten noch mehr Fragen gestellt – über den ersten Freund meiner Mutter und über Bruce –, aber fürs Erste war es wohl besser, wenn ich mich etwas zurückhielt und selbst weiterforschte.

Ich ging ins »Bonuszimmer«, einen großteils leeren Raum mit einem staubigen Fernsehgerät in einer Ecke, beigefarbenem Teppichboden und weiß getünchten Wänden. (Da sich Oma und Mona auf keine anderen Farben einigen konnten, sind in dem Haus alle Teppichböden beigefarben und alle Wände weiß.) An einer Wand standen strapazierfähige Plastikregale mit Kisten voller Sachen aus den früheren Leben von Oma und Mona: Zeugnisse und Halloweenkostüme, Fotoalben und Langspielplatten und sogar Hochzeitsalben von ihren lang zurückliegenden Hetero-Ehen.

Ich fand einen Karton mit Pullovern, deren Ärmel mit Zedernholzstückchen ausgestopft waren, dann eine Kiste mit Kassetten, auf denen in Tante Elles Schrift HITPARADE stand. Das war gut. Ich mochte Oldies. Ich fand ein staubiges Kassettenradio, steckte den Stecker in die Steckdose, legte eine Kassette ein und lächelte, als ich die noch jüngere, aber unverwechselbare Stimme meiner Tante hörte: »Hier ist Lucy Beth Shapiro, mit den vierzig meistverkauften Schlagern des Jahres 1982!« Dann kündete sie einen Song von Quarterflash an. »I'm gonna harden my heart / I'm gonna swallow my tears«, kreischte die Sängerin. Ich drehte den Ton lauter und schlug ein Fotoalbum auf, um weiter nach Beweisen zu suchen, wie meine Mutter wirklich gewesen war.

Das erste Album enthielt nur Babybilder, und da man meine Mutter und ihre Geschwister als Babys praktisch nicht auseinanderhalten konnte, legte ich es zur Seite. Im nächsten Album fand ich ein Foto von meiner Mutter, auf dem sie zirka zwölf oder dreizehn Jahre alt sein musste und ein leichtes Volantkleid trug. Ihre Bat-Mizwa? Ich blätterte um. Auf dem nächsten Foto standen meine Mutter, ihr Bruder und ihre Schwester in brandneuen dunkelblauen Jeans und gestreiften T-Shirts steif vor ihrem alten Haus. Tante Elle hatte ihre Haare zu schiefen Cornrows geflochten. Meiner Mutter fielen die Haare offen auf die Schultern, und ihr Lächeln offenbarte eine Zahnlücke, die später wohl von einer Spange korrigiert worden war.

Es gab Bilder von Rosch ha-Schana, auf denen meine Mutter und Tante Elle Faltenröcke und braune Strumpfhosen trugen und Onkel Josh eine schief hängende gestreifte Krawatte um den Hals gebunden hatte; Bilder von Thanksgiving, auf denen sie zu fünft um einen Truthahn herumsaßen, und von Chanukka (der gleiche Tisch, mit einer Menora statt des Geflügels). Bilder, auf denen sie Schlittschuh liefen und Eishockey, Baseball oder Fußball spielten. Mein Großvater hatte dunkles gelocktes Haar, das im Laufe der Jahre an den Schläfen immer mehr ergraute. Auf den meisten Bildern trug er eine dunkle Brille, und manchmal klemmte ein Zigarrenstummel zwischen seinen Zähnen. Er lächelte kaum, und wenn er es doch tat, dann war es eher ein hartes Grinsen, das nicht glücklich wirkte.

Ich erinnerte mich, als ich als Kind zum ersten Mal ein Bild von ihm gesehen hatte, vielleicht sogar in diesem Album. Wir waren an Thanksgiving bei meiner Großmutter gewesen. *Wer ist das?*, hatte ich gefragt und auf ihn gezeigt. Meine Mutter und ihre Geschwister hatten mir über die Schulter geschaut. *Dr. Evil*, sagte Tante Elle. *Lord Voldemort*, sagte Onkel Josh. *Das ist unser Vater*, sagte meine Mutter, dann beugte sie sich vor, wobei ihre Haare meine Wange streiften, und blätterte um.

Ich drehte die Musik noch lauter und nahm das nächste Album. Die Zeit verging. Oma Ann wurde dicker, und ihre Haare wurden kürzer und blonder, zuerst föhngewellt, dann gestuft, dann wieder glatt und mit dunkel getönten Haarspitzen. Ihre Kinder wurden älter. Nur ihr Mann, mein Großvater, veränderte sich nicht stark. Sein Bart wurde etwas länger, seine Sakkoaufschläge und Hemdkragen etwas schmaler, und einmal trug er keinen Schnurrbart, aber dann hatte er ihn sich wieder wachsen lassen. Das war alles.

»Chicago!«, kreischte Elles Stimme aus den Lautsprechern. »›Hard to Say I'm Sorry‹! Ich liebe diesen Song!«

Ich grinste und blätterte langsam weiter. Meine Mutter wechselte ihre Frisur von einem Pferdeschwanz zu einer Farrah-Fawcett-Mähne – jemand hätte ihr wirklich sagen sollen, dass das ein Fehler war. Ich sah, wie ihre Brüste und ihre Nase immer größer wurden, während Chicago von John Cougar abgelöst wurde und der wiederum von der J. Geils Band. Endlich kam ich zu der Seite, die ich mir erhofft hatte – meine Mutter bei ihrer Bat-Mizwa, mit kurzen Haaren und einer Zahnspange, vor dem Eingang zur Synagoge. Sie trug ein langes schwarzes Kleid mit einem rosa Blumenmuster, einer rosafarbenen Schärpe und einem Rüschensaum am Rock und an den Ärmeln, dazu wieder eine braune Strumpfhose (*völlig daneben*, hörte ich die Stimme von Amber Gross in meinem Kopf), schwarze flache Schuhe, und bis auf ein Paar goldene Ohrstecker keinerlei Schmuck. Sie sah schrecklich aus – so furchtbar, dass ich gar nicht glauben konnte, dass ihre Mutter sie so aus dem Haus, geschweige denn zu ihrer eigenen Bat-Mizwa hatte gehen lassen. Kein Wunder, dass sie keine Party gehabt hatte. In dem Aufzug wollte sie sich wahrscheinlich erst gar nicht in der Öffentlichkeit blicken lassen.

Als die Kassette zu Ende war, suchte ich nach der nächsten. In der Schuhschachtel waren noch ein halbes Dutzend Hitparaden-Kassetten von 1982, und eine mit der Aufschrift »Lesung 1974« in einer schmalen, schrägen Handschrift, die ich noch nie zuvor gesehen hatte. Neugierig steckte ich sie in den Rekorder und drückte die Abspieltaste.

»Es war einmal vor langer, langer Zeit, da herrschte eine wunderschöne, aber böse Königin über das Land«, hörte ich eine tiefe Männerstimme. Im ersten Moment glaubte ich, es wäre mein Vater.

»Nicht die Geschichte von der Hexe!«, sagte eine Kinderstimme. Meine Mutter?

»Wie soll Schneewittchen ohne die Hexe aber an den vergifteten Apfel kommen?«, fragte eine andere Kinderstimme. Ich lächelte. *Das* war meine Mutter. »Wenn sie die Hexe nicht trifft, dann kommt sie nicht in den Glassarg, und dann kann sie den Prinzen nicht kennenlernen.«

»Ich überspringe die Passage einfach«, sagte die Männerstimme sanft. Mir lief es kalt über den Rücken, als mir bewusst wurde, wessen Stimme es war: die meines Großvaters.

»Aber dann ergibt die ganze Geschichte keinen Sinn!«

»Dann lese ich es eben ganz schnell.«

»Ganz, ganz schnell«, sagte Elle.

»Baby«, flüsterte meine Mutter.

»Sch«, sagte der Mann und begann wieder zu lesen: »Die Königin besaß einen Zauberspiegel, und jeden Abend sah sie in den Spiegel und fragte: Spieglein, Spieglein an der Wand, wer ist die Schönste im ganzen Land?«

»Bin ich schön?«, fragte Tante Elle.

»Natürlich bist du schön«, schmeichelte ihr Vater. »Meine beiden Mädchen sind wunderschön.«

Ich hörte mir die ganze Kassette an, *Schneewittchen* und *Rotkäppchen* und *Wo die wilden Kerle wohnen*, mit all den Zwischenrufen der kleinen Mädchen. Tante Elle fragte dauernd, ob sie auch später, wenn sie erwachsen war, noch so hübsch sein würde. Meine Mutter schien sich mehr dafür zu interessieren, ob sie zum Frühstück French Toast haben könnten.

Der Mann verlor nie die Geduld. Er beantwortete alle ihre Fragen ruhig und freundlich. Er klang nett. Mehr als nett. Er klang wunderbar.

Als die Kassette zu Ende war, nahm ich sie aus dem Rekorder und steckte sie in meinen Rucksack. Es war ein Anhaltspunkt – ich wusste nur noch nicht, wofür.

Als ich zurück in die Küche ging, saßen meine Mutter und Oma Ann am Tisch und unterhielten sich leise.

»Bleibt doch zum Essen«, bat meine Oma und nahm um fünf Uhr den Auflauf aus dem Ofen.

»Nein, danke«, sagten meine Mutter und ich wie aus einem Mund. Sie lächelte mich an, und für einen klitzekleinen Moment fühlte es sich wieder so an wie früher – bevor ich einen Jungen geküsst und mich in der Mittagspause an einen anderen Tisch gesetzt hatte, bevor ich *Große Mädchen weinen nicht* gelesen und meine Mutter gegoogelt hatte.

Dann wandte ich mich ab, und meine Mutter sagte: »Im Ernst, Mama. Hier riecht's, als ob etwas in deinen Ofen gekrochen und darin verreckt ist.«

»Musst du immer so vulgär sein?«, sagte Oma Ann. »Mona liebt meine Aufläufe.«

»Das will ich gar nicht wissen«, sagte meine Mutter. »Wir sehen uns morgen.« Ich zog den Reißverschluss meines Rucksacks zu, vergewisserte mich, dass die Kassette in der Vordertasche sicher verstaut war, gab meiner Großmutter einen Kuss und folgte meiner Mutter nach draußen.

»Anschnallen«, sagte meine Mutter, während sie den Minivan rückwärts aus der nagelneuen, extrabreiten, mit kurzen kleinen Kiefern gesäumten Zufahrt lenkte.

Ich tat wie geheißen und sah sie dabei immer mal wieder von der Seite an. Was war mit dem Mann passiert, der ihr Gutenachtgeschichten vorgelesen hatte? Hatte meine Mutter jemals ihre Mutter gehasst oder Hautcreme geklaut oder sich für sich und ihre Familie geschämt? Wer bist du?, fragte ich mich, während sie mit beiden Händen das Steuer hielt, die Augen auf die Straße gerichtet. Wer bist du, und wer bin ich?

»Können wir beim Buchladen vorbeifahren?«, fragte ich, als wir wieder in der Stadt waren.

»Natürlich. Was brauchst du denn?«

»*Herr der Fliegen*.«

»Das haben wir zu Hause. Ich habe es auch gelesen, als ich so alt war wie du.« Sie lächelte, offenbar in der Hoffnung, dass ich zurücklächelte. »Du weißt schon, als die Erde noch von Dinosauriern bevölkert war.«

»Ha.« Als du so alt warst wie ich, dachte ich, hast du dir schon von dem sechzehnjährigen Nachbarsjungen unter den Badeanzug fassen lassen – zumindest im Buch. »Deine Ausgabe hat überall Anmerkungen und Notizen«, sagte ich und schaltete das Radio ein, damit ich nichts sagen musste. Wir schwiegen, bis sie mich vor dem Barnes & Noble in der Walnut Street absetzte.

»Ich warte vor dem Rittenhouse Hotel. Ruf mich auf dem Handy an, wenn du fertig bist.«

Ich sagte, dass ich das tun würde, und ging in den Buchladen. *Herr der Fliegen* war schnell gefunden, und nachdem ich bezahlt hatte, blickte ich aus dem Fenster. Der Minivan war nirgends zu sehen. Ich klemmte meinen Rucksack unter den Arm und lief über die Straße ins Kiehl's. Die Türglocke bimmelte, und die drei Verkäuferinnen in den Laborkitteln blickten auf. »Können wir Ihnen helfen?«, fragte eine von ihnen und lächelte mich freundlich an. Sie war jung, trug ihre hellen Haare in einer schulterlangen Pagenkopffrisur, und auf ihrem Handrücken befanden sich Streifen in verschiedenen Rosatönen.

Ich holte tief Luft. »Äh, ich … ich war vor ein paar Wochen schon mal hier, und da habe ich das hier« – ich zeigte ihr die Antifaltencreme – »aus Versehen eingesteckt. Ich wollte dafür bezahlen, habe es aber vergessen.«

Die Frau sah mich kühl an. »Neunzehn fünfundneunzig«, sagte sie. Ich zog einen Zwanzigdollarschein aus der Tasche. »Plus Mehrwertsteuer.« Ich legte noch zwei zerknitterte Dollarscheine dazu. »Entschuldigung«, sagte ich und rannte zur Tür hinaus, ohne auf das Wechselgeld zu warten.

17

Es wäre eine perfekte Frage für Ann Landers gewesen: Wo und wie fragt man seine kleine Schwester, ob sie einem vorübergehend ihre Gebärmutter zur Verfügung stellt?

Peter und ich hatten unsere Bewerbung zusammen mit unseren Steuerbescheiden und der Anmeldegebühr an die Leihmutteragentur geschickt. Aber ich hatte beschlossen, in der Zwischenzeit die Suche selbst in die Hand zu nehmen. Es erschien mir völlig logisch, Elle zu fragen. Sie hatte die richtigen Körperteile. Ich hatte das nötige Kleingeld. Und wenn meine Schwester unser Kind austrug, würde die Sache in der Familie bleiben. Ich fand die Argumente sehr einleuchtend – nur: Wie sollte ich es Elle sagen?

Dank meiner ehrenamtlichen Tätigkeit in der Bibliothek und im Krankenhaus hatte ich schon einiges an Erfahrung, wenn es darum ging, betuchte Leute um einen Teil ihres Vermögens zu erleichtern. Vor sechs Jahren war ich als Teil eines dreiköpfigen Ausschusses zur Villa eines ehemaligen Fernsehstars in Radnor gepilgert, um von ihm die in meinen Augen schier unvorstellbare Summe von fünfzehn Millionen

Dollar zu erbitten. Der in der Zwischenzeit ergraute Exstar, der aber auch mit Mitte sechzig noch eine beeindruckende Erscheinung war und dessen Auszeichnungen eine ganze Wand einnahmen, hatte nicht einmal mit der Wimper gezuckt, als er uns den Scheck ausstellte. Andererseits hatte er damals gerade einen Prozess wegen sexueller Belästigung am Hals, weil er Jahre zuvor als Gastmoderator einer Spielshow die Assistentinnen unsittlich begrapscht hatte, und der Scheck bescherte ihm eine äußerst gute Presse.

Im Laufe der Jahre hatte ich Fremde, Freunde und Bekannte um alles Mögliche gebeten – um Geld, um Zeit und um Spenden, von Hamantaschen für den Purim-Umzug des Kindergartens bis zu Tausenden von Dollar für den neuen Aufenthaltsraum des Kinderkrankenhauses. Aber keine Anfrage war so heikel gewesen wie diese – dessen war ich mir sicher, während ich mich in der blau und grün gekachelten Umkleide in einem der luxuriösesten Day Spas in Center City meiner Kleidung entledigte und in einen schweren weißen Bademantel schlüpfte.

Das Spa war die Idee meiner Mutter gewesen. »Lade sie irgendwohin ein, wo es nett ist und wo sie sich entspannt«, hatte sie vorgeschlagen. Dann hatte sie sich gleich mit eingeladen, um ja keine Sekunde des Dramas zu verpassen. Mein Beitrag war gewesen, das Personal dazu zu bringen, den sonst üblichen Kräutertee durch Champagner zu ersetzen. Darüber hinaus war ich mit Wein, Schokolade und meinem Scheckbuch bewaffnet. Irgendwann zwischen dem Minze-Mojito-Peeling und der warmen Weidenrindenpackung würde ich meiner Schwester die Sache erklären. Elle würde bis dahin wahrscheinlich so glückselig sein, dass sie umgehend einwilligen würde. Vielleicht würde sie sogar bei uns einziehen, dachte ich, ohne mir fürs Erste darüber

Gedanken zu machen, was Peter dazu sagen würde. Joy würde begeistert sein, sobald sie sich erst einmal mit dem Gedanken angefreundet hatte, dass ihre Tante das Baby ihrer Eltern austrug – was angesichts der Toleranz-und-Vielfalt-Philosophie ihrer teuren Privatschule nicht allzu lange dauern sollte. Ich sah schon bildlich vor mir, wie wir alle drei ins Schwangerenyoga gingen oder lange Spaziergänge im Fairmount Park machten, wie Elle und ich für Fotos posierten, auf denen ich meine Hand auf ihren Bauch legte, wie wir in unserer Küche gesunde, nahrhafte Mahlzeiten zubereiteten …

Ein angewidertes Stöhnen durchschnitt die nach Eukalyptus duftende Luft. »Um Himmels willen, Mutter!« Ich hob den Kopf. Auf dem Schild über dem Whirlpool stand KLEIDUNG OPTIONAL. Ergo hatte meine Mutter ihren Bademantel abgestreift, um nackt in den Whirlpool zu klettern. Elle wich beim Anblick der Krampfadern, des Hängebusens und des Schwabbelbauches entsetzt zurück und hielt sich die Augen zu, während unsere Mutter in das dampfende Wasser stieg und sich friedlich lächelnd unter einem Wasserfall niederließ. »Das ist eure Zukunft, Mädchen«, rief sie. »Begrüßt sie mit offenen Armen.«

»Das überlassen wir Mona«, sagte Elle, deren gertenschlanker, gebräunter und gewachster, manikürter und pedikürter Körper nicht einen einzigen Dehnungsstreifen oder ein überflüssiges Haar aufwies.

»Hier, trink etwas«, sagte ich und drückte meiner Schwester eine Champagnerflöte in die Hand. Elle schlüpfte mit finsterer Miene aus ihrem Bademantel und ihren Slippern, was einen orangefarbenen Bikini und entsprechend lackierte Zehennägel zum Vorschein brachte, und stieg mit ihrem Champagnerglas in den Whirlpool. Sie setzte sich so weit wie möglich weg von unserer Mutter und trank ihr Glas in einem Zug leer. »Noch mehr Champagner?«, fragte ich, während sich meine Schwester Gurkenscheiben auf die Augen legte. Ohne den Kopf von ihrem wasserdichten Kissen zu heben, streckte mir Elle ihr Glas entgegen. »Wie ich es sehe, so soll es sein«, sagte sie. Meine Mutter lächelte glückselig. Ich holte tief Luft und tauchte mit dem Kopf unter das sprudelnde Wasser.

Irgendwann zwischen ihrem fünfzehnjährigen Klassentreffen und letztem Thanksgiving entdeckte meine Schwester das, was sie ohne jegliche Ironie »den Sinn meines Lebens« nennt. Elle ist jetzt Be-istin, vom englischen Verb *to be* – sein. (»Ein Biest?«, hatte Joy gefragt, als Elle zu uns gekommen war, um es zu verkünden.)

Be-ismus kam 2005 auf, als Jane Myer – eine geschiedene, permanent vom Pech verfolgte Bankangestellte aus Südafrika mit fünfzig Pfund Übergewicht und einer äußerst unvorteilhaften Dauerwelle – auf einem Flohmarkt ein altes Selbsthilfepamphlet fand. Das Pamphlet, eine vereinfachte Darstellung der Macht positiven Denkens, wies die Armen und Bedürftigen an, sich das, was sie sich am meisten wünschen, einfach vorzustellen. Wenn sie sich nur lange und fest genug auf das Bild konzentrierten, würde das, was sie sich visualisierten, ihnen gehören. »*See it, be it* – Sehen ist gleich sein«, lautete das Mantra von Jane Myer. Ihr gleichnamiges Buch verkaufte sich innerhalb einer Woche nach seinem Erscheinen eine halbe Million Mal, und das war noch gewesen, bevor die mittlerweile schlankere, glatthaarige Jane auf Lesereise ging und Talkshow-Moderatoren und Fernsehzuschauer gleichermaßen mit ihrem Selbstvertrauen, ihrem Afrikaans-Akzent, ihrem Dekolleté und der Schlichtheit ihrer Botschaft verzauberte.

Meine Schwester, die mindestens ein halbes Dutzend Gurus, Selbsthilfegruppen und Lebensphilosophien durchprobiert hatte, kaufte sich das Buch und begann augenblicklich, die darin dargelegten Prinzipien in die Tat umzusetzen. Sie hörte auf, sich Lucy zu nennen. (»Zu viele unangenehme Assoziationen«, sagte sie uns, ohne diese näher zu benennen.) Sie hielt sich von allen Menschen fern, die ein Drogen-, Alkohol- oder Gewichtsproblem hatten, basierend auf dem von Jane Myer propagierten Glauben, dass man allein durch physische Nähe zum übermäßigen Genuss übergewichtig oder alkoholsüchtig werden konnte. Das führte dazu, dass Elle ein Jahr lang bei jedem Familienessen so weit wie möglich von meiner Mutter und mir wegrückte und mit halb geschlossenen Augen aß, während wir beide uns fragten, was für sie das schlimmere Übel war: fett oder lesbisch zu sein.

Seit drei Jahren war Elle der festen Überzeugung, dass alles Gute, das ihr seitdem widerfahren ist – von einer perfekten Pediküre bis zu ihrer ständigen Gastrolle als Obdachlose in *As the World Turns* –, ein direktes Resultat ihrer neuen Lebensphilosophie war. Peter und ich scherzten, dass Elles Version von *See It, Be It* ein Zwischenstadium beinhaltete, das sich Jane Myer nie vorgestellt hätte – nämlich, dass sie die Dinge, die sie sich wünschte, bekam, weil sie sich hartnäckig und ausdauernd visualisierte, wie ich sie ihr kaufte. Aber es ließ sich nicht bestreiten, dass meine kleine Schwester in dem fortgeschrittenen Alter von vierzig Jahren ihr Leben mehr oder weniger auf die Reihe gekriegt hatte.

»Shapiro?«, rief eine Frau in einem weiß gestärkten Kittel, die mit einem Klemmbrett in der Hand neben dem Whirlpool stand. »Ja?«, sagte ich. Meine Mutter wollte aufstehen. Elle nahm ihre Gurkenscheiben ab und fauchte sie an: »Bleib unter Wasser!«

»Aber, Lucy«, sagte meine Mutter sanftmütig.

»Sind wir bereit für die Massagen?«, fragte die Klemmbrettdame.

Wir kletterten aus dem Wasser (»Ich zuerst!«, sagte Elle, die Hand vor den Augen), schlüpften in unsere Mäntel und tapsten den Gang entlang. Meine Mutter verschwand in einer Einzelkabine, während man Elle und mich zu der von mir bestellten Paarkabine führte – einem mit Kerzenlicht beleuchteten Raum, in dem zwei mit Rosenblüten bestreute Massageliegen standen. In einer Ecke plätscherte ein Brunnen leise vor sich hin, und aus den Deckenlautsprechern klang Chormusik. Ich setzte mich auf die Massageliege, die der Wand am nächsten war.

Elle machte einen misstrauischen Eindruck. »Cannie, was ist los?«

»Ich dachte nur, wir könnten etwas Zeit miteinander verbringen. Wir reden nie mehr richtig miteinander.«

»Was meinst du damit? Natürlich reden wir miteinander!« Damit hatte sie nicht unrecht. Elle und ich telefonierten mehrmals die Woche, und sie hatte mir auch von den Dreharbeiten Fotos gemailt, auf denen sie in einen Müllsack gewickelt und mit einem großen, künstlichen Herpesbläschen im Mundwinkel zu sehen war. In die Betreffzeile hatte sie geschrieben: ICH BIN URLAUBSREIF.

Ein Mann und eine Frau, beide in weißen Kordelhosen und T-Shirts, wie das Pflegepersonal in einem sehr schicken Krankenhaus, betraten das Zimmer und begrüßten uns. »Der Mann gehört mir«, verkündete Elle.

»Wie üblich«, sagte ich.

Sie winkte ihm vergnügt zu und legte sich mit dem Gesicht nach unten auf die Liege. Ich hängte meinen Bademantel auf und legte mich neben sie. »Willst du deinen Badeanzug denn nicht ausziehen?«, flüsterte ich.

»Ich bitte dich«, sagte sie und rümpfte die Nase. »Ich ziehe mich nicht vor anderen Frauen nackt aus.«

»Ich bin deine Schwester. Und außerdem ist Lesbischsein nicht ansteckend«, flüsterte ich.

»Das ist nicht bewiesen«, flüsterte sie zurück, während meine Masseurin warmes Öl zwischen meinen Schulterblättern verteilte.

»Also, was gibt's Neues?«

»Mpf«, sagte meine Schwester in ihr Kissen. Sie hob den Kopf. »Nichts. Und bei dir?«

»Nicht viel.« Ich wusste, was Elle von meinem Leben dachte. Ein Haus in der Stadt, aus der sie so schnell wie möglich hatte verschwinden wollen, und ein Ehemann und ein Kind – was sie garantiert nie gewollt hatte. Ganz zu schweigen von meinem Minivan. Falls es das letzte Auto auf Erden wäre, würde Elle, da war ich mir sicher, lieber laufen – oder vielleicht würde sie die Räder abmontieren und sich daraus einen sportlichen kleinen Roller basteln.

»Wie läuft es mit der Planung für die Bat-Mizwa?« Sie schürzte die Lippen. »Darf Mona auch einen Segensspruch sprechen?«

»Äh.« Ich hatte noch keinen blassen Schimmer, welche Rolle die Lebensgefährtin meiner Mutter bei der Feier spielen würde.

»Und was ist mit Guberman?«, fragte Elle. »Wird er auch einen Teil zu den Kosten beisteuern?«

»Mal sehen«, sagte ich. Die Wahrscheinlichkeit, dass ich Bruce Guberman um Geld bitten würde, war ungefähr genauso groß, als wenn ich ihn bitten würde, wieder mit mir zu schlafen. »Wir werden uns schon irgendwie einigen. Es ist alles in Ordnung.«

Wir lagen einige Minuten ruhig da. »Glaubst du, dass wir eines Tages auch mal wie unsere Mutter aussehen werden?«, fragte Elle. »So schwabbelig und schrecklich?«

»Elle«, ertönte die honigsüße Stimme meiner Mutter aus der Kabine nebenan. »Ich kann dich hören!«

»Mama sieht wunderbar aus!«, sagte ich im Brustton der Überzeugung.

»Das tut sie nicht«, erwiderte Elle. »Sie hätte sich liften lassen sollen.«

»Glauben Be-isten denn an Schönheitsoperationen?«, fragte ich. »Reicht es nicht, wenn Mama sich einfach nur vorstellt, sich liften zu lassen?«

»In ihrem Fall nicht mehr.« Elle hatte noch vor ihrer Bekehrung zum Be-ismus ihre Brüste, ihre Stirn und ihr Kinn richten lassen und nur wenige Wochen vor der Veröffentlichung von *See It, Be It* eine sechsmonatige Laserbehandlung zur Haarentfernung beendet.

»Und was hätte sie sich liften lassen sollen?«, fragte ich.

»Alles!«, sagte Elle. »Absolut alles!«

»Das habe ich gehört!«, rief meine Mutter.

»Schsch«, flüsterte ich, als meine Masseurin das Laken anhob, mit dem ich zugedeckt war, und uns bat, uns umzudrehen. »Ich muss dich etwas fragen.« Ich sprach leiser. »Es ist etwas Privates.«

Elle senkte ebenfalls die Stimme und griff nach meiner massageölschmierigen Hand. »Oh, Cannie. Fühlst du dich nicht mehr ganz so taufrisch?«

Ich schüttelte den Kopf. Elle ignorierte mich. »Du brauchst den Rat einer Frau!«, brüllte sie. »Cannie, ich helfe dir! Erzähl mir einfach, was dich bedrückt. Brauchst du Diättipps?

Hast du« – sie sprach nur geringfügig leiser – »Probleme im Bett?«

»Es geht nicht um deinen Rat«, sagte ich hastig. »Es geht …« Raus damit. »Du müsstest mir etwas leihen.«

»Was denn?«, fragte Elle.

»Entschuldigen Sie, meine Damen«, flüsterte meine Masseurin. »Es ist Zeit für Ihre Packungen.« Ich verfluchte ihr Timing, während sie uns die Prozedur erklärte: Man würde uns mit Weidenrinde-Extrakt einreiben, uns wie Ofenkartoffeln in eine Silberdecke einwickeln und bei gedimmter Beleuchtung allein lassen, bis unsere Poren das Gute aus der Rinde absorbiert hatten. Elle legte sich auf den Rücken und ließ sich von ihrem Masseur Beine und Arme einschmieren, sich wie ein Burrito einwickeln und sich ein Augenkissen über das Gesicht legen, während meine Masseurin mit mir das Gleiche machte.

Endlich waren wir allein. Im Dunkeln war nur das Rascheln der Decken und der Chorgesang aus den Deckenlautsprechern zu hören, und wir lagen bewegungsunfähig auf dem Rücken. »Du willst dir doch kein Geld von mir leihen, oder?«, fragte Elle.

»Nein.«

»Klamotten?«

Ha. »Nei-ein.«

»Accessoires? Haarverlängerungen? Alte Ausgaben der *Vogue*?«

»Peter und ich haben darüber nachgedacht, noch ein Kind zu bekommen. Ich habe befruchtungsfähige Eier, und sein Samen ist in Ordnung, also … äh. Nun ja. Jetzt bräuchten wir nur noch eine Leihmutter, die das Kind austragen würde.« Es gelang mir, den Kopf zu drehen und eine Hand nach ihrer Schulter auszustrecken. »Es wäre bestimmt lustig! Du könntest vielleicht bis zur Geburt bei uns wohnen –«

Elle setzte sich abrupt auf und wäre fast von der Liege gefallen. »Ich soll was?«

»Ich dachte nur, du könntest vielleicht darüber nachdenken, uns zu … du weißt schon … uns dabei zu helfen.«

Ihr Augenkissen war von ihrem Gesicht gerutscht, und sogar im Dämmerlicht sah ich ihre weit aufgerissenen Augen. »Ich soll mit deinem Mann schlafen?«

»Nein! Großer Gott!« Ich holte tief Luft. »Die Prozedur ist wirklich ganz einfach. Sie injizieren das befruchtete Ei in deine –«

»Was? Wann? Jetzt?« Elle stellte die Füße mit einem Knall auf die Fliesen und kämpfte mit ihrem silbernen Kokon. Erst jetzt fiel mir ein, dass das Spa einer Arztpraxis angegliedert war, damit die gepflegten Damen von Philadelphia ihre Botox- oder kosmetischen Zahnbehandlungen zeitgleich in einem Aufwasch mit den Massagen und Peelings bekommen konnten. Vielleicht hatte Elle auf dem Weg von der Umkleide zum Whirlpool ein paar Weißkittel gesehen und ging jetzt davon aus, dass Whirlpool und Massage die Vorstufen einer unfreiwilligen Befruchtung à la *Rosemaries Baby* waren.

»Beruhige dich!«, flüsterte ich.

Der Masseur blickte zur Tür herein. Ich lag noch immer in meiner Wellness-Zwangsjacke auf der Liege, während Elle auf dem Boden saß und mit den Füßen strampelte wie ein nackter Vogel, der es eilig hatte, aus dem Ei zu schlüpfen. »Alles in Ordnung, die Damen?«, fragte er.

»Alles in Ordnung«, sagte ich und hüpfte neben meine Schwester auf den Boden. »Elle, beruhige dich!«

Nach ausführlicher Überzeugungsarbeit gestattete meine Schwester dem Masseur, keuchend und mit hochrotem Gesicht, sie wieder einzuwickeln und auf die Liege zu betten. Ich hievte mich erneut auf meine. »Klingt nach einem Nein!«

»Nein«, wiederholte Elle. »Ich ... ich meine, nimm's mir nicht übel, Cannie, aber ich glaube einfach nicht, das ich schwanger sein will. Außerdem bin ich der Meinung, dass ...« Sie zupfte geschäftig an ihrer Decke.

»Dass was?«

»Dass wir beide keine Kinder kriegen sollten. Du weißt schon. Bei all dem ...« Ihre Handbewegung umschloss die Scheidung unserer Eltern, den sang- und klanglosen Abgang unseres Vaters, das späte Lesbischsein unserer Mutter, das ganze Schlamassel. »Ich weiß nicht. Ich werde darüber nachdenken.«

»Das musst du nicht –«

»Nein, schon gut, ich tu's.«

»Du solltest *See It, Be It* wirklich lesen«, sagte Elle zum ungefähr tausendsten Mal, während ich einen Einkaufswagen durch die Gemüseabteilung des brandneuen Biosupermarkts schob, der gerade unweit des Hauses meiner Mutter eröffnet hatte. Wir waren nach der Wellnessbehandlung dorthin gefahren, um für das Essen einzukaufen, das meine Mutter alljährlich zum Ende des Pessachfests veranstaltete, ein politisch korrektes, geschlechtsneutrales Seder, bei dem wir Gott als Macht bezeichneten und Miriam genauso oft genannt wurde wie Moses.

»Warum?« Ich nahm Weintrauben und eine Tüte goldroter Rainier-Kirschen, dann eine Schale Sultaninen für das Obstkompott. Meine Mutter winselte, als hätte man ihr ein Messer zwischen die Rippen gestochen. »Stimmt was nicht?«, fragte ich. Sie zeigte stumm auf den Preis an der Tafel. »Mama, es sind Kirschen! Ich kann sie mir leisten!«

»Achte nicht auf sie!«, sagte meine Schwester. »Lies das Buch. Wenn du dir vielleicht, du weißt schon, dein gewünschtes Resultat visualisierst …«

»Ich weiß den Gedanken zu schätzen, aber ich glaube nicht, dass ich mir eine neue Gebärmutter visualisieren kann.«

»Na ja, vielleicht nicht«, gab Elle zu. »Aber vielleicht das Endergebnis. Ein Baby.«

Ich nahm eine Tüte hormonfreie Kaffeesahne. Meine Mutter stöhnte auf. »Was ist denn jetzt wieder?«, fragte ich.

»Beim Discounter kostet sie ein Dollar fünfundneunzig.«

»Ich bin aber nicht beim Discounter. Ich bin hier.«

»So habe ich dich nicht erzogen«, protestierte sie.

»Was du nicht sagst«, murmelte Elle und warf ein Glas Oliventapenade auf die Schachtel Matzen im Einkaufswagen. »Wir mussten uns jedes Jahr zu dritt ein Bett im Days Inn teilen, wenn wir im Sommer zum Wasserpark fuhren.«

»Du bist gern in den Wasserpark gefahren!«, sagte meine Mutter.

»Niemand fährt sieben Jahre hintereinander gern in den Wasserpark«, sagte Elle. »Schon gar nicht, wenn man das Bett mit seinem Bruder teilen muss.«

Ich ging zur Metzgertheke, wo das luftgetrocknete Fleisch in einer speziellen Kühlvorrichtung präsentiert wurde wie Schmuck in einer Glasvitrine. Ich zeigte auf ein rundes Roastbeef. Meine Mutter hielt sich den Kopf und stöhnte.

»Du brauchst es ja nicht zu essen, wenn du es nicht willst«, sagte ich. »Aber ich esse keinen Auflauf.« Ich legte noch Foccaccia, Oliven, ein Stück süßen Gorgonzola, Feigen und Salat in den Einkaufswagen. Elle strahlte in der Zwischenzeit den weißbekittelten Mann hinter der Theke an, der die

Aufmerksamkeit sichtlich genoss. Er legte das Fleisch auf das Hackbrett und hob sein Messer. »Den Knochen auch?«, fragte er meine Schwester. Ich verdrehte die Augen.

»Was denkst du?«, flüsterte Elle, als sich der Typ über die Theke beugte, um das Fleisch einzuwickeln. »Schwul oder nur gut gepflegt?«

Ich sah den Kerl an. »Keine Ahnung. Frag Mama.«

»Ich bitte dich«, sagte Elle. »Sie wusste ja selbst erst mit sechsundfünfzig, dass sie homosexuell ist. Wie soll sie es da von jemand anderem wissen?« Sie tänzelte in ihrem kurzen, fuchsienfarbenen Satinrock, ihrem hautengen schwarzen Leotard, einer kurzen Jeansjacke, Fischnetzstrümpfen, einem Cowboyhut und knallroten Stiefeln den Gang hinab. Ich bezahlte für die Lebensmittel sowie für Sachen im Wert von dreißig Dollar (Blaubeerhonig, handgemachte Marshmallows, zwanzig Jahre alter Balsamico), die auf wundersame Weise ebenfalls in meinen Einkaufswagen gelangt waren. An der Kasse riss mir meine Mutter die Quittung aus der Hand, blinzelte durch ihre Brille darauf und schwankte dann zu den Bistrotischen im angegliederten Café. »Hol Mutter das Riechsalz, und hilf mir beim Einpacken«, sagte ich zu meiner Schwester. Elle nahm eine Papiertüte und füllte sie mit den Sachen, die sie ausgesucht hatte: Zitronenduschgel. Ein Luffaschwamm aus 100% Naturfasern. Eine Flasche Grapefruitsaft. Jane Myer wäre stolz auf sie gewesen.

Ich nahm den Saft und schüttelte ihn. »Als ich mit Joy schwanger war, hatte ich nur auf das hier Lust. Ich hatte mich auf alles Mögliche eingestellt: Süßes, Salziges, Essiggurken, Eiskrem. Aber ich wollte nur Grapefruitsaft.«

»Bei dir klingt das so romantisch.« Elles Gesicht war von der Sauna noch immer leicht gerötet, und sie sah mich mit gequälter Miene an.

»Das sollte keine Anspielung sein. Es fiel mir nur gerade ein. Es war eigentlich gar nicht so schlimm«, sinnierte ich und stellte den Grapefruitsaft in die Tüte. »Als mir nicht mehr so speiübel war, gab es Tage, da merkte ich gar nicht, dass ich schwanger war. Und ich habe ein paar wirklich gute Freundinnen gewonnen.«

»Ich habe Freundinnen«, sagte meine Schwester. »Und ich glaube, ich würde es merken, wenn ich überall Schwangerschaftsstreifen hätte und nur noch watscheln könnte. Erinnerst du dich noch, wie dick du geworden bist?« Sie schüttelte sich. »Du warst dick wie ein Elefant.«

Ich schnitt eine Grimasse. Ich fand nicht, dass ich so dick geworden war, aber es war gut möglich, dass ich es im Nachhinein durch die rosarote Brille sah. »Ein kleiner Elefant?«

Elle achtete nicht auf mich. »Ich würde mich komplett neu einkleiden müssen.« Ihr Gesicht hellte sich auf, womöglich bei dem Gedanken an schnuckelige Umstandsmode. »Hm, schwanger zu sein ist gerade sehr in. Alle Filmstars werfen wie die Karnickel.«

Ich nickte. Ich versuchte mich zu erinnern, wie Elle mit Joy umgegangen war, als diese noch ein Baby gewesen war. Sie kam alle ein, zwei Wochen vorbei, setzte sich zu meiner Tochter auf den Boden und brachte sie zum Lachen, indem sie kleine Häufchen aus brauner Knete formte und auf den Toilettensitz legte. Oder sie ging mit Joy und einer Handvoll Münzen für die Jukebox zu Johnny Rockets oder las ihr aus diversen Klatschzeitschriften vor. (»Sternchen«, verkündete Joy schläfrig, nachdem ich ihr »Funkel, funkel kleiner Stern« vorgesungen hatte, »sind genau wie wir.«)

»Es ist eine große Entscheidung«, sagte ich, bevor Elle aufzählen konnte, für welche Filmstarbäuche sich die Boulevardpresse gerade am meisten interessierte. »Ich wollte es nur ansprechen, damit du darüber nachdenken kannst.«

Elle packte Brot und Salat ein. »Ich müsste mit dem Trinken und Rauchen aufhören …«

»Du rauchst?«, fragte meine Mutter, die plötzlich wieder am Fuße des Förderbands aufgetaucht war.

Elle sah sie finster an. »Nein, Mutter. Ich habe noch nie geraucht, Josh hat nie getrunken, und Cannie hat nicht gerade siebzehn Dollar für Kirschen ausgegeben.«

Meine Mutter taumelte wieder davon. Elle tippte sich mit dem Finger an die glänzenden Lippen; womöglich überlegte sie, welche Aktivitäten noch während einer Schwangerschaft verboten sein würden. Wir schoben unsere Einkäufe nach draußen. Ich öffnete den Kofferraum des Minivans und spielte meinen letzten Trumpf aus. »Wir würden dich natürlich dafür bezahlen.«

Meine Schwester war gerade dabei, ihre Haare unter dem Cowboyhut zu richten. Als ich die Zauberworte sagte, hielt sie mitten in der Bewegung inne. »Wie viel?«

»Falls du Interesse hast – falls du es ernsthaft in Betracht ziehst … es gibt Leihmütteragenturen, und dort wird man dir bestimmt sagen, was du als Entschädigung verlangen könntest.«

»Was ist denn ungefähr der geltende Satz, um ein Kind auszutragen?«, fragte Elle wie beiläufig.

Ich griff willkürlich eine Zahl aus der Luft. »Fünfzigtausend Dollar?«

Elles Augen glänzten. »Weißt du, was? Ich habe da eine Freundin, Sarah. Sie ist sehr nett – ich glaube, du hast sie auch schon mal getroffen. Sie liebt Kinder, und ich wette, sie wäre total interessiert. Ich könnte sie ja mal anrufen.« Sie verstaute zwei Tüten im Kofferraum. »Vielleicht könnte ich dann einen Finderlohn bekommen.«

Ich lehnte mich ans Auto. »Elle, wenn wir einfach nur irgendjemanden finden wollten, dann könnten wir das tun. Ich hatte gehofft, du würdest vielleicht Interesse haben.«

Sie seufzte. »Ich kann es mir einfach nicht vorstellen.« Sie drückte sich an meiner Mutter vorbei und kletterte auf den Beifahrersitz. »Es würde sich anfühlen, als ob es mein Baby sei, richtig?«

»Ich weiß es nicht«, sagte ich. »Ich weiß nicht, wie es sich anfühlen würde.«

»Mein Baby«, sagte meine Schwester. »Würde ich mich dann nicht wie seine Mutter fühlen?«

»Ich weiß es nicht.« Ich wusste es tatsächlich nicht. Wie konnte ich sie – oder eine andere Frau – bitten, ein Kind auszutragen und auf die Welt zu bringen und es dann einfach wegzugeben, wenn ich selbst nicht dazu fähig gewesen war? Ich stieg ein, ließ den Motor an und fuhr rückwärts aus dem Parkplatz. Elles Armbänder klimperten, als sie ihre Hand auf meine legte.

18

Am ersten Tag nach den Frühlingsferien saß ich in der Mittagspause wieder an Ambers Tisch. »Weiß jemand von euch, wie ich allein nach South Orange in New Jersey kommen kann?«

»Klau ein Auto«, sagte Tamsin, ohne von ihrem Erdkundebuch aufzuschauen. Im Gegensatz zu den anderen Mädchen, die alle in Rosa und Blassblau gekleidet waren, trug

Tamsin wie üblich ihr graues Kapuzensweatshirt. Und wie sonst auch war durch ihren dichten Haarvorhang nur ihre Nasenspitze zu sehen.

»Haha«, sagte ich. Seit meiner Geburtstagspyjamaparty war Tamsin kühl zu mir. Wahrscheinlich waren sie und Amber nicht gut miteinander ausgekommen, als sie aufwachten und ich nicht zu Hause war, aber wenn ich Tamsin darauf ansprach, zuckte sie nur die Schultern und sagte, dass alles in Ordnung sei.

»Warum willst du denn allein dorthin fahren?«, fragte Duncan Brodkey.

»Es ist die Bar-Mizwa meines Cousins.«

Er legte den Kopf schief. »Können deine Eltern dich nicht hinbringen?«

»Es ist die andere Seite der Familie.«

Er ließ einen grünen Apfel von einer Hand in die andere gleiten und dachte darüber nach. »Es ist für beide die andere Seite der Familie?«

»Du könntest mit dem Zug fahren«, sagte Tamsin schnell. Das war das Tolle an Tamsin: Sie passte selbst dann auf, wenn man nicht damit rechnete. Sie holte ihren Laptop aus dem Rucksack. »Mal schauen … du nimmst den Zug vom Thirtieth-Street-Bahnhof nach Trenton, dann fährst du mit der Regionalbahn bis Metro Park und von dort mit dem Bus nach South Orange …«

Sie suchte mir die Anschlüsse raus, und ich schrieb alles auf, was sie mir sagte. Wenn ich um acht Uhr morgens in Philadelphia wegfuhr, könnte ich um elf Uhr dort sein, und wenn ich die Bar-Mizwa-Feier nachmittags um fünf Uhr verließ, könnte ich locker um acht Uhr wieder zu Hause sein. Ich würde meiner Mutter einfach sagen, dass ich bei Tamsin sei. Perfekt! Bis auf …

Ich räusperte mich. Als das nicht funktionierte, tippte ich Amber auf die Schulter. »Hey«, sagte ich, als sie sich zu mir umdrehte. »Was würdest du zu einer Nachmittagsfeier in New Jersey anziehen?«

Am Samstagmorgen nahm ich meine Schulbücher aus dem Rucksack, schob sie unters Bett und steckte stattdessen das marineblaue Spaghettiträgerkleid, das Amber mir geliehen hatte, zusammen mit ihren schwarzen Ballerinas, einem Paar weiße Sportsocken (»zum Tanzen«, hatte sie erklärt) und einer kleinen Dose Glitzerhaargel in den Rucksack.

Ich verließ das Haus, aber anstatt nach links in Richtung Bella Vista zu gehen, bog ich nach rechts ab, überquerte die South Street, dann die Lombard Street, dann die Pine Street und fuhr mit dem Bus von der Spruce Street zum Thirtieth-Street-Bahnhof. Ich fühlte mich ganz klein, als ich in der riesigen Bahnhofshalle, inmitten all der Leute mit Rollenkoffern oder Kinderwagen, die Fahrkarten aus dem Automaten zog. Nachdem ich in der Toilette Ambers Kleid angezogen hatte, setzte ich mich mit meinem Rucksack auf eine Holzbank und blickte auf die riesige Anzeigetafel über dem Infoschalter, um zu warten, bis mein Zug angezeigt wurde.

»Joy?«

Ich drehte mich um. Duncan Brodkey beugte sich über die hohe geschwungene Rückenlehne der Bank.

»Hey, hast du geschlafen oder was? Ich habe deinen Namen gerufen. Hörst du Musik?« Er strich spielerisch meine Haare zur Seite und suchte nach Kopfhörern. Ich spürte, wie mir heiß wurde, und betete, dass er meine Hörgeräte nicht gesehen hatte.

»N-nein«, stotterte ich. »Ich war nur in Gedanken versunken.«

»Tiefe Gedanken.« Da ihn das zu beeindrucken schien, setzte ich ein Gesicht auf, als hätte ich tatsächlich tiefen Gedanken nachgehangen, anstatt mich zu fragen, ob ich noch genug Zeit hatte, mir einen Saft zu holen, und ob es am Kiosk auch meinen Lieblingssaft gab. »Fährst du zu der Bar-Mizwa?«, fragte er.

Ich nickte und zog meine Jeansjacke fester um mich, da ich mich in Ambers Kleid befangen fühlte. »Was machst du hier?«

»Ich fahre nach New York, meinen Vater besuchen.« Er sprang über die Bank und setzte sich neben mich. Am Saum seiner Khakihose hing ein loser Faden, und er trug unverschnürte Turnschuhe und eine Baseballkappe. »Wir gehen zu einem Yankeespiel und schauen zu, wie sie verlieren.« Er griff in seine Tasche. »Pfefferminzbonbon?«

»Oh, äh. Klar!« Ich nahm das Bonbon. »Du fährst ganz allein?« Noch als ich es sagte, wurde mir klar, wie kindisch das klang. Schließlich fuhr ich auch allein.

Aber Duncan nickte nur. »Das mache ich ständig. Na ja, das heißt, seit diesem Jahr. Hey, du bist doch so gut in der Schule, stimmt's?«

Zumindest war ich das mal, dachte ich, aber ich nickte nur, als er sein Algebrabuch aus dem Rucksack holte. Dann brüteten wir zusammen über seinen Hausaufgaben, bis die Anzeigetafel das nächste Mal umschaltete und Duncan seinen und meinen Rucksack nahm und mich über die Rolltreppe hinab zum Bahnsteig brachte.

Eineinhalb Stunden später stieg ich aufgeregt und mit geröteten Wangen in South Orange an der Ecke Gilman Avenue aus dem Bus. Ich hatte mir noch im Zug Maskcara und Lippenstift aufgetragen und die Haare zu einem schicken

Twist hochgesteckt, den ich in *Allure* gesehen hatte. (Ein paar Haarsträhnen hatte ich über die Ohren gekämmt, um meine Hörgeräte zu verstecken.) Duncan Brodkey, dachte ich, und weil niemand in der Nähe war, sagte ich es laut: »Duncan Brodkey mag mich.« Was für ein herrlicher Tag! Blütenstaub schwebte in der Luft, und Verkehrsgeräusche drangen an mein Ohr. Zu meiner Linken war eine Tankstelle und an der gegenüberliegenden Ecke eine Bäckerei. Ich hatte Herzklopfen – vor Aufregung, aber auch ein bisschen vor Angst. Was würde passieren, wenn ich die Synagoge nicht fand? Oder wenn ich den Bus oder den Zug verpasste und nicht mehr nach Hause kam? Ich brauchte einen Augenblick, um mich zu orientieren, aber da entdeckte ich auch schon die Beth-Israel-Synagoge (»Fürsorge ist unser Gebot«), die aussah wie ein riesiges weißes Betonruderboot, das zur Hälfte aus einem unsichtbaren Ozean ragte.

Ich überquerte gerade den Parkplatz, als ein grüner Kombi neben mir sein Tempo verlangsamte und das Fenster auf der Beifahrerseite heruntergefahren wurde. »Hallo, Joy«, sagte Emily, Bruces Frau, und winkte mit ihrer winzigen Hand aus dem Fenster. »Wie bist du denn hierhergekommen?«

Mir war plötzlich unbehaglich zumute. »Ich bin abgesetzt worden.« Emily nickte. *Emily EpiPen*, nannte meine Mutter sie, weil Emily gegen so vieles allergisch ist. Ein anderer Name ist *Erdnuss-Emily*, weil Emily hauptsächlich gegen Erdnüsse allergisch ist. *Treuhand-Trixie* ist Name Nummer drei, weil Emily aus einer reichen Familie kommt. Natürlich sagte sie diese Namen in meiner Anwesenheit nie laut – ich habe sie Tante Elle und Samantha von den Lippen abgelesen, wenn sie nicht wussten, dass ich in der Nähe war. In der Öffentlichkeit ist meine Mutter sehr höflich zu Emily, genau wie zu Bruce. Bevor ich das Buch meiner Mutter gelesen hatte, hätte ich nie gedacht, dass es über Emily etwas Interessantes zu berichten geben könnte.

In *Große Mädchen* lässt »Drew« »Allie« sitzen und hat bald darauf eine neue Freundin namens »Eva« (der Allie natürlich sofort für den Rest des Buches den Namen »Evil« verpasst). Eva freundet sich mit Drew an, obwohl dessen Exfreundin schwanger ist, und als die beiden bei einem Spiel der Phillies zufällig besagte schwangere Freundin alias Allie alias meine Mutter treffen, rempelt Eva Allie an, als diese sich seitlich durch ein Drehkreuz zwängen will, woraufhin Allie stürzt und Allies Baby Hope zu früh auf die Welt kommt, genau wie ich.

Obwohl ich über diesen Teil der Geschichte immer und immer wieder nachgedacht habe, konnte ich mir einfach nicht vorstellen, dass die richtige Emily jemanden schubsen würde. Zum einen war sie so klein und ängstlich, dass ich mir nicht denken konnte, woher sie den Mut, geschweige denn die Kraft nahm, sich mit meiner Mutter anzulegen, die weder klein noch ängstlich war. Mehrere der Rezensionen, die ich mir in der Schule heruntergeladen hatte, hatten sich über die an den Haaren herbeigezogene Handlung des Romans beklagt. »Die Geschichte von Allies Leben ist weder glaubwürdig noch realistisch«, hatte ein Kritiker geschrieben. Die Konfrontation im Stadion war wohl ein Beispiel dafür. Dennoch betrachtete ich Bruces Frau – wie überhaupt alles – seitdem mit anderen Augen.

Ich trat verlegen von einem Bein auf das andere, während Emily Max aus dem Kindersitz nahm und Bruce und sein ältester Sohn Leo ausstiegen und die Türen zuknallten. Leo ist neun, Max vier. (Meine Mutter nennt sie »The Producers«, wenn sie glaubt, dass ich nicht zuhöre.) Beide haben, so wie ich, Bruces sandfarbenes Haar, aber Max hat glatte und

Leo gelockte Haare. Beide sind blass wie ihre Mutter, aber Leo ist dünn und ernst und trägt eine Brille, während Max rundlich und süß wie ein Zuckerkrapfen ist. »Joy!«, sang er und tanzte um mich herum (beide trugen Khakihosen und ein Hemd mit Knopfleiste, aber Max hatte bereits einen Apfelsaftfleck auf seiner Krawatte). »Joy ist hier! Hallo Joy! Hallo! Hallo!«

»Hallo, Max«, sagte ich und küsste ihn auf die klebrige Wange.

»Wie geht es dir?«, fragte Emily und lächelte mich an.

»Gut.« Ich musterte ihr geblümtes Kleid, ihre flachen Schuhe mit den Schleifchen an den Zehen, und ihre Haare, die mit einem farblich abgestimmten Haarreif aus der Stirn gehalten wurden. Wahrscheinlich hatte Bruce nach der Trennung von meiner Mutter beschlossen, sich das glatte Gegenteil von ihr zu suchen. Meine Mutter ist groß und dick und vollbusig. Emily ist klein und dünn und trägt geblümte Kleider mit Spitzenkragen oder T-Shirts, die sie in der Kinderabteilung kauft. Meine Mutter hat dunkelbraune Haare, grüne Augen und einen olivfarbenen Teint. Emily hat hellbraune Haare und blaue Augen. Wenn sie lacht, hält sie die Hand vor ihre dünnen Lippen und gibt ein nervöses, hüstelndes Kichern von sich, wohingegen meine Mutter den Kopf in den Nacken legt und so laut und schallend lacht, dass man es noch auf der anderen Straßenseite hören kann.

Dann sind da auch noch Emilys Allergien, denen sie das Gros ihrer Spitznamen verdankt. Nüsse. Milchprodukte. Weizen. Gluten. Latex (sie verträgt keine Wundpflaster). Zink (sie muss eine spezielle Sonnencreme tragen). Eier (keine Kuchen oder Pasteten, keine Backwaren aus dem Supermarkt). Mica (kein Make-up). Rauch (»Das ist Gottes Rache an Bruce«, hörte ich meine Mutter einmal zu Samantha sagen, die daraufhin entgegnete: »Ach was! Er geht wahrscheinlich einfach in den Keller, wenn er sich zudröhnen will. In der Hinsicht sind Kiffer verdammt einfallsreich.«).

Emilys Vater ist ein Hedgefond-Manager, der, so sagt Tante Elle, »in einem Palast in Greenwich« wohnt. Emilys Mutter engagiert sich im wohltätigen Bereich, und wenn sie nicht gerade Spenden für den Kampf gegen Blindheit sammelt, züchtet sie preisgekrönte Hortensien. Emily müsste nicht arbeiten, aber sie unterrichtet die Vorschüler in derselben Schule, in die auch Leo und Max gehen. Wahrscheinlich arbeitet sie dort, um sich persönlich davon zu überzeugen, dass ihnen niemand eine Erdnuss oder etwas Zink zusteckt. Ihre beiden Söhne sind gegen alles allergisch, gegen das auch sie allergisch ist, und außerdem noch gegen Schimmelpilzsporen und Haustierschuppen.

»Wie läuft's in der Schule?«, fragte Emily, als wir den Parkplatz überquerten.

»Gut.«

»Ich bin auch in der Schule«, sagte Max und wedelte mit seinem Saftkarton. »Meine Lehrerinnen sind Miss Meghan und Miss Shannon, und wir haben eine Staffelei zum Malen und einen Sandtisch. Ich mag dein Ballkleid! Du siehst aus wie Belle in *Die Schöne und das Biest*! Belle, die gern liest!« Dann begann er mit seiner leisen, verschnupften Stimme zu singen (Max hat im Frühjahr und Sommer schrecklichen Heuschnupfen, der dann im Herbst nahtlos in die Schimmelpilzallergie übergeht): »Märchen schreibt die Zeit …«

Ich nahm den singenden Max an der Hand und ging mit ihm durch die riesige Eingangstür der Synagoge. Drinnen streckte Emily die Hand aus, und Leo reichte ihr widerwillig sein Videospiel. Ich setzte mich auf eine Bank im Foyer, um meine Turnschuhe und meine Jacke auszuziehen, sie in meinen Rucksack zu stopfen und in Ambers Ballerinas zu schlüpfen.

Als ich aufstand, küsste mich Bruce auf die Wange. Er roch nach Seife und Zimtkaugummi und blinzelte wie immer viel zu schnell. »Ich freue mich, dass du hier bist«, sagte er.

»Ich auch.« Trotzdem war ich noch immer nervös. Ich hatte meine Zug- und Busfahrkarten, zwanzig Dollar, falls ich mir etwas kaufen musste, und die richtigen Socken zum Tanzen. Aber am besten war, dass mich hier kaum jemand kannte – weder mich noch meine Mutter noch meine Geschichte. Vielleicht hatte ich hier endlich die Gelegenheit, das zu tun, was ich zu Hause nicht schaffte – jemand anders zu sein. Die Leute würden mich mit Max und Leo sehen, die mir ähnlich sahen, und uns für eine ganz normale Familie halten. In meinen Ballerinas reichte ich Bruce fast bis ans Kinn, und ich fühlte mich hübsch und sehr erwachsen.

Auf dem Weg zum Gebetsraum gingen vor uns eine Frau in einem rosafarbenen Tweedkostüm, ein Mann in einem dunklen Anzug und ein hageres blondes Mädchen in meinem Alter, in Ballerinas und einem schokoladenbraunen Kleid, das meinem sehr ähnlich war. Woher wusste Amber solche Sachen bloß?, fragte ich mich. Dann lächelte ich, weil ich in den Augen der hier Anwesenden ein Mädchen war, das solche Sachen auch wusste.

Bruce schüttelte dem Mann die Hand und küsste die Frau auf die Wange. »Das ist meine Tochter Joy«, sagte er. Es kam mir so vor, als machten sie einen überraschten Eindruck.

»Das ist Jessica«, sagte der Vater. Die Mutter gab Jessica einen leichten Schubs, und das Mädchen trat vor und strich sich über ihren blonden Pagenkopf.

»Hallo«, sagte sie. Ihre Eltern sahen sie erwartungsvoll an. »Willst du dich zu mir setzen?«, fragte Jessica.

»Das wäre toll«, sagte ich.

Jessica packte mich am Arm, verabschiedete sich mit einem lässigen »Bis später!« von ihren Eltern und zerrte mich in den Gebetsraum, ohne sich ein Programm oder ein Gebetbuch zu nehmen. (Ich nahm welche für uns beide mit.)

»Da sind sie«, flüsterte Jessica und ging im Eilschritt zu der Reihe, in der ungefähr dreißig Kinder saßen. »Die Party wird der Hammer«, sagte sie. »Es gibt angeblich eine Sushibar aus Eis, und wir bekommen alle goldene Schokokreditkarten mit unseren Namen drauf.«

»Goldene Schokokarten?«

»Na ja, Schokoladenkarten in Goldfolie. Ursprünglich wollten sie Platinfolie besorgen, aber dann meinte seine Mutter, dass es wie stinknormale Alufolie aussah. Hallo, alle zusammen!«, sagte sie. »Das ist …« Sie sah mich mit offenem Mund an. »O Gott, es tut mir leid, wie heißt du noch mal?«

»Du sollst in der Synagoge nicht ›Gott‹ sagen«, flüsterte eines der Mädchen.

»Ich heiße Joy«, sagte ich. Die anderen rutschten zur Seite, um mir Platz zu machen, und ich setzte mich in meinem dunklen, eng anliegenden Kleid in eine Reihe von Mädchen, die ebenso dunkle, eng anliegende Kleider trugen. Der Gebetsraum war so hoch wie die Bahnhofshalle. Ich war noch nie in einer so großen und schicken Synagoge gewesen. Obwohl bestimmt zweihundert Leute da waren, war der Raum nicht einmal zu einem Viertel gefüllt. Egal, dachte ich. Wenigstens hatten sie die gleichen Gebetsbücher. »Seite zweiundsechzig«, sagte der Rabbiner, ein groß gewachsener Mann, dessen silbergraues Haar mit dem silbernen Faden seines Gebetsschals sowie der silberfarbenen Einfassung der Bima harmonierte, dem Pult, an dem Tyler aus der Thora vorlesen würde. Ob die Gemeinde den Rabbiner eingestellt hatte, weil er so gut zum Gebäude passte?

Jessica schlug ihr Gebetbuch falsch herum auf und blickte verwirrt auf die Seiten.

»Hier«, sagte ich und zeigte es ihr. »So rum.«

»Ach so, ja. Danke«, flüsterte sie. Tyler, der wie eine Bauchrednerpuppe in einem hohen Holzstuhl neben dem Thoraschrein gesessen hatte und aussah, als würde er sich gleich übergeben oder bewusstlos werden oder beides, stand auf und ging auf wackeligen Beinen über das Podium. Er trug einen dunkelblauen Anzug, eine blau-silber gemusterte Krawatte und eine Kippa aus blauem Satin. Als er sich zum Mikro vorbeugte, quietschte es, als hätte es Angst vor ihm. Gelächter ging durch die Menge. Der Rabbiner beugte sich vor, murmelte Tyler etwas ins Ohr und rückte das Mikro zurecht. Tyler fummelte nervös an seiner Haarklammer, dann schluckte er mehrmals und begann noch einmal von vorn.

»Ich möchte euch bitten, Seite dreiundsechzig aufzuschlagen und die Palmen gemeinsam mit mir zu lesen«, sagte er mit hoher Stimme. Mehr Gelächter. Sein Adamsapfel hüpfte auf und ab. »Die Psalmen gemeinsam mit mir zu lesen«, verbesserte er sich und stimmte das *Ashrei*-Gebet an.

Ich schlug mein Gebetbuch auf und sang mit. Es war eine gute Übung, dachte ich, während wir den Vahafta-Vers aus dem 5. Buch Mose sangen: *Du sollst den Herrn, deinen Gott, lieben mit ganzem Herzen und ganzer Seele, mit all deinen Gedanken und all deiner Kraft.* Jessica machte sich nicht einmal die Mühe, die hebräische Transkription oder die englische Übersetzung zu lesen. Tyler hatte noch einen ganzen Absatz zu lesen, als sie das Buch zuklappte und mit dem Mädchen auf ihrer anderen Seite lautstark zu flüstern begann. Ich hörte immer wieder das Wort »Zach«.

Tyler lavierte sich durch die Segenssprüche – den Gebetsvers, dass es nur einen Gott gibt, das Trauergebet für die Toten, die Gebete, die, so sagte der Rabbiner in leicht gestrengem Tonfall (wahrscheinlich konnte er das Flüstern und Kichern hören), an diesem Sabbat von den Juden auf der ganzen Welt gesprochen wurden, so wie an jedem Sabbat in der langen Leidensgeschichte ihrer Verfolgung und Vertreibung. Das brachte Jessica zum Schweigen.

Die versammelte Gemeinde hielt die Luft an, als der Rabbiner die Thora hob – ein fünfhundert Jahre altes Pergament, das, so erklärte er, von den Nazis ursprünglich für ein Museum im Gedenken an eine ausgerottete Religion vorgesehen war. Nach der Befreiung Deutschlands waren Dutzende Thoras, darunter auch diese, von britischen Soldaten gerettet, danach restauriert und an Gemeinden in der ganzen Welt verschickt worden. Mit zittrigen Armen hielt der Rabbiner das um zwei schwere Holzrollen gewickelte Pergament hoch über seinen Kopf. »Das ist das Wort Gottes, so wie es Moses am Berg Sinai empfangen und an uns weitergegeben hat …« Der Rabbiner legte die Thora ab. Alle atmeten aus. Tyler räusperte sich, berührte mit seinem Gebetsschal das Pergament und brachte dann seine Ehrfurcht vor dem Wort Gottes zum Ausdruck, indem er die Thora an die Lippen führte und küsste. Mit brüchiger Stimme rezitierte er schwerfällig auf Hebräisch den Abschnitt der Woche aus dem 4. Buch Mose. Ich zuckte beim Mitlesen jedes Mal zusammen, wenn Tyler sich verhaspelte, und gelobte, es besser zu machen.

Neben mir holte Jessica ihr Handy aus ihrer Handtasche – die Schale hatte ein Leopardenmuster und war mit Strasssteinen verziert – und klappte es auf, um auf die Uhr zu sehen. Dann nahm sie eine Wasserflasche aus der Tasche, trank einen Schluck und reichte sie mir. Ein süßlich-beißender Geruch drang an meine Nase. »Pfirsichschnaps«, flüsterte sie. »Willst du einen Schluck?«

Abenteuer, sagte ich mir und dachte an Duncans zerschlissene Khakihose und sein Profil in dem flackernden Licht des Zugfensters. Ich nahm einen winzigen Schluck und machte mich darauf gefasst, dass es in der Kehle brennen würde, aber es kitzelte nur ein bisschen. Es schmeckte sogar richtig lecker.

»Danke«, sagte ich.

»Kein Problem«, flüsterte Jessica und ließ die Flasche wieder in ihrer Handtasche verschwinden.

Ich lehnte mich gegen die gepolsterte Rückbank. Tyler war fertig mit dem Singen und beugte sich vor, um die Thora erneut zu küssen. Dann gingen seine Eltern – meine Cousine Bonnie und ihr Mann Bob – zu ihm aufs Podest und stellten sich links und rechts neben ihn. Bonnie schien den Tränen nahe, als sie sagte: »Tyler, mein Ältester, dein Vater und ich sind heute sehr, sehr stolz auf dich.« Sie drückte ihn an sich und quetschte sein Gesicht an ihren Busen. Tylers Haarklammer löste sich, und seine Kippa fiel zu Boden.

Jessica prustete vor Lachen. Ich kicherte und errötete, als sich eine ältere Dame am Ende der Reihe zu uns umdrehte und uns wütend ansah. Tyler lächelte und schien normal zu atmen. Ich klappte mein Gebetbuch zu und beobachtete ihn, während der Rabbiner redete, seine Mutter schniefte und die anderen Jugendlichen in meiner Reihe miteinander flüsterten. Wer würde mit mir an der Bima stehen? Natürlich meine Mutter und mein Vater, aber was war mit Bruce? Wenn Oma Ann einen Segensspruch über der Thora vortragen durfte, was war dann mit Oma Audrey? Und wie würde ich meine Mutter davon überzeugen können, dass ich das Gespött von ganz Philadelphia sein würde, wenn sie mich zwang, ein Kleid zu tragen, das ihr gefiel.

Jessica griff wieder in ihre Tasche, und als sie mir die Wasserflasche erneut anbot, zögerte ich nicht.

Im Country Club ein paar Häuser weiter schimmerten die Wände im Sonnenlicht, das durch die Oberlichter fiel, und die Räume hallten wider von dem Stimmengewirr von zweihundert gut gekleideten Gästen und dem Lärm von ungefähr zwanzig Kleinkindern. Hinter einem hüfthohen Tresen aus Eisblöcken standen die von Jessica versprochenen Sushichefs, hackten Fisch, wickelten Reis in die Blätter und legten die fertigen Sushistücke auf kleine Eisblöcke, die so geschnitzt waren, dass sie den Namenszug meines Cousins ergaben. Ein Mann in einer Kochmütze schwenkte Nudeln in einer Pfanne, und ein anderer rollte Pekingente in Pfannkuchen ein. In einer Ecke stand ein echter New Yorker Hot-Dog-Stand, und auf dem Tisch daneben waren in einem Metallregal Pommestüten mit sechs verschiedenen Sorten Mayonnaise aufgereiht. Kellner in weißen Hemden und schwarzen Krawatten servierten Mini-Hamburger und -Sandwiches, Lammkoteletts und kleine Blätterteigtaschen, die nach Auskunft eines Kellners mit Champignon-Duxelles gefüllt waren.

Tyler stand hinter einem Tisch mit einer blauen Samttischdecke, neben sich ein Challa für die *Mozi*, die Segnung des Brotes. Er wirkte stolz und erleichtert und nahm leicht verschwitzt Küsse und Glückwünsche entgegen.

Die Jungs, die während des Gottesdienstes in unserer Reihe gesessen hatten, kletterten auf die Galerie und bewarfen die Bedienungen, die unten im Saal die Tische deckten, mit Pfefferminzbonbons aus TYLER-Motivdosen. Jessica winkte mich zu sich und den anderen Mädchen und steuerte auf die Bar zu.

»Was kann ich den Damen anbieten?«, fragte der Barkeeper.

»Daiquiris für alle.« Jessica grinste. »Am besten gleich doppelte.«

»Komikerin«, sagte der Barkeeper und goss etwas Schaumigweißes aus einem Krug in die vor ihm aufgereihten Gläser. Ich hasste Banane. Mir wäre jede andere Geschmacksrichtung lieber gewesen. Laut Karte gab es noch Pfirsich und Himbeere und Zitronen-Limone …

Zu spät. Jessica reichte mir ein Glas. Am Rand steckte ein Stück Ananas, und in dem Getränk schwamm ein Stück Banane, das auf einen Zahnstocher aufgespießt war. »Schritt zwei«, sagte sie. Wir folgten ihr um die Ecke in einen leeren Flur, wo sie eine Flasche aus ihrer Tasche nahm, dieses Mal eine flache Glasflasche mit einer braunen Flüssigkeit. Sie vergewisserte sich, dass wir allein waren, dann goss sie jedem von uns etwas davon ins Glas. »Prost!«

Ich stieß mit ihr an und trank mit angehaltenem Atem. Schon beim ersten Schluck wurde mir klar, dass ich Pfirsichschnaps viel lieber mochte als Bananen-Daiquiri. Die anderen Mädchen spielten mit den Strohhalmen und steckten die Köpfe zusammen; dank ihrer schwarzen, dunkelbraunen und dunkelblauen trägerlosen Kleider sahen sie aus wie ein Grabbouquet. Ich trank noch einen Schluck, stellte mein Glas ab und nahm einen Minihamburger von einem Servierteller. Dann ließ ich mich langsam in Tylers Richtung treiben.

Ich wischte mir die Finger an einer dunkelblauen Papierserviette ab, die an einer Ecke mit Tylers Namen bedruckt war, in dem gleichen Silberton wie die Haare des Rabbiners, und ging an seinen Tisch. »Hallo, Tyler.«

Er sah mich fragend an. Als er an der Bima gesagt hatte, *Heute bin ich ein Mann*, hatte Jessica ihre dünnen Beine übereinandergeschlagen und gesagt: *Wer's glaubt*, aber jetzt, da er in seinem dunkelblauen Anzug vor mir stand, fragte ich mich, ob es stimmte, ob er sich tatsächlich verändert hatte.

»Joy«, erinnerte ich ihn.

»Ach ja, hallo. 'tschuldige. Du siehst anders aus.«

Ich strich mein Kleid glatt. »Du hast es wirklich toll gemacht.«

Er errötete. »Ich habe meine Haftara vermasselt.«

»Das habe ich gar nicht gemerkt«, log ich. Tyler blickte bereits über mich hinweg zu den nächsten Gratulanten. »Die Party wird super«, sagte er. Ich schlich unauffällig zurück in meine Ecke und beobachtete ihn, wie er zwischen seinen Eltern stand, wie sein Gesicht jedes Mal zerknautscht wurde, wenn ihn seine Mutter an ihre Brust drückte, wie sein Vater ihm die Hände auf die Schultern legte, bis uns durch das An- und Ausknipsen des Lichts und Glöckchenbimmeln signalisiert wurde, dass es an der Zeit war, unsere Plätze einzunehmen.

Es dauerte eine Weile, bis sich meine Augen an das gedämpfte Licht im Ballsaal gewöhnt hatten. Darin standen dreißig silber und blau gedeckte Tische, jeder mit einem riesigen Mittelgedeck aus verschiedenen Sportausrüstungen. Das ergab keinen Sinn. Soweit ich wusste, hasste Tyler alle Sportarten bis auf Profi-Wrestling. Ich blickte an der Dekoration am Kindertisch hoch: ein Dutzend Footbälle und darüber schwebte ein Jets-Trikot mit Tylers Namenszug. Wie hatten sie das gemacht? Hing das Trikot an einem unsichtbaren Faden? War es mit Ballons ausgestopft?

Ich setzte mich auf einen freien Platz zwischen Jessica und einem anderen Mädchen. »Schmeckt's dir?«, fragte Jessica lächelnd und reichte mir noch ein Glas – dieses Mal einen Erdbeer-Daiquiri. Ich nahm einen Schluck und ließ die eisige Süße auf der Zunge zergehen, während der Kellner einen Teller vor mich stellte: Sushi, ein winziger Salat mit kandierten Nüssen und irgendein Blätterteigteilchen.

Jessica blickte unglücklich auf ihren Teller. »Ich hätte mir doch ein paar Hotdogs nehmen sollen«, sagte sie. »Warum sind bei solchen Anlässen die Häppchen immer besser als das richtige Essen?« Sie stocherte in der Teigtasche. »Was ist das?«

»Äh …« Ich nahm einen kleinen Bissen. »Könnte Quiche sein.«

»Es ist ein pikantes Ziegenkäsetörtchen mit Knoblauchcoulis und gebrutzelten Lauchzwiebeln«, sagte das Mädchen auf meiner anderen Seite, die ihr krauses Haar zu einer Hochfrisur aufgetürmt hatte.

»Gebrutzelte Lauchzwiebeln«, wiederholte Jessica angeekelt. Sie stocherte wieder auf ihrem Teller herum. Das andere Mädchen nahm einen Bissen. Sie trug ein Kleid mit bauschigen Ärmeln und einer blauen Satinschärpe.

»Sie sieht aus wie eine gebrutzelte Lauchzwiebel, findest du nicht?«, sagte ich zu Jessica. Ich wollte es leise sagen, aber das Mädchen mit dem Kraushaar wandte das Gesicht ab.

Jessica lachte. »Gebrutzelte Lauchzwiebel.«

Ich beugte mich über den Teller. Mir verschwamm alles vor den Augen, und einen Moment lang sah ich das Ziegenkäsetörtchen doppelt. Das war gemein von mir gewesen, dachte ich. Aber wenigstens hatte ich nicht gesagt, dass sie wie Knoblauchcoulis aussah.

Ich zwang mich, ein Glas Wasser zu trinken. Die Kellner räumten die Teller ab. Jessica schnappte sich mein Daiquiriglas und ließ es unter dem Tisch verschwinden. Als es wieder zum Vorschein kam, war es randvoll. »Und ex!«, sagte sie und nahm ihren Strohhalm in den Mund. In dem Moment gingen die Lichter aus, und gleich darauf schmetterte die Filmmusik aus *Rocky* so laut durch den Saal, dass das Geschirr wackelte und der Fußboden vibrierte. Dann sah man Tyler in einem grellen blauen Lichtkegel. Er saß auf den Schultern von – ich blinzelte. Doch, es stimmte. Mein Cousin saß auf den Schultern der echten Jets-Cheerleaders. Vier trugen ihn auf den Schultern, und die restlichen acht wedelten mit ihren silberfarbenen Pompoms und zeigten ihr strahlend weißes Lächeln. »Komm mit!«, schrie Jessica in mein Ohr, dann packte sie meine Hand und zerrte mich auf die Tanzfläche.

Die Party fing um ein Uhr an und dauerte Stunden. Es gab Line Dances und einen Limbo und ein Tyler-Quiz, bei dem man Sweatshirts, CDs und Geschenkgutscheine gewinnen konnte. Ich weiß noch, dass ich während der endlosen Kerzenzeremonie einen Himbeer-Pfirsich-Daiquiri trank (»Ich kenne euch nicht, aber ihr seid in meinem Herzen / also entzünde ich in Erinnerung an Opa Hyman und Oma Marcia die erste der Kerzen.«) und dass ich einen Bananen-Ananas-Daiquiri trank, während Tyler mit seiner Mutter tanzte. Ich tanzte mit zwei Jungen namens Jack und drei Jungen namens Noah und sogar mit dem geheimnisvollen Zach. Als mein Kopf immer schwerer wurde und meine Hände sich anfühlten, als würden sie überhaupt nicht mehr zu meinen Armen gehören, sagte ich zu Jessica, dass ich auf Toilette müsse. Wir schlichen aus dem discobeleuchteten, lauten Ballsaal in das kühle Foyer, wo ich mich hastig an meiner Großmutter vorbeidrückte. (»Joy! Liebes!«, rief sie und winkte, aber ich wusste, dass ich erst ein, zwei Schachteln von Tylers Pfefferminzbonbons essen musste, bevor ich es riskieren konnte, mit ihr zu reden.) Schließlich fanden wir Zuflucht in der wunderbar kühlen, blassrosa dekorierten Damentoilette. »Die … Party … ist … megageil!«, sagte Jessica mit Schluckauf und knallte die Tür ihrer Kabine zu. Die Tür sprang wieder auf, woraufhin sie zu lachen anfing, und wir brauchten zu zweit drei Anläufe, um sie zu schließen.

Ich schlüpfte aus meinen Ballerinas und drückte meine Wange an die kühle Eisentür. Mein Gesicht war gerötet, mir brummte der Schädel, und mein Mund war trotz allem, was ich getrunken hatte, strohtrocken.

»Hey, hast du die Anstandswauwaus in der Garderobe gesehen?«, rief Jessica. »Weißt du, warum die hier sind?« Sie hatte noch immer Schluckauf. »Auf Ainsley Kiernans Bat-Mizwa hat ein Mädchen einem Typen im Büro des Rabbiners einen Blowjob verpasst. Ihre Eltern sind dahintergekommen, und deshalb schreibt die Synagoge jetzt vor, dass immer Aufpasser dabei sein müssen.«

»Iih«, sagte ich. Es klang wie eine Szene aus *Große Mädchen weinen nicht*. Ich betätigte die Toilettenspülung, spritzte mir am Waschbecken Wasser in mein heißes Gesicht und trug etwas Lipgloss auf. Als ich wieder ins Foyer hinaustrat, sah ich, wie Emily Bruce zur Eingangstür zerrte. Ich hörte, wie sie meinen Namen sagte.

»Party!«, grölte Jessica.

»Ich komme gleich nach«, sagte ich. Sobald Jessica weg war, schlich ich Emily und Bruce hinterher und versteckte mich hinter der vor sich hin schmelzenden, halb abgebauten Sushi-Bar, um sie zu belauschen.

»… wusste nicht einmal, dass sie kommen würde.«

Ich hielt den Atem an und duckte mich unter die sojasoßenbefleckte Tischdecke. Durch einen Spalt zwischen den Tischen konnte ich Emily und Bruce an der Wand stehen sehen. Sie hatte die Hände in die Hüften gestemmt. Er stand mit gesenktem Blick vor ihr, wie ein Junge, der gescholten wird, weil er mit seinem Baseball eine Scheibe eingeschlagen hat.

»Vielleicht hat sie einfach nur vergessen, es mir zu sagen.«

»Vielleicht hat ihre *Mutter* vergessen, es dir zu sagen«, entgegnete Emily.

»Na und? Wo ist das Problem?« Bruces Stimme war noch höher als sonst, und ich hatte ihn auch noch nie so heftig blinzeln sehen. »Sie ist da, sie hat einen Sitzplatz. Wo ist das Problem?«

»Das Problem«, quiekte Emily, »ist, dass es mir peinlich ist. Glaubst du, mir geht es gut damit? Wenn deine Familie zuerst sie und dann mich anstarrt? Tante Lillian erzählt jedem: ›Ach ja, und das dort ist Bruces Tochter aus seiner früheren Beziehung.‹« Sie imitierte das Trillern einer älteren Dame. »›Nein, nein, keine Exfrau, nur seine Exfreundin. Sie ist ein – wie nannte man das früher –, ein Kind der Liebe. Mit Candace. Du weißt schon. Die dieses Buch geschrieben hat.‹«

Ich sank mit dem Rücken gegen die Wand. Mir war schwindlig und schlecht. Ich war so sehr damit beschäftigt gewesen, mich für meine Mutter zu schämen, dass es mir nie in den Sinn gekommen war, dass sich jemand anders für mich schämen könnte.

»Dieses Buch«, sagte Emily bitter. »Und was ist mit Max und Leo?« Ich kniff die Augen zusammen, und es gab mir einen Stich im Herzen. Wie dumm war ich doch gewesen, als ich draußen auf dem Parkplatz dachte, dass sich so eine normale Familie anfühlen musste.

Bruce zupfte an seiner Krawatte. »Ich bin darüber auch nicht glücklich«, sagte er ruhig. »Ich weiß, dass es dir nicht gut geht damit, und es tut mir leid.«

»Nicht gut!«, kreischte Emily.

»Sie ist meine Tochter«, sagte Bruce. »Sie hat das gleiche Recht, hier zu sein, wie jeder andere auch.«

Genau, dachte ich mit pochendem Kopf, während mir die Daiquiris aufstießen. Genau, sag's ihr nur!

»Aber es tut mir leid«, sagte er und legte Emily die Hände auf die Schultern. »Ich weiß, dass dich das in eine missliche Lage bringt.«

Emily wandte ihr Gesicht ab. »Ich wünschte ...« Das Pochen in meinem Kopf wurde noch stärker, und meine Lippen zitterten. Ich konnte weder hören noch sehen, was sie sagte, aber ich konnte es erahnen. *Ich wünschte, sie wäre nicht hier. Ich wünschte, sie wäre nie zur Welt gekommen.* Während ich hinter dem tropfenden, nach Fisch riechenden Eisblock saß, wünschte ich mir dasselbe.

Ich wartete ein paar Sekunden. Dann stand ich auf und stützte mich mit einer Hand auf das schmelzende Eis. Sogar in Ballerinas war ich größer als Emily. »Entschuldige«, rief ich und ging auf sie zu. Sie und Bruce drehten sich um und sprangen auseinander. Emily zuckte zusammen. Bruce blinzelte noch schneller. »Ich möchte mich dafür entschuldigen, dass ich dir den Tag verdorben habe«, sagte ich mit einer Stimme, die sich in meinen Ohren ganz so wie die hohe, forsche Stimme von Amber Gross anhörte.

Emily blickte entsetzt drein. »Aber, Liebes, so habe ich das nicht …«

»Ich weiß, dass ihr mich nicht haben wolltet.« Obwohl ich dabei Emily ansah, wusste Bruce bestimmt, dass ich damit nicht nur den heutigen Tag, die Bar-Mizwa des Sohnes seiner Cousine, meinte.

»Natürlich wollten wir dich haben«, sagte Bruce. »Wir –«

Ich fiel ihm ins Wort. »Ich muss gehen. Meine Mutter ist hier.« Ich drehte mich um und nahm meinen Rucksack von dem Garderobenhaken, wo ich ihn aufgehängt hatte. Dann drückte ich die Tür auf und blieb einen kurzen Moment, von der Sonne geblendet, stehen.

Sie kamen beide hinter mir hergelaufen. Ich beachtete sie nicht, was mir auch gar nicht weiter schwerfiel, nachdem ich meine Hörgeräte aus den Ohren genommen hatte und die Tränen meine Sicht verschleierten. Geh weiter, geh weiter, sagte ich mir und rannte in Ambers Ballerinas über den Parkplatz, wo sich die Sonne in den Windschutzscheiben spiegelte. Bruce rief meinen Namen, aber ich ging einfach weiter, so als würde meine Mutter in ihrem blauen Minivan am Straßenrand warten. In dem Augenblick hätte ich alles darum gegeben, wenn sie tatsächlich dort gewesen wäre, wenn sie mich in den Arm genommen und gesagt hätte: *Mach dir keine Gedanken über die beiden und auch nicht darüber, was ich geschrieben habe. Natürlich wollte ich dich, mehr als alles andere auf der Welt.*

Ich ging erhobenen Hauptes weiter und drehte mich nicht um, obwohl ich hörte, wie Bruce meinen Namen rief. Wahrscheinlich sind sie froh, dass ich gehe, dachte ich und wischte mir eine Träne von der Wange. Jetzt können sie die Party erst richtig genießen.

Mein Zug kam um neunzehn Uhr fünfundvierzig in Philadelphia an. Ich zog mich auf der Bahnhofstoilette um, aber ich war überzeugt, dass man mir den Tag anmerken würde. Nicht an meinem Atem – ich lutschte während der Busfahrt vom Bahnhof nach Hause eine ganze Packung von Tylers Pfefferminzbonbons. Nicht an meinem Gesicht – ich hatte das Make-up abgewischt und meine Haare zu einem Knoten hochgesteckt. Aber irgendwo würde man es mir anmerken. Als ich kurz nach halb neun nach Hause kam, roch es im ganzen Haus nach Chili, das auf dem Herd vor sich hin köchelte. Auf dem Tisch lagen ein Platzdeckchen und eine Serviette, und daneben standen hellblau und gold glasierte Keramikschüsselchen mit gewürfelter Avocado, Sauerrahm und geriebenem Käse. Meine Eltern saßen im Arbeitszimmer vor dem Laptop, den meine Mutter zuklappte, als sie sich zu mir umdrehte. »Wie war dein Tag?«, fragte sie.

»Habt ihr viel geschafft?«, fragte mein Vater. Ich verspürte den Drang zu lachen. Es schmeckte nach Pfirsich. Ich machte den Mund auf und gab ein ohrenbetäubendes Rülpsen von mir.

»Sehr nett!«, sagte meine Mutter. Sie trommelte mit den Fingern auf den Laptop, so als könne sie es nicht erwarten, ihn wieder aufzuklappen. So war sie manchmal, wenn sie schrieb, aber das erklärte nicht, warum mein Vater neben ihr saß. Normalerweise ließ er sie in Ruhe, wenn sie und Lyla Dare auf den Ebenen von Saidith Khai oder wo auch immer unterwegs waren.

Mein Vater sah mich eindringlich an. »Joy, ist alles in Ordnung?«

Oje. »Ich glaube, ich habe mir den Magen verdorben«, murmelte ich und ging nach oben. Ich schloss mich im Bad ein und setzte mich, den Kopf zwischen den Händen, auf die Toilette. Kurz darauf klopfte es an der Tür.

»Ich bin unpässlich!«, rief ich.

»Ich bin's nur.« Die tiefe Stimme meines Vaters klang beruhigend.

»Einen Augenblick.« Ich gurgelte mit einer Mundspülung und öffnete die Tür. Mein Vater stand mit einem Fläschchen Aspirin und einem Glas Gatorade mit Traubengeschmack vor mir. Ich musste daran denken, wie er sich immer um mich kümmerte, wenn ich krank war, wenn ich Ohrenschmerzen oder Fieber oder Halsweh hatte. Dann kochte er mir Tee (seine Spezialmischung aus Kamille und ein paar geheimen Zutaten), machte mir Rühreier und Toast, brachte mir frisch bezogene Kissen und setzte sich zu mir, während ich fernsah.

Ich unterdrückte die Tränen und einen weiteren Rülpser und schämte mich ganz fürchterlich. Ich hätte ihn zu der Bar-Mizwa-Veranstaltung über Patchworkfamilien einladen sollen, nicht Bruce. Ich sollte so aussehen wie er, dunkle Haare und dunkle Augen, nicht wie Bruce, der mich nicht einmal haben wollte und der sich für mich schämte.

»Trink ein paar Schluck davon«, sagte mein Vater und reichte mir das lilafarbene Getränk. Ich trank das halbe Glas aus, rülpste noch einmal und sank dann auf den flauschigen, pinkfarbenen Badvorleger. Er nahm ein Handtuch und legte es mir unter die Schultern. »Ich gehe davon aus«, sagte er in seiner tiefen, bedächtigen Stimme, »dass du eine wichtige Lektion gelernt hast und dass es keinen Grund gibt, deiner Mutter zu erzählen, was du möglicherweise getrunken hast, weil du es bestimmt nicht wieder tun wirst, richtig?«

Ich nickte und machte mir nicht einmal die Mühe, zu lügen und etwas von ranzigem Käse oder schlechtem Sushi zu murmeln. Der Klumpen in meinem Hals wurde immer größer. Ich wünschte mir, dass er mich in den Arm nahm oder mit mir ins Kino ging oder mich zu einem Eagles-Spiel mitnahm. Ich wollte wieder ein kleines Mädchen sein, ein Mädchen, das Eiskrem liebte und die Farbe Pink und das immer seine Hörgeräte trug, ein Mädchen, das weder log noch klaute und auch keine Geheimnisse hatte. Ich öffnete den Mund, obwohl ich nicht wusste, was ich sagen würde: etwas über den Pfirsichschnaps oder über Bruce oder Emily oder wo ich den ganzen Tag gewesen war. »Amber Gross hat einen Freund«, krächzte ich.

Mein Vater dachte darüber nach. »Willst du auch einen Freund haben?«

Ich lachte. Ich stellte mir vor, wie meine Eltern ein großes Netz voller Videospiele und Buffalo Wings über die South Street spannten und geduldig warteten, bis ihnen ein Junge, der ihren Vorstellungen entsprach, in die Falle ging. Ich musste noch mehr lachen, als ich mir vorstellte, wie sie ihn in das Netz einrollten und nach Hause zerrten. *Schatz, wir haben einen gefangen!*, würde mein Mutter sagen. Oder: *Lass ihn wieder gehen. Er ist nicht der Richtige!*

»Bekomme ich Ärger?«, fragte ich.

Mein Vater schüttelte den Kopf, dann nahm er seine Brille ab und putzte sie an seinem blauen Sweatshirt. Seine Augen sahen sanft und müde aus, und die Haut unter seinen Augen war leicht rötlich und geschwollen. »Wir passen einfach auf, dass es nicht wieder vorkommt«, sagte er. Ich rang mir ein Lächeln ab, obwohl mir zum Heulen zumute war. »Denkst du, du kannst ein Stück Toast essen?«, fragte er, und ich antwortete, dass ich es versuchen würde.

19

»Ich weiß nicht«, sagte ich zu Peter und rutschte nervös auf dem Stuhl neben ihm hin und her. »Das hier fühlt sich irgendwie seltsam an. Unmoralisch. So als würden wir uns eine Prostituierte aussuchen oder etwas in der Art. He, schau mal, die ist süß!«

Joy hatte etwas Hühnerbouillon und Toast gegessen und war um halb zehn in ihr Zimmer gegangen. Zehn Minuten später schlichen Peter und ich mit einer Kanne Kaffee und Shortbread auf Zehenspitzen wieder in mein Arbeitszimmer. Ich räumte die Gliederung meines aktuellen StarGirl-Romans zur Seite, während Peter sich einloggte, und wir verbrachten die nächste Stunde zusammen vor meinem Laptop, um die Anzeigen auf der Website von Open Hearts durchzugehen, die ich Mamas.com getauft hatte. Die Agentur hatte uns eine vorläufige Zusage und einen Zugangscode geschickt, sodass wir bis zum obligatorischen Hausbesuch die Bilder und Biografien der Leihmütter ansehen konnten. Was wir mit einer Mischung aus Entsetzen (ich) und Interesse (Peter) taten.

»Schau sie dir an.« Ich kam mir vor wie ein Zuhälter, als ich auf das Bild einer sympathischen Brünetten zeigte, die mit zwei lachenden kleinen Jungs auf einer Veranda posierte. Sie blinzelte in die Sonne, eine Hand auf der Schulter eines ihrer Söhne, während sie sich mit der anderen die Haare aus den Augen strich. »Sie sieht mir sogar etwas ähnlich.«

Peter studierte das Bild. »Ich sehe keine Ähnlichkeit.«

»Wir haben beide braune Haare.« Peter zog eine Augenbraue hoch. »Und wir sind beide Frauen.« Peter lächelte mich nachsichtig an.

»Ach, komm schon«, sagte ich. »Du würdest total auf sie abfahren.«

»Reden wir jetzt so darüber?«

»Na ja, warum nicht?«, antwortete ich. »Wenn wir schon nach einer Frau suchen, die unser Kind austragen wird, sollte es dann nicht jemand sein, mit dem du, rein theoretisch, schlafen wollen würdest?«

»Vielleicht.« Peter streckte gutmütig seine langen Beine aus. »Aber da es mein Sperma und dein Ei ist, sollte es da nicht auch jemand sein, mit dem auch du schlafen willst?«

»Hm.« Ich schaute mir das Foto der Leihmutter noch einmal an. »Das wirft natürlich ein anderes Licht auf die Sache.«

Die Lachfalten um seine Mundwinkel wurden tiefer. »Hey, Cannie. Wollen wir das wirklich tun?«

Ich fühlte mich, als hätte ich ein Dutzend Espressi getrunken, kribbelig und aufgeregt, aber mir war auch äußerst unbehaglich zumute. »Scheint so.« Meine Finger flogen über die Tastatur. Dutzende von Frauengesichtern und Nicknames sausten über den Bildschirm. Ich hielt inne und zeigte lachend auf eine Frau, die ein T-Shirt mit dem Aufdruck EIER GEGEN WARE trug. Dann scrollte ich zurück zu der ersten Frau, die ich ausgesucht hatte. »Neunundzwanzig Jahre alt, braune Haare, braune Augen, und sie hat das schon mal gemacht.« Ich las ihren Text laut vor: »›Meine erste Erfahrung als Leihmutter war toll! Ich habe einen wunderschönen, gesunden, viertausendeinhundert Gramm schweren Jungen ohne jegliche Komplikationen oder Schmerzmittel geboren...‹« Ich wandte mich ab, damit mein Mann nicht sah, wie sehr mich die Worte »wunderschön« und »gesund« und »ohne jegliche Komplikationen« getroffen hatten. Natürlich merkte er es trotzdem. Er legte mir die Hand unters Kinn und sah mich an. »Alles in Ordnung?«

»Alles bestens!« Anscheinend hatte ich überzeugend geklungen, da Peter sich mit den Ellbogen auf den Tisch aufstützte und wieder auf den Bildschirm starrte.

»Sie sagt, sie würde für den Transfer auch eine Reise in Kauf nehmen.«

Ich schüttelte mich. »Großer Gott. Heißt das so? Transfer? Das klingt, als würden wir ein Paket in Empfang nehmen. Warte.« Ich suchte das Glossar. »Damit ist der Transfer des befruchteten Eis gemeint. Oh.« Ich scrollte zur nächsten Anzeige. »Du liebes bisschen.« *Hallo, ich bin dreiundzwanzig Jahre alt, weiß, ich wohne in Denver und habe zwei Kinder. Ich bin blond und habe blaue Augen, und meine beiden Kinder haben auch große blaue Augen. Ich rauche und trinke nicht und verspüre auch kein Verlangen danach. Obwohl ich nicht mehr mit den Vätern meiner Kinder zusammen bin, führe ich ein stabiles Leben und wünsche mir sehr, einer anderen Familie dabei zu helfen, ein neues Leben in die Welt zu setzen.*

»Sheera«, las ich. »Sie heißt Sheera. Müssen Frauen, die Sheera heißen, nicht automatisch Stripperinnen sein?«

»Anscheinend nicht«, sagte mein Mann.

Ich stand auf und ging zu den gerahmten Fotos in meinem Bücherregal: Peter und ich bei unserer Hochzeit, Peter mit Joy und Nifkin am Strand, Nifkin mit einer kleinen Frisbeescheibe im Maul, Joy mit einem Klecks Sonnencreme auf der Nase. »Ich weiß nicht. Es ist alles so seltsam! Eine Frau, eine Fremde, dafür zu bezahlen, jemanden, der nicht so viel Geld hat wie wir. Es fühlt sich an, als würden wir ein, was weiß ich, ein Hausmädchen einstellen. Und das sollte so nicht laufen. Ein Kind zu bekommen ist nicht dasselbe, wie die Wäsche zu waschen oder das Geschirr zu spülen. Das weiß ich.« Ich wischte mir über die Augen. »Ich erinnere mich noch.«

Peter stand auf und legte mir die Hände auf die Schultern. Ich wandte mich ab und starrte aus dem Fenster in die dunkle Nacht. »Und woher wollen wir wissen, dass sie es sich nicht anders überlegt?« Ich setzte mich wieder vor den Computer. »Die hier sagt, dass sie den ZE die Entscheidung überlassen würde, falls es irgendwelche Auffälligkeiten beim Quadrupeltest oder der Fruchtwasseruntersuchung gibt. ›Es würde mir zu schaffen machen, aber es ist die Entscheidung der ZE und nicht meine.‹ Was ist ZE?«

Peter klickte auf einen Link, dann noch einen. »ZE«, sagte er mit seiner tiefen, brummenden Stimme. »Zukünftige Eltern.«

»Zukünftige Eltern«, wiederholte ich und presste die Hände zusammen. Ich stellte mir vor, wie es wäre, als dreiundzwanzigjährige berufstätige Mutter von zwei blauäugigen Kindern in Colorado zu leben, nebenbei aufs College zu gehen, während sich meine Mutter um die Kinder kümmert, und dann bekommt man einen Anruf oder eine E-Mail von einem wohlhabenden, älteren Paar, das Tausende von Kilometern entfernt wohnt und meinen Körper mieten will, so wie man ein paar Quadratmeter in einem dieser Self-Storage-Lagerhäuser mietet, für die entlang der Autobahn Werbung gemacht wird. Würde ich das Baby, das ich austrug, lieben? Würde ich das Paar, für das ich es austrug, hassen? Ich richtete mich auf. »Egal, wen wir aussuchen oder was sie verlangen – ich finde, wir sollten den Preis verdoppeln.«

Peter sah mich vorsichtig an. »Warum?«

»Weil sie nicht genug verlangen!« Ich deutete auf den Bildschirm. »Keine von ihnen! Es ist nicht genug für das, was sie tun! Ein Kind aufzugeben …«

»Aber es würde unser Kind sein. Biologisch gesehen«, sagte er.

»Biologisch gesehen.« Das Wort bedeutete gar nichts. Ein Baby war ein Baby, und ich konnte mir nicht vorstellen, dass eine Frau neun Monate lang ein Kind austrug, ohne das Gefühl zu haben, es sei ihres. Ich schüttelte den Kopf, als mich die Erinnerungen einholten: Der Arzt, der in mein Zimmer kam, um mir zu sagen, dass ich keine Gebärmutter mehr hatte, trug einen weißen Kittel mit einem Kaffeefleck auf dem Ärmel und hatte freundliche, müde Augen. *Es tut uns leid*, sagte er. *Wir haben alles getan, was wir tun konnten*. Ich starrte ihn an, noch immer benebelt von den Medikamenten und dem Gefühl, als hätte man mir mit einem riesigen Kugelausstecher die Eingeweide herausgekratzt. *Es tut uns leid*, sagte er noch einmal. Erst in dem Moment, als ich erfuhr, dass ich nie wieder ein Kind bekommen konnte, wurde mir bewusst, wie sehr ich mir immer gewünscht hatte, Mutter zu sein.

»Und was ist, wenn es Komplikationen gibt? So wie bei mir?« Meine Stimme schnappte über. »Was gibst du jemandem, der danach nie mehr wieder ein Kind bekommen kann?«

Peter griff über meine Schulter und klappte den Laptop zu. »Lass uns eine Pause machen.«

Ich seufzte, legte die gefalteten Hände auf den Laptop und dachte darüber nach, dass wir nicht mehr allzu viel Zeit hatten.

»Cannie, es ist alles gut«, sagte Peter. »Wir müssen heute Abend nichts entscheiden. Vielleicht ändert deine Schwester ja doch noch ihre Meinung. Vielleicht ...«

Ich nickte automatisch und dachte wieder an Sheera in Colorado. Ich stellte mir vor, dass sie in einer Wohnung wohnte, die meiner alten Wohnung ähnlich war, in der belaubten, baumgesäumten Straße um die Ecke: zwei Schlafzimmer, eins für sie und eins für die Jungs. Dazu Musik – den Soundtrack von *Annie*, den Joy so sehr mochte – das ständige Surren der Waschmaschine und des Trockners, die Gerüche von Babycreme und Apfelsaft und Makkaroni mit Käse. Das war Joys Lieblingsessen gewesen, als sie klein war. Damals hatte sie eine kleine Porzellanschüssel mit Goldrand und einem rosafarbenen Häschen in der Mitte, und einen Tritthocker mit ihrem Namen drauf, ein Geschenk von Oma Audrey. Sie durfte sich neben mich auf den Hocker stellen und das Käsepulver in die Nudeln kippen. Der Hocker und die Häschenschüssel waren noch immer unten im Keller, genauso wie die Kisten mit Joys Fingerzeichnungen aus dem Kindergarten, Anziehsachen, die ihr zu klein geworden waren, ihr Dreirad und die Stützräder – alles Dinge, von denen ich mich nicht trennen konnte.

Mir kamen immer wieder die Worte der ersten Anzeige in den Sinn, wie eine helle Flagge, die unter einem wolkenlosen blauen Himmel im Wind flatterte. *Einen wunderschönen, gesunden, viertausendeinhundert Gramm schweren Jungen …*

Peter studierte mein Gesicht. Ich tat mein Bestes, so normal wie möglich dreinzuschauen, während ich vom Tisch abdrückte. »Ich räume nur noch ein bisschen auf. Ich bin noch nicht müde.«

»In Ordnung«, sagte er. »Ich gehe schon mal nach oben.«

Ich spülte das Geschirr, wischte die Arbeitsflächen und lauschte auf seine Schritte und das Geräusch des laufenden Wassers. Nach einer halben Stunde schlich ich zurück ins Arbeitszimmer. Die Schreibtischlampe brannte noch, und der Laptop war noch eingeschaltet. Ich klickte auf *Leihmütter sortieren*, nahm einen Notizblock und einen Kugelschreiber und scrollte durch die Namen und Gesichter und Städte, auf der Suche nach der Frau, die unsere Träume wahr machen konnte.

»Bleib stehen, Jägerin«, zischte die Stimme aus dem Dunkeln. Meine Finger flogen über die Tastatur. Ich befand mich auf der Zielgeraden meines aktuellen Lyla-Abenteuers. Ich saß noch ungekämmt und mit ungeputzten Zähnen am Schreibtisch und tauchte glücklich in ihre Welt ein.

Lyla unterdrückte ein Stöhnen, als sie sich schwankend aufrichtete und mit den Händen über ihre Hüften strich. Mehrere Rippen waren geprellt, vielleicht sogar gebrochen, von einem Schneidezahn war ein Stück abgebrochen. Ihr ganzer Körper schrie vor Schmerzen, aber sie zwang sich aufzustehen, die Schultern zu straffen und sich breitbeinig hinzustellen wie ein Soldat, so wie man es ihr beigebracht hatte.
Die Stimme im Dunkeln lachte sie aus. »Was für ein tapferes Mädchen«, sagte sie. »Töricht, aber tapfer.«
Lyla beugte sich vornüber, als hätte sie plötzlich einen Krampf. Sie trug noch immer ihre Stiefel. Und darin steckte ihr Messer, die Klinge gewärmt von ihrer Haut. Sie tastete danach und glaubte, den Stahl in der Dunkelheit aufblitzen zu sehen, als die Stimme sagte …

Das Klingeln des Telefons riss mich aus meiner Science-Fiction-Trance. »Scheiße.« Ich seufzte und speicherte das Dokument. Normalerweise dachte ich daran, beim Arbeiten das Telefon auszustöpseln. Ich blickte auf das Display, bevor ich abhob. »Hallo, Sam«, sagte ich. »Bist du nicht mit einem Juden ausgegangen? Mit dem du vielleicht nach Hause gehst?«

»Das bin ich in der Tat«, flüsterte meine Freundin. »Wir sind im Lacroix. Die Wände haben eine hübsche Kürbisfarbe.«

»Bin schon unterwegs«, sagte ich und nahm die Autoschlüssel vom Schreibtisch. »Kürbis« war unser Codewort, auf das wir uns geeinigt hatten, als ich auch noch Single gewesen war, das Wort, das hieß: »Rette mich!« Ich hatte es nur einmal benutzt, als ich mit einem Typen essen gegangen war, den ich in der Videothek kennengelernt hatte, und der mich noch während der Vorspeise fragte, ob ich auf Swingerclubs stehen würde. Ich hatte höflich gelächelt, war auf die Toilette gegangen, hatte Sam angerufen und das Zauberwort gesprochen. Zehn Minuten später war sie mit dem Taxi – sie bat den Fahrer, den Motor laufen zu lassen – und einer Geschichte über einen Todesfall in der Familie vorgefahren.

Ich fuhr so schnell ich konnte zum Rittenhouse Hotel, parkte neben dem Brunnen, warf dem Bediensteten die Autoschlüssel zu und lief nach drinnen, wo ich fast mit Samantha zusammengestoßen wäre, die mit unglücklicher Miene bei den Aufzügen stand.

»Cannie!« Sie packte meinen Arm, als wäre er die letzte Rettungsweste auf der Titanic. »Gott sei Dank bist du hier! Du wirst nicht glauben …«

»Hey!« Wir drehten uns um. Aus dem Aufzug trat ein wütend aussehender, grauhaariger Mann in einem weißen Nylon-Windbreaker und mit einer Doggie Bag vom Restaurant in der Hand. Sam drehte sich zu ihm um und sah ihn mit schier majestätischer Herablassung an. Wenn er so direkt vor ihr stand, waren seine Augen genau auf der Höhe von Sams Brustwarzen. Er blinzelte wütend zu ihr auf und wedelte mit der Restaurantquittung. »Vierunddreißig fünfundneunzig!«, sagte er.

Meine Freundin nahm zwei Zwanzigdollarscheine aus ihrem Portemonnaie und reichte sie ihm mit spitzen Fingern. »Behalten Sie das Wechselgeld.«

Der Mann riss das Geld an sich. Seine Mundwinkel waren weiß verkrustet. »Wissen Sie eigentlich«, zischte er, während ich mich fragte, ob das Weiße Zahnpasta, Essensreste oder etwas viel Ekligeres war, »dass es strafbar ist, sich im Internet falsch darzustellen?«

Mit Schrecken wurde mir klar, dass ich Zeuge des Augenblicks wurde, den ich seit langem befürchtet hatte: Ein Blind Date machte Sam darauf aufmerksam, dass sie nicht Brooke Shields war.

»Ach, wirklich?«, sagte Sam kühl. »Das wäre eine interessante Klage von einem Mann, der in seinem Profil behauptet, ein Meter zweiundsiebzig zu sein.«

»Ich bin ein Meter zweiundsiebzig!«, protestierte der Mann. Sam zog die Augenbrauen hoch und sah mich an. Mein Gesichtsausdruck besagte: Ich misch mich da nicht ein, aber wenn der Mann ein Meter zweiundsiebzig war, dann hatte ich Kleidergröße 36.

Er starrte Samantha schier ewig an, bevor er schnaubend an uns vorbeistapfte, mit seiner Restetüte in der einen und Sams Zwanzigdollarscheinen in der anderen Hand. Sam ließ sich auf eines der mit Quasten besetzten Hotelsofas sinken und hätte dabei fast die Flieder- und Hortensiendekoration umgestoßen.

Ich setzte mich neben sie. »Willst du darüber sprechen?«

Sie schüttelte den Kopf.

»Schlimmer als der Vorhautmann?«

Sie zog eine Grimasse. Vor langer Zeit hatte sie sich mit einem Typen getroffen, der ihr den ganzen Abend damit in den Ohren lag, welche psychischen Narben er von seiner achtunddreißig Jahre zurückliegenden Beschneidung davongetragen hatte.

»Oder der Einäugige?«

Der Einäugige war meiner gewesen. Eigentlich hatte er zwei Augen gehabt, aber während ich das übliche Blabla von mir gegeben hatte, wie man es bei einer ersten Verabredung eben so macht, war eines davon unverwandt auf den Hintern unserer Bedienung fixiert gewesen.

Sam seufzte. »Was soll ich sagen? Im Internet machte er einen absolut normalen Eindruck.«

»Tun sie das nicht alle?«

»Geschieden. Zwei Kinder. Anwalt für Gesellschaftsrecht.«

Ich blickte durch die Türen nach draußen und sah dem Mann hinterher, wie er durch den Park davonstapfte. »Vertritt er auch die Lollipop Guild?«

Sam schüttelte den Kopf und stand auf. »Ich will nach Hause. Am schönsten ist es zu Hause.«

»In Ordnung, Dorothy«, sagte ich und brachte sie zu meinem Auto.

Nach all den Jahren, die wir befreundet waren, nach all unseren missglückten Dates, einer Hysterektomie (meiner) und einer Biopsie (ihrer, glücklicherweise ein falscher Alarm), kennt Sam meine Küche wie ihre Westentasche. Sie holte Teller und Tassen aus dem Schrank, während ich im Kühlschrank hinter den Karotten und der fettfreien Milch nach den leckeren Sachen suchte. Ich legte Cracker mit Brie, Weintrauben und Feigenmarmelade auf einen Teller, mit dem wir ins Schlafzimmer gehen wollten, um uns auf Video ein Liza-Minnelli-Porträt anzusehen. Ich nahm einen Korb Wäsche, während Sam mir mit dem Essen nach oben folgte.

»Zeigst du mir das berühmt-berüchtigte Kleid?«, fragte sie, als wir an Joys Zimmer vorbeigingen.

Ich riss meine Schranktür theatralisch auf und zeigte auf das Objekt des Anstoßes.

Sam nahm es aus dem Schrank und entfernte die Plastikhülle. »Wow«, sagte sie bewundernd. »Du kannst über deine Schwester sagen, was du willst, aber die Frau hat Geschmack.«

»Es ist wunderschön«, gab ich zu. »Aber Joy ist viel zu jung für so etwas.«

Sam strich über den glänzenden Stoff. »Ich weiß nicht, Cannie. Ich wette, sie sieht darin umwerfend aus.«

»Aber darum geht's nicht! Es ist eine religiöse Zeremonie! Es geht nicht darum, umwerfend auszusehen, es geht um Tradition und Judentum und ...«

»Was sagt Peter?«, fragte Sam.

»Peter ist ein Kerl.« Ich breitete das Kleid auf dem Bett aus und setzte mich daneben. »Als er es das erste Mal sah, dachte er, es wäre für mich.«

»Gott segne diesen süßen ahnungslosen Mann«, sagte Sam und toastete mir mit einem briebeschmierten Cracker zu.

»Außerdem hat die Synagoge Regeln«, sagte ich. »Keine Spaghettiträger, keine nackten Schultern.«

»Ist bei dem Kleid denn kein Schultertuch dabei?«, fragte Sam arglos. Ich stöhnte. Diese Worte würden mich noch ins Grab bringen. Man würde sie in meinen Grabstein meißeln. Sie würden in meinem Nachruf stehen. *Candace Shapiro Krushelevansky, 42, verstarb nach kurzer, von einem Schultertuch ausgelöster Krankheit.* »Das Kleid würde mich ja gar nicht mal so stören, wenn Joy nicht gerade so furchtbar wäre.«

»Denkst du, sie nimmt Drogen? Hat sie einen Freund? Hat sie Bulimie?«

Ich schüttelte den Kopf, aber ich war mir nicht so sicher, wie ich es mir gewünscht hätte.

Sams Augen blitzten, und zum ersten Mal seit dem Hotel wirkte sie wieder lebhaft. »Wird sie im Internet schikaniert? Von älteren Männern auf MySpace gestalkt? Können wir nachsehen, auf welchen Seiten sie surft?«

»Joy hat keine MySpace-Seite, in der Schule hatten sie erst vor kurzem ein Seminar über Cyber-Mobbing, und nein, wir können nicht nachsehen, auf welchen Internetseiten sie surft.«

Sam wollte noch nicht aufgeben. »Können wir uns ein UV-Licht besorgen, um zu sehen, ob auf ihrem Bettlaken Sperma ist?«

Ich starrte sie an. »Woher weißt du darüber überhaupt Bescheid?«

»*CSI*«, sagte sie. »Eine hervorragende Fernsehserie.«

»Wir können nicht in ihre Privatsphäre eindringen.«

»Du bist ihre Mutter. In die Privatsphäre seines Kindes einzudringen ist Teil der Tätigkeitsbeschreibung. Außerdem hat es nichts mit Verletzung ihrer Privatsphäre zu tun, wenn wir beschließen, dass es an der Zeit ist, ihre Matratze umzudrehen, was man übrigens alle sechs Monate tun sollte.« Bevor ich sie aufhalten konnte, ging Sam über den Flur in Joys Zimmer, kniete sich vor das Bett und steckte ihre Hand zwischen die Matratze und den Lattenrost. »Bingo!«, sagte sie.

Mir stockte der Atem. Ein Tagebuch? Kondome? Eine Schachtel mit Joints und Crackkörnern?

Schlimmer. Sam zog einige bedruckte Blätter hervor, einen Ausdruck eines zehn Jahre alten Zeitungsartikels mit der Überschrift FAMILIENGEHEIMNISSE. Mir wurde flau im Magen. »Oh«, brachte ich hervor. »Nein.« Mit tauben Fingern blätterte ich in den Seiten. Da war das Foto, auf dem ich Kuchen in mich reinschaufelte und dämlich übers ganze Gesicht grinste. Ich erinnerte mich wieder an jedes schäbige Detail in dem Artikel: das Whirlpool-Abenteuer meiner Mutter, Joshs Verhaftung, meine unglückliche Kindheit, die mich angeblich selbst zu einer schlechten Mutter gemacht hatte, und die Tatsache, dass ich meine Sommerkleider bei Lane Bryant, einem Spezialladen für große Größen, kaufte.

»Ich versteh das nicht«, sagte ich. »Warum hat sie das ausgegraben? Warum interessiert sie sich dafür?« Mir lief es plötzlich kalt über den Rücken. »Glaubst du, sie hat das Buch gelesen?«

Sam verdrehte die Augen. »Dreimal darfst du raten.«

Ich schüttelte den Kopf. »Das glaube ich nicht.«

»Warum denn nicht?«

»Ich habe einmal ein Interview mit Erica Jongs Tochter gelesen, und darin sagte sie, dass sie nach ungefähr zehn Seiten von *Angst vorm Fliegen* das Interesse verloren hätte.«

Sam zog die Augenbrauen hoch. Mir wurde übel. »Scheiße«, sagte ich leise und drehte die Blätter um. »Vielleicht sind es ihre Hausaufgaben. Vielleicht muss sie einen Familienstammbaum erstellen.«

»Den sie unter der Matratze aufbewahrt?«

Ich ließ den Kopf hängen und gab zu, dass das unwahrscheinlich war.

»Du solltest sie einfach fragen.«

»Wie denn? Ihr sagen, dass ich in ihrem Zimmer herumspioniert habe?«

»Sag ihr, dass du ihre Matratze umgedreht hast«, sagte Sam.

»Sie wird mich umbringen.« Ich stöhnte, strich die Blätter glatt und legte sie wieder unter die Matratze. »Sie wird mich noch mehr hassen, als sie es ohnehin schon tut.«

»Erzähl es Peter«, schlug Sam vor. »Mit ihm wird sie reden.«

»Wir hätten das nicht tun sollen. Ich sollte nicht einmal hier drin sein.« Ich strich Joys Bettdecke glatt und stellte mich demonstrativ neben die offene Tür, bis Samantha die Schultern zuckte und hinter mir das Zimmer verließ.

20

»Das hier sind die Tischdecken, die wir ausgesucht haben«, sagte Amber und blätterte zu der entsprechenden Seite des Albums, das ihre Partyplanerin zusammengestellt hatte. »Ich fand ja die Deckchen mit den Seidenstickereien toll, aber man hätte sie extra in Indien bestellen müssen, und wir waren uns nicht sicher, ob sie noch rechtzeitig ankommen würden. Das hier sind die chinesischen Laternen ...« Sie blätterte um. Sasha, Tara, Sophie und ich bestaunten lautstark die scharlachroten und pinkfarbenen Ballonlaternen, die in einem Monat von der Decke des Four Seasons herabhängen würden, während Tamsin ihren kalorienarmen Hühnchensalat aß, ohne von ihrem Buch aufzuschauen. »Und das hier sind die Geschenktüten.« Amber zeigte auf ein Bild. »Natürlich ist das nur ein Muster. Sie werden noch mein Monogramm aufdrucken. Wir sind gerade dabei, die Schriftart endgültig festzulegen.«

Noch mehr begeisterte Ausrufe. Ich unterdrückte ein Gähnen. Amber blätterte um. »Das Kleid für den Gottesdienst«, sagte sie und zeigte auf ein langärmeliges Kleid in Blassblau. »Das Kleid für den Cocktailempfang.« Knallpink mit einem bauschigen Rock. »Und das Ballkleid für die Party.«

»Wahnsinn!«, quiekte Tara, während ich ungläubig auf das Bild starrte.

»Ist das ein Hochzeitskleid?«, fragte ich.

»Ein Brautjungfernkleid«, sagte Amber blasiert. »Von Vera Wang. He, wann triffst du dich eigentlich wieder mit deiner persönlichen Einkäuferin?«

Ich zog den Kopf ein. Ich hatte bereits allen am Tisch von meinem New Yorker Kleid erzählt: wie wunderschön es war, aber dass meine Mutter Nein gesagt hatte und dass das Kleid jetzt bei ihr im Schrank hing, bis meine persönliche Einkäuferin – es musste ja keiner wissen, dass das meine Tante war – es wieder zurückbringen würde. »Himmel, deine Mutter stellt sich vielleicht an!«, hatte Amber gesagt, und ich hatte geantwortet: »Sie hat absolut null Durchblick.«

»Null«, wiederholte Sasha.

»Absolut null«, sagte Amber.

»Ja genau, absolut null«, sagte Tamsin hinter ihrem Buch. Ich wusste nicht, ob sie sarkastisch war oder sich wie die anderen anhören wollte.

»Meine persönliche Einkäuferin ist ausgebucht, also gehe ich heute Nachmittag mit meiner Mutter einkaufen.«

»Ihr solltet euch wirklich beeilen«, sagte Amber. »Manche Läden bekommen schon die Herbstsachen rein. Ein Herbstkleid kommt natürlich überhaupt nicht in Frage.«

»Auf keinen Fall«, murmelte Tamsin hinter ihrem Haarvorhang. Ich achtete nicht auf sie und kaute meine Selleriestange mit Erdnussbutter. Unterdessen gingen Amber und Sasha die Gründe durch, die gegen ein Herbstkleid sprachen, was offenbar darauf hinauslief, dass Marineblau und neutrale Farben für eine Party in New Jersey okay sein mochten, aber Ambers Party verlangte nach kräftigen Farben.

Als der Schulgong ertönte, packte ich mein Mittagessen ein. »Bis später«, sagte Amber. Tamsin sagte nichts, stopfte ihre leere Milchtüte in einen Abfalleimer und verließ die Cafeteria so schnell, dass ich keine Chance hatte, sie einzuholen.

Wegen einer Lehrerfortbildung war der Unterricht heute früher zu Ende als sonst. Ich wischte mir auf der Toilette das Lipgloss ab und ging nach draußen. Es war ein schwüler, grauer Tag. Der Minivan wartete bereits vor der Schule. Ich setzte mich auf den Beifahrersitz neben meine Mutter, die leise auf ihrem Handy telefonierte. »Ich ruf dich später noch mal an, Sam«, sagte sie, während ich mich mit dem Spezialsicherheitsgurt anschnallte. »Iced Coffee?«, fragte meine Mutter und zeigte auf den noch vollen Becher im Getränkehalter und einen eingewickelten Strohhalm. Ich schüttelte den Kopf. »Nervennahrung?«, fragte sie und wedelte mit einem Schokoriegel.

»Nein, danke.«

»Wie war dein Tag?«, fragte sie, als wir losfuhren.

»Gut.«

»Wie lief's bei der Mathearbeit?«

»Ganz gut.«

Sie blickte geradeaus auf die Straße. Wegen ihrer Oberweite rutschte ihr der Sicherheitsgurt fast bis ans Kinn. »Hör mal«, sagte sie, während sie wieder an die Seite fuhr und stehen blieb.

Ich versteifte mich.

»Falls es irgendetwas gibt, was du mich fragen willst oder worüber du mit mir reden willst, dann bin ich immer für dich da. Das weißt du.«

Als ob sie einmal nicht da wäre. Ich presste die Lippen zusammen und schwieg.

»Jungs, Drogen, deine Familie …«

»Ich nehme keine Drogen.«

»Das wollte ich damit auch nicht sagen. Aber ich habe das Gefühl, dass es dir nicht gut geht. Ich mache mir Sorgen um dich, Joy. Deine Noten machen mir Sorgen.«

»Ich hab's dir doch gesagt. Die Fächer sind in diesem Jahr einfach schwieriger.«

»Wenn du dich mit dem Lernstoff schwertust, können wir dir einen Nachhilfelehrer besorgen oder mit deinen Lehrern sprechen. Das ist wichtig, Joy. Deine jetzigen Noten sind wichtig für die Highschool, und die Highschool ist wichtig fürs Studium. Wir reden hier über dein Leben! Das richtige Leben!«

»Ich brauche keinen Nachhilfelehrer. Es geht mir gut.«

»Ich will nur, dass du weißt«, sagte sie mit ansteigender Stimme, »dass ich da bin, wenn du über irgendetwas reden willst, über die Schule, über Freunde, egal, was.«

»Alles klar«, murmelte ich.

»Ich liebe dich, Joy«, sagte sie mit brüchiger Stimme, und es gab mir einen Stich, weil es so kitschig klang … und weil mir Tränen in die Augen traten, als sie es sagte.

»Ich dich auch«, sagte ich in einem Ton, der signalisierte, dass ich es nicht freiwillig sagte. Sie seufzte und schüttelte den Kopf, aber wenigstens fuhr sie wieder los, aus der Stadt hinaus auf die Autobahn, in Richtung des Einkaufszentrums.

Als wir an einer Ampel stehen blieben, ließ ich zu, dass sie mir über die Haare strich. Sie hielt mitten in der Bewegung inne.

»Joy«, sagte sie. »Wo ist dein Hörgerät?«

Ich erstarrte. Ich hatte sie heute Morgen, so wie jeden Morgen, rausgenommen, aber vergessen, sie wieder reinzustecken. »Ich …« Lass dir was einfallen, schnell, lass dir was einfallen! »Ich …«

Die Ampel schaltete auf Grün, und das Auto hinter uns hupte. »In meiner Tasche!«, sagte ich triumphierend. Ich dachte an Amber Gross' Regeln, wie man seine Eltern anlügt. *Mach es nicht kompliziert. Bleib so dicht an der Wahrheit wie möglich. Und sag nicht viel. Je mehr du sagst, desto eher finden sie heraus, dass du schwindelst.*

Ich nahm das Hörgerät für mein linkes Ohr aus der Tasche und zeigte es meiner Mutter. »Es hat nicht funktioniert.« Ich gratulierte mir insgeheim zu dieser Formulierung, weil das genau genommen ja auch stimmte. Natürlich funktionierte es nicht, weil ich es nicht eingeschaltet hatte, aber das brauchte ich ihr ja nicht zu sagen.

»Ist es nass geworden?«, fragte meine Mutter. »Funktioniert die Batterie nicht mehr?« Sie seufzte. »Joy, diese Dinger sind …«

»… sehr teuer«, beendete ich ihren Satz. »Es hat einfach nicht funktioniert. Keine Ahnung, warum.«

»Hm.« Meine Mutter parkte vor Macy's und sah sich das Hörgerät genauer an. »Vielleicht weil du es nicht eingeschaltet hast?«

»Wirklich?« Ich klang so unschuldig, wie sie sarkastisch geklungen hatte. »Ups.«

»Ups? Joy.« Sie tat etwas, was ich bisher nur in Büchern gelesen hatte: Sie warf die Arme in die Luft. »Was ist los mit dir?«

»Beruhige dich«, sagte ich und öffnete die Tür. »Es war ein Fehler. Schließlich hast du auch schon Fehler gemacht, oder?«

Sie sah mich eigenartig an. »Was meinst du damit?«

»Nichts«, murmelte ich. Als sie endlich ausstieg, holte ich schnell das rechte Hörgerät aus der Tasche und steckte es ins Ohr. Dann knallte ich die Tür zu. Meine Mutter streckte mir ihre Hand entgegen und ließ sie dann wieder sinken. Ich hätte fast laut aufgestöhnt. Ich bin dreizehn Jahre alt, und sie will mich immer noch an die Hand nehmen, wenn wir einen Parkplatz überqueren.

Meine Mutter atmete tief durch. »In Ordnung!«, sagte sie so enthusiastisch wie eine Cheerleaderin auf Ecstasy. »Gehen wir!« Ich folgte ihr nach drinnen durch die Kosmetik- und Parfümabteilung zu den Aufzügen. Oben ging ich in Richtung der Designermode auf der einen Seite, meine Mutter in Richtung der Kinder- und Jugendbekleidung auf der anderen.

»Mama.«

»Was?«

»Tante Elle sagt, dass mir Erwachsenengrößen besser stehen.«

»Wir können uns doch wenigstens mal umsehen.«

»Da passt mir nichts.«

»Nur mal schauen«, drängte sie.

Ich seufzte und trottete hinter ihr her. Sie nahm ein knielanges Leinenkleid von der Stange. »Das hier ist hübsch.«

Ich sah das Kleid an. Es war unglaublich! »Mama«, sagte ich langsam. »Das Kleid habe ich schon. Du hast es mir letztes Jahr zum Schulfest gekauft.«

Sie runzelte die Stirn. »Wirklich? Hm. Es ist hübsch.« Sie sah mich erwartungsvoll an. »Passt es dir noch?«

Ich lehnte mich an eine Säule und schwieg. Das Kleid hatte Flügelärmel und einen Tellerrock und sah ziemlich genau so aus wie das Kleid, das Julie Andrews in *The Sound of Music* trägt, als sie das Kloster verlässt.

»Ich brauche ein Partykleid«, erklärte ich. »Etwas Schickes, mit glänzenden Pailletten und Spaghettiträgern …«

»Auf keinen Fall«, sagte meine Mutter.

»Mit einer *Jacke* oder einem *Schultertuch*, das ich in der *Synagoge* tragen werde, damit beim Anblick meiner *nackten* Schultern niemand in *Ohnmacht* fällt.«

»Nicht so frech«, sagte meine Mutter freundlich, aber in ihrer Stimme lag ein warnender Unterton. Sie nahm etwas von einem Ständer mit reduzierter Ware: ein braunes Tweedträgerkleid mit einer weißen Rundkragenbluse und einem kurzen Faltenrock und einem dazu passenden braunen Samtberet, das mit einer Nadel an einem Ärmel befestigt war. »Was hältst du von dem hier? Ich meine, nicht für deine Bat-Mizwa, aber ist das nicht hübsch? Vielleicht für einen Schulball?«

Ich starrte entsetzt zuerst das Outfit, dann meine Mutter an und wartete darauf, dass sie mir zuzwinkern oder mich anlächeln oder mir sagen würde, dass sie es nicht ernst meinte. Aber anscheinend tat sie das.

»Nein«, sagte ich. »Auf gar keinen Fall.«

Eine Verkäuferin in einer engen schwarzen Jeans und spitzen Schuhen kam herbei. »Soll ich Ihnen eine Umkleidekabine fertig machen?«, rief sie, um die laute Rockmusik zu übertönen, die in der Abteilung aus den Lautsprechern dröhnte.

Meine Mutter, die noch immer in dem Ständer mit den reduzierten Sachen stöberte – ich hörte förmlich Tante Elles Entsetzensschrei –, nahm ein langärmeliges waldgrünes Kleid aus glänzendem Satin von der Stange und reichte es der Verkäuferin.

»Es ist zu kindlich«, sagte ich.

»Probier's einfach mal an.«

»Es gefällt mir nicht.«

»Nur wegen der Größe.«

»Erstens«, sagte ich und hob einen Finger, »kenne ich meine Größe. Zweitens ist das Motto von Amber Gross' Bat-Mizwa Hollywood, nicht *Unsere kleine Farm*.«

Meine Mutter seufzte. »Ich bitte dich doch nur darum, es anzuprobieren. Wenn es passt, wissen wir wenigstens, dass wir ungefähr richtigliegen, und wenn nicht, dann suchen wir weiter.«

»Es passt nicht. Ganz und gar nicht«, sagte ich. »Ich weiß, welche Kleider die Mädchen tragen. Ich bin schon auf solchen Partys –« Ich verstummte. Zu spät.

Meine Mutter sah mich an. »Wann warst du auf solchen Partys?«

Mit Herzklopfen suchte ich fieberhaft nach der zweiten großen Lüge des Nachmittags. »Na ja, ich war bei Todd und Tamsin, und die anderen Mädchen unterhalten sich ständig darüber, und ich weiß, welche Kleider sie tragen. Partykleider«, sagte ich und eilte zur Umkleidekabine. Je schneller ich ihr beweisen konnte, was für ein Fehlgriff das grüne Kleid war, desto schneller würde ich hier rauskommen. Was für ein Spaß!, dachte ich, als ich die Schuhe von mir schleuderte und mich aus meiner Jeans schälte. Was für ein schöner Nachmittag!

Das Kleid fiel locker über meine Hüften, aber der Reißverschluss am Rücken ließ sich nur bis zur Hälfte zuziehen. Als ich im Spiegel sah, wie meine Brüste auf eine Art und Weise nach oben gequetscht wurden, die mich erschreckend an meine Mutter erinnerte, wusste ich auch, warum.

»Joy?« Meine Mutter klopfte an die Tür.

»Es passt nicht.«

»Lass mich doch mal sehen!«

»Es passt nicht.«

»Liebes …« Sie drehte am Türknauf, so als würde sich die Umkleidekabine öffnen, nur weil sie es wollte.

Ich riss die Tür auf und stand mit hängenden Armen und zusammengedrücktem Busen vor ihr. »Hier! Zufrieden?«

Meine Mutter räusperte sich. »Okay«, sagte sie. »Vielleicht eine andere Größe. Oder einen anderen BH.«

Sie streckte den Arm nach mir aus, wahrscheinlich um die BH-Träger zurechtzurücken. Ich knallte die Tür zu und starrte heftig atmend und mit hochrotem Gesicht in den Spiegel. Der Reißverschluss ließ sich weder rauf- noch runterbewegen, und ich hasste meinen Anblick im Spiegel: die struppigen Haare, die bebenden Brüste und das Hörgerät, das aus einem Ohr hervorschaute.

»Joy …« Die Stimme meiner Mutter klang honigsüß. Sie reichte mir ein pinkfarbenes Kleid mit Puffärmeln über die Tür. Ich zerrte mir das grüne Kleid über die Hüften, wobei es irgendwo Ratsch machte, dann warf ich es über die Tür.

»Lass … mich … einfach … in … Ruhe.« Bei jedem Wort schleuderte ich ein Kleidungsstück auf den Boden: meine Hose, mein T-Shirt, meinen linken Schuh, meinen rechten Schuh. Dann ließ ich mich in BH und Slip auf den mit Nadeln und Preisschildern übersäten Boden sinken und legte den Kopf in die Hände. Es war alles ihre Schuld. Allein ihre Schuld. Dass ich eine so große Oberweite hatte, dass meine Familie so unnormal war, dass ich mein ganzes Leben lang anders sein würde und nie richtig sprechen oder aussehen würde, dass ich mein Anderssein nicht einmal mit dem richtigen Kleid verstecken konnte.

»Es tut mir leid«, sagte sie durch die Tür.

»Du hörst mir nicht zu«, sagte ich. »Du hörst mir nie zu.«

»In Ordnung«, sagte sie ruhig. »Lass uns zu den Designerkleidern gehen. Oder vielleicht gleich in einen anderen Laden. Nordstrom, Neiman's –«

»Vergiss es«, sagte ich. Und dann fiel es mir ein: meine Rache. »Weißt du, was? Wir sollten was für dich suchen.«

Schweigen auf der anderen Seite der Tür.

»Komm schon! Neiman's, Nordstrom ...« Ich schlüpfte in meine Hose und zog mein T-Shirt über den Kopf.

»Ich brauche nichts Neues.«

Ich musste mein Entsetzen nicht einmal spielen. »Du willst zur Bat-Mizwa deines einzigen Kindes etwas tragen, das du schon hast?«

»Na ja, ich habe das schwarze Kleid. Du weißt schon, das ich auf Tamsins und Todds Feier getragen habe.«

Ich schnitt eine Grimasse.

»Und ich habe einen wirklich schönen Hosenanzug.«

»Einen Hosenanzug«, sagte ich sarkastisch. »Du willst zu meiner Bat-Mizwa einen Hosenanzug anziehen.«

»Er ist wunderschön und so gut wie neu. Ich habe ihn nur einmal getragen.«

»Wann?« Ich schlüpfte in meine Schuhe und öffnete die Tür.

Sie blickte zu Boden. »Als ich im Fernsehen in der *Today*-Sendung auftrat.«

»Das heißt also, er ist zehn Jahre alt, und die ganze Welt kennt ihn? Ich wette, er ist schwarz. Stimmt's?« Ich starrte sie an, bis sie verlegen nickte. »Heb ihn dir für eine Beerdigung auf. Komm schon.« Ich zerrte meine Mutter zu Nordstrom, in die Abteilung für Übergrößen, die aus mir unerfindlichen Gründen Encore hieß.

Meine Mutter steuerte sofort auf die Wand mit den schwarzen Hosenanzügen zu. »Ich glaube nicht –«, begann sie.

Ich achtete nicht auf sie und winkte eine Verkäuferin herbei, so wie Tante Elle es in New York gemacht hatte. »Hallo. Ich werde eine Frau. Meine Mutter braucht ein Kleid.«

»Wie schön«, sagte die Verkäuferin, eine kleine, untersetzte Frau mit einem breiten, rosigen Gesicht und hellrot geschminkten Lippen. Gab es ein Gesetz, dass Verkäuferinnen in der Übergrößenabteilung selbst fett sein mussten? »Woran haben Sie denn gedacht?«, fragte sie meine Mutter.

»Ich weiß nicht.« Meine Mutter nahm den Ärmel des Kleides, neben dem sie gerade stand, und strich über die Pailletten, so als wäre sie blind und als wären die Pailletten Blindenschrift, die ihr etwas Wichtiges verraten würde.

»Ich sehe mal, was ich finde«, sagte die Frau und verschwand um die Ecke.

Meine Mutter nahm das schreckliche Kleid mit den roten und goldenen Pailletten von der Stange und hielt es vor sich. »Was meinst du?«

Ich musterte sie von oben bis unten. »Es sieht aus, als hätte Gott mexikanisch gegessen und sich dann übergeben.«

»Danke, Joy.« Sie hängte das Kleid wieder auf, ohne mich anzusehen. »Sehr reizend.«

Die Verkäuferin kam mit einem Arm voller Kleider wieder. Darunter waren ein schwarzes Satinkleid mit einem großen glitzernden Strassgürtel und ein schwarzes Jerseykleid mit einer Jacke. Schwarz. Alles schwarz. Schwarz mit Schulterpolstern. Als ob meine Mutter Schulterpolster bräuchte. Als ob irgendjemand, der so dick war wie meine Mutter, Schulterpolster bräuchte. »Da wären wir!«, trällerte die Verkäuferin.

Meine Mutter nahm der Frau die Sachen aus der Hand und verschwand in der Umkleidekabine. Die Verkäuferin und ich sahen uns drei Sekunden lang an, bis sie eine dicke Dame erblickte, die ratlos bei der Sportbekleidung herumirrte, und ihr zu Hilfe eilte. Ich klopfte an die Tür der Umkleidekabine. »Wie steht's?«, fragte ich mit süßlicher Stimme.

»Alles bestens«, rief meine Mutter. Ihre Stimme klang gedämpft. Wahrscheinlich zog sie gerade eins der Kleider über den Kopf und rückte die Schulterpolster zurecht.

»Kommst du raus, oder willst du den ganzen Tag da drin bleiben?«

»Ich weiß nicht, Joy. Ich glaube, mein Anzug –«

Ich drehte den Türknauf. Abgeschlossen. »Lass das!«, sagte meine Mutter in scharfem Tonfall.

Ich lehnte mich gegen die Tür und studierte meine Fingernägel. »Weißt du was? Du solltest das rote Kleid anziehen, das du zur Premiere von Maxis Film getragen hast.« Ich hatte Fotos gesehen. Das Kleid hatte lange, volle Ärmel und ein gerafftes Dekolleté, und meine Mutter hatte ihre gelockten Haaren hochgesteckt, und sie hatte – na ja, nicht direkt schön, aber strahlend und glücklich ausgesehen.

»Das habe ich nicht mehr«, sagte meine Mutter.

»Nicht?« Ich hätte wetten können, dass sie log. Sie warf nie etwas weg. Das Kleid hing wahrscheinlich noch immer in einer Kleiderhülle ganz hinten im Schrank, neben dem perfekten silber-pinkfarbenen Kleid, das sie mir weggenommen hatte. »Schade! Es war hübsch.«

Sie öffnete die Tür und stand in ihren alten Sachen vor mir. »Nichts dabei.«

Ich grinste schief. »Vielleicht brauchst du einen anderen BH.«

Sie schüttelte den Kopf, dann straffte sie die Schultern, stieß einen tiefen Seufzer aus und ging mit mir zurück zu Macy's. Wir verbrachten die nächsten zwei Stunden in der Designerabteilung, wo sie ein wunderschönes elfenbeinfarbenes Kleid (zu kurz) und ein perfektes violettes Kleid (zu weit ausgeschnitten) ablehnte, und wir waren in keinem einzigen Punkt einer Meinung, außer dass ich ihr wahrscheinlich genauso auf die Nerven ging wie sie mir.

Auf der Heimfahrt sprachen wir kein Wort miteinander. Meine Mutter fuhr in die Garage und schloss das Tor hinter uns. In dem düsteren Raum roch es nach Motoröl. An einer Wand lehnten unsere Fahrräder, neben dem alten verrosteten, von Spinnweben überzogenen Schlitten, den meine Mutter schon als Kind gehabt hatte. Auf einer der Holzstreben stand mit Leuchtstift ihr Name. Ich glaubte, ihn von den Fotos wiederzuerkennen, die ich bei Oma Ann gesehen hatte: meine Mutter und Tante Elle in identischen Schneeanzügen auf einem Hügel, dahinter ihr Vater, um sie anzuschubsen. Ich dachte an seine Stimme auf der Kassette: *Meine beiden Mädchen sind wunderschön.*

Ich folgte meiner Mutter in die Küche und sah ihr dabei zu, wie sie das Essen aus dem Kühlschrank nahm: koschere Hähnchenteile, Karotten, Sellerie und frischen Dill, alles Zutaten für ein Huhn im Topf. Das war eins meiner Lieblingsessen. Wahrscheinlich war sie extra einkaufen gegangen, um den Kauf meines besonderen Kleides mit einem besonderen Essen zu feiern, weil sie gedacht hatte, wie glücklich ich sein würde.

Ich schluckte. »Mama.« Es fiel mir nicht leicht, das Wort auszusprechen. In letzter Zeit hatte ich sie selten »Mama« genannt, nicht einmal in meinem Kopf. Sie war einfach nur »sie«: *Sie hat gesagt. Sie hat gemacht. Sie lässt mich nicht. Jedes Mal, wenn sie den Mund aufmacht, ist es mir peinlich.*

Sie nahm den blauweißen Schmortopf aus dem Schränkchen neben dem Herd und holte Zwiebeln und Knoblauch aus der Speisekammer. »Wenn du mich fragst«, sagte sie, ohne mich anzusehen, »dann darfst du mich drei Jahre lang hassen. Höchstens vier. Aber ich würde dir ernsthaft raten, dir ein paar Jahre für die Highschool und das College aufzusparen.«

Ich blinzelte. »Was?«

»Vier Jahre«, wiederholte sie.

»Hast du deine Mutter gehasst?«

Sie lächelte gequält. »Zwei Jahre in der Highschool, ungefähr eineinhalb Jahre im College, ein Jahr lang mit Mitte zwanzig, und dann noch ungefähr drei Wochen lang mit achtundzwanzig.«

Ich rechnete. »Das sind über vier Jahre.«

»Du bekommst noch ein paar Wochen dazu, wenn sich deine Mutter in eine Frau verliebt, die sie im Whirlpool des jüdischen Gemeindezentrums kennengelernt hat.« Sie bückte sich und nahm das Schneidebrett aus dem Fach neben mir. »Aber mach dir darauf besser keine Hoffnungen.«

Sie legte die Karotten auf das Schneidebrett und fing an, eine Zwiebel zu schälen. »Hasst du deinen Vater?«, fragte ich.

Sie reichte mir eine Schale mit Pistazien und sagte lange nichts. »Ich denke nicht wirklich über ihn nach«, sagte sie dann. »Er war kein netter Mensch.«

Ich knackte eine Pistazie und dachte, dass Tante Elle genau dasselbe gesagt hatte und dass es so gar nicht zu der Stimme passte, die ich auf der Kassette gehört hatte. »Wollte er mich denn nie kennenlernen?«

Sie überlegte erneut. Ich kaute die Pistazie und sah ihr dabei zu, wie sie Matzemehl über die Eier löffelte, Öl darunterquirlte, die Schüssel mit Backpapier zudeckte und in den Kühlschrank stellte.

»Ich dachte immer, dass er es versuchen würde«, sagte sie schließlich. Die spätnachmittägliche Sonne warf Licht- und Schattenrechtecke auf den Küchenboden. Meine Mutter sah müde aus, als sie die Gasflamme unter dem Topf regulierte.

»Aber er hat es nie versucht?«

Ich beobachtete sie, während sie nachdachte. Ihr Gesicht war so weich und schutzlos, wie es normalerweise nur nachts war. Sie legte den Deckel auf den Topf, wischte sich die Hände ab und schüttelte den Kopf. »Nein, Liebes. Er hat es nie versucht.«

21

Ich habe ein Problem. Ein ernsthaftes Problem. Aber ist dieses Eingeständnis nicht der erste Schritt zur Besserung? Ich gestehe mir ein, ein Problem zu haben. Ich erkenne, dass das, was ich tue, anormal, ja zwanghaft ist. Bei Tag kann ich die Situation objektiv betrachten und zugeben, dass mein Verhalten ungesund ist, und geloben, damit aufzuhören.

Nur klappt das noch nicht so gut. Das mit dem Aufhören.

An dem Abend nach dem katastrophalen Shoppingtrip mit Joy – und nachdem ich sie angelogen hatte, was meinen Vater anging, in der Meinung, es sei eine Notlüge zu ihrem Schutz, und dass die Lüge einer liebenden Mutter praktisch keine Lüge war, eher ein Gebet oder ein Segensspruch – wachte ich nachts um Viertel nach eins auf und schlüpfte lautlos aus dem Bett. Ich schlich auf Zehenspitzen den Flur hinab und blieb vor Joys Zimmer stehen. Am liebsten wäre ich hineingegangen, um über die Decke zu streichen und mich zu vergewissern, dass sie noch atmete, aber ich riss mich zusammen und beließ es dabei, sie einfach anzusehen – wie ihre Haare auf dem Kissen lagen, wie ihr Fuß unter der Decke hervorschaute, blass und perfekt im Schein der Straßenlampe vor dem Fenster. Ich sah sie lange an und wünschte mir, ihre Geheimnisse zu kennen. Ich wünschte mir, sie würde ein Tagebuch führen, das ich lesen könnte, oder dass ich ihre Mails ausspionieren könnte, um zu wissen, mit wem und worüber sie sich unterhielt.

An dem Abend, an dem Samantha den *Examiner*-Artikel unter der Matratze gefunden hatte, hatte ich Peter flüsternd gesagt: »Ich glaube, Joy hat mein Buch gelesen.«

»Hast du sie gefragt?«, fragte er. Ich biss mir auf die Lippe und gab zu, dass ich das nicht getan hatte. »Aber warum überrascht dich das? Dir musste doch klar sein, dass sie es eines Tages lesen würde.«

Ich schüttelte frustriert den Kopf. Wenn ich ihm die Erica-Jong-Story erzählte, würde er mich wahrscheinlich genauso auslachen wie Sam. »Sie hat wahrscheinlich Tausende Fragen. Über das Buch … und Bruce … und meine Familie.«

»Dann erzähl ihr, was sie wissen will.« Es klang absolut vernünftig, außer dass ich keine Ahnung hatte, was Joy wissen wollte oder wonach sie suchte. Zum ersten Mal in ihrem Leben steckte sie in Schwierigkeiten, und ich konnte ihr nicht dabei helfen.

Ich beugte mich vor und strich ihr die Haare aus dem Gesicht. »Ich liebe dich«, flüsterte ich. »Ich liebe dich so sehr.« Joy seufzte im Schlaf und drehte sich auf den Rücken, und ich schlich aus dem Zimmer. Vielleicht würden die Worte in ihr Unterbewusstsein eindringen, sodass sie am Morgen glücklich aufwachen würde.

Ich schlich nach unten, kramte einen Riegel Himbeer-Bitterschokolade hinter dem Leinsamen und dem mit Soja angereicherten Hafermehl hervor und setzte mich vor meinen Laptop. Zuerst checkte ich die Big Girl News. Keine der

Nachrichten war erfreulich. Da war ein Artikel über eine Studentinnenverbindung in Indiana, die ihre Mitgliedschaft von fünfundzwanzig auf zwei Studentinnen abgespeckt hatte. Die Präsidentin des landesweiten Dachverbandes betonte, dass es reiner Zufall sei, dass alle geschassten Mädchen dick waren, eine Brille trugen und/oder einer ethnischen Minderheit angehörten. Dann war da noch eine kurze Meldung über ein Mädchen, das sich aufgehängt hatte, nachdem sie von ihren Mitschülern wegen ihres Gewichts gehänselt worden war. Die Polizei verhaftete ihre Mutter. Das Mädchen wog zum Zeitpunkt ihres Todes 147 Kilo. Man warf der Mutter grobe Vernachlässigung ihrer Fürsorge- und Aufsichtspflicht vor, wohl weil sie ihre Tochter nicht zu einer Diät verdonnert hatte.

Ich schüttelte den Kopf, minimierte das Fenster und öffnete, erwartungsvoll nach vorn gebeugt, die Website der Leihmutteragentur. Das mache ich nachts öfter, wenn mein Mann und meine Tochter schlafen. Ich schleiche barfuß und im Bademantel nach unten, esse Bitterschokolade und sehe mir im Internet die Bilder von jungen Frauen an. Bestimmt unterscheide ich mich in irgendeiner Weise von einem durchschnittlichen männlichen Pornosüchtigen, aber ich bin noch nicht ganz dahintergekommen, wie – außer dass die Frauen, nach denen ich suche, meistens voll bekleidet sind, mit Ausnahme einer kleinen, erstaunlichen Minderheit, die sich durch das Posieren im Bikini wohl eine größere Chance versprechen, als potenzielle Leihmutter ausgesucht zu werden.

Ich begann mit BETSY82, der Frau mit den beiden Jungs, von der ich behauptet hatte, dass sie mir ähnlich sah. Betsy wohnt in Horsham, was in der Nähe liegt, aber auch nicht zu nahe ist. Sie ist seit sieben Jahren verheiratet, und sie und ihr Mann sind beide berufstätig. Betsy ist ausgebildete Krankenschwester, arbeitet in Teilzeit und hat bereits eine erfolgreiche Leihmutterschaft für ein verheiratetes Schwulenpaar hinter sich (nicht homophob!, aufgeschlossen!). *Ich liebte es, schwanger zu sein. Ich mochte es, wie es sich anfühlte und wie die Welt auf mich reagierte. Ich fühlte mich, als stünde ich in Blüte.* (Ich auch, dachte ich, biss von der Schokolade ab und wischte mir gedankenverloren über die Augen. Ach, Betsy, ich auch.) *Ich mochte sogar meine schrecklichen Umstandsklamotten! LOL.* Diese drei kleinen Buchstaben könnten die Sache zum Kippen bringen. Konnte ich mein genetisches Material – oder Peters – jemandem anvertrauen, der im Internet witzige Kürzel verwendete? Na ja, mal sehen. Ich hatte bereits alle Kandidatinnen von der Liste gestrichen, deren Profile animierte Emoticons enthielten oder die tiefgefrorene Embryos als »Schneebabys« bezeichneten. Irgendwo musste frau die Grenze ziehen.

Ich hatte Betsys Profil so oft gelesen, dass ich es auswendig kannte, hatte ihr Bild so lange angestarrt, dass ich sie wahrscheinlich aus dem Gedächtnis zeichnen könnte. Ein Foto zeigte sie, ihren Mann und ihre Jungs auf einer Kürbisfarm. Die Männer trugen Jeans und Jacken und hielten jeder einen Kürbis in der Hand – klein, mittel, groß. Betsy hatte ihre dunkelbraunen Haare mit einer Haarklammer zurückgesteckt. Sie war keine umwerfende Schönheit, aber sie sah hübsch aus in ihrer pflaumenfarbenen Cordhose, ihrer dunkelbraunen Jacke und mit ihrer gesunden, frischen Gesichtsfarbe. Aber vielleicht kamen ihre roten Wangen ja auch von dem billigen Wodka, den sie hinuntergekippt hatte, bevor sie sich ans Steuer setzte, und womöglich hatte sie auf der Fahrt zur Kürbisfarm eine ganze Kindergartengruppe umgemäht. Woher sollte ich das wissen?

Aber es war das zweite Foto, das mich jedes Mal wieder zutiefst berührte: Betsy lag in einem Krankenhausbett, bleich und erschöpft, aber glücklich. Ums Handgelenk trug sie ein Plastikarmband, und in ihrem Arm lag ein Baby mit geschlossenen Augen und einem rosa und blau gemusterten Strickmützchen, das bis zu den Augenbrauen heruntergezogen war. Links und rechts vom Bett standen zwei Männer und strahlten übers ganze Gesicht. Sie trugen Eheringe aus Platin, und einer hielt dem Baby seinen kleinen Finger hin.

Sie hatte es schon einmal getan. Sie wollte es wieder tun. Der letzte Satz ihres Profils lautete: *Ich werde mit Ihnen und Ihrem Partner/Ihrer Partnerin zusammenarbeiten, damit Ihre Träume in Erfüllung gehen*. Seit einem Monat stand ich ständig kurz davor, ihr zu schreiben und sie um ein Treffen zu bitten.

Aber nicht heute Nacht. Mein E-Mail-Programm meldete den Eingang einer Mail. Eine Nachricht von meiner Lektorin Peyson. Normalerweise schrieb sie mir nicht mitten in der Nacht. In der Betreffzeile stand: HAST DU DAS SCHON GESEHEN?, und die Mail war mit einer roten »Dringend«-Fahne versehen. Neugierig klickte ich auf den Link zu einer der meistbesuchten Klatschseiten im Internet. Dann fuhr ich zurück, als hätte man mir eine Ohrfeige verpasst.

IST CANDACE SHAPIRO J. N. LOCKSLEY?, brüllte die Schlagzeile auf GrokIt.com in Großbuchstaben. Mir stockte das Herz, als ich das Cover von *Große Mädchen weinen nicht* sah und darunter ein altes Foto von mir – mit längeren, helleren und aufwändig frisierten Haaren und ohne Krähenfüße um die Augen. *Wie wir aus anonymer – aber sehr zuverlässiger – Quelle erfahren haben, verfasst die Autorin von* Große Mädchen weinen nicht *seit neun Jahren Lyla-Dare-Abenteuer für den Valor-Verlag. Auf unsere Anfrage hin liegt uns bisher weder von Verlagsseite noch von Lyla Dare Enterprises eine Stellungnahme vor.*

»Heilige Scheiße!«, stieß ich hervor und blickte dann panisch zur Treppe. Alles ruhig. Ich starrte wieder auf den Bildschirm, so als würde er jeden Augenblick zu reden anfangen. »Guberman?«, murmelte ich, verwarf den Gedanken aber sofort. Bruce hatte keine Ahnung, womit ich mein Geld verdiente. Und soweit ich wusste, interessierte es ihn auch nicht sonderlich. Aber wer hatte es dann verraten? Es gab nur einige wenige Menschen, die wussten, dass ich J. N. Locksley war: mein Mann, meine Tochter, meine Mutter, meine Geschwister und dann natürlich meine Agentin sowie meine Lektorin und die Verlagschefin in New York. Hatten Peyson oder vielleicht sogar Patsy Philippi höchstpersönlich diese Information durchsickern lassen, um mir den Teppich unter den Füßen wegzuziehen, damit ich den Roman schrieb, den sie von mir haben wollten?

Ich stöhnte und drückte mich vom Computer ab. An Schlaf war jetzt nicht mehr zu denken. Ich musste herausfinden, wie das passieren konnte, ob ich meinen Job – meinen Lebensunterhalt – verlieren würde, und ob ich ihn wieder zurückbekommen könnte.

22

Am Donnerstagmorgen stand ich auf wie immer, duschte, stylte meine Haare, schlüpfte wieder ins Bett und wartete darauf, dass meine Mutter ins Zimmer kam. Ich wartete bis zwanzig nach sieben, dann zog ich mich an und ging nach unten. Meine Mutter saß am Küchentisch und starrte auf ihren Laptop.

»Guten Morgen. Warum hast du mich denn nicht geweckt?«

Sie sagte kein Wort. Sie trug noch immer ihren Pyjama und hatte dunkle Augenringe, so als hätte sie die ganze Nacht nicht geschlafen. Mein Vater stand hinter ihr, die Hände auf ihren Schultern, und blickte auch auf den Bildschirm. »Es gibt Schlimmeres«, sagte er mit seiner tiefen, tröstlichen Stimme.

»Ich werde meine Arbeit verlieren«, sagte meine Mutter düster.

»Dann hast du Zeit für andere Sachen«, sagte er.

»Was ist los?«, fragte ich.

Mein Vater zeigte stumm auf den Bildschirm. Ich schaute meiner Mutter über die Schulter. STARGIRL-SKANDAL!, lautete die Schlagzeile der Seite, die sie geöffnet hatte. *Haben Sie sich auch schon öfter gefragt, warum StarGirl Lyla Dare sich dauernd über den Umfang ihrer Oberschenkel Gedanken macht? Ihr Fragen hat ein Ende! Wie wir EXKLUSIV berichten können, schreibt die in Philadelphia lebende Schriftstellerin CANDACE SHAPIRO (*Große Mädchen weinen nicht*) seit Jahren unter dem Pseudonym J. N. Locksley.*

Ich schluckte. »Was ist passiert?«

»Jemand hat mein Pseudonym verraten«, sagte meine Mutter mit geröteten Wangen und blutleeren Lippen. Jetzt erst merkte ich, dass sie nicht wütend war, sondern Angst hatte!

Was mir auch Angst einjagte. »Wer?«

Sie sah mich so lange an, dass ich unruhig wurde und ein schlechtes Gewissen bekam, obwohl ich es nicht gewesen war. Schließlich zuckte sie die Schultern. »Keine Ahnung. Aber das bedeutet wohl das Aus für mich und Lyla.«

»Warum?«

Ihre Finger flogen über die Tastatur, und sie öffnete eine Lyla-Dare-Fanseite. Ich kniff die Augen zusammen und las den ersten Kommentar: *Falls es stimmt, dass Candace Shapiro, diese untalentierte Autorin von pinkfarbenen Kitschromanen, Ly schreibt, dann kaufe ich nie wieder ein Buch, das schwöre ich!*

»Es ist nun mal so, dass die Lyla-Romane angeblich von einer gewissen J. N. Locksley geschrieben sind, und J. N. Locksley ist nun mal nicht die Autorin von *Große Mädchen weinen nicht*«, sagte sie.

Ich überflog die anderen Forumseinträge. Keiner von ihnen klang sehr glücklich darüber, dass meine Mutter die Verfasserin von Lyla Dares Abenteuern war. Mein Vater schlang die Arme um ihre Schultern, und sie lehnte sich mit einem leisen Wimmern an ihn.

»Wer war das?«, fragte sie. »Ich kann mir einfach nicht vorstellen, wer mir das antun würde.«

Ich nahm mein Mittagessen aus dem Kühlschrank und wartete darauf, dass jemandem auffiel, dass es ein ganz normaler Schultag war und mich jemand zur Schule bringen musste. Schließlich räusperte ich mich.

»Könntest du heute vielleicht mit dem Taxi fahren?«, fragte meine Mutter schwach. Sie überprüfte nicht einmal, ob ich meine Hörgeräte trug. Sie schaute nicht in meinen Rucksack, um sich zu vergewissern, dass ich mein Essen eingesteckt hatte. Sie sah mich kaum an.

Ich schluckte. Dachte sie vielleicht, dass ich es ausgeplaudert hatte? Ich machte den Reißverschluss von meinem Rucksack zu. »Es tut mir leid«, sagte ich, die Hand auf dem Türknauf. Keiner von beiden antwortete. Draußen vor dem Haus wurde mir plötzlich mulmig, als mir einfiel, dass ich vielleicht doch wusste, was passiert war, und dass es vielleicht doch meine Schuld war.

Ich bezahlte das Taxi, rannte über den Schulhof, verzichtete darauf, Lipgloss aufzutragen und meine Hörgeräte rauszunehmen und holte Amber Gross auf dem Weg ins Klassenzimmer ein. »Hey«, sagte ich.

Sie drehte sich um, wie üblich mit einem Lächeln auf den Lippen. »Hallo, Joy!« Sie trug eine hellblaue Bluse und Jeans mit einem schmalen blauen Satingürtel. Ein dazu passender Haarreif hielt ihre Haare zurück, und ihre Zahnspange war mit hellblauen Gummibändern verziert. Sie sah nicht aus wie ein Mädchen, das log oder klaute oder ihrer Mutter erzählte, dass sie babysittete, während sie in Wirklichkeit mit Martin Baker auf einer Highschool-Fete war, aber ich wusste, dass sie all das – und vielleicht noch Schlimmeres – getan hatte.

Ich räusperte mich. »Hey«, sagte ich. »Hast du, äh, vielleicht zufällig jemandem erzählt, dass meine Mutter …« Amber sah mich aus großen, unschuldigen, mit Glitzerlidschatten geschminkten Augen an. »Dass sie die StarGirl-Bücher schreibt?«, flüsterte ich.

Amber schüttelte den Kopf. »Nein.«

Einsilbige Antworten sind am besten, hörte ich sie sagen, als sie uns beim Mittagessen ihre Lügentipps gegeben hatte. *Sagt nichts, worauf man euch festnageln könnte.*

»Hör zu«, sagte ich mit einem Anflug von Panik, als ich daran dachte, wie verzweifelt und leidend meine Mutter heute Morgen am Küchentisch gesessen hatte. »Ich bin dir nicht böse. Es ist nur … es ist wirklich wichtig. Für meine Mutter, du weißt schon? Es darf wirklich niemand erfahren.«

Amber schüttelte den Kopf.

»Okay«, sagte ich und wandte mich ab, um zu meinem Spind zu gehen. »Okay.«

Tamsin und Todd gingen tuschelnd an uns vorbei. Todd trug ein perfekt gebügeltes Hemd, Tamsin ihr graues Sweatshirt.

»Also«, sagte Amber. »Wie war's gestern beim Shoppen? Du musst dir wirklich bald was besorgen.«

»Ich weiß«, sagte ich. »Bis später.« Der Gong hatte gerade das erste Mal geläutet. Ich hatte noch Zeit, Tamsin und Todd bei ihren Spinden abzufangen.

»Was ist los?«, fragte Todd, als er mein Gesicht sah.

Ich erzählte es ihnen, während wir unsere Rucksäcke im Spind verstauten und in unser Klassenzimmer gingen.

»Das hätte ich dir gleich sagen können«, sagte Tamsin. »Amber ist eine falsche Schlange.«

Nur weil sie dich nicht mag, dachte ich.

»Eine falsche Schlange und ein Klatschmaul«, sagte Tamsin und strich sich die Haare aus dem Gesicht. »Können wir jetzt bitte aufhören, mittags an ihrem Tisch zu sitzen?«

»Im Ernst, du fehlst mir«, sagte Todd. Ich hatte einen Kloß im Hals. Er fehlte mir auch. Mir fehlte unsere gemeinsame Zeit zu dritt und die Selbstverständlichkeit, ihnen alles erzählen zu können. Aber dafür nicht mehr bei Amber und Duncan Brodkey zu sitzen! Ich war mir nicht sicher, ob ich das aufgeben wollte.

»Vielleicht war sie es gar nicht«, sagte ich. »Sie sagt, dass sie es niemandem erzählt hat.«

Tamsin verzog das Gesicht. »Ich bitte dich. Glaubst du wirklich, sie würde dir die Wahrheit erzählen? Sie lügt doch, wenn sie den Mund aufmacht.«

»Sie sieht toll aus«, gab Todd zu und strich sich über seine Manschetten. »Aber sie ist ein ziemliches Miststück.«

»Ein Mega-Miststück«, sagte Tamsin. Sie setzte ihre Kapuze auf und zog an den Schnüren: zuerst rechts, dann links. »Also, für wen entscheidest du dich, Joy. Für sie oder für uns?«

Mir zog es die Eingeweide zusammen. »Das ist nicht fair.« Tamsin und Todd waren meine besten Freunde, aber ich wollte auch auf Ambers Bat-Mizwa gehen. Andererseits ließ Amber meine Freunde links liegen, und sie hatte meine Mutter verraten. Es sei denn, sie hatte es nicht getan.

»Ich weiß es nicht«, murmelte ich. Der zweite Gong ertönte, und ich rutschte auf meinen Platz. Was würde jetzt passieren? Würde meine Mutter ihre Arbeit verlieren? Und war es wirklich meine Schuld?

Wenn ich von der Schule nach Hause komme, riecht es normalerweise immer gut in der Küche. Meine Mutter backt Brot, oder sie hängt Kräuter aus unserem Garten zum Trocknen auf. Nach irgendetwas duftet es immer: Pfefferminztee, Toast, die Rosen in der Vase, die meine Mutter auf dem Tisch stehen lässt, bis sie die Blätter verlieren. An diesem Tag roch es in der Küche nach nichts. Meine Mutter saß noch immer genau dort, wo sie am Morgen gesessen hatte, und starrte auf ihren Laptop. Sie trug ein T-Shirt, aber ihre Beine steckten noch immer in der Pyjamahose, und sie war barfuß.

»Hallo«, sagte ich und ging langsam in die Küche.

Sie winkte mir halbherzig zu und schwieg. Ich schenkte mir ein Glas Saft ein und ging zu ihr an den Tisch. Ich war mir unsicher, was ich als Nächstes tun sollte. »Willst du auch ein Glas?«, fragte ich schließlich.

Sie schüttelte den Kopf. »Es tut mir leid, dass ich heute Morgen so daneben war.« Ich fasste es als ein Zeichen auf, mich zu ihr zu setzen. »Es war ein ziemlicher Schock. Aber vielleicht hätte ich damit rechnen sollen. Mein Verlag will, dass ich wieder etwas unter meinem eigenen Namen schreibe, und vielleicht haben sie beschlossen, dass das hier« – sie zeigte auf den Bildschirm – »ein Schubs in die richtige Richtung ist.«

»Oh.« Ich dachte an Ambers Gesichtsausdruck, als sie den Kopf geschüttelt hatte.

Meine Mutter sah mich prüfend an. »Du weißt doch nichts darüber, oder?«

Ich schluckte. »Nein! Natürlich nicht!«

Sie sah mich noch einmal eindringlich an und zuckte dann die Schultern.

»Was passiert jetzt?«

»Ich muss abwarten, ob es sich noch weiter herumspricht.«

»Und wenn ja?«

»Ich sage einfach, kein Kommentar, aber man kann seine Spuren natürlich nie ganz verwischen. Im Endeffekt läuft es wohl darauf hinaus, ob die Leser von Science-Fiction-Romanen die Wahrheit darüber verkraften können, wer die Bücher schreibt.«

»Es tut mir leid«, sagte ich.

»Tja ...« Sie zuckte die Schultern und versuchte zu lächeln, dann stand sie auf. Ich wartete darauf, dass sie mich fragte, ob ich Kekse backen oder ihr beim Kochen helfen wollte, ob ich Hilfe bei den Hausaufgaben brauchte, spazieren gehen oder zum Buchladen fahren wollte. Stattdessen drehte sie sich einfach um, ging langsam den Flur entlang in ihr Arbeitszimmer und tat etwas, was sie noch nie getan hatte – sie zog die Tür hinter sich ins Schloss.

23

»Untersteh dich!«, sagte Lyla Dare mit einem Grinsen und drückte dem Soldaten ihren Stiefelabsatz in den schmutzigen Hals. Ich hatte mein aktuelles Manuskript bereits zur Hälfte fertig, und Lyla tat das, was sie am besten konnte: Sie ließ sich von niemandem etwas gefallen. Die Vorstellung, dass der Hals unter ihrem Stiefelabsatz demjenigen gehörte, der mich verraten hatte, war wunderbar kathartisch.

Der Soldat drehte den Kopf und spuckte sie an. Lyla lächelte flüchtig, bückte sich und nahm ihm mit einer flinken Bewegung den Taser und das gekrümmte Messer vom Gürtel. Dann riss sie ihn hoch und drehte ihm die Arme auf den Rücken. Er ließ sich nach vorne kippen, um sie abzuschütteln. Sie zog seine Arme noch weiter nach oben und grinste, als seine Schultern mit einem befriedigenden Knacken aus den Gelenkpfannen sprangen.

Ich grinste boshaft und stellte mir vor, ich wäre Lyla.

»Was ist? Überlegst du es dir anders?«, flüsterte Lyla so nah an seinem Gesicht, dass ihre Lippen fast sein dreckiges Ohr berührten. Er sah, dass sie Blut an den Zähnen hatte, als er wankte und stöhnend vor ihr auf die Knie sank. »Hab Erbarmen, Schwester«, rief er. Seine Tränen und sein Blut vermischten sich mit dem Schweiß und dem Dreck auf seinem Gesicht. »Hab Erbarmen, Jägerin. Sind wir nicht alle gleich?«

»Wohl kaum«, murmelte ich, als draußen vor dem Fenster ein Auto hupte. Ich klappte den Laptop zu und sah auf die Uhr – 10:15. Mir blieb also noch genau eine Stunde und fünfundvierzig Minuten, um aufzuräumen und sauber zu machen. Ich sah aus dem Fenster. Bruce hatte schon wieder ein neues Auto.

»Joy!«, rief ich. »Es ist dein ... Es ist Bruce!« Die Badezimmertür wurde zugeschlagen, und meine Tochter kam die Treppe heruntergetrampelt. Sie hatte die Haare zu einem Pferdeschwanz gebunden und sich die Lippen geschminkt, was ich natürlich nicht sehen sollte. Sie seufzte lautstark, als ich sie zu mir winkte und mich vergewisserte, dass sie ihre Hörgeräte trug und dass sie eingeschaltet waren.

»Können wir shoppen gehen?«, fragte sie und winkte Bruce durchs Fenster zu.

»Klar«, sagte ich. »Ruf an, falls es später wird als vier.«

Sie sah mich an, als hätte ich seit dem Frühstück einen Gehirnschaden erlitten. »Ich bin erst zum Abendessen wieder zu Hause. Bruce bringt mich zum Ronald-McDonald-Haus. Wegen meines Mizwa-Projekts. Hast du das vergessen?«

»Ach ja, richtig.« Das passte perfekt. Das würde mir genug Zeit geben, um alles zu putzen und aufzuräumen und nach dem Hausbesuch wieder etwas Unordnung zu schaffen. Peter und ich hatten beschlossen, Joy erst dann in unsere Pläne einzuweihen, wenn wir den Hausbesuch erfolgreich hinter uns gebracht und eine Leihmutter gefunden hatten. Ich war es nicht gewohnt, vor meiner Tochter Geheimnisse zu haben, aber ich sagte mir, dass es für eine gute Sache war. Bei allem, was in letzter Zeit los war – ihre Launenhaftigkeit, ihre schlechten Noten, die Hörgeräte, die sie nicht einschaltete, der Artikel, den ich unter ihrer Matratze gefunden hatte, die drohende Arbeitslosigkeit ihrer Mutter –, wollten wir ihr nicht noch einen Grund zur Sorge geben, bevor wir uns selbst ganz sicher waren.

»Kuss«, sagte ich. Joy stöhnte, ließ es aber zu, dass ich sie auf die Wange küsste und ihr dabei natürlich ganz zufällig mit dem Ärmel etwas Lippenstift abwischte. »Viel Spaß! Pass auf dich auf! Ruf mich an, wenn du mich brauchst!«

Joy winkte ungeduldig und lief zur Tür hinaus. Sobald sie in Bruces nagelneuem Auto abgefahren waren, schaltete ich meinen Laptop aus und machte mich daran, die Zeitschriften auf dem Couchtisch ordentlich zu stapeln, Schuhe und Schirme im Schrank zu verstauen, Kerzen anzuzünden und den Apfelkuchen, den ich das Wochenende zuvor gebacken und eingefroren hatte, in den vorgeheizten Ofen zu schieben, damit es überall nach Zimt und Muskatnuss duftete – diesem heimeligen, nostalgischen Geruch, der von Beständigkeit und Liebe zeugte beziehungsweise wenigstens von der Verfügbarkeit von selbst gebackenem Kuchen.

»Peter!«, rief ich.

Mein Mann kam unrasiert und in seiner Wochenendkluft – zerknitterte Khakis und farbbekleckstes T-Shirt – die Treppe herabgeschlendert. »Du denkst doch an den Hausbesuch?«, sagte ich.

Er grinste mich an. »Bagels gekauft. Obst besorgt.«

Ich folgte ihm in die Küche. Ein halbes Dutzend Bagel verströmten aus der Tüte auf der Ablage ihren Duft, und er hatte auch daran gedacht, Kaffeesahne, fettfreien und normalen Frischkäse und die Obstplatte, die ich im Bioladen bestellt hatte, zu besorgen. »Sagte ich schon, dass ich dich liebe?« Er nickte. »Sagte ich auch, dass du dich noch rasieren musst? Und kannst du noch schnell im Wohnzimmer saugen?«

»Bin gerade dabei.«

Ich folgte ihm ins Wohnzimmer. »Du oder der Roomba?« Und siehe da, der kleine runde Staubsaugerroboter surrte über den Teppich, während Frenchie verängstigt in der Ecke kauerte. »Du weißt, dass ich dem Ding nicht traue.«

Er legte mir die Hand auf den Nacken. »Candace. Wir haben den Roomba seit zehn Jahren, und er hat uns bis jetzt noch kein einziges Mal, ich zitiere, angegriffen.«

»Was nicht ist, kann noch werden.« Ich beobachtete den Roomba misstrauisch. »Wenn du mich fragst, heißt das nur, dass es längst überfällig ist.«

»Ich gehe mich rasieren«, verkündete Peter.

»Tu das.« Ich ging in die Küche, um die Bagels aufzuschneiden, Kaffee zu kochen, die gelben und pinkfarbenen Tulpen, Lilien und Pfingstrosen auf drei Vasen zu verteilen und frischen Orangensaft in die geschliffene Glaskaraffe zu gießen, die wir zur Hochzeit geschenkt bekommen hatten. »Champagner?«, rief ich. »Soll Remy Heymsfeld denken, dass wir zu den Leuten gehören, die Mimosas trinken?« Peter und ich hatten noch nicht herausgefunden, ob Remy Heymsfeld ein Mann oder eine Frau war, also nannten wir ihn/sie, seit wir vor zwei Wochen über den Hausbesuch informiert worden waren, nur Remy Heymsfeld.

»Vielleicht sollten wir alle Tequila trinken«, sagte Peter, als er zehn Minuten später wieder die Treppe herunterkam. »Das ist immer gut, um das Eis zu brechen.« Er hatte noch etwas Seife am Ohrläppchen und ein Fitzelchen Toilettenpapier am Kinn.

Ein Schnaps wäre jetzt gar nicht schlecht, dachte ich. Ich war das reinste Nervenbündel. Ich goss Sahne in ein Kännchen und stellte es aufs Tablett zu den Tassen, der Zuckerdose, den Silberlöffeln und den Servietten, die ich um sechs Uhr morgens gebügelt hatte. Dann ging ich nach oben. Heizwickler, Heizwickler, wo sind meine Heizwickler? Ich kramte im Kästchen unter dem Waschbecken: Föhn, eine Riesenvorteilsflasche Haarspülung, eine staubige Probierpackung Lippen- und Abdeckstift, beide in den falschen Farben, aber weit und breit keine Heizwickler. Ich knallte die Tür des Kästchens zu und rannte in Joys Zimmer. Ihr Rucksack stand offen auf dem Boden. Als ich daran vorbeiging, sah ich ihr Mathebuch, ihren Englischordner und dazwischen ein vertrautes pinkfarbenes Cover.

Mir wurde flau im Magen. Ich setzte mich, schwindlig und mit trockenem Mund, aufs Bett und nahm die abgenutzte Ausgabe von *Große Mädchen weinen nicht* aus dem Rucksack.

Ich blätterte langsam in dem Buch, und aus meiner Bestürzung wurde Verwirrung. Sätze, Absätze, ganze Seiten waren mit schwarzem Filzstift durchgestrichen. Alle Schimpfwörter und Sexszenen waren übermalt. Überall klebten Haftnotizen. Auf einer stand: *Elle fragen?* Auf einer anderen: *Das kann nicht sein.* Auf einer dritten stand einfach nur: *Amsterdam.* Auf dem Innenumschlag stand die URL einer Princeton-Website, eine Telefonnummer mit einer mir unbekannten Vorwahl und einige Worte wie ein Haiku: *Pferde. Mama. Roman. Keine große Sache.*

»Cannie?« Ich sprang auf, als hätte man mir einen Elektroschock verpasst, und steckte das Buch wieder in Joys Rucksack. Dann ging ich auf wackeligen Beinen zur Treppe. Peter sah von unten zu mir herauf. »Du bist ja noch gar nicht angezogen?«

»Ich glaube, wir haben ein Problem«, sagte ich mit schwacher Stimme.

»Was ist los?«

»Joy …« Ich schüttelte den Kopf. Dafür war jetzt keine Zeit. Das musste bis später warten. »Egal. Ich bin gleich unten.« Ich lief ins Schlafzimmer, um den Rock anzuziehen, den ich am Vortag aus der Reinigung geholt hatte, dazu ein pinkfarbenes Kaschmir-Twinset und Samanthas Perlenkette.

Fünf Minuten später ließ ich mich in der Küche von Peter inspizieren. »Und? Sehe ich jung und vital aus?« Peter sah in seiner Khakihose und einem frischen blauen Baumwollhemd perfekt aus. Ich hatte ihm am Vorabend bei der Auswahl geholfen, nachdem Joy zu Bett gegangen war. Die Hose signalisierte meiner Meinung nach: *Ich gehe mit meinem Kind zum Spielplatz, sogar ohne dass man mich darum bitten muss*, während das Hemd verkündete: *Erwerbstätig mit guter Krankenversicherung*.

Er musterte mich von oben bis unten. »Ich würde sagen, entweder die Kette oder die Schuhe. Aber nicht beides.«

»Zu viel?«

»Du siehst aus, als hättest du dich für eine Kostümparty als June Cleaver verkleidet.«

Ich steckte die Perlenkette in die Schürzentasche und strich mir über die Haare. Der Kuchen verbreitete ein köstliches Aroma, und der Kaffee tropfte in die Kanne. Auf dem Kaminsims im Wohnzimmer standen charmante, frisch abgestaubte Familienfotos in Silber- und Holzrahmen. Meine schwierige dreizehnjährige Tochter war für einige Stunden außer Haus, und ich hatte noch den ganzen Abend Zeit, um mich mit ihr über ihre Lektüre zu unterhalten. Besser ging's nicht.

Remy Heymsfeld entpuppte sich als fünfundzwanzigjähriger Sozialarbeiter – »Remy ist die Abkürzung für Jeremy«

– mit der Begeisterungsfähigkeit eines Golden-Retriever-Welpens, frischen Kammspuren im noch feuchten braunen Haar und rosaroten Wangen zum Reinbeißen. Er verschlang zwei Bagels mit Frischkäse, löffelte Zucker in seinen Kaffee, bewunderte meinen Garten, streichelte Frenchelle und fragte uns, wie es uns in Philadelphia gefiel. Dann schlug er einen Ordner auf – ich sah, dass unsere Namen höchst offiziell auf den Karteireiter getippt waren – und stellte uns Fragen über Fragen. Wie lange wir uns schon kannten. Wie wir uns kennengelernt hatten. Wie wir unsere Ehe beschreiben würden. (Ich sagte: »Stabil«, und Peter sagte: »Es macht Spaß.«) Wie wir unsere Beziehung zu Joy beschreiben würden. (Ich dachte »schwierig«, kreuzte aber die Finger im Rücken und sagte: »Herzlich und offen.« Peter sagte: »Liebevoll.«) Remy schrieb alles auf. Ich fragte mich, ob nicht jedes Paar für die Dauer eines Hausbesuchs einen auf normal machen konnte. Selbst wenn man in Wirklichkeit vorhatte, das Kind in einem Käfig im Keller zu halten und seine Nieren auf eBay zu verkaufen, konnte man sich wahrscheinlich lang genug verstellen, um einen Fremden ein, zwei Stunden lang zu beeindrucken.

»Würde es Ihnen etwas ausmachen, mir Ihr Haus zu zeigen?«, fragte Remy. Wir standen auf. Die Agentur hatte uns in ihren Informationen bereits darauf vorbereitet. In der Woche zuvor hatten Peter und ich das Laufband vom Büro in den Keller verfrachtet und den Wänden einen frischen weißgelben Anstrich verpasst. Als Joy wissen wollte, was los sei, hatte ich gesagt, dass ich mich beschäftigen müsse, bis meine Arbeitssituation geklärt sei. Was ja auch der Wahrheit entsprach. Wenn sie in der Schule war, ging ich hinauf in den Speicher und öffnete die Zedernholzkisten, auf denen BABY/WINTERSACHEN oder KLEINKIND/

SOMMERSACHEN stand oder die Kisten mit den DECKEN und SPIELSACHEN. Ich war nicht so weit gegangen, meinen alten Schaukelstuhl aus dem Keller zu holen oder die Babydecken und winzigen Strickpullover in die Kommode zu räumen, aber ich hatte alles gewaschen und sorgfältig gefaltet wieder in die Kisten gelegt – für alle Fälle.

Remy zog eine Digitalkamera aus der Tasche. Er machte Fotos und maß aus, wie weit das zukünftige Kinderzimmer von unserem Schlafzimmer sowie vom Bad und der Treppe entfernt lag. Er notierte sich die Anzahl der Bäder und fotografierte die Feuermelder. Und er lauschte unseren Beteuerungen, dass Frenchelle ein so sanfter und gut erzogener Hund war, dass sie ein neues Baby im Haus kaum bemerken, geschweige denn angreifen würde. Während er ein Stück Apfelkuchen aß, blickte er sich in meinem Arbeitszimmer um, wobei es ihm die StarGirl-Stapel und das oberste Regal mit all den verschiedenen Ausgaben von *Große Mädchen weinen nicht* besonders angetan hatten.

»Haben Sie die geschrieben?«, fragte er.

»Ja«, sagte ich, halb schüchtern, halb trotzig. Es abzustreiten war jetzt sowieso sinnlos. Und wenn Remy Heymsfeld nur zehn Sekunden im Internet verbrachte, würde er es ohnehin herausfinden. »Das Schreiben ist wirklich ein toller Job für eine Mutter«, sagte ich enthusiastisch, wobei ich fürs Erste außer Acht ließ, ob ich den Job überhaupt noch hatte. »Ich kann mir meine Zeit flexibel einteilen. Als Joy noch klein war, habe ich geschrieben, während sie geschlafen hat.« Remy nickte und notierte wieder etwas in unserem Ordner. Ich beugte mich vor – wie jede Exreporterin, die etwas auf sich hielt, konnte ich verkehrt herum lesen –, konnte aber nichts entziffern.

»Ich danke Ihnen, dass Sie sich die Zeit genommen haben«, sagte er, nachdem er den Ordner in seine Aktentasche gesteckt hatte. »Bis zum endgültigen Bescheid kann ich natürlich nichts Offizielles sagen, aber …« Mir stockte das Herz. Peter drückte meine Hand. »Sie beide scheinen ideale Kandidaten zu sein«, fuhr Remy fort, ein fröhliches Lächeln auf seinem faltenlosen Gesicht. Ich entspannte mich, als Remy zuerst Peter und dann mir die Hand schüttelte. »Ich glaube nicht, dass Sie sich irgendwelche Sorgen machen müssen.«

24

»Hallo«, sagte ich zu der Dame hinterm Schreibtisch. Es war Sonntagnachmittag, halb vier, und ich stand im Korridor des Ronald-McDonald-Hauses, wo es nach Potpourri und Putzmittel und auch ganz leicht nach Urin roch. »Ich bin Joy Krushelevansky. Ich bin wegen meines ehrenamtlichen Mizwa-Projekts hier.«

Die Dame hielt einen Finger hoch und zeigte aufs Telefon. »Natürlich … hm … die Sozialarbeiterin wird sich bei Ihnen melden.« Dann nahm sie ihr Headset ab. »Hallo!«, sagte sie und lächelte mich mit ihrem großen rot geschminkten Mund an. »Ich bin Debbie Marshall, eine der Hauskoordinatorinnen.« Das Telefon klingelte. Sie blickte es stirnrunzelnd an, drückte einen Knopf und stand auf. »Häng erst mal deine Sachen hier auf. Ich wette, wir können dich in der Küche gebrauchen!«

Sie zeigte mir einen Wandschrank, wo ich meine Jacke und meine Einkaufstüte ablegte, und führte mich dann in die Küche, wo es nach Desinfektionsmittel roch und ein riesiger

Kühlschrank sowie ein Herd mit acht Gasflammen auf dem Linoleumfußboden standen. An einer Wand waren zwei weitere große Kühlschränke, zwei Geschirrspülmaschinen und zwei Spülbecken, in denen sich das Frühstücksgeschirr stapelte. Ich sah Toastkrusten im Ausguss und aufgeweichte Müslireste in einer blauweißen Schüssel.

Debbie klang entschuldigend, als sie sagte: »Würde es dir etwas ausmachen? Wir sind gerade voll belegt. Sechs Familien. Eigentlich soll jeder selbst seine Sachen wegräumen, aber …«

Ich brauchte einen Augenblick, um zu kapieren, was sie von mir wollte. »Ach so. Kein Problem.« Ich fand ein Paar gelbe Gummihandschuhe und zog sie an. Ich öffnete einen der Geschirrspüler, drehte das Warmwasser auf und nahm einen Schwamm und das Spülmittel. Das Geschirr zu spülen war besser, als mit kranken Kindern oder ihren Angehörigen zu reden. Davor hatte ich Angst gehabt, denn was, um alles in der Welt, sollte ich zu ihnen sagen?

Ich dachte an die Einkaufstüte im Schrank und lächelte. Es war so einfach gewesen. Ich hatte Bruce heute zum ersten Mal seit Tylers Bar-Mizwa wiedergesehen, und er hatte mich behandelt, als wäre ich aus Zuckerwatte. Als ich zu ihm ins Auto stieg, fragte er mich, was ich tun wolle, anstatt mir wie sonst seine Pläne zu schildern. Als ich ihm sagte, dass ich gerne einkaufen gehen würde, stimmte er sofort zu und fuhr zum Cherry-Hill-Einkaufszentrum. »Joy«, sagte er, nachdem er geparkt hatte, »du sollst wissen, dass trotz allem, was zwischen mir und deiner Mutter passiert ist oder was du vielleicht gehört oder gelesen hast –«

Ich fiel ihm ins Wort. »Schon gut. Es ist alles in Ordnung. Wirklich.« Die Erleichterung war ihm deutlich anzusehen.

»Sicher?«, fragte er und hob Max aus dem Kindersitz. »Weißt du, die Wahrheit ist –«

Ich wollte die Wahrheit nicht wissen, schon gar nicht seine Version der Wahrheit. »Schon gut«, wiederholte ich und nahm Max an der Hand. »Kannst du uns ein paar Dollar geben, damit wir uns was zu essen kaufen können?«

Ich wusste, dass Bruce das tun würde, was er immer tat: Er zog seine Geldbörse aus der Tasche und warf sie mir zu. »Hier, bedien dich.« Sein Portemonnaie war ein einziges Chaos: alte Bankautomatenquittungen, Visitenkarten, Kreditkarten und drei abgelaufene Führerscheine. Ich nahm mir fünf Dollar. Dann vergewisserte ich mich, dass er nicht hersah, und steckte seine MasterCard ein. Ich fuhr mit Max in der Kinderbahn, und als die Jungs fragten, ob sie ins Kino gehen könnten, und Bruce mich fragend ansah, sagte ich nur: »Macht ruhig. Ich schaue mich inzwischen ein wenig um.«

»Sicher?«, fragte er sichtlich erleichtert, und ich sagte Ja. Der Film dauerte eineinhalb Stunden, sodass ich mehr als genug Zeit hatte. Das Kleid, das ich fand, war nicht genau dasselbe, das ich mit Tante Elle gekauft hatte – es war ein, zwei Pinktöne dunkler, und die Perlen an den Trägern und am Saum waren anders –, aber es sah ihm sehr ähnlich, und ich zuckte nicht einmal mit der Wimper, als ich Bruces Karte auf den Tresen knallte. Geschieht ihm recht, dachte ich. Soll er dafür zahlen. Ich bin schließlich seine Tochter. Als wir uns nach dem Film vor dem Spielzeugladen trafen, fragte er mich nicht einmal nach dem Inhalt der Einkaufstasche, weil Max quengelte und Leo Bruce wegen irgendeiner CD, die er haben wollte, in den Ohren lag. Und es war ein Kinderspiel, die Kreditkarte in die Rücksitztasche von Bruces neuem Auto zu stecken, als wir vom Parkplatz fuhren.

Ich spülte die Gläser aus und stellte sie in das obere Fach des Geschirrspülers, als ein Mädchen in einer Latzhose und mit pinkfarbenen Wollsocken in die Küche kam. Ich beobachtete sie aus den Augenwinkeln, als sie einen Stuhl an den großen runden Tisch rückte, an dem gut zehn Leute Platz hatten. Sie setzte sich und sah mir beim Geschirrspülen zu. Sollte ich etwas sagen? Sollte ich nichts sagen? Schließlich drehte ich den Wasserhahn zu und zog die Handschuhe aus. »Hallo«, sagte ich. »Ich heiße Joy.«

Sie musterte mich von oben bis unten. »Arbeitest du hier?«

»Nur ehrenamtlich.« Sah ich alt genug aus, um hier zu arbeiten? Um irgendwo zu arbeiten? Das Mädchen hatte hellbraune Haut, zwei dicke Zöpfe, große braune Augen, und unter ihrer blauen Latzhose trug sie ein pink-weiß gestreiftes T-Shirt. Ich schätzte sie auf zehn oder elf Jahre, also vielleicht wirkte ich in ihren Augen alt genug.

»Du hast eine komische Stimme«, sagte sie.

»Hab ich nicht!«

»Hast du doch«, sagte das Mädchen. »Sie klingt ...« Sie sprach tiefer und tiefer, bis ihre Stimme wie ein heiseres Brummen klang. »So.«

Ich überprüfte hastig den Sitz meiner Hörgeräte. Dann faltete ich das Geschirrtuch und hängte es fein säuberlich über den Herdgriff. »Nur damit du Bescheid weißt«, sagte ich, wobei ich mich bemühte, jede Silbe präzise auszusprechen. »Ich habe einfach nur eine raue Stimme. Meine Stimme ist nicht komisch.«

»Hast du Hörgeräte?«

Ich strich meine Haare über die Wangen und runzelte die Stirn.

»Meine Großmutter hat auch welche.«

Na toll. »Bist du krank?« Falls sie krank war, falls sie Krebs oder sonst etwas Schlimmes hatte, falls ihr aufgebauschtes braunes Haar eine Perücke war, dann würde ich es ihr vielleicht durchgehen lassen, andernfalls würde ich schnurstracks zu Lippenstift-Debbie marschieren und sie um eine andere Aufgabe bitten.

»Ich nicht«, sagte das Mädchen. »Aber mein Bruder. Er kriegt Chemo.«

»Oh.«

»Er wird wahrscheinlich sterben«, sagte das Mädchen.

»Oh«, sagte ich noch einmal und zupfte an meinen Haaren.

Lippenstift-Debbie steckte den Kopf zur Tür herein. »Cara? Bist du fertig mit deinen Hausaufgaben?«

»Ja«, sagte Cara, wobei sie es allerdings mehr seufzte als sagte.

»Und das Geschirr ist auch abgespült«, sagte ich.

»Toll! Danke!« Ich merkte, wie Debbie in ihrem Gedächtnis nach meinem Namen kramte. »Da fällt mir ein«, sagte sie, »ich habe dir gar nicht alles gezeigt.«

»Das mach ich«, bot Cara an.

Debbie zog die Augenbrauen hoch. Draußen im Korridor klingelte das Telefon, und ich hörte, wie die Tür auf- und zuging. »Sicher?«

»Klar«, sagte Cara, dann murmelte sie: »Schließlich habe ich ja sonst nichts zu tun.« Sie tapste den Flur hinab zur Treppe, und ich folgte ihr.

»Esszimmer«, sagte Cara und zeigte auf einen Raum mit einem langen Tisch und farbig gerahmten Kinderzeichnungen an der Wand. »Aufenthaltsraum.« Darin standen Sofas in allen Größen und Formen, und an den Wänden hingen neben einem großen Fernseher noch mehr Kreide-

und Fingerfarbenbilder. Ich sah auch einige Gedenktafeln, wahrscheinlich zum Dank an die Spender der Sofas und des Fernsehgeräts. »Bad.« Das Badezimmer roch nach Chemie, und um die Toilette waren Stahlhandgriffe angebracht. In der Ecke stand ein roter Plastikabfalleimer mit der Aufschrift VORSICHT! BIOABFALL neben einem normalen Abfalleimer, und neben dem Spiegel klebte eine Notiz, auf der stand, dass man sich die Hände waschen solle. »Spielzimmer.« Ein Raum mit hohen Fenstern, noch mehr Sofas und Fenstersitzen. In einer Ecke stand ein kleines Puppentheater, ansonsten gab es noch einen Pappkarton mit zerschlissenen Kostümen, Sitzsäcke, Bücherregale, einen niedrigen Tisch mit drei kleinen Stühlen, auf denen Bastelpapier und Kinderscheren lagen, und auf einem Metallschreibtisch in der Ecke stand ein Computer. Ich fragte mich, wo Caras Eltern waren und warum sie ganz allein hier war.

Dann sah ich den Computer an und hatte eine Idee. »Hey«, sagte ich beiläufig, »weißt du, ob man mit dem ins Internet gehen kann?«

Sie zuckte die Schultern und nickte gleichzeitig.

»Meinst du, ich könnte schnell eine E-Mail schreiben?«

Wieder ein kombiniertes Nicken/Schulterzucken. Cara ließ sich auf einen roten Sitzsack fallen und sah mir dabei zu, wie ich mich auf einen Rollenstuhl setzte und die Maus bewegte. Ich dachte daran, wie Bruce Max auf die Stirn geküsst hatte, nachdem er ihn in den Kindersitz gesetzt hatte. Ich dachte daran, wie Tyler mit seinen Eltern an der Bima gestanden hatte, wie ihn seine Mutter an sich gedrückt und sein Vater die Hand auf seine Schulter gelegt hatte. Ich dachte an den Schlitten in unserer Garage, auf dem der Name meiner Mutter in einer mir unbekannten Handschrift stand, und an die Stimme, die ich auf der Kassette gehört hatte.

Ich schloss die Homepage des Ronald-McDonald-Hauses, auf der eine Diashow mit glücklichen, gesund aussehenden Familien zu sehen war, und öffnete mein E-Mail-Programm.

»Wem schreibst du?«, fragte Cara. »Hast du einen Freund?«

»Ha. Nein.« Ich öffnete ein neues Fenster und gab bei Google ein paar Begriffe ein, von denen ich hoffte, dass sie mich zu meinem geheimnisvollen Großvater führen würden. Das Chirurgische Zentrum von Beverly Hills hatte eine sehr schicke Website, auf der man Videos der gefragtesten Prozeduren und Podcast-Interviews mit den Chirurgen herunterladen konnte. Aber damit hielt ich mich nicht weiter auf. Auf der Seite »Unsere Ärzte« war ein Foto von Dr. Lawrence Shapiro. Mit seinem gelockten weißen Haar und dem silbergrauen Bart sah er aus wie eine ältere Version des Mannes in Omas Fotoalben. Er sah nicht aus wie jemand, der seine Tochter zwang, sich vor versammelter Familie auf die Waage zu stellen, oder der einen Schlittschuh nach ihr warf oder der muhte, wenn seine Frau sich bückte. Er sah aus wie der Mann, den ich auf der Kassette gehört hatte, liebevoll und kleinen Mädchen gegenüber sehr geduldig.

Klicken Sie hier, um unseren Ärzten eine E-Mail zu schicken. Ich klickte und schrieb: *Sehr geehrter Dr. Shapiro, mein Name ist Joy Shapiro Krushelevansky. Meine Mutter heißt Candace, und ich glaube, sie ist vielleicht Ihre Tochter.*

Ich starrte auf den Text, während der Cursor blinkte. Dann löschte ich das »vielleicht«.

Ich habe im November meine Bat-Mizwa, und wenn Sie mein Großvater sind, würde ich Sie gerne dazu einladen. Sie wird um 10 Uhr in der Center-City-Synagoge stattfinden, mit einem anschließenden Mittagessen. Wenn Sie mir Ihre Adresse geben, schicke ich Ihnen gern eine Einladung.

Ich tippte meinen Namen und meine E-Mail-Adresse. *Kein netter Mensch*, hatten meine Mutter und Tante Elle gesagt. Aber vielleicht irrten sie sich. Vielleicht war das, was ich auf der Kassette gehört hatte, die Wahrheit. Vielleicht hatte er sich im Laufe der Zeit geändert. Vielleicht könnte ich ihn auf meiner Bat-Mizwa allen vorstellen. »Das ist mein Großvater.« Nicht *Das ist, äh, Bruce* oder *Das ist mein Vater*, und dann musste ich später immer erklären, dass Peter nicht wirklich mein Vater war. Oder *Das ist Mona, die Lebensgefährtin meiner Großmutter*, woraufhin die Leute entweder eigenartig oder übertrieben freundlich reagierten. Sondern einfach etwas Nettes und Einfaches und Wahres: *Das ist mein Großvater.*

P. S., schrieb ich. *Wenn Sie nicht der Vater von Candace Shapiro sind, dann entschuldigen Sie bitte.* Ich schickte die Mail ab und drehte mich fast fröhlich zu Cara um. »Also, was willst du tun?«

»Warum redest du so komisch?«, fragte sie.

Ich stieß mich vom Schreibtisch ab und setzte mich ihr gegenüber in einen gelben Sitzsack. »Ich bin zweieinhalb Monate zu früh auf die Welt gekommen, und deshalb waren die Nerven, die den Ton von meinen Ohren zu meinem Gehirn transportieren, noch nicht ausreichend entwickelt. Aber ich rede nicht komisch. Man kann mich wunderbar verstehen.«

»Hm.« Caras pinkfarbene Socke hatte ein Loch. Wir starrten beide darauf, während sie ihren großen Zeh durch das Loch bohrte. »Gehst du zur Schule, solange du hier bist?«, fragte ich.

»Ich habe einen Privatlehrer.«

»Oh.« Ich sah zu, wie Cara noch einen Zeh durch das Loch steckte. Ihre Nägel waren lang und rau, so als wären sie seit Wochen nicht geschnitten worden. »Hey, vielleicht solltest du das besser lassen«, sagte ich.

Sie zuckte die Schultern. »Ich habe noch mehr Socken.«

Ich sah auf die Uhr an der Wand. Vier Uhr dreißig. Noch eineinhalb Stunden. »Gefällt es dir hier?«

Wieder ein Schulterzucken. »Es ist okay.«

»Vermisst du deine Freunde?«

»Schon etwas.«

»Willst du irgendetwas tun?«

Sie sah mich an. »Was denn?«

»Ich weiß nicht. Was kann man denn hier tun?«

»Mal sehen.« Cara stand auf. Sie wirkte nicht gerade begeistert, aber wenigstens bewegte sie sich. Sie zeigte auf einen Stapel Brettspiele, deren Kartonhüllen schon ganz weich und mit Silberklebeband geklebt waren. »Hier ist *Mensch ärger dich nicht* und ein Leiterspiel. Langweilig. Origami.« Sie zeigte auf die bunten Papierrechtecke – orange und rosa und grün. »Wir könnten Kraniche basteln. Aber das habe ich schon tausendmal gemacht. Willst du einen Film anschauen?«

»Darf man hier Filme anschauen?« Wenn ich daheim an einem Samstag- oder Sonntagnachmittag einen Film ansehen will, fragt mich meine Mutter immer, ob ich nicht lieber einen Spaziergang oder eine Fahrradtour mit ihr machen will. Also frage ich nicht mehr.

»Joy.« Ich war überrascht, als Cara mich mit meinem Namen ansprach, bis mir einfiel, dass ich ihn ihr gesagt hatte. »Hier ist allen egal, was ich tue.«

Als Erwachsene hätte ich geantwortet: *Das stimmt doch gar nicht* oder *Deinen Eltern ist es nicht egal* oder vielleicht sogar *Mir ist es nicht egal.* Aber da ich noch keine Bat-Mizwa gehabt hatte, war ich wohl aus dem Schneider. »Hast du Hunger? Sollen wir Popcorn machen?«

Ich bat Debbie um Erlaubnis – sie telefonierte schon wieder und reckte den Daumen empor, ohne ihr Telefonat zu unterbrechen. Wir fanden Popcorn in der Küche, kein Mikrowellenpopcorn, sondern richtige Körner in einem Glas. Cara musterte das Glas misstrauisch, schraubte den Deckel auf und roch daran, dann nahm sie ein Korn und rollte es zwischen den Fingern.

Ich nahm ihr das Glas aus der Hand und las die Anleitung. »Wir brauchen einen großen Topf mit einem Deckel.«

»Hab ich.« Cara kramte lautstark einen Topf aus einem Schränkchen.

»Öl.«

»Oben im Schrank. Da komm ich nicht hin.«

Ich stellte mich auf die Zehen und nahm das Öl. »Salz und Butter.«

»Hier und hier«, sagte sie und stellte beides neben mich auf die Ablage. Ich goss Öl in den Topf, schaltete die Herdplatte ein und wartete, bis das Öl heiß wurde, während Cara ungeduldig von einem Fuß auf den anderen trat.

»Ich hab schon mal so Popcorn gemacht, letzten Sommer im Ferienlager, aber über einem richtigen Feuer«, sagte Cara.

»Hat es funktioniert?«

»Ja, es hat lecker geschmeckt.«

Als das Öl zu spritzen anfing, ließ ich Cara ein Korn in den Topf werfen. Sie kreischte, als es ihr aus dem Topf direkt ins Gesicht sprang. »Aua! Heiß!«, sagte sie und wischte sich über die Wange.

»Vorsicht!« Auf meine Anweisung hin zog sie einen Topfhandschuh über, um die restlichen Körner in den Topf zu kippen, und dann suchte ich ihr einen Hocker, damit sie sich vor den Herd stellen und den Topf an den Griffen nehmen und schütteln konnte. Ich schmolz Butter in der Mikrowelle, kippte das Popcorn in eine Schüssel und gab die Butter dazu. Cara streute Salz darüber. Dann stellten wir die Schüssel zusammen mit Papierservietten und einem Krug Saft auf ein Tablett und gingen zurück in den Aufenthaltsraum. Cara kramte aus einem Stapel DVDs *Arielle, die Meerjungfrau* heraus, den ich das letzte Mal als Kind gesehen hatte, und wir setzten uns, die Schüssel Popcorn zwischen uns, auf eines der Sofas. Ursula, die böse Meereshexe, hatte gerade ihren großen Auftritt, als Cara zu reden begann.

»Harry.«

»Hä?«

»So heißt mein Bruder. Harry.«

»Oh.«

»Sei'n wir ehrlich, es kam vor / Ja, man haut mich übers Ohr / Doch wer's versucht / Der spürt sehr schnell / Da seh ich rot«, sang Ursula.

»Es ist total blöd«, sagte Cara. Sie blickte unverwandt auf den Fernseher, der ihr Gesicht in bläuliches Licht tauchte, und schaufelte sich gedankenverloren Popcorn in den Mund. »Er hat keine Haare mehr.« Ich wandte mich ab, weil ich dachte, dass sie weinte, und nicht wusste, was ich tun sollte.

Aber dann fiel mir etwas ein. »Hey«, sagte ich. »Willst du das schönste Kleid auf der ganzen Welt anprobieren?«

25

Am ersten Freitag im Juli war es plötzlich unnormal kalt geworden. Ein Tiefdruckgebiet war über Nacht von Kanada herangezogen, und dem Temperatursturz von beinahe dreißig auf knapp über zehn Grad wären um ein Haar meine Petunien zum Opfer gefallen. Der Wind blies grüne Blätter über die Gehsteige, und stahlgraue Wolken jagten am Himmel entlang. Ich spürte, dass eine Erkältung im Anmarsch war – das Kratzen im Hals, der dumpfe Kopfschmerz hinter den Augen. Ich trank einen Liter Wasser und eine Tasse Hagebuttentee, nahm ein paar Vitamin-C-Tabletten und suchte das Rezept für meinen Rindfleischeintopf heraus. Wenn ich mich beeilte, könnte ich im Chef's Market ein Stück Rinderkamm holen, dazu ein Baguette, grünen Salat und als Nachspeise einen Blaubeerkuchen, den Eintopf ansetzen und dann Joy von der Schule abholen.

Ich trug einen Korb sauberer Wäsche nach oben in Joys Zimmer. Als ich die Tür öffnete, fiel mir auf, dass sie nach wie vor ihr Bett machte und ihre Klamotten aufräumte. Das war gut. Nicht gut genug, um die Tatsache zu kompensieren, dass sie seit zwei Wochen kaum ein Wort mit mir gesprochen hat, aber besser als nichts. Ich hatte ein paar Mal versucht, das Gespräch auf *Große Mädchen weinen nicht* zu lenken und ihr gesagt, dass sie jederzeit mit mir sprechen könne, falls sie irgendwelche Fragen hatte oder falls etwas sie bedrückte, aber Joy hatte mich nur kühl angesehen und gemeint, es sei alles in Ordnung.

Ich legte einen Stoß Unterwäsche und T-Shirts auf ihr Bett und öffnete den Schrank, um ihre Jeans aufzuhängen – und da war es. Pink. Spaghettiträger. Glitzernd. Wie konnte das sein? Elle hatte das Kleid doch vor einer Woche abgeholt und nach New York zurückgebracht.

Ich starrte es eine Zeitlang an und versuchte, mir einen Reim darauf zu machen, wie das Kleid zurückgekommen war – wie die Katze in diesem alten Kinderlied. Aber als ich es aus dem Schrank nahm, merkte ich, dass es in Wirklichkeit ein anderes Kleid war, nicht von Bergdorf's, sondern von Macy's, ein fast identisches pinkfarbenes Kleid mit Silberpailletten.

Ich brauchte ungefähr dreißig Sekunden, um zu begreifen, was passiert war, und zehn weitere Sekunden, um das Telefon zu finden. Bruce Guberman antwortete weder auf seiner Büro- noch auf seiner Handynummer. Als ich bei ihm zu Hause anrief, ging Emily an den Apparat.

»Hier ist Candace Shapiro. Ist Bruce da?«

»Worum geht's?«, fragte Emily.

Fast hätte ich gesagt: *Ach, nur um den Pessachabend, an dem ich es mit deinem Mann auf der Kellertreppe trieb, während seine Eltern oben das Essen auftrugen. Du weißt schon, die guten alten Zeiten!* Aber ich konnte mich gerade noch beherrschen. Außerdem musste ich mich nicht gerade jetzt daran erinnern, dass mich der Geschmack von Charoset noch Jahre danach geil machte. »Es geht um Joy«, sagte ich.

Eine Minute später war Bruce am Apparat. »Cannie. Was kann ich für dich tun?«

Bruce Guberman und ich hatten uns einmal geliebt. Dann hatten wir unser Bestes getan, uns gegenseitig fertigzumachen – er mit seinem Zeitschriftenartikel, ich mit meinem Buch, so als wären unsere Worte Giftpfeile, mit denen wir den anderen treffen wollten. Was uns geblieben war, war der Versuch, unsere bittersüße chaotische gemeinsame Vergangenheit mit höflichen Umgangsformen zu überspielen … und Joy.

»Entschuldige, dass ich dich zu Hause störe«, sagte ich förmlich. »Aber wir müssen über das Kleid reden, das du Joy gekauft hast.«

»Ich habe Joy kein Kleid gekauft.« Er klang verwirrt. Aber Bruce klang oft verwirrt.

»Am Sonntag bei Macy's? In ihrem Schrank hängt ein Kleid mit einem Preisschild. Du bist mit ihr ins Einkaufszentrum gefahren. Sie muss es dort gekauft haben. Und, Bruce, das Kleid ist absolut unpassend.«

»Ich weiß von keinem Kleid. Joy war einkaufen, als ich mit den Jungs im Kino war –«

»Du hast sie allein gelassen?«, fragte ich mit schneidender Stimme.

Bruce seufzte. »Eineinhalb Stunden, im Einkaufszentrum. Wir waren nur auf der anderen Straßenseite, und außerdem hatte sie ein GPS-Handy bei sich.«

Egal, darüber würde ich ein anderes Mal mit ihm reden müssen. »Dann muss sie das Kleid gekauft haben, während ihr im Kino wart.«

»Hat sie denn eine Kreditkarte?«

Ich zwang mich zu atmen. »Nein, Bruce, meine dreizehnjährige Tochter hat keine Kreditkarte.« *Du bekiffter Idiot*, dachte ich ... beziehungsweise sagte ich es wohl doch laut, da Bruce in einem sehr würdevollen Tonfall antwortete: »Ich habe seit zehn Jahren nicht mehr gekifft.«

»Wow. Glückwunsch.« Nicht dass ich ihm geglaubt hätte. Falls Bruce wirklich mit dem Grasrauchen aufgehört hätte, wäre der gesamte Schwarzmarkt an der amerikanischen Ostküste zusammengebrochen. Die Dealer würden in Lumpen durch die Straßen ziehen und sich die Augen ausheulen. »Aber wie ist Joy dann an das Kleid gekommen? Wenn ich es ihr nicht gekauft habe und du es ihr nicht gekauft hast ...«

»Du denkst, sie hat es geklaut?«

Ich kniff die Augen zusammen. Nein. Das war unmöglich. Ich sah das Kleid an, und mir wurde leichter ums Herz. »In der Tüte ist eine Quittung. Sie hat eine MasterCard benutzt.

Du hast ihr auch ganz bestimmt nicht deine Kreditkarte gegeben?«

»Ich habe ihr fünf Dollar gegeben, damit sie eine Brezel kaufen und mit Max Kinderbahn fahren konnte. Ich …« Er hielt inne. »Warte kurz.«

Er legte den Hörer ab. Ich sank mit geschlossenen Augen aufs Bett. Als Bruce wieder am Apparat war, klang seine Stimme ernst. »Es kann sein, dass sie eine meiner Karten genommen hat.«

»Ausgeschlossen«, sagte ich automatisch. »Das würde Joy …« Ich schluckte.

»Meine MasterCard ist nicht mehr in meinem Geldbeutel.«

»Und das fällt dir jetzt erst auf?« *Idiot*, stöhnte ich insgeheim. »Am besten rufst du bei der Kreditkartenfirma an und erkundigst dich, ob sie kürzlich benutzt wurde. Wenn sie – wenn das der Fall ist, rede ich mit ihr. Mal sehen, ob ich herausfinden kann, was los ist.«

»Okay.« Bruce schwieg. Ich saß da, heiß vor Angst und Scham. Wie war bloß aus meinem wunderschönen, ernsthaften, herzensguten kleinen Mädchen eine Diebin geworden?

Bruce räusperte sich. »Ich hatte gehofft, es dir nicht sagen zu müssen, aber es kann sein, dass Joy auf Tylers Bar-Mizwa etwas gehört hat.«

»Etwas gehört … auf … Warte, sie war nicht auf Tylers Bar-Mizwa!«

Bruce seufzte. »Wir hatten nicht mit ihr gerechnet, und Emily hat ein wenig unfreundlich reagiert. Wir haben uns deswegen auf der Feier gestritten –«

Ich sprach langsam und deutlich, so als würde ich mit einem Kleinkind reden. »Joy war nicht auf Tylers Bar-Mizwa!«

»Natürlich war sie das«, sagte Bruce. Jetzt klang er verwirrt. »Ich dachte, du hättest sie hingefahren.«

»Zu mir hat sie gesagt, dass sie nicht hingehen will.« Ich krallte meine Finger so fest in das Bettlaken, dass ich durch den Stoff meine Nägel spürte. Joy, dachte ich. Was ist bloß los mit dir?

»Hm«, sagte Bruce. »Vielleicht ist sie mit dem Zug gefahren. Oder jemand hat sie mitgenommen. Oder –«

»Ich ruf dich später wieder an«, sagte ich und legte auf. Dann saß ich einfach nur da, geschockt und mit einem flauen Gefühl im Magen, und als Bruce zurückrief, um mir zu sagen, dass seine Kreditkarte in der Tat von Macy's belastet worden war, war ich nicht mal mehr sonderlich überrascht. »Hey«, sagte er nicht unfreundlich, »es tut mir leid.«

»Mir auch«, krächzte ich und sagte, ich würde seine Karte finden und ihn zurückrufen.

Angeblich gibt es nichts Köstlicheres als ein mit Liebe gekochtes Essen. Mein Rindfleischeintopf an dem Abend hätte die Redensart Lügen gestraft. Ich nahm mein Schneidebrett und mein schwerstes Hackmesser und zerkleinerte eine Zwiebel, drei Karotten, drei Kartoffeln und Eiertomaten. Dann setzte ich den Knoblauchzehen so lange zu, bis ich sie zu einer Paste püriert hatte. Ich nahm einen Behälter mit Rinderbrühe aus dem Gefrierfach, riss den Deckel ab, zerrte den Korken aus der Weinflasche und hackte das Rindfleisch in blutige rote Streifen. Ich bräunte das Gemüse, löschte es ab, zog das Fleisch durch das Paniermehl und schleuderte braunen Zucker, Lorbeerblätter, Melasse und noch mehr Knoblauch in den Topf. Dann knallte ich den Deckel auf den Topf und setzte mich schäumend vor Wut an den Tisch. Wie und wann war meine Tochter zu einer Fremden geworden?

Sie klaute Kreditkarten! Sie fuhr mit dem Zug! Allein! Ohne dass jemand wusste, wo sie war! Ihr hätte alles Mögliche passieren können.

Um Viertel vor drei stieg ich ins Auto. Während ich durch die windgepeitschte Lombard Street fuhr, ging ich im Kopf meinen Text durch – aber womit sollte ich anfangen? Dem Kleid? Der Zugfahrt? Damit, dass sie mich angelogen hatte, als sie mir gesagt hatte, dass sie nicht auf Tylers Bar-Mizwa gehen wolle?

Ich nieste zweimal, wischte mir über die Augen und parkte vor der Schule. Ich suchte in der Menge nach Joy und winkte Tamsin zu, die knapp zurückwinkte und dann mit gesenktem Kopf an mir vorbeiging. Keine Spur von Joy. Seltsam. Normalerweise waren Joy und Tamsin immer zusammen. Ich stieg aus und blickte mich auf dem Schulhof um. Ich sah eine Gruppe älterer Jungs, die sich um einen Basketball stritten, eine Gruppe Mädchen, die von ihren schweren pink- und lilafarbenen Rucksäcken fast nach hinten gezogen wurden – und da war meine Tochter. Sie stand im Eingang und zog ihren Pullover um sich, als wäre ihr kalt.

»Joy!« Sie drehte sich um und lächelte, das sonnige, offene Lächeln eines kleinen Mädchens, das ich seit Monaten nicht gesehen hatte, und sie winkte mich zu sich, genauso wie sie es mit drei Jahren gemacht hatte, nachdem meine Schwester ihr eine DVD von *Willy Wonka und die Schokoladenfabrik* geschenkt hatte. »Komm mit mir! Ich zeig es dir!«, sagte Joy damals mit ihrer rauen Stimme. »Die Welt der Fantasie!«

»Hallo, Mama! Stell dir vor! Ich habe eine E-Mail von deinem Vater bekommen!«

»Darüber reden wir später«, sagte ich, noch ehe ich überhaupt richtig kapiert hatte, was sie gesagt hatte. *Mein* Vater? Bestimmt hatte ich mich verhört. Sie meinte garantiert Bruce.

»Später?«, wiederholte Joy ungläubig. »Mama, das ist eine Riesensache. Er ist dein Vater!«

»Wir müssen uns über andere Dinge unterhalten«, fuhr ich sie an.

Joy zuckte zusammen. »Er sagt, dass er mich sehen will«, sagte sie leise.

Die Worte rutschten mir heraus, noch ehe ich es verhindern konnte. »Warum? Braucht er Geld?«

Sie sah mich mit großen Augen und offenem Mund an. Ich rieb mir die Schläfen und wünschte, ich könnte die Worte zurücknehmen. Stattdessen wechselte ich das Thema. »Hast du Bruces Kreditkarte genommen?«

Joy reckte trotzig das Kinn in die Luft und schwieg. Ich setzte mich hinters Steuer, und sie stieg ein.

»Bist du auf Tylers Bar-Mizwa gewesen?«

Sie blickte zum Fenster hinaus und schwieg.

»Warum?«, fragte ich. »Warum lügst du mich an? Warum hast du mir das verheimlicht? Es hat dir doch niemand verboten hinzugehen!«

Sie antwortete nicht. Ich musterte ihr Profil: honigfarbenes Haar, die Wangen vom Wind leicht gerötet, Bruces gerade, schmale Nase und sein rundes Kinn, nur kleiner und feiner. Eine Erwachsene, dachte ich und gleich darauf: Eine Fremde.

»Du hast Bruces Kreditkarte gestohlen«, sagte ich wie ein Richter, der die Anklagepunkte verlas. »Und du hast dir genau das gleiche Kleid gekauft wie mit Elle.«

»Es ist nicht genau das gleiche«, murmelte sie.

Ich atmete genervt aus. »Du hast mich angelogen«, sagte ich. »Du hast Dinge hinter meinem Rücken getan. Du hast geklaut. Du bist nach New Jersey gefahren, ohne mir oder deinem Vater Bescheid zu sagen.«

»Du hast mich auch angelogen«, sagte Joy so leise, dass ich sie kaum hören konnte.

»Wie bitte?«

»Du hast gesagt, mein Großvater hätte mich nie gesehen. Du hast gesagt, er hätte nie versucht, mich kennenzulernen.« Sie nahm zwei Blatt Papier aus ihrem Rucksack. Das erste war eine E-Mail von Lawrence Shapiro vom Chirurgischen Zentrum in Beverly Hills. Ich überflog sie. *Leider haben deine Mutter und ich seit Jahren keinen Kontakt mehr, was wohl damit zu tun hat, dass meine Exfrau versucht, mich bei meinen eigenen Kindern schlechtzumachen …*

Ich schleuderte das Blatt angewidert von mir. »Große Güte!« Ich schüttelte den Kopf. »Joy, er lügt. Oma Ann brauchte ihn nicht schlechtzumachen. Das hatten wir nicht nötig. Wir mussten nur sehen, was er uns antat. Er hat uns verlassen, er wollte nichts mehr mit uns zu tun haben, er gab uns keinen Cent für unsere Ausbildung …«

Ihre Stimme war leise aber unversöhnlich. »Du hast gesagt, er wollte mich nie sehen. Aber das stimmt nicht.«

Mein Magen zog sich zusammen, und für einen kurzen Moment befürchtete ich, mich übergeben zu müssen. Ich wählte die Worte sorgfältig, so als würde ich über einen Fluss gehen, der Hochwasser führt, nach den Steinen tastend, auf die ich treten könnte. »Joy, was ist los mit dir? Warum interessierst du dich plötzlich für meinen Vater?«

Meine Tochter holte noch ein Blatt Papier aus dem Rucksack. Ich wusste, was es war, noch bevor ich es sah: der zehn Jahre alte Schnappschuss aus dem Buchladen in Los Angeles, auf dem mein Vater Joy in den Armen hielt.

»Er sagt, dass er zu einer deiner Lesungen gekommen ist und das Foto hier aufgenommen hat«, sagte Joy.

»Das stimmt.« Mein Mund war strohtrocken. »Das stimmt. Er kam zu einer meiner Lesungen, und er ...« Ich zwang mich, wieder zu atmen. »Hör zu. Ich verstehe ja, dass du gerne einen Großvater haben würdest, und es tut mir leid, dich enttäuschen zu müssen, aber abgesehen von der Lesung hat er sich nach deiner Geburt nur ein einziges Mal gemeldet, um mich um Geld zu bitten.«

»Du hast gesagt«, wiederholte Joy, »dass er mich nie sehen wollte. Aber das stimmt nicht. Also hast du gelogen.«

Ich schluckte. Mir wurde immer schwindliger und schlechter. War sie irgendwie zu dem Schluss gekommen, dass ein Wiedersehen mit meinem Vater der Schlüssel zu ihrem Glück sei? Mein Vater, der sich nie um uns gekümmert hatte, sich nie nach uns erkundigt hatte, sich nur für mein Geld, aber nie für mich interessiert hatte? Ein Mann, der nie anrief, nie eine Geburtstagskarte schickte, nie nach einem Foto fragte, nie fragte, wie es uns ging, überhaupt nie von sich hören ließ? »Ich ... ich ...« Ich schüttelte den Kopf und griff nach Joys Händen, die sie steif im Schoß gefaltet hatte. Ich hätte ihr die Wahrheit sagen sollen, selbst wenn sie wehtat. Ich hätte ihr sagen sollen, dass er nichts taugte. »Joy. Sprich mit mir. Ich kann dir nicht helfen, wenn ich nicht weiß, was –«

Sie fiel mir ins Wort. »Du hast gelogen«, wiederholte sie ruhig.

»Joy ...« Ich presste das Wort förmlich aus mir heraus.

»Hör auf, das zu sagen!«, schrie sie.

»Was zu sagen?«

»Meinen Namen! Meinen blöden Namen! *Joy*«, spuckte sie. »Als ob ich dich so glücklich machen würde. Als ob du mich überhaupt gewollt hättest!«

»Was? Wovon redest du?« Meine Stimme klang hoch und ängstlich. »Wie kommst du denn darauf?« Aber ich kannte die Antwort. Mein Buch. Natürlich. Mein wütendes Buch, das nie für die Augen meiner Tochter bestimmt gewesen war! »Natürlich wollte ich dich! Natürlich machst du mich glücklich!« Ich griff nach ihrer Schulter. Sie wich zurück und rutschte zur Seite. »Liebes, es tut mir leid, falls ich … dass ich … dass ich dich angelogen habe. Aber was meinen Vater angeht …«

»›Er ist kein netter Mensch‹«, äffte sie mich nach.

»Ich kenne ihn besser als du. Ich weiß, wie er ist. Ich bin deine Mutter. Ich will nur, dass es dir gut geht.« Meine Stimme zitterte. »Das ist alles, was ich will. Dass es dir gut geht.« Ich schluckte. »Geht es hier um etwas, was du gelesen hast?« Ich schluckte noch einmal. »Mein Buch? Dann solltest du wissen, Joy –«

»Fahr mich nach Hause«, sagte meine Tochter. Und das war alles, was sie sagte, bis wir zu Hause waren, wo sie in der Garage schnurstracks an mir vorbeimarschierte, in ihr Zimmer hinaufging und die Tür hinter sich zumachte. Ich hörte die Tür ins Schloss fallen und wusste nicht, was ich tun sollte. Ich wollte klopfen, ihren Namen sagen, irgendetwas sagen, obwohl ich nicht sicher war, dass es uns beiden helfen würde. »Hör zu«, sagte ich schließlich zur Tür. »Wenn du ihn … wenn du deinen Großvater kennenlernen willst, dann werde ich versuchen, ihn ausfindig zu machen. Wenn es dir wichtig ist, dann machen wir das.«

Ich glaubte noch einmal das Wort »Lügnerin« durch die geschlossene Tür zu hören, aber so lange ich auch wartete und so fest ich auch klopfte – die Tür blieb zu, und von Joy kam kein Wort mehr.

Dritter Teil

Alles wird anders

26

Ich ignorierte meine Mutter, bis sie aufgab und die Treppe hinunterstapfte. Dann schaltete ich das Licht aus, legte mich aufs Bett und drückte das Kissen an die Ohren, um das Geschehen draußen vor der Tür auszublenden: meine Mutter, meinen Vater, das Klingeln des Telefons, erneutes Klopfen. Dann war es still.

Nach einer Weile klopfte es wieder an der Tür. »Geh weg!«, rief ich unfreundlich.

»Joy?« Die sanfte, ruhige Stimme gehörte weder meiner Mutter noch meinem Vater. Es war Oma Ann. Ich hatte vergessen, dass sie heute mit uns essen würde. »Kann ich reinkommen?«, rief sie so laut, dass ich nicht so tun konnte, als hätte ich sie nicht gehört.

Ich rollte mich aus dem Bett, schaltete das Licht ein, schloss die Tür auf und sah meine Großmutter wütend an.

»Ach, Liebes«, sagte sie seelenruhig und wollte mich umarmen. Ich wandte mich ab und stakste zurück zum Bett, wobei ich mir wütend über die Augen wischte. Oma Ann setzte sich aufs Fußende des Bettes. Ich atmete ihren Duft ein. Sie roch leicht nach Keksen mit einem Hauch Bengay. »Du hast von deinem Großvater gehört«, sagte sie.

»Mama hat mich angelogen«, krächzte ich. Oma Ann nickte nur. »Alles ist eine einzige Lüge. Mein Vater … ihr Vater … Alles.«

Meine Großmutter seufzte und kreuzte die Beine zum Schneidersitz. »Eltern machen Fehler«, sagte sie. »Ich habe Fehler gemacht, deine Mutter hat Fehler gemacht, und du wirst auch welche machen. Aber ich kann dir versprechen, dass deine Mutter nur das Beste für dich wollte.«

Das Beste für mich, dachte ich. Als ob meine Mutter wüsste, was das war. In meinen Augen hatte sie alles nur zu ihrem Besten getan, damit sie gut dastand: als gute Mutter und Stütze der Gesellschaft, nicht als dumme Schlampe, die ein skandalträchtiges, peinliches Buch geschrieben hatte, die nie ein Kind haben wollte und nur aus Versehen schwanger geworden war.

»Deine Mutter hat es nicht leicht gehabt«, sagte Oma Ann. »Es war nicht leicht für sie, nachdem Bruce gegangen war. Und was ihren Vater angeht – ich glaube, sie hat einfach nur gedacht, dass du so jemanden wie ihn nicht in deinem Leben haben willst, und deshalb hat sie versucht, dich von ihm fernzuhalten.«

»Warum entscheidet sie, wen ich in meinem Leben haben will? Ich bin dreizehn Jahre alt, ich habe bald meine Bat-Mizwa. Es ist nicht ihre Entscheidung –«

»Joy, sie tat einfach nur ihr Bestes.«

»Dann hat sie lausige Arbeit geleistet!«, rief ich so laut, dass meine Mutter mich hören konnte. Mein Gesicht glühte, und mein Kopf fühlte sich an, als würde er zerspringen. »Es war ihre Schuld, dass mein Vater jahrelang weg war. Ich habe einen Großvater, den ich noch nie gesehen habe, obwohl er mich kennenlernen wollte.«

»Das ist nicht ihre Schuld«, sagte Oma Ann etwas unterkühlt. Ihre Stimme überraschte mich. Ich hatte erwartet, dass sie angesichts meiner Tränen einlenken und alles tun würde, um mich zu trösten. Aber es sah nicht danach aus. »Dein Großvater hat ihr das Herz gebrochen.«

Ich wischte mir übers Gesicht. »Was meinst du damit?«

»Damit meine ich«, sagte sie, »dass sie als kleines Mädchen sein Liebling war. Bis sie ungefähr zwölf Jahre alt war.«

Ich setzte mich auf und blinzelte. Eltern sollten keine Lieblinge haben, und falls ja, dann sollten sie definitiv nicht darüber sprechen.

»Was ist passiert?«

»Er liebte sie, weil sie intelligent und aufgeweckt war, aber als er sah, dass sie mit den gleichen Dingen zu kämpfen hatte wie er –«

»Zum Beispiel?«

Das Bett gab nach, als meine Großmutter ihre Beine ausstreckte und an den Aufschlägen ihrer weiten Baumwollhose zupfte. Sie dachte sichtlich angestrengt darüber nach, was und wie sie es sagen sollte. »Ihr Aussehen«, sagte sie, »das Gefühl, nirgendwo dazuzugehören und nur schwer Freunde zu finden. Nichts davon fiel ihr so leicht wie das Lernen, und ich glaube ….« Sie hielt inne und überkreuzte erneut ihre Beine. »Ich glaube, das hat viele Erinnerungen in ihm wachgerufen. Keine guten Erinnerungen.«

Ich zuckte zusammen. Es war schlimm genug, wenn Eltern zugaben, Lieblinge zu haben, aber es war noch schlimmer, wenn sie sich für ihre Kinder schämten oder durch sie daran erinnert wurden, dass sie selbst einmal jung und unglücklich gewesen waren.

»Und dann ist er einfach weg«, sagte sie. »Das war für keinen von uns leicht.«

»Aber sie hat mir gesagt, dass er mich nie kennenlernen wollte …«

»Und soweit ich weiß, ist das auch die Wahrheit. Soweit ich weiß, hat er sie nach der Lesung nur noch einmal kontaktiert, um sie um Geld zu bitten. Er hat sich weder nach deiner Geburt noch nach ihrer Hochzeit bei ihr gemeldet, sondern erst, als er dachte, er könne von deiner Mutter profitieren.«

Ich rieb mir wieder über die Augen und starrte sie an. Ein Lieblingskind zu haben war schlimm. Sich für eines seiner Kinder zu schämen war noch schlimmer. Aber sein eigenes Kind nur deshalb zu kontaktieren, weil man Geld von ihm wollte? Das war schrecklich. Das heißt, falls es stimmte. Für mich passte dieses Verhalten noch immer nicht zu dem Foto im Buchladen, auf dem mich der Mann auf dem Arm hielt, oder zu der Stimme, die ich auf der Kassette gehört hatte, zu dem Mann, der seinen Töchtern versprochen hatte, den Teil mit der Hexe auszulassen und ihnen am Morgen French Toast zu machen. Woher sollte ich wissen, wem ich vertrauen konnte und was die Wahrheit war?

»Er ist wirklich …«

»… kein netter Mensch«, beendete ich den Satz genervt.

»Das ist noch sehr milde ausgedrückt«, sagte Oma Ann.

Ich schniefte. »Was meinst du damit?«

Sie sah mich an. »Das soll dir deine Mutter erzählen. Falls sie es will. Ich wollte dir nur sagen, dass keine Mutter und kein Vater perfekt ist und dass jede Mutter ihr Bestes versucht. Das habe ich getan, als ich Kinder hatte, und das wirst du auch tun.«

»Ich werde nie Kinder bekommen«, murmelte ich. Meine Großmutter achtete nicht auf mich. Sie ging ins Bad und kam mit einem Waschlappen zurück, den sie mit kaltem Wasser angefeuchtet hatte. Ich wischte mir damit übers Gesicht.

»Mona ist unten. Ach ja, und Bruce hat angerufen.«

Ich seufzte. »Sag ihm, dass seine Kreditkarte in der Rücksitztasche seines Autos ist.«

»Das musst du ihm, glaube ich, selbst sagen.« Sie sah mich mit ihren sanften blauen Augen an. Sie hatte ihre silbergrauen Haare zu einem Pferdeschwanzstummel zurückgebunden, was sie, wie Tante Elle sagt, immer wie George Washington aussehen lässt.

»Ich bringe das Kleid zurück«, brummte ich. »Sie lässt es mich ja sowieso nicht anziehen.«

Sie nickte erneut. »Deine Mutter hat einen Eintopf gekocht.«

Als ob ich jetzt etwas essen könnte. Als ob ich jemals wieder etwas essen könnte. Aber ich sagte okay, nur um irgendetwas zu sagen, und ich ließ sie all die Dinge sagen, die Großmütter nun mal sagen: dass alles vorübergehen würde und dass alles gut werden würde.

27

»Da ist nichts«, sagte meine Mutter und legte ihr Handtuch über den Griff des Laufbands. »Mach dir keine Sorgen. Weißt du noch damals, als Elle mit dem Zahnlosen durchbrannte?«

»Er war Hockeyplayer«, sagte ich müde. »Er war nicht zahnlos, er hatte nur künstliche Zähne.«

Meine Mutter erhöhte die Geschwindigkeit und den Steigungswinkel und schwang bei jedem Schritt kräftig mit den Armen. »Josh hat eineinhalb Jahre nicht mit mir gesprochen. Angeblich tat ihm seine Spange beim Sprechen zu weh. Und du …«

»Ach, was habe ich getan?«

»Hm.« Sie überlegte.

»Nichts. Ich tue nie etwas. Ich schmolle nur ein paar Jahre lang und schreibe dann ein Buch. Und außerdem geht es hier nicht um mich! Es geht um Joy!«

»Sag mir einfach, wenn ich dir irgendwie helfen kann«, sagte sie. Es war Samstagvormittag. Ich hatte Joy dazu verdonnert, den Tag mit der selbstgerechten Mona zu verbringen. Sie wollten zuerst zum Perlenladen fahren, dann zu Macy's, um das Kleid zurückzubringen, und danach Farben und Pinsel einkaufen, um am Nachmittag Plakate für eine bevorstehende Friedensdemo in Washington zu basteln.

In der Zwischenzeit hatte mich meine Mutter ins jüdische Gemeindezentrum von Avondale mitgenommen, weil sie meinte, etwas Fitnesstraining würde mir guttun. Wir liefen nebeneinander auf Laufbändern, ich in meiner Philadelphia-Academy-Jogginghose und einem T-Shirt von Peter, meine Mutter in einem batikgefärbten Tanktop mit dem Aufdruck LIEBE MACHT EINE FAMILIE AUS und einem regenbogenfarbenen Stirnband. Ihre grauen Haare standen in alle Richtungen ab.

»So ist das nun mal als Mutter«, sagte meine Mutter. »Es ist, als würde dein ganzes Leben lang dein Herz auch noch außerhalb deines Körpers schlagen.«

Ich dachte an Elle und wie viel Kummer sie meiner Mutter mit ihren ständigen Beziehungskrisen und Aushilfstätigkeiten bereitet haben musste, bevor sie dank des Be-ismus oder vielleicht auch einfach nur dank des Älterwerdens ruhiger geworden war. »Ich weiß nicht, was ich tun soll«, sagte ich und trottete mit sechs Stundenkilometern dahin. »Wie soll ich mich verhalten?«

»Gib ihr Zeit, Candace«, predigte meine Mutter. »Gib ihr Freiraum. Gib ihr Liebe.«

Ich schnaubte. *Gib ihr Geld* war das Einzige, was in dieser Aufzählung fehlte, und – wenn man mich fragte – das Einzige, was bei meiner Schwester tatsächlich geholfen hatte. Andererseits hatte meine Mutter Elle wirklich all das gegeben – Zeit und Freiraum und Liebe. Und sie hatte einige der schlimmeren Phasen meiner Schwester geflissentlich ignoriert, zum Beispiel die Zeit, als Elle als Stripperin arbeitete und ihre durchsichtigen Tangas sowie die an den Brustwarzen ausgeschnittenen BHs zu Hause in den Wäschekorb warf. (Wenn ich mich recht erinnere, hat meine Mutter die Sachen einfach gewaschen, getrocknet, gefaltet und kommentarlos auf Elles Bett gelegt.)

»Joy ist nicht mehr sie selbst«, sagte ich so laut, dass mich der neunzigjährige Herr, der auf dem Laufband neben mir dahineierte, neugierig ansah. »Und da soll ich einfach daneben stehen und tatenlos zusehen?« Ich wischte mir mit dem Ärmel über die Stirn. »Und was soll ich ihr über meinen Vater erzählen?«

»Sag ihr die Wahrheit«, sagte meine Mutter ruhig. »Sag ihr, dass er noch immer in Los Angeles ist. Sag ihr, dass er schon wieder geschieden ist.«

Ich riss den Kopf herum und sah sie an. »Woher weißt du das?«

»Mein Anwalt hält mich auf dem Laufenden.«

Ich seufzte. Nach all den Jahren klammerte sich meine Mutter noch immer an die unrealistische, ziemlich kostspielige Hoffnung, eines Tages wenigstens einen Teil der in die Zehntausende Dollar gehenden Unterhalts- und Alimentezahlungen zu bekommen, die ihr mein Vater in den 1980er und 1990er Jahren schuldig geblieben war. In all den Jahren hatte sie drei Anwälte verschlissen und zwei Richter überlebt, aber ihrem Exmann nicht mal genug Geld abgeknöpft, um sich eine anständige Handtasche kaufen zu können.

»Was ist passiert?«

Sie zuckte die Schultern und bewegte ihre Arme wieder im Gehrhythmus. »Keine Ahnung. Aber seine zweite Frau hatte einen Ehevertrag.«

Schön für sie, dachte ich, sagte es aber nicht laut.

»Hat er noch Kontakt zu …« Ich brauchte einen Augenblick, um mich an die Namen der anderen Kinder meines Vaters zu erinnern. Jahrelang hatten Elle, Josh und ich sie nur »unsere Nachfolger« genannt. »Daniel und Rebecca?«

»Keine Ahnung«, sagte sie.

Ich schüttelte den Kopf. »Ich kapier's einfach nicht. Warum hat er Joy überhaupt geantwortet? Warum tut er plötzlich so, als sei er dieser wunderbare Großvater, den man ihr vorenthalten hat, weil« – ich beschleunigte meine Schritte und malte Anführungszeichen in die Luft – »sich seine Kinder von ihm ›entfremdet‹ haben? Braucht er Geld?«

»Keine Ahnung.« Meine Mutter schüttelte den Kopf und seufzte. »Es tut mir leid.«

»Ja, mir auch.« Ich sprang keuchend und mit gerötetem Gesicht vom Laufband und bückte mich, um mir die Schnürsenkel zu binden. »Und jetzt malt sie sich in ihrem Kopf eine Art Familienzusammenführung aus.«

»Vielleicht solltest du sie einfach lassen«, sagte meine Mutter.

»Was?« Ich riss das dünne Handtuch vom Griff und wischte mir den Schweiß vom Gesicht. Ich hatte Herzklopfen, und das Blut pochte in meinen Ohren.

»Sie soll sich ruhig mit ihm treffen«, sagte sie. Ihre Perlenohrringe, die Mona für sie gebastelt hatte, hüpften auf und ab. »Joy ist nicht dumm. Sie wird merken, wie er wirklich ist.«

Ich straffte die Schultern und schüttelte den Kopf. »Wenn er will, kann er recht charmant sein. Was ist, wenn sie ihm glaubt und denkt, dass wir alle im Unrecht sind?«

»Sie kennt dich«, sagte meine Mutter. »Sie kennt uns. Sie ist ein vernünftiges Mädchen.«

In letzter Zeit nicht, dachte ich. »Sie hat mein Buch gelesen«, sagte ich langsam. »Und einige Artikel. Sie weiß ....« Ich verstummte. Sie weiß, wer ich bin, dachte ich. Das heißt, zumindest weiß sie, was manche Reporter vor Jahren über die alte, in der Öffentlichkeit stehende Cannie geschrieben hatten – oder über Allie, die fiktive Ausgeburt meiner jahrelangen Wut. Ich dachte daran, wie ich vor zwölf Jahren gewesen war, nachdem mein Vater weg war und Bruce weg war und ich Peter weggestoßen hatte; ich dachte daran, wie ich mich in Joys Zimmer über das Notizbuch beugte und den Stift so fest aufdrückte, dass sich das Geschriebene auf die nächste Seite durchdrückte, und wie ich dachte: *Das wird ihnen noch leidtun ... das werden sie mir büßen.* Ich konnte mir für mein damaliges Verhalten keine Vorwürfe machen, aber keine Mutter würde sich wünschen, dass ihr Kind diese Seite von ihr zu sehen bekommt, so fertig mit der Welt und so wütend.

Meine Mutter hatte die Frechheit, amüsiert zu klingen. Sie lächelte und stoppte ihr Laufband. »Du könntest sagen, dass alles nur erfunden ist. Das sage ich seit Jahren!«

Ich schüttelte den Kopf. Allie war nicht gänzlich erfunden. Ihre Sexabenteuer, ja – das heißt, die meisten davon –, aber die Wut war wirklich aus mir gekommen, und so wütend zu sein war mindestens so peinlich, als hätte ich es tatsächlich mit jedem getrieben.

»Aber du solltest ihr wahrscheinlich sagen, dass du keinen Sex auf dem Parkplatz von Emek Schalom hattest«, fuhr meine Mutter fort. »Der Rabbiner hat mir nicht mehr in die Augen geschaut, seit das Buch rauskam.«

Ich drehte das Handtuch in den Händen und schwieg.

»Und ich werde ihr erzählen, dass Tanya und ich uns im Baumarkt und nicht im Whirlpool kennengelernt haben.« Sie ging in den Umkleideraum, wo sie sich vor ihrem Spind auszuziehen begann.

»Aber ihr habt euch im Whirlpool kennengelernt. Tanya hat es mir selbst erzählt.«

Meine Mutter hängte ihr T-Shirt auf und sah mich unschuldig an.

»Brühwarm«, sagte ich.

Sie schüttelte lächelnd den Kopf, wickelte sich ein weißes Handtuch um den Oberkörper und öffnete die Tür zur Sauna. Der Dampf verhüllte ihr Gesicht. »Erzähl ihr wenigstens die Wahrheit über deinen Vater«, sagte sie, als ich mich neben sie auf die gekachelte Bank setzte. »Andernfalls wird er für sie nur noch reizvoller.«

»Reizvoller? Was soll an einem Mann reizvoll sein, der nie etwas mit ihr zu tun haben wollte?«

»Der Reiz des Unbekannten«, sagte meine Mutter. »Das ist wie mit Junkfood oder Disney-Prinzessinnen. Je mehr du einem Kind etwas verbietest, desto mehr sehnt es sich danach.«

Ich wischte mir über die Stirn, als der Dampf aus den Düsen strömte. Meine Mutter lächelte gelassen und schloss die Augen.

28

»Mama!«, rief ich. Es war Freitagabend. Ich hatte meine Hausaufgaben erledigt und wollte vor dem Schlafengehen noch für meine Dwar Thora recherchieren – die Rede, in der ich auf meiner Bat-Mizwa erklären würde, was mein Thoraabschnitt für die Juden von heute im Allgemeinen und für mich im Besonderen bedeutete.

»Ich komme gleich runter!«, rief sie. »Noch eine Sekunde!« Sie klang überglücklich, meine Stimme zu hören. Ich hatte in letzter Zeit nur das Nötigste mit ihr gesprochen, und das machte sie schier verrückt. Seit ich vor einer Woche die E-Mail meines Großvaters erhalten hatte, fragte sie mich ständig, ob ich mit ihr einen Kaffee trinken oder einen Spaziergang machen oder zum Tee ins Ritz gehen wolle. Einmal ließ sie sogar ein neues Exemplar ihres schrecklichen Buches auf mein Bett fallen. *Es ist wohl an der Zeit, dass wir uns darüber unterhalten*, sagte sie. Ich verzog den Mund und sagte: *Ich habe keine Zeit, um etwas zu lesen, was nicht für den Unterricht ist, und glaub mir, das steht bestimmt nicht auf unserer Lektüreliste.* Sie war blass geworden, hatte das Buch wieder wortlos an sich genommen und mein Zimmer verlassen.

»Was brauchst du?«, rief sie von oben.

»Ich muss ins Internet.« Grund Nummer siebzehn, warum ich meine Mutter hasse. Sie hat auf unserem Computer so viele Sicherungen eingebaut und Seiten blockiert, dass ich nur auf der Nickelodeon-Website surfen kann. Anscheinend glaubt sie wirklich, dass mir der Kopf explodieren würde, falls ich aus Versehen auf einer Pornoseite lande.

»Geh einfach ins Start-Menü, und klick auf ›deaktivieren‹!«, rief sie. »Ich bin gleich unten!«

Lüge. Sie war mit meinem Vater zum Essen verabredet, was hieß, dass sie mindestens zwanzig Minuten brauchen würde, um sich zu schminken – und dabei aufpassen musste, sich nicht mit der Wimpernzange die Augen auszustechen. »Egal!«, rief sie. »Log dich einfach unter meinem Namen ein!«

»Was ist dein Passwort?«

»Nifkin!«

Frenchelle, die sich gerade in ihrem Körbchen ein paar Mal um die eigene Achse drehte, um es sich für ihr Nickerchen gemütlich zu machen, hob den Kopf und knurrte. Ich tippte *Nifkin* ein. Das Hintergrundbild meiner Mutter war mein jüngstes Schulfoto. In der oberen rechten Ecke informierte mich ein tanzender Schokokeks, dass es bis zum nächsten Verkauf von Girl-Scout-Keksen noch 243 Tage waren.

Ich verdrehte die Augen und sah mir ihre Favoriten an. Eine Lyla-Dare-Fanseite. Eine Klatsch-Website. Eine Schlagzeile namens AUTORIN VON MÄDCHENBÜCHERN ENTLARVT mit einem Foto meiner Mutter und dem Kommentar: *Ich dachte immer, dass die Tussis, die solche Bücher schreiben, wenigstens gut aussehen würden.* Autsch. Ich klickte weiter zu einem Online-Shop, der Schuhe für Leute mit Fußarthritis verkaufte, dann zu einer Nachrichtenseite mit einer Story über Eltern, die ihren Neugeborenen Silikonchips einpflanzten, für den Fall, dass diese entführt wurden oder sich verirrten. Ich öffnete Google und tippte *Bat-Mizwa* und *Jakob* und *Esau* ein. Dann blickte ich nach oben, vergewisserte mich, dass das Wasser noch lief, öffnete ein neues Fenster und klickte auf »Verlauf.« Sofort spuckte der Computer alle Websites aus, die meine Mutter in der vergangenen Woche besucht hatte.

Allein in den letzten achtundvierzig Stunden hatte sie hundert verschiedene Lyla-Dare-Fanseiten angeklickt. Ich zuckte zusammen. Anscheinend versuchte sie noch immer herauszufinden, wie das passieren konnte. Wenigstens hatte GrokIt.com das Thema fürs Erste fallenlassen und lästerte stattdessen über eine Fernsehreporterin, die angeblich zu fett war, um die Nachrichten zu lesen. Meine Mutter hatte Websites über Bar-Mizwas und Patchworkfamilien besucht und online nach Abendkleidern gesucht. Aber die Seite, auf der sie die meiste Zeit verbrachte, hieß Open Hearts Leihmutteragentur.

Ich klickte die Seite an. *Bitte geben Sie Ihr Passwort ein*, sagte der Text. Ich tippte erneut *Nifkin* ein. Einen Augenblick später erschien das Bild einer lächelnden, braunhaarigen Frau auf dem Bildschirm. »Hallo, CANNIEGIRL70, BETSY82 hat Ihnen ein Update geschickt.« Ich klickte auf BETSY82, die laut Website eine glückliche, gesunde Mutter von zwei Kindern war, bereit, willens und in der Lage, die Träume eines unfruchtbaren Paares wahr werden zu lassen.

»Joy?« Meine Mutter stand im Bademantel, barfuß und mit tropfenden Haaren hinter mir und blinzelte auf den Bildschirm. »Was machst du –«

»Was ist das?«, fragte ich und zeigte auf das Foto der Frau. Meine Stimme hallte von den Wänden und Fenstern wider und surrte in meinen Hörgeräten. Ich fühlte mich riesig, gigantisch, so als wären meine Füße zu groß für meine Schuhe und mein Körper zu groß für meine Klamotten.

Sie spielte nervös mit dem Kragen ihres Bademantels. »Was machst du … wie bist du …?«

Ich würde ihr nicht erlauben, das Thema zu wechseln. »Was geht hier ab?«, fragte ich und schaltete den Computer aus, bevor sie dahinterkam, dass ich mir ihren Internet-Verlauf angesehen hatte. »Bekommt ihr ein Kind?«

»Ich … äh …« Sie setzte sich in den Sessel in der Ecke, auf dem stapelweise Bücher und Papiere lagen. Aber sie schien gar nicht zu spüren, dass sie auf dem großen schwarzen Lyla-Dare-Ordner saß. »Dein Vater und ich wollten dir erst davon erzählen, wenn wir mehr wissen«, sagte sie, und in dem Augenblick wurde mir plötzlich alles klar. Das war real. Das passierte wirklich. Sie würden zusammen ein Baby haben, ein Baby, das sie wollten, ein Wunschbaby – das glatte Gegenteil von mir.

»Ihr sucht eine Leihmutter.« Mir war schwindlig und schlecht. Ich dachte an die erste Passage, die ich in *Große Mädchen weinen nicht* durchgestrichen hatte – die Passage, in der Allie einen Schwangerschaftstest macht. *Kopf, ich gewinne; Zahl, ich verliere. Ein Strich, bitte, lieber Gott, ein Strich. Ein Strich, und ich bin gerettet, zwei Striche, und mein Leben ist vorbei.*

Hier war die Wahrheit, direkt hier vor mir auf dem Bildschirm. Egal, was sie sagte und wie sehr sie ihre Liebe zu mir beteuerte – mich hatte sie nie gewollt. Aber jetzt würde sie noch ein Kind bekommen, ein Wunschkind, zusammen mit dem Mann, den sie liebte.

»Es ist noch gar nichts entschieden«, sagte sie, aber ich wusste, dass es eine Lüge war. Noch eine Lüge zu all den anderen, die sie mir bereits erzählt hatte. *Dein Großvater hat sich nie gemeldet. Natürlich wollte ich dich, Joy.*

Ich stand auf. Meine Mutter blinzelte mich kläglich an. Sie hatte erst ein Auge geschminkt und sah aus wie ein einäugiger Waschbär.

»Ich muss ja auch nicht bei euch bleiben«, sagte ich beiläufig, so als wäre es mir gerade eingefallen.

Sie sah mich geschockt an. »Was?«

»Ich könnte zu meinem Vater ziehen. Meinem echten Vater, Bruce.«

Sie sah mich aus großen Augen an, dann senkte sie den Kopf und rang die Hände im Schoß. Ich wünschte, ich könnte es zurücknehmen, aber das konnte ich nicht. Also redete ich weiter: »Er sagt immer, dass ich jederzeit bei ihm bleiben kann, egal, wann und wie lange. Ich könnte auf dieselbe Schule wie Max und Leo gehen. Ich rufe ihn gleich an.«

Sie lächelte gequält. »Denkst du nicht, dass dir deine Erdnussbutter fehlen wird?« Ich sah sie nur kühl an. Sie seufzte. »Joy, ich wünschte, ich könnte hierbleiben und dir alles erklären. Diese Website, mein Vater. Aber ich muss zu diesem Abendessen. Es ist wirklich wichtig. Ich muss –«

Ich fiel ihr ins Wort. »Schon gut. Geh nur.« Ich blinzelte, als sie aufsprang und mit noch immer tropfenden Haaren vor mir stand. Mir verschwamm alles vor den Augen. Das konnte doch nicht wahr sein! Eigentlich sollte sie sagen: *Nein, auf keinen Fall. Das lasse ich nicht zu* und *Du hast Hausarrest* und *Wir sind deine Eltern* und *Du gehörst hierher*. Eigentlich sollte sie vielleicht sogar weinen, mich in den Arm nehmen wollen oder mich immer und immer wieder fragen, was los war, bis ich es ihr sagte.

Stattdessen wickelte sie die Haare um die Hand und rieb sich mit der Fingerspitze die Haut unter ihrem geschminkten Auge. »Ich … ich muss jetzt los«, sagte sie. »Ich muss gehen. Ich bin mit deinem Vater verabredet. Ich muss …« Mit fast panischem Blick und zitternden Lippen sah sie an mir vorbei auf die Uhr auf dem Treppenabsatz. »Im Kühlschrank ist etwas zu essen. Die scharfen Bohnen, die du so gern magst. Dein Vater und ich sind um zehn, spätestens halb elf wieder zu Hause, versprochen, und dann können wir uns unterhalten. Ich werde dir alles erklären.« Sie blickte noch einmal verzweifelt an mir vorbei zur Uhr, dann lief sie die Treppe, zwei Stufen auf einmal nehmend, nach oben, wobei ihre Oberschenkel unter dem Frotteebademantel schwabbelten.

Ich sah ihr mit offenem Mund hinterher. Ich wartete darauf, dass sie zurückkam, sich umständlich entschuldigte und mir alles über das Baby erzählte, falls es eines gab. Stattdessen kam sie zwanzig Minuten später in einem weißen Spitzenrock und einem pinkfarbenen Top die Treppe heruntergerannt, überprüfte ihren Lippenstift im Spiegel und sagte noch einmal: »Wir reden über alles, wenn dein Vater und ich wieder zu Hause sind.«

Sie schlüpfte in ihre Schuhe, nahm ihre Tasche, sah mich noch einmal verzweifelt an, dann packte sie ihre Schlüssel und rannte förmlich aus der Tür. Ich war noch nie so geschockt gewesen. Ich durfte erst seit meinem dreizehnten Geburtstag allein zu Hause bleiben, aber auch das hatte sie mir erst zweimal gestattet und nicht, ohne mir vorher ungefähr drei Dutzend Fragen zu stellen: *Ist dein Handy an? Sind die Batterien von deinen Hörgeräten aufgeladen? Hast du Hunger? Durst? Hast du deine Hausaufgaben gemacht?* Ich ging ans Fenster, weil ich mir absolut sicher war, dass sie zurückkommen würde. Aber sie drehte sich nicht einmal mehr um, sondern eilte die Straße hinab und verschwand um die Ecke.

Ich blieb allein im Haus zurück, in dem es bis auf das Pochen in meinen Ohren absolut still war. Dann machte ich auf dem Absatz kehrt und rannte nach oben. Oma Audrey hatte mir zu meinem letzten Geburtstag ein Reiseset geschenkt, einen großen pinkfarbenen Koffer mit Reißverschluss und ein kleines Schminkköfferchen. Ich legte den Koffer auf mein Bett, klappte ihn auf und begann Sachen hineinzuwerfen: Jeans, Unterwäsche, meine Ausgabe von *Große Mädchen weinen nicht*, ein Bild von mir und Tamsin an meinem sechsten Geburtstag im Sesame-Place-Vergnügungspark, meine Haarprodukte, mein Glätteisen und meine Zahnbürste. Als ich den Reißverschluss zuzog, war ich außer Atem, und natürlich ging Bruce nicht ans Telefon. Ich hinterließ ihm keine Nachricht. *Bumm bumm bumm* machte es, als ich den Koffer die Treppe hinabzerrte. *Mir egal, mir egal, mir egal*, skandierte ich bei jeder Stufe im Kopf.

29

Ich ging die gesamten zweiunddreißig Straßenzüge zum Universitätskrankenhaus im Laufschritt. Ich war so aufgewühlt, dass ich von meiner Umgebung kaum etwas wahrnahm. Eine Blase an meiner rechten Ferse war aufgeplatzt und blutete, und im Krankenhaus stieg ich aus Versehen in den Dienstaufzug, der außer mir noch etwas transportierte, was mit ziemlicher Sicherheit eine Leiche war. Peter und ich hatten uns in seiner Praxis verabredet, um noch einmal unsere Fragen an die potenzielle Leihmutter durchzugehen und dann von dort gemeinsam ins Restaurant zu fahren.

»Handelt es sich um einen Notfall?«, fragte die nette junge Empfangsdame des Zentrums für Gewichts- und Essstörungen, als ich mit den Schuhen in der Hand durch die Tür gehumpelt kam. Ihre besorgte Miene verriet mir deutlicher als jeder Spiegel, wie schlimm ich aussah.

»Nein«, sagte ich und drehte meine Haare zu einem Knoten auf. »Nein, nein, kein Notfall. Ich bin mit Dr. Krushelevansky verabredet.«

Sie warf einen skeptischen Blick auf ihren Terminkalender. »Es dauert noch ein bisschen …«

Na toll! Das war wieder mal typisch! »Sagen Sie ihm einfach, dass Cannie da ist. Ich warte.« Ich bat um ein Pflaster für meine Blase und setzte mich auf einen der neuen Stühle (die zur Bequemlichkeit der fülligen Patienten keine Armlehnen hatten – in meinen Augen ein klares Zeichen des Fortschritts). Auf dem Tisch lag eine lappige Ausgabe des *Ladies' Home Journal* vom letzten Jahr. Ich fächerte mir damit Luft zu und las dann die Rezepte für Kuchen, die wie Ostereier aussahen.

Die Frau, die mir gegenübersaß und kaum auf den Stuhl passte, sah mich stirnrunzelnd an. »Haben Sie auch einen Termin bei Dr. K?«

Ich nickte.

»Es dauert noch ein bisschen«, sagte die Frau.

»Er hat immer viel zu tun«, sagte ich.

»Aber natürlich.« Die Frau streckte ihre Beine aus und ließ die Füße kreisen. »Keine Sorge, ich bin schon fertig. Ich warte nur auf meine Tochter. Sie holt mich ab. Ich würde jedenfalls zu keinem anderen Arzt gehen. Dr. K hat mir das Leben gerettet.«

»Ach ja?« Die lehnenlosen Stühle waren ein Schritt in die richtige Richtung, aber dieses dumme Poster – LEICHTER WERDEN – SCHRITT FÜR SCHRITT – war noch immer da, ein Überbleibsel aus der Zeit, als ich vor vielen Jahren selbst an einer Medikamentenstudie für ein Schlankheitspräparat teilgenommen hatte. Das hagere Fotomodell, das auf dem sonnengebleichten Poster über eine Blumenwiese lief, wirkte in ihrem Gymnastikanzug und ihren Stulpen definitiv überholt. Wie oft hatte ich Peter schon gesagt, dass fette Frauen dieses Bild nicht ermutigend finden würden! Egal, wie viel man abnimmt, wann würde man jemals in der Öffentlichkeit einen Gymnastikanzug anziehen, geschweige denn darin laufen, außer man würde verfolgt?

»O ja«, sagte die Frau. Sie setzte ihren rechten Fuß ab und ließ den linken kreisen. »Ich hatte da diese Magenband-OP.« Sie senkte die Stimme. »In Mexiko. Meine hiesige Versicherung hat die Kosten nicht übernommen. Sie meinten, ich wäre nicht fettleibig genug. Nicht fettleibig genug.« Sie blickte auf ihren Bauch. »Können Sie sich das vorstellen? Ich sagte zu ihnen: Gebt mir einen Monat Zeit und ein paar Schachteln Donuts, und dann reden wir noch einmal.«

»Interessant.« Ich holte mein Handy aus der Handtasche, um nachzusehen, ob ich irgendwelche Anrufe verpasst hatte. Nein. Wo Joy jetzt wohl war? Am Bahnhof? Im Zug nach New Jersey? Stand sie bei Bruce und Emily vor der Tür?

»Also ließ ich mir das Band unten in Puerto Vallarta einsetzen und flog nach Hause, und alles war in Ordnung. Meine Knöchel waren ein bisschen geschwollen, aber ich dachte, das sei normal ...«

Ich nickte. Laut GPS-Sender war Joy in unserem Wohnzimmer. Vielleicht telefonierte sie mit Bruce, um ihm ihr Herz auszuschütten und ihn anzuflehen, sie aus den Klauen ihrer Monstermutter zu retten und sie mit ihrem zweifelsohne liebevollen Großvater zu vereinen, der ihr schon ihr ganzes Leben lang so grausam vorenthalten worden war. Ich kniff die Augen zusammen, um nicht zu weinen, und zwang mich, sitzen zu bleiben, obwohl ich am liebsten aufgesprungen, die Treppe hinuntergelaufen und nach Hause gerannt wäre. Aber das ging nicht. Uns blieb nichts anderes übrig, als das Abendessen so schnell wie möglich hinter uns zu bringen, ohne unseren Gast zu beleidigen. Vielleicht würden wir Joy einen Becher Zitroneneis von Rita's mitbringen. Das war ihr Lieblingseis. Ich würde mich mit ihr ins Wohnzimmer setzen und ihr alles in Ruhe erklären, egal, ob sie wollte oder nicht: die Leihmutter, die Möglichkeit, dass wir noch ein Baby bekommen würden, mein Sexleben beziehungsweise fehlendes Sexleben in der Highschool und im College, die Wahrheit über Allie und über mich, die Wahrheit über meinen Vater. Ich war ein Bücherwurm gewesen, unsicher und unglücklich und dicker als die Durchschnittsmutter. Meine Schwester hatte eine Entziehungskur gemacht, und meine Mutter hatte Geschlechtsverkehr in einem Whirlpool gehabt. Mein Vater hatte mich um eine sechsstellige Summe angehauen, und Joys biologischer Vater hatte uns sitzenlassen und sich nach Amsterdam verkrümelt. Wir hatten alle überlebt. Wir hatten es alle überstanden. Das war doch auch nicht zu verachten!

»... da wache ich auf und habe Todesangst. Ruf den Notarzt an, sage ich zu meinem Mann. Der Arme ist weiß wie die Wand. Er war von Anfang an gegen die Operation. ›Warum isst du nicht einfach ein bisschen weniger und treibst mehr Sport?‹, sagt er immer. Ha. Als ob das funktionieren würde. Also ruft er den Notarzt, und der Krankenwagen kommt, und dann weiß ich nur noch –«

Ich nickte und seufzte automatisch, während sie mir lang und breit ihre Horrorgeschichte erzählte: die Sepsis, totes Gewebe und die OP, mit der ihr mein Mann das Leben gerettet hatte.

»Jetzt scheint es zu funktionieren«, sagte sie. »Ich meine, es heißt immer, man soll nichts übereilen. Die Magenbandoperierten sind in denselben Selbsthilfegruppen wie die Bypassoperierten, und so wie's aussieht, haben letztere größeres Glück. Wahrscheinlich lasse ich mir das Band wieder rausnehmen.«

Peter steckte den Kopf durch die Tür. »Mrs Lefferts? Was machen Sie denn noch hier?«

Die OP-Touristin Mrs Lefferts erklärte Peter, dass sie auf ihre Tochter wartete. Peter nickte, dann lächelte er mich an. »Bist du so weit?«

»Ja.« Ich stand auf.

Mrs Lefferts blickte zwischen uns hin und her. »Sie kennen sich?«

»Mehr oder weniger«, sagte ich.

»Wir sind verheiratet«, sagte Peter und sah mich streng an. Mrs Lefferts musterte mich von oben bis unten. »Sie Glückliche.« Sie nahm ihre Handtasche und winkte ihrer Tochter durch das Fenster zu. Fünf Minuten später fuhren Peter und ich in einem leichenfreien Aufzug nach unten, und ich erzählte ihm, was zu Hause vorgefallen war.

»Ich glaube nicht, dass sie es ernst meint, zu den Gubermans zu ziehen«, sagte er, als wir die Straße entlangliefen, umgeben von Scharen von abscheulich jungen Studenten in den perlenverzierten Ledersandalen, die dieses Frühjahr jeder unter Dreißig trug. »Ich habe ihr gesagt, dass ihr die Erdnussbutter fehlen würde.« Ein Radfahrer sauste um Haaresbreite an uns vorbei, während er klingelte und »Achtung!« rief. »Wir müssen ihr einen Therapeuten besorgen. Oder sie in eines dieser Umerziehungscamps in Wyoming stecken.«

»Ich glaube, die sind nur für Kinder mit Drogenproblemen.« Ein Taxi blieb vor uns am Straßenrand stehen. Peter hielt die Tür auf, und ich rutschte auf die Rückbank, während er dem Fahrer die Adresse des Restaurants nannte.

»Kreditkarten zu klauen und den Bundesstaat ohne Wissen der Eltern zu verlassen ist auch nicht normal. Ich suche gleich morgen früh einen Therapeuten. Sie sollte mit jemandem reden.«

Das Taxi holperte vorbei an Orientteppich-Läden und Cafés und Backsteinreihenhäusern mit farbig gestrichenen Türen und freundlichen Blumenkästen. Auf Höhe der dreiundzwanzigsten Straße fragte ich: »Denkst du, es war ein Fehler, ihr nichts zu erzählen? Von der … Leihmutter.« Ich brachte es noch nicht über mich, »Baby« zu sagen. »Und von meinem Vater? Ihr zu sagen, dass er sie noch nie gesehen hat? Nein«, sagte ich, noch bevor Peter antworten konnte. »Es war kein Fehler. Mein Vater ist verrückt. Ich will nicht, dass sie irgendetwas mit ihm zu tun hat.«

Peter nahm meine Hand. »Falls du dich besser fühlst, wenn wir ihr einen Therapeuten besorgen, dann sollten wir das unbedingt tun. Aber du wirst sehen: Es wird alles gut. Sie ist ein Teenager. Teenager sind nun mal so.«

Wir sausten über die Broad Street, vorbei an dem großen roten University-of-the-Arts-Banner, das sich um ein Eckgebäude spannte. Peter sah auf die Uhr, dann drückte er meine Hand, während die Straßenlaternen eine nach der anderen angingen.

»Also, was möchten Sie wissen?« BETSY82, die in Wirklichkeit Betsy Bartlett hieß, lächelte uns über die weiße Tischdecke hinweg an. Ihre roten Wangen und ihr goldenes Halskettchen glänzten im Schein der Kerzen. Ihr gelocktes braunes Haar war länger als auf den Bildern im Internet, und sie hatte eine hohe Stirn und ein offenes Lächeln.

Ich nahm mein Glas Sangria und versuchte, das Gefühl loszuwerden, dass wir bei einem Date mit dieser natürlichen, direkten zweiunddreißigjährigen Krankenschwester waren. Nach langem Hin und Her hatten Peter und ich beschlossen, uns mit Betsy im Uno Mas zu treffen, einer meiner Lieblingstapasbars in Philadelphia. Wir hatten uns gegenseitig Fotos von unseren Kindern gezeigt (ich hatte ein älteres Bild von Joy dabei, auf dem sie lächelte) und über das Wetter geplaudert (wie zu erwarten sehr schwül, mit leichtem Donnergrollen jede Nacht), den Präsidentschaftswahlkampf sowie den jüngsten Sexskandal eines Starlets, das nie Unterwäsche trug und beim Sex in der Öffentlichkeit erwischt worden war. Dann hatten wir eine Karaffe weißen Sangria mit Pfirsich- und Himbeerscheiben bestellt und ein halbes Dutzend verschiedener Tapas: frittierte Oliven, winzige Kalbsfleischbällchen, warmen Fava- und Limabohnensalat, weiß und elfenbeinfarben schimmernde Käsescheiben, dazu Honig und Marmelade. Betsy hatte von allem probiert und begeistert kundgetan, dass man in Horsham nicht so gut essen könne.

Ich bat die Bedienung um mehr Brot. Betsy lächelte und beugte sich vor. »Sie haben bestimmt eine Menge Fragen.«

Ich hatte in der Tat drei getippte Seiten voller Fragen dabei, aber die erste, die mir einfiel, lautete ganz einfach: »Wie sind Sie dazu gekommen?«

»Ich wollte etwas zurückgeben«, sagte sie. »Ich habe bisher wirklich sehr viel Glück im Leben gehabt. Ich bin gesund, ich führe eine gute Ehe, ich habe tolle Kinder. Aber da wir nicht reich sind und mit einem Acht- und einem Sechsjährigen nicht viel Zeit für ehrenamtliches Engagement bleibt, habe ich beschlossen, dass das mein Beitrag sein würde.«

»Und wie war es?«, fragte ich. »Wie hat es sich angefühlt?«

»Es war ein bisschen seltsam«, sagte sie. »Beim ersten Mal – bei Eli – war ich mir nie sicher, was ich den Leuten erzählen sollte, wie viel es sie anging. Natürlich haben mir meine Jungs die Sache abgenommen.« Sie lächelte und ahmte eine Kinderstimme nach: »Mama hat ein Baby im Bauch, das jemand anderem gehört!« In ihrem Gesicht erkannte ich fast das Gesicht ihres Sohnes wieder.

»Haben die Leute das einfach so akzeptiert?«, fragte Peter.

Sie zuckte die Schultern. »Falls sie sich ihren Teil gedacht haben, hat es mir jedenfalls niemand direkt ins Gesicht gesagt.«

»Und was ist nach der Geburt?«, fragte ich. »War es schwer, das Baby … Ich meine, als es so weit war …«

»Das Baby herzugeben?« Sie schüttelte den Kopf. »Wissen Sie, was? Ich dachte, es wäre schwer, aber das war es nicht. Ich fühlte mich …« Sie schob eine Austernschale auf ihrem Teller hin und her. »Ich fühlte mich mehr wie eine Tante als wie eine Mutter, wenn Sie wissen, was ich meine. Andere Leihmütter sagen oft, dass es sich anfühlt, als wäre man nur die Babysitterin, aber das stimmte auch nicht ganz. Es war eher so, als hätte man mir das Baby für einen begrenzten Zeitraum anvertraut, und als diese Zeit abgelaufen war, kam das Baby zu seinen Eltern, und ich gehörte wieder meinen Kindern.«

»Die Väter müssen sehr dankbar gewesen sein«, sagte Peter.

»Sie haben geweint«, sagte Betsy. Ich senkte den Kopf, und sie griff nach meiner Hand. »Nein, nein. Es waren Freudentränen! Alle im Raum haben geweint! Als ich den Gesichtsausdruck der beiden Väter sah …«

Ich tupfte mit der Serviette meine Augen trocken. »Entschuldigung«, sagte ich mit erstickter Stimme. Ich musste daran denken, wie mir die Entbindungsschwestern Joy gereicht hatten. Ich war noch viel zu benebelt und durcheinander gewesen, sodass ich nichts anderes tun konnte, als sie in meine Arme zu nehmen und zu halten wie ein Paket, dessen Empfang ich nicht quittiert hatte, ein Geschenk, das ich nicht erwartet hatte.

Betsy drückte meine Hand. »Wissen Sie«, sagte sie verlegen, »ich wusste nicht, ob ich es Ihnen sagen sollte, aber – ich habe Ihr Buch gelesen.«

Das brachte meine Tränen zum Versiegen. »Wirklich?«

»Hm. In der Highschool. Meine Eltern ließen sich gerade scheiden, und meine ältere Schwester kam von der Uni mit einer Freundin nach Hause. Mein Vater ging nicht sehr gut damit um. Ich hatte noch nie ein Buch gelesen, in dem so etwas vorkam. Ich dachte, ich wäre die Einzige, der so etwas passiert. Sie wissen schon: Dass jemand, den man liebt, eines Morgens aufwacht und sagt: ›Hey, stell dir vor. Ich bin ganz anders, als du denkst!‹« Sie prostete mir mit dem Sangria zu. »Ich fühlte mich, als könnte ich mit niemandem darüber reden. Ihr Buch kam genau zur richtigen Zeit.«

»Wow. Danke. Ich …« Ich nahm mein Glas. Ich wusste nie, was ich sagen sollte, wenn Leute über das Buch reden wollten. »Das freut mich.«

Peter spürte mein Unbehagen und schenkte erst Betsy, dann mir nach. »Also, was können wir Ihnen über uns erzählen?«

Während sie sich unterhielten, strich ich die Serviette auf meinem Schoß glatt. Wenn das ein Date war, dann hatte ich das Gefühl, dass es gut ausgehen würde. Keiner von uns würde zu Hause neben dem Telefon sitzen und warten, dass es klingelt, obwohl man eigentlich wusste, dass es das nicht tun würde. Ein Baby, dachte ich. Ein kleiner Junge. Ich war mir irgendwie sicher, dass wir einen Jungen bekommen würden. Mir traten wieder Tränen in die Augen, als ich mich daran erinnerte, wie wunderbar unvergleichlich es sich angefühlt hatte, ein Neugeborenes im Arm zu halten, den Geruch von Seife und warmer Baumwolle einzuatmen, das federleichte Gewicht der winzigen Faust an der Wange zu spüren. Ein perfekter Junge, passend zu meinem perfekten, wenn auch gerade etwas schwierigen Mädchen.

30

Ich saß auf dem Sofa, meinen Koffer zwischen den Füßen und mein Handy in der Hand. Es war 20:27 Uhr. Meine Mutter war vor zwei Stunden gegangen.

Ich hätte einfach ein Taxi zum Bahnhof nehmen und mit dem Zug zu Bruce fahren können, so wie ich es angedroht hatte, aber Bruce ging nicht ans Telefon, und ich wollte auf keinen Fall mitten in der Nacht in New Jersey ankommen, ohne zu wissen, wo ich schlafen würde. Ich stöhnte und klappte das Handy auf. Es gab niemanden, den ich anrufen konnte. Mein Leben war ruiniert. Meine Mutter war eine Lügnerin, meine Eltern planten heimlich, ein Baby zu bekommen, und ich hatte noch immer kein Kleid für Amber Gross' Bat-Mizwa, die am nächsten Morgen stattfinden würde.

Ich starrte auf das Handydisplay. Tante Elle? Samantha? Meine Großmutter? Keine von ihnen schien zu passen. »Am liebsten würde ich weglaufen«, sagte ich laut. »Weglaufen und zum Zirkus gehen.« Das Telefon vibrierte in meiner Hand. Ich las MAMA auf dem Display und steckte das Handy in die Tasche, ohne ranzugehen. Mein Vater war einmal mit mir im Zirkus gewesen. Ich erinnerte mich noch an den Geruch von Popcorn und Sägespänen und an die wunderschöne Trapezkünstlerin, die in ihrem paillettenbesetzten pink- und silberfarbenen Gymnastikanzug wie ein glitzernder Engel über uns schwebte und ihre Kunststücke vollführte.

Langsam nahm in meinem Kopf ein Plan Gestalt an – noch etwas undeutlich und unklar, vielleicht völlig unmöglich, aber immerhin ein Plan. Ich ging zur Treppe, dann zurück zum Sofa. Ich bräuchte Geld … ein Flugticket …, aber falls es funktionierte, könnte ich meiner Mutter eine Heidenangst einjagen. Es würde ihr noch leidtun. Vielleicht würde es mir sogar gelingen, Antworten auf meine Fragen zu bekommen, direkt von der Quelle. Vielleicht würde ich endlich die Geschichte hören, die mir niemand erzählen wollte. *Ihr werdet für euch selbst verantwortlich sein*, hatte die Dame von der Patchworkfamilien-Veranstaltung gesagt. Falls mein Vorhaben gelang, wäre es der beste Beweis dafür, dass ich erwachsen war, dass ich in der Welt zurechtkam und mir das, was ich brauchte, selbst besorgen konnte. Außerdem wäre ich nicht die Erste in unserer Familie, die so etwas macht. Meine Mutter, beziehungsweise Allie, war ebenfalls davongelaufen – nach Los Angeles. Und Bruce nach Amsterdam. Was sie konnten, konnte ich auch.

Ich rannte ins Arbeitszimmer meiner Mutter und kramte in ihrem Schreibtisch, bis ich fand, was ich suchte. Ich nahm meinen Koffer, schloss die Haustür hinter mir ab und lief zur South Street, um mir ein Taxi zu rufen.

Zehn Minuten später stand ich bei den Marmers vor der Tür. Ich hielt die Luft an und klingelte. Falls Mrs Marmer öffnete, wäre es schlecht. Tamsin wäre noch schlimmer. Aber ich hatte Glück. Todd öffnete die Tür und sah mich an.

»Die Avon-Beraterin?«, fragte er.

»Kann ich reinkommen?«, flüsterte ich.

Er zog seine schmalen Augenbrauen hoch. »Hast du die Flatter gemacht?«

»Keine Ahnung, was das heißt«, sagte ich. »Ist Tamsin da?«

Todd öffnete die Tür, nahm meinen Koffer und zeigte zur Treppe. Es kam mir vor, als würde sie nie enden. Tamsins Zimmer lag am Ende des Flurs. Die Tür war zu. Ich hielt die Luft an und klopfte. »Ich bin's, Joy. Kann ich reinkommen?«

Eine Zeit lang war es still, und ich war überzeugt, dass sie Nein oder gar nichts sagen würde. Aber kurz darauf hörte ich, wie das Bett knarrte, dann ging die Tür auf, und Tamsin stand vor mir.

»Hallo«, sagte ich. Sie trug ein altes weißes Sweatshirt und eine Schlafanzughose und hatte sich ihre Fußnägel pinkfarben lackiert. Wann hatte sie das denn getan? Versuchte sie, wie Amber auszusehen, auf eine Art und Weise, die niemandem auffallen würde? Die pinkfarben lackierten Zehennägel an ihren langen weißen Füßen brachen mir fast das Herz.

»Was willst du?«, fragte Tamsin.

Ich überlegte noch, was ich darauf antworten sollte, als sie seufzend die Tür aufmachte und zum Bett zurückstapfte.

Tamsins Zimmer ist klein, und es fühlt sich noch kleiner an, weil die Wände über und über voller Bilder sind: Vergrößerungen von Comic-Ausschnitten, Zeichnungen von ganz normalen Mädchen, aber auch von Superheldinnen. Einige erkannte ich aus den Büchern, die sie las: *Summer Blonde* und *Plain J.A.N.E.*, *Fun Home* und *Ghost World*. Andere hatte sie selbst gezeichnet. Auf einer Zeichnung saßen sie und ich und Todd mit unseren Pausenbroten im Schoß nebeneinander auf einer Bank, auf einer anderen Zeichnung gingen Amber Gross und ich mit wehenden Haaren den Korridor in der Schule hinab. Wir waren doppelt so groß wie in Wirklichkeit und sahen aus wie Zwillinge.

Tamsin folgte meinem Blick und stellte sich vor das Bild. Ich zeigte darauf. »Da sehe ich ja aus wie Lyla Dare oder so.« Ich war mir nicht sicher, was ich davon halten sollte, aber Amber und ich wirkten fast bedrohlich, groß und stark und rücksichtslos, so als würden wir jeden, der sich uns in den Weg stellte, über den Haufen rennen.

Tamsin legte den Kopf schief und machte eine Geste, die nicht ganz ein Schulterzucken war. »Was soll der Koffer?«

»Ich laufe weg«, sagte ich. Erst jetzt, als ich die Worte sagte, wusste ich, dass ich es tun würde und dass es kein Zurück mehr gab.

»Du wirst Ambers Bat-Mizwa verpassen.«

»Das ist mir egal.«

Tamsin drehte sich zur Wand, zu ihren Zeichnungen. »Was ist passiert?«, fragte sie schließlich. »Warum bist du hier?« Ihre Stimme klang nicht gerade wie die einer besten Freundin. »Hat Amber mit dir Schluss gemacht?«

»Nein«, fauchte ich. »Weißt du was? Ach, egal.« Ich nahm meinen Koffer. »Ich hätte nicht herkommen sollen«, murmelte ich und war schon fast zur Tür draußen, als Tamsin fragte: »Was brauchst du?«

Sie setzte sich aufs Bett. Letztes Jahr im Sommer hatten wir verschiedenfarbige Stoffreste in ihren pink und rot gemusterten Quilt eingenäht – Reste von alten Jeans, die uns nicht mehr passten, und von alten Kostümen, die wir bei Schulaufführungen getragen hatten.

»Einen Gefallen. Einen großen Gefallen.« Ich setzte mich ihr gegenüber aufs Bett.

»Um was geht's?« Sie zog den Reißverschluss ihres Sweatshirts zu und schnippte geschäftsmäßig die Haare über die Schultern.

»Denkst du, ich könnte allein nach Los Angeles fliegen, ohne dass meine Eltern es erfahren?«

»Bist du dort zu einer Bar-Mizwa eingeladen?«, fragte sie.

»Nein, es … es ist etwas anderes. Es geht um meinen Großvater. Den Vater meiner Mutter. Ich habe ihm gemailt, und ich will ihn kennenlernen.«

Ihr Laptop lag neben der Nachttischlampe, deren Ständer sie mit roten und goldfarbenen Kronkorken verziert hatte. Sie nahm ihn und klappte ihn auf. »Wo wirst du übernachten? Bei Maxi Ryder?«

»Nein, nein! Sie darf auch nichts davon wissen. Niemand darf es wissen. Ich werde in einem Hotel übernachten.« Ich rollte meinen Koffer mit einer Fußspitze vor und zurück. Vor lauter Aufregung kribbelten meine Fingerspitzen.

»Hast du genug Geld?«, fragte Tamsin.

»Nein. Aber das hier.« Ich zog das Ding, das ich aus dem Schreibtisch meiner Mutter entwendet hatte, aus der Tasche. Eine noch unbenutzte, nicht aktivierte Kreditkarte in einem schweren cremefarbenen Umschlag, zusammen mit einer Karte, auf der in goldener Schrift HERZLICHEN GLÜCKWUNSCH ZUR WHITE CARD stand. Ich reichte sie Tamsin, die zuerst die Karte, dann mich anstarrte.

»Du hast eine White Card?«

»Sie gehört meiner Mutter, aber sie hat sie nie aktiviert. Wahrscheinlich funktioniert sie gar nicht. Ich habe sie nur –«

»Warte.« Tamsins Finger tanzten über die Tastatur. »Mal schauen, was Wikipedia dazu sagt. Also, hier steht, dass White Cards kein Verfallsdatum haben. Sie sind unbegrenzt gültig und haben kein Kreditlimit, sie berechtigen dich zu automatischen Upgrades bei siebzehn internationalen Fluggesellschaften, dreiundsechzig Hotelgruppen weltweit …«

»Wie kann ich sie aktivieren?«

»Dafür brauchst du wahrscheinlich die Sozialversicherungsnummer deiner Mutter und ihr Geburtsdatum.«

»Die habe ich.«

Tamsin starrte mich an. »Du weißt die Sozialversicherungsnummer deiner Mutter?«

Ich lächelte überlegen. »Hier, schau her.« Endlich zahlte sich die Gluckenhaftigkeit meiner Mutter für mich aus. In der Vordertasche meines Rucksacks befand sich mein Krankenausweis mit meinem Namen, Geburtsdatum, Adresse, Vorerkrankungen, Versicherungsdetails sowie den entsprechenden Angaben meiner Eltern, einschließlich ihrer Geburtsdaten und Sozialversicherungsnummern. Meine Mutter bestand seit Jahren darauf, dass ich diese Informationen immer bei mir hatte. Tamsin starrte eine Weile auf den Ausweis, dann schüttelte sie den Kopf. »Wow. Gut, dass du den nie verloren hast. Das ist geradezu eine Einladung zum Identitätsklau.«

Ich wischte ihre Bedenken beiseite.

»Aber wahrscheinlich brauchst du noch etwas«, sagte Tamsin. »Etwas, das kein anderer wissen kann, zum Beispiel den Namen ihres Haustiers oder den Mädchennamen ihrer Mutter.«

»Ich könnte raten.« Mein Herz klopfte stärker. Nifkin, dachte ich. Das Zauberwort war Nifkin.

»Dann wählst du die Nummer auf der Rückseite, aktivierst die Karte und nach dem, was hier steht« – ihre Finger flogen wieder über die Tastatur –, »wirst du dann mit deinem persönlichen Kundenbetreuer verbunden.«

»Gut«, stieß ich hervor. »Toll! Danke, Tamsin! Im Ernst, vielen Dank!«

Todd brachte uns das Telefon, trug es feierlich ans Bett und legte es wie ein Totem zwischen uns, bevor er sich wieder zu seiner Laufsteg-Castingshow vor den Fernseher zurückzog. Tamsin und ich setzten uns im Schneidersitz aufs Bett, ich mit der White Card im Schoß, Tamsin mit einer Liste von Informationen, die ich parat haben sollte: frühere Adressen, Sozialversicherungsnummern, den Nachnamen von Oma Ann, das Wort Nifkin.

Ich rief die gebührenfreie Nummer an und tippte die Kartennummer ein. Ich hatte mit einer Computeransage gerechnet, aber stattdessen meldete sich eine Frau mit einer sanften Stimme. »Guten Abend, Ms Shapiro. Mein Name ist Riley. Was kann ich heute Abend für Sie tun?«

»Guten Tag! Ich, äh, ich habe die Karte noch nicht aktiviert«, sagte ich.

»Die Karte wurde automatisch aktiviert, als Sie dem Boten die Zustellung quittiert haben«, sagte Riley. »Aber aus Sicherheitsgründen möchte ich Sie bitten, mir Ihre Telefonnummer und Sozialversicherungsnummer zu nennen.«

Ich ratterte beide Nummern herunter, ausnahmsweise froh über meine tiefe Stimme, die mich älter klingen ließ. Tamsin reckte den Daumen nach oben.

»Ihr Geburtsdatum?«

Mein Herz machte einen Sprung, als ich in meiner Panik nicht gleich die richtigen Angaben auf dem Krankenausweis fand. Tamsin zeigte auf das Datum, ich las es ab und atmete erleichtert aus, als Riley meine Ansage kommentarlos akzeptierte.

»Was kann ich heute Abend für Sie tun?«

»Ich möchte die nötigen Vorkehrungen treffen, damit meine Tochter, Joy Krushelevansky, morgen Vormittag nach Los Angeles fliegen kann.«

»Allein?«, fragte Riley.

»Ja.«

»Sie ist dreizehn?«

»Ja.« Ich sah Tamsin an und formte mit den Lippen die Frage: Woher weiß sie das? Sie zuckte die Schultern.

»Wir können ihr ein Ticket als allein reisende Minderjährige ausstellen. Die meisten Fluglinien bieten das als Option für Reisende bis einschließlich dreizehn Jahre an.«

Konnte es wirklich so einfach sein? Sie ratterte die möglichen Abflugzeiten herunter. Ich buchte ein Hinflugticket für zehn Uhr Vormittag. Über den Rückflug würde ich mir Gedanken machen, sobald ich dort war.

»Natürlich steht ihr ein automatisches Upgrade zu«, sagte Riley. »Brauchen Sie auch ein Ticket?«

Ich brauchte einen Augenblick, um zu kapieren, dass sie meine Mutter meinte, nicht mich. »Ich … äh … nein, ich werde erst am Nachmittag nach Los Angeles fliegen. Ich treffe mich mit einem Script Doctor, um ein Drehbuch von mir zu …« Wie hieß noch mal das Wort?

»Reparieren!«, flüsterte Tamsin.

»Reparieren!«, sagte ich. »Das Ticket ist nur für Joy. Außerdem müsste sie allein im Hotel einchecken können, weil ich noch nicht weiß, wie mein Tag aussehen wird. Ich gebe ihr natürlich meine Karte –«

»Werden Sie sich dort mit ihr treffen?«, unterbrach Riley geschmeidig. »Ich frage deshalb, weil die meisten Hotels Minderjährige leider nicht allein einchecken lassen.«

»Äh, ach so … na ja, ich werde früher oder später auch dort sein.«

»Ich mache einen Vermerk und rufe das Hotel an. Gibt es eine Nummer, unter der wir Sie erreichen können?«

Ich nannte Tamsins Nummer.

»Und hat Joy einen Ausweis?«

»Ich habe … ich meine, ich habe für sie einen Ausweis. Ihren Ausweis.« Tamsin gestikulierte wild, so als würde sie mir die Kehle durchschneiden. Au weia! Vielleicht würde Riley einfach denken, dass Englisch nicht meine Muttersprache war oder dass ich seit Erhalt der Karte eine Kopfverletzung davongetragen hatte.

»Ich werde im Hotel Bescheid geben.« Riley hielt inne. »Joy ist natürlich eine verantwortungsbewusste junge Dame, habe ich recht?«

»Äußerst verantwortungsbewusst«, versicherte ich ihr.

»Brauchen Sie noch etwas? Vielleicht ein Auto und einen Fahrer, der Joy am Flughafen abholt?«

»Klar«, sagte ich übermütig. »Klar, warum nicht?« Und finden Sie bitte meinen Großvater! Vielleicht konnten die Leute von der White Card auch das. Vielleicht konnten sie alles.

»Es ist mir ein Vergnügen.«

Ich legte auf und grinste Tamsin an, die den Kopf gesenkt hielt und mir nicht in die Augen sah.

»Was?«, fragte ich.

»Ich muss dir etwas sagen.«

Ich sah sie an und wartete. Endlich sprach sie weiter: »Du weißt schon, dieser Internetartikel, dass deine Mutter die Lyla-Dare-Bücher schreibt?«

Ich nickte und glaubte zu ahnen, wohin das führen würde.

Tamsin zögerte. »Das war ich.«

Ich starrte sie an. »Du? Aber warum?«

»Ich war so wütend auf dich«, sagte Tamsin kläglich. »Du hast mich dauernd wegen Amber versetzt. Also habe ich eine Website gesucht, der ich einen anonymen Tipp geben konnte …« Ihre Stimme war nur noch ein Flüstern. »Ich dachte, du würdest Amber die Schuld geben und wieder meine Freundin sein.«

»Aber ich bin immer deine Freundin gewesen!« Doch noch während ich das sagte, wusste ich, dass es nicht stimmte – beziehungsweise verstand ich, warum Tamsin mir nicht glauben würde.

»Was ist mit Amber?«, fragte Tamsin.

»Sie ist in Ordnung. Das heißt, wenn man sich über Kleider und Tischdeckenfarben unterhalten will.«

Tamsin lachte leicht. Dann sah sie mich an. »Es tut mir wirklich leid.« Sie seufzte. »Ich sollte es wohl auch deiner Mutter sagen.«

»Mach dir darüber fürs Erste keine Gedanken.« Ich hüpfte vom Bett und ging zu meinem Koffer. »Wir müssen über morgen reden.« Ich verstaute die Karte wieder sorgfältig im Rucksack. Dann machten wir uns daran, Todd vom Fernseher loszueisen, damit er uns beim Packen und Anziehen beriet und dabei half, Adressen und Stadtpläne auszudrucken und sicherzugehen, dass ich auch alles dabeihaben würde, was ich für meine Suche bräuchte.

31

»Weg?« Bruces Stimme klang teilnahmslos, aber ich glaubte, allein aus dieser einzigen Silbe Verachtung herauszuhören. Es war sechs Uhr am Samstagabend, und ich ging, mein Handy am Ohr, vor dem Four Seasons auf und ab, drauf und dran, mich vor die vorfahrenden Autos und Taxis zu werfen, die Türen aufzureißen und zu schreien: »Wo ist meine Tochter?« Die Partygäste – die Männer im Smoking, die Frauen im Abendkleid – strömten scharenweise an mir vorbei und flanierten über den roten Teppich zum Eingang, der von einem Paar drei Meter hoher aufblasbarer goldener Oscars flankiert war. Ein halbes Dutzend Fotografen – die offenbar angewiesen worden waren, sich wie Paparazzi zu benehmen – klickten wild drauflos und riefen die Namen der jugendlichen Gäste: »Madison! Madison! Hierher!« »Lächeln, Gavin, lass uns dein Lächeln sehen!«

Ich setzte mich auf einen Blumentrog mit Petunien und brüllte ins Telefon, um den Lärm zu übertönen. »Ich dachte, sie wäre vielleicht bei euch.« Peter und ich hatten am Vorabend bei unserer Rückkehr vom Abendessen ein leeres Haus vorgefunden. Joy hatte uns eine knappe Nachricht auf dem Anrufbeantworter hinterlassen, dass sie bei Tamsin übernachten würde. Daraufhin hatte ich bei den Marmers angerufen. »Ja, sie sind oben und schauen schon wieder *High School Musical*«, hatte Shari fröhlich bestätigt. Ich hatte Joy ausrichten lassen, mich am nächsten Morgen anzurufen, hatte mir aber keine allzu großen Sorgen gemacht, als sie nichts von sich hören ließ. Ambers Bat-Mizwa war für zehn Uhr angesetzt. Vielleicht hatte Joy verschlafen und sich beeilen müssen, und natürlich würde sie in der Synagoge ihr Handy ausschalten.

Als ich gegen zwölf Uhr ihre Nummer wählte, wurde ich zur VoiceMail umgeleitet, wo ich ihr eine Nachricht hinterließ mit der Bitte, mich zurückzurufen. Um ein Uhr und um zwei Uhr versuchte ich es noch einmal. Wieder nichts. Ihr GPS war deaktiviert, aber das war normal, wenn das Handy aus war. Ich rief wieder bei den Marmers an. »Nein, tut mir leid, sie ist heute Morgen schon sehr früh weg«, sagte Shari.

Mir schwante nichts Gutes, als ich darum bat, mit Tamsin sprechen zu können.

»Ich habe sie seit heute Morgen nicht mehr gesehen«, sagte Joys beste Freundin.

»Hast du eine Ahnung, wo sie sein könnte?« Bisher hatte ich mir eher vage Sorgen gemacht, aber jetzt war es, als würde etwas Lebendiges langsam durch meine Eingeweide kriechen, und ich fühlte Unbehagen und Panik in mir hochsteigen.

»Vielleicht ist sie bei Amber oder Tara oder Sasha«, sagte Tamsin. »Und heute Abend ist ja auch noch die Party.«

Amber. Tara. Sasha. Ich notierte mir die Namen und suchte in meinem Schreibtisch nach dem Klassenverzeichnis. Von zwei bis drei saß ich im Arbeitszimmer und rief alle Nummern durch: Mütter, Väter, Stiefmütter, Stiefväter, Handynummern. Bei Amber ging niemand ran. Tara sagte, sie hätte Joy im Gottesdienst nicht gesehen, aber es seien »so ungefähr sechzig Kinder da gewesen, und vielleicht hat sie nur woanders gesessen«. An der Philadelphia Academy gab es drei Schülerinnen namens Sasha. Meine Tochter war bei keiner von ihnen, und die dritte Sasha, die Richtige, hatte Joy ebenfalls nicht auf der Bat-Mizwa gesehen.

Ich holte tief Luft, wobei mir meine Luftröhre dünn wie ein Bleistift vorkam. Dann drehte ich mich zu Peter um, der, die Hände in den Hosentaschen, mit gerunzelter Stirn in der Tür stand. »Ich glaube, wir sollten die Polizei anrufen«, sagte ich.

»Sie ist erst seit sechs Stunden vermisst. Ich glaube nicht, dass sie das ernst nehmen werden.«

»Sie ist dreizehn«, sagte ich. »Ich werde dafür sorgen, dass sie es ernst nehmen.« Ich sah ihn an und wartete darauf, dass er sagte: *Keine Panik* und *Das ist normal.* Ich fiel ihm vor Dankbarkeit beinahe um den Hals, als er sagte: »Weißt du was? Die Party ist um sechs Uhr. Wir fahren zum Four Seasons und warten, bis wir sie sehen.«

»Da wird sie bestimmt begeistert sein«, murmelte ich und stellte mir Joys Gesichtsausdruck vor, wenn ihre Eltern vor der angesagtesten Bat-Mizwa-Party der Stadt aufkreuzten. »Aber das ist ihre eigene Schuld«, fügte ich hastig hinzu.

Ich verbrachte die nächsten drei Stunden damit, einen Geschirrschrank aufzuräumen, der nicht aufgeräumt werden musste, im Garten Lilien umzupflanzen, mir die Lippen zu schminken und die Haare zu glätten. Es würde Joy peinlich genug sein, uns zu sehen, da brauchte ich die Sache nicht noch schlimmer zu machen, indem ich daherkam wie ein Penner.

Um Punkt sechs Uhr warteten wir auf der gegenüberliegenden Straßenseite des Hotels. Um halb sieben waren alle mit Smoking und Abendrobe bekleideten Gäste nach drinnen gegangen, und die falschen Paparazzi hatten ihre Kameras eingepackt, aber wir hatten Joy nicht zu Gesicht bekommen. »Ich bin gleich wieder da«, sagte Peter. Ich sah ihm mit klopfendem Herzen nach, als er über die Straße lief. Kurz darauf kam er mit einer winzigen Filmrolle mit Joys Namen darauf zurück. »Ihre Tischkarte«, sagte er stirnrunzelnd. Er brauchte nicht zu erklären, was das bedeutete: Joy war nicht da.

Ich schlang die Arme um den Oberkörper und schaukelte auf dem Blumentrog vor und zurück. Dann nahm ich mein Handy und rief Elle an. Keine Antwort. Josh. Dito. Ich wählte die Nummer meiner Mutter.

»Hallo, hier ist der Anrufbeantworter von Ann und Mona Shapiro-Pasternak«, hörte ich die ruhige Stimme meiner Mutter. Ich schüttelte den Kopf, während ein Spätankömmling – ein Mädchen in einem hautengen, an den Hüften und am Rücken weit ausgeschnittenen Kleid – aus einem Taxi sprang und ins Hotel lief. Wann hatten die beiden beschlossen, sich einen Doppelnamen zuzulegen? »Momentan kann keiner von uns Ihren Anruf entgegennehmen.« Die Voice-Mail bot mir eine Reihe von Optionen an. Ich konnte die Eins drücken, um eine Nachricht für Mona zu hinterlassen. Ich konnte die Zwei drücken, um eine Nachricht für Ann zu hinterlassen. Ich konnte die Drei drücken und ihnen beiden eine Nachricht hinterlassen. Und durch Drücken der Vier konnte ich dem Weißen Haus eine Nachricht zukommen lassen, dass es endlich an der Zeit sei, gleichgeschlechtliche Paare mit Würde und Respekt zu behandeln. Ich legte auf und wählte die Handynummer meiner Mutter.

»Hast du etwas von Joy gehört?« Im Hintergrund hörte ich Leute skandieren.

»Was?«, brüllte meine Mutter.

»JOY!«, schrie ich, um die Demonstranten zu übertönen. »JOY IST VERMISST!«

»Bleib dran, ich kann dich nicht hören. Ich suche mir ein ruhigeres Plätzchen.« Ich hörte einen dumpfen Ton – wahrscheinlich hatte meine Mutter das Handy in ihre Tasche gesteckt – und grub die Fingernägel in meine Handflächen.

»Hallo? Cannie? Kannst du mich hören? Ich bin jetzt in einem Café.«

»Wo bist du?«

»In Washington. Mona und ich sind auf einer Demo für Gerechtigkeit.«

Gerechtigkeit für wen? Egal. »Joy hat letzte Nacht bei Tamsin übernachtet. Sie hätte mich heute Vormittag anrufen sollen, das hat sie aber nicht getan, und sie sollte jetzt bei einer Bat-Mizwa-Feier sein, da ist sie aber auch nicht, und ich habe keine Ahnung, wo sie steckt!«

»Oh«, sagte meine Mutter. »Bei uns ist sie nicht, und ich habe heute auch noch nichts von ihr gehört. Wo könnte sie denn deiner Meinung nach sein?«

»Ich weiß es nicht.«

»Hm«, sagte meine Mutter und zögerte. »Glaubst du, es hat etwas mit deinem Vater zu tun?«

»Ich habe Bruce schon angerufen, und er hat –«

»Nicht mit ihrem Vater, deinem.«

Mir wurde plötzlich eiskalt. »Ausgeschlossen.« Aber noch im selben Augenblick fiel mir ein, dass ich auch nicht geglaubt hätte, dass Joy allein nach New Jersey fahren oder Kreditkarten klauen würde, und sie hatte beides recht erfolgreich zuwege gebracht.

»Es wird am besten sein«, sagte meine Mutter ruhig, »wenn ich nach Hause fahre, falls sich einer von ihnen bei mir meldet. Oder soll ich zu euch kommen?«

Ich lehnte mich gegen den Minivan. Mir war schlecht. »Hast du die Telefonnummer von … von …«

»Ich habe die Nummer seines Anwalts«, sagte meine Mutter. »Keine Ahnung, ob er samstags zu erreichen ist, aber ich werde es versuchen.«

Ich versprach, sie anzurufen, sobald ich etwas in Erfahrung gebracht hatte, und legte auf. Peter sah mich erwartungsvoll an. Ich schüttelte den Kopf und wählte erneut Bruces Nummer.

»Guberman.«

»Hallo, Emily«, sagte ich so freundlich wie möglich. »Hier ist Candace Shapiro. Ist Bruce da?«

»Ist Joy noch immer vermisst?«, fragte sie.

»Könnte ich bitte mit Bruce sprechen?«, wiederholte ich.

Emily seufzte, dann ging Bruce an den Apparat. »Candace?«

»Hast du etwas gehört?«

»Noch nicht.« Als er weitersprach, klang seine Stimme sanfter. »Was sollen wir tun?«

Sein freundschaftlicher Tonfall – und die Erinnerung daran, dass ich und er tatsächlich einmal »wir« gewesen waren – war so unerwartet, dass mir Tränen in die Augen stiegen.

»Habt ihr euch gestritten?«, fragte Bruce. »Stimmt irgendetwas nicht?«

»Sie ist wütend«, sagte ich, ohne ihm den Grund dafür zu nennen. »Hör zu, könntest du bitte dein Handy anlassen? Du weißt schon, falls Joy anruft …«

»Natürlich.« Er schwieg einen Augenblick. »He, Cannie, es tut mir wirklich leid.«

Ich wischte mir über die Augen. »Es ist nicht deine Schuld. Ich rufe dich an, sobald ich etwas weiß.«

»Ich auch.«

Ich steckte mein Handy ein. Peter brachte mich nach Hause und klapperte dann die Orte ab, wo Joy vielleicht sein könnte: die Schule, die Cafés in unserem Viertel, den Buchladen, das Ronald-McDonald-Haus. Ich schlug Joys Klassenverzeichnis auf und rief bei jedem einzelnen ihrer Mitschüler an, um zu fragen, ob sie sie gesehen oder von ihr gehört hatten oder ob sie wussten, wo sie sein könnte.

32

Ich verließ das Flugzeug über die Fluggastbrücke und fand mich, den Koffer fest in meiner verschwitzten Hand, in dem hellen, geschäftigen Flughafen von Los Angeles wieder. Ich konnte immer noch nicht glauben, dass ich es geschafft hatte, dass ich wirklich hier war.

Das Flugzeug, das um zehn Uhr hätte abfliegen sollen, startete mit zwei Stunden Verspätung, und ich hatte jede einzelne der einhundertzwanzig Minuten meganervös in der

Wartehalle gesessen, aus Angst, meine Mutter würde jeden Augenblick um die Ecke stürmen, oder die Polizei würde kommen und mich verhaften. Endlich ließ man uns an Bord gehen. Ich schnallte mich an und starrte stur geradeaus. Der Mann auf dem Gangplatz sah mich amüsiert an. Nachdem er seine Bloody Mary ausgetrunken hatte, stellte er seinen Plastikbecher ab und tippte mir auf die Schulter. »Ich habe von Flugangst gehört, aber was ist mit dir los? Startangst?«

»So was Ähnliches«, sagte ich und zwang mich, meine Hände mit ausgestreckten Fingern auf die Armlehnen zu legen, während die restlichen Passagiere an uns vorbeidefilierten. Wir mussten weitere zwanzig Minuten auf der Startbahn warten, und jedes Mal, wenn der Captain über Lautsprecher eine erneute Verzögerung ankündigte, war ich überzeugt, dass meine Mutter herausgefunden hatte, wo ich war und wohin ich wollte, und dass wir deshalb nicht starteten.

Ich hatte mich um acht Uhr morgens – Mr und Mrs Marmer hatten noch geschlafen – von Tamsin und Todd verabschiedet und war mit dem Taxi zum Flughafen gefahren. Ich trug ein Outfit, das Todd am Vorabend aus Mrs Marmers Sachen für mich zusammengestellt hatte. Während Tamsin in der Schlafzimmertür Wache stand, ging Todd die Kleider, Röcke und Pullover seiner Mutter durch. Er wählte eine dunkle, gerade geschnittene Jeans (»Eine Hüfthose ist zu trendig«), ein einfaches cremefarbenes T-Shirt und eine dunkelbraune Strickjacke, zusammen mit einer silbernen Perlenkette. (»Ich kann doch nicht einfach so den Schmuck deiner Mutter nehmen«, protestierte ich, aber Todd hatte nur die Augen verdreht und gesagt: »A – es ist nur Modeschmuck, b – sie wird es überhaupt nicht merken, und c – doch, das kannst du.«) An den Füßen trug ich einfache braune Halbschuhe. Das Haar trug ich offen und gewellt. (»Nicht dass ich dich kritisieren will, Joy, aber dieser stocksteife gerade Look ist etwas passé.«) Statt meines Rucksacks reichte er mir die braune Wildledertasche seiner Mutter (»Kinder haben Rucksäcke, Damen Handtaschen«), meinem pinkfarbenen Rollenkoffer gab er grünes Licht. (»Aber das nächste Mal solltest du auf Leder bestehen. Das ist vielseitiger.«)

Er hatte mir noch diverse Oberteile und Unterwäsche gegeben und mich begleitet, als ich auf Zehenspitzen aus dem Haus schlich, vorbei an der geschlossenen Schlafzimmertür seiner Eltern und die Treppe hinab. Als ich mich auf der South Street noch einmal umdrehte, um sicherzugehen, dass Mrs Marmer nichts gemerkt hatte, kam Tamsin aus dem Haus gelaufen.

»Hier!« Sie reichte mir einen braunweiß gepunkteten Schal und eine riesige weiße Plastikbrille. »Todd meint, du sollst dir den Schal ins Haar wickeln. Er sagt, das sei dann sehr Sienna-Miller-trifft-Edie-Sedgwick. Ich habe keine Ahnung, was er damit sagen will, aber hier sind die Sachen. Ach ja …« Sie nahm ihr Handy aus der Tasche. »Wir sollten die Handys tauschen. Dann zeigt dein GPS an, dass du noch hier bist.« Ich gab ihr mein Handy, steckte ihres in die Handtasche und winkte ein Taxi herbei.

Sobald sich das Taxi in Bewegung setzte, band ich mir den Schal um die Haare und steckte die Sonnenbrille in die Handtasche zu meiner Ausgabe von *Große Mädchen weinen nicht* und den ausgedruckten E-Mails meines Großvaters. In dem Buch gab es eine Szene, wo Allie von Philadelphia nach Los Angeles fliegt: *Ich sah die Erde unter mir kippen, und dann verschwand sie ganz, als das Flugzeug die Wolkendecke durchbrach, und mir wurde leichter ums Herz. Ich zog den Sicherheitsgurt noch fester um die Taille und dachte:*

Vielleicht finde ich das, was ich suche, aber nicht benennen kann – das, was ich brauche.

Ich war mir nicht sicher, ob Allie oder meine Mutter gefunden hatte, was sie brauchte, aber vielleicht gelang es mir.

Am Flughafen blieb mir fast das Herz stehen, als ich mit der geklauten Kreditkarte die Bordkarte aus dem Automaten ziehen wollte und auf der Anzeige die Worte BITTE GEHEN SIE ZUM SCHALTER erschienen. Vielleicht hatte meine Mutter es doch herausgefunden. Vielleicht hatte sie bereits den Flughafen oder gar die Polizei angerufen. Aber am Schalter gab man mir nur mein Ticket und eine Anstecknadel mit der Aufschrift ALLEINREISENDE MINDERJÄHRIGE. Ich befestigte die Nadel an Mrs Marmers Pullover, aber kaum waren meine Schuhe, der Koffer und die geliehene Handtasche durch das Röntgengerät gelaufen, ließ ich sie in meiner Tasche verschwinden.

Ich zog den Sicherheitsgurt enger und starrte aus dem Fenster. Mein Atem beschlug die verkratzte Plastikscheibe, und mein Puls pochte in meinen Ohren. »Wir sind jetzt Nummer drei in der Startfolge«, sagte der Pilot. »Dürfte ich jetzt auch die Kabinenbesatzung bitten, ihre Plätze einzunehmen?«

Ich atmete hörbar aus. Der Geschäftsmann sah mich belustigt an. »Siehst du? Es ist alles in Ordnung. Alles ist gut.«

Ich nickte und wischte mit dem Ärmel des geliehenen Pullis über das beschlagene Fenster, während uns der Flugkapitän aufforderte, uns zu entspannen und den sechsstündigen Flug nach Los Angeles zu genießen. »Ich besuche meinen Großvater.«

»Ach ja?« Der Mann hatte das *Wall Street Journal* aufgeschlagen.

»Ja.« Ich nickte und fuhr mir durch die Haare.

Als wir schon eine Weile in der Luft waren, servierten die Flugbegleiter den Passagieren in der ersten Klasse das Mittagessen. Man hatte die Wahl zwischen Salat oder Steak. Ich aß einen Caesar Salad mit Hähnchenfleisch, eine Suppe und ein Brötchen. Auf dem Tablett standen winzige Salz- und Pfefferstreuer, richtige Wein- und Wassergläser, und es gab Stoffservietten, aber das Geschirr war komplett aus Plastik. »Elfter September«, murmelte mein Nachbar. »Die Sicherheitsleute haben meine Zahnpasta konfisziert, und ich esse mein Steak mit einem Göffel. Eins zu null für Al Qaida.«

Ich nickte, schlüpfte aus meinen Schuhen und stellte meine Füße auf den pinkfarbenen Koffer, den ich unter dem Vordersitz verstaut hatte. Vielleicht würde ich in Kalifornien entdeckt werden. Vielleicht würde mich jemand sehen und beschließen, dass ich genau das Mädchen war, auf das sie gewartet hatten. Ich könnte bei Maxi einziehen, ich könnte bis zu meinem Schulabschluss einen Privatlehrer haben, ich könnte ein anderer Mensch, ein besserer Mensch werden. Ich könnte meine Lebensgeschichte neu schreiben. Ich könnte den Leuten erzählen, dass meine Eltern verheiratet gewesen waren und mich sehr geliebt hatten, aber bei einem tragischen Autounfall ums Leben gekommen waren, und alle würden mir glauben, weil ich mich Annika nennen und es niemanden geben würde, der ihnen etwas anderes erzählte.

Ich aß den Schokokuchen, den es als Nachspeise gab, mit meinem Göffel. Dann suchte ich nach dem Knopf, um meinen Sitz in Liegeposition zu bringen. Ich wollte eigentlich nur kurz die Augen schließen, aber ich war wohl müder, als ich gedacht hatte, denn als Nächstes hörte ich das Ausfahren des Fahrgestells, und als ich aus dem Fenster blickte, befanden wir uns durch eine dichte braune Wolke hindurch im

Landeanflug auf Los Angeles, wo es 22 Grad hatte und die Ortszeit 14:45 Uhr war.

»LAX«, sagte der Göffeltyp und nahm von der Flugbegleiterin seine Anzugjacke entgegen. »Gott steh uns bei.«

Ich nahm meine Handtasche und meinen Koffer und ignorierte auf dem Weg durch die Ankunftshalle das Vibrieren von Tamsins Handy.

»Ms Krushelevansky?« Der Fahrer, der – genauso wie Riley es gesagt hatte – mit einem Schild mit meinem Namen drauf am Fuße der Rolltreppe auf mich wartete, war unglaublich attraktiv: markantes Kinn, dunkle Haare, stechend blaue Augen. Ich fragte mich, warum er kein Filmstar war. Vielleicht war der Fahrerjob nur eine vorübergehende Beschäftigung, bis sein großer Durchbruch kam. »Ich heiße Kevin. Wir fahren zum Regent Beverly Wilshire?«, fragte er und nahm meinen Koffer.

»Ja, bitte«, sagte ich und setzte die Sonnenbrille auf. Wir waren durch eine braune Smogwolke geflogen, aber der Himmel strahlte im schönsten Blau, und die Palmen am Straßenrand wogten in der warmen Brise. Ich rollte das Fenster nach unten, in dem Glauben, die Luft würde nach Meer riechen, aber stattdessen bekam ich eine Ladung Abgase ab. Es machte mir nichts aus. Urplötzlich war ich glücklich … und so hungrig, dass ich das Wirtschaftsmagazin hätte aufessen können, das in der Rücksitztasche steckte.

»Ah, entschuldigen Sie? Kevin? Können wir vielleicht kurz anhalten, um eine Kleinigkeit zu essen?«

Er fuhr geschmeidig auf den Parkplatz von In-N-Out Burger. Als ich mit meiner Mutter nach Kalifornien geflogen war, um Maxi zu besuchen, war ich schon mal dort gewesen. (Maxi ließ sich ihren Burger immer in Salatblätter einwickeln.) Ich bestellte einen Cheeseburger mit Pommes, den ich auf der Stelle verschlang. Dann kaufte ich noch zwei Milchshakes für Kevin und mich und stieg wieder ins Auto, und nach einer halben Stunde Fahrt fuhren wir durch das reich verzierte schmiedeeiserne Tor und über die kopfsteingepflasterte Auffahrt des Hotels.

Die Lobby war komplett in beige-rosa Marmor gehalten. In der Mitte stand ein rundes vergoldetes Tischchen mit einem riesigen Blumenarrangement aus Lilien und Forsythien. Schick gekleidete Leute schlenderten umher. Neben den schweren Glastüren standen livrierte Pagen und fragten die Gäste, ob sie ihnen ein Taxi rufen oder die Einkaufstüten tragen sollten. Auf dem Rezeptionstresen stand eine Schüssel mit grünen Äpfeln. Ich nahm einen und gab dann meinen Koffer beim Hoteldiener ab, wobei ich mir sehr kompetent und erwachsen vorkam – Joy Krushelevansky, Starreporterin, Meisterdetektivin und Aufklärerin von Familien- und sonstigen Geheimnissen. Dann ging ich auf die Damentoilette, wo ich mich in ein Abteil einschloss und Tamsins Handy aufklappte, um sie anzurufen. Nachdem Todd seine Schwester zu sich ans Telefon gerufen hatte, sagte ich: »Operation Frei wie ein Adler bisher erfolgreich!«

»Das ist toll«, sagte Todd. »Aber ich glaube, du solltest deine Mutter anrufen und ihr sagen, dass es dir gut geht. Sie hat schon fünfmal hier angerufen.«

»Später.« Ich schlug die Beine übereinander und überlegte. »Oder vielleicht könnt ihr ihr sagen, dass ich mein Handy bei euch vergessen habe und dass ich mir auf Ambers Bat-Mizwa ein Handy ausgeliehen habe, um euch anzurufen.«

»Ich glaube, sie weiß schon, dass du nicht –«

Ich fiel ihm ins Wort. »Ruf sie einfach an. Du musst ja nicht sagen, dass du weißt, wo ich bin. Sag einfach, dass du von mir gehört hast und dass es mir gut geht und dass ich sie spätestens ...« Ich sah auf die Uhr und rechnete. »Spätestens um Mitternacht anrufen werde, okay?«

»Was, wenn sie denkt, dass du entführt worden bist?«

»Entführt?« Warum sollte ich entführt worden sein? Wer würde mich denn haben wollen? »Keine Ahnung. Dann soll sie euch Lösegeld zahlen.«

»Wir rufen sie sofort an«, sagte Tamsin im Hintergrund. »Ruf uns jede Stunde an, damit wir wissen, dass alles in Ordnung ist.«

Ich versprach ihr, dass ich das tun würde. Ich musterte mich im Spiegel, um mich zu vergewissern, dass ich ordentlich aussah, dass meine Hörgeräte an ihrem Platz waren und dass die Kreditkarte und die Adressenliste sicher in meiner Tasche verstaut waren. Dann ging ich nach draußen, wo Auto und Fahrer auf mich warteten.

Die Adresse, die ich für Dr. Lawrence Shapiro hatte, war in der Linden Lane. Es war ein kleines, einstöckiges Haus ohne schiefe Winkel und mit einem tief herabgezogenen Verandadach, das die Eingangstür bedeckte. Man nannte so etwas wohl einen Bungalow, dachte ich. Vor dem Haus war ein blau gestrichenes Eisentor. Ein Weg führte zum Tor, dann daran vorbei zur Haustür. Auf dem Rasen stand ein Orangenbaum. Ich klingelte, aber niemand antwortete. Es bellte kein Hund, und im Haus waren keine Geräusche zu hören. Ich ging zurück zum Auto. »Wir müssen vielleicht eine Weile warten«, sagte ich zu Kevin. Es dauerte keine Viertelstunde, bis ein kleines weißes Auto vor dem Haus hielt, aus dem eine große schlanke Frau mit kurzen blonden Haaren und in einer pinkfarbenen Arzthelferinnenkluft ausstieg. »Ich bin gleich wieder da«, sagte ich. Ich überquerte die Straße und lief in der milden, süßlich duftenden Luft über den Bürgersteig und den Rasen. Das Gras knirschte unter meinen Füßen, seltsam und anders, L. A.-Gras. Sechs oder sieben Orangen waren vom Baum gefallen und faulten auf dem Boden vor sich hin. Es sah aus, als würde über eine von ihnen eine schwarze Flüssigkeit fließen. Ameisen. »Entschuldigung«, rief ich.

Die Frau drehte sich um. Sie sah müde aus, und ihr Blick war argwöhnisch. »Ja?«

»Mrs Shapiro? Christine? Ist Dr. Shapiro zu Hause?«

Sie trug einen Rucksack über der Schulter und drückte ihn fester an sich. »Mrs Bloom«, sagte sie. »Ich heiße jetzt Mrs Bloom.«

»Aber Sie waren mal Mrs Shapiro? Die Frau von Dr. Shapiro?«

Sie blinzelte mich in dem diesigen Licht an. »Sie sind die jüngste Zustellerin vom Gericht, die ich je gesehen habe.«

»Ich bin keine Gerichtszustellerin«, sagte ich. Ich wusste nicht einmal, was das war. »Ich bin Joy Shapiro Krushelevansky. Meine Mutter ist –«

»O Gott«, sagte die Frau unglücklich. »Candace.«

»Ja. Entschuldigen Sie bitte die Störung, aber wissen Sie vielleicht, wo mein Großvater ist?«

»Jetzt im Moment? Keine Ahnung.« Sie wandte sich zum Haus und griff in ihre Tasche, wahrscheinlich um die Schlüssel rauszuholen. In ihrem Buch hatte meine Mutter die neue Frau von »Allies« Vater als schlank beschrieben. Vielleicht war diese Frau das mal gewesen, aber irgendwann hatte sie die Grenze von schlank zu mager überschritten, und jetzt sah sie ziemlich ausgemergelt aus, wie eine dieser Schauspielerinnen, die immer auf den Titelblättern der Supermarktzeitschriften unter der Überschrift MAGERSÜCHTIG??? abgebildet sind. Die ehemalige Mrs Shapiro hatte einen faltigen Hals und hagere Arme. In dem kurzärmeligen pinkfarbenen Kasack mit dem V-Ausschnitt sah man ihre rauen Ellbogen und die knochige Brust.

»Sie wissen nicht, wo er ist?«, fragte ich. »Haben Sie eine andere Adresse oder Telefonnummer?«

»Nein«, sagte sie scharf. Sie blickte verächtlich zum Auto. »Wir reisen mit Stil, hm? Ist deine Mutter dort drin?«

»Ich bin allein hier«, sagte ich. »Ich will Sie nicht belästigen, aber ich wäre Ihnen wirklich dankbar, wenn Sie mir irgendetwas über meinen Großvater sagen könnten.«

Sie ließ ihren Rucksack von den Schultern gleiten und auf den Rasen fallen. »Ich erzähl dir was über deinen Großvater. Er ist einfach gegangen. Er schuldet mir Geld. Viel Geld. Mir und meinen Kindern. Und ich kann nicht gerade einen Bestseller darüber schreiben.« Sie bückte sich steif, so als würde ihr der Rücken wehtun, und hob ihren Rucksack auf. Dann stützte sie sich auf das blaue Tor, als würde es sie aufrecht halten.

»Ich wollte ihm nur etwas geben.«

»Da kann ich dir nicht helfen. Tut mir leid.« Sie klang nicht so, als würde es ihr leidtun. Die Fingernägel an der Hand, mit der sie sich auf das Tor stützte, sahen wie abgekaut aus. »Wir sind geschieden. Seit drei Jahren. Ich bin jetzt wieder verheiratet.« Sie schleuderte mir die Worte wie eine Handvoll spitzer Steine ins Gesicht. Wahrscheinlich wollte sie, dass ich verschwinde. Aber so einfach würde sie mich nicht loswerden. *Ich flog dreitausend Meilen an einen Ort, wo Palmen wachsen und die Luft nach Sonnencreme und Ehrgeiz riecht*, hatte meine Mutter geschrieben. *Ich ließ das Wrack meiner Vergangenheit hinter mir und flog in sonnigere Gestade.* Ich war jetzt wohl auch in sonnigeren Gestaden, und egal, was ich herausfand, egal, was passierte, es war bestimmt besser als das, was zu Hause auf mich wartete.

»Ich bin extra aus Philadelphia hierhergekommen.« Ich wusste nicht, ob sie mich gehört hatte, aber ihr Rücken versteifte sich, so wie der von Tamsin, wenn sie wütend war. »Ich will ihm nur etwas geben.« Die Bat-Mizwa-Einladungen, die ich zusammen mit meiner Mutter im Internet ausgesucht hatte, waren noch nicht geliefert worden, also hatte ich in der Nacht zuvor auf Tamsins Briefpapier ein paar Einladungen mit der Hand geschrieben. »Hier«, sagte ich und streckte ihr eine entgegen. »Die ist für meine Bat-Mizwa. Ich habe ihn schon eingeladen, aber das hier ist offiziell. Falls Sie von ihm hören oder herausfinden, wo er jetzt wohnt, dann würde ich mich sehr freuen, wenn Sie ihm das geben würden.«

Sie ballte ihre Hände zu Fäusten. Die Einladung flatterte auf den Betonboden. »Es ist besser, wenn er nicht zu deiner Feier kommt«, sagte sie. »Es ist besser, wenn du dich von ihm fernhältst. Glaub mir. Er ist ein Ekel.« Sie rang sich ein gequältes Lächeln ab. »Lange Zeit dachte ich, die anderen würden ihn nur verkennen. Eine lesbische Frau, missratene Kinder, et cetera. Aber das stimmt nicht. Das Problem lag nicht bei ihnen. Das Problem ist er.« Sie senkte den Kopf und murmelte etwas, das wie *mieses Arschloch* klang.

»Wenn Sie einfach nur –«

»Flieg wieder nach Hause.« Sie wandte sich ab, eine zu dünne Frau in einem pinkfarbenen Kasack, der ihr zu groß war.

Ich hob die Einladung vom Boden auf, während sie ins Haus ging, und hörte, wie sie die Tür hinter sich abschloss. »Sie sollten Ihre Orangen aufsammeln!«, rief ich in Richtung der geschlossenen Tür. »Sie sind alle verfault!« Keine Antwort. Ich zählte bis zwanzig, wobei ich jeweils zwischen den einzelnen Zahlen »Mississippi« sagte. Dann steckte ich die Einladung durch den Briefschlitz. Der Messingdeckel klappte zu, und ich bildete mir ein, den Umschlag auf den Boden fallen zu hören.

»Dr. Shapiro?« Die Empfangsdame im Chirurgischen Zentrum von Beverly Hills war eine äußerst attraktive Frau mit samtweicher Haut und schwarz glänzenden Haaren, die sie zu einem Twist gedreht hatte, aber als ich den Namen meines Großvaters sagte, sah sie mich aus ihren mandelförmigen Augen skeptisch an. »Er hat dieses Wochenende keine Bereitschaft.«

Klasse. Er war nicht zu Hause, er wohnte nicht einmal mehr dort, wo ich gedacht hatte, und er war auch nicht an seinem Arbeitsplatz. Bisher lief es nicht sehr gut. »Können Sie mir einen Gefallen tun?«, fragte ich. »Ich heiße Joy Shapiro. Ich bin seine Enkelin. Er weiß nicht, dass ich hier bin, aber ich bin extra aus Philadelphia gekommen, um ihn zu sehen.«

Die Frau sah mich unter schweren Augenlidern an. »Hast du seine Telefonnummer?«

»Keine aktuelle.« Ich hatte nur die Nummer in der Linden Lane, wo er offensichtlich nicht mehr wohnte. Sie musterte mich eine Weile, ohne auch nur einmal zu blinzeln. »Warte eine Sekunde«, sagte sie. »Ich versuche mal, ob ich ihn erreichen kann.« Sie verschwand durch eine Tür, die fast unsichtbar hinter ihr in die Wand eingelassen war. Ich blieb eine Zeit lang nervös vor dem Tresen stehen und ging dann in den Warteraum. Dort standen dicke, mit goldfarbenem Stoff überzogene Sofas, und auf runden Puffhockern mit Rüschenborten stapelten sich Hochglanzmagazine. An den Wänden hingen postergroße Fotos der hier tätigen Ärzte. Das Foto meines Großvaters war dasselbe wie auf der Website: Es war das Foto, auf dem er wie der Weihnachtsmann aussah. Ich stand gerade unter seinem Bild, als die attraktive Empfangsdame zurückkam. »Er ist auf dem Weg hierher.«

In Wirklichkeit hatte mein Großvater beinahe schlohweißes Haar, eine gedrungene Figur und einen fassförmigen Brustkorb, und seine stämmigen Beine steckten in einer Jeans, die unter seinem Bauch hing. Ich sah ihm dabei zu, wie er mit einem elektronischen Schlüssel in Richtung Tür wedelte und in die Eingangshalle gestapft kam. Seine Erscheinung passte ganz und gar nicht zu dem blassrosa Teppichboden und den cremefarbenen Wänden. Er trug einen dicken Ledergürtel mit einer silbernen Hufeisenschnalle und ein kariertes Hemd. Er hatte viele Falten im Gesicht, gerötete Wangen und wässrig braune, rotgeäderte Augen hinter seiner Brille.

Er sagte etwas zu der Rezeptionistin, dann kam er zu mir herüber. »Joy?« Seine Stimme war tief und rau, und mich durchlief ein Schauer, als mir bewusst wurde, dass sie meiner eigenen Stimme nicht unähnlich war.

»Hallo.« Ich zog verlegen den Kopf ein. Ich wusste nicht, wie ich ihn nennen sollte und ob ich ihn umarmen oder ihm die Hand schütteln sollte. Er löste das Problem, indem er noch breiter lächelte. Er hatte wunderschöne Zähne, strahlend weiß und gerade. »Hast du meine E-Mail bekommen?«, fragte ich.

»Ja, aber ich habe nicht erwartet, dass du mich besuchen kommst. Was für eine nette Überraschung.« Seine Stimme klang wie die auf der Kassette, warm und einladend und sehr tief. »Willkommen in Kalifornien.« Wir musterten uns gegenseitig. Ich musste daran denken, wie Frenchelle sich auf der Hundespielwiese vorsichtig einem unbekannten Hund näherte und durch zaghaftes Schnuppern herauszufinden versuchte, ob er ihr freundlich oder feindlich gesinnt war. »Im Souterrain gibt es ein Café. Kann ich dir etwas zu trinken spendieren?«

»Gern«, sagte ich erleichtert. Ich hatte mir nicht überlegt, wie es nun weitergehen würde, und das klang perfekt: Wir würden in der Öffentlichkeit sein, und Kevin war mit dem Auto in der Nähe.

»Ist deine Mutter auch hier?«, fragte er beiläufig, als wir den Korridor betraten.

Ich schüttelte den Kopf. »Jetzt im Moment nicht.« Es entsprach der Wahrheit und würde fürs Erste reichen.

Er hielt mir die Tür zum Café auf, und wir bestellten am Tresen unsere Getränke: ein Eismixgetränk mit Schlagsahne und Schokosirup für mich, einen Espresso für ihn. Dann gingen wir damit zu einem Tisch am Fenster. Ich winkte Kevin zu, der auf einem Parkplatz vor dem Fenster parkte, während mein Großvater Zucker in seinen Espresso kippte.

»Also«, begann er, »was bringt dich hierher in diese schöne Stadt?«

»Ich bin nur auf Besuch, aber ich wollte sichergehen, dass du von meiner Bat-Mizwa weißt. Du weißt schon, offiziell. Ich habe deiner ... äh, deiner Exfrau eine Einladung gegeben.«

»Christine«, sagte er kurz angebunden. Ich wartete darauf, dass er noch etwas sagen würde, sich vielleicht für ihr Verhalten entschuldigen würde, mit der Bemerkung, dass sie krank oder verrückt sei, aber das tat er nicht.

»Ich bin zum ersten Mal allein geflogen«, erzählte ich ihm ungefragt.

Er zog die Augenbrauen hoch. »Ach ja?«

»Na ja, ich bin schon öfter geflogen. Aber noch nie allein. Normalerweise fliege ich mit meinen Eltern. Manchmal fliegen wir nach Florida, und ich war auch schon mal in Kalifornien, mit Mama und Tante Elle.«

Eine Falte bildete sich zwischen seinen Augen. »Tante …«

»Ach so. Das ist Lucy. Sie hat ihren Namen geändert.«

Seine Zähne blitzten, als er lächelte. »Hat sie auch ihren Lebenswandel geändert?«

Hä?

»Wahrscheinlich nicht«, sagte er und lächelte immer noch. »Sie hatte nie viel Potenzial. Aber deine Mutter, das war eine andere Geschichte.«

Ich starrte ihn sprachlos an und blickte dann in mein Glas. Wie konnte er sagen, dass Tante Elle kein Potenzial hatte? Tante Elle war wunderschön!

Ich sah ihn wieder an. In seiner Brusttasche steckten ein Handy, ein Piepser und eine zerdrückte Zigarettenschachtel. Zigaretten?, dachte ich. Ein Arzt, der raucht?

Er nahm seine Brille ab und massierte sich den Nasenrücken. »Sie ist sehr erfolgreich«, sagte er. »Deine Mutter.«

»Kann sein.«

»Wie geht es ihr?«

»Gut.«

»Nur gut?« Er klappte seine Brille zusammen und legte sie auf den Serviettenspender. »›Gut‹ sagt mir gar nichts. Ein nutzloses Wort.«

Mein Magen zog sich zusammen. Wollte er damit sagen, dass ich nutzlos war? »Sie hat viel zu tun!«, sagte ich schließlich. »Sie hat immer viel zu tun.«

»Ach ja?« Er klang gelangweilt.

Ich versuchte das Thema zu wechseln. »Also … äh, ich bin fast mit der siebten Klasse fertig. Ich gehe auf die Philadelphia Academy. Kennst du die Schule?«

Er antwortete nicht. »Warte hier«, sagte er. Ich blickte ihm durch das Fenster hinterher, als er zu seinem Auto ging und ein Buch aus dem Kofferraum holte. Als er zurückkam, legte er es auf den Tisch. Ich erkannte es sofort: Es war ein Fotoalbum, ein Pendant des Albums, das ich bei Oma Ann gesehen hatte. »Ich habe mir gedacht, du würdest die hier vielleicht sehen wollen.«

Auf der ersten Seite war ein kahles Baby mit weit geöffnetem Mund zu sehen, eingewickelt in eine rosa und blau gemusterte Decke.

»Deine Mutter«, verkündete er. Er blätterte um, und da war Oma Ann, mit glatter Haut und kurzen braunen Haaren, einem Lächeln im Gesicht und einem Baby an der Schulter.

Ich sah das Baby an. »Das ist Tante Elle. Tante Lucy.«

»Nein. Candace.« Er tippte mit dem Finger auf das Foto. »Siehst du, hier war Ann noch nicht fett.«

Ich schluckte.

»Dreizehn Kilo bei jedem Kind«, sagte er. »Nicht zu fassen, oder? Wahrscheinlich war es gut, dass deine Mutter nach einem aufgehört hat.«

Ich sagte »Oh«, weil ich merkte, dass er irgendeine Reaktion erwartete. Meine Füße tippten immer schneller auf den Boden.

»Du hast eine genetische Veranlagung, dick zu werden«, dozierte er und sah mich aus blutunterlaufenen Augen kritisch an. »Du musst aufpassen.«

Ich wollte ihm sagen, dass ich aufpasste. Dass meine Mutter aufpasste: dass bei uns nur biologisch-organisches, absolut naturbelassenes und hormonfreies Essen auf den Tisch kam, dass ich von allen meinen Mitschülern die gesündesten Lunchpakete und Pausensnacks bekam, dass ich erst mit zehn Jahren das erste Mal eine Cola getrunken hatte. Aber ich steckte nur meinen Strohhalm durch die Schlagsahne und nahm einen großen Schluck.

Er zuckte die Schultern und blätterte um. »Deine Mutter«, sagte er erneut. Auf dem Foto trug sie einen Badeanzug mit einer Froschapplikation auf dem Bauch. Ihre Haare waren nass und lockig. Sie war durch einen Rasensprinkler gelaufen; am Rand des Fotos konnte man die Wasserstrahlen sehen. Sie stand mit ihren stämmigen Beinen breitbeinig auf dem Rasen, streckte stolz den Bauch raus und grinste in die Kamera. »Da war sie vier Jahre alt, aber sie konnte bereits lesen. Ich habe ihr jeden Abend vorgelesen. Gedichte. Shakespeare. Jeden Abend.«

»Das ist schön«, sagte ich leise und dachte an die Kassette. Du lieber Gott, ich wollte unbedingt fort von hier. Der Mann, der sich auf der Kassette so nett angehört hatte, war weg. Hierherzukommen war ein Riesenfehler gewesen.

»Ich habe ihr das Lesen beigebracht«, sagte er und blätterte um. Meine Mutter und Tante Elle in Schneeanzügen und Schlittschuhen auf einem zugefrorenen Teich. Unter dem Eis schimmerte schwarz das Wasser. »Ich habe ihr das Schwimmen beigebracht.« Nächste Seite. Oma Ann, dicker und mit müdem Gesichtsausdruck, mit grauen Strähnen im braunen Haar, wieder mit einem Baby im Arm – wahrscheinlich Onkel Josh. Mein Großvater blätterte schnell weiter. »Genau genommen habe ich ihr alles beigebracht.« Die Fotos verschwammen vor meinen Augen: Schulanfang, Geburtstagspartys, Mizwa-Feiern. Nächste Seite. Highschool-Abschluss, meine Mutter in glänzendem Talar und Barett, an einem Pult, mit ihrem vertrauten Gesichtsausdruck, etwas finster und schüchtern und beschämt. In dem schwarzen Talar sah sie noch dicker aus.

Ich spielte mit meinem Strohhalm. Mein Großvater schob mir das Album hin. »Schau's dir an.«

Ich blätterte das Album noch einmal langsam von Anfang an durch. Ich suchte etwas Vertrautes, ich wollte mein Gesicht in diesen Gesichtern wiedererkennen. Da war ein Foto von Onkel Josh mit einem Militärhaarschnitt und einer Angelrute in der Hand, und eines von meiner Mutter, wie sie vor dem Kamin lag und stirnrunzelnd in einem Buch las. Mich fröstelte in dem klimatisierten Café. An den Bildern war nichts Angsteinflößendes, außer dass darauf niemand älter wurde. In diesem Album blieben die Kinder immer Kinder. Sie wurden nie erwachsen.

Ungefähr ab der Hälfte waren anstelle der Fotos Zeitungsausschnitte eingeklebt. Einige sahen aus, als stammten sie aus einer Highschool-Zeitung. Ein oder zwei Gedichte. Dann richtige Zeitungsartikel. Die ersten waren von meiner Mutter verfasst. *Schulbehörde verschiebt Budgetanhörung. Lehrreiche und gut gemachte Wissenschaftsausstellung. Fettarmes Essen in der Schulcafeteria.*

»Siehst du?«, sagte er, halb freundlich, halb hämisch. »Ich wusste schon immer, dass sie schreiben wird.«

Ich blätterte langsam weiter. Der letzte von meiner Mutter verfasste Artikel datierte 1999. In den darauffolgenden drei Jahren, nach meiner Geburt, schrieb sie nur eine Handvoll Kolumnen für *Moxie*, darunter eine mit dem gleichen Titel wie Bruces erste Kolumne, »Verliebt in eine füllige Frau«. *Ich werde es meiner Tochter ins Ohr flüstern, wenn sie schläft. Ich werde ihr sagen, dass unser Leben – ihr Leben – etwas Besonderes sein wird*, las ich. Ich fühlte mich, als würde ich keine Luft bekommen. Meine Augen brannten.

Ich blätterte um. Die nächsten Artikel waren nicht von meiner Mutter, sondern über sie.

AUTORIN AUS PHILADELPHIA LANDET MEGADEAL FÜR ERSTLINGSROMAN, las ich. KÖNIGIN DER KORPULENTEN: CANDACE SHAPIRO MACHT MIT IHREN GESCHICHTEN IHREN FÜLLIGEN LEIDENSGENOSSINNEN MUT. Er hatte Bestsellerlisten aus dem ganzen Land ausgeschnitten und fein säuberlich eingeklebt. Dann kam eine Seite mit einem Foto aus der Zeitschrift *People*: Darauf ließen meine Mutter und ich uns lachend und übermütig auf ein Bett fallen. Es war nur das Foto – der Artikel war auf der nächsten Seite eingeklebt –, aber ich erinnerte mich an die Überschrift.

»Happy End«, sagte ich laut. Ach, Mama, dachte ich.

»Ich habe mir den Artikel direkt von der Zeitschrift schicken lassen.« Mein Großvater nahm die Zigarettenschachtel aus seiner Brusttasche und klopfte damit auf den Tisch. »Sie schicken dir alles, wenn du dafür zahlst. Sie fragen nicht einmal, wer du bist.«

Er spreizte die Hände auf dem Tisch. Er trug eine schwere Golduhr am Handgelenk und einen protzigen Goldring am kleinen Finger. »Sie hat nie wieder etwas geschrieben«, sagte er. »Keine Bücher mehr.«

»Vielleicht wollte sie nicht«, sagte ich. »Vielleicht brauchte sie es nicht.«

»Wahrscheinlich nicht.« Seine Stimme klang laut und wütend. »Ist diese Philadelphia Academy eine Privatschule?«

Ich nickte.

»Ist bestimmt nett«, sagte er. »Ich für meinen Teil habe nie an Privatschulen geglaubt. Für mich waren öffentliche Schulen immer gut genug. Gut genug für alle meine Kinder.«

Ich nickte.

»Ich wette, ihr gönnt euch schöne Ferien«, sagte er.

»Wir fahren im Sommer ans Meer.«

»Ich bin auch mit den Kindern ans Meer gefahren. Wahrscheinlich hat deine Mutter das nie erzählt.« Er klopfte wieder mit der Zigarettenschachtel auf den Tisch. Ich nickte und warf einen Blick aus dem Fenster, um mich zu vergewissern, dass Kevin noch da war.

»Teure Ferien«, sagte er. »Eine teure Schule. Ein angenehmes Leben. Nun ja. Zu ihrer Familie war sie nie sehr großzügig …«

»Doch, das ist sie. Sie kümmert sich um mich.« Ich steckte die Hände in die Taschen, sah ihn an und sagte etwas, was ich ihr nie im Leben selbst sagen würde: »Sie ist eine gute Mutter.«

»Das überrascht mich. Sie hatte nicht gerade das beste Vorbild.« Ich dachte, er würde sich selbst meinen, aber dann begann er, über Oma Ann zu sprechen. »Ich hätte es schon bei der Hochzeit wissen sollen«, sagte er. »Aber das war 1968. Wer wusste damals schon, was eine Lesbe ist? Ich gebe mir keine Schuld.«

Ich schluckte. Meine Knie hüpften auf und ab, meine Füße wurden immer zappeliger. »Ich glaube, ich sollte gehen.«

»Ich gebe mir keine Schuld«, wiederholte er. »Ich war das Opfer. Das Opfer einer Ehe, in der mir etwas vorgemacht und in der ich betrogen wurde. Hast du schon Shakespeare gelesen?« Seine Stimme wurde lauter. Wir wurden angestarrt.

»Ein bisschen. Wir haben *Romeo und Julia …*«

»›Wie es schärfer nagt als Schlangenzahn, ein undankbares Kind zu haben‹«, zitierte er. »So ist deine Mutter. So sind sie alle miteinander. Undankbar.«

»Das ist sie nicht.« Mein Mund fühlte sich an, als wäre er voller Sägemehl. »Das ist sie nicht«, sagte ich noch einmal. Ich dachte an die Fotos in Oma Anns Album, auf denen meine Mutter schon älter war und auf denen sie immer aussah, als würde sie sich ducken. Ich dachte daran, wie meine Mutter mit mir im Meer geschwommen war, als ich noch klein war, nah am Strand, wie ich mich an ihren Schultern festhielt, während sie Wasser trat, wie es sich anfühlte, als würde ich fliegen, wenn ich auf ihrem Rücken trieb. Ich dachte daran, was sie auf der letzten Seite ihres Romans zu Hope gesagt hatte, ihrem Baby, das sie nicht gewollt hatte: *Ich werde dich immer lieben. Ich werde immer für dich da sein.*

»Ich habe sie zu dem gemacht, was sie ist«, sagte der Vater meiner Mutter mit einem eingebildeten Lächeln. »Ich habe ihr vorgelesen. Ihr das Schwimmen beigebracht. Ihr das ganze Material für ihr Buch geliefert. Und sie hat ein Vermögen damit verdient, stimmt's? Was wäre sie ohne mich?«

»Glücklich?« Das Wort rutschte mir einfach so heraus. Er zog eine Grimasse, und einen Augenblick lang dachte ich, er würde schreien oder seinen Kaffee zu Boden – oder mir ins Gesicht – schleudern.

Ich stand auf. »Ich sollte gehen.«

»Warum bist du hergekommen?« Seine Stimme klang kalt und spöttisch. »Hat sie dich geschickt? Bist du gekommen, um mir ihren Erfolg unter die Nase zu reiben? Sag ihr, das nächste Mal soll sie selbst kommen. Sie soll ihren alten Vater besuchen und ihn sich gut ansehen. Vielleicht macht sie das ... glücklich«, fügte er gehässig hinzu.

»Ich wollte dich sehen«, sagte ich. »Das ist alles. Ich habe dir eine Einladung hiergelassen.« Dann stand ich auf, mein Stuhl kippte um, und ich packte meine Handtasche und rannte förmlich durch die Tür und über den Parkplatz und rutschte auf die Rückbank von Kevins Auto, wo ich den Kopf in die Hände legte und so heftig zitterte, dass ich das Handy kaum halten konnte, um die Nummer meiner Mutter zu wählen.

Kevin verhielt sich, als sei das alles absolut normal. »Zurück ins Hotel?«

Ich nickte. Ich sah im Rückspiegel, wie die Tür zum Café aufging. »Hallo?«, sagte meine Mutter. »Joy?« Der Wagen setzte sich geschmeidig in Bewegung und fuhr vom Parkplatz auf die Straße, aber ich sah noch, wie mein Großvater ins Freie trat und in die beginnende Dämmerung blinzelte.

»Joy?«, brüllte mir meine Mutter ins Ohr. »Wo bist du?«

»Ich bin in Kalifornien«, sagte ich. »Ich will nach Hause.«

33

Als Joy vier Jahre alt war, fingen ihre Kopfschmerzen an. Sie saß bleich und mit schmerzverzerrtem Gesicht, den Kopf in die Hände gestützt, auf dem Sofa, und nichts half – kein kühler Waschlappen, kein Aspirin, kein Kamillentee und auch nicht, wenn sie sich in einem abgedunkelten Zimmer hinlegte. »Es tut weh«, weinte sie, und die Tränen kullerten ihr über die Wangen. »Es tut weh und hört gar nicht mehr auf!«

Wir hatten alle möglichen Ärzte abgeklappert – Kinderarzt, Augenarzt, HNO-Arzt – und Ohrentzündungen, Nebenhöhlenentzündungen und Migräne ausgeschlossen. Schließlich schlug der Neurologe vor, Joy über Nacht im Krankenhaus zu behalten und eine Reihe Tests zu machen, einschließlich eines Gehirn-MRTs. »Sie glauben, dass sie einen Gehirntumor hat?« Ich gab meiner Stimme einen leichten Klang und wartete auf das zwangsläufige *Natürlich nicht*, auf die Versicherung des Arztes, dass meine kleine

Familie, mein kleines Mädchen gesundheitlich nicht noch mehr durchmachen sollte. Aber er blätterte nur in Joys Krankenakte und sagte, dass er vielmehr an einen Tumor in den Nasennebenhöhlen dachte.

Ich starrte ihn an und wartete auf die Pointe. Es kam keine. Zwei Tage später brachten wir Joy ins Krankenhaus. Ich wartete vor dem Kernspin-Raum und sah zu, wie Joys langgestreckter, mit einem Kittel bekleideter Körper in der Öffnung des Scanners verschwand. Ich hielt es kaum aus, ihre winzigen, blassen Füße zu sehen, die Zehennägel, an denen noch Reste von rotem Nagellack waren, aber auf das Drängen der radiologischen Assistentin hin hatte ich mich vorgebeugt und mit fester Stimme in das Mikrofon gesagt: »Hab keine Angst, Liebes. Deine Mama ist bei dir.«

»Hab keine Angst«, sagte ich zu Joy während ich mich daran erinnerte, wie ich damals Gott in den zwanzig Minuten alles angeboten hatte, was mir einfiel. Ich war bereit gewesen, Jahre meines Lebens zu opfern, wenn nur Joy gesund sein würde. Ein paar Stunden später hatten wir unsere Diagnose bekommen. Stresskopfschmerzen. Sie würden von selbst verschwinden. Es war alles in Ordnung.

»Ich bin schon unterwegs.«

Joy seufzte nur.

»Was hast du dir bloß dabei gedacht?«, stieß ich hervor. Ich verstaute mein Handgepäck in der Ablage über meinem Sitz und schnallte mich an. Ich hörte nur ein Summen. »Joy Leah Shapiro Krushelevansky –«, begann ich.

»Ich wollte meinen Großvater besuchen«, murmelte sie. »Aber das war ein großer Fehler.«

Mir entwich ein leises Stöhnen, obwohl ich es eigentlich gewusst hatte. Ich hatte gewusst, wo sie war, sobald meine Mutter es erwähnt hatte.

»Hast du ihn gefunden?«, fragte ich.

»Du hast recht«, sagte sie. »Er ist nicht sehr nett.«

Du lieber Gott. Ich schluckte, während mir die schlimmsten Beleidigungen meines Vaters durch den Kopf gingen: wie er mich als hässlich beschimpfte und Elle als dumm, wie er Josh sagte, dass er ein Fehler gewesen sei. »Was hat er gesagt?«

»Nicht viel.« Sie kicherte unglücklich. »Eigentlich gar nichts. Ich glaube nicht, dass er zu meiner Bat-Mizwa kommen will. Das ist alles.«

»Ach, Liebes.« Ich dachte an den Tag, als sie mit verkniffenem Mund und geröteten Augen vom Kindergarten nach Hause gekommen war, und wie ich endlich aus ihr herausbekommen hatte, dass eines der anderen Mädchen (war es nicht Amber Gross gewesen?) gesagt hatte, sie könne nicht mit Joy befreundet sein, weil sie diese Dinger in den Ohren trug. Ich hatte einen politisch korrekten Vortrag heruntergeleiert, über Toleranz und gegenseitiges Verständnis und dass jedes Kind anders war, aber insgeheim hatte ich mir ausgemalt, wie ich die Schuldige ausfindig machen würde, die meiner Tochter wehgetan hatte, und ihre zwanzig Kilo schwere Gestalt mit Fußtritten über den Parkplatz der Philadelphia Academy jagen würde.

Joy schniefte. »Es geht mir gut.«

»Warte einfach. Ich bin bald bei dir«, sagte ich.

Ihre Stimme klang kleinlaut. »Ich habe deine Kreditkarte genommen. Deine White Card. Ist das schlimm?«

»Oh.« Ich brauchte einen Augenblick, um mich zu fangen. »Ja. Ja, das ist es. Du steckst in großen Schwierigkeiten, Joy!«

Sie kicherte, weil das etwas war, was ich seit Jahren im Spaß zu ihr oder zu Peter sagte. »Es tut mir leid«, sagte sie. »Alles.

Es tut mir leid, dass ich zu Tylers Bar-Mizwa gefahren bin und dass ich dich angelogen habe.«

»Schon gut, schon gut«, säuselte ich ins Handy und stellte mir vor, wie ich sie als Baby auf dem Schoß gewiegt und ihre Locken um meine Finger gewickelt hatte. »Es ist alles gut. Ich bin bald bei dir. Wir finden eine Lösung. Es wird alles gut.«

34

»Joy!«

Ich rannte über die Zufahrt von Maxis Strandcottage (sie nannte ihr mit weißen Schindeln gedecktes Haus ein Cottage, obwohl es fünf Schlafzimmer, zwei Anbauten und eine Profi-Küche hatte, die so groß war wie die im Ronald-McDonald-Haus), als meine Mutter aus dem Taxi stieg, und ließ mich von ihr in die Arme nehmen.

»Tu das nie wieder«, flüsterte meine Mutter in mein Haar. Ich merkte, dass sie weinte, und einen Augenblick lang glaubte ich, auch weinen zu müssen.

»Es tut mir leid«, sagte ich.

Sie strich mir über die Haare und berührte kurz meine Ohren und meine Wangen, so wie sie es früher immer gemacht hatte, um sich zu vergewissern, dass ich nicht verletzt war. »Ist alles in Ordnung?«

Ich nickte, dann ließ ich den Kopf hängen.

»Komm«, sagte sie, während das Taxi wendete und auf die steile Straße vor Maxis Haus einbog. Sie zog ein paar Tickets aus der Handtasche. »Wir fliegen morgen früh zurück.« Sie blickte zu Maxi, die in einem gepunkteten Kleid und einem dazu passenden breitkrempigen Hut an dem weiß gestrichenen, von rubinroten Rosen eingewachsenen Tor stand. »Das heißt, falls es dir recht ist?«

»Kein Problem.« Maxi lächelte. »Ich freue mich, dass ihr da seid.«

Meine Mutter wandte sich wieder an mich. »Hast du die Kreditkarte noch?«

Ich nahm sie aus meiner Handtasche und gab sie ihr mit schamrotem Gesicht. »Gut«, sagte sie und steckte sie in ihr Portemonnaie. »Ich habe mir nämlich gedacht, dass wir vielleicht shoppen gehen.«

Ich machte große Augen. Ich hatte alles Mögliche erwartet: dass sie mich anschreien, mir Hausarrest verpassen, meine Bat-Mizwa-Feier absagen würde. Shoppen zu gehen war nicht dabei gewesen.

Meine Mutter lächelte über meinen Gesichtsausdruck. »Das soll nicht heißen, dass du einfach so davonkommst. Wenn wir wieder zu Hause sind, hast du Hausarrest und einen Monat lang Fernsehverbot, und du musst mir dein Handy geben, wenn du nicht in der Schule bist.«

Ich nickte. Wahrscheinlich zu eifrig, denn sie runzelte die Stirn. »Und Taschengeld gibt's auch keines.«

»In Ordnung.«

Eine Dreiviertelstunde später betraten meine Mutter, Maxi und ich die Badgley-Mischka-Boutique auf dem Rodeo Drive. Ich erkannte die Straße aus dem Film *Pretty Woman*, den ich mir schon x-Mal mit meiner Mutter angeschaut hatte. »Bedank dich bei deinem Vater«, sagte meine Mutter, während uns ein livrierter Mann die Tür aufhielt. »Das ist seine Idee, nicht meine.« In dem eiskalt klimatisierten Raum mit dem dicken, elfenbeinfarbenen Teppichboden waren die Kleider wie Museumsexponate ausgestellt, zehn Stück davon an Schaufensterpuppen. Ich sah mir jedes Kleid einzeln an, gold- und creme- und silber- und bronzefarben, und meine Panik wuchs, bis mir meine Mutter auf die Schulter tippte und ich mich umdrehte. Hinter mir stand eine Verkäuferin mit dem pink- und silberfarbenen Kleid und lächelte mich an.

Ich folgte ihr in die verspiegelte Umkleidekabine, wo sie das Kleid aufhängte, zusammen mit einem passenden Schultertuch und einer Schuhschachtel mit einem Paar silberfarbenen Sandaletten. »Danke«, sagte ich. Dann sah ich meine Mutter an. »Bist du sicher?«

»Wenn es das ist, was du willst«, sagte sie leicht zögernd. »Ich finde es immer noch zu erwachsen.«

»Ich«, sagte Maxi, »finde es sehr schön.«

»Aber das ist keine Belohnung dafür, dass du weggelaufen bist«, sagte meine Mutter und setzte sich in der gegenüberliegenden Ankleidekabine auf einen Hocker. »Nur damit das klar ist. Dein Vater ist der Meinung, dass du das Kleid haben solltest, das du dir wünschst. Auf seine Verantwortung«, murmelte sie. Ich zog das Kleid über die Hüften und ließ mir von meiner Mutter den Reißverschluss zumachen. Sie legte ihre Hände auf meine Schultern, und einen Augenblick standen wir zusammen vor dem Spiegel: sie mit ihrem ewigen Pferdeschwanz (der heute wenigstens ordentlich war), ich mit meinen Locken, sie im schwarzen T-Shirt und einer Khakihose, ich in diesem traumhaften Kleid. Meine Mutter seufzte und schlang ihre Arme um mich. »Ist es das, was du willst? Macht dich das glücklich?«

Ich nickte. Sie legte mir das Tuch über die Schultern und drehte sich zum Geschäftsführer um, der mit verschränkten Händen hinter uns stand. »Wir nehmen es«, sagte sie.

Am nächsten Morgen saßen wir im Acht-Uhr-Flug zurück nach Hause. Nach dem Start nahm meine Mutter ein Buch aus ihrer Tasche. Ich holte die Badgley-Mischka-Tüte unter dem Vordersitz hervor und schob sie dann wieder zurück. Als wir unsere Reisehöhe erreicht hatten, steckte meine Mutter ihr Buch wieder in die Tasche und drehte sich zu mir: »Ich glaube, wir sollten uns unterhalten.«

»Worüber?«

Sie lächelte. »Ach, keine Ahnung. Vielleicht darüber, was dich dazu gebracht hat, nach Los Angeles zu fliegen und deinen lang verschollenen Großvater ausfindig zu machen?«

Ich zuckte die Schultern. »Er war ... ziemlich schrecklich.« Mir fiel kein Wort ein, mit dem sich sein Verhalten beschreiben ließ. Vielleicht sagten meine Mutter und Tante Elle und Oma Ann deshalb immer dasselbe. Aber *kein netter Mensch* drückte es nicht einmal ansatzweise aus. *Unheimlich* war ein besseres Wort. *Alt.* Und er konnte einem leidtun. Er war ein alter, verbitterter Mann mit einem Album voller Fotos – Fotos von Kindern, die erwachsen geworden waren und ihn nicht mehr kannten. »Er hat mir all diese Fotos von euch gezeigt, als ihr noch klein wart«, sagte ich.

Meine Mutter schien überrascht zu sein. »Wirklich?«

»Ja, von dir und Tante Elle und Onkel Josh. Und Besprechungen von deinem Buch. Und Artikel über dich.«

Sie wirkte nicht erfreut. »Hm, warum wohl?«

»Ich habe bei Oma eine Kassette von ihm gefunden.«

»Eine Videokassette?« Das schien sie noch mehr zu verwirren.

»Nein, eine Tonbandkassette. Als ihr noch klein wart. Er hat euch vorgelesen.«

Sie nickte langsam. »Das stimmt. Als Tante Elle und ich noch klein waren.« Bei dem Gedanken daran wurde ihr Gesicht weicher.

»Er klang so nett auf der Kassette ...« Ich hatte einen Kloß im Hals. »Er klang wie mein Vater. Aber du hattest recht. Ich hätte auf dich hören sollen. Er war nicht sehr nett.«

»Er war nicht immer so.« Meine Mutter presste die Lippen zusammen. Vielleicht dachte sie an etwas Schönes: Wie ihr Vater mit ihr zum Eislaufen gegangen war oder ihr das Schwimmen beigebracht hatte. »Früher war er toll. Das war ja das Schlimme«, sagte sie langsam. Ihre Stimme klang schüchtern, sanft, fast mädchenhaft. »Er war nicht immer so furchtbar. Ganz am Anfang war er ein wunderbarer Vater. Er hat uns vorgelesen und mit uns Ausflüge gemacht. Er hat uns alles Mögliche beigebracht.«

»Schlittschuhfahren«, sagte ich. »Und Schwimmen.«

»Ja. Und er hat uns geliebt ...« Sie blinzelte und wandte sich ab. »Er hat uns so sehr geliebt ... Keine Ahnung. Vielleicht war es was Chemisches oder eine wirklich schlimme Midlife Crisis. Aber ich weiß noch, wie toll es sich anfühlte, wenn er mir sagte, dass er stolz auf mich sei. Es war das beste Gefühl auf der ganzen Welt. Weil er es so selten sagte, verstehst du?« Ich merkte, dass es ihr schwerfiel, die richtigen Worte zu finden – meiner Mutter, die sonst zu allem etwas zu sagen hatte, die mir ständig erklärte, dass Worte ihre Werkzeuge waren. »Oma Ann war immer stolz auf uns, und wir wussten immer, dass sie uns liebte, aber bei ihm konnten wir uns nie sicher sein. Und wenn er es dann sagte ...« Sie zerknüllte die Serviette in ihrer Hand. Ich sah sie an und wandte mich dann ab. Peter sagte mir ständig, wie stolz sie auf mich waren. Er las mir vor, er machte Ausflüge mit mir. Ich zweifelte keine Sekunde daran, dass er mich liebte oder dass meine Mutter mich liebte, auch wenn mich ihre Liebe manchmal schier erdrückte. Sogar Bruce liebte mich, dachte ich. Obwohl er nach Amsterdam abgehauen war. Er war zurückgekommen und hatte sein Bestes getan.

»Ich hätte dich nicht anlügen sollen«, sagte sie bedrückt. »Es tut mir leid. Es war keine gute Entscheidung. Aber ich dachte, es wäre besser, wenn du denkst, dass er sich nichts aus dir macht, als zu denken, dass er sich aus den falschen Gründen etwas aus dir macht. Ich dachte, dass ich dir vielleicht später, wenn du älter bist, alles erzählen könnte. Falls es dich interessiert hätte.«

Ich überlegte eine Weile. Dann dachte ich, *Wer A sagt, muss auch B sagen*. Noch so ein Standardspruch von meiner Mutter. Ich bückte mich und holte meine Ausgabe von *Große Mädchen weinen nicht* aus Mrs Marmers Handtasche.

»Oje«, sagte meine Mutter kläglich. »Das. Also gut.« Sie holte tief Luft. »Bevor du irgendetwas sagst, muss ich zu meiner Verteidigung vorbringen, dass ich achtundzwanzig war, als ich es geschrieben habe, und ich hatte gerade eine schreckliche Trennung hinter mir. Ich habe stark übertrieben, damit es komischer wird.«

»Zum Beispiel, mit wie vielen Typen Allie geschlafen hat?«

Sie verzog das Gesicht. »Das vor allem. Und, äh, Allies Wut und Unsicherheit. Und ihre Dünnhäutigkeit und Kleinlichkeit. Es ist alles erfunden.« Sie zog unwillkürlich die Mundwinkel nach oben. »Bis auf das Fettsein. Das stimmt leider.« Sie überlegte. »Die Dünnhäutigkeit auch. Aber was dich betrifft, war ich bis zu meinem Hochzeitstag Jungfrau.« Sie zögerte. »Na ja, bis zu dem Tag, an dem ich Bruce kennenlernte. Und da war ich übrigens viel, viel älter als du.« Sie seufzte und griff nach ihrem Buch.

»Du bist eine gute Mutter«, sagte ich.

Sie hielt mitten in der Bewegung inne. »Findest du?«

»Die beste«, versicherte ich ihr. Ihre Schultern bebten, und ich dachte schon, sie würde zu weinen anfangen, aber sie riss sich zusammen und schlug ihr Buch auf. »Kann ich dich nur noch eines fragen?«

»Sicher.« Ihre Stimme klang etwas wackelig.

»Als du nach Los Angeles geflogen bist, in deinem Roman?«

»Als Allie nach Los Angeles geflogen ist«, korrigierte sie mich mit einem leichten Lächeln.

»›Um zu fliehen‹«, zitierte ich. »›Zu fliehen und neu geboren zu werden‹.«

Meine Mutter verdrehte die Augen. »Oje, und ich dachte damals, ich könnte schreiben!«

Ich achtete nicht auf sie. »Das, wovor sie davonlief …« Jetzt kam's, die Wurzel von allem, das A und O meiner Reise. »Das war ich, oder?«, flüsterte ich. »Du wolltest kein Kind haben.«

Ihre Augen füllten sich mit Tränen. »Ach, Joy.« Sie zog mich an sich und strich mir über die Locken. Ich legte meinen Kopf an ihre Brust, und ihr Atem wehte über meine Haare, als sie flüsterte: »Du warst das, was ich gesucht habe. Ich wusste es damals nur noch nicht.«

Irgendwo über Virginia erzählte ich ihr, dass Tamsin ihr Pseudonym als Autorin der Lyla-Dare-Romane verraten hatte. Sie war genauso geschockt, wie ich es gewesen war. »Tamsin? Tamsin Marmer? Deine beste Freundin?«

»Sie war wütend auf mich«, gab ich zu. »Deshalb hat sie es getan.«

»Na prima«, murmelte meine Mutter und stieß einen tiefen, langen Seufzer aus. »Tja, da kann man jetzt nichts mehr machen. Die Katze ist aus dem Sack. Schnee von gestern. Wenn Gott ein Fenster schließt, öffnet er eine Ehe.«

»Hä?«

»Tür«, sagte sie und schüttelte den Kopf. »Es heißt eigentlich: ›Wenn Gott ein Fenster schließt, öffnet er eine Tür‹.«

»Warum sollte Gott eine Ehe öffnen?«

Ihre Wangen röteten sich. »Es ist ein Scherz«, sagte sie. »Ein schlechter Scherz. Es gab da diesen Rabbiner in Cherry Hill, der seine Frau ermorden ließ, und dann erzählte er seiner Geliebten, dass Gott, wenn er ein Fenster schließt, eine Tür öffnet. Aber Peter und ich sagen immer, dass Gott, wenn er ein Fenster schließt, eine Ehe öffnet. Egal. Wenn es Tamsin nicht getan hätte, hätte es früher oder später jemand anders getan. Es wird schon alles gut werden.«

»Dann … dann bist du Tamsin also sogar dankbar?«, fragte ich ungläubig.

Sie lächelte mich schief an und zuckte die Schultern – es war kein Ja, aber auch kein Nein.

»Bist du deinem Vater dankbar?«

Der Pilot meldete über die Lautsprecher, dass wir unseren Landeanflug auf Philadelphia begonnen hatten. Meine Mutter schwieg so lange, dass ich mir nicht sicher war, ob sie mir überhaupt noch antworten würde. Schließlich sagte sie: »Weißt du, letztendlich sind alle meine Wünsche in Erfüllung gegangen. Ich habe alles, was ich mir gewünscht habe. Einen Ehemann und eine wunderbare Tochter, ein wunderschönes Zuhause und gute Freunde, meine Arbeit …« Sie verstummte. »Wenn man alles hat, was man sich wünscht, dann muss man den Menschen, die einen dorthin gebracht haben, vielleicht ein bisschen dankbar sein … egal, ob sie dachten, sie würden dir einen Gefallen tun oder nicht.«

Ich musste zusammengezuckt sein, weil sie meine Schulter drückte. »Mach dir keine Gedanken«, sagte sie. »Ach so, aber bevor wir landen, muss ich noch etwas anderes mit dir besprechen.« Sie kramte in ihrer Umhängetasche. Unter ihrem Buch, ihrem Portemonnaie und ihrer Wasserflasche war ein Ordner mit einigen Blättern Papier und einem Foto von Betsy, der Frau von der Website. »Also«, sagte meine Mutter. »Was würdest du davon halten, eine große Schwester zu werden?«

35

»Ich weiß nicht.« Ich blickte auf meinen Schoß, über den ein weißer Krankenhauskittel mit einem blauen Schneeflockenmuster gebreitet war, und streckte meine Beine aus. »Es ist komisch, dass mir nicht komischer zumute ist. Verstehst du, was ich meine?«

Peter zuckte die Schultern. Er saß, seit ich aus dem Behandlungszimmer gekommen war, neben meinem Bett. Auf dem Nachttisch standen eine Karaffe mit Eiswasser und der Tulpen- und Osterglockenstrauß, den er mir mitgebracht hatte. »Ich glaube nicht, dass es vorgeschrieben ist, wie man sich bei so etwas fühlen muss.«

Ich gähnte. Die Eientnahme war für die widerliche Uhrzeit von sechs Uhr morgens angesetzt worden, was hieß, dass wir seit vier Uhr auf den Beinen waren. Draußen war es diesig und grau, und in der Ferne ballten sich dunkle Gewitterwolken zusammen. Ich war froh, dass mir der Arzt für den Rest des Tages Bettruhe verordnet hatte. Zu Hause würde es dank der Klimaanlage wunderbar kühl sein. »Neun Eier. Ziemlich gut, oder?« Aber ehrlich gesagt kamen mir neun Eier relativ mittelmäßig vor. Ich hatte allerdings online von Frauen in meinem Alter gelesen, die trotz der Hormonbehandlung nur zwei Eier hervorgebracht hatten. Ich hatte aber auch von einer Eizellenspenderin Mitte zwanzig gelesen, die in einem einzigen Zyklus sage und schreibe vierundzwanzig Eier produziert hatte.

»Neun sollten mehr als genug sein«, sagte Peter.

»Dann ist meine Arbeit hier getan.« Ich verlagerte mein Gewicht und zuckte zusammen, als mich ein Krampf durchfuhr. Meine neun Eier würden nun schleunigst ins Labor gebracht werden, wo man sie mit den besten Anwärtern aus dem frühmorgendlichen gewaschenen und geschleuderten Sperma meines Ehemannes kombinieren würde. Mit ein wenig Glück würden die hübschesten Spermien und die hübschesten Eier ein paar hübsche achtzellige Embryos ergeben, die man mit Hilfe eines Katheters in Betsys hormonell vorbereitete Gebärmutter injizieren würde. Danach hieß es warten.

Peter nahm meine Hand und küsste sie. »Fühlst du dich gut? Dir ist wirklich nicht unwohl?«

»Mir geht's gut. Es sind nur die Nerven. Schöne neue Welt, stimmt's?«

Er drückte meine Hand. »Also was jetzt?«

Ich zuckte die Schultern. »Ich denke mal, wir warten.«

»Und was ist mit dir?«

Ich sah ihn neugierig an. »Was soll mit mir sein? Ich lege mich wieder ins Bett.«

»Hast du dir schon über dein nächstes Buch Gedanken gemacht? Den Roman, den der Verlag von dir haben will?«

Ich wandte mich ab und seufzte. Am Montag nach meiner Rückkehr aus L. A. erhielt ich den Anruf von Larissa, den ich schon erwartet hatte. Nach sorgfältiger Prüfung der Lage hatte der Verlag beschlossen, dass ich in Lyla Dares Universum nicht mehr effektiv funktionieren könne. »Aber das ist nicht so schlimm«, sagte Larissa. »Dann hast du den Kopf frei für deinen nächsten Roman!« »Klar«, sagte ich leise und legte auf.

»Ehrlich gesagt habe ich nicht über Bücher nachgedacht. Ich habe daran gedacht, wie schnell meine Eier verderben und wie ich verhindern kann, dass meine Tochter ohne mein Wissen das Land verlässt.«

»Ich mein's ernst.« Peter sah mich ruhig an. »Wie lange hast du jetzt StarGirl-Romane geschrieben?«

»Eine Weile«, gab ich zu. Es waren neun Jahre gewesen, und wenn alles beim Alten geblieben wäre, hätte ich sie bis an mein Lebensende geschrieben. Lylas Welt war so ein bequemes Versteck gewesen. Zuletzt war es mir leichtgefallen, in ihre Haut, ihren Körper und ihre Gefühlswelt zu schlüpfen, selbst wenn zwischen ihr und mir Welten lagen.

»Vielleicht hat die ganze Sache ja auch ihr Gutes«, sagte er. Ich biss mir auf die Lippe und schwieg. Er rieb mir den Nacken. »Ich wünschte mir nur, du hättest nicht so viel Angst.«

»Wovor soll ich Angst haben?«, fragte ich. »Ich habe keine Angst. Mir geht's gut.«

Er ließ nicht locker. »Du solltest wieder einen Roman schreiben. Einen richtigen.«

»Ich mag meine falschen.«

Peter ließ sich nicht beirren. »Ich glaube«, fuhr er fort, »dass du eine Aufgabe im Leben hast und dass du ihr gerecht werden musst.«

Ich verdrehte die Augen. »Hast du dir den Kopf angeschlagen und danach *Oprah* geguckt? Könnte ich jetzt bitte ein paar Schmerztabletten haben?«

»Hast du Schmerzen?«

Ich musterte sein Gesicht in dem grellen Krankenhauslicht – seine Wangen, seine geraden dunklen Augenbrauen und die warmen braunen Augen – und musste daran denken, dass ich ihn bei unserer ersten Begegnung nicht attraktiv gefunden hatte. Damals konnte ich nur wahrnehmen, dass er nicht wie Bruce aussah. Erst später hatte ich erkannt, wie herzensgut er war und dass er mich – mehr als jeder andere – so sah, wie ich war, und sich nicht von meiner forschen Art, meinen Posen oder den Namen, mit denen mich die Welt bedacht hatte, täuschen ließ.

»Ich habe eine Aufgabe«, sagte ich. »Ich kümmere mich um Joy.«

»Joy ist dreizehn. Sie wird bald auf die Highschool gehen. Du hast deine Arbeit getan, so gut wie man es als Mutter oder Vater tun kann.«

»Toll! Wenn man davon absieht, dass sie dreitausend Meilen weit davongelaufen ist, habe ich großartige Arbeit geleistet.«

Er ignorierte meinen Einwand. »Ich glaube, es gibt noch etwas anderes, was du tun solltest.«

»Meine Aufgabe«, wiederholte ich. »So etwas wie eine göttliche Bestimmung?«

Peter blieb ernst. »Vielleicht«, sagte er. »Und sollte das der Fall sein, solltest du dich nicht leichtfertig darüber hinwegsetzen. Denk dran, was Moses passiert ist, als er nicht auf Gott hörte.«

Ich versuchte, mich daran zu erinnern, was ich im Religionsunterricht gelernt hatte. »Willst du damit sagen, dass mir meine Lektorin als ein brennender Busch erscheinen wird? Das wäre cool.« Ich überlegte. »Jedenfalls mal etwas anderes.«

»Du solltest wieder einen Roman schreiben.«

»Und du«, sagte ich, »solltest mich jetzt damit in Ruhe lassen. Außerdem – denkst du nicht, dass ich alle Hände voll zu tun haben werde, wenn wir wieder ein Baby bekommen? Windeln wechseln, es mitten in der Nacht füttern, Schlafentzug, eingerissene Brustwarzen?«

»Du wirst es nicht stillen.«

»Ich werde aus Mitgefühl eingerissene Brustwarzen haben.«

»Als du deinen ersten Roman geschrieben hast, war Joy gerade auf die Welt gekommen.«

»Damals war ich noch jung! Ich war jung, und ich brauchte das Geld, und keiner war an Aktfotos von mir interessiert! Und ich wusste nicht, was danach passieren würde.« Ich sah auf meinen Schoß und sagte, halb zu mir selbst: »Ich kann das alles nicht noch einmal durchmachen. Und ich kann es euch nicht zumuten.«

»Uns geht's gut«, sagte er geduldig. »Es gibt Schlimmeres, als eine Schriftstellerin in der Familie zu haben. Wir werden's überleben.«

»Ich nicht.« Er sah mich ruhig an. »Ich kann nicht«, sagte ich. Er lächelte mich einfach nur weiter an. Ich ließ mich ins Kissen zurückfallen. »Herrgott noch mal! Geh und schikaniere eine der Ärztinnen mit ihrer Lebensaufgabe. Oder schau nach, was unsere Embryos machen. Denkst du, es ist zu früh, um uns Namen für sie auszudenken?«

Er stand auf und küsste mich. »Ich liebe dich.«

»Ja ja ja.«

Er küsste mich noch einmal. Dieses Mal legte ich eine Hand an seine Wange, die andere auf den weichen Flaum in seinem Nacken, zog sein Gesicht zu mir und erwiderte seinen Kuss. »Ich liebe dich auch.«

36

»Du warst letzten Sonntag nicht hier«, sagte Cara. Ich war seit einer Dreiviertelstunde im Ronald-McDonald-Haus, und sie hatte noch kein Wort mit mir gesprochen. Sie war mir einfach in die Küche gefolgt, hatte sich mit verschränkten Armen an den Tisch gesetzt und mich aus halb zusammengekniffenen Augen beobachtet, während ich das Geschirr spülte, die Müslipackungen wegräumte und die Ablagen abwischte, die aussahen, als hätte man darauf Haferkekse gebacken.

»Ich musste wohin«, sagte ich und warf ihr einen Schwamm zu. »Hey, willst du mir helfen?«

»Nicht wirklich«, sagte sie und kippte ihren Stuhl auf die Hinterbeine.

»Tu das nicht. Du fällst noch um.«

»Na und?«, sagte sie. »Wie ich gehört habe, ist hier in der Nähe ein gutes Krankenhaus.«

»Ha ha ha.« Ich spritzte noch mehr Spülmittel auf die Ablagen und widmete mich wieder dem eingetrockneten braunen Zucker. Als die Ablage so sauber wie möglich war, legte ich das Geschirrtuch neben dem Spülbecken zusammen. »Es tut mir leid, dass ich letztes Wochenende nicht hier war.«

»Schon gut«, sagte Cara.

»Wie geht's deinem Bruder?«, fragte ich. Sie zuckte die Schultern. »Und deinen Eltern?«

Erneutes Schulterzucken. »Sie sind im Krankenhaus. Die meiste Zeit übernachten sie dort.«

Ich trocknete mir die Hände. Sie kippte noch weiter mit ihrem Stuhl nach hinten und starrte mich an.

»Willst du rausgehen?«, fragte ich.

Sie blickte aus dem Fenster auf einen Walnussbaum, dessen dicke grüne Blätter im Wind schaukelten, und antwortete nicht.

»Du würdest mir einen Gefallen tun. Ich habe Hausarrest. Ich darf das Haus nicht verlassen, außer um zur Schule und zu meinem Bat-Mizwa-Unterricht zu gehen und um hierherzukommen. Also wenn wir rausgehen würden ...« Ich sah aus dem Fenster und rechnete nach, wie viel Zeit und Geld ich hatte. »Wir könnten in ein Café gehen oder zu Cereality, oder wir könnten uns bei Urban Outfitters Klamotten anschauen.«

»Warum hast du Hausarrest?«

Ich rückte einen Stuhl neben sie. »Ich habe meiner Mutter die Kreditkarte geklaut und bin nach Los Angeles geflogen.«

Ihr Stuhl kippte mit einem lauten Rums nach vorn. »Nein! Was hast du dort gemacht? Hast du irgendwelche Filmstars gesehen? Bist du in Disney World gewesen?«

»Disneyland«, korrigierte ich sie. »Disney World ist in Florida.«

»Warst du dort? Oder in den Universal Studios? Du bist ganz allein geflogen? Ich bin noch nie in einem Flugzeug gewesen.« Sie starrte zur Decke hinauf. »Aber ich werde wohl bald fliegen.«

»Wirklich?« Es schien ein seltsamer Zeitpunkt für Cara und ihre Familie, eine Reise zu planen.

»Na ja, vielleicht. Du weißt schon, diese Leute von der Make-A-Wish Foundation. Aber Harry ist so doof und wünscht sich wahrscheinlich einen Ausflug zum Sesame-Place-Vergnügungspark. Dabei kann man dort mit dem Auto hinfahren.« Sie kippte wieder nach hinten. Ich sprang auf und packte sie, bevor sie umfiel, überrascht, wie klein sie war und wie leicht sich ihr Körper anfühlte.

Ich stellte ihren Stuhl ab. »Siehst du? Ich habe dich gewarnt.«

Sie rückte näher an den Tisch. »Also, was hast du in Los Angeles gemacht?«

Ich setzte mich wieder. »Ich habe mich mit meinem Großvater getroffen.«

Caras Augen glänzten vor Neugier. »Und wie war's?«

»Geht so. Er ist ein ziemliches Ekel.«

Sie nahm einen Haargummi aus der Tasche und wickelte ihn immer und immer wieder um ihren Zeigefinger. »Oh.« Sie senkte den Kopf und murmelte etwas.

»Was?«

»Mein Bruder«, sagte sie. »Ich soll ihn besuchen.«

»Oh.« Ich stand auf und fing an, eine Ablage abzuwischen, die ich gerade sauber gemacht hatte. »Holen deine Eltern dich hier ab?«

»Ich könnte auf sie warten.« Sie kippte wieder mit dem Stuhl nach hinten, und dieses Mal hielt ich sie nicht davon ab. »Aber vielleicht könntest du …«

»Was?«

»Mit mir ins Krankenhaus gehen. Jetzt ist gerade Besuchszeit.«

Meine Handflächen wurden kalt. Ich hasste Krankenhäuser. Schon von klein auf. In Krankenhäusern passieren schlimme, schmerzhafte Dinge. »Muss man nicht von einem Erwachsenen begleitet werden?«

Sie machte einen Schmollmund. »Du bist allein nach Kalifornien geflogen, und jetzt willst du nicht mal mit mir über die Straße ins Krankenhaus gehen?«

Wenn sie es so sagte, konnte ich mich schlecht rausreden. Außerdem konnte ich nicht immer ein Baby bleiben – nicht jetzt, da meine Bat-Mizwa vor der Tür stand. Ich sagte Deborah an der Rezeption Bescheid, wo wir hingehen würden. Dann holte ich meinen Rucksack aus dem Schrank, steckte mein Handy ein und ging mit Cara über die Straße.

Das riesige Krankenhaus nahm einen ganzen Straßenzug ein. Vor dem Eingang wartete eine Reihe von Krankenwagen, und an den Türen standen Grüppchen von Rauchern (einige von ihnen saßen im Rollstuhl, die Zigarette in der einen Hand und eine Infusionsnadel in der anderen). Cara ging mit gesenktem Kopf forsch voran. »Es ist im fünften Stock.«

»Halt«, sagte ich. »Warte kurz.«

Sie sah mich an. »Du brauchst keine Angst zu haben. Es ist nicht ansteckend oder so.«

»Nein, ich … es ist nur … Warte einfach.« Auf der gegenüberliegenden Straßenseite war ein Obststand, und ich hatte zehn Dollar in der Tasche. Ich wartete, bis die Ampel auf Grün schaltete, dann überquerte ich die Straße und kaufte drei Orangen, schönere als die, die bei meinem Großvater auf dem Rasen gelegen hatten. Meine Mutter machte das auch so, wenn sie ins Krankenhaus ging, um kranke oder schwangere Freundinnen zu besuchen. *Es ist nie verkehrt, etwas mitzubringen*, sagte sie immer.

Wir gingen durch die Drehtür in die Eingangshalle. Cara meldete uns am Empfang an, wo man uns Aufkleber mit der Aufschrift BESUCHER und unseren Namen aushändigte. In den breiten weißen Korridoren mit dem abgewetzten Fliesenboden standen links und rechts leere Betten. Ich nahm eine Orange aus der Papiertüte und roch daran. Ich dachte, dass die Welt wie eine Orange war, und wenn ich sie mit dem Daumennagel aufmachte, würde ich eine ganz andere Welt finden, die Welt der Erwachsenen, die Geheimnisse unter der Schale.

Die Aufzugstüren öffneten sich. Ich folgte Caras pinkfarbenem T-Shirt den Gang hinab zu Zimmer 632. In dem Bett saß ein kleiner Junge in einem Krankenhaushemd und mit einer Phillies-Kappe auf dem Kopf. In seinem Arm steckte eine Infusionsnadel, und er hatte dunkle Schatten unter den Augen. Seine Eltern saßen links und rechts von ihm, und auf seinem Schoß waren Kärtchen verteilt. Sie spielten Memory.

»Hallo, Harry!«, rief Cara, ging auf ihren Bruder zu und küsste ihn. Ich blinzelte verwirrt und fragte mich, wo plötzlich dieses fröhliche, strahlende kleine Mädchen herkam. Ich lächelte und sagte Hallo, als sie mich Harry und ihren Eltern vorstellte. Ich hatte noch nie zwei Menschen gesehen, die so müde aussahen. Ich setzte mich leise auf die Ecke der Heizung und dachte darüber nach, dass es vielleicht Gesichter gab, die wir nur unserer Familie zeigten, denen, die uns am längsten kannten und am meisten liebten.

»Schön, dich kennenzulernen«, sagte Caras Mutter und versuchte zu lächeln. »Wir haben schon viel von dir gehört. Ich hole dir einen Stuhl.«

»Es geht schon«, sagte ich. Ich reihte die Orangen auf dem Fensterbrett auf. Jemand hatte aufblasbare Bert- und Erniefiguren an die Vorhangschnüre gebunden, und in einer Vase welkte ein Strauß Gänseblumen vor sich hin. Ich füllte die Vase mit frischem Wasser und entwirrte die Ballonschnüre. Dann setzte ich mich aufs Fensterbrett und sah ihnen dabei zu, wie sie im Schein des grellen Neonlichts Karten spielten, während immer wieder Krankenschwestern kamen, um Harrys Temperatur zu messen oder seine Infusion zu kontrollieren. Ich blieb bei ihnen, bis die Sonne unterging und meine Orangen die leuchtendsten Gegenstände im Zimmer waren.

37

Ich war gerade mit Gartenarbeit beschäftigt, als der Anruf kam. Es war ein ungewöhnlich heißer Sonntagvormittag. Peter und ich hatten lange geschlafen, dann war er ins Büro gegangen, um längst überfälligen Papierkram zu erledigen, und ich hatte den Vormittag damit verbracht, die Rosen zu beschneiden, die Hortensien zu düngen und meine Wicken und Stargazer-Lilien umzupflanzen.

Es war ein ruhiges Wochenende gewesen. Samantha war auf der Hochzeit ihres Bruders in Pittsburgh; sie hatte sich schließlich widerwillig entschlossen, allein hinzugehen. »Wie schlimm kann es schon werden?«, sagte ich, als ich ihr die Taschen zum Auto tragen half. »Frag nicht, wenn du die Antwort nicht hören willst«, antwortete sie. Ich hatte sie umarmt und ihr gesagt, dass sie mich anrufen solle, wenn sie mich brauchte.

Ich kniete gerade auf dem Rasen, die Hände bis zu den Ellbogen in der Erde, als das Telefon klingelte. »Joy, kannst du rangehen?«, rief ich in Richtung Haus. Keine Antwort. Das Telefon hörte nicht auf zu klingeln. Ich wischte mir die Stirn an der Schulter ab. »Joy!« Wieder keine Antwort. Vielleicht war sie zum Ronald-McDonald-Haus gefahren. Ihr sechswöchiger Bat-Mizwa-Dienst war abgelaufen, aber sie ging weiter hin. »Was machst du dort?«, hatte ich sie gefragt, und sie hatte mit einem Schulterzucken geantwortet: »Meistens spüle ich das Geschirr. Und ich höre zu, wenn Leute reden wollen.«

Ich lief zu dem kleinen Tisch neben dem Gasgrill und blickte auf das Display, bevor ich den Hörer abnahm. Es war eine Krankenhausnummer, aber nicht Peters Durchwahl.

»Hallo?«

»Ms Krushelevansky?«

»Ja?«

»Hier spricht Dr. Cronin vom Uniklinikum. Ich rufe aus der Notaufnahme an. Sie müssen so schnell wie möglich herkommen.«

Während ich auf den weißen Korbstuhl neben dem Koiteich sank, war ich noch rational genug, um zu denken, dass ich in gewisser Weise seit über dreizehn Jahren auf diesen Anruf gewartet hatte. Mit einer Stimme, die nicht nach meiner beziehungsweise überhaupt nicht wie die eines Menschen klang, hörte ich mich fragen: »Geht es um meine Tochter? Joy Krushelevansky? Ist etwas passiert? Ist sie –«

Die Stimme am anderen Ende der Leitung – jung, weiblich, gestresst, besorgt – fiel mir ins Wort. »Wir haben einen gewissen Peter Krushelevansky hier bei uns in der Notaufnahme. Es ist wichtig, Ma'am, dass Sie so schnell wie möglich herkommen.«

Ich sagte: »Großer Gott.« Ich sagte: »Ja, natürlich.« Ich war irgendwie auf den Knien gelandet, drehte den Kopf zur Tür und brüllte den Namen meiner Tochter. Keine Antwort. Ich kritzelte auf einen Zettel: *Bin im Krankenhaus, ruf mich auf dem Handy an.* Während der Fahrt durch die Front Street und Lombard Street sagte ich mir, dass es ein Fehler oder eine Verwechslung sein könnte. Peter hatte manchmal Patienten in der Notaufnahme. Vielleicht war er bei einer Patientin. Das Ganze war vielleicht ein Missverständnis. Aber als ich in die Twentieth Street und dann in die Walnut Street einbog, wusste ich, dass Krankenhäuser nicht solche Fehler machten. Ich wusste es mit jeder Faser meines Körpers, mit jedem Schritt durch die schockierend kalte Eingangshalle in Richtung Notaufnahme, wo die Ärztin, die blaue Augen und

Sommersprossen hatte und eine schöne Alabasterhaut, die einem bestenfalls bis zum dreißigsten Lebensjahr beschieden ist, mich am Arm nahm und zu einem Stuhl am Fenster führte.

Es war ein kardiologisches Ereignis. Es war schnell gegangen.

»Das heißt, er ist …« Ich schluckte. Mein Mund fühlte sich an, als würde ich kalten Karamell kauen. »Peter ist tot?«

Dr. Cronin tätschelte mein Knie. »Es tut mir so leid. Es tut mir schrecklich leid.« Ich sah ihre Hand auf meinem Knie, ich sah, wie sie sich bewegte, aber ich fühlte nichts. Es war, als hätte ich meinen Körper verlassen, als würde ich zur gekachelten Decke hinaufschweben und von dort oben herabschauen, ohne auch nur das Geringste zu fühlen.

»Ein Ereignis«, wiederholte ich. »Das klingt nach einer Party.« Ich lachte. »Gab es einen Caterer?«

Sie starrte mich an. Ich fragte mich, ob die junge Ärztin schon viel Erfahrung im Umgang mit Trauernden hatte oder ob ich die erste Person war, der sie erzählen musste, dass ein Liebster in ihrer Obhut gestorben war, sodass sie ab jetzt immer erwartete, dass alle Hinterbliebenen so durchgeknallt und seltsam waren wie ich. »Ich will ihn sehen«, sagte ich.

»Natürlich.« Die Erleichterung war ihr anzumerken. *Gab es einen Caterer* – das irritierte sie. *Ich will ihn sehen* – damit konnte sie umgehen. »Die Schwestern haben ihn zurechtgemacht.«

»Haben Sie versucht –«

»Es tut mir schrecklich leid«, sagte sie noch einmal und wiederholte ihre Worte. Es war ein Herzinfarkt. Es war schnell gegangen. Er war bereits tot gewesen, als er in die

Notaufnahme eingeliefert wurde, und, nein, es hatte keine Symptome gegeben, keinerlei Anzeichen, man hätte es unmöglich vorhersagen oder wissen können. Er hätte Magenschmerzen gehabt, hatte seine Sekretärin Dolores gesagt, und er hatte den Kopf auf den Schreibtisch sinken lassen, und als sie in sein Büro ging, um ihn zu fragen, ob er vielleicht ein Glas Wasser oder sich kurz hinlegen wolle, war er bereits bewusstlos gewesen. Dr. Cronin sagte noch einmal *kardiologisches Ereignis*, und ich hätte sie am liebsten geschüttelt und gesagt: *Herzinfarkt! Nennen Sie es doch einfach einen Herzinfarkt!* Sie sagte: *Es ging schnell.* Ihre Stimme war wie ein Radiosender, dessen Empfang immer schlechter wurde, je weiter ich mich entfernte. *Er hatte keine … So ein wunderbarer … Alle, die hier arbeiten …*

Von meinem Platz an der Decke aus beobachtete ich, wie mein Körper aufstand und den Gang hinabschlurfte. Ich sah meiner Hand dabei zu, wie sie den Vorhang zurückschob, und meinen Beinen, wie sie über den grün-weiß gekachelten Boden zu dem Bett gingen, auf dem mein Mann lag.

Jemand hatte ihm ein weißes Laken bis unters Kinn gezogen. Seine Augen waren geschlossen, und seine Hände lagen verschränkt auf dem Laken, auf seiner Brust, und das winzige Flämmchen Hoffnung, das ich noch genährt hatte – dass es sich um eine Verwechslung handelte, dass vielleicht mein Vater nach Philadelphia zurückgekommen war und Dr. Shapiro, nicht Dr. Krushelevansky, die Herzparty gehabt hatte –, flackerte ein letztes Mal leicht auf und erlosch dann für immer. Peter sah aus, als würde er schlafen, aber als ich mich über ihn beugte, sah ich, dass es keineswegs so war. Sein Körper war noch da, mehr oder weniger unverändert, aber Peter, der Mann, mit dem ich seit elf Jahren verheiratet war, die Liebe meines Lebens, war weg.

»Nein«, hörte ich. »O nein.« Die Stimme kam von der Tür. Ich drehte mich um und sah Dolores, die ihm, seit wir uns kannten, jedes Jahr im Dezember Biscotti gebacken hatte. Sie stand an der Wand und nestelte am Ausschnitt ihrer Bluse. »Nein, nein, nein.«

»Es ist alles gut«, sagte ich und tätschelte ihren Arm, dann ging ich wieder zurück ans Bett. Meine Hände, mit denen ich das Laken über seinem Oberkörper glatt strich, waren schmutzig; ich blutete am Handgelenk, wo ich mich an einer Dorne geritzt hatte. Ich beugte mich über ihn, dann kniete ich mich vor sein Bett, so wie ich vor den Rosen gekniet hatte.

Mein Handy klingelte. Ich fummelte es nervös aus der Tasche und ließ es prompt fallen. »Cannie?«, hörte ich Samanthas Stimme. »Kannst du mich hören? Stell dir vor, du wirst es nicht glauben! Ich habe jemanden kennengelernt. Hier! In Pittsburgh! Bei der Hochzeit! Im Hotel findet gerade eine Art Zauberkongress statt ...«

Dr. Cronin musste das Telefon aufgehoben haben und damit nach draußen gegangen sein. Ich weiß nicht, was sie Samantha erzählte. Ich weiß nicht, wo Dolores hinging. Ich hörte nichts, ich sah nichts, nur die Leiche meines Mannes, meine schmutzigen Hände, meine schmutzigen Fingernägel auf dem sauberen weißen Laken, und ich legte meine warmen Lippen an sein kühles Ohr. »Peter«, flüsterte ich so leise, damit nur er es hören konnte, »lass das. Du machst uns allen Angst. Wach auf. Komm nach Hause.«

»Mrs Krushelevansky?«

Jemand fasste mich an den Schultern und führte mich zu einem Stuhl. *Wach auf*, flüsterte ich wieder, obwohl ich wusste, dass er das nicht tun würde, dass dies kein Märchen war, dass kein Kuss, kein Wunsch, keine noch so große Liebe ihn wieder zum Leben erwecken konnte. Peter! O Peter!, dachte ich. Und dann: Wie soll ich es bloß Joy sagen? Ich drückte die Faust auf den Mund und schmeckte Erde und Salz, als ich zu weinen begann.

Cannie.

Ich stöhnte und drehte mich mit geschlossenen Augen auf die andere Seite. Ich hatte den schönsten Traum gehabt. Ich hatte davon geträumt, wie Peter und ich das erste Mal miteinander geschlafen hatten, in seiner alten Wohnung.

Cannie.

»Fünf Minuten«, murmelte ich, ohne die Augen aufzumachen. Es war nicht fair. Es war einfach nicht fair. Wollte ich wirklich in einer Welt ohne ihn leben? Nein. Auf keinen Fall. *No más.* Vielleicht würde ich einfach im Bett bleiben.

Cannie, wach auf.

Ruhe, dachte ich. Lasst mich in Ruhe. Ich besaß eine schwarze Augenmaske aus Satin, auf der mit Pailletten die Worte FAST BERÜHMT eingestickt waren – Maxi hatte sie mir vor vielen Jahren als Gag geschenkt. Ich hatte Verdunklungsjalousien an den Fenstern. Ich hatte Pizzen, Waffeln und Wodka im Gefrierfach, Geld auf dem Konto und viele bequeme Pyjamas. Ich könnte lange, lange Zeit hier oben im Bett bleiben.

Ich hörte, wie eine Tür auf- und zuging. Gesprächsfetzen, Frauenstimmen. *Denkst du ... Sollen wir versuchen ...* Ich zog die Decke über den Kopf. Peter war nicht tot. Wir waren zusammen in seiner Wohnung. Das Licht fiel durch die Jalousien, Staub tanzte in der Luft. Er saß mit gespreizten Beinen auf dem Sofa und lehnte sich zurück. *Lass mich dich ansehen*, hatte er gesagt. *Erst wenn du mit mir tanzen gehst*, hatte ich gesagt. Er atmete schneller: *Ich gehe mit dir überall hin, aber ich möchte dich sehen – jetzt gleich.*

Cannie?

Ich kniff die Augen zusammen. Ich war in Peters alter Wohnung. Ich war achtundzwanzig Jahre alt, ich hatte drei Monate zuvor entbunden und war halb verrückt vor Wut und Verlangen. Er saß auf dem Sofa, und ich stand vor ihm, die Daumen in die Gürtelschlaufen meiner Jeans gehakt. Ich hatte meinen BH noch an, aber er hatte ihn bereits aufgehakt, meine Haare waren zerzaust, meine Lippen halb geöffnet. Er sah mich an, als sei ich die schönste Frau, die er je gesehen hatte. Ich beugte mich näher zu seinem nackten Oberkörper. Wenn ich mich nur fest genug anstrengte, wenn ich alles andere ausblendete, könnte ich spüren, wie es wärmer wurde. Ich könnte die Spuren meines Lipgloss auf seiner Schulter sehen, ich könnte mich in seine Wohnung zurückversetzen und so lange dort bleiben, wie ich wollte. Ich könnte dort bleiben und nie mehr wieder zurückkommen.

Steh auf, Jägerin.

Ich schlug die Augen auf und fand mich in der weißen Sandwüste der Ebene von Said'dath Kahr wieder. Ein heißer Wind blies mir die Haare ins Gesicht. Ich setzte mich auf, blinzelte und wischte mir den Sand von den Händen. Lyla Dare stand über mir, in ihrem Rücken eine leere Feuerstelle, aus der sich eine Rauchsäule in den dunkel werdenden Himmel schlängelte.

»Du bist also gekommen«, sagte sie.

Ich blickte mich in Lylas Wüste um, einem Meer aus weißem Sand unter den Zwillingsmonden. Ich sah die Höhlen und die Oase, genauso wie ich es mir die letzten zehn Jahre über vorgestellt hatte. Alles war so, wie ich es zurückgelassen hatte. Am Firmament tanzten tausend Sterne, kleine Lichtpunkte in der Dunkelheit. Lyla setzte sich neben mich auf den Boden und drehte ihre Haare zu einem schlampigen Nackenknoten. »Wirst du hierbleiben?«, fragte sie.

Warum eigentlich nicht? Ich würde für immer hierbleiben, Lyla auf ihren Abenteuern im All begleiten und mir von niemandem etwas gefallen lassen. Ich würde die Vergangenheit Vergangenheit sein lassen und nie wieder nach Hause gehen.

Lyla lächelte mich schief an und nahm einen Beutel aus Tierhaut von der Schulter. Ich sah ihr dabei zu, wie sie Wein in verzierte Goldtassen goss. Ich erkannte die Tassen von meiner Bat-Mizwa. Sie waren ein Geschenk der Frauengruppe meiner Synagoge gewesen; man verwendet sie, wenn man den Sabbat zu Hause feiert, die Kerzen anzündet, Wein einschenkt. Unten am Tassenboden war mein Name eingraviert; ich würde ihn ertasten können, falls ich eine der Tassen nahm und mit dem Daumen über den Boden fuhr.

»Trink mit mir«, sagte sie.

Ich zögerte. Ich wusste, dass ich für immer bleiben würde, wenn ich von dem Wein trank. Es war meine Version von Persephones Granatapfelkernen, der Fluch, der jedem Happy End, jedem Zauber innewohnte. Ich könnte hierbleiben, aber ich würde mein Kind nie wiedersehen.

Lyla hielt mir den Becher hin. Ihre Augen waren schwarze Schatten im Dunkeln, ihr hübsches Gesicht ausdruckslos.

»Das versteht du nicht«, sagte ich.

Sie legte den Kopf schief.

»Er hat mich gerettet.« Meine Stimme war ein Krächzen. »Er hat mich gerettet.«

»Nur wir selbst können uns retten«, sagte Lyla. »Du weißt, wie es geht, oder?« Sie hielt mir mit ruhiger Hand den Wein hin.

»Es ist nicht fair«, sagte ich.

»Nein, das ist es nicht«, stimmte sie zu, dann kippte sie den Wein in den Sand, der ihn sofort verschluckte, auslöschte.

Ich drückte die Hände gegen die Augen. Als ich sie wegnahm, beugte sich Lyla vor. Ich spürte ihre Lippen an meiner Stirn, als sie flüsterte: »Dann entlasse ich dich in die Freiheit.« Sie küsste meine Stirn mit einer Zärtlichkeit, die ich nie für möglich gehalten hätte, über die ich nie geschrieben hatte. Aber dann hörte ich wieder die Stimme der Kriegerin, die sie in meiner Vorstellung bisher nur über trostlose Ebenen und in tiefe Verliese hatte erschallen lassen: »Und jetzt wach auf!«

»Wach auf«, sagte die Stimme. »Mama, du musst jetzt wirklich aufwachen.«

Ich schlug die Augen auf und war in meiner Welt, in meinem eigenen Bett. Joy stand mit blassem Gesicht und geröteten, geschwollenen Augen vor mir. Sie trug ihr Kleid vom letzten Schulbesuchstag, dessen Reißverschluss noch offen stand, und hatte zwei verschiedene Schuhe in der Hand.

»Mama?«, sagte sie mit schriller Stimme. »Ich bekomme den Reißverschluss nicht zu, und ich kann meine Schuhe nicht finden.«

»Okay.« Ich schlug die Decke zurück und setzte mich auf. Mein Kopf war schwer, und mein Mund war so trocken, als hätte ich tatsächlich die ganze Nacht in der Wüste verbracht. Wo sollte ich anfangen? »Was für ein Tag ist heute?«

Sie starrte mich mit Panik in den Augen an. »Dienstag. Papas Beerdigung ist in zwei Stunden. Oma Ann und Tante Elle und Tante Samantha sind schon hier. Du musst aufwachen!«

»Ich bin schon auf«, brummte ich leicht unwirsch und klopfte auf das Bett neben mir. »Komm her.«

Sie sah mich mit großen Augen an.

»Nur eine Minute«, bat ich. »Als du klein warst, bist du so gern zu uns ins Schlafzimmer gekommen. Du hast dich vors Bett gestellt und gesagt …«

»… kann ich in die Mitte?« Joys Stimme hatte nichts mehr von der alten Genervtheit. Ihre Lippen zitterten. Kein Peter auf der anderen Seite. Sie würde nie wieder in der Mitte liegen. Joy ließ ihre Schuhe fallen, kletterte zu mir ins Bett und ließ sich von mir in die Arme nehmen.

»Siehst du, es ist gar nicht schlimm«, murmelte ich in ihre nassen Haare.

Als ich aufsah, stand meine Schwester in der Tür. »Bist du wach?«, fragte sie.

»Wie du siehst.«

Elle schleuderte ihre Schuhe von sich und kletterte neben Joy ins Bett. »Nobel, nobel«, sagte sie und rutschte hin und her. »Ist das eine Pillowtop-Matratze?«

»Ich glaube schon.«

»Kann ich sie haben?«

»Ob du sie haben kannst?«

»Na ja, du wirst wahrscheinlich eine neue wollen. Du weißt schon. Wegen der Erinnerungen.«

»Nein, Elle«, sagte ich mit übertriebener Geduld. »Du kannst mein Bett nicht haben.«

»Sie möchte die Erinnerungen behalten«, sagte Joy. Ihre Stimme wurde von dem Kissen verschluckt. Peters Kissen.

»Wer will was haben?« Meine Mutter stand in der Tür, hinter ihr Samantha.

»Deine Tochter giert bereits nach meinen irdischen Besitztümern«, sagte ich.

Elle setzte sich entrüstet auf und hob zu ihrer Verteidigung an. »Ich habe gelesen, dass nach einer langen Ehe manchmal auch der andere Ehepartner stirbt, ein paar Tage später. Ihr wisst schon, aus Trauer. Und ich wollte ja nur, dass du weißt … falls du noch keine Pläne hast …«

»Sie wird nicht sterben«, sagte Joy.

Mein Gesicht fühlte sich seltsam an. Es dauerte einen Augenblick, bis ich kapierte, dass ich lächelte. »Ist das nicht eher bei alten Leuten der Fall?«

»Sag ich doch!« Meine Schwester verdrehte die Augen.

»So alt bin ich auch wieder nicht, und du kannst das Bett nicht haben.«

»Gut. Mir hat es immer gefallen. Rutsch rüber«, sagte meine Mutter zu meiner Schwester und zwängte sich zwischen Joy und Elle, die entsetzt zurückwich.

»Iih! Fass mich nicht an! Du weißt, dass ich das nicht mag!«, rief Elle.

»Hier wird's nun mal eng.«

»Meine Damen«, sagte Samantha. Ich sah sie erwartungsvoll an. Sie seufzte, zuckte die Schultern und setzte sich auf die Bettkante – allenfalls eine symbolische Geste, die ich aber sehr zu schätzen wusste.

»In Ordnung«, sagte ich und schwang meine Beine auf den Boden. Einen Augenblick lang stellte ich mir vor, wie der Sand der Weltraumwüste von meinen Handflächen auf die Dielen rieselte. *Philadelphia*, sagte ich mir streng. *Dienstag. Peters Begräbnis in eineinhalb Stunden.* Ich wandte mich an Joy. »Ich glaube, du kannst einen grauen Rock und eine schöne Bluse tragen. Und dazu deine Sandalen. Sie sind unten im Schrank.« Ich ging barfuß über den Boden. *Ein Schritt. Noch einer. Gut. Atmen.* Ich würde mir die Zähne putzen, die Haare kämmen, den schwarzen Anzug anziehen, den ich damals bei meinem Fernsehauftritt getragen hatte und von dem Joy gesagt hatte, dass er perfekt sei für eine

Beerdigung. Wir würden uns beide anziehen und das Haus verlassen, auch wenn ich mich lieber auf dem Bett eingerollt und in mein Kissen geheult hätte. Ich würde den heutigen Tag überstehen und auch den morgigen Tag und all die darauffolgenden Tage – Tage, die mir schier endlos und leer vorkommen würden, weil ich es mir nicht leisten konnte, mich gehenzulassen oder in eine fiktive Wüste zu flüchten. Als Mutter kann man das nicht. Ich fuhr mir durch die verfilzten Haare. Ach, Peter, dachte ich. »Komm mit, Liebes«, sagte ich zu Joy. »Gehen wir.«

Das Bestattungsinstitut Goldstein in der North Broad Street war bis auf den letzten Platz gefüllt mit Verwandten, Freunden und Peters Kollegen. Ich sah Dolores, die in ein Knäuel Taschentücher weinte, und Dr. Gerlach, seinen Institutsleiter, der mir in einer angedeuteten Umarmung die Schultern drückte und mir sagte, was für ein schrecklicher Verlust es sei, für das Krankenhaus, für Philadelphia, für uns alle.

Zwei Reihen waren von Peters Patientinnen besetzt, unter denen sich auch Mrs Lefferts mit ihrer Tochter befand. Joys Klassenkameraden hatten sich in die hinteren drei Reihen gezwängt. Die Jungen schienen sich in ihren Hemden und Krawatten, die sie zweifellos für die Bar- und Bat-Mizwas ihrer Mitschüler und Mitschülerinnen gekauft hatten, etwas unbehaglich zu fühlen; die Mädchen, die Röcke und hohe Absätze trugen, machten große Augen und tuschelten, als Maxi in einem breitkrempigen schwarzen Hut den Mittelgang hinabschritt und sich neben mich setzte.

»Hier vorn«, murmelte Elle in mein Ohr. Ihr schwarzes Kleid war eng, aber nicht unanständig kurz oder tief ausgeschnitten. Sie trug geschlossene Schuhe mit vernünftigen Absätzen, und ihr Augen-Make-up war bereits den Tränen zum Opfer gefallen. Mein Bruder Josh wirkte blass und ernst in seinem grauen Anzug. Meine Mutter trug ein weites Baumwollkleid und klammerte sich an Monas Hand. Joy saß neben ihr, und ich saß neben Joy. Samantha schlüpfte in die Reihe hinter uns, drückte meine Hand und wischte sich über die Augen.

Ich klopfte ihr auf die Schultern und blickte mich um. »Ist er hier?«, flüsterte ich.

»Ganz hinten«, antwortete sie und schniefte.

»Schönes erstes Date«, sagte ich und reckte den Hals, bis ich ihn sah, einen Mann in einem marineblauen Anzug, der gerade eine Kippa auf seinem rotblonden Haar befestigte.

Bestimmt wurden Gebete gesprochen, aber ich erinnere mich nicht. Bestimmt gab es eine Lobrede, aber auch daran erinnere ich mich nicht. Ich weiß noch, dass ich mitten im Kaddisch, dem Gebet der Trauernden, dachte, dass vielleicht jemand meine Datei über Peters Ableben gefunden hatte und dass es auf dem Friedhof einen hell lodernden Scheiterhaufen geben würde und jemand »Many Rivers to Cross« singen würde. Ich hielt Joys Hand. Ich verteilte in der ganzen Bank Taschentücher. Ich weinte kein einziges Mal.

Dann setzten Joy, meine Mutter, Elle und ich uns auf den Rücksitz einer gemieteten Limousine (Wer hatte sie gemietet? Und wann? Ich hatte keine Ahnung) und fuhren los. »Er wollte das nicht«, sagte ich beim Aussteigen. »Er wollte im Apollo aufgebahrt werden.« Ich summte ein paar Takte von »Many Rivers to Cross«.

Joy starrte mich an. »Was?«

»Egal«, sagte ich. »Wir hatten uns mal im Spaß darüber unterhalten. Es war nur ein Scherz.« Auf dem Weg zum Friedhof hatte ich die Bäume gesehen, die ihre bunten Blätter in den strahlend blauen Himmel streckten. Andere Autos waren unterwegs zu normalen Orten – zur Schule und zum Supermarkt, zur Drogerie und zur Post –, und darin saßen Leute, die ihren alltäglichen Verrichtungen nachgingen, die mit der Musik aus dem Radio mitsangen und die Sonne genossen.

Die Rabbinerin Grussgott stand vor einem ausgehobenen Rechteck und sang das Kaddisch, und es ging mir gut. Der Sarg wurde knarrend an Leinenriemen hinabgelassen. Es ging mir immer noch gut. Dann reichte mir die Rabbinerin eine Schaufel. Ich hatte dieses Ritual seit dem Begräbnis von Bruces Vater nicht mehr gesehen.

Nein. Auf keinen Fall. »Ich kann nicht«, sagte ich und gab sie ihr zurück.

»Kein Problem«, sagte sie ruhig und hielt die Schaufel in der Hand. Es war nur eine normale Gartenschaufel mit einem abgewetzten Holzgriff und einem rostigen Spaten. Sie sah uns an. Meine Mutter stöhnte leise und machte einen Schritt nach hinten. Elle nahm die Schaufel und sah mich fragend an. Ich zuckte die Schultern. Da trat Joy vor und nahm die Schaufel.

»Ich werde dich immer lieben, Daddy«, sagte sie und ließ etwas Erde von dem Haufen neben Peters Grab auf den Holzsarg hinabrieseln.

Die Küche und das Wohnzimmer waren voller Blumen, und auf allen Tischen und Ablagen standen Tabletts vom Famous Fourth Street Deli, wo wir drei so oft gegessen hatten. »Deli ist gleich Tod«, sagte ich zu Sam. Ich nahm die Plastikfolie von einem Teller mit Keksen, zerknüllte sie und warf sie in den Abfalleimer.

»Würdest du dich bitte hinsetzen?«, sagte Samantha zum ungefähr hundertsten Mal, seit wir nach Hause gekommen waren. »Es heißt schließlich ›Schiwa sitzen‹ und nicht ›Schiwa in der Küche herumlaufen‹. Du sollst dir von uns helfen lassen.«

»Ich will mich beschäftigen«, sagte ich. »Es hilft mir.« Aber das stimmte eigentlich nicht. Es half mir nicht. Ich fühlte mich so taub, als ob man mich in meterlange Mullbinden eingewickelt hätte, aber dennoch funktionierte ich irgendwie, fand Toilettenpapier für das Gästeklo und Plastikbecher und den mit einem Monogramm versehenen Eiskübel, den mir eine meiner Cousinen aus Cleveland zur Hochzeit geschenkt hatte. Jedes Mal, wenn ich mich umdrehte, dachte ich, er würde zur Tür hereinkommen, sich mit einem Kreuzworträtsel in der Hand aufs Sofa setzen und seine langen Beine ausstrecken, und jedes Mal wieder war es, als würde man mir mit einem schweren Gegenstand eins über den Kopf braten. Oh, dachte ich, wenn das Bild wieder verschwand. O Peter.

Ich zwang mich, den Geschirrspüler einzuräumen, obwohl Sam und meine Mutter mich verscheuchen wollten. »Wie kam es eigentlich dazu? Glaubt ihr, die chinesische Take-Out-Industrie ist schlecht auf uns zu sprechen? Oder die Brathähnchen-Branche? Warum sind Brathähnchen eigentlich nicht das Standard-Traueressen für Juden?«

»Wir können dir ein Brathähnchen besorgen«, versprach Sam. »Wir können dir alles besorgen, was du brauchst.«

»Erinnerst du dich noch an meinen Junggesellinnenabschied?« Da ich mich anschickte, einen Diätarzt zu heiraten (*Adipositasarzt*, hörte ich die Stimme meines Mannes, *bitte!*), beschlossen wir, uns nicht mit einem Ausflug zu Chippendales von allen fleischlichen Genüssen loszusagen, sondern stattdessen ein für alle Mal von Trans-Fettsäuren Abschied zu nehmen, die – so teilte ich meinen Freundinnen traurig mit –

wahrscheinlich nie wieder meine Küchenschränke bevölkern durften. Wir waren zu sechst, hatten uns schick angezogen und schlenderten von einem Restaurant zum nächsten, auf der Suche nach frittierten Mozzarellastäbchen, weichen Butterbrötchen mit Honig, Makkaroni mit Käsesoße, Pommes von McDonald's, Brathähnchen und frittiertem Eis. Danach waren wir trotzdem noch zu den Strippern gegangen. Als ich um zwei Uhr morgens nach Hause gekommen war, nach Fett und Tequila und Schlagsahne stinkend (letztere ein Souvenir des Stripclubs), meine hochhackigen Schuhe in der Hand und einen Lei aus Kondomen um den Hals, hatte ich mir geschworen, bis zur Hochzeit nur noch Salat und Vollkornmüsli zu essen.

Ich hoffe, es hat sich gelohnt, hatte Peter vom Bett aus gerufen, und ich war kichernd zu ihm gekrochen, bis auf die Schuhe voll bekleidet. Er sagte mir, dass ich wie ein Windbeutel rieche. *Gib's zu, das turnt dich an*, hatte ich geantwortet.

»Kennst du die Moral von der Geschicht?«, fragte ich. Da war der Küchentisch, an dem wir Tausende Male gegessen hatten, Stunden über Stunden *Mensch ärger dich nicht* und *Domino* gespielt hatten, als Joy klein war, und *Scrabble*, als sie schon älter war. (Obwohl ich eigentlich gewinnen hätte sollen, schaffte Peter es immer, den Sieg davonzutragen, und zwar mit irgendeinem obskuren medizinischen Ausdruck, der klang, als würde es ihn gar nicht geben.) Da war der Herd, an dem er immer sein Huhn nach Jägerart zubereitet hatte. Weil es so köstlich war, hatte ich mich nie darüber beschwert, dass er dazu sämtliche Pfannen und Töpfe benutzte, die wir besaßen, und dass ich sie im Anschluss alle abwaschen musste. Im Kühlschrank standen noch die Hälfte eines Sechserpacks Yuengling und die fettarme Milch, die er über seine Haferflocken gegossen hatte. An der Tür klebte ein *Rocky*-Magnet und darunter ein Foto von uns beiden auf den Museumsstufen. »Die Moral ist: Iss, was du willst, weil es scheißegal ist. Du wirst ohnehin sterben.«

»Aber, aber.« Sam fasste mich kurz an den Schultern und führte mich dann zur Speisekammer. »Nicht so ordinär! Wir brauchen noch mehr Servietten. Sag mir einfach, wo sie sind.«

»Servietten. Richtig.« Ich trug die Baumwollschürze, die ich gekauft hatte, um Remy Heymsfeld von der Leihmutteragentur zu beeindrucken. Ich sollte ihn besser bald anrufen, ihn und Betsy, um ihnen zu sagen, was passiert war, und um herauszufinden, was man tun konnte. Ich kritzelte BABY KÜNDIGEN auf den Magnetblock am Kühlschrank, bevor ich die Regale nach Servietten absuchte. Ich fand nur die rot-weiß-blau gestreiften Servietten, die noch von unserem Grillfest am 4. Juli übrig waren. Sie würden dem Ganzen wahrscheinlich eine unpassend patriotische Note geben. Was soll's, dachte ich und legte sie neben die Teller auf den Tisch. Dann blickte ich auf meine Uhr und überlegte, wann ich wieder ins Bett gehen konnte.

»Wie können die Leute bloß essen?«, fragte Joy, die Hände in die Hüften gestemmt und mit einem Blick auf das kulinarische Aufgebot: Corned Beef und Pastrami, Puten-, Tunfisch- und Eiersalat, geräucherter Fisch, Schweizer Käse und Frischkäse, Roggenbrot und Bagels, rosinengefüllte Kugels, puderzuckerbestäubte Linzer Torte und Schokoladenkekse. »Wie kann irgendjemand hungrig sein?«

»Das Leben geht weiter«, sagte ich. Es war das abgedroschenste Klischee von allen, aber wahrscheinlich auch das wahrste.

Joy verzog verächtlich den Mund, so wie sie es in den vergangenen neun Monaten perfektioniert hatte. Ihr Gesicht war von Ringellöckchen umrahmt. »Ich finde es widerlich.« Sie wischte sich über die geschwollenen Augen und ging in den Garten.

Es klingelte an der Tür. »Ich geh schon«, sagte Sam und trocknete sich die Hände an einem Geschirrtuch ab, das sie in ihren Rockbund gesteckt hatte. Kurz darauf kam sie mit einem kleinen Mädchen und dessen Mutter zurück. Das Mädchen stellte sich als Cara vor.

»Vom Ronald-McDonald-Haus«, sagte ihre Mutter. »Sie wollte fragen, ob sie Joy Hallo sagen kann.«

»Natürlich, Liebes«, sagte ich und ging mit ihr in den Garten, wo Joy bei ihren Freunden saß, die sich über die Kekse hermachten und sich von Sams Neuem mit Kartentricks unterhalten ließen.

Joy sah auf. »Hallo, Cara.«

»Meine Mama hat das mit deinem Vater in der Zeitung gelesen«, sagte Cara. »Ist es okay, dass ich gekommen bin?«

»Natürlich«, sagte Joy. Mir ging das Herz über, als ich sah, wie Joy dem Mädchen einen Stuhl hinstellte, sie Tamsin und Todd vorstellte und sich bei ihr nach jemandem namens Harry erkundigte. »Seine Haare wachsen wieder«, sagte das Mädchen und lächelte, und Joy lächelte zurück. »Das ist gut«, sagte meine Tochter. Heute ist sie eine Frau, dachte ich und drehte mich um, damit Joy mich nicht weinen sah.

Maxi reichte mir ihr gebügeltes Leinentaschentuch mit Monogramm. Ich wischte mir damit übers Gesicht, strich meine Schürze glatt und ging zurück in die Küche. Durch das Fenster neben der Tür sah ich einen Kombi, der mit eingeschaltetem Warnlicht vor unserem Haus parkte und dem gerade Bruce Guberman entstieg.

»Du großer Gott«, flüsterte ich. »Guberman.«

»Ist er das?«, flüsterte Maxi und schaute nach draußen. Sie winkte Samantha herbei, die das Ganze mit halb zusammengekniffenen Augen verfolgte.

»Soll ich ihm sagen, dass er gehen soll?«, fragte Sam hoffnungsvoll.

»Nein.« Dann kam mir ein schrecklicher Gedanke. »Du lieber Gott, er wird doch nicht denken, dass ich jedes Mal, wenn jemand stirbt, mit ihm schlafe?« Ich fing zu lachen an, als die Beifahrertür aufging und Emily, zierlich wie eine Puppe, ausstieg und einen ihrer Söhne aus dem Kindersitz auf der Rückbank hob. Meine Fingernägel bohrten sich in meine Handflächen.

»Ich kümmere mich darum«, sagte Samantha und wollte an mir vorbeigehen.

»Nein«, sagte ich. »Schon gut. Sie sind wegen Joy hier. Es ist alles in Ordnung.«

Ich sah zu, wie Bruce seine Frau am Ellbogen fasste und sie die Stufen hinauf zur Haustür geleitete. (»Zerrte« war vielleicht der bessere Ausdruck, aber womöglich projizierte ich da.) Dann zwang ich mich, ihnen entgegenzugehen, um sie zu begrüßen.

»Cannie«, sagte er.

»Bruce.«

»Es tut mir leid.«

»Leid«, sagte ich wie ein Papagei.

Emily löste sich von Bruces Seite. »Mein herzliches Beileid«, sagte sie leise. »Jungs.« Sie beugte sich zu ihnen hinab (was bei ihrer Größe nicht so tief war). Der Ältere der beiden steckte sein Videospiel ein, und der Jüngere, der Bruce wie aus dem Gesicht geschnitten war, blickte zu mir auf und sagte: »Beileid.«

Zwei kleine Jungs. Zwei perfekte Jungs. Ach, Peter. Ich schaffte es noch, mit erstickter Stimme zu sagen: »Joy ist im Garten.« Dann wischte ich mir über die Augen und trat zur Seite, um sie vorbeizulassen.

Drei Tage später zwang ich mich dazu, die siebenundvierzig Nachrichten auf dem Anrufbeantworter abzuhören. Ich setzte mich in Peters blauem Bademantel und mit einem Glas Wein ins Wohnzimmer und ließ mich von den Worten berieseln. *Es hat uns so leidgetan, als wir erfahren haben … was für ein Schock … falls wir irgendetwas tun können.* Ich wischte mir über die Augen. Die Tage stand ich leidlich durch, aber die Nächte waren schrecklich. Ich sah ihn ständig vor mir. Das war das Schlimmste. Wie er mit einem Handtuch um die Hüften aus der Dusche kam. Wie er mit der Zeitung in der Hand die Treppe hinaufging. Wie er im Garten eine reife Tomate vom Strauch pflückte, sie aufschnitt, salzte und mit mir teilte. Wie er vor dem offenen Kühlschrank stand, so als hoffte er, der Inhalt würde sich ändern, wenn er ihn nur lang genug anstarrte. *Lass ja meine Butter draußen stehen*, sagte ich immer im Vorbeigehen, wenn ich sah, wie er die Butter auf der Ablage ansah, woraufhin er antwortete: *Wenn du willst, dass wir alle an Botulismus sterben, sollte ich dir wohl nicht im Weg stehen.*

Komm zurück, versuchte ich ihm zu sagen. *Lass mich nicht allein. Lass Joy nicht allein. Komm zurück zu uns. Komm nach Hause.* Manchmal brachte ich ein, zwei Worte heraus. Dann war er wieder verschwunden.

Falls du etwas brauchst … falls wir irgendwie helfen können … Ich nahm einen Bürokugelschreiber von Peter und notierte mir die Namen und Nummern. Ich erkannte nicht einmal meine eigene Handschrift wieder. Es war, als wären meine Hände die einer Fremden.

Der zweiundvierzigste Anruf war von einer Frau mit einer hohen, herzlichen, förmlich enthusiastischen Stimme. »Hallo, ihr zwei!«, sagte sie. Sie weiß es offensichtlich noch nicht, dachte ich, sie und Nachricht Nummer 22 (ein Typ, der »Peter Krushel .. Krsuhla … äh, dem Herrn des Hauses« ein Zeitungsabo verkaufen wollte) sowie Nummer 30 (eine Computeransage, die fragte, ob wir unsere Autoversicherung wechseln wollten). »Hier ist Betsy!« *Betsy*. Ich brauchte einen Augenblick, bis mir einfiel, wer Betsy war. Ich stöhnte. »Hört zu«, sagte sie. »Ich weiß ja, dass ich zu Hause keinen Schwangerschaftstest machen soll, und es ist natürlich erst offiziell, wenn es euer Arzt bestätigt, aber …« Sie pausierte. Ich starrte mit angehaltenem Atem an die Wand, krampfte meine Finger um den Kugelschreiber und den Block und dachte abwechselnd: *Bitte ja* und *Bitte nein*. Als ich zur Seite blickte, saß Peter an meinem Schreibtisch und lächelte mich an. »Warte«, flüsterte ich, als er sich zum Fenster umdrehte. »Bitte warte doch …«

»Herzlichen Glückwunsch!«, sagte Betsy. »Ihr werdet Eltern!«

38

»Es funktioniert nicht immer gleich beim ersten Mal«, sagte meine Mutter.

Ich warf ihr einen Blick zu, der besagte, dass sie sich nicht lächerlich machen solle. »Ihr habt einer Frau einen befruchteten Embryo eingesetzt, und jetzt wunderst du dich, dass sie schwanger ist? Hattet ihr denn keinen Aufklärungsunterricht in der Schule?«

»Wenn du es so sagst«, murmelte sie und fuhr sich durch die Haare. Sie trug ihre eigenen Sachen – es war jeden Morgen eine Riesenaktion, bis sie überhaupt angezogen war –, aber darüber trug sie den Frotteebademantel meines Vaters, so wie sie es zu Hause immer tat. Jedes Mal, wenn ich sie darin den Flur entlangschlurfen sah, die Hände in den Taschen, den Saum über den Boden ziehend, hätte ich am liebsten geweint.

»Wir hatten uns darauf eingestellt, es dreimal zu versuchen, und falls es dann noch immer nicht geklappt hätte …« Sie verstummte. Auf dem Herd pfiff der Teekessel. Meine Mutter ignorierte ihn, also stand ich nach ein paar Sekunden auf, goss das kochende Wasser in ihre Tasse und brachte sie ihr, zusammen mit der Zuckerdose und dem Milchkännchen. Wir hatten fast keine Milch mehr. *Milch*, schrieb ich auf den Notizblock am Kühlschrank. Dort standen noch immer in der Handschrift meines Vaters die Worte *Cracker* und *Shampoo*. Ich fragte mich, ob wir die Seite für immer dort lassen würden oder ob sie eines Tages weg sein würde, wenn ich von der Schule nach Hause kam.

Ich schenkte mir Saft ein und setzte mich meiner Mutter gegenüber. Ich hatte meine feuchten Haare zu einem Pferdeschwanz gebunden und trug meine Hörgeräte. Ich trage sie jetzt immer. Ich will nie mehr wieder etwas verpassen. »Was tun wir jetzt? Wenn wir das Baby nicht nehmen, kann Betsy es dann behalten?«

»Ich weiß nicht … ich meine, wir können doch nicht … Es ist aber doch ein Baby«, sagte meine Mutter, als würde ihr das gerade erst in dem Moment klarwerden. »Kein Kleid, das man einfach wieder zurückbringen oder nicht abholen kann.«

Ich nickte und nippte an meinem Saft.

»Aber wir müssen uns sicher sein«, sagte sie. »Es ist eine große Sache. Ein Baby. Wir müssen uns wirklich sicher sein. Es ist schließlich für immer.«

»Für immer«, wiederholte ich. Der Dampf von der Teetasse stieg in ihr Gesicht, und sie wischte sich mit dem Handballen über die Stirn. Sie hatte dunkle Ringe unter den Augen und Fältchen um die Augen, die ich noch nie zuvor gesehen hatte.

Ich saß einfach da und wartete darauf, dass sie noch etwas sagen würde. Als sie das nicht tat, schlug ich eine neue Seite auf, um unsere Einkaufsliste fortzusetzen. *Fläschchen*, schrieb ich. *Lätzchen. Decke. Kinderbett.* »Haben wir noch mein altes Kinderbett?«

»Hm? Ja ja.« Sie nickte geistesabwesend. »Im Keller. »Ich habe …« Sie blickte ins Leere. »Ich habe alles aufgehoben. Keine Ahnung, warum. Aber es ist noch alles da.«

Ich muss sie wieder auf Kurs bringen, dachte ich. »Ist es auch sicher?«

»Sicher?« Sie blinzelte. »Ich werde nachschauen.«

»Schon gut, *ich* mach das.« Ich notierte mir: *Prüfe Sicherheitsprädikat von Kinderbett. Kindersitz. Windeln. Schaukelstuhl.* »Mama? Wie nennt man diese Tragetücher, mit denen Frauen ihre Babys vor der Brust tragen?«

Sie überlegte. »Tragetücher.« Dann sagte sie: »Ich sollte mir wahrscheinlich einen Job suchen.«

Ich schrieb *Job*. Dann sah ich auf. »Brauchen wir Geld?«

»Wir kommen zurecht. Aber ich sollte eine Beschäftigung haben. Dein Vater dachte …« Sie nahm die Tasse und stellte sie wieder ab, ohne davon getrunken zu haben. »Ich weiß nicht. Vielleicht werde ich versuchen, etwas zu schreiben.«

»Du musst dich um das Baby kümmern«, erinnerte ich sie.

»In meiner Freizeit«, sagte sie. »Ich könnte in meiner Freizeit schreiben.«

Ich fragte mich, ob sie mich anlog, was das Geld anging, ob wir das Haus verkaufen müssten, ob sie mich von der Schule nehmen müsste. »Ich kann mich nach der Schule um das Baby kümmern. Dann kannst du arbeiten.«

Sie nickte. »Vielleicht.«

Schlafanzüge, schrieb ich. *Kinderbücher. Pädagogisch wertvolle DVDs.* Ich würde zu meiner Bat-Mizwa wahrscheinlich Geld geschenkt bekommen. Damit könnte ich Babysachen kaufen. »Wir schaffen es schon«, sagte ich zu ihr. Sie lächelte mich mit feuchten Augen an. Dann blies sie in ihre Teetasse, trank einen Schluck und starrte aus dem Fenster. Die Blätter draußen vor dem Fenster waren noch immer dunkelgrün. Bald würden sie rot und goldfarben sein und unter dem strahlend blauen Herbsthimmel auf den Bürgersteig fallen. Die Leute würden Kürbisse vor ihre Hauseingänge stellen, Kränze an die Tür hängen, und im Mai würden die Bäume wieder ausschlagen und die Äste voller Kirsch- und Jasminblüten sein. Ich versuchte mir vorzustellen, wie es sein würde, mit meiner Mutter einen Kinderwagen den Gehsteig entlangzuschieben, einen dieser schicken Wagen mit großen Gummirädern und einer hellen Leinenhaube, aber stattdessen musste ich ständig an meinen Vater denken, wie er mit mir zu Rita's gegangen war, um mir ein Wassereis zu kaufen, oder in die Videothek, um einen Film auszuleihen, seine warme Hand um meine. Im Winter sind wir immer mit dem alten Schlitten meiner Mutter zum Fairmount-Park gegangen. Er zog mich den steilsten Hügel hinauf, dann rannte er wieder hinab, ging in die Hocke und breitete die Arme aus. *Hab keine Angst*, sagte er, und ich stemmte meine Fersen in den Schnee und wartete einen Augenblick, bevor ich mein Gewicht nach vorn verlagerte und mit dem Schlitten den Hügel hinabsauste, in dem Wissen, dass er mich auffangen würde. Er fing mich immer auf. Ein Schluchzen stieg in meiner Kehle hoch, aber ich unterdrückte es. *Schneeanzug*, schrieb ich. *Mütze. Schal. Handschuhe.*

39

Wir saßen eine Woche lang Schiwa. Danach warf ich alle abgegrasten Essenstabletts weg, nahm die Behänge von den Spiegeln und ging mit Joy fürs Ferienlager einkaufen. Ich weinte, nachdem ihr Bus in die Poconos abgefahren war, aber ich tat es im Auto, bei geschlossenen Fenstern und laufendem Radio, und sagte mir, dass es mir gut gehen würde. Frauen hatten schon Schlimmeres überlebt, Krieg und Hungersnot und schreckliche Krankheiten, sodass mich das Witwendasein und zwei Wochen allein zu Hause auch nicht umbringen würden. Am ersten Schultag brachte ich Joy in die Schule, so wie ich es immer gemacht hatte. »Wenn du nach Hause kommen willst, dann ruf mich einfach an«, sagte ich, als ich sie absetzte.

»Mach dir keine Sorgen«, sagte sie.

Sie ging zur Schule und an Rosch ha-Schana und Jom Kippur gingen wir zusammen zum Gottesdienst in die Center-City-Synagoge und sangen das Aschamnu, das Sündenbekenntnis.

Aschamnu, sangen wir. *Wir haben gesündigt. Bagadnu. Wir sind treulos gewesen.* Bei jedem Wort schlugen wir uns, zusammen mit den anderen Gottesdienstbesuchern, symbolisch mit den Fäusten an die Brust. *Gasalnu, wir haben gestohlen. Dibarnu dofi, wir haben gelogen.*

Peter. Ich klammerte mich mit meiner freien Hand an den Sitz vor mir, schwindlig vor Hunger nach dem Fastentag, aber auch vor Trauer. Was hatte er getan? Was hatte er gestohlen? Wen hatte er betrogen? Warum hatte Gott ihn zu sich geholt, bevor er Joys Bat-Mizwa miterleben und sein eigenes Kind kennenlernen durfte? Ich sah hinauf zur Bima und zu der Thora und der ganz in Weiß gekleideten Rabbinerin Grussgott. Ich bekam keine Antworten, sondern hörte nur die jahrtausendealten Worte des Lieds, die Melodie in Moll, das Schlagen von Hunderten von Fäusten an die Brust, während wir beteten, ein weiteres Jahr im Buch des Lebens eingeschrieben zu werden, wir bitten dich, Gott.

Ni'atsnu. Wir sind arrogant gewesen. Gott wusste nur zu gut, dass ich das gewesen war. Vielleicht war alles meine Schuld. *Saranu. Wir sind ungehorsam gewesen.* Vielleicht hatte Peter recht gehabt. Ich war vor meiner göttlichen Bestimmung davongelaufen. Ich sollte … Was hatte er gesagt? *Etwas Richtiges schreiben.* Und das hatte ich nicht getan. Ich hatte zu viel Angst gehabt.

Ta'inu. Wir sind vom rechten Weg abgekommen. Ti'tanu. Wir haben andere irregeführt. Sarnu. Wir haben uns von Dir abgewandt.

»Vergib uns, verzeih uns, lass uns Abbitte leisten«, sagte Joy neben mir. Ich senkte den Kopf und betete, dass für uns beide alles gut werden würde, dass ich den Mut finden würde, die Dinge zu tun, die getan werden mussten.

Wir brachen das Fasten bei Samantha, und sobald wir die Plinsen und Bagels abgeräumt hatten, bot sie an, bei uns zu übernachten, aber ich lehnte das Angebot dankend ab. Als Joy schlief, ging ich unseren Schrank durch und breitete

Peters Krawatten auf dem Bett aus. Einige der schöneren würde ich Josh geben, meine Lieblingskrawatten würde ich behalten – die orange- und goldfarbene mit den Fröschen darauf, die ich Peter zum Geburtstag geschenkt hatte, die creme- und goldfarbene, die er zu unserer Hochzeit getragen hatte. Vielleicht würde ich sie eines Tages in einen Quilt einnähen oder als Futter für eine Handtasche verwenden, die Joy bei ihrer Hochzeit tragen konnte. Seine Anzüge und seinen guten Wollwintermantel hatte ich bereits in die Kleiderspende gegeben, aber ein paar Sachen hatte ich behalten: das Uni-Sweatshirt, das er immer am Wochenende getragen hatte, die Tasse mit der Aufschrift DER BESTE VATER DER WELT, die Joy im Kindergarten für ihn gemacht hatte und in der er seine Reinigungsquittungen, abgerissenen Kinokarten und Münzen aufbewahrt hatte.

Ich setzte mich im Schneidersitz auf die Bettdecke und lehnte mich ans Kopfende des Bettes in dem großen, leeren Schlafzimmer, von dem ich befürchtete, dass es sich ab jetzt immer zu groß und zu leer anfühlen würde. Ich rollte die Krawatten zusammen und stopfte sie in eine Papiertüte. Dann stand ich auf und setzte mich an den kleinen Holzschreibtisch an der Wand. Peter hatte den Tisch benutzt, um daran zu arbeiten oder die Rechnungen zu bezahlen. Ich hatte dort nie auch nur ein Wort geschrieben, nicht einmal eine Unterschrift unter einen Scheck gesetzt. *Du weißt, wie es geht*, hatte Lyla zu mir gesagt, aber in diesem Moment, im Dunkeln, mit dem leeren Bett neben mir und den leeren Jahren vor mir, war ich mir nicht sicher.

Also gut, dachte ich. Du kannst es. Ich schaltete das Licht ein, zog den Gürtel von Peters Bademantel enger und holte einen Notizblock und einen Kugelschreiber aus der Schublade. *Es war einmal*, schrieb ich, einfach nur, um einen Anfang zu machen, und dann versank die Welt um mich herum, als ich mich in den Schein der Lampe beugte und noch einmal von vorn begann.

40

»Liebes?«

Meine Mutter stand am Fuß der Treppe, in dem roten Kleid, das sie zu Maxis Filmpremiere getragen hatte und das mein Vater an ihr geliebt hatte. »Was meinst du?« Sie strich über den Rock und zupfte an den Ärmeln. »Zu extravagant?«

Ich schüttelte den Kopf. »Es ist hübsch«, brachte ich hervor. »Wo hast du es gefunden?«

»Im Schrank.« Sie zupfte unbehaglich am Oberteil. In dem schulterfreien Kleid schimmerte ihre gebräunte Haut. *Du siehst wunderschön aus*, würde mein Vater sagen, wenn er hier wäre, und vielleicht würde er sie auch küssen, wenn er glaubte, dass ich nicht hinsah. Und wenn er dachte, dass ich nicht hinhörte, würde er sagen: *Mich brauchst du aber nicht mehr rumzukriegen. Mich hast du sicher.* Dann würde er ihr etwas ins Ohr flüstern, und sie würde erröten und erfreut den Kopf einziehen.

»Wenigstens passt es noch«, sagte sie und musterte mich ängstlich, als ich wackeligen Schrittes die Treppe hinunterging. In meinen neuen, nicht allzu hohen Schuhen war ich genauso groß wie meine Mutter. Ungefähr drei Wochen nach der Beerdigung hatte ich gehört, wie sie mit der Rabbinerin telefoniert hatte. »Sollen wir den Termin verschieben?«, fragte sie. Ich stand in der Küchentür und traute mich kaum zu atmen. Ich wusste, was ihr die Rabbinerin erzählen würde, nämlich, dass man in der jüdischen Tradition kein freudiges Fest wegen eines tragischen Ereignisses verschiebt: weder eine Hochzeit noch eine Beschneidung oder Namensgebung und auch keine Bar- oder Bat-Mizwa. Man sagt sie nicht ab, weil der Tod Teil des Lebens ist und wir mitten im Leid auch Freude finden.

»Freude mitten im Leid«, sagte ich. Sie fuhr mir über die Haare, strich eine Locke hinter mein Ohr und zupfte spielerisch an meinem Hörgerät. (Vielleicht vergewisserte sie sich auch, dass es noch da war.) »Kein schwarzer Anzug?«, fragte ich.

Sie schüttelte den Kopf. »Ich habe den schwarzen Anzug in meinem Leben oft genug getragen …« Ihre Augen füllten sich mit Tränen, aber sie blinzelte schnell, um sich nicht das Make-up zu ruinieren. »Ich dachte, ich würde etwas anziehen, das ich, als dein Vater noch lebte, schon getragen habe. Aber ich weiß nicht. Vielleicht ist es albern.«

Ich umarmte sie, wobei ich aufpasste, weder ihr Kleid zu verknittern noch ihre Haare durcheinanderzubringen. »Ist es nicht«, sagte ich. »Mir gefällt es. Es ist gut.«

Zwei Stunden später stand ich in meinem pinkfarbenen Kleid mit den Spaghettiträgern und dem mit silbernen Pailletten bestickten Rock in der Eingangshalle der Synagoge – dem Kleid, das ich mit Elle gekauft und dann zurückgegeben hatte, das ich mit Bruces Kreditkarte gekauft und dann zurückgebracht hatte, und das ich schließlich mit meiner Mutter und Maxi gekauft hatte, nachdem ich gen Westen abgehauen war, nachdem ich mich verirrt hatte, aber wieder auf den richtigen Weg gekommen war. Ich trug Perlenohrringe, die meiner Urgroßmutter gehört hatten, silberfarbene Sandaletten, die ich mit Tamsin und Todd gefunden hatte, und um die Schultern einen rosa- und silberfarbenen Gebetsschal, den Emily für mich gemacht hatte. Tante Elle war am Vormittag mit mir beim Friseur und bei der Kosmetikerin gewesen. (»Nicht so viel!«, sagte sie immer wieder. »Nur ganz dünn! Wir wollen einen natürlichen Look!« Währenddessen hatte sie einen Stuhl neben mich gerückt, sich Pinzette und Klebstoff der Kosmetikerin geschnappt und sich riesige künstliche Wimpern an die oberen und unteren Lider geklebt.)

Ich stand in der Eingangshalle und sah zu, wie meine Freunde der Reihe nach hereinkamen: Tamsin und Todd, Amber und Martin, Sasha, Audrey, Tara, Duncan Brodkey und Cara, die in ihrem schwarzen Kleid sehr erwachsen aussah, mit ihren Eltern. Meine Familie versammelte sich am Eingang des kleinen Vorraums bei den blauen Gebetbüchern, die sich neben dem Programm auf einem Tisch stapelten. Durch die hohen Fenster fielen breite Sonnenstrahlen, und unter unseren Füßen ächzten die Holzdielen, während die Rabbinerin Grussgott ein letztes Mal mit uns die Reihenfolge der Alijas durchging und uns sagte, wo wir stehen würden, wenn wir die Thora durch die Generationen reichten, von meinen Großeltern zu meinen Eltern zu mir. Links von mir stand meine Mutter, und rechts von mir stand Bruce, in einem dunkelblauen Anzug und einem blau-weißen Gebetsschal. Für einen kurzen Moment kam mir in den Sinn, dass ich mir genau das gewünscht hatte, dass dies das *Normale* war: eine Mutter und ein Vater, keine seltsame, verwirrende, schwer erklärbare Familienkonstellation, einfach normale Eltern, die einander liebten beziehungsweise zumindest am Samstagvormittag in der Synagoge diesen Eindruck erweckten. Ich hatte es mir so sehr gewünscht, aber jetzt hätte ich natürlich alles gegeben, um meine alte, anormale Familie wiederzuhaben – alles in der Welt, wenn nur mein Vater hier neben mir stehen könnte.

Die Rabbinerin lächelte mich an und verschwand im Gebetsraum, sodass nur die Familie im Foyer zurückblieb: meine Mutter, Tante Elle, Onkel Josh, Oma Ann und Bruce. »Ich möchte euch bitten, die Psalmen gemeinsam mit mir zu lesen«, flüsterte ich. Ich musste an Tylers Versprecher denken und lächeln. Tyler war auch da. Er war seit seiner Bar-Mizwa ungefähr fünfzehn Zentimeter gewachsen und hatte irgendetwas gemacht, um seine Haare zu zähmen. Mir war, als hätte Tamsin ihn anerkennend angesehen, und ich nahm mir vor, sie auf der Party einander vorzustellen. Dann blätterte ich in meinem Gebetbuch und überflog noch einmal die Absätze, die ich markiert hatte, die Seiten, in die ich Eselsohren gemacht hatte: *Baruch ata adonai, elohenu melech ha-olam … Gepriesen seist du, Ewiger unser Gott, König der Welt, der du uns speist und uns diesen freudigen Tag erleben lässt.*

»Bist du so weit?«, flüsterte meine Mutter. Ich nickte, als die Tür aufging und ein Mann mit kurz geschnittenen, weiß gelockten Haaren, in einem tadellosen schwarzen Anzug, glänzenden schwarzen Schuhen und einer schwarzen Sonnenbrille hereinkam.

»Joy«, sagte er.

Mir klappte die Kinnlade nach unten. Hinter mir flüsterte Elle etwas, was man in einer Synagoge definitiv nicht sagen sollte.

Mein Großvater kam lächelnd auf mich zu. »Ich hoffe, ich komme nicht zu spät.« Er nahm ein blaues Samtetui mit Reißverschluss aus seiner Jackentasche: ein Tallittäschchen mit dem traditionell blau-weißen gefransten Gebetsschal. »Er hat meinem Vater gehört«, sagte er und gab ihn mir.

»D-danke«, stotterte ich und fummelte mit tauben Fingern an dem Reißverschluss herum. Meine Mutter stand hinter mir, die Hände auf meinen Schultern. Ich stellte mir vor, wie sie ihn wütend anstarrte oder mich von ihm wegzerren wollte, aber stattdessen sagte sie so leise, dass ich es kaum hören konnte: »Danke.«

Die Rabbinerin steckte den Kopf durch die Tür. »Sind alle bereit? Es ist dann so weit.«

»Noch eins.« Mein Großvater nahm etwas Rundes, Silbernes aus seiner Tasche. Ich hörte, wie meine Mutter die Luft einsog. Ich erinnerte mich an die Silberdollarmünzen aus ihrem Buch. Allies Vater warf sie immer in den tiefen Bereich des Pools, damit Allie und ihre Schwester danach tauchen konnten. Wenn sie sie rausfischten, durften sie das Geld behalten. Dorrie gab ihre Münzen für Süßigkeiten und Zeitschriften aus, aber Allie – meine Mutter – hatte sie alle aufgehoben.

»Für dich«, sagte mein Großvater und drückte mir den Silberdollar in die Hand. »Er soll dir Glück bringen.« Er nahm seine Brille ab und sah uns alle an: Oma Ann und Mona, Onkel Josh und Tante Elle und schließlich mich und meine Mutter. »Ich bin stolz auf dich«, sagte er. Meine Mutter begann zu weinen. Ich musste daran denken, wie mir nach Tylers Bar-Mizwa so übel gewesen war und mein Vater im Bad dasselbe zu mir gesagt hatte. Es war eine eigenartige Vorstellung, dass meine Mutter auch jemandes Tochter war, genauso wie ich, und dass sie diese Worte wahrscheinlich ebenso tröstend empfand, wie ich es getan hatte.

»Joy?« Die Rabbinerin blickte zuerst mich, dann meinen Großvater verwirrt an. Ich nickte.

Als wir einer nach dem anderen den Gebetsraum betraten und durch den Mittelgang zur Bima gingen, drehte ich mich noch einmal nach meinem Großvater um. Ich dachte, er würde sich in eine der hinteren Reihen setzen, sodass ich ihn zu einer Alija aufrufen und mir von ihm den Tallit um die Schultern legen lassen konnte. Aber als ich die Stufen hinaufging, mich hinter das Pult stellte und mein Gebetbuch aufschlug, schienen die Gesichter im Publikum meilenweit weg, und sosehr ich mich auch anstrengte und nach ihm Ausschau hielt – ich konnte sein Gesicht nirgendwo entdecken.

»Für meine erste Alija würde ich gerne Oma Ann und Oma Audrey zu mir rufen.« Ich verlas ihre hebräischen Namen, dann trat ich zurück und wartete, bis sie die drei Stufen zur Bima hinaufgingen und die Thora mit den Rücken ihrer Gebetbücher berührten, die sie dann küssten. Für einen schier endlosen, schrecklichen Moment fielen mir weder die Worte noch die Melodie des Segensspruches ein, obwohl ich ihn seit sechs Jahren regelmäßig im Religionsunterricht sang. *Barchu et adonai h'am vorach* ... Und da war es wieder, wie ein Bonbon, das unter meiner Zunge gelegen hatte. Ich machte den Mund auf und begann zu singen.

Baruch ata adonai le'olam va'yed, sang die Menge zurück – zumindest die anwesenden Juden. Tamsin saß in der ersten Reihe, ohne Brille und mit offenen Haaren; ihr Gesicht sah aus wie ein blasses Oval, und ihre sonst eher spitzen Gesichtszüge wirkten zart. Neben ihr saß Todd, der in seinem eleganten Anzug und seiner rosa und silberfarben gemusterten Krawatte wie aus dem Ei gepellt aussah.

Ich nahm den silbernen Zeigestab in Form einer kleinen Hand mit ausgestrecktem Zeigefinger und berührte damit leicht das Pergament, so wie es mir die Rabbinerin gezeigt hatte. Die Worte waren in meinem Kopf – ich hatte sie mir auf meinem iPod so oft angehört, dass ich jeden Ton, jede Silbe auswendig kannte –, und während ich sang und mit dem Zeigestab über den hebräischen Text fuhr, fiel meine Nervosität von mir ab.

Am Ende war ich umgeben von allen, die ich für eine Alija zur Thora gerufen hatte: meine beiden Großmütter, Tante Elle und Onkel Josh, Samantha und Maxi, meine Mutter und Bruce. Jetzt war es Zeit für meine Rede, meine Botschaft, die ich ihnen mit auf den Weg geben wollte.

»Wir lesen heute aus dem ersten Buch Mose«, begann ich. »Abraham zeugte Isaak. Isaak aber war vierzig Jahre alt, als er Rebekka zur Frau nahm. Isaak aber bat den Herrn für seine Frau, denn sie war unfruchtbar.«

Ich spürte, wie sich meine Mutter hinter mir versteifte.

»Und der Herr ließ sich erbitten, und Rebekka, seine Frau, ward schwanger. Und die Kinder stießen sich miteinander in ihrem Leib. Da sprach sie: Wenn's mir so gehen soll, warum bin ich schwanger geworden? Und sie ging hin, den Herrn zu befragen. Und der Herr sprach zu ihr: Zwei Völker sind in deinem Leibe, und zweierlei Volk wird sich scheiden aus deinem Leibe; und ein Volk wird dem andern überlegen sein, und der Ältere wird dem Jüngeren dienen. Als nun die Zeit kam, dass sie gebären sollte, siehe, da waren Zwillinge in ihrem Leib. Der erste, der herauskam, war rötlich, ganz rau wie ein Fell.« Jemand – vielleicht Todd oder Duncan Brodkey – prustete vor Lachen. Ich las weiter. »Und sie nannten ihn Esau. Danach kam heraus sein Bruder, der hielt mit seiner Hand die Ferse des Esau, und sie nannten ihn Jakob. Sechzig Jahre alt war Isaak, als sie geboren wurden.« Ich hielt inne, dann sagte ich: »Was, wenn ihr mich fragt, absolut unfair ist. Ich meine, er ist achtundsiebzig, wenn sie mit der Highschool fertig sind.«

Meine Mutter lachte. Ich beugte den Kopf wieder über den getippten Text. »Und als nun die Knaben groß wurden, wurde Esau ein Jäger und streifte auf dem Felde umher, Jakob aber ein gesitteter Mann und blieb bei den Zelten. Und Isaak hatte Esau lieb und aß gern von seinem Wildbret; Rebecca aber hatte Jakob lieb. Und Jakob kochte ein Gericht. Da kam Esau vom Felde und war müde und sprach zu Jakob: Lass mich essen das rote Gericht, denn ich bin müde. Aber Jakob sprach: Verkaufe mir heute deine Erstgeburt. Esau antwortete: Siehe, ich muss doch sterben, was soll mir da die Erstgeburt? Jakob sprach: So schwöre mir zuvor. Und er schwor ihm und verkaufte so Jakob seine Erstgeburt.«

Ich sah auf die drei Seiten hinab, die ich auf der mit rotem Samt bekleideten Bima ausgebreitet hatte. Die Worte verschwammen mir vor den Augen. Was hatte ich sagen wollen? Was bedeutete das alles? Ich blinzelte und sah einzelne Worte: »Verpflichtung« und »Verantwortung« und »Traditionen unseres Volkes«. Ich spürte die Hand meiner Mutter auf meiner Schulter, und ich wusste, dass die Leute mich anstarrten, aber alles, was ich denken konnte, was ich sagen wollte, war: Ich vermisse meinen Vater.

Ich blinzelte noch einmal und blickte wieder auf die Seiten. »Ich soll jetzt darüber sprechen, was ich dieses Jahr gelernt habe, während ich mich darauf vorbereitete, eine Tochter der Gebote zu werden«, sagte ich. »Und ich habe auch eine Rede geschrieben. Sie handelt von meinem Thoraabschnitt und von dem Konzept der Verpflichtung und davon, dass man es wiedergutmachen muss, wenn man einen Fehler gemacht hat, aber was ich dieses Jahr in Wirklichkeit gelernt habe, ist, dass das Leben schwer ist.«

Meine Mutter drückte meine Schulter.

»Gute Menschen sterben ohne Grund. Kleine Kinder werden krank. Die Leute, die dich lieben und für dich da sein sollen, gehen.« Ich hatte einen Kloß im Hals. Ich schluckte und sprach weiter: »Ich kann mir denken, wie Esau sich gefühlt hat. Es war nicht seine Schuld, dass er behaart war, und es war nicht seine Schuld, dass er Hunger hatte, und es war wahrscheinlich auch nicht seine Schuld, dass seine Mutter Jakob lieber mochte als ihn. Jakob war hinterlistig, aber er bekam den Segen seines Vaters. Er ist es, dessen Nachkommen sich mehren sollen wie die Sterne am Himmel.« Ich senkte den Kopf und holte tief Luft. »Aber Esau gab nicht auf. Er hatte nicht den Segen seines Vater. Er musste sich von seinem Schwerte nähren. Aber er hat überlebt.«

Ich faltete die Blätter und legte meine Hände darauf. »Wenn man nicht das bekommt, was man will, dann nimmt man das, was übrig ist und macht das Beste daraus. Die Thora sagt uns, dass Esau zwei Frauen hatte, und vielleicht haben sie ihm geholfen. Ich weiß, dass meine Mutter und meine Großmütter mir dieses Jahr sehr geholfen haben. Und meine Tante Elle und Onkel Josh und mein … und Bruce. Selbst wenn ich einen Fehler gemacht habe oder die falsche Entscheidung getroffen habe, hielt meine Familie zu mir. Wahrscheinlich habe ich dieses Jahr auch gelernt, was Esau gelernt hat, obwohl er in der jüdischen Geschichte immer nur der andere Bruder ist, der, über den keiner spricht. Schlimme Dinge passieren. Es geht nicht immer alles gut aus.« Ich blickte auf die Stichpunkte, die ich mir notiert hatte. »Jeder Mensch erlebt Kummer und Leid. Jeder hat Verpflichtungen. Jeder macht weiter. Man stützt sich auf die Menschen, die einen lieben. Man tut sein Bestes und macht weiter.«

Ich faltete die Seiten noch einmal und wollte sie in die Tasche stecken, als mir einfiel, dass mein schickes Kleid gar keine Taschen hatte. Die Rabbinerin zog die Augenbrauen hoch und bedachte mich mit einem Blick, der eindeutig besagte: Was ist mit der Rede passiert, die wir vorbereitet hatten? Dann nickte sie leicht und gab meiner Mutter ein Zeichen. Meine Mutter sah aus, als würde sie gleich in Tränen ausbrechen, als sie in ihrem roten Kleid raschelnd ans Mikro trat.

»Joy, meine Tochter, mein Liebling«, begann sie. Ich hörte, wie Oma Ann hinter mir zu weinen begann. »Ich bin heute so überaus stolz auf dich. Ich bin stolz, wie du hier vor uns stehst, so schön und so erwachsen, und ich bin stolz darauf, wie schön du gelesen hast.«

Meine Mutter weinte nicht. Ihre Augen glänzten, weil sie zufrieden mit mir war. Vielleicht – so dachte ich – war sie sogar beeindruckt, so als wäre ich tatsächlich etwas Besonderes, so wie sie es immer gesagt hatte.

»Ich weiß auch, wie stolz dein Vater wäre. Ich weiß, wie stolz er immer auf dich war. Du warst – du bist – die wunderbarste Tochter, die man sich wünschen kann, auch wenn du mich manchmal in den Wahnsinn treibst …« Ich lächelte leicht, und sie auch. »Und ich dich sehr oft in den Wahnsinn treibe.« Sie tupfte sich sanft mit dem Zeigefinger über die Haut unter den Augen, so wie Tante Elle es ihr gezeigt hatte. »Du bist das Beste, was ich je getan habe. Du bist das Beste, was ich mir je hätte wünschen können. Und ich weiß, dass du das sein wirst, was die Thora eine ›tüchtige Frau‹ nennt, so wie Sara und Rachel und Rebekka und Lea, deine Namenspatronin. Auch wenn du nicht immer genau das bekommst, was du dir wünschst, oder es genau dann bekommst, wenn du es dir wünschst, so weiß ich, dass du stark und klug sein wirst. Du bist bereits wunderschön, und ich weiß, dass du ein wundervolles Leben haben wirst, weil du bereits eine der wichtigsten Lektionen überhaupt gelernt hast.«

»Augen zu«, sagte ich, als wir den Ballsaal des College of Physicians betraten. Ich hielt meiner Mutter die Augen zu, damit sie nichts sehen konnte. »In Ordnung … jetzt!«

Einen Augenblick lang sagte sie gar nichts, dann brach sie in Tränen aus. »O Joy«, sagte sie und klatschte in die Hände. »Das ist nicht wahr!«

Es war wahr. All die Jahre, in denen ich bei Dutzenden Schulaufführungen und Musicals beim Bühnenbild mitgeholfen hatte, hatten sich endlich bezahlt gemacht, und meine Freunde hatten ebenfalls geholfen. Wir hatten es geschafft, den großen Ballsaal zur Feier des kitschigsten Musicals aller Zeiten – das natürlich das Lieblingsmusical meiner Mutter war – in ein *Sound of Music*-Wunderland zu verwandeln. Jeder der Tische stand für eines von »My Favorite Things«. Es gab Rosen (Tamsin und ich hatten einen ganzen Sonntag lang Pappmachéblumen gemacht) und Ponys (das war der Kindertisch; wir hatten einen Haufen Plüschponys gekauft, und jedes Kind durfte eines mit nach Hause nehmen). Es gab glänzende Kupferkessel (Tante Sam kannte einen Partyplaner, der sie von Fante's im Italian Market ausleihen konnte) und weiche Minibettdecken (Oma Ann und Mona hatten sich die letzten drei Wochen im Schnellnähen geübt). Als Nachtisch gab es frischen Apfelstrudel – bei Schnitzel mit Nudeln hatte ich ein Veto eingelegt, weil ich nicht wusste, was es war und es sich eklig anhörte.

»Ganz weiße Kleider mit blauseid'nen Schuhen«, zitierte meine Mutter. Tamsin drehte sich stolz um die eigene Achse und strahlte übers ganze Gesicht.

»Schneeflocken, die auf den Zweigen sich ruhen«, zitierte ich und führte meine Mutter zum Haupttisch, auf dem ein Dutzend verschiedene Schneekugeln standen (alle mit einem Philadelphia-Motiv und einem freien Platz für ein Bild, das die Fotografen von den Gästen machen würden).

»Wildgänse fliegend hoch über den Seen?«

»Äh, der Bankettleiter hat das nicht zugelassen. Man darf in einem öffentlichen Raum keine wilden Tiere zu, du weißt schon, Unterhaltungszwecken haben.«

»Nun«, sagte sie. »Ich zweifle nicht daran, dass du es probiert hast.«

Todd gesellte sich in einem silberfarbenen Anzug zu uns.

»Ich finde immer noch, dass die Lederhose besser ausgesehen hat«, sagte Tamsin.

Todd zog mich auf die leere Tanzfläche. »Komm schon, Joy. Tanzen wir.«

Es war nicht so schick wie Tylers Party oder so groß wie Tamsins und Todds Fest, aber alle meine Freunde amüsierten sich. Es gab einen Schokoladenbrunnen zum Nachtisch, den die Caterer abschalteten, nachdem Maxi hineinhüpfen wollte. Es gab sogar einen kleinen Skandal, als meine Mutter Tante Elle in die Lobby zerrte und sie anzischte, sie solle mit Jack Corsey nicht so aufreizend tanzen (»Der Junge ist dreizehn, Elle!«, sagte sie, woraufhin Tante Elle grinste und sagte: »Heute ist er ein Mann.«)

Ich tanzte mit Todd. Ich tanzte mit Bruce. Ich griff Max unter die Achseln und stellte ihn mit seinen kleinen schwarzen Halbschuhen auf meine silbernen Sandaletten. Ich tanzte sogar kurz mit Cara, bevor sie naserümpfend »Das ist blöd« sagte und an ihren Tisch zurückging. Als mich Duncan Brodkey auf die Schulter tippte und fragte: »He, willst du?«, lächelte ich und nahm seine Hand, und mir war, als würde meine Haut, mein ganzer Körper, mit einem Kribbeln auf seine Berührung reagieren.

Nachdem der Kuchen angeschnitten war, nachdem die Kerzen angezündet und alle Reden gehalten waren und als die Musik gerade etwas leiser wurde, setzte ich mich auf eine Bank im Heilkräutergarten und dachte an meinen Vater. Früher waren wir oft im Franklin Institute gewesen, wo es ein riesiges begehbares Herz gab, oder wir hatten uns in der Akademie der Wissenschaften die Dinosaurierskelette angeschaut. Wir waren mit dem Fahrrad von Manayunk bis nach Valley Forge gefahren, wo meine Mutter mit einem Picknick auf uns wartete. Wir hatten im Reading Terminal Blaubeerpfannkuchen und im Dutch Eating Place Putenschinken gegessen. Dann hatten wir uns jedes Mal irgendetwas gekauft, was interessant aussah (ein Mal eine Lammkeule, ein anderes Mal ein Perlhuhn), und uns zu Hause überlegt, wie man es zubereitet.

Die Bank ächzte, als sich meine Mutter neben mich setzte. »Geht's dir gut?«

Ich nickte. Mir fehlt mein Vater, wollte ich sagen, aber es war so offensichtlich wie die Luft, die wir atmeten, und wie der Boden unter unseren Füßen. Stattdessen sagte ich: »Mein ... äh, dein Vater. Ist er nicht zum Gottesdienst geblieben?«

Sie seufzte. »Ich glaube, er ist gegangen. Jedenfalls habe ich ihn nicht mehr gesehen.«

Ich nahm den Silberdollar aus meiner Handtasche und reichte ihn ihr. Meine Mutter drehte ihn in der Hand. »Er hat sie in den Pool geworfen, und wir sind danach getaucht«, sagte sie.

»Ich weiß. Es steht in deinem Buch.«

Sie seufzte und nickte.

»Es war nett von ihm, dass er gekommen ist«, sagte ich. Sie schwieg. »Vielleicht war er gar nicht so schlecht? Stimmt's?«

»Niemand ist nur das eine oder das andere«, sagte meine Mutter. »Niemand ist nur gut oder nur böse.« Sie schniefte und wischte sich über die Augen. »Es war nett, dass er gekommen ist.«

»Ja.« Und für einen Augenblick lehnte ich mich an ihre Schulter und ließ mich von ihr in den Arm nehmen.

Zu Hause hängte ich mein wunderschönes Kleid in den Schrank. Ich wusste, dass ich es nie wieder tragen würde. Vielleicht würde ich es Cara geben, damit sie es eines Tages tragen konnte – aber wahrscheinlich würde sich die Mode ändern, und sie würde in drei Jahren etwas anderes schön finden.

Ich nahm den Silberdollar aus der Handtasche und mein Schmuckkästchen aus dem Bücherregal. Das Kästchen hatte mir Maxi zu meinem achten Geburtstag geschenkt. In ihm war eine Plastikballerina, die sich drehte und »Beautiful Dreamer« spielte, wenn man sie aufzog. Das Kästchen enthielt nicht viel: einen silbernen Armreif, den mir mein Vater zu meinem letzten Geburtstag geschenkt hatte, zwei Zwanzigdollarscheine, die ich einmal fürs Babysitten bekommen hatte, und ein Foto von Duncan Brodkey, das ich mir aus einem alten Jahrbuch ausgeschnitten hatte. Besser als nichts, dachte ich. Ein Silberdollar, nach dem meine Mutter einmal getaucht war, ein *Ich bin stolz auf dich*. Eine Mutter, die mich liebte, wenn auch vielleicht manchmal mehr, als mir lieb war. Ein Vater, der mich geliebt hatte und dann gestorben war. Nicht alle Kinder hatten so viel.

Ich tastete den Boden des Kästchens ab, bis ich fand, was ich suchte: meine alte silberne Babyrassel, in die mein Name eingraviert war: JOY. Das würde auch für ein anderes Baby funktionieren, dachte ich. Ich steckte sie ein und ging nach unten, um das Silberputzmittel zu suchen.

41

Als die Tage zu Wochen und die Wochen zu Monaten wurden und der Herbst in den Winter überging, wurde mir eines klar – eine der großen Wahrheiten, wenn sich eine Tragödie ereignet: Du kannst davon träumen, einfach zu verschwinden. Du kannst dich danach sehnen, alles zu vergessen, und dich in fiktive Romanwelten flüchten. Du kannst dich danach sehnen, einzuschlafen und nicht mehr aufzuwachen oder mit den Taschen voller Steine in einen Fluss zu gehen und dich von den dunklen Fluten begraben zu lassen. Aber wenn man Kinder hat, dann hält dich das Netz der Welt und sorgt dafür, dass du nicht fällst, egal, wie sehr du dich danach zu sehnen glaubst.

Frenchie kratzte an der Fliegengittertür, und ich ließ sie raus, und wenn sie winselte, ließ ich sie wieder rein. Joys Schuhe wurden ihr zu klein, also fuhr ich mit ihr ins Einkaufszentrum, um ihr ein neues Paar zu kaufen, und außerdem noch Winterstiefel und einen neuen Wintermantel. Wenn keine Milch mehr im Haus war, ging ich wie ein normaler Mensch in den Supermarkt, um welche zu kaufen – und falls es jemandem auffiel, dass ich unter meinem langen Wintermantel einen blauen Männerbademantel trug, dann sprach mich zumindest niemand darauf an. Ich kochte Essen und räumte den Geschirrspüler ein und aus und nach dem nächsten Essen wieder ein. Die Bäume verloren ihre Blätter, und ich fegte sie vom Gehsteig. Es schneite, und ich schaufelte Schnee und kippte Salz auf die Eingangsstufen und versuchte, nicht zu weinen, als ich die Schaufel aus der Abstellkammer holte und daran dachte, wie Peter und ich uns immer gegenseitig damit aufzogen, wer mit dem Schneeschaufeln an der Reihe sei.

Der Dezember war schrecklich. Ich mied die festlich geschmückten, mit Weihnachtsliedern beschallten Läden, die glücklichen, händchenhaltenden Paare vor den Auslagen der Juwelierläden in der Sansom Street, die Familien in den Einkaufszentren, aber zu guter Letzt musste ich in den Supermarkt fahren, um Tupperware zu kaufen und Papierservietten, Waschlappen, Windeln und Feuchttücher. Ich mied die Video- und Musikabteilung, in der Peter und ich uns immer länger aufgehalten hatten, und es ging mir gut – bis ich plötzlich vor den Brotbackautomaten stand und wie angewurzelt stehen blieb.

Ich stöhnte. *Wir sollten uns eine Brotbackmaschine zulegen*, hatte Peter gesagt. *Dann würde es zu Hause lecker nach frischem Brot riechen.*

Aber das Brot wird immer so pappig, sagte ich.

Nicht wenn man es toastet, antwortete er.

Ich sagte ihm, dass wir keinen Platz dafür hätten, woraufhin er meinte, wir könnten uns ja überlegen, die Espressomaschine auszumustern – *im Ernst, wie oft benutzen wir die schon?* Ich entgegnete, dass eine Espressomaschine schöner anzusehen war als ein klobiger Pappbrotbackautomat aus Plastik. Dann machte ich zu Hause mit großem Tamtam einen Cappuccino mit Milchhaube, und er seufzte und gab klein bei, bis wir bei unserem nächsten Besuch im Supermarkt wieder die Brotbackautomaten passierten und er sie so sehnsüchtig ansah, als seien es verflossene Exfreundinnen. Manchmal fuhr er mit dem Finger über die Digitalanzeigen und seufzte, woraufhin ich sagte: *Vergiss es*, und den Einkaufswagen in Richtung Toilettenpapier oder zu den Fruchtsäften lenkte.

Aus den Lautsprechern folgte auf Mariah Careys »O Holy Night« »Grandma Got Run Over by a Reindeer«. Ich lehnte mich an das Regal mit den Schmortöpfen und begann zu weinen. Warum hatte ich die verdammte Brotbackmaschine nicht einfach gekauft? Es hätte ihn glücklich gemacht. Es hätte im Haus gut nach Brot geduftet. Und selbst Brotbackautomatenbrot war gut, wenn man es toastete. Warum hatte ich mich bloß so angestellt? Warum –

»Ma'am?«

Ich wischte mir über die Augen. Eine Supermarktangestellte in einem roten Polyesterkleid sah mich besorgt an. Ich nahm eine Packung Taschentücher aus der Tasche (ich verließ das Haus nie mehr ohne) und zeigte auf die Schmortöpfe.

»Ich hatte geglaubt, sie wären im Angebot«, sagte ich schwach. Die Frau brachte mich in ein freudloses, weiß gekacheltes fensterloses Zimmer mit roten Plastiktischen, einem Kühlschrank und einer Mikrowelle – wahrscheinlich der Aufenthaltsraum für die Angestellten. »Er kommt nie mehr wieder«, murmelte ich, aber die Angestellte musste mich gehört haben.

»Ma'am?«, sagte sie. »Geht es Ihnen auch bestimmt gut? Soll ich jemanden für Sie anrufen?«

»Alles in Ordnung«, brachte ich hervor und eilte zur Kasse und dann zum Auto, wo ich in Ruhe weinen konnte.

Die Zeit verging. Ich las die Ausgabe von *See It, Be It*, die mir meine Schwester gegeben hatte, und versuchte, mir mein gewünschtes Endresultat vorzustellen: nicht nur normal auszusehen, sondern mich auch so zu fühlen. Im März buk ich wie jedes Jahr Hamantaschen für den Purim-Umzug des Kindergartens. Ich hatte der Synagoge nicht abgesagt, weil ich es nicht aushielt, einer Fremden am Telefon zu erklären, wie sehr mein Mann Hamantaschen geliebt hatte, aber dass er jetzt tot war. Im April pflanzte ich lilafarbene und gelbe Stiefmütterchen in unseren Fensterkästen, damit sie nicht als einzige in der ganzen Straße leer waren. Ich beschnitt die Rosen. Ich wässerte die Herzblattlilien. Ich fegte und rupfte das Unkraut. Ich wahrte den Schein, weil ich dachte, ich könnte so tun, als sei alles normal, als sei ich glücklich, selbst wenn das nie wieder der Fall sein würde.

Ich machte lange Spaziergänge mit meiner Mutter, traf mich mit Samantha zum Brunch, besuchte meine Schwester in New York und telefonierte mit Maxi. Bei Joys Softballspielen saß ich am Spielfeldrand und gab mir Mühe, nicht den Coach anzustarren, der jetzt Peters Platz am ersten Schlagmal eingenommen hatte – einen Mann mit rötlichen Haaren, den ich noch nie zuvor gesehen hatte und dessen Zwillingstöchter im Outfield spielten. Ich fand einen Therapeuten für Joy – auf ihre Bitte hin einen Mann – und brachte sie jeden Mittwoch dorthin und stellte ihr keine Fragen, wenn ich sie abholte, obwohl ich ihren Augen ansah, dass sie geweint hatte. Irgendwo musste sie ja weinen. Zu Hause war sie damit beschäftigt, Listen aufzustellen, im Internet die Preise von Windelgroßpackungen zu vergleichen, Artikel über pädagogisch wertvolle Spielsachen auszudrucken und das noch ungeborene Baby zum Musikkurs anzumelden, für den man sich mit sage und schreibe drei Monaten einschreiben konnte.

Nachts, wenn ich nicht schlafen konnte, schrieb ich und stellte mir vor, wieder eine junge Mutter zu sein. Neben meinem Laptop stand eine Tasse Tee, Frenchie lag neben mir auf einem Kissen, und ich trug das Sweatshirt meines Mannes, das noch immer leicht nach ihm roch. Manchmal, beim Aufwachen, stellte ich mir vor, dass ich ihn riechen könnte, dass er noch da wäre, dass ich die Augen aufschlagen und ihn sehen würde: wie er mit geöffneten Augen auf dem Kissen lag und lächelnd meinen Namen sagte.

Betsy rief jede Woche an. In der zwanzigsten Woche mailte sie mir Ultraschallaufnahmen, sie schickte Bilder von ihrem Bauch und von ihren Söhnen, wie sie ihn stolz tätschelten. (Mir fiel auf, dass auf den Bildern nie ihr Ehemann zu sehen war – vielleicht war er immer derjenige, der die Fotos schoss, oder vielleicht vermied sie es auch bewusst, ihn ins Bild zu bringen.)

Ende Januar beendete ich die Rohfassung des Buches, das ich in der Woche von Peters Beerdigung begonnen hatte, und übergab sie schüchtern an Larissa. Das Buch hieß *In den besten Familien* und handelte von einem wohlhabenden, gut situierten Richter, der sich mit fünfzig Jahren in eine viel jüngere Frau verliebt, wegen ihr seine Frau und Kinder verlässt, sie heiratet und noch mal eine Familie gründet. Die Geschichte war aus verschiedenen Perspektiven erzählt: aus der des toten Mannes im Himmel, aus der seiner ersten Frau und aus der seiner ältesten Tochter aus erster Ehe, die ihre Mutter *Das Original* und die jüngere, neue Frau des Vaters *Extra knusprig* nannte. Es war wohl ein Versuch, das Leben meines Vaters zu verstehen, mir irgendwie einen Reim auf das Ganze zu machen, indem ich einen Mann nahm, der meinem Vater sehr ähnlich und gleichzeitig sehr unähnlich war, und ihn öffnete wie eine Auster, um seinen Geheimnissen auf die Spur zu kommen.

Vielleicht war es ein richtiges Buch, aber vielleicht war es auch nur ein 350 Seiten langer Räusperer – der Schleim, den ich loswerden musste, bevor ich wieder richtig schreiben konnte. Ich konnte nicht objektiv sein. Es würde sich zeigen. Aber egal, wie es ausging, das Schreiben hatte mich getröstet und aufrecht gehalten. Es hatte mir geholfen, an etwas anderes zu denken als nur daran, wie sehr ich Peter vermisste, und es hatte mir etwas zu tun gegeben, damit ich nicht nur weinte. Dafür würde ich immer dankbar sein.

Am Freitagabend vor dem Valentinstag klingelte um zehn Uhr abends das Telefon. Nachdem ich mit Betsy gesprochen hatte, saß ich im Schneidersitz auf meinem großen leeren Bett, das Telefon in der Hand und die Stille des Hauses wie ein Gewicht auf mir. »Wir haben es getan«, sagte ich leise und lauschte auf eine Antwort. Als keine kam, weinte ich ein paar Minuten, drückte ein Kissen an meinen Bauch und wünschte mir, dass ich ausnahmsweise mal etwas in der richtigen Reihenfolge bekommen würde. Einen Mann und dann ein Kind. Man muss mit dem zufrieden sein, was man bekommt, sagte ich mir, so wie ich es immer zu Joy gesagt hatte, als sie noch klein war und weinte, wenn ich ihren gegrillten Käsetoast statt in Dreiecke in Rechtecke schnitt oder ihr statt ihrer geliebten grünen Gummistiefel die Turnschuhe anzog. Man muss mit dem zufrieden sein, was man bekommt, und sich nicht aufregen. Bald würde ich es wohl wieder zu einem Kind sagen.

Ich wusch mir das Gesicht und frisierte meine Haare. Als ich über den Flur ging, stellte ich mir vor, wie Peter im Wäscheschrank nach seiner Wolldecke suchte oder einen Korb voller Wäsche zur Waschmaschine trug. Dann klopfte ich an die Tür meiner Tochter. »Es ist ein Junge.«

42

Meine Mutter fuhr die South Second Street hinab, die von kahlen Ästen überwölbt war und einem Tunnel mit flackernden Schatten glich. Wir fuhren am Wawa und an dem kleinen chinesischen Take-Out vorbei, bei dessen Eröffnung einige Anwohner Handzettel mit der Beschwerde verteilt hatten, das Restaurant würde das falsche Publikum anziehen. »Und das wäre?«, hatte Samantha gefragt und den Zettel bei uns zu Hause auf die Küchenablage geworfen. »Juden?« Ich musste lächeln, als ich daran dachte.

Meine Mutter bog in die Delaware Avenue ein und fuhr dann auf die Autobahn. Es war ein warmer, windiger Tag gewesen, mit einem Hauch von Frühling in der Luft. Jetzt war der Himmel wolkenlos und vom Mond hell erleuchtet. Der Kindersitz war auf der Rückbank festgeschnallt, und ich überprüfte noch einmal die Windeltasche, ob wir auch alles dabeihatten, was wir laut Babybuch brauchten: Windeln, Feuchttücher, Babyöl, Spucktücher, Fläschchen, Säuglingsnahrung, eine Wechselgarnitur Babyklamotten und einen weichen Stoffball mit verschiedenfarbigen, unterschiedlich beschaffenen Bändern – ein gutes Spielzeug für die frühkindliche Entwicklung. Ich hatte den Ball in einer Kiste im Speicher gefunden. Ich glaube, er hat mal mir gehört.

»Geht's dir gut?«, fragte meine Mutter. Die Fahrt dauerte nur zwei Stunden, aber sie hatte uns eine Kühltasche mit Snacks gepackt: Käsewürfel und Cracker, Äpfel und Saft.

»Haben wir schon einen Namen?«, antwortete ich.

»Er wird mir einfallen«, sagte sie, den Blick auf die Straße gerichtet. »Das war bei dir auch so. Plötzlich war er einfach da.«

Ich schwieg, aber ich bildete mir ein, dass ein Lächeln über ihr Gesicht huschte, als ich das *Buch der 1001 Babynamen* aus meinem Rucksack zog. »Nicht Peter«, sagte ich, halb zu mir selbst. Meine Mutter schüttelte den Kopf. Ich las die Namen vor, die mit P anfingen. »Pablo. Pace. Padriac. Patrick. Paul. Pax. Paz.«

»Pace?«

»›Von dem lateinischen Wort für Frieden‹«, las ich.

»Dann spricht man es ›Pá-tsche‹ aus.«

»Okay«, sagte ich und dachte, dass ich nie im Leben ein armes, unschuldiges Kind »Pá-tsche« nennen würde.

»Was hältst du von Charles? Und als zweiten Vornamen Peter?«

»Möglich.«

»Wir könnten ihn Charlie nennen. Sein hebräischer Name wäre Chaim, Leben.«

»Charlie Krushelevansky«, sagte ich. »Klingt gut. Mal sehen. Vielleicht sieht er ja nicht aus wie ein Charlie.« Ich fuhr mit dem Finger die Liste hinab. »Vielleicht sieht er eher aus wie ein Padriac.«

Meine Mutter schnaubte. Ich lehnte den Kopf an die kühle Fensterscheibe und musste eingeschlafen sein, denn als ich die Augen wieder aufschlug, parkte sie gerade unter einem Lampenmast auf einem großen Parkplatz. Drinnen empfing uns der vertraute Krankenhausgeruch.

»Entbindungsstation?«, fragte meine Mutter am Empfangsschalter.

»Vierter Stock«, sagte die Frau und gab uns BESUCHER-Aufkleber. (Ich klebte meinen auf mein Jeansbein, meine Mutter klebte ihren natürlich stolz auf ihre ausladende Brust.)

Wir fuhren mit dem Aufzug in den vierten Stock, und die Krankenschwester in der Schwesternstation öffnete uns per Knopfdruck die schweren Schwingtüren. Es roch nach Urin und Erbrochenem, nach ätzendem Desinfektionsmittel und nach Angst – aber auf diesem Stockwerk roch es auch nach Blumen. Aus den Augenwinkeln sah ich in jedem Zimmer, an dem wir vorbeigingen, einen Blumenstrauß – Lilien oder

Rosen – oder rosafarbene beziehungsweise blaue Ballons, die an der Decke schwebten.

Vor Zimmer 514 blieb meine Mutter so abrupt stehen, dass ich fast mit ihr zusammengestoßen wäre. »Oh«, sagte sie leise. »Oh.«

Betsy lag in einem gestreiften Baumwollbademantel im Bett und lächelte uns an. »Hallo!« Sie trug ein Plastikarmband um das Handgelenk und hielt ein in eine blau-weiß gemusterte Decke eingewickeltes Baby im Arm. Unter dem blau-weißen Strickmützchen ragte dunkler Haarflaum hervor, das Baby hatte eine schiefe kleine Nase und so blasse Haut, dass man die Venen auf den Augenlidern und Wangen durchschimmern sah. Ich ging auf Zehenspitzen näher ans Bett. Ich bildete mir ein, die Augenbrauen meiner Mutter und die Stirn und das Kinn meines Vaters erkennen zu können. Eine Hand des Babys steckte unter der Decke, mit der anderen wedelte es unkoordiniert umher. Es öffnete und ballte immer wieder die Faust, und es kam mir wie die natürlichste Sache der Welt vor, meine Hand auszustrecken und ihm meinen kleinen Finger hinzuhalten. Er umklammerte ihn fest.

»Charlie«, sagte ich. »Er sieht wie ein Charlie aus.«

»Willst du ihn halten?«, fragte Betsy. Sie sah erschöpft aus, so ausgelaugt, als wäre sie die ganze Nacht auf einem Laufband gelaufen, aber sie wirkte auch glücklich.

»Geht das?«

»Klar, große Schwester«, sagte Betsy. Ich beugte mich vor, und sie legte mir das Baby in den Arm, das sich nach wie vor an meinen kleinen Finger klammerte.

Meine Mutter stand noch immer in der Tür, eine Hand am Türrahmen, so als hätte sie Angst, das Zimmer zu betreten. Betsy sah sie an. »Geht es dir gut?«

»Ja«, sagte sie schwach. Dann schüttelte sie den Kopf und schien sich zu fangen. »Aber das muss ich dich fragen: Wie geht es dir?«

Meine Mutter rückte einen Stuhl heran, und die beiden unterhielten sich über die Wehen und Apgar-Scores und Dammschnitte. Als ich das Wort Plazenta vernahm, hörte ich weg und ging mit dem Baby ans Fenster. »Schau mal.« Ich wiegte es sanft in meinen Armen und hielt es so, dass es in den Nachthimmel hinausblicken konnte. Das Baby sah mich aus trüben graubraunen Augen an. »Charlie«, sagte ich probeweise und drückte ihn enger an mich. Ich spürte die Hand meiner Mutter auf meiner Schulter, und als sie das Baby in meinen Armen zärtlich ansah und dann mit glänzenden Augen zuerst mich und dann das Baby auf die Stirn küsste, sah ich ihr Gesicht im Fenster – ihr geheimes Gesicht, das Gesicht, das sie nur mir zeigte.

Danksagung

Dieses Buch wäre nie zustande gekommen ohne den Einsatz und die Fürsorge meiner Agentin, Joanna Pulcini. Ich bin ihr wie immer dankbar für ihren unermüdlichen Enthusiasmus, ihre Sorgfalt und dafür, dass sie meine schmutzigen Witze beziehungsweise nicht ganz jugendfreien Anspielungen zu meinem großen Amüsement unweigerlich nicht kapiert.

Meine Lektorin Greer Hendricks ist für ihre Geduld, ihre Güte und ihre gute Laune nicht in Gold aufzuwiegen.

Mein Dank gilt ebenfalls Joannas Assistentinnen Elizabeth Carter und Trinh Truong sowie Greers Assistentin Sarah Walsh für ihre Sorgfalt als auch Suzanne O'Neill und Nancy Inglis für ihre genaue Arbeit an dem Manuskript. Außerdem habe ich das große Glück, mit Meghan Burnett eine fabelhafte, unermüdliche und herzensgute Assistentin gefunden zu haben.

Judith Curr bei Atria und Carolyn Reidy bei Simon & Schuster haben sich immer gut um mich und Cannie gekümmert; das haben bei Atria auch Gary Urda, Lisa Keim, Kathleen Schmidt, Christine Duplessis, Craig Dean und Jeanne Lee.

Ich danke Jessica Fee und ihrem Team vom Greater Talent Network sowie Marcy Engelman, Dana Gidney und Jordana Tal in New York City, die PR-mäßig schiere Wunder vollbringen.

Curtis Sittenfeld war ein aufmerksamer und wohlwollender Leser.

Während der Recherchen zu diesem Buch hatte ich das Glück, zu diversen Bar- und Bat-Mizwas eingeladen worden zu sein, und zwar zu der Bar-Mizwa von Charlie Sucher und den Bat-Mizwas von Samantha Wladis in Cherry Hill und Abby Kalen in Simsbury, Connecticut, auf denen absolut NICHTS Ungebührliches vorfiel. Ich danke Charlie, Samantha, Abby und ihren Eltern, Freunden und Verwandten, dass sie mich so freundlich willkommen geheißen haben.

Meine weit verstreuten Freunde und Verwandten versorgen mich nach wie vor mit liebevoller Unterstützung sowie mit Material für meine Bücher. Meine Brüder Jake und Joe Weiner vertreten mich hervorragend an der Westküste. Molly Weiner ist eine beständige Quelle der Inspiration und Unterhaltung. Ich danke Faye Frumin, Frances Frumin Weiner und Clair Kaplan für ihre Hilfe und ihren Beistand und dafür, dass sie nicht nur mit mir lachen, sondern mir auch gelegentlich gestatten, dass ich über sie lache.

Was die Heimatfront angeht, ist Wendell noch immer der König aller Hunde. Mein Mann Adam ist nach wie vor mein Reisegefährte und der Mensch, mit dem ich mir am liebsten *The Big Lebowski* ansehen möchte. Meine Tochter Lucy Jane ist mein ganzer Sonnenschein, und ihre kleine Schwester Phoebe Pearl besaß die unglaubliche Liebenswürdigkeit, ihre Schläge und Tritte während der Arbeit an diesem Buch auf ein Minimum zu beschränken. Meine Liebe und mein Dank an sie alle – und an all die Leser, die mich bis hierher begleitet haben.